GRRM

: A RRetrospective

GRRM : A RRetrospective

이 도서의 국립중앙도서관 출판시도서목록(CIP)은 서지정보유통지원시스템 홈페이지(http://seoji.nl.go.kr)와
국가자료공동목록시스템(http://www.nl.go.kr/kolisnet)에서 이용하실 수 있습니다. (CIP제어번호: CIP2017011752)

GEORGE R. R. MARTIN

GRRM
: A RRetrospective

조지 R. R. 마틴 걸작선

꿈의
노래

3

터프의 맛

김상훈 옮김

은행나무

차례

**와일드카드
셔플**

일러두기
1. 본문의 주는 모두 옮긴이의 주입니다.
2. 작가가 만든 고유명사는 〈 〉로 표시했습니다.

터프의 맛

서문

내 작가 인생의 뒤안길에는 사망한 시리즈들의 유해가 잔뜩 널려 있다.

나는 단편 〈두 번째 종류의 고독〉과 〈별 고리의 다채로운 불길 역시〉로 〈스타 링(Star Ring)〉 시리즈를 시작했지만 흥미를 잃고 세 번째 작품은 결국 쓰지 않았다.

우주선 폴니르와 굿십롤리팝의 모험은 〈지엽적인 사건〉 뒤로도 계속 이어질 예정이었다. 그러나 속편은 존재하지 않는다. 단 한 편도 쓰지 않았기 때문이다.

〈시체 조작원〉 시리즈는 세 편이 존재한다. 〈그 누구도 뉴피츠버그를 떠나지 않는다〉는 〈오버라이드〉로 이어졌고, 세 번째 작품인 〈미트하우스 맨〉으로…… 끝났달까, 대단원의 막을 내렸다. 이 시리즈의 네 번째 이야기는 4쪽 길이의 메모에 요약되어 있다. 그 밖에도 내 창작 노트에는 중단편 십여 개는 족히 쓸 수 있는 아이디어가 빼곡히 기록되어 있었다. 나는 이것들을 모두 소설로 써서 잡지에 게재한 다음《죽은 자들이 부르는 노래(Songs the Dead Men Sing)》라는 제목의 작품집으로 출간할 예정이었다. 그러나 나는 〈시체 조작원〉 시리즈의 네 번째 이야기를 결국 끝마치지 못했고, 다른 중단편들에 이르러서는 아예 시작조차도 하지 못했다. 1983년에 마침내 다크 하비스트 출판사를 통해《죽은 자들이 부르는 노래》라는 제목의 작품집을 냈을 때 간택받은 시체 관련 작품은 결국 〈미트하우스 맨〉 한 편밖에는 없었다.

〈윈드헤이븐(Windhaven)〉 시리즈의 경우는 리사 터틀과 함께 썼던 덕에 그나마 사정이 좀 나았다. 내 창작의 원천이 말라 버렸을 때 재빨리 내 엉덩이를 걷어차 줄 수 있는 동료가 있었기 때문이다. (리사 본인의 근사한 창작력의 도움도 받을 수 있었다.) 리사와 나는 처음에는 단편을 쓰려다가 〈아날로그〉 편집장인 벤 보버에게 설득당해서 결국 〈윈드헤이븐의 폭풍〉이라는 중편을 내놓았다. (이 중편은 휴고상과 네뷸러상 후보에 올랐다가 수상에 실패했다.) 중편인 〈외날개〉와 〈추락〉이 그 뒤를 이었다. 그런 다음 우리는 이 세 중편을 하나로 모아 프롤로그와 에필로그를 덧붙인 장편《윈드헤이븐》을 출간했다. 이것은 이미 출간된 연작 단편이나 중편 들을 꿰맞추어 하나의 장편으로 완성시킨 전형적인 픽스업(fix-up) 소설이다.

원래는 장편《윈드헤이븐》만으로 이 시리즈를 끝낼 생각은 없었고, 그 뒤의 두 세대에 걸친 이야기를 두 권의 책으로 낼 생각이었다. 〈윈드헤이븐의 폭풍〉에서 주인공인 마리스가 촉발한 변혁의 바람이 어떻게 그녀의 세계를 계속 변화시켰는지를 보여 주고 싶었기 때문이다. 두 번째 책에는《채색된 날개》라는 제목을 붙이고, 〈추락〉에서 등장한 어린 소녀가 다 자라서 어른 주인공 역할을 맡을 예정이었다.

결국은 쓰지 않았지만 말이다. 몇 년 동안이나 쓰자는 얘기를 서로 했지만 한 번도 타이밍이 맞지 않았다. 내가 시간이 있을 때는 리사는 자기 소설을 끝마치느라고 악전고투하고 있었다. 리사가 시간이 있을 때는 나는 할리우드로 가서 일하고 있거나 〈와일드카드〉 시리즈를 쓰고 있거나 단독 장편을 집필하는 중이었다. 우리 두 사람은 가장 가까이 살고 있을 때조차도 천 마일은 떨어져 있었다. 이윽고 내가 서쪽의 샌타페이(Santa Fe)와 로스앤젤레스로 이주하고 리사가 동쪽에 있는 잉글랜드와 스코틀랜드로 가면서 우리가 직접 얼굴을 맞댈 기회는 점점 줄어들었다. 게다가 서로 나이를 먹으면서 작가로서의 의견과 스타일, 세상을 바라보는 관점까지 점점 더 뚜렷해져 갔기 때문에, 그런 상태에서 합작을 시도했다면 처음보다 훨씬 더 애를 먹었을 것이다. 결국 공동 창작은 젊은 작가들에게나 걸맞은 작업인지도 모른다……. 그게 아니라면, 나이를 먹고 성격이 꼬인 나머지 과거의 명성을 팔아서 돈이나 좀 벌어 보려는 작가를 위한. 그런 연유로,《채색된 날개》는 끝내 날아오르지 못했다.

이 작품집의 서문들 여기저기에서 언급했듯이, 그 밖의 시리즈들은 이보다 한층 더 짧게 끝나 버렸다. 〈강철 천사〉 시리즈(중편 하나), 〈샤아라〉 시리즈(단편 하나), 〈그레이 알리스〉 시리즈(단편 하나), 〈위 & 셰이드〉 시리즈(단편 하나), 〈스킨 트레이드〉 시리즈(중편 하나), 이런 식으로 말이다. 창조력 고갈병 말기 증상에 걸린 것을 의심하기에 충분한 증거다.

아, 그런 와중에 등장한 것이 터프였다.

환경공학자이자 우주선 '방주' 호의 선장, 그리고《터프 항해기(Tuf Voyaging)》의 주인공이기도 한 해빌런드 터프 말이다.《터프 항해기》는 평론가라면 연작 단편집, 편집자라면 픽스업 장편이라고 부를 책이다. 그리고 내 시리즈 공포증을 완치시켜 주고 〈와일드카드〉 시리즈와 〈얼음과 불의 노래〉로 가는 문을 활짝 열어 준 것은 다름 아닌 이 터프였다.

내가 독자로서 좋아하는 시리즈 캐릭터는 여럿 있다. 판타지 분야에서는 마이클 무어콕의 엘릭과 로버트 E. 하워드의 솔로몬 케인에게 끌렸고, 프리츠 라이버의 대담무쌍한 악당 콤비인 화프흐드와 그레이 마우저에게 푹 빠졌다. SF에서는 키스 로머의 우주 외교관 레티프, 폴 앤더슨의 지구 제국 첩보원 도미닉 플랜드리, 아이작 아시모프의 라이지 베일리와 R. 다닐 올리보를 좋아했다. 그러나 그중에서도 가장 좋아하는 캐릭터를 뽑으라면 잭 밴스의 은하계 트러블슈터인 매그너스 리돌프와 폴 앤더슨의 뚱뚱하고 교활한 우주 거상(巨商) 니콜라스 반 라인이라고 대답해야 할 듯하다.

나는 오래오래 이어 나갈 수 있는 인기 시리즈를 확립한다는 작가적인 야심을 여전히 품고 있었다. 그런 시리즈를 떠받쳐 줄 아이디어가 하나 떠오른 것은 1975년의 일이었다. 당시에는 '환경 생태학(ecology)'이라는 단어가 크게 유행하고 있었다. 따라서 어떤 유전공학 엔지니어가 여러 행성을 돌아다니면서 생태학적인 난제를 해결한다는 (경우에 따라서는 도리어 문제를 만들어 내는) 식의 시리즈라면 얘깃거리가 딸릴 일은 절대 없을 것 같았기 때문이다. 그런 소재를 통해서 온갖 종류의 흥미진진한 쟁점을 파고들어 갈 수도 있다. 이럴 경우의 가장 큰 장점은, 내가 아는 한은 그 어떤 작가도 이 아이디어에 조금이라도 근접하는 소설을 쓴 적이 없다는 점이었다.

하지만 어떤 주인공을 내세워야 할까? 콘셉트 자체는 아주 근사해 보였지만, 시리즈를 꾸준하게 이어 가려면 독자들이 계속 신작을 찾아 읽고 싶어 할 만한 매력을 가진 멋진 주인공이 필요했다. 나는 그 사실을 염두에 두고 내가 독자로서 사랑했던 캐릭터들을 훑어보았다. 니콜라스 반 라인. 코난. 셜록 홈스. 모글리. 트래비스 맥기. 호레이쇼 혼블로워. 멜니보네의 엘릭. 배트맨. 노스웨스트 스미스. 플래시맨. 휘후드와 그레이 마우저. 레티프. 수전 캘빈. 매그너스 리돌프. 실로 다종다양한 인물상들이긴 하지만, 나는 이들 사이에 어떤 공통점이 있는지를 곰곰이 생각해 보았다.

있었다.

즉각 떠오른 공통점은 두 가지였다. 첫 번째는 이름이 근사하다는 점이다. 해당 인물상에 완벽하게 들어맞고 들은 사람의 기억에 오래 남는 인상적인 이름들. 호레이쇼 혼블로워가 두 명 있을 리 없다. 멜니보네 제국의 전화번호부에는 네 명의 엘릭이 기재되어 있지 않다. 우주 무법자 노스웨스트 스미스는 사람들이 자기를 다른 노스웨스트 스미스들과 혼동하지 않도록 풀네임 중간에 알파벳 머리글자 따위를 집어넣지는 않는다.

두 번째 공통점은 이들 모두가 특출하다는 점이다. 평범한 인물 따위는 찾아보려야 찾아볼 수 없다. 게다가 이들 중 다수는 자기 분야의 최고 고수다. 혼블로워는 해상 전투, 홈스는 추리, 코난은 백병전, 플래시맨은 비겁함과 호색함에서 타의 추종을 불허한다. 이들 대다수는 좋게 말하더라도 지독한 기인(奇人)이다. 문학의 넓은 스펙트럼 안에서는 어디서나 흔히 볼 수 있는 소시민적이고 현실적인 캐릭터를 미묘하고 유려한 필치로 묘사한 소설이 성립할 여지도 틀림없이 있겠지만, 그런 인물은 인기 시리즈의 스타로서는 꽝이다.

좋아, 하고 나는 생각했다. 나도 충분히 쓸 수 있어.

해빌런드 터프는 이렇게 탄생했다. 고양이 애호가이자 채식주의자, 버섯 와인을 즐겨 마시며 하느님 노릇 하기를 좋아하는 이 거구의 대머리 상인은 이미 오래전에 기인 단계를 넘어 괴인(怪人)의 영역에 달한 인물이다. 어떤 면에서는 홈스와 리돌프를 닮았고, 니콜라스 반 라인 약간에 에르퀼 푸아로가 조금, 그리고 앨프리드 히치콕이 듬뿍…… 그러나 나 자신은 거의 포함되지 않았다. 이 자리를 빌려 재차 밝히는데, 터프는 내가 쓴 모든 소설의 주인공을 통틀어 결단코 작가 본인과는 가장 안 닮았다. (닥스라고 이름 붙인 수고양이를 기른 적은 있지만, 물론 그는 텔레파시 능력 따위는 갖고 있지 않았다.)

주인공 이름은 어디서 나왔느냐고? 흐음, '해빌런드'는 내가 감독한 체스 토너먼트의 대회장 벽에 붙어 있던 대전표에서 흘끗 본 이름이다. 터프라는 퍼스트네임이 어디서 온 건지는 도무지 모르겠지만 말이다. 그러나 이 두 이름을 합치자 바로 그런 인물이 탄생했다. 다른 이름은 전혀 상상이 안 간다.

1970년대에 나는 내가 쓰는 글을 가급적 다양한 종류의 시장에 내놓으려고 여전히 노력하는 중이었다. 안면이 있는 소수의 편집장들만 상대하는 것이 아니라 누구에게든 내 소설을 팔 수 있다는 걸 증명하고 싶었던 것이다. 새로운 시장에 중단편 하나를 팔 때마다 새로운 독자들을 획득할 수 있을 거라는 꿍꿍이속도 있었다. 애독자가 된다면 다른 곳에서도 내 글을 일부러 찾아 읽어 줄지도 모르니까 말이다.

이런 가설에 입각해서 나는 피터 웨스턴이 편집한 《안드로메다》라는 제목의 영국판 하드커버 앤솔러지에 첫 번째 터프 단편인 〈노온의 괴수〉를 팔았다. 〈노온의 괴수〉가 영국에서 새로운 독자들을 정말로 잔뜩 만들어 냈는지의 여부는 알 수 없지만, 3년 뒤에 세인트마틴즈 출판사에서 《안드로메다》의 미국판을 출간하기 전까지만 해도 이 단편을 읽은 미국 독자들은 유감스럽게도 극소수에 불과했다. 미국판이 나왔을 무렵에는 이미 두 번째 터프 중편인 〈내 이름은 모세〉를 발표한 상태였다. 벤 보버에게 팔았던 덕에, 그 뒤로 터프는 〈아날로그〉 독자들에게는 낯익은 캐릭터가 되었다. 벤과 그의 후계자인 스탠리 슈미트 편집장은 내가 터프 이야기를 쓸 때마다 읽어 보고 모두 사 주었다.

그렇다고 해서 내가 이 시리즈를 많이 쓴 것은 아니지만 말이다. 터프 이야기를 쓰는 일은 즐거웠지만, 내 프라이팬 속에서 지글거리던 생선은 그것 한 마리가 아니었기 때문이다. 1970년대 후반에는 여전히 클라크 칼리지에서 강사 노릇을 하고 있었기 때문에 글을 쓸 시간은 한정되어 있었고, 다른 이야기들도 쓰고 싶었다. 1979년 말 전업 작가가 되어 보려고 뉴멕시코 주의 샌타페이로 이주한 뒤로는 장편소설 쪽으로 주의를 돌렸다. 1981년 대부분은 장편 《피버 드림》(은행나무, 2014)을 쓰는 데 할애했고, 1982년에는 《아마겟돈 래그》, 1984년에는 《온통 검고 희고 빨간(Black and White and Red All Over)》을 쓰느라고 바빴다. (나의 '잃어버린 해'인 1983년에 관해서는 피차 언급하지 말자.) 따라서 〈터프〉 시리즈는 서너 편의 단편만 쓴 뒤에 흐지부지되었을 공산이 크다. 베치 미첼만 아니었더라면 말이다.

베치는 스탠 슈미트 휘하 〈아날로그〉의 부편집장이었지만, 1984년에 그 직장을 떠나 베인북스(Baen Books)의 편집장으로 취임했다. 베인으로 간 지 얼마 되지 않아 그녀는 나한테 전화를 걸었고, 해빌런드 터프의 모험을 다룬 작품집을 내는 것을 한 번이라도 고려해 본 적이 있느냐고 물었다. 물론 나는 고려한 적이 있긴 했지만…… 당장이 아니라 '언젠가' 그럴 작정이었다. 책 한 권 분량을 채울 수 있을 정도의 터프 중단편들이 축적된 뒤에 말이다.

1984년 당시에는 다 모아도 기껏해야 반 권 분량밖에는 되지 않았다. 그러나 나는 베치의 제안을 도저히 거절할 수가 없었다. 그 무렵에는 나의 작가 인생 자체가 심각한 위기에 처해 있었기 때문이다. 독자들은 《아마겟돈 래그》를 대대적으로 무시했고, 그 결과 《온통 검고 희고 빨간》에 손을 대려는 편집자는 단 한 명도 없었다. 내 입장에서 베치의 제안은 다시 게임에 복귀할 수 있는 절호의 기회였던 것이다. 새로운 터프 중단편들을 몇 개 더 써서 〈아날로그〉의 스탠 슈미트에게 팔고, 이것들을 기존의 터프 작품들과 합친 작품집의 출판권을 베치에게 넘긴다면 주택 담보 대출금의 상환을 연체하지 않을 수도 있었다.

그래서 나는 터프가 방주 호의 선장이 된 전말을 다룬 〈역병의 별〉을 썼고, 뒤이어 책의 뼈대가 되어 줄 서스램 3부작을 썼다. 베인북스는 1986년 2월에 《터프 항해기》를 장편소설로 출간했다. 보는 사람에 따라서는 내가 쓴 제5 장편이라고 하는 사람도 있겠지만, 나는 언제나 《터프 항해기》를 단편집으로 간주해 왔다. (따라서 내 머릿속에서 제5 장편의 자리를 점유한 책은 《온통 검고 희고 빨간》이다. 비록 단편적인 미완성고일지라도 말이다.)

그리고 내 작가 인생을 제대로 샘플링할 작정이라면 맛보기로라도 터프를 포함시키지 않을 수가 없는 고로, 본서에도 두 작품을 넣기로 했다. 이 시리즈가 너무 재미있어서 더 읽고 싶다는 독자들은 《터프 항해기》

를 읽어 볼 것을 권한다.

1975년에 쓰고 1976년에 발표한 〈노온의 괴수〉는 최초의 터프 단편이다. 베치를 위해 작품집 《터프 항해기》를 완성시킨 것은 그로부터 10년 뒤인 1985년의 일인데, 그 무렵에는 주인공인 해빌런드 터프의 성격도 좀 변해 있었다. 뭐랄까, 처음보다 좀 더 뚜렷해졌던 것이다. 따라서 〈노온의 괴수〉의 터프는 새 작품집에는 더 이상 딱 들어맞지 않았다. 그래서 나는 초창기의 터프를 나중에 쓰인 작품들에서 등장하는 터프와 좀 더 어울리는 성격을 가진 인물로 만들기 위해 이 단편을 가필 수정하기로 마음먹었다. 그런 연유로, 《터프 항해기》에는 〈노온의 괴수〉 가필 수정판이 실려 있다. 그러나 내 작가 인생이 담긴 본서에 내가 처음으로 시도했던 터프 이야기를 포함시킨다면 흥미롭겠다는 생각이 들었기 때문에, 이 글 뒤에 오는 단편은 1976년에 앤솔러지 《안드로메다》에 실린 〈노온의 괴수〉의 오리지널 버전이다.

그보다는 좀 더 뒤에 나온 〈수호자〉는 1981년 〈아날로그〉지에서 처음 선을 보였다. 터프 시리즈의 애독자들 사이에서는 가장 인기가 있는 작품이며, 〈로커스〉지의 연간 최우수 노벨레트상을 받았고, 휴고상 후보에도 올랐다. 최종 투표에서는 로저 젤라즈니의 걸작 〈유니콘 베리에이션〉에 패해 2위에 머무는 바람에 아쉽게도 수상을 놓쳤지만 말이다. (로저는 내가 경애하는 선배 작가이자 친구이며, 뉴멕시코 주 앨버커키에서 열린 작가들의 점심 모임에 참석하기 위해 로저와 함께 차를 타고 가던 중에 농담하듯이 그 단편의 아이디어를 제시한 사람은 다름 아닌 나다. 로저는 이 단편의 주인공에게 마틴이란 이름을 붙임으로써 내게 감사를 표했고…… 그런 다음 내가 받아 마땅한 휴고상을 다짜고짜 강탈해 갔다.)

그리고 나서 두 번째 터프 작품집을 내자는 얘기가 오간 적이 있었다. 《터프 항해기》는 꽤 잘 팔렸기 때문에 베치 미첼이 속편을 쓰라고 제안했던 것이다. 또 다른 작품집도 좋고, 진정한 장편소설도 괜찮다고 했다. 나도 기꺼이 그러마고 했다. 이미 십여 편의 새로운 터프 이야기를 쓸 수 있는 아이디어를 비축해 놓고 있었기 때문이다. 그래서 계약은 순조롭게 이루어졌다. 〈로커스〉지에도 출간 예고가 실렸을 정도다. 우리는 이 책에 《두 배는 터프(Twice As Tuf)》라는 가제(假題)를 붙였지만, 장편을 썼다면 아마 나는 《터프 착륙기(Tuf Landing)》라는 제목으로 변경했을 것이다.

결국 실현되지는 않았지만 말이다. 할리우드 쪽 일이 끼어들었고, 어느새 나는 LA에 죽치고 앉아 1년 동안 《두 배는 터프》를 집필해서 벌 예정이었던 돈을 단 2주 만에 벌고 있었다. 당시 나는 독자들에게 참담하게 외면당한 《아마겟돈 래그》와 출간이 돈좌된 《온통 검고 희고 빨간》 탓에 절실하게 돈이 필요했다.

책을 쓰지 못하고 마감 날짜가 왔다가 지나가 버리자, 나는 내가 제시한 줄거리를 바탕으로 대신 이 책을 써 줄 공동 저자를 찾아보면 어떻겠느냐고 베치에게 제안했다. 나는 계약을 진지하게 받아들이는 성격이므로, 어떤 식으로든 베인과의 약속을 지키고 싶었던 것이다……. 그러나 파트너를 끌어들이는 것은 그리 좋은 아이디어라고는 할 수 없었다. 베치 미첼도 동감이었고, 나를 설득해서 그 생각을 접게 만들었다. 그 일에 대해서는 지금도 감사하고 있다. 베치 말이 옳았다. 누군가 다른 작가가 쓴 터프 이야기가 내가 쓴 것과 같을 리가 없다. 정말로 그런다면 베인북스뿐만 아니라 독자들과 나 자신을 속이는 것이나 다름없었다. 결국 나는 《두 배는 터프》를 쓰지 않는 대신 베인북스가 나의 과거 장편들 일부를 재간할 수 있도록 허락하는 것으로 타협을 봤다. 모두가 그럭저럭 만족했다고나 할까. 터프 시리즈를 좋아하는 독자들만 빼고 말이다.

실은 애독자들은 꽤 많다. 몇십 년이 지난 지금 와서도, 내가 받는 독자의 편지들 중 일부는 〈와일드카드〉 시리즈라든지 예의 TV 드라마 대본, 혹은 그 두껍기만 한 대하 판타지 시리즈 나부랭이를 쓰는 것을 당장 중지하고, 그럴 시간에 해빌런드 터프 이야기를 써 달라는 탄원서다.

이 경우에는 이렇게 대답하는 수밖에 없을 것이다. "아마 언젠가는 쓸지도 모릅니다. 여러분이 전혀 기대하지 않을 때 갑자기……."

노온의
괴수

A Beast for Norn

비쩍 마른 사내가 찾아온 것은 해빌런드 터프가 행성 탬버의 술집에서 느긋하게 목을 축이고 있을 때의 일이었다. 터프는 조명이 희미한 술집에서도 가장 어두운 구석의 탁자에 팔꿈치를 괴고 홀로 앉아 있었는데, 정수리가 낮은 들보에 거의 닿을 지경이었다. 탁자 위에는 거품 고리 자국이 잔뜩 남아 있는 빈 머그잔이 네 개 놓여 있었다. 반쯤 맥주가 남은 다섯 번째 잔은 터프의 굳은살이 박인 거대한 손에 쥐어져 있었다.

다른 손님들이 이따금 호기심 어린 표정으로 흘끗흘끗 쳐다보았지만, 본인은 그 사실을 아는지 모르는지 전혀 내색하지 않고 에일 맥주를 규칙적으로 들이켤 뿐이었다. 몸의 다른 부분과 마찬가지로 뼈처럼 새하얗고 털이 전혀 나지 않은 얼굴은 완전히 무표정했다. 해빌런드 터프는 실로 범상치 않은 체구의 소유자였다. 키만 큰 것이 아니라 엄청난 배불뚝이였던 것이다. 그런 그가 부스 석에 홀로 죽치고 앉아 술을 마시고 있으니 남의 눈을 끄는 것도 전혀 이상한 일이 아니었다.

정확하게 말하자면 완전히 혼자였던 것은 아니다. 그가 기르는 커다란 검은 수고양이 닥스가 둥글게 몸을 웅크린 채로 탁자 위에서 잠들어 있었기 때문이다. 터프는 이따금 에일이 든 머그잔을 내려놓고 나른하게 손을 들어 이 조용한 동반자를 쓰다듬곤 했지만, 빈 머그잔들 사이에서 늘어져 자고 있는 닥스는 꿈쩍할 생각도 하지 않았다. 다른 고양이들과 비교한다면 해빌런드 터프 못지않게 큰 몸집을 가진 거묘(巨猫)였다.

비쩍 마른 사내가 터프의 부스 석으로 왔을 때도 터프는 단 한 마디도 하지 않았다. 단지 고개를 들고 눈을 끔벅이더니 상대가 입을 열기를 기다렸을 뿐이었다.

"동물 장수 해빌런드 터프가 맞지?" 비쩍 마른 사내가 말했다. 정말이지 뼈만 남은 앙상한 몸에, 검은 가죽과 잿빛 모피를 볼품없이 헐렁하게 걸치고 있다. 그러나 부스스한 흑발 위로 얇은 황동제 보관을 눌러쓰고 손가락마다 빠짐없이 반지를 끼고 있는 것을 보니 어느 정도는 부유한 인물인 듯했다.

터프는 닥스를 쓰다듬었고, 고양이를 내려다보며 말하기 시작했다. "방금 하는 말 들었어, 닥스?" 그는 거의 악센트가 없는 굵은 저음의 목소리로 느릿느릿하게 말했다. "이제 나, 이 해빌런드 터프는 동물 장수가 된 건가. 적어도 그런 사람으로 날 보고 있는 건 확실하군." 그러고는 고개를 들어 올리더니 조급한 기색으로 대답을 기다리며 우뚝 서 있는 비쩍 마른 사내를 올려다보았다. "선생, 제가 해빌런드 터프인 건 맞습니다. 동물 교역에 종사하는 것도 사실이고 말입니다. 하지만 동물 장수를 자처하거나 하지는 않습니다. 어느 쪽인가 하면, 환경공학자임을 자부하고 있습니다만."

비쩍 마른 사내는 짜증스러운 듯이 손사래를 치더니 허락도 받지 않고 터프의 맞은편 자리에 슬쩍 앉았다. "터프, 자네가 고대의 '환경공학 군단'의 종자선(種子船)을 소유하고 있다는 건 알지만, 그렇다고 해서 자네가 환경공학자라는 건 비약 아닐까? 그치들은 이미 몇 세기나 전에 죽어 역사 속으로 사라지지 않았나. 하지만 환경공학자라고 불리고 싶다면야 얼마든지 그래 주겠네. 난 자네 도움이 필요하거든. 자네한테서 괴수를 하나 사고 싶어. 거대하고 사나운 짐승을."

"아." 터프는 다시 고양이에게 말을 걸었다. "허락도 없이 내 앞에 와서 앉은 낯선 사람이 괴물을 하나 사고 싶다고 하는군."

"그게 자꾸 맘에 걸리는 모양인데, 내 이름은 헤롤드 노온이라고 하네. 리로니카의 12 대가문(大家門) 중 하나인 노온 가문의 수석 맹수 조련사야."

"리로니카." 터프는 되풀이했다. "리로니카 얘기는 들은 적이 있습니다. 여기서 〈외연(外緣)〉 쪽으로 가자마자 나오는 행성 아닙니까? 투기굴(鬪技窟)로 명성이 높은?"

노온은 미소 지었다. "그래그래."

해빌런드 터프는 닥스의 귀 뒤쪽을 묘하게 율동적인 동작으로 긁어 주기 시작했다. 그러자 수고양이는 천천히 몸을 뻗고 하품을 하더니 비쩍 마른 사내를 흘끗 올려다보았다. 안심해도 괜찮다는 감각이 터프의 마음속으로 파도처럼 흘러들어 왔다. 이 사내는 선의의 손님이고, 진실을 말하고 있는 듯하다. 닥스가 판단한 바에 따르면 말이다. 고양이들은 모두 조금씩은 타자의 마음을 읽는 사이(psi) 능력을 가지고 있기 마련이다. 닥스의 경우는 그보다 훨씬 더 큰 능력을 가지고 있었다. 지금은 사라지고 없는 '환경공학군단'의 유전공학자들이 마술사와도 같은 수완을 발휘해 준 덕에 말이다. 닥스는 터프의 전용 독심술사였다.

"이제 조금 알 것 같군요." 터프는 말했다. "헤롤드 노온, 조금 더 자세하게 설명해 주겠습니까?"

노온은 고개를 끄덕였다. "물론일세. 리로니카, 특히 그 투기굴에 관해서는 얼마나 알고 있나, 터프?"

터프의 투박하고 창백한 얼굴에는 아무 표정 변화도 없었다. "여기저기서 이런저런 풍문을 조금 들었지요. 선생과 거래를 할 정도로 충분하지는 않을지도 모르겠지만. 뭘 원하는지 얘기해 주시면, 여기 닥스하고 함께 고려해 보겠습니다."

헤롤드 노온은 앙상한 손을 맞비비더니 다시 고개를 끄덕였다. "닥스? 아, 자네 고양이 말이군. 근사해 보이긴 하지만, 싸울 능력이 없는 짐승은 개인적으로 별로 좋아하지 않는다네. 진정한 아름다움은 전투력에서 나온다는 게 내 신조라서."

"특이한 신조로군요." 터프가 촌평했다.

"아니 아니, 그건 전혀 그렇지 않아. 여기 탬버에서 볼일을 본 탓에 자네에게도 현지 촌뜨기들의 결벽증이 옮은 게 아니라면 좋겠군."

터프는 묵묵히 머그잔을 비우고는 손짓으로 두 잔을 더 주문했다. 그 즉시 바텐더가 잔들을 날라 왔다.

"고마우이." 노온은 거품을 내는 금빛 액체가 그득한 머그잔이 자기 앞에 놓이자 말했다.

"얘길 계속해 보십시오."

"응. 그러니까, 리로니카의 12 대가문이 그 투기굴에서 힘을 겨룬다는 건 알지? 그런 일이 시작된 건— 흠, 몇 세기 전의 옛날이었어. 그 전에는 서로 전쟁을 했으니, 이런 방식이 훨씬 낫다고나 할까. 가문의 명예를 지키는 동시에 큰돈을 벌고, 다치는 사람은 아무도 없으니까 말이야. 우리 행성에는 각 대가문이 다스리는 광활한 영지가 산재해 있는데, 인구밀도가 워낙 낮은 탓에 영지에는 온갖 짐승들이 바글거리지. 그래서 오래전 평화가 이어지던 무렵 대가문 통치자들은 투기장에서 동물 싸움을 시작했던 거야. 인류 역사에 깊이 뿌리박은 즐거운 소일거리라네. 그래서 말인데, 자네 혹시 투계(鬪鷄)라든지, 옛 지구에 살던 로마인이라는 민족이 거대한 투기장에서 온갖 기기묘묘한 짐승들을 서로 싸우게 했던 고대의 전통에 관해서는 좀 아는 게 있나?"

노온은 이야기를 멈추고 에일을 들이켜며 대답을 기다렸지만, 터프는 말없이 상황을 주시하고 있는 닥스를 쓰다듬기만 하고 아무 말도 하지 않았다.

"하여튼 간에." 잠시 후 비쩍 마른 리로니카 인은 손등으로 입가의 맥주 거품을 닦으며 입을 열었다. "우리의 투기 전통은 그렇게 시작되었던 거야. 대가문들은 각자의 영지에 고유한 짐승들을 보유하고 있어. 예를 들어 바르쿠르 가문의 영지는 무더운 소택지투성이의 남부 지방에 위치해 있는데, 그치들은 거기 사는 거대한 도마뱀사자를 투기굴로 즐겨 보내곤 하지. 산이 많은 페리디안 가문은 외부인은 당연히 페리디안이라고 부르는 바위원숭이의 일종을 사육해서 승리를 거둠으로써 막대한 부를 축적했어. 내가 속한 가문인 노온은 광활한 북부 대륙의 초원에 자리 잡고 있는데, 백 가지에 달하는 다양한 짐승을 투기굴로 보냈지만 역시 가장 유명한 건 무쇠이빨이지."

"무쇠이빨이라." 터프가 말했다.

노온은 히죽 웃었다. "응." 자랑스러운 어조였다. "수석 맹수 조련사 노릇을 하면서 수없이 많은 무쇠이빨을 키워 냈지. 정말이지 귀여운 놈들이라네! 자네 못지않게 키가 크고, 아름답기 그지없는 검푸른 털가죽을 가지고 있다네. 사납고 가차 없기로는 따라올 짐승이 없지."

"개과인가 봅니다?"

"그렇지만 보통 개하고는 천양지차라네." 노온이 말했다.

"그런데도 저한테서 괴물을 사야겠다, 이겁니까?"

노온은 에일을 더 들이켰다. "사실일세, 사실이야. 십여 개의 인근 행성 주민들은 리로니카로 찾아와서 투기굴에서 벌어지는 짐승들의 싸움을 구경하고 내기 도박을 한다네. 특히 많은 손님을 끄는 건 리로니카의 수도인 제가(諸家) 시에 자리 잡은, 6백 년의 전통을 가진 〈청동 투기장〉이야. 가장 위대한 싸움은 모두 거기서 벌어지거든. 모든 가문들, 나아가서는 우리 행성 전체의 부(富)는 거기 의존하게 됐다네. 그게 없다면 리로니카는 지금처럼 부유하기는커녕 탬버의 농부들만큼이나 가난했겠지."

"그렇습니까." 터프가 말했다.

"하지만 말일세, 각 가문은 자기 명예에 상응한 부를 얻는다네. 얼마나 많은 승리를 거두는지에 달려 있는 거지. 아르네스 가문이 최강자의 자리에 오른 건 영지의 자연환경이 워낙 다양해서 사나운 짐승들을 얼마든지 손에 넣을 수 있기 때문이라네. 나머지 가문들의 서열은 〈청동 투기장〉에서 낸 실적에 따라 매겨지네. 시합이 벌어질 때마다 구경꾼들이 거는 돈의 수익은 모두 승리한 가문 몫이 되고 말이야."

해빌런드 터프는 닥스의 귀 뒤쪽을 또 긁어 주고는 말했다. "그리고 노온 가문은 리로니카의 12대 가문 중에서도 꼴지에 최약체다, 이겁니까?" 닥스의 몸에서 찌릿한 느낌이 온 것으로 보니 정곡을 찌른 듯했다.

"알고 있었던 건가." 노온이 말했다.

"선생, 그건 누가 봐도 명백하지 않습니까. 하지만 외계 행성의 괴물을 도입하는 건 〈청동 투기장〉의 윤리 규정에 위반되는 건 아닙니까?"

"선례가 있네. 70여 표준년 전에 옛 지구 출신의 도박사가 자기가 직접 훈련시킨 얼룩이리라는 짐승을 데리고 온 적이 있거든. 콜린 가문은 잠깐 정신이 나가기라도 했던지 그 도박사를 후원했다네. 하지만 그 불쌍한 짐승은 우리 노온의 무쇠이빨의 적수가 아예 되지 못했어. 사실, 그 발치에도 못 미치는 수준이었지. 그 밖에도 비슷한 예가 있네.

하지만 근년 들어서는 유감스럽게도 우리 무쇠이빨들의 번식률이 떨어지기 시작했다네. 초원에 사는 야생 무쇠이빨들은 거의 멸종되다시피 했고, 그나마 남아 있는 몇 마리는 잽싸게 도망치는 데는 도가 터서 말을 타고 쫓아가도 잡기가 힘들 지경이야. 수석 조련사인 나와 내 선임자들의 부단한 노력에도 불구하고, 번식장에서 나고 자란 놈들의 혈통 자체가 많이 약화된 것 같아. 최근 들어 노온은 단지 몇 번밖에는 승리를 거두지 못했다네. 뭔가 대책을 강구하지 않는다면 나도 그리 오래 수석 자리에 머물러 있지는 못할 거야. 우리 가문은 점점 가난해지고 있다네. 그러던 중 난 탬버에 종자선이 왔다는 소문을 듣고 자네를 만날 결심을 했던 거야. 우리 노온 가문이 새로운 영광의 시대를 열려면 자네 도움이 절실하게 필요하네."

해빌런드 터프는 미동도 않고 앉아 있었다. "이해합니다. 하지만 저는 괴물 매매에 종사하지는 않습니다. 방주 호는 고대의 종자 우주선이고, 몇천 년 전에 지구의 '연방 제국'이 환경전(環境戰)을 벌여 흐랑가 인들을 몰살시킬 목적으로 개발한 것입니다. 저는 수많은 질병을 퍼뜨릴 수 있고, 우주선의 세포 라이브러리에는 셀 수도 없을 정도로 많은 세계에서 자라는 짐승들을 복제할 수 있는 유전자 물질이 보관되어 있습니다. 하지만 선생은 환경전의 성격에 관해서 오해하고 있는 것 같군요. 가장 치명적인 적은 대형 포식 동물이 아니라 행성의 곡물을 초토화시키는 조그만 곤충들입니다. 끊임없이 번식해서 다른 생명체들이 살 자리를 아예 없애 버리는 메뚜기류 따위죠."

헤롤드 노온은 의기소침한 기색이었다. "그럼 제공해 줄 물건이 아예 없다, 이건가?"

터프는 닥스를 쓰다듬었다. "얼마 안 됩니다. 곤충은 백만 종에 달하고, 작은 새나 물고기라면 각각 10만 종쯤 보유하고 있습니다. 하지만 괴물이라고 부를 수 있는 동물의 경우는, 아마 천 종류밖에는 안 될 겁니다. 환경전에서는 그런 동물도 가끔 쓰이는 경우가 있긴 하지요. 심리학적인 이유로, 또 그 밖의 여러 이유로."

"괴물이 천 종류나 된다고!" 노온은 또다시 흥분했다. "그거면 충분하고도 남아! 천 종류나 되는데, 설마 우리 노온을 위한 괴물 한 마리 없겠나!"

"그럴지도 모르겠군요." 터프는 말했고, 그러고는 자기 고양이를 향해, "너도 그렇게 생각해, 닥스?"라고 물었다. "그렇다고? 좋아!" 그는 노온에게 다시 고개를 돌렸다. "헤롤드 노온, 방금 하신 얘기에 저도 흥미를 느꼈습니다. 마침 이 행성에서의 용무도 끝났고 말입니다. 탬버 인들에게 뿌리벌레병을 막아 줄 새를 넘겼죠. 새도 잘하고 있다더군요. 그런고로 닥스와 저는 방주 호를 몰고 리로니카로 가겠습니다. 그곳의 투기굴을 구경하고, 어떤 조치를 취할 수 있는지 알아보지요."

노온은 씩 웃었다. "아주 좋네. 그럼 이번 맥주는 내가 사지." 닥스는 비쩍 마른 사내가 승리감에 한껏 도취해 있다는 무언의 메시지를 터프에게 보냈다.

●○

〈청동 투기장〉은 제가 시 한복판에 떡하니 자리 잡고 있었다. 이 원형 도시는 투기장을 중심으로 거대한 파이를 가른 것처럼 12등분되어 있었고, 각 대가문이 구획 하나씩을 차지하고 있었다. 석조 건물이 사방으로 뻗어 나간 도시의 각 구획에는 해당 가문 특유의 색깔로 물들인 깃발이 휘날리고 있었다. 각 구획은 분위기도, 건축양식도 완전히 달랐다. 그러나 모든 가문의 구획은 〈청동 투기장〉에서 하나로 모인다.

투기장 전체가 청동으로 지어진 것은 아니었고, 건축재 대부분은 검은 석재와 연마된 나무였다. 위로 높이 뻗어 나간 이 건물은 시내에 산재한 소수의 탑과 첨탑을 제외하면 그 어떤 건물보다도 높았다. 지붕을 덮은 반짝이는 청동색 돔이 해 질 녘의 주황색 햇살을 받아 번득이고, 석재를 깎고 청동과 연철을 단조해 만든 괴물 상들은 외벽 여기저기에 난 좁은 창문 안에서 밖을 내다보고 있다. 검은 석재로 이루어진 외벽에 난 거대한 대문 또한 금속을 단조한 것이었다. 도합 열두 개의 대문은 각 가문의 도시 구획을 마주 보고 있었고, 해당 가문 특유의 색채와 조각으로 장식되어 있었다.

헤롤드 노온이 해빌런드 터프를 투기장으로 안내한 것은 리로니카의 태양이 서쪽 지평선을 새빨간 불길처럼 물들이던 시간의 일이었다. 가신들이 〈청동 투기장〉 주위에 검은 이빨처럼 입립하고 있는 금속제 오벨리스크들 위의 가스 횃불에 점화하자, 거대하고 고색창연한 투기장 건물은 청색과 주황색의 명멸하는 불길로 에워싸였다. 터프는 프로 도박사들과 노름꾼들의 인파에 섞여 헤롤드 노온 뒤를 따라갔다. 인적이 끊긴 노온 구획의 빈민가를 관통하는 쇄석(碎石) 도로 좌우에는 사납게 포효하는 무쇠이빨 청동상들이 열두 개 배치되어 있었고, 그 길을 따라가자 흑단과 청동으로 복잡하게 장식된 노온 가문의 대문이 나왔다. 대문을 지키고 있는 위병들은 헤롤드 노온과 마찬가지로 검은 가죽과 잿빛 가죽으로 된 제복 차림이었다. 위병들은 자기 가문의 수석 맹수 조련사를 알아보고 터프와 함께 그대로 통과시켜 주었지만, 다른 사람들은 멈춰 서서 금화나 철제 주화로 입장료를 지불했다.

〈청동 투기장〉은 현존하는 투기굴 중 가장 거대한 것이었다. 지하 깊숙이 파 내려간 투기장의 구덩이 바닥에는 모래가 깔려 있었으며, 구덩이 자체는 4미터 높이의 석벽으로 둘러싸여 있었다. 석벽 바로 위에 자리 잡은 관람석은 동심원 모양의 층을 이루며 대문까지 이어지고 있다. 3만 명은 족히 수용할 수 있는 좌석이 있었지만 가장 바깥쪽에 해당하는 위쪽 층의 전망은 별로였다. 무쇠 기둥에 가려진 좌석들도 있었다. 돈을 걸기 위한 부스가 건물 곳곳에 자리 잡고 있었고, 외벽 여기저기에는 창문이 나 있었다.

헤롤드 노온은 노온 구획 가장 앞에 있는 특등석으로 터프를 안내했다. 4미터 아래의 구덩이 바닥과 특등석의 그들 사이를 가르는 것은 석조 난간밖에 없었다. 특등석은 나무와 쇠로 만들어져 삐걱거리는 후방 좌석들과는 달리 옥좌를 연상시키는 가죽 의자였고, 거구인 터프조차도 여유 있게 앉을 수 있을 정도로 큰 데다가 이루 말할 수 없을 정도로 편했다.

"특등석은 모두 저 구덩이 바닥에서 고귀한 죽음을 맞은 짐승의 가죽으로 만들었다네." 헤롤드 노온은 터프와 함께 자리에 앉으며 말했다. 아래쪽에서는 파란색 일체형 작업복을 입은 작업원들이 비쩍 마르고 깃털이 달린 동물의 사체를 출입문 하나로 질질 끌어가는 중이었다. "저건 라이힐 가문의 전투새야." 노온이 설명했다. "라이힐의 맹수 조련사는 바르쿠르 가문의 도마뱀사자 상대로 저걸 출전시켰던 거지. 도저히 적절한 선택이라고는 할 수 없었지만 말이야."

해빌런드 터프는 아무 말도 하지 않았다. 단지 허리를 펴고 꼿꼿이 앉아 있을 뿐이었다. 발목까지 오는 커다란 비닐제 외투 차림이었고, 챙이 달리고 휘장에 금빛 세타[1] 문자를 박아 넣은 환경공학자의 녹색과 갈색 제모(制帽)를 쓰고 있었다. 터프는 커다랗고 투박한 손을 튀어나온 배 위에 올려놓고 깍지를 꼈고, 헤롤드 노온의 입에서 쉴 새 없이 쏟아져 나오는 잡담에 귀를 기울였다.

이윽고 투기장의 진행자가 입을 열자, 확성기를 통해 증폭된 천둥 같은 목소리가 건물 전체에서 울려 퍼졌다.

"다섯 번째 시합입니다." 진행자가 고했다. "노온 가문의 대표는 무쇠

---

1 Θ. 그리스 알파벳의 여덟 번째 글자.

이빨 수컷입니다. 나이는 두 살, 체중은 2.6퀸탈입니다. 조련사는 하급 맹수 조련사인 케르스 노온, 〈청동 투기장〉에는 첫 출전입니다." 그러자마자 바로 아래쪽에서 금속과 금속이 거칠게 마찰하는 소리가 들리더니 악몽에서 빠져나온 것 같은 괴물이 투기굴로 튀어나왔다. 털로 북슬북슬한 거대한 몸통과 움푹 들어간 빨간 눈. 두 줄로 늘어선 만곡하고 날카로운 이빨이 침을 뚝뚝 흘린다. 늑대를 터무니없이 크게 만든 다음 검치호(劍齒虎)와 교배한 듯한 모습이었다. 나무줄기만큼이나 두꺼운 네 다리. 약동하는 근육의 움직임을 숨겨 주는 전신의 검푸른 털가죽도 이 짐승의 전광석화 같은 속도와 치명적인 우아함을 완전히 숨기지는 못했다. 무쇠이빨이 으르렁거리는 소리가 투기장 전체에 메아리쳤다. 주위의 관객들이 산발적으로 환호했다.

헤롤드 노온은 미소 지었다. "케르스는 내 사촌이고, 하급 조련사들 중에서는 가장 유망한 인재라네. 저 무쇠이빨로 우리를 기쁘게 해 주겠다고 장담하더군. 그렇군, 맞아. 나도 저놈 생김새가 마음에 들어. 자네도 안 그런가?"

"리로니카에 온 것도, 〈청동 투기장〉에 온 것도 처음이라서 비교할 대상이 없군요." 터프는 굳은 목소리로 말했다.

사회자가 다시 입을 열었다. "황금숲의 아르네스 가문을 대표하는 것은 교살유인원입니다. 나이는 여섯 살에 체중은 3.1퀸탈이고, 수석 맹수 조련사인 다넬 리 아르네스의 조련을 받았습니다. 〈청동 투기장〉에는 이미 세 번 출전해서 세 번 모두 이기고 살아남았습니다."

투기장 너머의 또 다른 출입문—금색과 심홍색 금속으로 만들어진—이 스르르 열리더니 두 번째 짐승이 뭉뚝한 두 다리로 휘적휘적 걸어 나와 주위를 둘러보았다. 교살유인원은 키는 작았지만 엄청나게 우람한 역삼각형의 몸통과 포탄형 머리를 가지고 있었다. 이마 아래쪽의 두껍게 융기한 뼈 밑으로 움푹 파인 두 눈이 보인다. 유인원은 관절이 두 개 있는 근육질의 긴 팔을 투기장 바닥의 모래땅 위로 질질 끌며 움직였다. 겨드랑이에 조금 난 암적색 털을 제외하면 머리끝에서 발끝까지 털이 전혀 없었다. 피부는 우중충한 백색이었고, 강렬한 체취를 풍겼다. 투기장 반대편에 있는 해빌런드 터프조차도 강한 사향내를 맡을 수 있을 정도였다.

"저놈이 흘리는 땀 냄새야." 노온이 설명했다. "다넬 리는 저놈을 광란 상태에 빠뜨린 뒤에 내보냈어. 보시다시피 실전 경험에서는 저놈 쪽이 더 앞서 있는 데다가, 교살유인원은 원래부터 사납기 그지없는 맹수라네. 그 친척인 산악유인원과는 딴판으로 타고난 육식동물이기 때문에 훈련할 필요가 거의 없어. 하지만 케르스의 무쇠이빨 쪽이 더 젊으니까 흥미로운 싸움을 볼 수 있을걸세." 노온의 맹수 조련사가 몸을 앞으로 내미는 동안에도 터프는 꿈쩍도 않고 묵묵히 앉아 있었다.

거대한 유인원은 목 깊숙한 곳에서 으르렁거리는 소리를 내며 몸을 돌렸다. 무쇠이빨은 으르렁거리며 이미 득달같이 달려드는 중이었다. 검푸른 물체가 사방에 모래를 흩뿌리면서 투기장 바닥을 전광석화처럼 가로질렀다. 교살유인원은 길게 늘어진 거대한 팔을 활짝 벌리고 그 자리에서 기다렸다. 터프의 눈에 거대한 노온의 맹수가 엄청난 도약을 하는 광경이 흐릿하게 비쳤다. 다음 순간 두 맹수는 서로 뒤엉켜서 사납게 싸우며 바닥에서 뒹굴고 있었다. 투기장은 환호와 절규로 가득 찼다. "목을 노려." 노온이 외치고 있었다. "목을 물어뜯어! 목을 물어뜯어!"

그러자 처음 달라붙었을 때만큼이나 느닷없이 두 맹수는 서로에게서 몸을 떼었다. 무쇠이빨은 몸을 홱 뺀 다음 천천히 원을 그리며 돌기 시작했다. 앞발 하나가 구부정하게 부러진 탓에 나머지 세 다리로 절뚝거리며 움직이는 것을 알 수 있었다. 그럼에도 불구하고 무쇠이빨은 적수 주위를 빙빙 돌았다. 교살원숭이는 전혀 틈을 보이지 않고 계속 몸을 돌려 주위를 배회하는 무쇠이빨을 정면에서 마주 보았다. 유인원의 넓은 가슴에 난 긴 열상(裂傷)에서 피가 뚝뚝 흘러내린다. 무쇠이빨의 날카로운 윗니에 찢긴 것이다. 그러나 아르네스 가문의 맹수는 힘이 빠진 기색을 거의 보이지 않았다. 헤롤드 노온은 터프 곁에서 나직하게 투덜거리기 시작했다.

싸움이 소강상태에 빠진 것이 못마땅해진 관중 일부가 장단을 맞춰 나직하게 영창(詠唱)하기 시작했다. 이 말없는 성원에 다른 관객들이 합류하면서 소음은 한층 더 크게 부풀어 올랐다. 그 즉시 터프는 구덩이 속의 짐승들이 이 소리에 영향을 받고 있다는 사실을 깨달았다. 양쪽 모두 으르렁거리고 쉭쉭하는 소리를 뱉으면서 처절한 전투의 포효를 발했다. 유인원은 양발을 교대로 딛고 앞뒤로 움직이며 기괴한 춤을 추기 시작했다. 무쇠이빨의 한껏 벌린 아가리에서는 뜨거운 침이 비처럼 뚝뚝 쏟아졌다. 관중의 영창 소리는 점점 더 커졌고, 급기야는 곁에 있던 헤롤드 노온까지 비쩍 마른 몸을 조금씩 흔들면서 신음하기 시작했다. 터프는 이것이 피에 굶주린 살육의 노래임을 단박에 깨달았다. 아래쪽 짐승들은 광열(狂熱) 상태에 빠졌다. 느닷없이 무쇠이빨이 다시 돌진했다. 유인원은 적수의 맹렬한 돌진을 받아치려고 긴 두 팔을 앞으로 뻗었지만, 충돌의 충격에 못 이겨 뒤로 벌렁 자빠졌다. 터프는 무쇠이빨의 이빨이 허공을 문 순간 유인원의 거대한 두 손이 적의 검푸른 목에 감기는 것을 보았다. 무쇠이빨은 미친 듯이 몸부림치며 적과 함께 모래땅 위를 나뒹굴었지만, 오래가지 못했다. 다음 순간, 무엇인가가 뚝 부러지는 날카로운 소리가 끔찍할 정도로 커다랗게 울려 퍼졌다. 이제 늑대를 닮은 괴물은 걸레 같은 털가죽 뭉치에 지나지 않았다. 기괴한 각도로 꺾인 머리통이 옆으로 축 늘어졌다.

관중은 신음하는 듯한 영창을 그치고 박수갈채를 보내며 휘파람을 불기 시작했다. 잠시 후 금색과 심홍색 출입문이 다시 스르르 열리더니 교살유인원은 왔던 곳으로 되돌아갔다. 노온 가문의 검정색과 회색 제복을 입은 네 명의 사내가 사체를 가져가기 위해 투기장 안으로 들어갔다.

헤롤드 노온은 뚱한 기색이었다. "또 졌군. 케르스와 얘기를 나눠 봐야겠어. 적수의 목을 물어뜯지 못하다니."

해빌런드 터프가 일어섰다. "선생의 〈청동 투기장〉은 충분히 구경했습니다."

"벌써 가려고?" 노온은 불안한 어조로 물었다. "그래도 이렇게 대뜸 떠나는 법이 어디 있나! 앞으로도 다섯 시합이나 남아 있어. 다음 시합에서는 거대한 페리디안이 아마르섬의 물전갈하고 싸운다고!"

"더 이상 볼 필요가 없겠군요. 저는 닥스한테 밥을 줘야 하기 때문에 방주 호로 돌아가야 합니다."

노온은 벌떡 일어서서 불안한 표정으로 가지 말라는 듯이 터프의 어깨를 잡았다. "그럼 우리한테 괴수를 팔아 줄 거지?"

터프는 맹수 조련사의 손을 뿌리쳤다. "선생, 저는 제 몸에 누가 손을 대는 걸 좋아하지 않습니다. 체통을 지키십시오." 노온이 손을 떨구자 터프는 상대의 눈을 똑바로 바라보았다. "우선 컴퓨터를 뒤져서 기록을 찾아봐야 합니다. 방주 호는 지금 행성 궤도에 머물고 있습니다. 내일모레에 궤도 셔틀을 타고 올라오십시오. 문제가 존재하는 건 확실하니, 그걸 바로잡기 위해 노력하겠습니다." 그런 다음 해빌런드 터프는 더 이상 아무 말도 하지 않고 몸을 돌려 〈청동 투기장〉에서 나왔고, 그의 궤도 셔틀이 기다리고 있는 제가 시의 우주항을 향해 갔다.

●○

헤롤드 노온이 방주 호를 방문할 마음의 준비가 되어 있지 않았다는 점은 명백했다. 검정색과 회색의 전용 셔틀이 도킹한 후 터프의 안내를 받고 우주선 내부로 들어온 노온은 놀란 기색을 감추려고조차 하지 않았다. "예상했어야 하는 건데." 그는 되풀이해 말했다. "이 배의 크기, 이 우주선의 크기를 말이야. 당연히 예상했어야 했어."

해빌런드 터프는 미동도 않고 서서 한쪽 팔에 안긴 닥스를 천천히 쓰다듬었다. "옛 지구에서 건조되던 우주선은 지금보다 훨씬 더 컸습니다." 그는 무표정하게 말했다. "특히 방주 호는 종자선인 고로 클 필요가 있었죠. 과거에는 승무원 수가 2백 명에 달한 적도 있습니다. 지금은 단 한 명이지만."

"이 넓은 배에 승무원은 자네 혼자란 말인가?" 노온이 말했다.

닥스가 느닷없이 터프에게 경계하라는 신호를 보냈다. 맹수 조련사가 불온한 생각을 품기 시작했기 때문이다. "그렇습니다." 터프는 말했다. "제가 이 배의 유일한 승무원입니다. 물론 여기 닥스도 있지만 말입니다. 제게서 이 배의 통제권을 빼앗으려는 시도를 저지하기 위한 방어 프로그램들 또한 충분히 있습니다."

닥스가 노온의 계획이 갑자기 사그라들었음을 알렸다. "그랬었군." 잠시 후 노온은 열성적인 어조로 물었다. "자, 기록을 뒤져 보니 어떤 결과가 나오던가?"

"따라오십시오." 터프는 이렇게 말하고 몸을 돌렸다.

그는 응접실에서 작은 복도를 거쳐 더 넓은 복도로 노온을 데리고 나갔다. 그곳에서 두 사람은 바퀴가 세 개 달린 차에 올라탄 다음 온갖 크기와 모양의 유리관들이 줄줄이 늘어선 긴 터널을 통과했다. 유리 원통들 안에는 가볍게 거품이 이는 액체가 가득 차 있었다. 어떤 줄은 사람 손가락만 한 유리관들로 세분되어 있는가 하면, 그와는 정반대로 〈청동 투기장〉을 통째로 집어넣을 수 있을 만큼 큰 극대(極大) 사이즈의 유리관도 하나 있었다. 이것은 비어 있었지만, 중간 크기의 유리관들 중 일부에는 반투명한 주머니 속에 매달려 발작적으로 몸을 떠는 거무스름한 것들이 들어 있었다. 노온이 경탄하며 좌우를 둘러보는 동안 터프는 동그랗게 웅크린 닥스를 무릎 위에 올려놓은 채로 똑바로 앞만 보며 운전에만 전념했다.

차는 마침내 터널을 나와 컴퓨터 제어반들이 잔뜩 있는 작은 방에 도착했다. 이 정사각형 방의 네 귀퉁이에는 팔걸이 부분에 제어반을 내장한 커다란 의자가 하나씩 놓여 있었다. 방 한복판에는 파란 금속으로 된 원판이 박혀 있었다. 해빌런드 터프는 닥스를 한쪽 의자 위에 내려놓은 다음 그 옆의 의자에 앉았다. 노온은 주위를 둘러보다가 터프의 대각선 상에 있는 의자를 골라 앉았다.

"몇 가지 사항을 미리 알려 드릴 필요가 있습니다." 터프가 운을 뗐다.

"그래그래." 노온이 말했다.

"괴수는 비쌉니다. 비용으로 10만 스탠더드를 지불하셔야 합니다."

"아니, 뭐라고? 그건 말도 안 되는 금액이야! 〈청동 투기장〉에서 백 번은 승리를 거둬야 겨우 벌 수 있는 거금 아닌가! 자네도 잘 알잖나, 우리 노온이 가난한 가문이라는 걸."

"그렇습니까. 그럼 더 부자 가문이라면 그런 비용을 댈 수 있을지도 모르겠군요. '환경공학군단'은 몇 세기 동안이나 전혀 활동하지 않았습니다. 멀쩡하게 작동하는 '군단'의 우주선은 이 방주 호가 유일합니다. 그들의 과학기술은 대부분 망각되었고, 그들이 구사하던 생물 복제 기술이나 유전공학 기술은 이제 행성 프로메테우스와 옛 지구에만 남아 있을 뿐입니다. 그런 비밀을 극비로 취급하는 곳에서 말입니다. 게다가 프로메테우스의 경우는 더 이상 정체(停滯) 역장 기술을 보유하고 있지 않기 때문에 그들이 복제하는 생물들은 자연 출생한 생물과 같은 속도로 자라는 수밖에 없습니다." 터프는 불빛이 천천히 깜박이는 컴퓨터 제어반 앞의 의자 위에서 웅크리고 있는 닥스 쪽을 바라보았다. "닥스야, 그럼에도 불구하고 헤롤드 노온은 내가 청구한 비용이 과하다고 하는구나."

"5만 스탠더드." 노온이 말했다. "그것도 겨우 염출할 수 있을까 말까 해."

해빌런드 터프는 아무 말도 하지 않았다.

"좋아, 그럼 8만 스탠더드! 그 이상은 도저히 무리야. 더 이상 낸다면 노온 가문은 파산할 거야! 청동 무쇠이빨 상들을 뜯어내고, 노온의 대문을 봉인하는 꼴을 보고 싶은가!"

해빌런드 터프는 아무 말도 하지 않았다.

"염병할! 알았어, 10만을 내겠네. 하지만 그건 우리가 자네의 괴수에 만족하는 경우에 한해서야."

"이쪽에서 괴수를 넘겨 드리는 즉시 대금을 지불하셔야 합니다."

"그건 불가능해!"

터프는 또다시 침묵했다.

"염병할. 알았네, 알았다고."

"괴수 자체에 관해서는, 선생의 요구를 상세하게 검토하고 배의 컴퓨터에 있는 기록을 검색해 보았습니다. 이 방주 호의 냉동 세포 라이브러리는 몇만 마리에 달하는 포식 동물들의 세포를 보유하고 있고, 그중에는 원산지 행성에서는 이미 멸종해 버린 종들도 다수 포함되어 있습니다. 하지만 〈청동 투기장〉의 요구를 충족시키는 것은 그중에서도 소수에 불과하다는 게 제 생각입니다. 설령 충족시킨다 해도, 그것들 중 다수는 다른 이유 때문에 적절한 선택이 아닙니다. 이를테면 저는 노온 가문의 영지에서 번식할 가능성이 그나마 있어 보이는 짐승들로 선별 대상을 한정시켜야 했습니다. 생식 능력이 없는 짐승에 투자한다는 것은 도저히 현명한 투자라고는 할 수 없습니다. 어떤 짐승이 아무리 천하무적이라 한들 세월이 흐르면 나이를 먹고 죽기 마련이고, 그런다면 노온 가문 또한 승리와 작별을 고해야 할 테니까 말입니다."

"아주 좋은 지적일세." 헤롤드 노온이 말했다. "우리도 이따금 도마뱀사자나 페리디안을 위시한 다른 12 대가문의 특산 짐승들을 키워 보려고 했지만 참담한 실패로 끝났을 뿐이야. 기후나 식생이 워낙 안 맞아서……." 그는 넌더리가 난다는 듯이 손을 휘저었다.

"바로 그겁니다. 그런고로, 탄소 기반인 선생의 행성에서는 죽을 것이 뻔한 실리콘 기반의 생물은 처음부터 제외했습니다. 리로니카와는 너무 동떨어진 대기 구성을 가진 행성의 생물도 마찬가지입니다. 기후가 크게 다른 곳의 짐승들 역시 제외했습니다. 이런 연구를 진행하면서 제가 얼마나 다종다양한 난제에 부닥쳤는지를 이제 충분히 이해해 주시리라고 믿습니다."

"그래그래. 하지만 요점을 말해 보게. 뭘 찾아냈나? 무려 10만 스탠더드나 하는 괴수란 도대체 어떤 놈인가?"

"직접 고를 기회를 드리겠습니다. 서른 종류의 후보 중에서 말입니다. 자, 보십시오!"

터프가 의자 팔걸이에서 반짝이는 단추 하나를 누르자 방 한복판의 파란 금속 원판 위에 쭈그리고 앉아 있는 짐승 한 마리가 홀연히 모습을 드러냈다. 키는 2미터에 달했고, 우중충한 분홍빛 고무 같은 피부에는 듬성듬성 흰 털이 나 있었다. 이마는 납작했고, 돼지를 닮은 주둥이에 날카로워 보이는 구부러진 뿔 한 쌍을 가지고 있었다. 그리고 양손 끝에는 단검 같은 손톱이 자라 있었다.

"〈청동 투기장〉에서 그리 격식을 따지지 않는다는 건 직접 봐서 아니까, 정확한 종명(種名) 따위로 번거롭게 해 드리지는 않겠습니다." 해빌런드 터프는 말했다. "이건 행성 헤이데이에서 이른바 사냥돼지라고 불리는 생물입니다. 숲과 평원 양쪽에 서식하고 있습니다. 주로 죽은 동물의 사체를 먹지만 신선한 고기도 좋아하는 걸로 알려져 있고, 공격받았을 경우에는 아주 사납게 싸웁니다. 상당히 머리가 좋지만 가축화는 불가능하다더군요. 사냥돼지의 번식률은 매우 높습니다. 걸리버에서 헤이데이로 이주한 사람들은 바로 이 짐승 때문에 거주지를 버리고 떠났답니다. 약 2백 년 전에 일어난 일입니다."

헤롤드 노온은 흑발과 황동제 보관 사이의 두피를 긁적였다. "아냐. 이놈은 너무 말랐고, 너무 가벼워 보여. 게다가 저 목을 보라고! 페리디안한테 물리면 어떻게 될지 상상이 안 되나?" 그는 세차게 고개를 흔들었다. "게다가 추하지 않나. 아무리 성질이 더러워도, 죽은 사체를 먹는 동물을 추천하다니 맘에 안 드는군. 우리 노온 가문은 고귀한 포식 동물만을 길러. 자기 먹이를 직접 죽이는 짐승만!"

"알겠습니다." 터프가 다시 단추를 누르자 사냥돼지의 모습이 사라졌다. 대신 그 자리에 나타난 것은 윗부분이 천장 쪽 금속판에 닿아 관통할 정도의 몸집을 가진, 판금 갑옷만큼이나 밋밋한 잿빛 장갑판으로 에워싸인 거대한 구(球)였다.

"이 괴물의 원산지는 이름이 붙여진 적도 없고 인류가 거주한 적도 없는 곳입니다. 올드포세이돈에서 보낸 탐험대가 한 번 탐사했을 때 표본 몇 개체를 생포한 게 전부입니다. 동물원에서도 잠깐 전시된 적이 있지만 오래가지 못했습니다. 이 짐승의 별명은 롤러팔이고, 성체의 무게는 약 6톤에 달합니다. 고향 행성의 평원에서 이 롤러팔들은 표준 시속 50킬로미터의 고속으로 달리면서 먹잇감을 글자 그대로 깔아뭉개는 것으로 알려져 있습니다. 몸 전체가 거대한 입이나 다름없어서, 전신 피부의 어떤 부분에서든 강력한 소화효소를 분비할 수 있습니다. 그냥 자기 먹잇감을 깔고 앉아서 그것이 체내에 흡수될 때까지 기다리면 된다는 뜻입니다."

헤롤드 노온은 무시무시한 홀로그램 안으로 반쯤 몸을 들이밀고 감탄하는 듯한 어조로 말했다. "아, 그래. 이쪽이 아까보다는 훨씬 낫군. 대단한 괴물이야. 이것도 나쁘진 않지만…… 하지만 이건 좀 아니군." 그는 느닷없이 정색하고 말했다. "안 돼. 이건 쓸 수 없어. 무게가 6톤이나 나가는 데다가 그렇게 빨리 구르는 생물은 〈청동 투기장〉 벽을 부수고 밖으로 뛰쳐나갈 게 뻔하지 않나. 손님들도 몇백 명은 죽겠지. 게다가 누가 돈을 내고 이런 물건이 도마뱀사자나 교살유인원을 깔아뭉개는 걸 보려고 하겠나? 이건 안 돼. 시합 자체가 성립할 수 없으니. 터프, 자네의 이 롤러팔이란 놈은 괴물치고도 너무 위험해."

터프는 여전히 무표정한 얼굴을 하고 다시 단추를 눌렀다. 엄청난 크기의 잿빛 덩어리가 사라지더니 이번에는 늘씬한 고양잇과의 동물이 출현했다. 으르렁거리는 이 짐승의 덩치는 무쇠이빨 못지않게 컸다. 노랗고 가느다란 눈동자와 감청색 모피 아래에 있는 단단하고 강인한 근육의 소유자였다. 밝은 은빛의 줄무늬가 배 여기저기를 가로지르고 있다.

"아아아아아." 노온이 말했다. "아름답군. 정말로 아름다워."

"실리아의 세계에 서식하는 코발트표범입니다." 터프가 말했다. "곧잘 코발캣이라고 불리지요. 대형 고양잇과 동물이나 그에 상응하는 유사 동물들 중에서도 가장 덩치가 크고 흉포한 짐승입니다. 사상 최고의 사냥꾼이고, 오감의 예민함은 가히 생명공학의 기적이라고 할 만합니다. 밤에 몰래 먹잇감에 접근하기 위해서 적외선대까지 볼 수 있고, 저 귀는 그 크기와 너비를 보면 유추할 수 있듯이 지극히 예민합니다. 고양잇과의 짐승이기 때문에 코발캣은 독심 능력을 가지고 있지만, 그 부분에서도 평균을 훌쩍 뛰어넘습니다. 공포, 배고픔, 유혈 충동 모두가 그

능력을 촉발시키지요. 그럴 경우 코발캣은 상대의 마음을 읽을 수 있습니다."

노온은 깜짝 놀라 고개를 들었다. "뭐라고?"

"독심 능력. 방금 말씀드리지 않았습니까, 상대의 마음을 읽는다고. 코발캣이 그토록 치명적인 사냥꾼인 이유는, 단적으로 말해 적수가 어떻게 움직일지를 미리 알아차리기 때문입니다. 상대 움직임을 예상하는 거죠. 무슨 뜻인지 이해하시겠습니까?"

"이해했네." 노온은 흥분한 목소리로 대답했다. 해빌런드 터프는 닥스 쪽을 보았다. 아무 냄새도 나지 않는 유령 괴물들이 차례로 출현했어도 전혀 동요하는 기색이 없던 커다란 수고양이는 비쩍 마른 사내의 열성적인 태도가 진심에서 우러나온 것이라고 보장했다. "완벽해. 완벽해! 게다가 이 짐승들은 무쇠이빨과 마찬가지로 훈련시킬 수 있지 않나, 안 그래? 게다가 마음까지 읽는다니! 완벽해. 몸의 색깔조차도 마음에 드는군. 감청색이잖아. 우리 무쇠이빨들은 검푸른 색깔을 하고 있어. 그러니 이 괭이들은 색깔부터 우리 노온 가문에 딱 맞아떨어지는군! 바로 이거야!"

터프가 팔걸이의 제어반을 조작하자 코발캣의 홀로그램이 사라졌다. "그렇다면 더 이상 고를 것도 없겠군요. 괜찮으시다면, 3주 뒤에 인계해 드리겠습니다. 아까 합의한 금액으로 세 쌍을 제공해 드리지요. 번식용으로 초원에 방사할 젊은 암수 코발캣 두 쌍에, 완전히 자란 부부 한 쌍을 말입니다. 후자의 경우 즉시 〈청동 투기장〉에 출전할 수 있을 겁니다."

"그렇게 빨리 가능하다니." 노온은 입을 열었다. "듣던 중 반가운 소식이긴 한데……."

"이 배에서는 정체 역장을 씁니다. 역장을 역전시키면 시간적 왜곡 효과가 발생하는데, 원하신다면 시간 가속 효과라고 불러도 좋습니다. 표준적인 절차지요. 프로메테우스의 복제 기술의 경우는 복제된 생물이 자연히 나이를 먹어 성숙할 때까지 기다려야 하기 때문에 가끔 불편한 상황이 야기되곤 합니다. 이 시점에서 미리 알려 드리는 편이 현명할 것 같아서 하는 말인데, 제가 노온 가문에 제공하는 동물들은 여섯 마리지만 실제로는 세 개체에 해당합니다. 방주 호가 보유한 코발캣의 세포는 세 개라서. 저는 리로니카에 정착한 코발캣들이 성공적으로 교배할 수 있는 가능성을 염두에 두고, 각 세포 표본당 암수 한 마리씩 복제할 생각입니다."

닥스는 승리감과 혼란스러움과 조급함이 뒤섞인 기묘한 감정으로 터프의 머릿속을 가득 채웠다. 그렇다면 헤롤드 노온은 방금 터프가 한 말을 하나도 이해 못 했다는 얘기가 된다. 물론 해석하기 나름이긴 하지만, 그랬을 공산이 커 보였다.

"좋아. 뭐든 좋네." 노온이 말했다. "완성하는 즉시 동물들을 넣기 위한 적절한 우리를 셔틀에 실어서 보내지. 대금은 그때 지불하겠네."

그러자 닥스가 속임수, 불신, 경계의 감정을 발산했다.

"이쪽에서 동물들을 건네 드리기 전에 선불로 주셔야 합니다."

"하지만 아까는 넘겨줄 때 받으면 된다고 하지 않았나."

"사실입니다. 하지만 저는 워낙 변덕이 심한 성격이고, 방금 착불보다는 선불이 낫다는 충동을 느껴서요."

"아, 알았네. 그러지, 뭐." 노온이 말했다. "자네의 그런 요구는 제멋대로고 과하긴 하지만, 코발캣들만 있으면 우리 가문은 곧 본전을 되찾을 수 있을 거야." 그는 이렇게 말하고 일어서려고 했다.

해빌런드 터프는 손가락 한 개를 들어 올려 보였다. "잠깐. 노온 가문의 영지에 관한 정보를 포함해서, 리로니카의 생태 환경에 관해서 저는 변변한 정보를 받지 못했습니다. 어쩌면 거기서도 먹잇감을 찾을 수 있을지도 모르겠군요. 하지만 미리 경고하는데, 코발캣들은 충분한 사냥감이 없으면 번식을 하지 않습니다. 따라서 적절한 먹잇감이 되어 줄 동물이 필요합니다."

"그래그래. 지당한 지적이네."

"그럼 이걸 추가하면 어떻습니까? 5천 스탠더드의 추가 요금을 내시면, 행성 실리아산의 껑충이 종축(種畜) 한 무리를 제공해 드리겠습니다. 털로 뒤덮인 초식동물인데, 고기가 워낙 맛난 걸로 십여 개의 세계에서 명성이 자자하지요."

헤롤드 노온은 미간을 찌푸렸다. "어이, 그런 건 무료로 제공해야 옳지 않겠나. 자넨 이미 우리한테서 거금을 갈취했잖나. 그러니까……."

터프는 자리에서 일어나더니 육중한 어깨를 으쓱해 보였다. "방금 야단을 맞았어, 닥스." 그는 고양이에게 말했다. "나더러 어쩌라는 걸까? 난 단지 정직한 방법으로 먹고살고 싶을 뿐인데." 그는 노온을 보았다. "방금 또 변덕스러운 충동을 하나 느꼈습니다. 아무리 값을 깎아 드려도, 선생은 결코 응하지 않으리라는 예감을 느꼈습니다. 그런고로, 제가 졌습니다. 껑충이들은 무료로 제공해 드리겠습니다."

"좋아. 아주 좋아." 노온은 문 쪽으로 몸을 돌렸다. "코발캣들과 함께 인수받으면 영지 주위에 풀어놓기로 하지."

해빌런드 터프와 닥스는 노온을 따라 통신실 밖으로 나갔다. 차를 타고 노온의 셔틀까지 되돌아가는 동안에는 줄곧 침묵이 흘렀다.

●○

괴물의 대금은 인도일 하루 전에 궤도로 올려 보내졌다. 다음 날 오후 검정색과 회색 제복을 입은 십여 명의 사내들이 몇 척의 궤도 셔틀에 나눠 타고 방주 호로 올라왔고, 진정제를 투여받은 상태로 해빌런드 터프의 영양 튜브 안에 있던 여섯 마리의 코발캣들을 셔틀 안에 준비해 놓은 우리 속으로 이송했다. 터프는 들릴락 말락 하게 잘 가라는 인사를 건넸다. 그 이후로 헤롤드 노온에게서는 아무 연락도 없었지만, 터프는 방주호를 리로니카의 주회(周回) 궤도 상에 계속 놓아두었다.

리로니카의 짧은 하루가 세 차례 지나가기도 전에 터프는 그의 고객이 〈청동 투기장〉에서 벌어질 시합에 코발캣 한 마리를 출전시킨 것을 확인했다. 시합이 있는 날 저녁, 그는 최선을 다해 변장을 한 다음 (가짜 수염과 어깨까지 내려오는 빨강 머리 가발, 소매가 부풀어 오른 샛노랗고 요란한 정장에 모피 터번까지 뒤집어씀으로써 가급적 사람들의 눈을 피해 볼 요량이었다) 셔틀에 올라타고 제가 시로 강하했다. 코발캣이 출전하는 세 번째 시합이 개시되었을 때 터프는 투기장 위쪽 관람석에 면한 거친 돌벽에 등을 기댄 채로 그의 체중을 지탱하기 위해 삐걱거리며 악전고투 중인 좁다란 나무 의자에 앉아 있었다. 입장료로 철제 주화 몇 푼을 냈지만, 베팅을 위한 부스는 고지식하게도 거들떠보지도 않았다.

"세 번째 시합입니다." 진행자가 이렇게 외쳤을 때 작업원들은 아직도 두 번째 시합의 패자가 여기저기에 남긴 고깃덩어리들을 밖으로 끌어내는 중이었다. "바르쿠르 가문에서는 암컷 도마뱀사자가 출전합니다. 나이는 9개월, 무게는 1.4퀸탈이고, 하급 맹수 조련사인 아마리 이 바르쿠르 오세니의 조련을 받았습니다. 〈청동 투기장〉에서의 전적은 1승입니다." 터프 근처에 있는 관객들은 환호성을 올리며 손을 마구 흔들기 시작했다. 이번에 투기장을 방문하면서 터프는 바르쿠르 가문의 대문을 지나왔다. 녹색 콘크리트 도로를 따라서 걷다가 거대한 황금색 도마뱀의 쩍 벌린 아가리 속을 통과했던 것이다. 그리고 지금, 그가 있는 곳에서 한참 아래쪽에 위치한 모래판에서 녹색과 금색의 법랑을 입힌 출입문이 스르르 위로 올라가는 것이 보였다. 터프는 목에 걸고 있던 쌍안경을 눈가에 갖다 대고 도마뱀사자가 휘적거리며 전진하는 광경을 목격했다. 전신이 녹색 비늘로 뒤덮이고 2미터 길이의 몸통을 가진 이 파충류는, 몸통 길이의 세 배에 달하는 채찍 같은 긴 꼬리와 옛 지구의 앨리게이터 악어를 연상케 하는 긴 주둥이를 가지고 있었다. 그것이 거대한 턱을 소리 없이 여닫자 줄줄이 박힌 무시무시한 이빨이 드러났다.

"노온 가문을 대표해서 출전하는 것은 손님 여러분의 즐거움을 위해서 특별히 외계 행성에서 수입한 암컷 코발캣이고, 나이는— 3주입니다." 진행자는 머뭇거리다가, 잠시 뒤에 "나이는 세 살입니다"라고 고쳐 말했다. "체중은 2.3퀸탈, 조련사는 수석 맹수 조련사인 헤롤드 노온입니다. 〈청동 투기장〉에는 첫 출전입니다." 머리 위를 덮은 금속 돔이 노온 구획의 관중이 발한 귀청을 찢을 듯한 환호성으로 메아리쳤다. 헤롤드 노온은 〈청동 투기장〉을 흑색과 회색의 노온 깃발에 돈을 건 가신들과 관광객들로 잔뜩 채워 놓은 상태였다.

코발캣은 신중하고 흐르는 듯이 우아한 동작으로 어둠 속에서 천천히 걸어 나왔다. 커다란 금빛 눈이 투기장 전체를 훑는다. 터프가 약속한 것과 한 치도 차이가 나지 않는 짐승이었다. 온몸이 조각 같은 근육으로 이루어졌고, 은빛 털 한 줄을 제외하면 짙은 파란 색깔을 하고 있었다. 터프는 워낙 먼 곳에 앉아 있었기 때문에 으르렁거리는 소리는 거의 들리지 않았지만, 쌍안경 렌즈를 통해 아가리를 쩍 벌리는 것이 보였다.

도마뱀사자도 그것을 보고 뒤뚱뒤뚱 앞으로 걸어 나왔다. 비늘에 덮인 뭉뚝한 다리가 모래를 박차며, 터무니없이 긴 꼬리를 마치 전갈의 독침이라도 되는 것처럼 높게 구부리고 있다. 잠시 후 코발캣이 맑고 투명한 두 눈을 적수에게 돌리자, 도마뱀사자는 기다렸다는 듯이 치켜든 꼬리로 세차게 앞쪽을 찍었다. 뼈가 부러지는 듯한 끔찍한 접촉음이 울려 퍼졌다. 그러나 코발캣이 매끄러운 동작으로 옆으로 슬쩍 피한 탓에 채찍에 맞아 박살난 것은 공기와 모래뿐이었다.

코발캣은 하품을 하며 적수 주위를 빙빙 돌기 시작했다. 도마뱀사자는 개의치 않고 다시 꼬리를 치켜들고 아가리를 쩍 벌리더니 앞으로 돌진했다. 코발캣은 이빨과 채찍 양쪽을 슬쩍 피했다. 또다시 채찍이 딱 하는 소리를 냈지만, 코발캣의 동작이 워낙 빠른 탓에 근처에도 닿지 못했다. 관중석에서 누군가가 신음하는 듯이 살육의 영창을 시작하자 옆의 관객들도 동참하기 시작했다. 터프가 쌍안경을 다른 쪽으로 돌리자 노온 구획의 관객들이 몸을 흔드는 광경이 눈에 들어왔다. 도마뱀사자는 광열 상태에 빠져 이빨을 북북 갈았고, 가장 가까운 곳에 있던 출입문을 꼬리 채찍으로 한 번 갈긴 다음 몸을 부들부들 떨었다.

코발캣은 적의 허점을 찾아냈고, 우아하게 한 번 도약하는 것만으로 적수 뒤쪽에 내려앉았다. 거대한 파란 발로 몸부림치는 도마뱀사자의 몸통을 찍어 누르는가 하더니 녹색을 띤 부드러운 옆구리와 복부를 갈 가리 찢어발긴다. 도마뱀사자는 몇 번 무익하게 채찍질을 했지만 코발 캣은 아랑곳하지 않고 공격을 계속했다. 잠시 후 도마뱀사자의 움직임 이 멎었다.

노온의 관중은 목이 터져라 환호했다. 거구에 북슬북슬한 수염을 기르 고 요란한 복장을 한 해빌런드 터프는 자리에서 일어나 밖으로 나갔다.

●○

그로부터 몇 주가 지났다. 방주 호는 여전히 리로니카의 주회 궤도 상 에 머물고 있었다. 해빌런드 터프는 우주선의 통신기를 써서 〈청동 투기 장〉의 시합 결과에 귀를 기울였고, 노온의 코발캣들이 연전연승하고 있 다는 사실을 확인했다. 투기장의 의무 요건을 충족하기 위해 무쇠이빨 을 출전시켜야 할 경우 헤롤드 노온은 이따금 시합에서 졌지만, 그런 패 배는 그가 쟁취한 수많은 승리에 비하면 아무것도 아니었다.

터프는 동그랗게 몸을 웅크린 닥스를 무릎 위에 올려놓고 손잡이가 달린 큰 맥주잔으로 방주 호의 양조장에서 제조한 브라운 에일을 마시 면서, 기다렸다.

코발캣들이 데뷔한 지 한 달쯤 지난 뒤에 우주선 하나가 방주 호를 향 해 상승했다. 선수(船首)가 바늘처럼 뾰족하고, 녹색과 금색으로 채색된 궤도 셔틀이었다. 셔틀은 먼저 통신기로 터프와 접촉한 다음 도킹했다. 터프는 닥스를 안고 응접실에서 손님들을 맞았다. 그의 고양이는 이들이 충분히 우호적이라고 판단했기 때문에, 터프도 방어 프로그램을 작동시키지는 않았다.

도합 네 사람이었고, 전원이 금색 합금에 녹색 법랑을 입힌 금속제 미늘 갑옷을 차려입고 있었다. 세 명은 차렷 자세로 꼿꼿이 서 있었다. 네 번째 손님은 피부가 불그스름하고 뚱뚱한 사내였는데, 대머리를 감추기 위해서인지 선명한 녹색 깃털이 달린 황금색 투구를 뒤집어쓰고 있었다. 사내는 앞으로 한 걸음 걸어 나오더니 살진 손을 내밀었다.

"그 제스처가 무슨 뜻인지는 저도 압니다." 터프는 닥스를 안은 채로 까닥하지도 않고 말했다. "하지만 저는 다른 사람과 물리적으로 접촉하는 걸 싫어합니다. 일단 선생의 성함과 용건을 밝혀 주시겠습니까?"

"모르호 이 바르쿠르 오세니라고 하네." 두령 격의 사내가 운을 뗐다.

터프는 됐다는 듯이 한쪽 손을 들어 손바닥을 보였다. "그럼 선생은 바르쿠르 대가문의 수석 맹수 조련사고, 괴수를 하나 사러 오신 거로군요. 그 이상은 굳이 말씀하지 않으셔도 됩니다. 실은 처음부터 다 알고 있었습니다. 단지 선생이 진실을 말하는지를 충동적으로 확인하고 싶었을 뿐입니다."

뚱뚱한 수석 조련사의 입이 놀란 듯이 둥그레졌다.

"부하분들은 여기 머물러 있어야 합니다." 터프는 이렇게 말하고 등을 돌렸다. "저를 따라오십시오."

해빌런드 터프는 컴퓨터실의 의자에 대각선상으로 앉아 서로의 얼굴을 마주 볼 때까지 모르호 이 바르쿠르 오세니에게 발언할 기회를 아예 주지 않았다. "노온 인들에게서 제 얘기를 들으셨나 보군요." 마침내 터프가 입을 열었다. "그게 맞습니까?"

모르호는 싱긋 웃었다. "맞다마다. 노온의 가신 한 명을 매수해서 코발캣들을 어디서 손에 넣었는지를 알아냈다네. 그리고 자네의 방주가 아직도 궤도 상에 있다는 걸 알고는 쾌재를 불렀지. 자네도 리로니카가 꽤 마음에 드는 모양이로군?"

"문제가 있으면 돕고 싶은 것이 인지상정 아니겠습니까. 예를 들어 선생이 직면한 문제가 있군요. 바르쿠르는 아무리 봐도 이제 12대가문 중에서 최약체가 된 것 같습니다. 선생의 도마뱀사자들을 보고도 저는 별다른 감흥을 느끼지 못했습니다. 바르쿠르 가문의 영지는 주로 소택지로 이루어져 있다고 들었습니다. 따라서 전투용 짐승의 선택지가 좁겠군요. 선생이 가진 불만의 원인을 제가 제대로 짚은 게 맞습니까?"

"헛. 맞네, 맞아. 잘도 내 마음을 읽는군. 하지만 유능하다는 건 부정할 수 없군. 자네가 개입하기 전까지만 해도 우리 가문은 충분히 잘나가고 있었다네. 그러다가, 흐음, 그날 이후로는 노온에게 이긴 적이 한 번도 없어. 예전에 노온은 우리의 주된 밥이었는데 말이야. 라이힐과 아마르 섬을 상대로는 몇 번 보잘것없는 승리를 거뒀고, 운 좋게 페리디안을 한 번 이겼고, 아르네스와 신부운 가문 상대로 쌍방 사망에 의한 무승부를 한 번씩 거두기는 했지만─ 이게 우리의 지난달 전적이라네. 이런 식으로는 살아남기 힘들어. 지금 행동에 나서지 않는다면 나는 번식 담당자로 강등되어서 영지로 좌천될걸세."

터프는 한 손을 들어 모르호의 입을 막았다. "더 이상 얘기 안 하셔도 됩니다. 딱한 사정이신 건 충분히 이해하니까요. 헤롤드 노온에게 도움을 준 이래, 저는 운 좋게도 시간이 많이 남아돌았습니다. 그런고로, 일종의 두뇌 체조를 한다는 마음으로 각 대가문들이 직면한 문제를 하나씩 면밀하게 고찰할 기회가 있었습니다. 따라서 피차 시간 낭비를 하는 일 없이 선생의 가문이 직면한 난제를 해결해 드릴 수 있습니다. 단지 그러려면 비용이 발생합니다만."

모르호는 씩 웃었다. "준비해 왔네. 자네가 얼마를 부르는지는 들어서 익히 알고 있어. 좀 비싸다는 덴 논쟁의 여지가 없지만, 자네가 도움을 줄 수 있다면 이쪽에서도 그 대가를 지불할 용의가……."

"선생." 터프는 말했다. "저는 자선사업가가 아닙니다. 노온은 가난한 가문이었고 헤롤드는 거지나 다름없었죠. 동정심을 느낀 나머지 낮은 가격을 제시했던 겁니다. 하지만 바르쿠르 가문의 영지는 더 풍족한 데다가 위풍당당하고, 승리도 수없이 쟁취한 걸로 알고 있습니다. 따라서 선생에게는 30만 스탠더드를 청구하는 수밖에 없습니다. 노온과 거래하면서 제가 입은 손해를 만회하기 위해서 말입니다."

모르호는 충격에 못 이겨 짧은 흐느낌을 발했다. 그가 좌석에서 몸을 꿈틀거리자 갑옷의 미늘들이 쩔렁거렸다. "비싸, 너무 비싸." 그는 항의했다. "제발 우리 사정을 좀 봐주게. 우리가 노온 가문보다 더 강대한 건 사실이지만, 자네가 생각하는 것만큼 강대하지는 않아. 자네가 부른 값을 모두 치른다면 우린 굶어 죽고 말 거야. 도마뱀사자들은 우리 성벽을 넘어 몰려들어 올 거고, 지주로 떠받친 우리의 성읍(城邑)들은 늪에 가라앉아 진흙으로 뒤덮이겠고, 우리의 아이들은 익사하겠지."

터프는 닥스를 쳐다보고 있었다. "그렇습니까." 그는 다시 모르호를 흘끗 보며 말했다. "그런 얘기를 들으니 저도 애통함을 금할 수가 없군요. 그럼 20만 스탠더드."

모르호 이 바르쿠르 오세니는 항의하며 다시 애원하기 시작했지만,

이번에 터프는 단지 팔걸이에 팔을 얹고 묵묵히 앉아 있을 뿐이었다. 시뻘건 얼굴로 땀을 흘리던 수석 조련사는 마침내 수그러들었고, 제시된 액수를 지불하는 데 합의했다.

터프는 팔걸이의 제어반을 눌렀다. 그와 모르호 사이의 공간에서 거대한 도마뱀의 영상이 홀연히 실체화했다. 키가 3미터에, 몸은 편평한 녹회색 비늘로 뒤덮이고 날카로운 발톱이 달린 두 개의 굵은 다리로 서 있었다. 짧은 목 위에 달린 머리통은 터무니없이 커 보였고, 사람 머리를 어깨 부근까지 통째로 베어 물 수 있을 정도로 거대한 턱을 가지고 있었다. 그러나 이 괴물의 몸에서 가장 인상적인 부분은 앞발이었다. 짧고 팽팽한 근육질의 앞발에는 거무스름하게 변색한 뼈로 이루어진, 길이가 무려 1미터에 달하는 며느리발톱이 달려 있었던 것이다.

"케이블즈 랜딩 행성의 트리스 네르예이입니다." 터프가 말했다. "인류보다 천 년 먼저 그 행성을 식민지화한 핀디 족이 그렇게 부른 걸로 알고 있습니다. 직역하자면 '살아 있는 나이프'라는 뜻이지요. 검폭룡(劍暴龍)이라는 이름으로도 불리는데, 이것은 옛 지구에서 오래전에 멸종된 파충류인 폭군룡(暴君龍), 즉 티라노사우루스를 닮았다는 사실에 기인한 것입니다. 닮았다고는 해도 피상적인 것에 불과합니다만. 트리스 네르예이는 이 무시무시한 앞발을 가진 덕에 티라노사우루스는 명함도 못 내밀 정도로 효율적인 포식 동물이었습니다. 뼈로 이루어진 이 길고 소름끼치는 칼날을 본능이 명하는 대로 흉포하게 썼던 겁니다."

모르호는 의자가 삐걱거릴 정도로 바싹 몸을 내밀었다. 닥스는 터프의 머릿속을 열광의 감정으로 가득 채웠다. "아주 훌륭해!" 맹수 조련사가 말했다. "이름이 좀 거추장스럽지만 말이야. 그냥 티라노소드

(tyrannoswords)라고 불러도 좋겠지, 응?"

"무슨 이름으로 부르든 저는 상관 안 합니다. 바르쿠르 가문 입장에서는 명백한 이점을 여러 개 가진 짐승이지요. 이것을 선택하신다면, 따로 추가 요금을 받지 않고 캐써데이산 나무민달팽이 종축을 덤으로 끼워 드리겠습니다. 그것들만 있으면……."

●○

그 이후로 터프가 리로니카의 지표에 발을 딛는 일은 없었지만, 그는 시간이 날 때마다 〈청동 투기장〉에서 들려오는 뉴스에 주의를 기울였다. 가장 최근 벌어진 시합에서 노온의 코발캣들은 무패의 전적을 이어가고 있었다. 어떤 코발캣은 특별히 마련된 삼파전에서 아르네스의 강력한 교살유인원과 아마르섬의 살개구리 양쪽을 도륙하기까지 했다.

그러나 바르쿠르 가문 또한 상승세를 타고 있었다. 새로 도입된 티라노소드가 〈청동 투기장〉에서 센세이션을 불러일으킨 덕이다. 천둥 같은 포효와 육중한 걸음걸이와 가차 없이 적수를 찢어발기는 뼈 칼이 엄청난 위력을 발휘하고 있었다. 지금까지 세 번 시합을 했는데, 바르쿠르 검폭룡과 맞붙은 적수였던 거대한 페리디안과 물전갈과 그네신의 거미고양이는 애당초 동등한 적수가 되지 못했다. 모르호 이 바르쿠르 오세니는 승리에 한껏 도취되어 있다는 소문이었다. 다음 주에 티라노소드는 코발캣을 상대로 최강자의 위치를 놓고 자웅을 겨룰 예정이었고, 투기장은 만원사례를 예고하고 있었다. 헤롤드 노온은 티라노소드가 첫 승리를 거두고 나서 조금 지난 후에 터프에게 연락을 해 왔다. "터프." 그는 단호한 어조로 말했다. "자넨 다른 가문과 거래하면 안 돼."

해빌런드 터프는 닥스를 어루만지며 오만상을 찌푸린 노온의 얼굴을 침착하게 바라보았다. "그런 얘기는 애당초 화제에 오르지도 않았습니다만. 선생의 괴물들은 예상했던 능력을 발휘하고 있습니다. 그런데 다른 가문이 같은 행운을 나눠 가진 걸 항의하시려는 겁니까?"

"그래. 아니. 그러니까— 흠, 됐네. 자네를 막을 수는 없겠지. 하지만 다른 가문들이 우리 괭이들을 이길 수 있는 짐승들을 손에 넣는다면, 뭐든 그것들을 이길 수 있는 짐승을 또 우리한테 제공해 줄 준비가 되어 있어야 해. 이해했나?"

"물론입니다, 선생." 터프는 닥스를 내려다보았다. "헤롤드 노온은 이제 내 이해력에 대해서까지 의문을 제기하는구나." 그런 다음 고개를 들더니, "언제든 팔 용의가 있습니다. 적절한 대가만 지불해 주신다면 말입니다."

통신 스크린 속에서 노온이 얼굴을 찡그렸다. "그래그래. 흠, 그럴 무렵 우린 충분히 많은 승리를 거둬서 자네가 아무리 터무니없는 액수를 부르더라도 지불할 수 있겠지."

"그럼 다른 점에서는 모두 순조롭습니까?" 터프가 물었다.

"흠, 그렇다고도 할 수 있고, 안 그렇다고도 할 수 있어. 투기장 시합은 아주 잘 굴러가고 있네. 하지만 다른 문제가 생겼어. 바로 그 탓에 이렇게 연락한 거라네. 젊은 코발캣들 네 마리는 어떤 이유에서인지 번식에 흥미를 보이지 않아. 우리 번식 담당자는 그놈들의 몸이 계속 말라 간다고 끊임없이 불평하고 있네. 건강체가 아니라더군. 난 지금 제가 시에 와 있고, 코발캣들은 노온 영지 주위의 평원에 있기 때문에 직접 확인하지는 못했지만, 우려할 만한 문제인 건 사실이야. 물론 팽이들은 자유롭게 돌아다니고 있네. 추적자(追跡子)를 부착했기 때문에 원한다면 우린 언제든지……."

터프는 손을 들어 올렸다. "코발캣들의 번식 시기가 아직 안 왔다는 점에는 의심의 여지가 없군요. 그런 생각은 안 해 보셨습니까?"

"아. 아니, 안 해 봤던 것 같아. 이제 이해가 되는군. 시간이 해결해 줄 거라, 이거지. 또 하나 질문하고 싶었던 건, 자네가 준 그 껑충이들에 관해서야. 알다시피 우린 그놈들을 평원에 풀어놓았는데, 코발캣들과는 달리 번식에는 전혀 문제가 없더군. 엄청나게 불어나서, 선조 대대로 물려받은 우리 노온의 초원에 난 풀을 모조리 먹어 치워 버렸어. 그 점은 아주 신경이 쓰이네. 사방이 온통 껑충거리는 놈들뿐이니. 그걸 어떻게 하면 되겠나?"

"코발캣들을 많이 번식시키면 됩니다. 아주 뛰어난 포식 동물이기 때문에 껑충이들의 개체 수 대폭발을 막아 줄 겁니다."

헤롤드 노온은 당혹한 표정을 떠올렸다. 왠지 고민에 빠진 듯했다. "그런가."

그는 뭔가 더 말하려고 했지만 터프는 자리에서 일어났다. "유감스럽게도 이제 이 대화를 끝내야 합니다. 방주 호의 도킹 궤도에 셔틀 한 척이 진입해서요. 선생은 이 셔틀의 문장을 알아볼 수 있을지도 모르겠습니다. 감청색 바탕에 잿빛의 커다란 삼각 날개가 달려 있군요."

"라이힐 가문이야!" 노온이 말했다.

"실로 흥미롭군요. 그럼 이만."

＊○

　데니스 론 라이 수석 조련사는 대웅(大熊) 값으로 30만 스탠더드를 지불했다. 행성 배거반드의 산악 지대에 서식하는, 빨간 털가죽을 두른 불곰을 닮은 엄청나게 힘센 짐승이었다. 해빌런드 터프는 덤으로 빠른 늘보의 알 한 쌍을 제공함으로써 계약을 성사시켰다.

　다음 주에 주황색 비단옷과 새빨간 망토 차림의 사내 네 명이 방주 호를 방문했다. 그들은 45만 스탠더드라는 거금을 투척하고 페리디안 가문의 영지로 돌아왔지만, 그 대가로 여섯 마리의 독사슴에, 서비스로 행성 흐랑가산 풀돼지들을 끼워 주겠다는 확약을 받아 냈다.

　신부운 가문의 수석 조련사는 거대한 뱀을 골랐다. 아마르섬에서 보낸 특사는 고질라를 제공받고 크게 만족했다. 우윳빛 로브와 은제 버클로 치장한 단트 가문의 열두 장로들은 터프가 약소한 선물과 함께 제공한, 침을 질질 흘리는 꾸륵귀신들을 보고 환호했다. 이런 식으로 리로니카의 12 대가문들은 차례로 터프를 찾아와서 자기들만의 괴수를 손에 넣었다. 그럴 때마다 괴수의 가격은 치솟았다.

　그 무렵 노온의 코발캣 두 마리는 투기장에서 죽었다. 첫 번째는 바르쿠르의 티라노소드의 뼈 칼에 일도양단 당했고, 두 번째는 라이힐 대웅의 거대한 발톱 사이에서 짜부라졌다. (후자의 경우는 대웅도 죽었기 때문에 무승부로 끝났지만 말이다.) 거대한 코발캣들이 자기 운명을 미리 알았다고 해도, 도망칠 곳이 없었기 때문에 회피하려야 회피할 수가 없었을 것이다. 헤롤드 노온은 매일 방주 호에 연락을 해 왔지만, 터프는 컴퓨터에게 통신을 받지 말라는 지시를 해 두었다.

열한 가문을 차례로 고객으로 삼은 후, 마침내 해빌런드 터프는 컴퓨터실에서 황금숲의 아르네스 가문의 수석 맹수 조련사인 다넬 리 아르네스를 마주 보고 앉았다. 아르네스 가문은 과거에는 리로니카의 12대 가문 중에서도 가장 위대하고 당당한 가문으로 이름을 떨쳤지만, 이제는 꼴찌에 최약체로 전락한 상태였다. 아르네스 본인은 엄청나게 키가 커서 터프에게도 지지 않을 정도였지만, 지방체인 터프와는 딴판으로 흑단처럼 새까만 피부 아래는 모두 단단한 근육이었다. 매부리코가 돋보이는 도끼처럼 매서운 얼굴과, 짧게 친 철회색 머리가 인상적이다. 수석 조련사는 금실로 짠 옷에 심홍색 벨트와 부츠를 착용하고, 머리 위에는 조그만 심홍색 베레모를 비스듬히 얹고 있었다. 조련사의 긴 충격봉을 지팡이처럼 쥐고 있다.

닥스는 이 사내의 마음에서 엄청난 적의와 기만, 그리고 가까스로 억누른 분노를 읽었다. 그런 연유로, 해빌런드 터프는 배 위에 조그만 레이저 총을 차고 긴 외투로 가린 상태로 이 사내와의 회합에 임했다.

"황금숲의 아르네스 대가문의 강점은 언제나 그 다양함에 있었어." 다넬 리 아르네스가 대뜸 말했다. "리로니카의 다른 가문들이 단 한 종류의 짐승에게만 사활을 걸고 싸웠을 때, 우리 가문의 조상님들은 십여 가지나 되는 짐승들을 구사했지. 따라서 상대가 어떤 짐승을 출전시키든 간에 우리는 최선의 선택을 할 수 있었어. 전략이 존재했던 거지. 우리 가문의 위대함과 긍지는 바로 거기서 비롯된 거야. 하지만 상인, 이젠 너의 그 악귀 같은 괴물들 탓에 우리의 전략은 무용지물이 됐어. 백 마리에 달하는 우리 짐승들 중 뭘 뽑아서 투기장의 모래판에 보내도 언제나 죽어 돌아오니까 말이야. 그래서, 싫든 좋든 너하고 거래하는 걸 강요받은 꼴이지."

"그건 사실이 아닙니다." 해빌런드 터프가 말했다. "저는 그 누구에게 도 뭘 강요하거나 하진 않습니다. 하여튼 제가 보유한 동물들을 둘러보 십시오. 운이 따라 준다면 선생의 가문은 다시금 전략적인 우위를 되찾 을 수 있을 겁니다." 터프가 의자에 달린 제어반의 단추를 누르자 아르 네스 맹수 조련사의 눈앞에 괴물들의 영상이 잇달아 출현했다. 털가죽 이나 비늘이나 깃털 또는 장갑판으로 덮인 맹수들, 언덕이나 숲이나 호 수나 평원에 사는 짐승들, 거대하거나 조그만 포식 동물, 시체를 먹는 동 물, 치명적인 독을 가진 초식동물 따위였다. 다넬 리 아르네스는 입을 꾹 다문 채로 마침내 가장 크고 치명적인 열두 개의 종을 고르더니 각각 네 개체씩을 주문했다. 2백만 스탠더드에 달하는 거금을 지불하고.

거래가 성사되어도 (터프는 다른 가문들과 마찬가지로 작고 무해한 소동 물들을 덤으로 선사했다) 아르네스의 성난 마음은 전혀 가라앉을 기색이 없었다.

"터프." 그는 협상이 끝나자 말했다. "넌 교활하고 엉큼한 작자지만, 날 속이지는 못해."

해빌런드 터프는 아무 말도 하지 않았다.

"넌 여기서 엄청난 부를 획득한 동시에, 너한테서 괴물을 사서 득을 보려고 생각한 작자들 모두를 속였어. 이를테면 노온 가문인데, 그치들 의 코발캣은 아무 짝에도 쓸모없어.

노온은 가난한 가문이고, 네가 부른 대금을 내기 위해서 파산 직전까 지 갔어. 다른 가문들이 그랬던 것처럼 말이야. 그렇게 산 괴물들로 시합 에서 이겨서 벌충해 보려고 한 거지. 어리석기는! 노온은 더 이상 승리를 거두지 못해! 너한테서 하나씩 괴물을 산 가문들은 각각 그 전에 괴물을 산 가문에 대한 우위를 얻었지. 따라서 가장 마지막에 괴물들을 산 우리 아르네스 가문이 가장 강력한 가문으로 남게 될 거야. 우리 괴물들에게는 대적할 상대가 없을 거고, 〈청동 투기장〉의 모래판은 그보다 약한 짐승들의 피로 검게 물들게 되겠지.”

터프의 깍지 낀 손은 툭 튀어나온 배 위에서 미동도 하지 않았다. 차분한 표정이었다.

“넌 그 무엇도 바꿔 놓지 못했어! 대가문들은 원래 상태로 존속할 거야. 아르네스가 가장 강대하고 노온이 가장 약한 상태로 말이야. 넌 악덕 상인의 이름에 걸맞게 모든 가문의 고혈을 빨아먹었을 뿐이고. 그 탓에 모든 가문의 장(長)은 피폐해진 재정 상태에서 살아남기 위해 허덕이고 있어. 그자들은 이제 승리를 기다리고, 승리를 갈구하고, 승리에 모든 걸 걸고 있지만, 모든 승리는 결국 우리 아르네스 가문 몫이 될 거야. 마지막까지 기다렸다가 가장 좋은 괴물을 산 나의 선견지명 덕이지.”

“그렇군요.” 해빌런드 터프가 말했다. “하신 말씀이 사실이라면 선생이야말로 가장 현명하고 명민한 맹수 조련사임이 확실합니다. 하지만 저는 누굴 속인 적이 없습니다만.”

“말장난은 그만둬!” 아르네스가 고함을 질렀다. “앞으로 넌 다른 대가문들과 더 이상 거래할 수 없어. 노온은 너한테서 다른 괴물을 살 돈이 없어. 설령 있다고 해도, 내가 파는 걸 금지하겠어. 이해하겠나? 더 이상 사고 또 사는 악순환에 빠지는 걸 좌시하지 않겠다고!”

“물론 십분 이해합니다.” 터프는 닥스를 내려다보고 말했다. “이제 다넬 리 아르네스까지 내 이해력을 의심하는구나. 왜 이리도 나를 오해하는 사람이 많은 건지." 터프는 차분한 표정으로 심홍색과 금색 옷차림의 진노하는 맹수 조련사에게 시선을 돌렸다. "선생의 지적은 타당합니다. 이제 저도 리로니카를 떠날 시기가 온 건지도 모르겠군요. 하여튼 간에, 앞으로 노온뿐만 아니라 그 밖의 어떤 대가문과도 거래하지 않겠습니다. 이건 어리석은 충동일지도 모르겠군요. 엄청난 이득을 얻을 기회를 스스로 포기하는 꼴이니까 말입니다. 하지만 저는 온화하면서도 워낙 변덕스러운 성격이라서. 다넬 리 아르네스 님의 말씀에 순순히 따르고, 그 요구에 응하기로 하겠습니다."

닥스는 아르네스가 분노를 누그러뜨리고 만족했다는 무언의 보고를 보내왔다. 터프에게 겁을 줘서 자기 가문에 승리를 안겼기 때문이다. 아르네스의 적수들은 더 이상 무적의 괴수 따위를 손에 넣을 수 없고, 〈청동 투기장〉은 또다시 예상 가능한 투쟁의 장이 되는 것이다. 그는 흡족한 표정으로 떠났다.

3주 후, 금빛 반점으로 번득이는 열두 척의 셔틀 선단이 방주 호에 도착했다. 금색과 심홍색 갑옷 차림의 사내들로 이루어진 열두 개의 작업반이 나와 다넬 리 아르네스가 매입한 것들을 수령했다. 해빌런드 터프는 나른하게 늘어져 있는 닥스를 쓰다듬으며 그들을 배웅했다. 그런 다음 그는 방주 호의 긴 회랑을 따라 제어실까지 되돌아가서 헤롤드 노온의 통신을 받았다.

노온 가문의 이 맹수 조련사는 원래부터 비쩍 말라 있었지만, 이제는 숫제 해골처럼 보였다. "터프!" 그는 외쳤다. "모든 게 엉망진창이 됐어. 자네 도움이 필요해."

"엉망진창이라니요? 문제는 해결해 드렸습니다만."

노온은 오만상을 찌푸리고 황동제 보관 아래의 피부를 긁었다. "아냐 아냐, 들어 보게. 코발캣들이 모두 죽거나 병에 걸렸어. 그중 네 마리는 〈청동 투기장〉에서 죽었고. 두 번째 쌍이 아직 너무 어리다는 건 우리도 알고 있었네. 하지만 처음 한 쌍을 잃은 뒤로는 달리 선택의 여지가 없었어. 그것들을 내보내지 않으면 무쇠이빨로 되돌아가는 수밖에 없었으니까 말이야.

이젠 두 마리밖에 안 남았는데, 먹이를 거의 먹지 않아. 기껏해야 껑충이 몇 마리를 잡아먹은 게 고작이야. 게다가 훈련도 먹혀들지 않네. 조련사가 충격봉을 가지고 우리 안으로 들어가도, 그 빌어먹을 괭이는 상대가 어떻게 움직일지를 미리 알아차리잖나. 언제나 한 걸음 앞서 피하는 거야, 이해가 되나? 투기장에서도 관객이 부르는 살육의 노래에 전혀 반응 안 해. 정말이지 손쓸 방도가 없어. 그중에서도 최악인 건 번식조차도 할 생각을 안 한다는 거야. 그것들이 더 필요해. 투기굴 안에 집어넣을 괴물이 없다니 말이 되나?"

"코발캣의 번식기가 안 왔기 때문입니다." 터프가 말했다.

"그래그래. 그럼 도대체 놈들의 번식기는 언제 오는 거지?"

"실로 흥미로운 질문이군요. 미리 물어보셨으면 좋았을 텐데. 코발트 표범의 암컷은 원산지인 실리아의 세계에서 매년 눈다발꽃이 활짝 피는 봄에 발정기를 맞는 것으로 알고 있습니다. 모종의 생물학적인 유발 요인이 있다고 하더군요."

"아니— 터프, 자네 처음부터 이럴 계획이었군. 리로니카엔 그 눈 어쩌고 하는 꽃은 자라지도 않아. 그럼 그 꽃 값으로 거금을 청구할 생각이로군."

"천만에요. 그럴 수만 있다면 기꺼이 무료로 제공했을 겁니다. 사실 그런 곤경에 빠지셨다니 저도 가슴이 아픕니다. 우려를 금할 수 없군요. 하지만 도와 드리고 싶어도 도와 드릴 수가 없습니다. 다넬 리 아르네스에게 리로니카의 대가문과는 더 이상 거래하지 않겠다고 약속했기 때문입니다." 그는 어쩔 수 없다는 듯이 어깨를 움츠려 보였다.

"자네가 준 괭이들로 우린 여러 번 승리를 거뒀네." 노온의 목소리에는 이제 절박한 느낌이 깃들어 있었다. "우리 재산도 늘고 있었어. 지금은 4만 스탠더드가량 되네. 그걸 모두 줄 테니 그 꽃을 팔아 줘. 아니, 그보다는 새로운 짐승을 얻는 편이 나을지도 모르겠군. 더 크고 사나운 짐승을 말이야. 난 단트 가문의 꾸륵귀신이 싸우는 걸 봤네. 그런 걸 하나 팔아 줘. 이젠 〈청동 투기장〉에 출전시킬 동물이 없어!"

"없다고요? 무쇠이빨들은 어떻게 됐습니까? 노온의 자랑거리라고 하지 않으셨습니까?"

헤롤드 노온은 짜증스러운 듯이 손사래를 쳤다. "알다시피 문제가 생겼어. 줄곧 문제에 시달려 온 것 같군. 자네가 준 그 껑충이들은 눈에 보이는 모든 걸 닥치는 대로 먹어 치웠고, 이젠 완전히 통제를 벗어났다네. 몇백만 마리가 초원을 뒤덮어서, 풀이란 풀을 다 뜯어 먹고 곡식까지 죄다 먹어 치웠다고. 그 탓에 우리 영지의 경작지는 초토화됐네. 코발캣들은 껑충이들을 정말 좋아하지만, 그 코발캣 수가 충분하지 않은 거야. 게다가 야생 무쇠이빨들은 껑충이들을 잡아먹으려고 하지 않아. 아마 입맛에 안 맞는 건지도. 확실한 이유는 나도 모르겠어. 하지만 다른 초식동물들은 자네가 준 그 껑충이들한테 밀려나서 다른 곳으로 가 버렸네. 무쇠이빨들도 그 뒤를 따라갔고 말이야. 정확히 어디로 갔는지는 나도 몰

라. 하지만 한 놈도 빠짐없이 모두 가 버렸어. 노온의 영지 밖에 있는 주인 없는 땅으로 말이야. 그런 땅에는 마을이 띄엄띄엄 있고 소수의 농부들이 살지만, 그자들은 우리 같은 대가문을 정말 싫어한다네. 그놈의 탬버 인들과 마찬가지로 줏대가 없어. 개싸움조차도 질색하는 작자들이니. 만약 무쇠이빨들과 마주친다면 잡기는커녕 길을 들이려고 할걸. 그러고도 남을 작자들이니."

"그렇습니까. 하지만 사육장이 따로 있지 않았습니까?"

"이젠 없어." 경황없는 말투였다. "내가 폐쇄하라고 명령했거든. 무쇠이빨들은 출전하는 족족 패배했기 때문이야. 특히 자네가 다른 가문에 괴물들을 팔기 시작한 뒤로는 말이야. 그러니 아무 짝에도 쓸모없는 것을 유지해 봤자 소용이 없다고 판단했던 거야. 비용 문제도 있었지— 단한 푼이라도 아쉬운 상황이었거든. 자네한테 괴물 대금을 지불하느라고 우린 알거지가 됐네. 투기장에도 참가비를 내야 했고, 물론 내기 돈도 내야 했어. 게다가 최근엔 행성 타라버에서 우리 가신들하고 조련사들이 먹기 위한 식량까지 수입해야 했네. 그 껑충이들이 우리 곡식 농사를 얼마나 망쳐 놓았는지를 안다면 자넨 기함할걸세."

"선생." 터프가 말했다. "그 말은 저에 대한 모욕이군요. 저는 생태학자입니다. 따라서 껑충이들이나 그 생태에 관해서는 충분한 지식을 가지고 있습니다. 하여튼 간에, 무쇠이빨 사육장을 스스로 폐쇄하셨다, 이겁니까?"

"그래그래. 기르던 놈들도 아무 쓸모도 없으니 그냥 풀어놓았어. 그놈들도 모두 동료들 뒤를 따라간 것 같아. 이제 우린 어떻게 하란 말인가? 껑충이들은 평원을 초토화시켰고, 괭이들은 번식할 기색조차도 없고.

이런 식으로 계속 식량을 수입하면서 승리할 가망도 없는 투기장 참가비를 꼬박꼬박 내야 한다면 우린 곧 빈털터리가 될 거야."

터프는 손깍지를 꼈다. "정말이지 미묘한 골칫거리를 여러 개 품고 계시는군요. 선생을 도와 그런 문제를 시원하게 해결해 드릴 수 있는 사람은 저밖에 없지만, 유감이지만 그럴 수가 없군요. 그러지 않겠다고 다넬리 아르네스에게 맹세했으니."

"그럼 아무 가망도 없다는 건가? 터프, 제발. 내가 직접 이렇게 간절히 부탁하겠네. 노온의 수석 맹수 조련사인 내가 말이야. 곧 우린 맹수 시합에서 완전히 배제될 운명이야. 투기장에 낼 참가비도, 내기 돈도 없고, 출전시킬 동물도 없어질 테니까 말이야. 우린 악운에 휘말렸어. 그 어떤 대가문도 싸움에 출전시킬 짐승을 못 구했던 적은 없어. 12년 동안이나 대가뭄을 겪었던 페리디안 가문조차도 그러지는 않았지. 그런 일이 일어난다면 엄청난 수치야. 급기야는 개나 고양이를 모래판에 출전시켜서 자네가 다른 가문에게 팔아넘긴 덩치 큰 괴물들 밥으로 줬다는 식으로 만인의 웃음거리가 되겠지. 우리 노온 가문의 영광스러운 역사는 치욕으로 더럽혀질 거야."

"선생, 주제넘게 들릴지도 모르고, 또 딱히 근거가 있다고 주장하기도 뭐하지만, 의견을 하나 말씀드려도 되겠습니까? 물론 허락해 주신다면 말이지만. 아, 그럼 제 의견을 말씀드리지요. 실은 이런 예감이 듭니다. 흐으음, 예감이라고 한 것이 맞습니다. 생각해 보니 좀 묘한 표현이긴 하지만, 앞으로 몇 주, 적어도 몇 달 뒤에는 선생이 두려워하는 다른 가문의 괴물들도 공급이 달릴 거라는 예감이 있군요. 예를 들어 배거반드의 젊은 대웅들은 얼마 지나지 않아 동면에 들어갈 겁니다. 알다시피 나이가 한 살도 안 된 놈들이니까요. 라이힐의 지배자들이 그 사실에 크게 곤혹스러워하지 않았으면 좋겠지만, 아무래도 그러지 않을까 우려되는군요. 물론 잘 아시겠지만, 배거반드(Vagabond)는 그 이름이 말해 주듯 극도로 불규칙한 궤도를 그리면서 주성(主星) 주위를 공전하는 행성이라서, 그곳의 '긴 겨울'은 대략 20표준년 동안 계속됩니다. 대웅들의 생리는 이 주기에 맞춰져 있기 때문에 곧 체내 활동이 거의 무(無)에 가까울 정도로 느려질 겁니다. 동면 중인 대웅을 보고 죽었다고 오해한 사례가 있을 정도입니다. 게다가 쉽게 깨울 수 있을 것 같지도 않고 말입니다. 라이힐의 조련사들은 한결같이 고결한 데다가 뛰어난 지성의 소유자들이기 때문에 아마 해결 방법을 찾아낼지도 모르겠습니다만. 하나 그런 일은 둘째 치고, 영지에 풀어놓은 빠른늘보들의 엄청난 식욕을 감안한다면 아무래도 그분들은 정력과 자금 대부분을 영지의 인구를 먹여 살릴 식량 조달에 쏟아부어야 할 거라는 강한 예감이 있습니다. 캐써데이의 나무민달팽이가 이상 발생한 바르쿠르 가문의 경우도 역시 같은 식으로 대처할 것을 강요받겠지요. 이 나무민달팽이는 특히 흥미로운 생물입니다. 생명 주기의 어떤 시점에서 스펀지나 다름없는 모습으로 변태하고, 몸도 두 배로 부푼다더군요. 충분히 많은 수의 개체가 군락을 이룬다면 광활한 소택지조차도 통째로 말라 들게 할 수 있답니다." 터프는 잠시 말을 멈췄다. 굵은 손가락으로 북을 치듯이 자기 배를 툭툭 치고 있었다. "어, 저도 모르는 새에 횡설수설한 것 같아 송구스럽습니다. 하지만 제가 한 얘기의 취지가 뭔지, 그 요점이 뭔지는 이해하셨겠지요?"

헤롤드 노온은 죽은 사람 같은 안색을 하고 있었다. "자넨 미쳤어. 자넨 우리를 파멸시켰어. 우리 경제, 우리 생태계를. 하지만 도대체 왜? 우린 공정한 대가를 지불하지 않았나. 가문들, 모든 가문들이. 모든 짐승이 사라지고, 모든 자금도 소진될 거야. 그런 상황에서 어떻게 게임을 계속하란 말인가? 그런다면 아무도 〈청동 투기장〉에서 싸울 짐승을 못 보내잖아!"

해빌런드 터프는 충격을 받은 듯이 양손을 들어 올리고 말했다. "정말입니까?"

그런 다음 터프는 통신기를 끄고 일어섰다. 꾹 다문 입에 보일락 말락한 미소를 떠올리고, 그는 닥스에게 말을 걸기 시작했다.

수호자

Guardians

해빌런드 터프는 '6행성 생명농학 전시회'에 실망을 금할 수 없었다.

행성 브레이젤런에 착륙한 터프는 거대한 동굴 같은 전시회장들을 돌아보다가 이따금 멈춰 서서 신종 하이브리드 곡물이라든지 유전자적으로 품종 개량된 농업용 곤충 따위를 대충 둘러보며 피곤한 하루를 보냈다. 방주 호의 세포 라이브러리에는 셀 수도 없이 많은 세계들로부터 수집한 유전자 복제용 식물이나 동물 샘플이 글자 그대로 몇백만 종이나 보존되어 있었음에도 불구하고, 해빌런드 터프는 언제나 재고 품목을 늘리는 데 여념이 없었기 때문이다.

그러나 브레이젤런에서 전시된 품목 중 딱히 유망해 보이는 것은 거의 없었다. 시간이 흐를수록 터프는 따분해지고 주위에서 북적거리는 인파가 불편해지기 시작했다. 전시회장은 발 디딜 틈도 없을 정도였다. 짙은 고동색 모피를 두른 배거반드의 터널 농부들, 깃털 장식을 달고 향수 냄새를 풀풀 풍기는 아린의 지주들, 뉴야누스 출신의 우중충한 암흑인들과 화려하게 치장한 백주인(白晝人)들뿐만 아니라 브레이젤런 현지인들도 잔뜩 있었다. 이들 모두가 귀청이 떨어질 정도로 시끄럽게 대화를 나눴고, 곁을 지나가는 터프를 호기심 어린 눈으로 바라보았던 것이다. 개중에는 터프를 밀치고 지나가는 자들조차 있었다. 그럴 때마다 터프는 길쭉한 얼굴을 찡그리곤 했다.

이 귀찮은 인파에서 벗어나고 싶은 마음에서 터프는 뭔가 요기를 하려고 결심했다. 살짝 불쾌한 듯하지만 위엄 있는 태도로 인파를 헤치고, 행성 프톨라의 5층짜리 돔형 전시관 밖으로 나왔다. 거대한 건물들 사이의 공간에서는 몇백 명이나 되는 노점상들이 손님들을 맞고 있었다. 근처에 있는 노점들 중에서는 양파로 만든 뺑파이를 파는 사내가 가장 덜 바빠 보였기 때문에 터프는 요깃거리로는 양파 뺑파이야말로 안성맞춤이라는 결론을 내렸다.

"선생." 그는 노점상에게 말했다. "파이 한 개를 주십시오."

분홍색 피부를 가진 둥글둥글한 몸에 기름때가 잔뜩 묻은 앞치마를 걸친 파이 장수는 온장고를 열고 장갑 낀 손으로 뜨거운 파이를 하나 꺼냈다. 그는 카운터 너머의 터프에게 파이를 밀어 놓으며 말했다. "어, 정말 덩치가 크구먼."

"보시다시피." 해빌런드 터프는 이렇게 대답하고 무표정하게 파이를 한입 베어 물었다.

"다른 행성에서 왔구먼." 파이 장수가 말했다. "그것도 이 근처에서 온게 아닌 것 같아."

터프는 단 세 입만으로 파이를 깨끗이 먹어 치운 다음 냅킨으로 손에 묻은 기름을 닦았다. "명백한 사실을 굳이 입 밖에 내서 말할 필요는 없지 않을까요." 터프는 대꾸하고 못이 박여 거칠어진 긴 손가락 하나를 들어 올렸다. "하나 더."

무뚝뚝한 대답에 무안해진 파이 장수가 더 이상 말을 걸지 않고 파이를 하나 더 건넨 덕에, 터프는 비교적 느긋하게 그것을 먹을 수 있었다. 바삭바삭한 껍질과 내용물의 톡 쏘는 맛을 즐기면서, 터프는 북적거리는 관람객들과 줄줄이 늘어선 노점들과 지평선 위로 우뚝 솟은 다섯 개의 거대한 전시관들을 찬찬히 훑어보았다. 파이를 다 먹은 다음 터프는 파이 장수에게 다시 몸을 돌렸다. 여전히 무표정하기 그지없는 얼굴이었다. "선생, 질문이 하나 있습니다."

"무슨 질문?" 파이 장수는 뚱한 표정으로 대꾸했다.

"브레이젤런, 베일 아린, 뉴야누스, 배거반드 그리고 바로 저기 있는 프톨라의 전시관을 차례로 구경해 보았는데." 터프는 깍지 낀 손을 툭 튀어나온 배 위에 슬쩍 올려놓고 말했다. "도합 다섯 개가 있더군요. 다섯 개의 행성에, 다섯 개의 전시관. 이방인인 제가 현지의 미묘한 뉘앙스에 익숙하지 않다는 데는 의심의 여지가 없지만, 그래도 당혹스러운 것만은 어쩔 수가 없습니다. 과거에 제가 여행한 곳들의 경우, '6행성 생명농학 전시회'를 자처하는 행사라면 여섯 개의 행성에서 보낸 전시물을 출품하는 것이 상식이 아닙니까. 하지만 이곳은 누가 봐도 사정이 다른 것 같군요. 괜찮다면 그 이유를 알려 주시겠습니까?"

"나모르에서는 아무도 안 왔거든."

"그렇군요." 해빌런드 터프가 말했다.

"거긴 지금 골칫거리가 있어서 그래." 파이 장수가 덧붙였다.

"이제 사정이 뚜렷해졌군요. 전부가 아니라면 적어도 일부는 말입니다. 자, 파이 한 개를 더 주시고, 그 골칫거리가 어떤 성질의 것인지 설명해 주시겠습니까? 저는 워낙 호기심이 많아서. 저의 가장 큰 약점이라고나 할까요."

파이 장수는 다시 장갑을 끼고 온장고 뚜껑을 열었다. "속담에도 있잖나. 호기심은 배를 고프게 한다고."

"사실입니다. 그런 속담을 예전에도 들은 적이 있는 것 같군요."

파이 장수는 미간을 찌푸렸다. "아니, 내가 틀렸어. 배가 고프면 호기심을 느낀다가 맞아. 하여튼 간에, 내 파이를 먹으면 배가 부를걸세."

"아." 터프는 파이를 받아 들었다. "계속해 주십시오."

그래서 파이 장수는 나모르라는 행성이 직면한 골칫거리에 관해 한참 동안 두서없이 설명해 주었다. "이제 알겠지?" 그는 이렇게 끝맺었다. "그치들이 왜 여기 올 계제가 아닌지를 말이야. 전시할 물건 자체가 거의 없으니."

"당연하군요." 해빌런드 터프는 냅킨으로 입술을 살짝 닦으며 말했다. "세상에서 바다 괴물만큼 성가신 건 없으니까요."

●○

나모르는 짙은 녹색의 행성이었다. 그 흔한 위성 하나 없이 홀로 우주 공간에 떠 있는 구(球)는 금빛의 성긴 구름 띠를 두르고 있었다. 덜덜거리며 추진을 멈춘 방주 호는 느릿느릿 행성 궤도로 진입했다. 해빌런드 터프는 길고 폭이 좁은 통신실의 좌석을 옮겨 다니면서 백 개에 달하는 전망 스크린 중 십여 개에 찍힌 행성 표면을 관찰했다. 통신실에는 세 마리의 조그만 회색 새끼 고양이들도 함께 있었다. 고양이들은 여기저기에 있는 제어반을 오르내리며 잠깐 멈춰 섰다가 앞발로 서로를 때리는 장난에 정신이 팔려 있었다. 터프는 전혀 개의치 않았다.

나모르는 물의 행성이었고, 궤도 상에서 보아도 제대로 눈에 들어오는 육지는 단 하나뿐이었다. 그조차도 별로 크다고는 할 수 없었다. 그러나 확대 영상을 보니 짙은 녹색 대양에서 몇천 개의 섬들이 초승달 모양의 긴 열도를 이루고 있는 것을 알 수 있었다. 광활한 바다 위에 흩뿌려진 흙빛 보석들이라고나 할까. 다른 화면들은 행성의 밤에 들어간 지역에 산재하는 십여 개의 도시와 소도시 들의 불빛을 보여 주고 있었다. 햇빛을 받고 있는 지역에 점재한 거주지들도 맥박 치듯이 에너지를 발산하고 있는 것이 보인다.

터프는 이것들을 모두 둘러본 다음 좌석에 앉아서 다른 제어반의 스위치를 켰고, 컴퓨터와 전쟁 게임을 하며 놀기 시작했다. 새끼 고양이 한 마리가 그의 무릎으로 뛰어오르더니 잠들었다. 그는 고양이의 잠을 깨우지 않으려고 조심했다. 잠시 후 두 번째 새끼 고양이가 뛰어오르더니 첫 번째 고양이를 덮쳤다. 두 마리는 아옹다옹하며 싸우기 시작했다. 터프는 두 마리 모두 바닥으로 슬쩍 밀쳐 냈다.

터프가 예상했던 것보다도 더 오랜 시간이 흐른 뒤에, 마침내 그가 기다리던 수하(誰何) 통신이 들어왔다. "궤도 상에 있는 우주선에게 고한다. 여기는 나모르 우주 관제소. 귀선의 이름과 용건을 밝혀라. 즉각 귀선의 이름과 용건을 밝혀라. 현재 요격기들이 출격 중이다. 귀선의 이름과 용건을 밝혀라."

통신 전파는 행성의 주 육괴(陸塊)에서 발신된 것이었다. 방주 호는 발신 지점을 포착하는 것과 동시에 터프에게 다른 우주선—단 한 척—이 접근하고 있음을 알렸고, 감시 화면에 그 영상을 띄웠다.

"여기는 방주 호." 해빌런드 터프는 나모르 관제소를 향해 말했다.

나모르의 관제관은 갈색 머리를 짧게 친 둥근 얼굴의 여자였다. 금색 테두리 장식이 달린 짙은 녹색의 제복을 입고 통신 제어반 앞에 앉아 있다. 방금 미간을 찌푸리고 흘끗 곁눈질한 상대는 보나 마나 다른 제어반 앞에 앉아 있는 상사일 것이다. "방주 호." 그녀는 말했다. "소속 행성이 어딘가? 소속 행성과 용건을 밝히기 바란다."

터프의 컴퓨터가 현재 접근 중인 우주선이 행성과 교신을 시작했다는 사실을 알렸다. 다른 두 개의 화면이 켜졌다. 한쪽 화면은 우주선 함교에 앉아 있는 날씬하고 젊은 여자를 보여 주고 있었다. 비틀린 커다란 코가 인상적이다. 다른 쪽 화면에는 제어반을 앞에 두고 앉아 있는 노인의 모습이 떠올랐다. 두 사람 모두 녹색 제복 차림이었고, 암호 통신을 통해 활발하게 말을 나누고 있었다. 방주 호의 컴퓨터가 암호를 깨는 데는 1분도 채 걸리지 않았기 때문에 터프도 곧 그들의 대화를 엿들을 수 있었다. "……도대체 정체가 뭔지 상상도 안 됩니다." 우주선에 탄 여자가 말했다. "저렇게 거대한 우주선이 있다는 얘긴 들어 본 적도 없습니다. 하느님 맙소사, 저걸 좀 보십시오. 이쪽 상황이 다 보이십니까? 응답은 있었습니까?"

"방주 호." 둥근 얼굴의 여자는 여전히 같은 말을 되풀이하고 있었다. "소속 행성과 용건을 밝히기 바란다. 여기는 나모르 우주 관제소."

해빌런드 터프는 이 대화에 끼어들어 동시에 세 사람에게 말을 걸었다. "여기는 방주 호. 여러분, 저는 소속 행성이 없습니다. 제가 여기 온

의도는 순수하게 평화적인 무역 활동을 하고, 자문을 해 드리기 위한 것입니다. 저는 이 행성이 겪고 있는 비극적인 상황에 관해 들었고, 큰 곤란을 겪고 있는 여러분에게 동정심을 느낀 나머지 도움을 드리기 위해 왔습니다."

우주선에 탄 여자는 깜짝 놀란 표정이었다. "도대체 넌……." 그녀는 입을 열었다. 남자 쪽도 여자 못지않게 당황한 기색이었지만 아무 말도 하지 않고 단지 아연실색한 표정으로 터프의 새하얀 얼굴을 응시했을 뿐이었다.

"방주 호, 여기는 나모르 우주 관제소." 둥근 얼굴의 여자가 말했다. "외부와의 무역 거래는 중지됐다. 되풀이한다. 외부와의 무역 거래는 중지됐다. 현재 이 행성은 계엄 상황이다."

우주선 쪽의 날씬한 여자는 이 무렵에는 정신을 가다듬고 있었다. "방주 호. 여기는 나모르의 수호자(守護者) 함대 소속 선레이저 호의 지휘관인 수호자 케피라 케이다. 선레이저는 무장 함선임을 주지하라. 방주 호, 정체를 밝혀라. 귀선은 지금까지 내가 본 그 어떤 무역선보다 천 배는 더 크지 않나. 정체를 밝히지 않으면 발포하겠다."

"그렇습니까." 해빌런드 터프가 말했다. "위협을 해도 별 효과는 없을 겁니다, 수호자 선생. 그래도 곤혹스러운 것만은 어쩔 수 없군요. 도움과 위로의 말씀을 드리기 위해 브레이젤런에서 일부러 이 먼 곳까지 왔는데, 그런 저를 환영하기는커녕 위협하고 적대시하다니." 새끼 고양이 한 마리가 무릎 위로 뛰어오르자 터프는 커다랗고 새하얀 손으로 그것을 들어 올리고 카메라의 시야 안에 들어가는 제어반 위에 내려놓았다. 터프는 슬픈 표정으로 고양이를 내려다보았다. "같은 인류끼리 서로를 신뢰하는 관습은 영영 사라져 버린 모양이야."

"선레이저, 발포하지 말게." 나이 든 사내가 말했다. "방주 호, 그쪽의 의도가 정말로 평화적인 거라면, 사정을 설명해 줘. 도대체 자네 정체가 뭔가? 우리는 지금 큰 곤란을 겪고 있다네. 나모르는 개발되지 않은 작은 행성에 불과해. 자네의 우주선 같은 건 아예 본 적도 없고. 그러니 정체를 밝히게."

해빌런드 터프는 새끼 고양이를 쓰다듬으며 말을 걸었다. "난 언제나 저런 의심을 감수해야 하는 운명인 걸까? 저 사람들은 내가 이렇게 인정이 많다는 걸 천만다행으로 알아야 해. 안 그랬다면 그냥 멸망하게 내버려 두고 떠나 버렸을 테니까." 터프는 고개를 들고 카메라를 똑바로 쳐다보았다. "선생, 저는 이 방주 호의 선장이자 주인이자 유일한 승무원인 해빌런드 터프입니다. 선생의 행성이 심해에서 발생한 거대한 괴물들로 큰 곤란을 겪고 있다는 얘기를 들었습니다. 그래서 그것들을 퇴치하려고 온 겁니다."

"방주 호, 여기는 선레이저 호다. 어떻게 퇴치할 작정인가?"

"방주 호는 '환경공학군단'의 종자선입니다." 해빌런드 터프는 격식을 차린 딱딱한 어조로 말했다. "그리고 저는 환경공학자이자 생물전의 전문가입니다."

"말도 안 돼." 노인이 말했다. "'환경공학군단'은 천 년 전에 '연방 제국'과 함께 멸망했어. 현존하는 종자선은 전무하고."

"듣자 하니 정말 우울한 얘기군요." 해빌런드 터프는 대꾸했다. "그럼 저는 지금 허깨비 안에 앉아 있단 말씀입니까? 제 배가 존재하지 않는다고 그렇게 확언하시는 걸 보니, 이제 저는 그대로 뱃바닥을 뚫고 아래로 추락해서, 선생의 행성 대기권으로 돌입해서 불타오를 일만 남았군요."

"수호장(守護長)님." 선레이저 호의 케피라 케이가 말했다. "종자선들은 말씀하신 대로 더 이상 존재하지 않을지도 모르지만, 제 관측 스코프에 의하면 지금 제가 급속 접근하고 있는 배의 길이는 거의 30킬로미터에 달합니다. 허깨비처럼 보이지는 않습니다만."

"저도 아직 추락하지 않았습니다." 해빌런드 터프는 시인했다.

"정말로 우리를 도와줄 수 있어?" 나모르 우주 관제소의 둥근 얼굴을 한 여자가 물었다.

"도대체 사람들은 왜 나를 언제나 이렇게 의심하는 걸까?" 터프는 회색 털을 가진 조그만 새끼 고양이에게 물었다.

"수호장님, 일단 방금 한 말이 옳은지 입증할 기회를 한번 줘 봐야 하는 거 아닐까요?" 나모르 우주 관제소 측의 여자가 주장했다.

터프는 고개를 들었다. "예나 지금이나 저는 협박과 모욕과 의혹의 대상이 될 운명인 것 같지만, 선생들의 고난에 대한 동정심이 워낙 강한 고로 포기할 수가 없군요. 수호자 케이, 정 그렇다면 선생의 선레이저 호를 제 배에 도킹시킨 다음 승선해서 직접 확인해 보시면 어떻습니까? 저와 저녁 식사를 하면서 잡담을 나눠 보시면 알 겁니다. 잡담이란 모름지기 인류의 가장 세련된 소일거리니까 말입니다. 설마 그런 제안에까지 토를 달지는 않으시겠지요."

세 명의 수호자는 화면에 얼굴이 드러나지 않은 사람 내지는 사람들과 황급히 협의했다. 그동안 해빌런드 터프는 등을 젖히고 새끼 고양이와 장난을 쳤다. "지금부터는 너를 '불신(不信)이'라고 불러야겠어." 그는 고양이에게 말했다. "내가 여기서 받은 대우를 기념하기 위해서 말이야. 남은 네 형제들은 각각 '의심이', '미움이', '망은(忘恩)이', '멍청이'라고나 해야겠군."

"해빌런드 터프, 그쪽 제안을 받아들이겠다." 수호자 케피라 케이가 선레이저 호의 함교에서 말했다. "내가 가서 승선할 테니 준비하고 있도록."

"그렇습니까." 터프가 말했다. "그런데 버섯은 좋아하시는지?"

●○

방주 호의 셔틀 격납고는 대형 우주항의 착륙장만큼이나 광활했지만, 마치 고물 우주선들을 모아 놓은 폐선장(廢船場)을 방불케 했다. 방주 호가 원래부터 보유한 다섯 척의 궤도 셔틀은 각각의 전용 발사대에 말끔한 모습으로 서 있었지만 말이다. 칠흑의 매끈한 동체에 대기권 비행에 적합한 뭉툭한 삼각 후퇴익(後退翼)이 달린 이 셔틀들은 아직도 상태가 좋았다. 다른 우주선들은 그보다는 덜 인상적이었다. 착륙용 다리 세 개로 물방울 모양의 동체를 지탱하고 힘겨운 듯이 웅크리고 있는 아발론의 무역선 옆에는 여기저기 전투의 상흔을 간직한 이행(移行) 드라이브식 연락선이 있었고, 화려한 장식이 거의 떨어져 나간 카랄레오의 사자선(獅子船)도 보인다. 기괴한 형태를 가진, 외계의 디자인인 듯한 우주선들까지 널려 있었다.

격납고의 갑판 위를 덮은 거대한 돔이 파이 조각처럼 쐐기 모양을 한 백 개의 분절(分節)로 갈라지며 열리자 별들에 에워싸인 조그만 노란 태양과, 가오리를 닮은 우중충한 녹색 우주선 한 척이 모습을 드러냈다. 후자의 크기는 터프의 셔틀들과 거의 비슷했다. 선레이저 호가 갑판에 착륙하자 머리 위에서 다시 돔이 닫혔다. 별들이 사라지는 것과 동시에 갑판으로 공기가 소용돌이치며 쏟아져 들어왔다. 잠시 후 해빌런드 터프도 도착했다.

케피라 케이는 뒤틀린 커다란 코 아래의 입술을 굳게 다문 채로 자기 우주선 밖으로 나왔지만, 그 어떤 강철 같은 자제심도 그녀의 눈에 떠오른 외경의 빛까지 감출 수는 없었다. 녹색 테두리 장식이 달린 금색 작업복을 입은 무장 병사 두 명이 그녀의 뒤를 따라왔다.

해빌런드 터프는 개방식의 삼륜 카트를 타고 그들에게 접근했다. "수호자 케이, 저녁 식사에는 한 명만 초대한 걸로 기억합니다만." 호위병들을 본 그가 말했다. "제 말이 오해를 불러일으켰다면 유감이지만, 그래도 혼자 오셔야 합니다."

"알았어." 수호자는 짧게 대꾸하고 호위병들에게 고개를 돌렸다. "다른 사람들과 함께 기다리고 있어. 내 명령을 잘 기억하고." 그녀는 터프 옆자리에 앉은 다음 말했다. "내가 2표준시 안에 멀쩡한 몸으로 돌아오지 않으면 선레이저 호는 이 우주선을 내부에서 박살낼 거야."

해빌런드 터프는 당혹한 표정으로 눈을 껌벅이며 그녀를 보았다. "끔찍하기도 해라. 사람들은 저의 따뜻한 대접에 도대체 왜 불신과 폭력으로 응대하는 걸까요." 그는 카트를 발진시켰다.

그들은 침묵한 채로 미로처럼 얽히고설킨 방들과 복도들을 지나 마침내 어둑어둑한 수평 터널에 들어섰다. 터널은 끝이 안 보일 정도로 엄청나게 컸고, 선수에서 선미까지 우주선 전체를 관통하고 있는 것처럼 보였다. 터널 벽과 천장은 온갖 크기의 투명한 원통들로 뒤덮여 있다시피

했다. 대부분은 비었고 먼지를 뒤집어쓰고 있었지만, 개중에는 색색가지 액체가 들어 있는 것들도 있었다. 그런 액체 안에서는 모호한 형태를 한 것들이 힘없이 움직이고 있다. 배후에서 들리는, 뭔가 축축하고 끈적끈적한 액체가 뚝뚝 떨어지는 소리를 제외하면 아무 소리도 들리지 않았다. 케피라 케이는 이 모든 것을 유심히 관찰했지만 아무 말도 하지 않았다. 이 거대한 터널을 적어도 3킬로미터나 나아간 뒤에야 터프는 빈 벽을 향해 카트 방향을 틀었다. 그러자 벽이 조리개처럼 열렸다. 곧 그들은 카트를 주차하고 밖으로 나왔다.

터프는 수호자 케피라 케이를 작고 검소한 식당으로 안내했다. 진수성찬이 차려져 있었다. 전채는 톡 쏘는 맛이 나는 새까만 냉 스프였고, 뒤이어 생강 드레싱을 끼얹은 신초(新草) 샐러드가 나왔다. 메인 코스는 빵가루를 묻혀 구운 버섯 갓이었다. 각기 다른 소스를 끼얹어 조리한 십여 개의 채소로 에워싸인 갓은 담겨 나온 접시 못지않게 거대했다. 수호자는 단 하나의 요리도 남기지 않고 맛있게 먹어 치웠다.

"제 누추한 음식이 입맛에 맞는 모양입니다." 해빌런드 터프가 촌평했다.

"인정하고 싶진 않지만 제대로 된 음식을 배부르게 먹은 게 언젠지 생각이 안 날 지경이야." 케피라 케이가 대답했다. "우리 나모르 인들은 언제나 바다에 식량을 의존해 왔거든. 원래는 풍부한 해산물을 얻을 수 있었지만, 현재의 골칫거리가 시작된 뒤로는……." 그녀는 포크로 황갈색 소스를 묻힌 검고 못생긴 채소를 잔뜩 찍어 올리더니 말했다. "이게 뭐야? 맛이 아주 훌륭한데."

"행성 리아논산 죄인(罪人)칡이라는 식물에 겨자 소스를 곁들인 겁니다."

케이는 마른침을 삼키고 포크를 내려놓았다. "하지만 리아논이 여기서 얼마나 먼데. 그런데 도대체 어떻게……." 그녀는 퍼뜩 말을 멈췄다.

"그렇습니다." 터프는 양손으로 턱을 괸 채로 그녀의 얼굴을 응시하며 말했다. "이 모든 일용할 양식은 방주 호에서 나온 것입니다. 그 원산지는 십여 개에 달하는 다양한 행성이지만 말입니다. 향료를 넣은 우유를 더 드릴까요?"

"아니, 됐어." 그녀는 웅얼거리는 목소리로 대답하고 빈 접시들을 빤히 쳐다보았다. "그렇다면 거짓말을 하고 있는 게 아니었군. 너는 자기가 주장하는 대로의 인물이고, 이 종자선이라는 건…… 어디 소속이라고 했어?"

"'환경공학군단' 소속입니다. 오래전에 사라져 버린 '연방 제국'의. 그들이 보유한 종자선 수는 적었고, 단 한 척을 제외하면 전쟁의 우여곡절을 겪으면서 모두 파괴됐습니다. 살아남은 종자선이라고는 이 방주 호가 유일했지만, 천 년 동안이나 무인 상태로 유기되어 있었지요. 세부까지 신경 쓰실 필요는 없습니다. 단지 제가 그걸 발견해서 다시 기능하게 만들었다고 말하는 걸로 충분합니다."

"이걸 발견했다고?"

"방금 그렇게 말했다고 생각합니다만. 똑같은 표현을 써서 말입니다. 부탁이니 제 말에 주의를 기울여 주십시오. 저는 같은 말을 되풀이하는 걸 좋아하지 않아서. 이 방주 호를 발견하기 전에는 저는 그날그날 먹고 사는 변변찮은 무역 상인에 불과했습니다. 제가 원래 소유하던 배는 지금도 이곳의 착륙 갑판 위에 남아 있습니다. 아까 보셨을지도 모르겠습니다만."

"그럼 넌 결국 일개 무역 상인에 불과하다는 얘기잖아."

"부탁이니 제발!" 터프는 분개한 표정으로 말했다. "저는 환경공학자입니다. 그리고 수호자 케이, 방주 호는 여러 행성을 통째로 개조할 수 있습니다. 물론 저는 단 한 명에 불과하고, 과거에 이 배의 승무원 수가 2백 명에 달했다는 것도 잘 압니다. 십여 세기나 전에, '환경공학군단'의 황금색 세타 문장의 휘장을 달고 있던 인물들이 받은 광범위한 정식 교육을 받지 못한 것도 사실이고 말입니다. 하지만 저도 나름대로 고생하면서 어떻게든 해결책을 찾아내는 수준에 도달했습니다. 따라서 나모르가 제 도움을 받는 것에 동의하신다면, 현재 이 행성이 직면한 문제를 제가 해결할 수 있으리라는 점에는 의심의 여지가 없습니다."

"왜?" 날씬한 몸집의 수호자는 경계하는 듯한 표정으로 물었다. "왜 그렇게 우리를 돕고 싶어서 안달인 거야?"

해빌런드 터프는 난감한 표정으로 희고 커다란 손을 펼쳐 보였다. "압니다, 제가 어리석게 보일 수도 있다는 걸. 하지만 타고난 성향은 어쩔 수 없군요. 천성이 박애주의자라서 사람들이 고난과 고통에 시달리는 걸 보면 도저히 모르는 척할 수가 없는 겁니다. 그런고로 이토록 궁지에 몰려 있는 저 행성 사람들을 그냥 내버려 둔다는 건 제 고양이 한 마리에게 해를 가하는 것만큼이나 불가능했습니다. 그런 저와는 대조적으로 '환경공학군단'은 냉혹 무정하기로 악명이 높았지만, 그렇다고 해서 저 자신의 감상적인 성격을 바꿀 수는 없는 일입니다. 그래서 여기까지 이렇게 와서 최선을 다할 용의가 있다는 겁니다."

"아무런 대가도 받지 않고?"

"무보수로 일하겠습니다. 물론 그 과정에서 발생하는 경비는 있으니까, 그걸 벌충해 줄 약소한 요금을 청구해야 하지만 말입니다. 흐음, 3백만 스탠더드면 어떨까요? 그 정도면 피차 손해 안 볼 금액이 아닐까요?"

"너한텐 손해가 아니겠지." 케이는 비꼬는 어조로 대꾸했다. "그런 거금을 받을 수 있으니까 말이야. 터프, 예전에도 너 같은 작자들은 여기 왔었어. 우리의 비참한 상황을 이용해서 큰돈을 벌어 보려고 작심한 무기 상인이나 용병 말이야."

"수호자 케이." 터프는 책망하듯이 말했다. "그건 저에 대한 엄청난 중상입니다. 저한테 돌아오는 건 거의 없습니다. 하지만 이 방주 호는 워낙 거대해서 엄청난 유지 비용이 든다는 걸 이해해 주셔야 합니다. 그렇다면 2백만 스탠더드면 되겠습니까? 명색이 행성 정부인데, 설마 그런 쥐꼬리만 한 비용도 지출하지 못한다는 얘긴 아니겠지요? 행성의 가치가 그보다도 못하단 말입니까?"

케피라 케이는 한숨을 쉬었다. 길쭉한 얼굴에는 피로로 인한 주름이 깊게 잡혀 있었다. "그렇지는 않아." 그녀는 시인했다. "네가 방금 호언장담한 걸 모두 실행에 옮길 수 있다면 말이지만. 물론 우리 행성은 부자가 아니니까 우선 상사들하고 상의할 필요가 있어. 나 혼자서 내릴 수 있는 결정이 아니니까 말이야." 그녀는 느닷없이 일어났다. "통신실은 어디 있지?"

"저 문을 나가서 왼쪽에 있는 파란 복도로 들어간 다음에, 오른쪽에 있는 다섯 번째 문을 열면 됩니다." 터프는 위엄 있는 태도로 무거운 몸을 일으켰고, 식탁 위를 치우기 시작했다. 그녀는 방에서 나갔다.

수호자가 돌아오자 터프는 선명한 붉은빛을 띤 액체가 든 디캔터의 뚜껑을 뽑아 놓고 식탁 위에 늘어져 있는 바둑무늬 암고양이를 쓰다듬는 중이었다. "터프, 너를 고용하라는 명령이 떨어졌어." 케피라 케이가 의자에 앉으면서 말했다. "2백만 스탠더드의 보수는 물론 네가 이 전쟁에서 이긴 다음에 지불될 거고."

"동의합니다. 그럼 이 멋진 음료를 잔에 따라 마시면서 선생의 행성이 놓인 상황에 관해 토의해 보기로 하죠."

"알코올음료야?"

"약간의 진정 성분이 들어 있습니다."

"전사들로 이루어진 수호자 길드에서는 흥분제나 진정제 따위를 쓰지 않아. 그런 물질은 육체를 오염시키고 반사 신경을 둔하게 만들 뿐이니. 지키고 보호할 의무가 있는 우리 수호자들은 한시도 방심하면 안 돼."

"칭찬받아 마땅한 미점이로군요." 해빌런드 터프는 이렇게 대구하고 자기 유리잔에 와인을 따랐다.

"선레이저 호를 여기 놓아두는 건 낭비니까 나모르 우주 관제소로 돌려보내야겠군. 행성에서는 그 전투력을 필요로 하고 있거든."

"그럼 신속하게 돌려보내기로 하죠. 선생은?"

"난 여기로 파견됐어." 케이는 미간을 찡그리며 말했다. "행성의 상황을 요약한 데이터를 가지고 왔어. 내가 직접 너한테 브리핑을 해 주고, 이 배에 연락관으로 남아 있으라더군."

● ○

해면은 수평선 전체를 뒤덮은 녹색 거울처럼 잔잔했다.

무더운 날이었다. 노란 햇살이 금빛으로 물든 얇은 층운 사이에서 쏟아져 내린다. 고요한 대양 한복판에 금속 선복(船腹)을 은청색으로 번득이는 양식 어선 한 척이 외딴 섬처럼 떠 있었다. 배의 노천갑판은 주위 환경과는 대조적으로 시끌벅적한 활동의 중심이었다. 뜨거운 열기 속에서 상반신을 벗은 채로 준설기와 저인망을 바쁘게 다루고 있는 남녀 작업원들은 워낙 거리가 먼 탓에 개미처럼 조그맣게 보였다. 물을 뚝뚝 흘리며 해면 위로 인양된 거대한 경첩식 버킷이 개방된 선창(船倉) 안으로 진흙과 해초 덩어리를 그대로 쏟아붓는다. 갑판 여기저기에는 거대한 우윳빛 해파리가 가득 찬 통들이 뜨거운 햇살에 그대로 방치되어 있었다.

그러던 중 갑자기 소동이 일어났다. 작업원들 일부가 별다른 이유도 없이 우왕좌왕하기 시작했던 것이다. 하던 일을 멈추고 당혹스러운 듯이 주위를 둘러보는 사람도 있었고, 전혀 눈치채지 못하고 하던 일을 그대로 계속하는 사람도 있었다. 선창에 내용물을 쏟아 낸 거대한 금속 버킷이 아가리를 벌린 채 다시 바닷속으로 첨벙 들어가는 것과 동시에 반대쪽 현측에서 준설을 마친 버킷이 올라왔다. 이제는 더 많은 사람들이 우왕좌왕하고 있었다. 정면충돌한 두 사내가 갑판 위로 나뒹굴었다.

바로 그때였다. 배 아래쪽에서 둥그렇게 말린 촉수가 올라온 것은.

촉수는 계속 위로 올라왔다. 준설용 버킷보다 더 길었다. 암녹색 해면 위로 완전히 모습을 드러낸 뒤에는 덩치 큰 사내의 몸통만큼이나 굵고, 끝으로 가서는 사람 팔 굵기로 가늘어진다는 것을 알 수 있었다. 부드럽고 끈적끈적한 느낌을 주는 허연 촉수였다. 촉수 밑바닥에는 선명한 분홍색의 큰 접시만 한 원들이 줄줄이 달려 있었다. 촉수가 거대한 양식 어선의 동체를 감는 동안 이 원들은 맥박 치듯이 꿈틀거렸다. 촉수 끄트머리가 수없이 많은 작은 촉수들로 쪼개지더니 검은 뱀 무리처럼 몸을 뒤틀었다.

촉수는 계속 위로 올라오다가 갑판을 가로질러 다시 해저로 내려가면서 배를 완전히 감아쥐었다. 반대편 뱃전에서 무엇인가가 움직였다. 녹색 해면 밑에서 뭔가 희끄무레한 것이 꿈틀거리나 싶더니 두 번째 촉수가 나타났다. 뒤이어 세 번째, 네 번째 촉수가 나타났다. 한 촉수는 준설기 버킷을 틀어쥐고 씨름했다. 다른 촉수는 전신에서 저인망의 잔해를 베일처럼 늘어뜨리고 있었지만, 움직임에는 지장이 없어 보였다. 이제는 모든 사람이 도망치고 있었다― 촉수에 잡힌 사람들을 제외하면 말이다. 촉수 하나는 도끼를 든 여자를 친친 감고 있었다. 여자는 희끄무레한 포옹 속에서 몸부림치며 도끼로 미친 듯이 촉수를 찍었지만, 갑자기 허리가 뒤로 푹 꺾이더니 축 늘어졌다. 촉수는 도끼에 찍힌 상처에서 소량의 흰 액체를 간헐적으로 흘리면서 여자를 떨어뜨리더니 다른 희생자를 잡았다.

배가 느닷없이 우현 쪽으로 기울었을 때는 스무 개의 촉수가 달라붙어 있었다. 생존자들은 갑판을 미끄러져 바다에 빠졌다. 배는 점점 더 가파르게 기울기 시작했다. 무엇인가가 우현 쪽을 밀면서 아래로 잡아당기고 있었다. 바닷물이 철벅거리며 현측을 뒤덮었고, 열린 선창 안으로 쏟아져 들어갔다. 이윽고 배 전체가 조각나기 시작했다.

해빌런드 터프는 투영된 영상을 정지시키고 대형 스크린에 정지 화면을 띄웠다. 녹색 바다와 금빛 태양, 박살난 배, 선체를 감싼 희끄무레한 촉수들. "이게 첫 번째 공격이었습니까?" 그가 물었다.

"그렇다고도 할 수 있고, 아니라고도 할 수 있어." 케피라 케이가 대답했다. "이 일이 있기 전에 다른 수확선 한 척하고 여객용 수중익선 두 척이 수수께끼처럼 실종됐거든. 우린 그걸 조사하는 중이었지만 원인을 규명하진 못했어. 이 배의 경우는 뉴스팀이 현지에서 교육용 프로그램을 녹화하는 중이었지. 원래 목적 이상의 성과를 내 버렸지만."

"그렇군요." 터프가 말했다.

"스키머[1]에 탑승해서 상공에서 촬영 중이었지. 그날 방영된 영상은 거의 패닉을 야기할 뻔했어. 하지만 상황이 정말로 심각해진 건 다음 배가 침몰했을 때야. 우리 수호자들이 이 문제의 전체상을 파악하기 시작한 건 그때였지."

해빌런드 터프는 제어반 위에 양손을 올려놓은 채로 화면을 올려다보았다. 커다란 얼굴은 무감동하고 전혀 표정이라고 할 만한 것이 없었다. 흑백 무늬의 새끼 고양이가 그의 손가락을 툭툭 치기 시작했다. "멍청아, 넌 저기 가서 놀럼." 그는 고양이를 바닥에 살짝 내려놓으며 말했다.

"촉수 하나의 일부를 확대해 봐." 곁에서 수호자가 말했다.

터프는 말없이 그 지시에 따랐다. 두 번째 스크린이 켜지며 갑판 위에 말려 있는 희끄무레하고 거대한 밧줄 같은 조직을 확대한 거친 화면이 떠올랐다.

"저 둥근 빨판 하나를 자세히 봐." 케이가 말했다. "저 분홍색 부분 말이야. 보이지?"

"끄트머리에서 세 번째 빨판 안쪽이 거무스레한데, 이빨이 나 있는 것처럼 보이는군요."

---

1 공기 부양식 비행정. 주로 저공비행에 쓰인다.

"맞아. 모든 빨판이 다 저래. 저 빨판의 외순(外脣)에 해당하는 가장자리는 일종의 딱딱한 흡반(吸盤)인데, 물체 표면에 접촉하면 더 넓게 펼쳐지면서 진공 밀폐 상태에 가까운 걸 만들어 내기 때문에 실질적으로 떼어 내는 게 불가능해져. 하지만 각각의 빨판은 입이기도 해. 외순 안쪽에 있는 부드러운 분홍색 덮개가 뒤로 당겨지면서 이빨이 미끄러져 나오는 거지. 톱니처럼 들쭉날쭉한 이빨이 세 줄 나 있는데, 보기보다 훨씬 더 날카로워. 자, 이젠 촉수들의 말단으로 초점을 옮겨 봐."

터프가 제어반에 손을 대자 세 번째 스크린이 작동하며 꿈틀거리는 뱀들의 확대 화면이 떠올랐다.

"저것들은 눈이야." 케피라 케이가 말했다. "스무 개 있는 모든 촉수 끄트머리에 달려 있지. 따라서 촉수는 여기저기를 맹목적으로 더듬을 필요가 없어. 뭘 하고 있는지를 자기 눈으로 직접 볼 수 있으니까 말이야."

"실로 흥미롭군요." 해빌런드 터프가 말했다. "해면 아래에는 뭐가 있습니까? 저 소름 끼치는 팔의 몸통?"

"나중에 입수한 사체들의 단면도하고 사진, 거기에 컴퓨터로 모의 분석을 해 본 것들이 좀 있어. 표본들 대부분은 심하게 훼손된 상태였지만. 이 괴물의 몸통은 컵을 뒤집어 놓은 것처럼 생겼어. 반쯤 부풀린 물고기 부레 같달까. 촉수들은 그 주위를 에워싸고 있는 뼈와 근육으로 된 거대한 고리에 뿌리를 박고 있었어. 부레에 물을 넣거나 빼는 방법으로 해면까지 상승하거나 바다 깊숙한 곳까지 하강할 수 있지. 잠수함하고 똑같아. 하지만 자체 중량은 얼마 안 돼. 믿기 힘들 정도로 강력하지만 말이야. 부레를 비워서 해면으로 올라온 다음, 촉수로 배를 부여잡고 다시 부레에 물을 채워 넣는 식이지. 부레는 엄청난 양의 바닷물을 빨아들일 수 있고, 보다시피 이 괴물 자체가 엄청나게 커. 필요하다면 촉수 주둥이로도 물줄기를 쏘아서 배를 침수시키고, 급기야는 침몰시키는 것도 가능해. 따라서 이 촉수들은 팔인 동시에 입이고, 눈이고, 살아 있는 호스라고 할 수 있지."

"그리고 나모르 인들은 이번 공격이 있을 때까지 이런 괴물들이 존재하는지도 몰랐다, 이겁니까?"

"그래. 이 괴물의 친척인 나모르 군함해파리는 식민지 설립 초기부터 잘 알려져 있었지만 말이야. 실제로는 다리가 스무 개 달린, 해파리하고 문어를 교배한 듯한 놈이야. 이 행성의 고유종들 다수가 비슷한 구조를 가지고 있어. 중앙에 부레나 몸통, 껍질 따위가 있고, 스무 개의 다리나 덩굴손이나 촉수 따위가 그 주위를 고리처럼 두르고 있는 거지. 나모르 군함해파리는 이 괴물과 마찬가지로 육식성이지만, 눈들은 촉수 끝이 아니라 중앙 몸통 주위에 고리 모양으로 배열되어 있어. 다리의 경우도 호스처럼 쓰진 못해. 게다가 괴물보다는 훨씬 작아서 사람 크기 정도밖에는 안 되지. 대륙붕 위쪽의 해면을 둥둥 떠다니면서 먹이를 찾는데, 특히 어군이 많이 몰리는 뻘고동(mud-pod) 군락 위에서 많이 볼 수 있지. 보통은 어류를 먹이로 삼지만, 드물게는 사람이 잡아먹히는 경우도 있어. 바다에서 수영을 하다가 사로잡혀서 끔찍하게 죽는 거지."

"그것들을 어떻게 했는지 물어보아도 될까요?" 터프가 말했다.

"성가신 놈들이었지. 우리하고는 어장이 겹쳤거든. 어류, 해초, 해과(海果) 따위가 풍부한 얕은 바다, 그것도 뻘고동 군락이나 카멜레온조개, 끄덕이프레디가 풍부한 해역에서 흔히 볼 수 있었어. 안전하게 어로 작업에 나서거나 양식을 하기 위해서는 군함해파리를 일소해야 했지. 소수의 개체는 남아 있겠지만, 이제는 거의 볼 수 없어."

"그렇습니까. 그런 상황에서 이 강력한 괴물, 배를 잡아먹는 살아 있는 잠수함이 나타나서 피해가 막심하다는 얘기로군요. 따로 이름을 붙였습니까?"

"나모르 거함(巨艦)해파리." 케피라 케이가 말했다. "처음 나타났을 때는 원래 대양의 심해에 서식하던 것들이 어떤 이유로 인해 해면으로 올라온 거라고 추측했어. 사실 나모르에 인류가 거주한 지는 백 년이 될까 말까 하니까 말이야. 심해 영역은 탐사가 지지부진하고, 거기 서식하는 생물에 대한 지식도 거의 없는 거나 마찬가지야. 하지만 점점 더 많은 배들이 공격을 받고 침몰하면서, 우리가 거함해파리들의 군대와 맞서 싸워야 한다는 사실은 명백해졌지."

"함대." 해빌런드 터프가 정정했다.

케피라 케이는 얼굴을 찡그렸다. "그걸 뭐라고 부르든 간에, 개체 수가 엄청나게 많아. 어쩌다가 한 마리만 발생한 게 아냐. 그 시점에서는 심해에서 뭔가 상상을 초월하는 재앙이 일어나서 종(種) 전체가 도망쳐 나왔다는 가정이 가능했지."

"선생은 그 가정을 안 믿는 것 같습니다만."

"아무도 안 믿어. 틀렸다는 게 증명됐어. 거함해파리들은 그런 심해의 수압을 견딜 수 없거든. 따라서 이젠 어디서 왔는지 도무지 알 수 없어." 그녀는 오만상을 찌푸렸다. "단지 놈들이 이리로 왔다는 사실밖에는 몰라."

"그렇군요. 그럼 당연히 반격을 시도했겠지요?"

"물론 시도했지. 투지가 모자라는 건 아니지만 우리 쪽이 열세야. 나모르는 젊은 행성이고, 우리가 휘말린 종류의 투쟁을 지속할 수 있는 인구도, 자원도 없어. 나모르의 주민 중 3백만 명은 바다 전체에 널린 1만 7천 개에 달하는 작은 섬들에 흩어져 살고 있고, 나머지 백만 명이 작지만 유일한 대륙인 뉴아틀란티스에 모여 살고 있는 게 다야. 대다수는 어부나 양식업자 들이고 말이야. 이번 사태가 터졌을 때 수호자들의 수는 5만 명에도 못 미쳤어. 우리 길드는 올드포세이돈과 아쿠아리우스에서 나모르까지 입식자(入植者)들을 수송해 온 여러 우주선 승무원들의 후손이야. 우린 지금까지 줄곧 주민들을 보호해 왔지만, 거함해파리들이 출현하기 전까지만 해도 단순 임무만 수행하면 됐어. 우리 행성은 평화롭고 주민들 사이에서도 진짜 분쟁이라고 할 만한 일은 거의 일어나는 법이 없으니까 말이야. 포세이돈 출신자들과 아쿠아리우스 출신자들 사이에 민족적인 라이벌 의식이 좀 있기는 하지만, 선의의 경쟁에 가까웠어. 우리 수호자 길드는 선레이저 호와 그와 비슷한 우주선 두 척으로 행성을 방위하지만, 우리가 하는 일은 화재 진압이나 치수(治水), 재난 구조, 경찰 업무 따위가 대부분이었어. 길드는 자체적으로 보유한 약 백 척의 수중익선으로 한동안 호위 임무를 수행하면서 적에게도 다소나마 피해를 입혔지만, 거함해파리에 대항하는 건 역부족이었어. 얼마 지나지 않아 경비함보다 거함해파리 쪽이 더 많다는 게 명백해졌거든."

"보나 마나 번식할 게 뻔한 거함해파리들과는 달리 경비함은 그럴 수도 없으니 당연하군요." 터프는 말했다. 멍청이와 의심이는 그의 무릎 위에서 아옹다옹하고 있었다.

"바로 그거야. 우리 노력이 모자랐던 건 아니지만 말이야. 해면 하에 그놈들이 있는 걸 탐지하면 위에서 폭뢰를 투하했고, 해면까지 올라오면 어뢰를 쏘았어. 그런 식으로 수백 마리를 퇴치했지. 하지만 여전히 수백 마리가 건재했고, 경비함을 잃더라도 대체할 배가 없었어. 나모르에는 공업 기술 기반이라고 할 만한 게 없으니까 말이야. 과거의 좋았던 시절에는 브레이젤런이나 베일 아린 따위의 외부 행성에서 필요한 물품을 수입했어. 우리 나모르 인들은 단순한 삶을 신봉했거든. 어차피 우리 행성에는 공업을 유지할 자원이 없어. 중금속 자원은 미약하고 화석연료는 전무에 가까우니."

"수호자 길드의 경비함은 몇 척이나 남아 있습니까?" 해빌런드 터프가 물었다.

"서른 척쯤 남았을까. 그래서 이젠 더 이상 출격시킬 엄두를 못 내. 첫 번째 공격이 있고 1년도 채 되지 않아서 거함해파리들은 우리의 해상 교통로를 완전히 장악했어. 초대형 저인선들은 전멸했고, 몇백 개나 되는 해저 농장은 버려지거나 파괴당했고, 영세 어민들의 반은 사망하고 나머지 반은 항구에 숨어서 공포에 떨고 있어. 이제 인류가 보유한 그 어떤 것도 나모르의 바다에는 얼씬도 못 하는 상태야."

"바다에 산재한 섬들도 완전히 고립됐습니까?"

"완전히는 아냐. 수호자 길드는 스무 대의 무장 스키머를 보유하고 있고, 민간이 소유하는 스키머나 에어카도 백여 대쯤 남아 있거든. 길드에서는 그것들 모두를 징발해서 무장시켰지. 비행선들도 있었지. 이 행성에서는 유지 보수가 힘든 스키머나 에어카의 대안으로 쓰이던 거지. 교환 부품이 절대 부족할 뿐만 아니라 훈련받은 기술자가 워낙 적기 때문에 이번 사태가 발생하기 이전에는 공중 교통수단으로 대부분 비행선을

이용했어. 헬륨을 채워 넣은 태양열 추진식의 거대한 비행선이지. 상당
수가 있었어. 거의 천 대에 달했으니. 그래서 주민들이 정말로 아사할 위
험이 큰 작은 섬들을 위한 보급 수단으로 비행선들을 동원했던 거야. 남
은 비행선들은 수호자 길드의 무장 스키머들과 힘을 합쳐 싸움을 계속
했지. 안전한 공중에서 화학물질, 유독 물질, 폭발물 따위를 투하해서 몇
천 마리나 되는 거함해파리들을 죽였지만, 참담한 대가를 치러야 했어.
거함해파리들이 가장 조밀하게 발생한 장소는 제일 좋은 어장하고 뻘고
동밭이었으니까 말이야. 하필 우리가 가장 필요로 하는 곳들을 폭격하
고 독으로 오염시켜야 했던 거지. 하지만 달리 선택의 여지가 없었어. 그
렇게 해서 한동안은 이기고 있다고 생각했어. 어선 몇 척은 수호자 길드
소속 무장 스키머의 엄호를 받으면서 외해로 나가서 무사히 돌아오기까
지 했지."

"하지만 그것이 궁극적인 승리의 쟁취로 이어지지 않았다는 점은 명
백하군요." 해빌런드 터프가 말했다. "그랬더라면 우리 두 사람이 여기
이렇게 앉아 얘기하고 있을 리가 없으니까 말입니다." 의심이가 앞발로
멍청이의 머리를 강타하자 같은 새끼지만 체격에서 뒤지는 후자는 터프
의 무릎에서 바닥으로 굴러떨어졌다. 터프는 허리를 굽히고 손바닥으로
멍청이를 들어 올렸다. "자, 받으십시오." 그는 고양이를 케피라 케이에
게 건네며 말했다. "안고 있어 주시면 고맙겠습니다. 이 녀석들이 아옹
다옹 다투는 탓에 선생이 직면한 더 큰 다툼에 신경을 집중할 수가 없어
서요."

"어, 그래." 수호자는 조심스럽게 조그만 흑백 새끼 고양이를 받아 들
었다. 그녀의 손바닥에 딱 맞는 크기였다. "이걸 뭐라고 불러?" 그녀는

물었다.

"고양이라고 합니다." 터프는 설명했다. "그렇게 썩은 과일이라도 되는 것처럼 들고 있으면 안 됩니다. 부디 무릎 위에 올려놓으시죠. 전혀 해가 없다는 점은 보장해도 좋습니다."

케피라 케이는 평소와는 달리 정말로 자신 없는 얼굴로 손바닥 위의 새끼 고양이를 자기 무릎 위에 떨어뜨렸다. 멍청이는 야옹거리며 바닥에 또 떨어질 뻔했지만 조그만 발톱을 케이의 제복 바지의 천에 박아 넣고 가까스로 추락을 면했다. "헉." 케피라 케이가 말했다. "날카로운 갈고리를 갖고 있잖아."

"갈고리가 아니라 그냥 발톱입니다." 터프가 정정했다. "조그맣고 아무 해도 없습니다."

"설마 무슨 독침 같은 건 아니겠지?"

"그런 것 같지는 않군요. 앞에서 뒤로 몸을 쓰다듬어 보십시오. 그럼 흥분을 가라앉힐 수 있을 겁니다."

케피라 케이는 자신 없는 표정으로 새끼 고양이의 머리에 손을 갖다 댔다.

"아니, 그렇게 톡톡 치면 안 됩니다. 쓰다듬어 달라고 하지 않았습니까."

수호자는 새끼 고양이를 쓰다듬기 시작했다. 그러자마자 멍청이는 골골거리기 시작했다. 그녀는 손을 멈추고 오싹한 표정으로 터프를 올려다보았다. "몸을 떨고 있어. 게다가 묘한 소리까지 내고 있잖아."

"그런 반응은 기분이 좋다는 뜻입니다." 터프는 그녀를 안심시켰다. "부디 그런 봉사를 계속하면서 브리핑을 계속해 주시면 고맙겠습니다."

"알았어." 케이는 이렇게 대꾸하고 멍청이를 쓰다듬는 일을 재개했다. 멍청이는 수호자의 무릎 위에서 편하게 자리를 잡았다. "이번에는 다음 녹화 테이프를 봐." 그녀가 지시했다.

터프가 메인 스크린에서 침몰한 배와 거함해파리의 영상을 지우자 다른 장면이 떠올랐다. 보아하니 차가운 강풍이 몰아치는 겨울에 찍은 영상인 듯했다. 배 아래의 해면은 검게 넘실거렸고, 옆바람을 받은 파도에서는 흰 거품이 잔뜩 일었다. 이런 거친 바다 위에서 거함해파리 한 마리가 거대하고 흰 촉수들을 사방으로 뻗친 채로 부유하고 있었다. 마치 부풀어 오른 거대한 꽃이 물결 속에서 일렁이고 있는 듯한 광경이다. 촬영자가 탄 비행선이 상공을 통과하자 끄트머리에서 뱀들이 우글거리는 듯한 두 개의 촉수를 힘없이 들어 올렸지만 비행선의 고도가 높은 덕에 전혀 위협이 되지 않았다. 촬영팀은 길쭉한 은빛 비행선에 매달린 일종의 곤돌라 안에서 바닥에 박힌 유리 전망 창을 통해 아래를 내려다보고 있는 듯했다. 그러던 중에 촬영 각도가 바뀌었고, 영상을 바라보던 터프는 촬영팀이 탄 비행선은 세 척의 거대한 비행선으로 이루어진 비행 선단의 일부라는 사실을 깨달았다. 비행선들은 장중하고 무관심하게 거친 해면 상공을 천천히 나아가고 있었다.

"저것들은 각각 아쿠아리우스의 혼, 라일 D, 스카이섀도라는 이름의 비행선이야." 케피라 케이가 말했다. "극심한 기근에 시달리던 북쪽의 작은 도서군(島嶼群)을 구조하라는 명령을 받고 가던 중이었지. 생존자들을 구출해서 모두 뉴아틀란티스로 데리고 올 예정이었어." 음울한 어조였다. "이 영상은 비행선들 중에서 유일하게 살아남은 스카이섀도에 탑승한 보도팀이 촬영한 거야. 자, 보라고."

대적할 자가 없어 보이는 비행선들은 평온하게 비행을 계속했다. 그러던 중 은청색 동체를 가진 아쿠아리우스의 혼 바로 앞쪽 해면에서 어떤 움직임이 생겨났다. 암녹색의 베일 아래에서 무엇인가가 꿈틀거렸다고나 할까. 뭔가 거대한 물체였지만 거함해파리는 아니었다. 희끄무레하지 않고 검었기 때문이다. 상당한 면적의 해면이 점점 더 검게 변하는가 싶더니 위를 향해 부풀어 올랐다. 카메라의 시야에 칠흑처럼 새까만 거대한 돔 형상의 것이 솟아오르더니 점점 부풀어 오르는 광경이 들어왔다. 마치 심해에서 섬이 솟아오른 듯한 느낌이었다. 스무 개의 길고 검은 촉수로 에워싸인 검은 가죽 주머니라고나 할까. 물체는 초 단위로 점점 더 높고 크게 자라났고, 급기야는 완전히 해면 밖으로 나왔다. 아래로 늘어뜨린 검은 촉수에서 물을 뚝뚝 흘리며 부상하던 그것은 곧 해면 상공까지 상승해서 한층 더 크게 부풀어 오르기 시작했다. 그것을 향해 똑바로 전진 중인 비행선에 맞먹는 크기였다. 양자가 접촉했을 때는 마치 하늘을 활보하는 두 마리의 거수(巨獸)가 교접하기 위해 몸을 맞댄 듯한 느낌이었다. 검고 거대한 비행 괴물은 은청색 비행선 위에 올라타고 여러 개의 치명적인 팔로 그 동체를 감쌌다. 카메라는 비행선의 외피가 갈가리 찢겨 나가는 광경을 포착했다. 헬륨 격실이 터지면서 비행선의 동체가 우그러지기 시작했다. 아쿠아리우스의 혼은 살아 있는 생물처럼 뒤틀리고 몸부림치면서 연인의 검은 포옹 속에서 쪼그라들었다. 모든 것이 끝나자 검은 괴물은 비행선의 잔해를 바다에 떨어뜨렸다.

터프는 영상을 정지시켰고, 불운한 곤돌라에서 개미만 한 사람들이 뛰어내리는 부분을 엄숙한 표정으로 응시했다.

"라일 D 호도 귀환하던 중에 다른 놈에게 당했어." 케피라 케이가 말했다. "스카이섀도는 마지막까지 살아남아서 소식을 전했지만, 다음번 임무에 나섰다가 영영 돌아오지 못했지. 불풍선들이 출현한 첫째 주에 우린 백 척이 넘는 비행선과 열두 대의 스키머를 잃었어."

"불풍선이라고요?" 해빌런드 터프는 제어반 위에 앉아 있던 의심이를 쓰다듬으며 되물었다. "불이 나는 건 못 봤습니다만."

"저 저주받을 괴물을 처음 죽였을 때 붙인 이름이야. 수호자 길드의 스키머가 고폭탄(高爆彈)을 한 발 쏘아 넣자마자 폭탄처럼 대폭발을 일으키고 활활 타면서 바닷속으로 추락했어. 가연성이 극도로 높아. 레이저포로 한 번 쏘는 것만으로도 엄청난 불 쇼를 연출해 버리는 꼴이지."

"수소로군요." 해빌런드 터프가 말했다.

"맞아, 바로 그거였어." 수호자가 맞장구쳤다. "한 마리를 통째로 손에 넣지는 못했지만 산산조각 난 것들을 모아서 전체상을 짜 맞춰 보았어. 저 괴물은 자기 몸 내부에서 전류를 발생시킬 수 있어. 바닷물을 들이켠 다음 생물학적인 방식으로 전기분해 하는 거지. 그렇게 해서 나온 산소는 해중이나 공중에 분사해서 여기저기로 이동하는 데 써. 공기 분사식 추진이라고나 할까. 수소 가스는 풍선 낭 안에 채워서 양력(揚力)을 발생시키는 데 쓰고. 다시 바닷속으로 퇴각하고 싶을 때는 꼭대기 부분― 저기 윗부분에 보이는 저 덮개를 열어서 모든 가스를 유출시켜. 바닷속으로 다이빙하는 거지. 저 외피는 가죽 같아서 아주 강인해. 속도는 느려도 머리는 좋아. 이따금 짙은 뭉게구름 속에 몸을 숨기고 아무 의심도 않고 그 아래를 날아가는 스키머를 낚아채기도 하거든. 우린 얼마 지나지도 않아서 놈들이 거함해파리들 못지않게 빠르게 번식한다는 끔찍한 사실을 확인했어."

"실로 흥미롭군요." 해빌런드 터프가 말했다. "그렇다면 이 불풍선들의 출현과 함께 나모르 측에서는 제해권뿐만 아니라 제공권까지 잃었다고 추측해도 될까요?"

"대략 그렇다고 할 수 있겠지." 케피라 케이는 시인했다. "우리 비행선들은 너무 느린 탓에 도저히 그런 위험에 노출시킬 수 없어. 수호자 길드의 스키머하고 에어카의 호위를 대동한 비행 선단을 꾸려서 파견해 본 적이 있지만 그조차도 실패였어. '불타는 새벽' 아침에…… 그날 난 거기서 아홉 대의 무장 스키머 비행단을 지휘하고 있었는데…… 결과가 너무 끔찍했어……."

"얘기해 주십시오." 터프가 말했다.

"'불타는 새벽'." 케이는 암울한 어조로 속삭였다. "우리 선단에는…… 서른 척의 비행선이 있었어. 무려 서른 척씩이나. 열두 대의 무장 스키머가 그 선단을 호위했지. 뉴아틀란티스 시에서 행성의 가장 중요한 군도 중 하나인 브로큰핸드까지 왕복하는 긴 여정이었어. 그리고 출발한 지 이틀째 되는 날, 새벽이 되어 동녘이 막 붉게 물들기 시작할 무렵, 선단 아래쪽의 해면이…… 부글거리기 시작했어. 마치 냄비에 든 수프가 부글부글 끓기 시작하는 것처럼 말이야. 바로 저놈들이었어. 몇천 마리나 되는 불풍선이 산소하고 물을 배출하면서 공중으로 떠올랐던 거야, 터프. 몇천 마리씩이나. 미친 것처럼 소용돌이치는 해면을 뚫고 부양한 거대한 검은 그림자 같은 것들이 우리를 향해 날아오는데, 끝이 보이지 않았어. 우린 레이저포에 고폭탄에 그 밖의 모든 무기를 총동원해서 놈들을 공격했어. 하늘 전체가 활활 불타오르는 듯한 광경이었지. 놈들 모두는 수소 가스로 잔뜩 부풀어 있었고, 대기는 놈들이 배출한 산소로 충만해서 머리가 어질어질할 지경이었어. 우린 그날을 '불타는 새벽'이라고 불러. 정말 끔찍했지. 사방에서 사람들이 절규하고, 불풍선들이 타오르고, 주위는 산 채로 불에 타는 사람들을 싣고 박살난 채로 추락하는 아군의 비행선들투성이였어. 해면에서는 거함해파리들도 기다리고 있었어. 비행선에서 바다로 떨어져 허우적거리는 생존자들이 있으면 희끄무레한 촉수로 감고 해저로 홱 끌어당겼던 거야. 살아남아서 전장을 벗어난 스키머는 네 대, 단 네 대였어. 비행선들은 모든 탑승자들과 함께 전멸했어."

"끔찍한 이야기로군요." 터프가 말했다.

케피라 케이의 눈에는 무엇인가에 홀린 듯한 빛이 깃들어 있었다. 입을 꽉 다물고 아무 생각도 없이 율동적으로 멍청이를 쓰다듬고 있는 케이의 시선은 생명을 잃고 빙빙 돌며 추락하는 아쿠아리우스의 혼 위로 떠오른 첫 번째 불풍선을 촬영한 화면에 못 박혀 있었다. "그날 이후." 마침내 그녀는 입을 열었다. "우리의 삶은 계속되는 악몽이나 다름없었어. 우린 삶의 터전인 바다를 잃었어. 나모르의 4분의 3에 해당하는 지역에서는 기아뿐만 아니라 아사 사태까지 벌어지고 있어. 잉여 식량을 보유한 곳은 이 행성에서 유일하게 광범위 농작이 이루어지는 뉴아틀란티스뿐이었어. 우리 수호자들은 그래도 계속 싸웠어. 선레이저 호하고 다른 우주선 두 척까지 전투에 참가해서 폭격이나 유독 물질 산포, 작은 섬들의 주민들을 소개시키는 임무 따위를 수행해 왔지. 남은 에어카하고 스키머들을 써서 우리는 외양의 섬들하고 느슨하긴 하지만 접촉 망을 유지해 왔어. 물론 무선으로도 서로 연락을 취했지. 하지만 이젠 근근이 목숨만 부지하는 상태야. 작년에는 스무 개 이상의 섬들이 침묵했어.

그중 여섯 섬에 순찰대를 보내 조사해 봤는데, 돌아온 뒤에는 모두 같은 보고를 하더군. 섬 전체에 주민의 시체가 널린 채로 햇살 아래서 그대로 썩어 가고 있었어. 건물들은 모두 박살나서 폐허가 되어 있고, 긂적이하고 우글게 들이 새까맣게 모여들어 시체를 뜯어 먹고 있다더군. 그리고 그중 한 섬에서 뭔가 새로운 걸 발견했어. 한층 더 끔찍한 걸 말이야. 시스타라는 이름의 섬이었는데, 인구 4만 명에 육박하는 데다가 외계 성계와의 무역이 끊기기 전에는 주요 우주항으로도 기능하고 있었지. 그런 시스타에서 발신하는 전파가 갑자기 끊겼을 때는 모두가 엄청난 충격을 받았어. 터프, 다음 자료를 봐. 맞아, 그거야."

터프는 제어반 위에서 반짝이는 일련의 광점들을 눌렀다.

해변의 쪽빛 모래밭 위에서 뭔가 죽어 널브러져 있다.

이번에는 동영상이 아니라 정지 사진이었다. 그래서 해빌런드 터프와 케피라 케이는 널브러진 채로 푹 썩어 가는 생물의 사체를 오랫동안 자세히 관찰할 수 있었다. 그 주위에 인간의 시체 여러 개가 난잡하게 널려 있는 덕에 실제 크기를 가늠하는 것도 가능했다. 이 죽은 생물은 사발을 뒤집어 놓은 모양을 하고 있었고, 덩치는 집채만 했다. 가죽처럼 질겨 보이는 피부는 얼룩덜룩한 녹회색이었고, 잔뜩 금이 간 상태로 고름 같은 액체를 흘리고 있었다. 그 주위의 모래 위에는 이 생물의 부속지(附屬肢)에 해당하는 것들이 중심축에서 뻗어 나온 바큇살처럼 펼쳐져 있었다. 희끄무레한 녹색의 뒤틀린 촉수 열 개와, 그 사이 사이에서 뻗어 나온 열 개의 검고 딱딱하며 단단해 보이는 다리였다. 한눈에도 관절이 달린 것을 알 수 있었다.

"저건 다리가 맞아." 케피라 케이가 쓰디쓴 어조로 지적했다. "터프, 이

놈은 죽이기 전까지 지면 위를 보행하고 있었어. 우리가 입수한 표본은 이 한 마리뿐이었지만 그것만으로도 충분했어. 이제 우린 왜 고립된 섬들이 침묵했는지를 알아. 그리고 터프, 저놈들은 바다에서 나왔어. 저런 모양을 한 크고 작은 괴물들이 나와서, 열 개의 다리를 써서 거미처럼 움직이면서 남은 열 개의 촉수로 사람을 낚아채서 잡아먹었던 거야. 몸에 두른 갑각은 워낙 두껍고 딱딱해서, 고폭탄 한 발이나 레이저포 사격만으로 불풍선처럼 죽이는 건 불가능해. 자, 이젠 너도 이해하겠지. 처음에는 바다를, 다음에는 공중을 잃었고, 이번에는 육지까지 잃을 위험에 처해 있어. 육지를 말이야. 이놈들은 수천 마리씩 무리를 지어 해상으로 튀어나와서, 해변의 모래 위를 무슨 끔찍한 썰물처럼 진격해 왔거든. 지난주만 해도 섬 두 개가 그런 식으로 쓸려 나갔어. 이 행성의 인간을 말살할 작정인 거야. 소수는 뉴아틀란티스 내륙의 고산지대에서 살아남을 수 있겠지. 하지만 그런 사람들조차도 짧고 끔찍한 여생을 마감하게 될 거야. 나모르는 보나 마나 뭔가 새로운 것, 악몽에서 빠져나온 듯한 괴물을 우리한테 보낼 게 뻔하니까 말이야." 당장이라도 히스테리를 일으킬 듯한 황망한 어조였다.

해빌런드 터프가 제어반의 전원을 끄자 모든 스크린이 검게 변했다. "선생은 수호자이니 냉정을 되찾으십시오." 터프는 몸을 돌려 그녀를 마주 보았다. "그런 두려움은 이해할 수 있지만 불필요하니까요. 이제는 나모르가 빠진 곤경을 좀 더 잘 이해하겠군요. 비극적이라는 것은 틀림없지만, 아직 절망적인 것은 아닙니다."

"아직도 우릴 도와줄 수 있다고 생각하는 거야? 혼자서? 너하고 이 배만 가지고? 아, 물론 만류하려는 건 절대 아냐. 우리 모두 지푸라기라도 잡고 싶은 심정이니까. 하지만…….”

“하지만 도저히 믿지 못하겠다, 이겁니까?” 터프는 이렇게 말하고 작게 한숨지었다. “의심아.” 그는 회색 새끼 고양이에게 말을 걸며 커다란 흰 손으로 들어 올렸다. “난 네 이름을 정말 잘 지은 것 같구나.” 그는 케피라 케이에게 시선을 돌렸다. “저는 관대합니다. 게다가 선생은 힘겨운 고난을 수없이 겪었다는 것을 잘 알기 때문에, 저 자신과 제 능력을 그토록 생각 없이 폄하한 사실은 없던 것으로 해 드리죠. 자, 이제 슬슬 일에 착수해야겠군요. 선생의 동료들은 이 괴물들에 관한 상세한 보고서뿐만 아니라 나모르의 생태에 관한 일반적인 정보를 여기로 잔뜩 올려 보냈군요. 현 상황을 제대로 이해하고 분석하기 위해서는 일단 그것들을 숙독해 볼 필요가 있습니다. 브리핑을 해 주셔서 감사합니다.”

케피라 케이는 얼굴을 찡그리고 무릎에 있던 멍청이를 바닥에 내려놓은 다음 일어섰다. “알았어. 언제쯤이면 준비가 끝나?”

“일단 몇 가지 모의실험을 해 보지 않고서 정확하게 그 시기를 알려 드리는 것은 불가능합니다. 하루쯤 뒤에 시작할 수 있을지도 모릅니다. 아니면 한 달, 또는 그 이상 걸릴지도 모르겠고.”

“시간을 너무 오래 끌면 2백만 스탠더드의 보수를 얻기 힘들어질지도 몰라.” 케이가 내뱉었다. “그때쯤 우린 모두 죽어 있을 테니.”

“그렇군요. 그런 시나리오가 현실이 되지 않도록 노력하겠습니다. 자, 이제 일하게 내버려 두시지 않겠습니까? 저녁 식사 때 다시 얘기를 나누죠. 아리온식 채소 스튜에, 우리의 식욕을 돋울 전채로는 토르산 불버섯을 내놓겠습니다.”

케이는 소리 나게 한숨을 쉬고 불평했다. “또 버섯이야? 점심 메뉴는 버섯 고추 볶음, 아침은 바싹 구워서 쓴 크림을 끼얹은 버섯 요리였잖아."

"제가 워낙 버섯을 좋아해서요." 해빌런드 터프는 대답했다.

"버섯이라면 이제 신물이 나." 케피라 케이가 말했다. 멍청이가 그녀의 다리에 몸을 문지르자 그녀는 얼굴을 찌푸리고 새끼 고양이를 내려다보았다. "고기는 어때? 아니면 해산물이라든지?" 꿈꾸는 듯한 표정이었다. "벌써 몇 년째 뻘고동을 못 먹었어. 가끔 꿈에 나오기까지 해. 껍데기를 깨서 안에 녹인 버터를 붓고, 숟가락으로 부드러운 살을 파먹는 맛이란 정말……. 안 먹어 본 사람은 상상도 못 할 정도로 맛있다고. 흑지느러미 요리도 좋지. 아, 해초 위에 구운 흑지느러미를 얹어 먹을 수만 있다면 얼마나 좋을까!"

해빌런드 터프는 엄한 표정을 지었다. "여기서는 동물을 먹지 않습니다." 그는 그녀를 무시하고 일에 착수했다. 케피라 케이는 방에서 나갔다. 멍청이는 총총걸음으로 그녀 뒤를 따랐다. "적절한 이름이야. 정말로." 터프가 중얼거렸다.

●○

버섯 요리로 점철된 나흘이 흐른 뒤에, 케피라 케이는 해빌런드 터프에게 실적을 내라고 압박을 가하기 시작했다. "도대체 지금 하고 일이라는 게 뭐야?" 그녀는 저녁 식사 자리에서 힐문했다. "도대체 언제 행동에 나설 건데? 매일 네가 혼자 틀어박혀 있는 동안 나모르의 상황은 악화 일로를 걷고 있어. 한 시간 전에 네가 컴퓨터를 들여다보는 동안 난

하르반 수호장님과 얘기를 나눴어. 너하고 내가 궤도 상에 죽치고 앉아 시간을 죽이는 동안 우린 리틀 아쿠아리우스하고 댄싱 시스터즈를 잃었어, 터프."

"시간을 죽인다고요?" 해빌런드 터프가 반문했다. "수호자 선생, 저는 꾸물거리거나 하지 않았습니다. 앞으로 꾸물거릴 생각도 없고 말입니다. 저는 일하느라 바빴습니다. 제가 소화해야 할 정보의 양이 얼마나 엄청난지 모르시는 것 같군요."

케피라 케이는 콧방귀를 뀌었다. "소화해야 할 버섯의 양이 엄청나다는 뜻이겠지." 케피라는 이렇게 쏘아붙이고 무릎에 앉아 있던 멍청이를 살짝 떨구며 일어섰다. 새끼 고양이와 그녀는 요즘 아주 사이가 좋아졌다. "리틀 아쿠아리우스 섬에는 1만 2천 명이나 되는 주민이 살고 있었어. 댄싱 시스터즈 섬의 인구도 그에 육박했고. 소화하는 동안 그 사실을 곱씹어 보라고, 터프." 그녀는 몸을 홱 돌려 문을 박차고 나갔다.

"그렇습니까." 해빌런드 터프는 이렇게 대꾸하고 먹고 있던 단꽃 파이로 주의를 돌렸다.

1주 뒤에 그들은 또 충돌했다. "또 만났네?" 어느 날 수호자는 작업실로 돌아가려고 느릿느릿한 발걸음으로 복도를 장중하게 나아가던 터프 앞에 우뚝 서더니 힐문했다.

"또 만났군요." 터프는 상대의 말을 되풀이했다. "안녕하십니까, 수호자 케이."

"전혀 안녕하지 못해." 그녀는 불만스러운 어조로 대꾸했다. "선라이즈 제도가 전멸했다는 소식을 방금 나모르 우주 관제소한테 들었어. 괴물 무리한테 완전히 제압당했다더군. 방어에 나선 열두 대의 무장 스키머는 항구에 피난해 있던 배들과 함께 전멸했어. 거기에 대해 뭔가 할 말이 없어?"

"실로 비극적인 소식입니다. 유감스럽군요."

"도대체 언제가 되면 준비가 끝나지?"

터프는 한껏 어깨를 으쓱해 보였다. "그건 아직 말할 수 없습니다. 제가 의뢰받은 일은 결코 단순한 작업이 아니라 복잡하기 그지없는 문제입니다. 실로 복잡하다— 맞아, 현 상황에 들어맞는 표현은 바로 그겁니다. 혼란스럽다고까지 할 수도 있겠군요. 하지만 나모르가 처한 비극적인 상황에는 저도 크게 가슴 아파하고 있고, 제 두뇌 또한 그에 못지않게 열심히 이 문제와 씨름하고 있다는 점은 보장해도 좋습니다."

"문제라. 터프, 너한테는 기껏해야 문제 정도밖에는 안 된다, 이거야?"

해빌런드 터프는 조금 미간을 찌푸리고 툭 튀어나온 배 위에 양손을 올려놓고 깍지를 꼈다. "문제가 맞습니다." 그는 말했다.

"아냐, 그건 단순한 문제하고는 달라. 우리가 하고 있는 건 게임 따위가 아니라고. 아래쪽 행성에서는 지금도 진짜 사람들이 죽어 가고 있어. 응당 그들을 지켜 줘야 할 수호자 길드가 제 몫을 하지 못하고, 또 여기 있는 네가 수수방관하고 있기 때문이야. 넌 아무 일도 안 했잖아."

"진정하십시오. 여러분들을 위해 제가 쉬지 않고 노력하고 있다는 점은 보장해도 좋습니다. 제가 직면한 일이 길드의 직무만큼 단순하지 않다는 점도 염두에 둬야 합니다. 거함해파리 위에 폭격을 퍼붓거나 불풍선에 고폭탄 사격을 가해서 태워 버리는 것은 전혀 어렵지 않습니다. 하지만 그런 단순하고 고색창연한 방식은 별반 효과가 없지 않았습니까. 환경공학은 그보다 훨씬 더 힘들고 어려운 작업을 할 것을 요구합니다.

저는 지금까지 선생의 지도자들과 해양생물학자들과 역사학자들이 보내온 보고서들을 숙독했고, 숙고에 숙고를 거듭하면서 분석하고 있었습니다. 그렇게 해서 다양한 접근법들을 고안해 낸 다음 방주 호의 고성능 컴퓨터들을 써서 계속 모의실험을 해 왔습니다. 따라서 늦든 빠르든 해결책을 찾아낼 수 있을 겁니다."

"실험을 서두르는 편이 이로울 거야." 케피라 케이는 굳은 목소리로 말했다. "나모르 당국은 실적을 요구하고 있고, 나도 거기 찬성이거든. 수호자 평의회도 조급해하고 있어. 그러니까 터프, 넌 빨리 결과를 보여 줘야 해. 내가 이렇게 경고한 걸 잊지 마." 그러고 나서야 그녀는 그가 지나갈 수 있도록 옆으로 비켜 주었다.

향후 열흘 동안 케피라 케이는 최대한 터프와 마주치는 것을 피했다. 저녁 식사를 건너뛰는가 하면, 복도에서 마주치면 오만상을 찌푸리곤 했다. 그녀는 매일 통신실에 틀어박혀 아래쪽 행성에 있는 상관들과 오랫동안 협의하며 행성의 최신 뉴스를 빠짐없이 확인했다. 상황은 매우 안 좋았다. 온통 안 좋은 소식들뿐이었다.

결국은 곪았던 종기가 터졌다. 분노로 창백해진 케피라 케이가 터프가 '작전실'이라고 부르는 방으로 성큼성큼 걸어 들어왔던 것이다. 터프는 층층이 쌓인 컴퓨터 화면들을 앞에 두고 앉아서, 화면에 보이는 격자 위에서 빨갛거나 파란 선들이 서로를 쫓아 움직이는 광경을 응시하고 있었다. "터프!" 터프는 손을 흔들어 무릎 위에 있던 망은이를 쫓아낸 다음 화면을 껐고, 의자를 빙글 돌려 그녀를 마주 보았다. 어둑어둑한 방 안에서 그는 무표정하게 그녀를 응시했다. "수호자 평의회의 명령이 떨어졌어." 케피라는 말했다.

"그거 정말 잘됐군요." 터프는 대꾸했다. "선생은 여기선 할 일이 없어서 줄곧 안절부절못하는 걸 잘 알고 있었습니다."

"평의회는 당장 행동에 나서라고 명령했어, 터프. 지금 당장. 오늘. 이해하겠나?"

터프는 손끝을 모아 턱에 괴었다. 거의 기도하는 듯한 모습이었다. "적대감과 조급함만으로도 모자라서, 이젠 제 지성에 대한 모욕까지 감수해야 하는 겁니까? 제가 선생의 수호자들에 관해 알 필요가 있는 것들은 이미 모두 알고 있다는 건 보장해도 좋습니다. 제가 지금 이해 못 하는 건 나모르의 괴이한 생태 환경뿐입니다. 그걸 어느 정도 이해할 수 있을 때까지는 행동하고 싶어도 행동할 수 없다는 뜻입니다."

"싫든 좋든 행동해야 해." 케피라 케이가 말했다. 그녀의 손에 느닷없이 레이저 권총이 출현하더니 터프의 거대한 배를 정통으로 노렸다. "지금 당장 행동하라고."

해빌런드 터프는 전혀 반응을 보이지 않았다. "폭력이라." 그는 조금 질책하는 듯한 어조로 말했다. "제 몸에 구멍을 내고 본인뿐만 아니라 고향 행성까지 파멸로 몰아넣기 전에, 설명을 할 기회를 제게 주실 생각은 없으신지?"

"설명해 봐. 귀를 기울일 테니까. 적어도 잠시 동안은."

"좋습니다." 해빌런드 터프는 말했다. "수호자 케이, 나모르에서는 뭔가 극히 기묘한 일이 벌어지고 있습니다."

"드디어 알아차렸다, 이거로군." 그녀는 메마른 어조로 말했다. 레이저 권총은 꿈쩍도 하지 않았다.

"그렇습니다. 적당한 용어가 없는 고로 현 시점에서는 바다 괴물이라고 부르는 수밖에 없는 생물들의 대량 발생으로 인해 나모르 인들은 파멸적인 상황을 맞고 있습니다. 불과 6표준년도 안 되는 짧은 시간 동안 무려 세 가지의 괴물이 출현했습니다. 이것들 모두가 신종 또는 그때까지 알려지지 않았던 미지의 종이라는 점은 명백합니다. 그리고 그건 제가 보기엔 절대 일어날 수 없었던 일입니다. 선생의 동포는 나모르에서 백 년이나 살아왔는데, 극히 최근까지도 거함해파리, 불풍선, 보행해파리라고 이름 붙인 것들에 관해 전혀 모르고 있었다는 게 말이 됩니까. 마치 이 방주 호를 닮은 사악한 존재가 나모르 인들을 상대로 생물전을 수행하고 있는 것처럼 보이지만, 그 또한 사실이 아니라는 점은 분명합니다. 신종이든 원래 있던 종이든 간에, 그 바다 괴물들은 나모르 현지에서 진화한 토착종이니까요. 나모르의 바다에는 그 친척뻘인 뻘고둥, 꾸덕이프레디, 춤해파리에 군함해파리 따위가 득시글거리고 있습니다. 그렇다면 이번 사태는 뭘 의미하는 걸까요?"

"모르겠어."

"저도 모릅니다." 터프는 말했다. "좀 더 깊이 들어가 보죠. 그 바다 괴물들은 엄청난 속도로 번식해서 바닷속뿐만 아니라 하늘까지 점령해서 인구가 많은 섬들을 쓸어버렸습니다. 괴물들은 거기 사는 사람들을 죽이지만, 자기들끼리는 결코 싸우지 않는 데다가 별다른 천적이 있는 것 같지도 않습니다. 정상적인 생태계에서 볼 수 있는 처절한 약육강식과는 무관하다는 뜻입니다. 저는 큰 흥미를 가지고 선생 측의 과학자들이 내놓은 보고서를 읽어 보았습니다. 그 바다 괴물들은 여러 의미에서 실로 흥미로운 생물이지만, 그중에서도 가장 호기심을 자극하는 건 선생 측이 완전히 자란 성체들하고만 조우했다는 점입니다. 대양을 활보하면서 배를 침몰시키는 거대한 거함해파리, 하늘을 배회하는 끔찍한 불풍선 들 말입니다. 그렇다면 어린 거함해파리나 어린 불풍선 들은 도대체 어디 있는 걸까요? 정말이지 궁금함을 금할 수가 없습니다."

"깊숙한 심해에 있겠지."

"물론 그럴 수도 있습니다. 하지만 선생도, 저도 그걸 확언하지는 못하지 않습니까. 가공할 만한 괴물들이긴 하지만, 저는 다른 세계들을 돌아다니면서 그것들 못지않게 무시무시한 포식 동물들을 본 적이 있습니다. 그러나 그런 포식 동물들은 몇백 마리, 몇천 마리씩 대거 발생하지는 않습니다. 왜냐고요? 아, 왜냐하면 어미 몸에서 태어나든 알에서 부화하든 둥지에서 자라든 간에, 그런 어린 개체들은 성체에 비해 약하기 때문입니다. 다 자라서 무시무시한 성체가 되기도 전에 일찌감치 도태된다는 뜻입니다. 그러나 그런 일은 나모르에서는 일어나지 않는 것처럼 보입니다. 아예 안 일어나는 것처럼 보인다는 뜻입니다. 이 모든 일들은 도대체 뭘 의미하는 걸까요? 실로 흥미로운 질문 아닙니까?" 터프는 어깨를 으쓱해 보였다. "지금은 확답할 수 없지만, 해답을 얻기 위해 계속 노력 중입니다. 반드시 선생의 비옥한 바다의 수수께끼를 풀어 보이겠습니다."

케피라 케이는 얼굴을 찌푸렸다. "그리고 네가 그렇게 노력하는 동안, 우리는 계속 죽어 가고 있어. 하지만 넌 전혀 개의치 않지."

"터무니없는 중상모략입니다!" 터프는 항의했다.

"조용히 해!" 케피라는 레이저 권총을 들어 보였다. "일장 연설을 끝마쳤으니 이젠 내가 말할 차례야. 오늘 브로큰핸드 섬하고 포티스리 섬과의 접촉이 끊겼어, 터프. 그곳에 얼마나 많은 사람들이 살고 있었는지는 생각조차도 하고 싶지 않아. 주민들 모두가 단 하루 만에 몰살당해 버린 거야. 혼란된 무전 보고가 몇 개 들어오더니 미친 듯한 말 몇 마디를 끝으로 상대방은 완전히 침묵했어. 네가 여기 죽치고 앉아 알아들을 수 없는 수수께끼 얘기나 하고 있는 동안에 말이야. 이젠 더 이상 묵과할 수 없어. 넌 지금 당장 행동에 나서야 해. 난 물러설 생각이 없어. 원한다면 협박이라고 해도 난 상관 안 해. 그런 괴물들이 발생한 이유나 행동 방식 따위는 나중에 시간 날 때 천천히 알아내도 돼. 하지만 지금 이 순간부터 우린 놈들을 죽이는 일에 전념해야 해. 질문 따위를 하느라고 시간을 허비할 수는 없어."

"예전에 어떤 행성을 방문한 적이 있습니다." 터프는 운을 뗐다. "단하나의 결점을 제외하면 실로 목가적이고 좋은 곳이었죠. 그 결점이란 티끌만 한 벌레였는데, 무해하긴 했지만 행성 전체에 퍼져 있었습니다. 공중을 부유하는 균류의 극히 미세한 포자를 먹고 사는 놈들이었죠. 먹이를 쫓느라고 이따금 해를 가릴 정도로 새까맣게 떼를 지어 날아다니는 통에 그 행성의 주민들은 이 벌레를 정말 싫어했습니다. 주민들이 야외로 나가기만 하면 몇천 마리나 날아와서 온몸을 살아 있는 수의(壽衣)처럼 뒤덮는 통에 움직이기도 힘들었으니까 말입니다. 그래서 환경공학자 지망생 하나가 해결책을 제시했습니다. 먼 외계 행성에서 그 티끌만한 벌레들을 먹어 치워 줄 더 큰 벌레를 수입해 왔던 겁니다. 결과는 대성공이었습니다. 그 행성의 생태계에서는 천적이 없었던 큰 벌레들은 번식에 번식을 거듭했고, 급기야는 토종 벌레들을 완전히 멸종시켜 버렸던 겁니다. 주민들 입장에서는 위대한 승리였죠. 유감스럽게도 부작용이 있다는 점이 곧 판명되었지만 말입니다. 한 종을 몰살시킨 외래종은 주민들에게는 익충에 해당하는 토종들까지 먹이로 삼기 시작했던 겁니다. 그 결과 수많은 토종 곤충들이 멸종됐습니다. 토종 곤충들을 먹이로 삼던 현지의 유사 조류는 외래종을 소화시키지 못했기 때문에 역시 엄청난 타격을 받았습니다. 식물의 수분(受粉)도 예전 같지 않았고, 숲과 밀림은 변화를 이기지 못하고 말라 죽었습니다. 그리고 처음 해충의 먹이였던 균류의 포자는 아무런 견제도 받지 않고 왕성하게 번식했습니다. 그 결과 그 균류는 행성 전체에 창궐했고 건물이나 식용작물뿐만 아니라 동물의 몸에까지 기생하기 시작했습니다. 간단히 말해서, 행성의 생태계 자체가 완전히 왜곡되어 버렸던 겁니다. 오늘날 그곳을 방문한다면 끔찍한 곰팡이를 제외하면 아무것도 없는 죽은 행성과 마주치게 될 겁니다. 연구 분석이 불충분한 상태로 섣부른 행동을 취하면 바로 그런 결과를 얻기 마련입니다. 충분한 이해 없이 무작정 행동에 나선다는 것이 얼마나 위험천만한 행위인지를 보여 주는 본보기라고나 할까요."

"하지만 아예 행동에 나서지 않을 경우 우리를 기다리는 건 파멸밖에 없어." 케피라 케이는 고집스럽게 말했다. "안 돼, 터프. 네가 한 얘기가 아무리 무시무시해도, 우린 그에 못지않게 무시무시한 위협에 직면하고 있어. 우리 수호자 길드는 어떤 위험이든 간에 감수할 용의가 있어. 난 이미 명령을 받았어. 내 요구를 받아들이지 않는다면 나는 주저 않고 이걸 쓸 거야." 그녀는 턱으로 레이저 권총을 가리켜 보였다.

해빌런드 터프는 팔짱을 꼈다. "그걸 쓴다면 실로 어리석다고밖에는 할 수 없군요. 방주 호를 작동시키는 방법을 알아내는 건 가능하겠죠. 시간을 들인다면 말입니다. 그러기 위해서는 몇 년이나 걸리겠지만, 방금 자기 입으로 시인했듯이 당신들에게 그런 시간 여유는 없습니다. 그래도 저는 당신들을 위해 이 일을 계속할 작정이고, 그런 식의 조야한 허세나 협박에 대해서도 눈감아 줄 용의가 있습니다. 하지만 완전히 준비되었다고 판단하지 않는 이상 행동에 나설 생각은 없습니다. 저는 환경공학자고, 개인적으로도 직업적으로도 지켜야 할 원칙을 가지고 있으니까요. 또 제 도움이 없다면 당신들에겐 아무런 희망이 없다는 사실도 지적해야겠군요. 단 한 치의 희망도 없습니다. 피차 그 사실을 잘 알고 있으니 더 이상의 연극은 불필요합니다. 총을 쏠 생각이 없다는 걸 압니다."

한순간 케피라 케이는 낭패한 표정을 떠올렸다. "너……." 수호자는 당혹스러운 어조로 말했다. 레이저 권총이 아주 조금 흔들렸다. 이윽고 그녀는 다시 결연한 표정을 떠올렸다. "네 생각은 틀렸어, 터프. 난 이 총을 쏠 거야."

해빌런드 터프는 아무 말도 하지 않았다.

"너를 쏘지는 않아. 네 고양이들을 쏠 거야. 네가 행동에 나설 때까지 하루에 한 마리씩 죽이겠어." 그녀는 손목을 조금 움직였다. 이제 총구는 터프가 아니라 방구석 여기저기를 들쑤시며 놀고 있던 망은이의 조그만 몸을 향하고 있었다. "셋을 센 다음에 저 녀석부터 쏘겠어." 수호자가 말했다.

터프의 얼굴 표정은 완전히 감정을 결여하고 있었다. 그는 그녀를 빤히 쳐다보았다.

"하나." 케피라 케이가 말했다.

터프는 미동도 하지 않았다.

"둘."

터프는 얼굴을 찡그렸다. 백묵처럼 새하얀 미간에 주름이 잡혔다.

"셋." 케이가 내뱉었다.

"잠깐." 터프는 재빨리 말했다. "쏘지 마십시오. 선생 요구에 따르겠습니다. 한 시간 안에 클로닝을 시작하겠습니다."

수호자는 레이저 권총을 허리에 찬 권총집에 집어넣었다.

●○

그런 연유로, 해빌런드 터프는 내키지 않는 전쟁을 시작했다.

첫째 날에는 입을 꾹 다문 채로 작전실의 거대한 제어반 앞에 앉아 묵묵히 다이얼을 조작하며 반짝이는 버튼들과 실체를 결여한 홀로그램 키들을 누르는 일에 몰두했다. 방주 호의 어둑어둑한 중앙 터널에 늘어선 빈 유리 시험관들 속으로 다채로운 색채를 띤 뿌연 액체가 콸콸 쏟아졌다. 거대한 세포 라이브러리에서는 외과 의사의 손 못지않게 예민한 조그만 월도[2]들이 저장된 표본들을 여기저기로 옮기고, 약품을 분사하고, 조작하고 있었다. 터프는 그런 광경을 직접 보려고 하지도 않고 자기 자리에 앉은 채로 잇달아 생물들을 복제해 냈다.

이틀째 되는 날에도 역시 같은 일을 했다.

사흘째 되는 날에는 의자에서 일어나 그가 만들어 낸 생물들이 자라나고 있는 길이 수십 킬로미터의 터널 안을 천천히 걸어갔다. 시험관의 반투명한 액체 안에 떠 있는 모양을 알 수 없는 물체들은 힘없이 움직이거나 아예 꼼짝도 하지 않았다. 어떤 시험관의 크기는 방주 호의 셔틀 격

---

2 waldo. 원격 조작식 인공 손.

납고에 맞먹었지만, 손톱만큼 조그만 것들도 있었다. 해빌런드 터프는 각 시험관 앞에 멈춰 서서 조절 다이얼과 계기와 반짝이는 관측 창에 조용히 온 신경을 기울였고, 이따금 약간의 조정을 가했다. 그날이 끝나 갈 무렵에도 소리를 반사하는 긴 터널의 반밖에는 가지 못했다.

나흘째 되는 날에는 검사를 모두 끝마쳤다.

닷새째 되는 날에는 시간 왜곡 장치를 작동시켰다. "이 장치 앞에서 시간은 노예나 마찬가지입니다." 그는 케피라 케이의 질문에 이렇게 대답했다. "성장 과정을 느리게 할 수도 있고, 빠르게 할 수도 있습니다. 이 경우는 속도를 올려서 제가 키우는 전사들이 자연 상태보다 더 빠르게 자라도록 할 겁니다."

엿새째 되는 날 그는 셔틀 격납고로 가서 그가 지금 만들어 내고 있는 생물들을 운반할 수 있도록 궤도 셔틀 두 척을 개조하는 일에 몰두했다. 거대하거나 조그만 탱크를 부착한 다음 물로 채우는 식이었다.

이레째 되는 날 아침에 그는 케피라 케이와 함께 아침을 먹다가 말했다. "이제 시작할 준비가 됐습니다."

그녀는 놀란 기색이었다. "아니, 벌써?"

"제가 키운 짐승들 모두가 완전히 성장한 건 아니지만 그 부분은 어쩔 수 없습니다. 그중 일부는 엄청나게 몸집이 크기 때문에 완전한 성체가 되기 전에 셔틀에 옮겨 실어야 하니까요. 물론 복제는 계속할 예정입니다. 개체 수가 충분해야 종을 유지할 수 있으니까요. 그럼에도 불구하고, 이제는 나모르의 바다에 씨앗을 뿌릴 수 있는 단계에는 도달했습니다."

"어떤 전략을 생각하고 있는데?" 케피라 케이가 물었다.

해빌런드 터프는 자기 접시를 밀어 놓고 입을 꾹 다물었다. "전략이라고 해 봤자 조잡하고 시기상조인 것밖에는 없습니다. 그것도 불충분한 지식에 근거한 전략입니다. 그게 성공하든 실패하든 제 책임이 아닙니다. 이런 식으로 황급하게 일을 진행하게 된 건 전적으로 선생의 극악무도한 위협 탓입니다."

"그럼에도 불구하고." 수호자는 신랄하게 되받아쳤다. "뭘 어떻게 할 작정인데?"

터프는 깍지 낀 손을 배 위에 올려놓았다. "다른 무기와 마찬가지로 생물병기에는 다종다양한 것들이 포함됩니다. 인간인 적을 죽이는 최선의 방법은 레이저로 이마 한복판을 쏘는 것입니다. 생물학적인 맥락에서는 적절한 천적이나 포식 동물 내지는 해당 종을 공격하도록 맞춤 제작한 질병이 바로 그것에 해당한다고 할 수 있겠지요. 하지만 제게 그런 시간 여유는 없었기 때문에 그런 경제적인 해결책을 고안할 기회는 없었습니다.

그 밖의 접근법들은 그만큼 만족스럽지는 않습니다. 예를 들어 나모르의 바다에서 거함해파리와 불풍선과 보행해파리 들을 일소해 줄 역병을 퍼뜨릴 수는 있겠죠. 유망한 후보가 몇 개 있긴 합니다만, 나모르의 괴물들은 다른 종류의 토종 바다 생물들의 가까운 친척이기 때문에, 사촌이나 아저씨뻘 되는 생물들에게까지 피해가 갈 게 뻔합니다. 추정해 보니 나모르의 대양에 서식하는 생물의 무려 4분의 3이 그런 공격에 취약하다는 결론이 나왔습니다. 그 대신 이 우주선에 보관되어 있는, 엄청난 번식률을 자랑하는 균류나 미생물을 글자 그대로 바다에 쏟아부어서 다른 생물들이 살아가지 못하게 하는 방법도 있습니다. 그런 방식 또한 만족스러운 것이 아닙니다. 궁극적으로는 인류의 생존까지 불가능하게 만드니까요. 방금 했던 비유에서 한 걸음 더 나아가자면, 이런 식의 생물학적 방식들은 한 인간을 처치하기 위해 그가 거주하는 도시 안에서 저 위력 열핵 병기를 폭발시키는 행위나 다름없습니다. 그래서 저는 이것들을 선택 옵션에서 아예 제외시켰습니다.

그 대안으로 제가 선택한 것은 일종의 무차별 전략이라고 할 만한 것입니다. 나모르의 생태계에 신종 외래종들을 대거 도입해서, 그중 일부가 바다 괴물들의 개체 수를 조절해 줄 수 있는 천적 노릇을 해 주기를 기대하는 것이지요. 제가 만들어 낸 전사들 중에는 그 무시무시한 거함 해파리들조차도 먹잇감으로 삼을 수 있을 정도로 거대하고 살벌한 짐승들이 포함되어 있습니다. 다른 것들은 작지만 빠르고, 번식률이 높고, 곧잘 무리를 지어 먹잇감을 공격하는 사냥꾼들입니다. 그보다 더 조그만 것들도 있는데, 저는 그것들이 아직 어리고 덜 치명적인 단계에 있는 괴수들을 찾아내서 잡아먹음으로써 개체 수를 줄여 줄 것을 기대하고 있습니다. 이제는 아시겠지요. 제가 많은 전략을 구사하고 있다는 것을. 단 한 장의 카드에 기대는 대신 카드 한 벌을 몽땅 거는 식으로 말입니다. 당신의 그 악독한 위협 앞에서 가능했던 유일한 선택이었습니다." 터프는 고개를 까닥해 보였다. "수호자 케이, 이제는 만족했다고 믿겠습니다."

그녀는 미간을 찡그렸지만 아무 말도 하지 않았다.

"그 맛난 버섯 단죽을 다 드셨다면, 슬슬 시작하기로 하겠습니다." 터프가 말했다. "고의적으로 꾸물거리고 있다는 오해를 받고 싶지는 않으니까요. 선생은 숙련된 조종사가 맞지요?"

"그래." 그녀는 내뱉었다.

"아주 좋습니다!" 터프는 외쳤다. "제 셔틀들의 특이한 버릇에 관해서는 따로 가르쳐 드리기로 하지요. 당장이라도 첫 번째 비행을 개시할 수 있도록 화물을 가득 실어 놓았습니다. 저공비행을 하면서, 나모르의 거친 바다 위에 화물을 투하하는 것이 우리의 임무입니다. 저는 바실리스크로 북반구 상공을 날 테니 선생은 맨티코어를 타고 남반구를 맡아 주십시오. 이 계획에 찬성하신다면, 제가 미리 짜 놓은 비행경로를 점검하기로 하지요." 그는 위엄 가득한 태도로 일어섰다.

● ○

향후 20일 동안 해빌런드 터프와 케피라 케이는 상세한 격자 구획으로 나눈 나모르의 위험한 하늘을 빠짐없이 돌아다니며 씨앗 뿌리기에 열중했다. 셔틀을 조종하는 수호자 케이의 모습은 활력에 가득 차 있었다. 또다시 행동에 나설 수 있어서 기분이 좋았고, 이제는 벅찬 희망까지 품고 있었기 때문이다. 거함해파리와 불풍선과 보행해파리 들은 이제 자기들 자신의 악몽과 대면해 싸워야 한다— 50개에 달하는 잡다한 외계 행성에서 온 악몽들과 말이다.

올드포세이돈에서는 흡혈뱀장어와 네시와 해면을 부유하는 그물다시마—투명하고 면도날처럼 날카롭고 치명적인—가 왔다.

아쿠아리우스 원산 어종으로는 흑아귀와 그보다 더 빠른 홍아귀, 맹독을 가진 개복어 그리고 향기로운 육식성 어류인 독깔치가 복제 대상이 되었다.

제머슨의 세계는 사룡(砂龍)과 드리어핸츠와 형형색색의 몸통을 가진 대소 십여 종의 물뱀들을 시험관용으로 제공했다.

옛 지구 생물의 경우 세포 라이브러리는 거대한 백상아리와 바라쿠다와 대왕오징어와 반쯤 지적 생물에 가까울 정도로 똑똑한 범고래들을 제공했다.

두 사람이 나모르의 바다에 뿌린 기타 생물 종은 행성 리사도르의 회색크라켄과 그보다는 작은 행성 앤시산의 청색크라켄, 노본산 물해파리 군체, 다로니아의 회전채찍, 캐써데이의 흡혈끈 따위가 눈에 띄었다. 댐틀리언의 요새어, 걸리버의 유사고래, 흐룬-2의 그린다처럼 엄청나게 큰 수생동물이 있는가 하면, 아발론의 수포어나 아난다의 기생세스니, 벌집을 짓고 알을 낳는 데어드리산의 치명적인 물벌처럼 조그만 것들도 있었다. 하늘을 부유하는 불풍선을 사냥하기 위해 비행 생물도 수없이 많이 도입되었다. 채찍꼬리가오리, 선홍색의 날카로운 날개를 가진 레이저윙, 반수생(半水生)인 조소(嘲笑)새의 대군에, 반은 식물이고 반은 동물에 가까운, 살아 있는 거미줄을 연상시키는 푸르스름하고 무시무시한 생물—거의 무게가 없는 탓에 바람에 실려 공중을 부유하다가 구름 속에 진을 치고 마치 살아 있는 거미줄처럼 배를 곯은 채로 먹잇감이 오기를 기다리는—따위였다. 터프는 이것을 '울고 속삭이는 비행초'라고 불렀고, 케피라 케이에게 구름 속을 비행하지 말라고 충고했다.

식물, 동물, 그 어느 쪽도 아닌 것들. 포식 동물과 기생 동물. 칠흑처럼 검거나 휘황찬란하게 반짝이거나 색깔을 완전히 결여한 생물들. 기괴하거나 형언할 수 없을 정도로 아름답거나 뇌리에 떠올리는 것조차 꺼릴 정도로 흉측한 모습을 한 생물들. 인류 역사에 찬란한 족적을 남긴 행성과 거의 들어 본 적도 없는 행성에서 온 생물들. 그 밖의 셀 수도 없이 많은 생물들. 바실리스크와 맨티코어는 하루도 빠지지 않고 나모르의 바다 위를 왕복했다. 강력한 무장을 갖춘 데다가 워낙 빠른 덕에 공중을 느리게 부유하며 공격하는 불풍선은 이 셔틀들의 상대가 되지 못했다. 그런고로, 그들은 아무런 방해도 받지 않고 내키는 대로 생물병기를 뿌리고 다녔다.

하루의 비행이 끝나면 그들은 방주 호로 귀환했다. 고양이 한두 마리를 데리고 홀로 남은 시간을 보내는 것이 해빌런드 터프의 일과였다. 케피라 케이의 경우는 습관적으로 멍청이를 데리고 통신실로 가서 행성 쪽에서 보내오는 보고에 귀를 기울였다.

"수호자 스미트가 오렌지 해협에서 묘한 괴물들을 목격했다고 합니다. 거함해파리들은 자취를 감췄습니다."

"거함해파리 한 마리가 배트선 섬 연해에서 발견되었는데, 엄청난 촉수가 잔뜩 달리고 몸집이 두 배는 큰 정체불명의 괴물과 맞붙어 사투를 벌이고 있었다는 소식입니다. 회색크라켄이라고 하던가요? 알았습니다. 수호자 케이, 이제는 우리도 그런 것들의 이름을 외워 둬야겠군요."

"멀리도르 해안에서 채찍꼬리가오리들의 무리가 해안의 암초에 둥지를 틀었다는 보고가 들어왔습니다. 수호자 호온의 말에 따르면 불풍선들을 살아 있는 칼날처럼 갈가리 찢는다더군요— 그럼 불풍선들은 몸부림치다가 공기를 잃고 속수무책으로 추락한다고 합니다. 근사하지 않습니까!"

"수호자 케이, 오늘 인디고 비치에서 묘한 얘기를 들었습니다. 보행해파리 세 마리가 황급히 바다에서 빠져나와 상륙했는데, 인간을 공격하려고 한 것이 아니었다더군요. 마치 엄청난 고통에 시달리는 것처럼 발광을 했다고 합니다. 몸의 모든 관절하고 틈새에 구지레한 물체가 주렁주렁 매달려 있었다고 하던데, 정체가 뭡니까?"

"오늘 뉴아틀란티스에 거함해파리의 사체 하나가 표착했습니다. 서쪽 바다 상공을 순찰하던 선레이저 호도 해면에 뜬 채로 썩어 가고 있는 사체를 하나 발견했습니다. 여러 종류의 낯선 물고기들이 사체를 뜯어 먹고 있었다더군요."

"스타소드 호가 어제 파이어 하이츠 섬 부근을 돌아보았는데, 거기서 목격된 불풍선의 숫자는 여섯 마리에도 미치지 못했습니다. 수호자 협의회는 시험 삼아 가까운 뻘고동 진주만까지 비행 선단을 보내 보려는 계획을 가지고 있는데, 수호자 케이는 그걸 어떻게 생각하시는지? 과감하게 위험을 무릅쓰는 편이 나을까요? 아니면 그런 일은 아직 시기상조라고 생각하시는지?"

이런 식으로 매일 새로운 보고가 쏟아져 들어왔고, 매일같이 맨티코어 호를 타고 출격하는 케피라 케이의 미소도 날이 갈수록 커졌다. 그러나 해빌런드 터프는 무감동한 침묵으로 일관했다.

이 전쟁을 시작한 지 34일째 되는 날, 수호장 라이선이 케피라 케이에게 말했다. "흐음, 오늘 또 거함해파리 사체가 올라왔네. 사투를 벌이다가 죽은 모양이야. 우리 과학자들이 위장 속의 내용물을 분석해 봤는데, 아무래도 범고래하고 청색크라켄만을 먹이로 삼았던 것처럼 보인다는 얘기였어." 케피라 케이는 미간을 조금 찌푸렸지만, 이내 어깨를 으쓱하고 교신을 끊었다.

"보린 섬에 회색크라켄 한 마리의 사체가 표착했네." 며칠 뒤에 수호장 모엔이 그녀에게 말했다. "주민들은 지독한 악취가 난다고 불평하고 있어. 사체에는 거대한 둥근 이빨 자국이 나 있었다더군. 거함해파리인 게 명백하지만, 통상적인 것보다 훨씬 더 큰 것 같아." 이 말에 수호자 케이는 불안한 듯이 몸을 뒤척였다.

"앰버 해(海)에서는 상어들이 모조리 사라진 것 같아. 생물학자들은 이유를 설명 못 하는데, 자네 생각은 어떤가? 터프한테 좀 물어봐 주겠 나?" 이 말에 귀를 기울이는 케피라 케이의 가슴에 희미한 불안이 깃들 었다.

"거기 있는 두 사람에게 묘한 뉴스를 하나 전해야겠네. 코허린 심해 해상을 배회하는 미확인 물체를 발견했네. 선레이저하고 스카이나이프 양쪽에서 보고가 들어왔고, 무장 스키머 순찰대에서도 복수의 확인 보 고가 올라왔어. 엄청나게 커서 거의 살아 있는 섬에 가까운데, 앞에 있는 모든 걸 쓸어버린다더군. 그거 혹시 자네들 건가? 그게 맞는다면, 계산 착오를 한 것 같아. 바라쿠다든 수포어든 갑침어(甲針魚)든 가리지 않고 수천마리씩 잡아먹고 있다던데." 케피라 케이는 오만상을 찌푸렸다.

"멀리도르 해안에서 또 불풍선들이 목격됐는데— 이번에는 몇백 마 리나 된다더군. 그런 식의 보고에는 도저히 믿음이 가지 않지만, 채찍 꼬리가오리들을 그대로 튕겨 낸다는 얘기가 있어서. 혹시나 해서 말인 데……."

"또 군함해파리가 출현했다니, 믿을 수 있겠나? 거의 멸종됐다고 생 각했었는데. 수도 없이 발생해서 터프의 작은 물고기들을 엄청나게 집 어삼키고 있다더군. 더 이상 방관할 수가……."

"군함해파리들이 물을 뿜어서 하늘을 나는 조소새들을 떨어뜨린다 고……."

"신종이 나타났어, 케피라. 하늘을 나는 놈들이. 정확하게 말하자면 활공하는 것에 가까운데, 불풍선 꼭대기에서 떼를 지어 발사되고 있어. 이미 세 대의 스키머가 격추됐지만, 비행가오리들은 그런 공격에 속수무책이야……."

"……온통 작살나고 있어. 구름 속에 매복하는 그놈들 말인데…… 불풍선이 닿으니 그대로 갈기갈기 찢겨 나가더군. 산(酸)을 뒤집어써도 끄떡도 안 하고 그냥 밑으로 패대기치는 식이야……."

"……물벌이 수백 마리, 많게는 수천 마리까지 몰살당했는데, 이것들 모두가 한꺼번에……."

"……보행해파리가 또 출현했어. 캐슬돈이 침묵했는데, 공격을 받고 몰살당한 게 틀림없어. 이해할 수가 없군. 그 섬은 흡혈끈하고 물해파리의 군체로 빙 둘러싸인 탓에 안전했는데 말이야. 그게 아니라면……."

"……인디고 비치에서 일주일째 연락이 없어……."

"……카벤 연안에서 삼사십 마리의 불풍선이 목격됐어. 평의회는 우려하고……."

"……로바둔 섬의 연락이 끊겼는데……."

"……죽은 요새어가 떠올랐어. 크기가 섬의 반에 육박했는데……."

"……거함해파리가 항구를 그대로 유린……."

"……보행해파리들이……."

"……수호자 케이, 스타스드 호를 잃었네. 극북해(極北海) 상공에서 추락했어. 마지막 교신은 혼란스러워서 알아듣기 힘들었지만, 우리가 생각하기에는……."

케피라 케이는 손을 딛고 벌떡 일어나서 부들부들 떨었고, 이내 몸을 돌려 모든 스크린이 죽음과 파괴와 패배의 소식을 두서없이 쏟아 내고 있는 통신실 밖으로 뛰쳐나가려고 했다. 해빌런드 터프가 바로 뒤에 서 있었다. 새하얀 얼굴은 여전히 무감동했다. 망은이가 그의 넓은 어깨 왼쪽에 앉아 있었다.

"무슨 일이 일어나고 있는 거지?" 수호자가 힐문했다.

"보통 지능을 가진 사람의 눈에는 명백하다고 생각됩니다만. 수호자 케이, 우리는 전쟁에서 지고 있습니다. 아니, 이미 패배했을 수도 있겠군요."

케피라 케이는 고함을 지르고 싶은 것을 가까스로 억눌렀다. "그런데도 아무 일도 하지 않을 거야? 반격 안 해? 이건 모두 네 잘못이야, 터프. 넌 환경공학자 따위가 아니라, 자기가 뭘 하는지도 모르는 무지한 장사꾼에 불과해. 그래서 이런 결과가……."

해빌런드 터프는 손을 들어 올려 그녀의 말문을 막았다. "부탁이니 조용히 해 주십시오. 이미 제 속을 충분히 뒤집어 놓지 않았습니까. 그러니 더 이상의 모욕을 삼가 주십시오. 저는 온화하고 친절하며 관대한 성격이지만, 저 같은 인물조차도 때로는 분통을 터뜨리는 경우가 있다는 점을 명심하십시오. 그리고 수호자 케이, 당신은 지금 나를 그런 상태 직전으로 몰아가고 있습니다. 사태가 이렇게 악화된 것은 제 책임이 아닙니다. 이런 식으로 섣부른 생물전을 개시하게 만든 원흉은 다름 아닌 당신입니다. 당신의 그 미개하기 짝이 없는 최후통첩을 받고, 그걸 실행에 옮기는 걸 막고 싶은 일념에서 이런 현명하지 못한 행동에 나서는 수밖에 없었던 겁니다. 그러자 당신이 일시적이고 환상에 불과한 승리에 도취해서 시간을 보내 준 덕에 더 이상 연구를 방해받지 않은 것이 그나마 불행 중 다행이었습니다. 저는 컴퓨터로 당신의 행성을 매핑(mapping)하고 당신의 전쟁이 온갖 우여곡절을 겪는 것을 다각도로 관찰했습니다. 초대형 시험관 내부에 나모르의 생물권(生物圈)을 만들어 놓고 죽은 표본의 촉수나 갑각 조각 따위를 써서 새로 복제한 생물들을 키워 보기까지 했죠. 그것들 모두를 관찰하고 분석한 끝에, 드디어 결론을 도출하는 데 성공했습니다. 물론 아직 잠정적이긴 하지만, 가장 최근에 나모르에서 일어난 일련의 사건들이 그 가설을 입증해 주고 있습니다. 그러니까 수호자 케이, 더 이상 저를 중상하지 마십시오. 오늘 밤에 한숨 푹 자고 난 다음에 나모르까지 내려가서 당신들의 이 전쟁에 종지부를 찍어 보겠습니다."

케피라 케이는 도저히 믿기지 않는다는 듯이 망연자실한 표정으로 터프를 빤히 쳐다보았다. 절망 속에서도 일말의 희망이 피어났다고나 할까. "그럼 해결책을 찾아냈다는 거야?"

"그렇습니다. 방금 제 입으로 그렇게 말하지 않았습니까."

"그게 도대체 뭐야?" 그녀는 힐문했다. "뭔가 새로운 생물? 맞아, 뭔가 새로 복제한 거지? 아니면 역병? 엄청난 괴물?"

해빌런드 터프는 손을 들어 제지했다. "조금만 더 인내해 주십시오. 우선 제 생각이 맞는지부터 확인해야 하니까요. 지금까지 줄곧 저를 줄기차게 비난하고 비웃지 않았습니까. 그런 부당한 취급을 받았는데, 제 계획을 섣불리 밝혔다가 또 조롱거리가 되고 싶지는 않습니다. 따라서 제 해결책이 유효하다는 것부터 입증해야 합니다. 자, 내일 어떻게 할지부터 정하죠. 맨티코어 호로 폭격에 나서는 대신, 그걸 타고 뉴아틀란티스 시로 가서 수호자 평의회의 모든 구성원을 소집해서 본회의를 열어 주십시오. 외딴 섬들에 있는 구성원들까지 빠짐없이 데려와야 합니다."

"그럼 넌?" 케피라 케이가 물었다.

"적절한 시점에 평의회에 직접 출두하겠습니다. 하지만 그러기 전에, 해결책과 함께 나모르 현지로 가서 한 가지 일을 확인해야 합니다. 함께 피닉스 호를 타고 내려갈까요. 아, 좋군요. 선생의 세계가 대재앙의 잿더미 속에서 다시 부활할 거라는 기쁜 소식을 전하는 메신저의 이름으로는 안성맞춤입니다. 잿더미치고는 좀 축축하지만, 잿더미인 건 틀림없으니."

●○

케피라 케이는 예정된 출발 시간이 되기 직전에 셔틀 격납고에서 해빌런드 터프와 합류했다. 맨티코어와 피닉스는 광대한 격납고에 널린 잡다한 유기(遺棄) 우주선들 사이에서 발사대에 얹힌 상태로 언제든 출발할 준비를 갖추고 있었다. 해빌런드 터프는 손목 안쪽에 붙인 미니컴퓨터에 수치를 입력하고 있었다. 넉넉한 호주머니와 커다란 견장이 달린 회색 비닐제의 긴 외투 차림이었다. 오리 주둥이 같은 챙과 '환경공학 군단'의 금빛 세타 휘장으로 장식된 녹색과 갈색 제모를 대머리 위에 삐딱하게 쓰고 있다.

"나모르 관제소하고 수호자 본부에 통고를 해 놨어." 케이가 말했다. "평의회는 지금 모이는 중이고. 내가 직접 외진 지역의 수호장들 여섯 명을 수송해 올 작정이니까 한 사람도 빠짐없이 참석할 거야. 넌 어때, 터프? 준비가 됐어? 그 수수께끼의 생물은 탑승시켰고?"

"곧 그럴 겁니다." 해빌런드 터프는 그녀를 향해 눈을 끔벅이며 대답했다.

그러나 케피라 케이의 시선은 상대의 얼굴을 향해 있지 않았다. 그보다 더 아래쪽을 보고 있었다. "터프, 네 외투 호주머니 속에 뭔가 들어 있잖아. 움직이고 있어." 그녀는 아연실색한 눈으로 비닐 아래에서 무엇인가가 꼼지락거리는 광경을 응시했다.

"아, 그렇군요." 터프가 이렇게 대답하자마자 호주머니에 있던 것이 머리를 내밀고 신기한 듯이 주위를 둘러보았다. 아주 조그만 새끼 고양이였다. 칠흑처럼 새까만 몸에, 반짝이는 노란 눈을 가진.

"고양이잖아." 케피라 케이는 퉁명스럽게 말했다.

"정말이지 깜짝 놀랄 만한 관찰안이군요." 해빌런드 터프는 이렇게 대꾸하고 새끼 고양이를 살짝 들어 올리더니 새하얗고 커다란 손바닥 위에 올려놓고 손가락으로 귀 뒤를 긁어 주었다. "닥스라고 합니다." 그는 엄숙하게 말했다. 닥스의 몸집은 방주 호에서 뛰노는 연상의 새끼 고양이들의 반에도 미치지 못했고, 검고 조그만 털 뭉치로밖에는 보이지 않았다. 묘하게 나른한 기색으로 축 늘어져 있다.

"정말 미치겠군." 수호자가 대답했다. "이름은 닥스다, 이거야? 그놈은 도대체 어디서 굴러 나왔나? 아니, 대답 안 해도 돼. 뻔하니까. 터프, 지금 우리에겐 고양이하고 노는 것보다 더 중요한 일들이 있지 않아?"

"동의하지 않습니다. 수호자 케이는 고양이의 가치를 충분히 이해 못 하시는 것 같군요. 고양이는 가장 세련된 동물입니다. 그 어떤 행성도 고양이 없이는 진정하게 세련되었다고 할 수는 없지요. 태곳적부터 고양이들에겐 약간의 초능력이 있었다는 사실을 아십니까? 옛 지구의 몇몇 고대 문명들은 고양이들을 신으로 숭배했다는 사실은? 모두 진실입니다."

"부탁이니 작작 해 둬." 케피라 케이는 짜증스러운 어조로 말했다. "지금 고양이를 논할 시간 여유는 우리에게 없어. 설마 그 어린 꼬맹이 녀석을 데리고 나모르까지 내려갈 생각은 아니겠지?"

터프는 의외라는 듯이 눈을 끔벅였다. "그럴 생각입니다만. 방금 그토록 모욕적으로 어린 꼬맹이라고 부른 이 고양이야말로 나모르의 구세주입니다. 그에 상응하는 경의를 표해 주시면 안 될까요?"

케이는 미친 사람을 보는 듯한 눈으로 터프를 쳐다보았다. "뭐라고? 그거? 그 수고양이가? 그러니까, 닥스가? 진심으로 하는 소리야? 그게 도대체 무슨 뜻이지? 농담하는 거 맞지? 이건 뭔가 말도 안 되는 농담이고, 실은 피닉스에 뭔가 다른 생물, 우리 바다에서 거함해파리들을 일소해 줄 엄청나게 큰 괴물을 실어 놓았지? 그게 뭔지, 무슨 생물인지는 모르겠지만. 설마 그게…… 아니, 그럴 리가 없어."

"이 아이가 맞습니다, 수호자 케이. 명명백백한 일을 한 번도 아니고 그렇게 여러 번 되풀이 말하시는 걸 보니 도리어 제 쪽에서 걱정이 되는군요. 저는 귀 행성 측의 강력한 요청으로 걸치에 크라켄에 채찍가오리 같은 무시무시한 괴물들을 보내 드렸지만 별 효과가 없지 않았습니까. 그런고로 저는 이 문제에 관해 머리를 쥐어짰고, 마침내 이 닥스를 복제하기에 이르렀습니다."

"새끼 고양이. 거함해파리와 불풍선과 보행해파리 들에게 고양이로 대적하겠다는 건가? 그것도 단 한 마리의 새끼 고양이로?"

"그렇습니다." 해빌런드 터프는 여성 수호자를 내려다보며 얼굴을 찡그렸고, 외투의 널찍한 호주머니 안에 닥스를 집어넣은 다음 몸을 홱 돌려 대기 중인 피닉스 호를 향해 걸어갔다.

●○

케피라 케이는 안절부절못하고 있었다. 행성 나모르 전체의 방어를 책임진 스물다섯 명의 수호장들이 뉴아틀란티스의 '방파탑' 꼭대기 층에 위치한 평의회 회의실에 모두 와 있었고, 이들 모두가 초조하고 짜증스러운 기색을 감추려고 하지도 않았기 때문이다. 그들은 이미 몇 시간 동안이나 마냥 기다려야 했고, 개중에는 하루 종일 기다린 사람도 있었다. 긴 회의용 탁자 위에는 개인 통신기와 컴퓨터, 프린트 용지, 빈 물 잔 따위가 난잡하게 널려 있었다. 이미 두 번의 식사가 제공된 후 치워진 뒤였다. 반대편 벽 전체를 뒤덮은 만곡한 전망 창 앞에서는 통통한 몸집의 수호장 알리스가 마르고 준엄한 인상의 동료 수호장 라이선을 상대로 낮고 심각한 어조로 대화를 나누고 있었다. 그러면서 이따금 두 사람 모두 케피라 케이를 향해 의미심장한 눈길을 보내곤 했다. 그들 배후에서는 석양이 거대한 만(灣)을 새빨갛게 물들이고 있었다. 너무나도 아름다운 전망이었던 탓에 그 주위를 배회하는 몇 개의 조그만 광점에 주의하는 사람은 아무도 없었다. 그것들은 초계비행 중인 수호자들의 스키머 편대였다.

땅거미가 질 무렵 쿠션을 넣은 커다란 안락의자에 앉은 평의회 구성원들은 툴툴거리거나 꿈지럭거리며 조바심을 내기 시작했지만 해빌런드 터프는 여전히 나타날 기색이 없었다. "언제 도착한다고 하던가?" 수호장 켐이 힐문했다. 그가 같은 질문을 하는 것은 이것으로 벌써 다섯 번째였다.

"정확한 시각을 말하지는 않았습니다, 수호장님." 케피라 케이는 불안한 표정으로 같은 대답을 내놓았다. 역시 다섯 번째였다.

켐은 얼굴을 찌푸리고 헛기침을 했다.

그러자 통신기 하나가 삑삑거리기 시작했다. 수호장 라이선이 성큼성큼 다가와서 그것을 홱 집어 들고 대뜸 "뭐지?"라고 말했다. "알았네. 좋아. 안으로 들여보내게." 그는 통신기를 내리고 그 모서리로 탁자를 탁탁 쳐서 일동의 주의를 환기했다. 사람들은 삼삼오오 자기 자리로 되돌아가 앉거나, 대화를 중단하거나, 의자에 앉은 채로 허리를 폈다. 평의회 회의실이 조용해졌다. "초계 편대에서 온 연락이었네. 터프가 탄 셔틀이 보인다더군. 기쁘게도 여기로 오는 중이라네." 라이선은 이렇게 말하고 케피라 케이를 흘끗 보았다. "이제야 말이야."

케피라 케이는 한층 더 불안해졌다. 터프가 상관들을 이토록 오래 기다리게 했다는 사실만으로도 좌불안석이었지만, 그가 호주머니에서 빼꼼 머리를 내민 닥스를 대동하고 휘적휘적 회의실 안으로 들어올 광경은 상상만 해도 끔찍했다. 나모르를 조그맣고 검은 새끼 고양이 한 마리로 구원할 작정이라는 터프의 호언장담을 상관들에게 전하려고 해도 차마 입이 떨어지지 않았던 것이다. 그녀는 자기 자리에서 몸을 꼬며 비뚤어진 커다란 코를 만지작거렸다. 안 좋은 결과가 나올 것 같아서 두려웠다.

실제로는 그녀가 상상했던 것보다 더 안 좋았다. 최악이었다.

모든 수호장들이 경직된 자세로 앉아 신중한 표정으로 말없이 기다리고 있을 때, 회의실 문이 열리더니 금색 제복 차림의 무장 경비병 네 명의 호위를 받은 터프가 걸어 들어왔다. 엉망진창인 상태로. 그가 신은 장화는 걸을 때마다 철벅거렸고, 긴 외투는 진흙투성이였다. 물론 닥스도 함께였다. 왼쪽 호주머니 가장자리를 앞발로 움켜잡고, 고개를 빼꼼 내민 채로 주위를 응시하고 있다. 그러나 수호장들의 시선이 못 박힌 것은 새끼 고양이가 아니라 해빌런드 터프가 오른쪽 옆구리에 끼고 있는 건장한 사내의 머리통만 한 진흙투성이의 돌덩어리였다. 돌 전체가 녹갈색의 끈적끈적한 진흙으로 두껍게 뒤덮여 있었다. 푹신한 융단 위로 뚝뚝 물이 흘렀다.

터프는 단 한 마디도 하지 않고 성큼성큼 다가오더니 회의용 탁자 한복판에 그 돌덩이를 내려놓았다. 케피라 케이가 돌 가장자리를 빙 두르고 있는, 실처럼 가느다랗고 희끄무레한 촉수를 보고 그것이 돌이 아니라는 사실을 깨달은 것은 바로 그때였다. "뻘고동이잖아." 그녀는 놀란 나머지 무심코 큰 소리로 내뱉었다. 당장 알아보지 못했어도 하등 이상할 것이 없었다. 뻘고동이야 지금까지 수없이 보아 왔지만, 언제나 깨끗하게 씻어 삶은 다음 촉수를 잘라 낸 상태로 제공되는 것들밖에는 본 적이 없었던 것이다. 뻘고동 요리는 보통 골질(骨質)의 껍데기를 깨서 부드러운 내용물을 먹기 위한 망치와 끌과 함께 제공된다. 녹인 버터에 향신료를 섞은 소스를 곁들여서.

수호장들은 아연실색한 눈으로 뻘고동을 응시하다가, 곧 스물다섯 명 모두가 일제히 말하기 시작했다. 회의실 전체에서 목소리들이 어지럽게 교차했다.

"……뻘고동이 맞아. 이해가 안 되는군……."

"도대체 무슨 생각인 거야?"

"하루 종일 기다리게 해 놓고 뻘투성이가 되어 회의실에 들어오다니. 우리 평의회의 체면이……."

"……뻘고동 맛을 못 본 지 벌써 2년, 아니 3년인가……."

"……저런 인간이 우리 나모르를 구원하겠다니……."

"……미쳤어. 저 꼬락서니 좀 보라고……."

"……저 호주머니에 들어 있는 건 또 뭐야? 저걸 좀 봐! 하느님 맙소사. 방금 움직였어! 정말이야. 봤다니까……."

"정숙!" 라이선의 목소리가 장내의 소음을 칼날처럼 갈랐다. 수호장들이 한 사람씩 그쪽으로 고개를 돌리면서 회의실은 다시 조용해졌다. "자네의 호출에 응해서 우리 모두가 여기 이렇게 와 있네." 라이선은 신랄한 어조로 터프에게 말했다. "자네가 해결책을 가져다 줄 걸 기대하고 말이야. 그런데 자넨 그게 아니라 저녁거리를 가져온 것 같군."

누군가가 킥킥댔다.

해빌런드 터프는 진흙이 말라붙은 자기 손을 내려다보며 미간을 찌푸리더니 외투 자락으로 꼼꼼하게 닦아 냈다. 그런 다음 외투 호주머니에서 축 늘어진 검정색 새끼 고양이를 꺼내서 탁자 위에 내려놓았다. 닥스는 하품을 하며 기지개를 켰고, 가장 가까이 있던 여성 수호장 쪽으로 느릿느릿하게 걸어갔다. 그녀는 오싹한 표정으로 고양이를 쳐다보다가 의자째 황급히 뒤로 물러났다. 터프는 어깨를 움츠려 젖고 진흙투성이가 된 외투를 벗으며 내려놓을 곳을 찾아 주위를 두리번거리다가, 그를 호위하고 온 경비병이 든 레이저 소총의 총신에 걸었다. 그런 다음에야 그는 수호장들 쪽으로 몸을 돌렸다. "존경하는 수호장 여러분, 지금 보고 계신 이것은 저녁거리가 아닙니다. 바로 그런 태도야말로 현재 선생들이 직면한 모든 곤경의 근원이라는 걸 아십니까. 여기 이것은 여러분과 나모르를 공유하는 종족이 보낸 대사입니다. 그 종족의 이름은 저의 미약한 능력으로는 도저히 발음할 수 없다는 것이 유감이지만 말입니다. 여기 이 친구를 먹어 버린다면 그 동포들은 상당히 격앙할 것입니다."

●○

마침내 누군가가 라이선에게 의사봉을 전달했다. 그것으로 한참 동안 탁자를 쾅쾅 내리친 뒤에야 장내를 정숙하게 할 수 있었다. 소음이 천천히 가라앉았다. 이런 일들이 일어나는 동안에도 해빌런드 터프는 눈썹 하나 까닥하지 않고 팔짱을 낀 채로 무감동하게 서 있을 뿐이었다. 다시 장내가 조용해진 뒤에야 그는 입을 열었다. "아무래도 설명하는 편이 낫겠군요."

"자네 돌았군." 수호장 하반이 뻘고둥과 터프를 번갈아 보면서 말했다. "완전히 돌아 버렸어."

해빌런드 터프는 탁자 위에서 닥스를 들어 올려 한쪽 팔 위에 올려놓고 쓰다듬기 시작했다. "이런 승리의 순간에조차 저들은 우리를 조롱하고 모욕하는구나." 그는 새끼 고양이에게 말했다.

"터프." 긴 탁자 상석에 앉아 있던 라이선이 말했다. "자네 주장은 말도 안 돼. 지난 1세기 동안 우리는 나모르에 다른 지적 종족이 살지 않는다는 점을 확인하기 위해서 행성 전체를 충분히 샅샅이 탐사했다고. 도시나 도로, 폐허나 유물 따위는 전혀 없었네. 과거 이 행성에 문명이나 과학기술이 존재했다는 증거는 전무했다는 뜻이야."

"게다가 뻘고둥들이 지능을 가졌을 리가 없어." 다른 수호장이 말했다. 우람한 체격에 불그스름한 얼굴을 한 여자였다. "이놈들의 뇌 크기가 인간과 맞먹는다는 건 인정하지만, 단지 뇌밖엔 없잖아. 눈이나 귀나 코도 없고, 감각기관이라고 할 만한 건 이 촉수를 제외하면 전무해. 이 덩굴손 같은 촉수를 손처럼 쓰지만, 워낙 힘이 약해서 조약돌을 들어 올릴 힘이 있는지도 의문이라고. 사실 이놈들은 오직 해저에 자기 몸을 고정시키기 위해서만 덩굴손을 쓰지. 실로 원시적인 자웅동체 생물이고, 이동 능력이 있는 것도 처음 한 달뿐이야. 그 뒤로는 껍데기가 딱딱해지고 무거워지거든. 일단 해저에 뿌리를 박고 진흙을 뒤집어쓴 뒤에는 다시는 그 자리에서 움직이지 않아. 몇백 년 동안이나."

"몇천 년입니다." 해빌런드 터프가 말했다. "놀랄 정도로 수명이 긴 생물이라서요. 방금 말하신 것들이 모두 사실이라는 데는 의심의 여지가 없지만, 그럼에도 불구하고 그 결론에는 결정적인 오류가 있습니다. 적대감과 두려움으로 자기 눈을 가렸다고나 할까요. 여러분이 놓인 상황에서 한 걸음 물러나서 잠시만이라도 제가 그랬던 것처럼 곰곰이 생각해 본다면, 군인의 경직된 사고방식으로도 여러분이 직면한 문제가 자연적인 재앙이 아니라는 점은 명백해질 겁니다. 나모르에서 지금까지 일어난 비극적인 사태를 논리적으로 설명하려면, 모종의 적대적인 지능에 의한 고의적인 책동을 상정하는 수밖에 없다는 걸 말입니다."

"설마 우리더러 그런 얘기를 믿으라고—" 누군가가 운을 뗐다.

"선생." 해빌런드 터프가 말했다. "일단 귀를 기울이라고 권고하겠습니다. 그렇게 계속 제 말을 가로막지만 않는다면, 모든 걸 설명해 드리지요. 그런 다음에는 제 말을 믿든 안 믿든 그건 여러분의 자유입니다. 저는 보수를 받고 떠나면 그만이니." 터프는 닥스를 쳐다보고 말을 걸었다. "어쩌면 다들 저렇게 멍청한지. 어딜 가든 멍청이들이 문제야, 닥스." 터프는 다시 수호장들에게 주의를 돌리고 말을 이었다. "방금 지적했듯이 현 사태에는 명백하게 지성이 개재되어 있습니다. 문제는 그 지성의 소유자를 찾는 것이었습니다. 저는 고인이 되었거나 아직도 존명 중인 나모르의 생물학자들이 남긴 논문을 숙독하면서 이 행성의 식물상과 동물상에 관한 정보를 다량 수집했고, 현지의 생물종들 중 다수를 방주 호에서 복제해 보기까지 했습니다. 그랬음에도 불구하고 지적 종족일 가능성이 큰 후보가 즉각 물망에 오르는 일은 없었습니다. 어떤 생물이 지능을 가지고 있음을 보여 주는 전통적인 특징은 큰 뇌와 복잡한 생물학적 감각기관, 이동 능력 그리고 다른 손가락들을 마주 보는 엄지손가락 같은 일종의 조작 기관 따위라고 알려져 있습니다. 그러나 저는 나모르 어디에서도 그런 속성을 모두 갖춘 생물을 찾아내지 못했습니다. 하지만 제 가설은 여전히 옳다는 확신이 있었습니다. 그럴 법한 후보가 없었기 때문에, 저는 도저히 그럴 것 같지 않은 후보까지도 조사할 필요가 있다는 판단을 내렸습니다.

이런 목적을 달성하기 위해서 저는 여러분이 직면한 재앙의 역사를 연구해 보았고, 그러는 즉시 의미심장한 사실들이 드러났습니다. 여러분은 그 바다 괴물들이 대양의 심해에서 발생했다고 추정했지만, 그들이 처음 출현한 장소가 어디인지 아십니까? 연안의 얕은 바다였습니다— 여러분이 해산물을 잡거나 양식하는 곳이었단 말입니다. 그럼 그런 장소들의 공통점은 뭘까요? 온갖 생물이 풍부하다는 사실은 여러분도 인정하지 않을 수 없을 겁니다. 그러나 모든 곳의 생물상이 다 똑같은 것은 아닙니다. 뉴아틀란티스 연안에 서식하는 물고기들은 브로큰핸드 연안에는 그리 많지 않았습니다. 하지만 흥미롭게도 두 가지 예외가 있었습니다. 실질적으로 나모르의 바다 어디에서든 흔히 볼 수 있는 종이 두 개 있었던 겁니다. 부드럽고 광활한 해저에 뿌리를 박고 몇 세기 동안이나 꼼짝도 않고 살아가는 뻘고동 그리고 여러분이 처음에 나모르 군함해파리라고 부르던 생물이. 태곳적부터 이곳에서 살아온 선주(先住) 종족이 후자를 부르는 이름이 뭔지 아십니까? 수호자입니다.

일단 거기까지 간 뒤에는 세부를 알아내고 제 가설을 확인하기만 하면 됐습니다. 연락관인 케이가 무례하게 제 일을 자꾸 가로막지만 않았다면 훨씬 더 빨리 결론을 내릴 수 있었을 겁니다. 연구에 집중하려고 해도 계속 정신 사납게 방해한 것만으로도 모자라서, 급기야는 무자비한 수단에 호소해서 제게 엉뚱한 작업을 강요하기까지 했습니다. 회색크라켄과 레이저윙을 위시한 온갖 괴물을 만들어 보내는 데 제가 얼마나 많은 시간을 허비했는지 아십니까? 앞으로는 연락관 따위는 절대 사절입니다.

하지만 어떤 의미에서 그런 실험이 쓸모가 있었다는 건 인정해야 하겠군요. 그걸 통해서 나모르 사태의 진정한 성질에 관한 제 가설을 입증할 수 있었으니까요. 그래서 끈기 있게 연구를 계속했습니다. 지리학적 연구에 의하면 모든 괴물들은 뻘고동 군락지에서 가장 많은 수가 발견됐습니다. 그리고 수호장 여러분, 가장 치열한 전투 또한 같은 지역에서 일어났습니다. 따라서 불가사의한 적의 정체는 여러분이 그토록 즐겨 드시는 뻘고동이라는 점은 명명백백합니다. 하지만 어떻게 그런 일이 가능할까요? 물론 이 생물이 커다란 뇌를 가지고 있는 것은 확실하지만, 우리가 지성과 연관 지어 생각하는 다른 특징들을 모두 결여하고 있으니 말입니다. 그리고 바로 그게 문제의 핵심이었던 겁니다! 그들이 우리가 알지 못하는 방식으로 지능을 갖추고 있다는 점은 명백합니다. 그렇다면 바다 깊은 곳에서 꼼짝도 하지 않으면서, 장님에, 귀머거리에, 모든 외부 자극과 무관한 생활을 하는 지성이란 도대체 어떤 종류의 지성일까요? 저는 바로 그 부분에 관해 숙고해 봤던 겁니다. 여러분, 그 해답은 명백합니다. 그런 지성은 우리에게는 가능하지 않은 방식으로 외부 세계와 상호 작용하고, 독자적인 감각과 의사소통 수단을 갖고 있는 것이 틀림없습니다. 그런 지성은 텔레파시 능력을 가지고 있는 것이 틀림없다는 뜻입니다. 해답은 바로 그겁니다. 그렇게 생각하면 생각할수록 진상은 더 뚜렷해졌습니다.

그런 결론을 내린 뒤에는 단지 그걸 시험해 보기만 하면 됐습니다. 그러기 위해서 저는 이 닥스를 창조했습니다. 수호장 여러분, 모든 고양이는 마음을 읽는 약간의 초능력을 가지고 있습니다. 그리고 몇 세기나 전에 '대전쟁'이 벌어졌을 때, 인류 '연방 제국'의 병사들은 엄청난 초능력을 가진 적들을 상대로 악전고투해야 했습니다. 흐랑가 인들의 집단 마인드와 기스얀키의 흡혼귀(吸魂鬼)들과 싸워야 했던 겁니다. 그런 강대한 적들과 싸우기 위해서 인류의 유전공학자들은 고양잇과의 짐승들을 개량해서 그들이 본래 가지고 있던 초능력을 엄청나게 강화했고, 연마했고, 그 결과 고양이들은 인간들과 협력해서 초능력을 발휘할 수 있었습니다. 닥스는 바로 그런 특별한 동물입니다."

"그럼 그놈이 지금 우리 두뇌 속을 읽고 있단 말인가?" 라이선이 날카로운 어조로 말했다.

"여러분에게 읽을 수 있을 만큼의 두뇌가 있다면 물론 그렇겠지요." 해빌런드 터프가 말했다. "하지만 그보다 더 중요한 것은 제가 이 닥스를 통해서 여러분이 뻘고동이라는 이름으로 폄하한 엄청나게 긴 역사를 가진 고귀한 종족과 접촉할 수 있었다는 사실입니다. 왜냐하면 그들은 전적으로 텔레파시로만 의사소통을 하기 때문입니다.

까마득한 태곳적부터 그들은 이 세계의 해저에서 평온한 삶을 영위하고 있었습니다. 그들은 완만하고, 사려 깊으며, 철학적인 종족이고, 몇십억 명에 이르는 동료들과 상호 연결된 상태로 어깨를 맞대고 함께 살아왔던 겁니다. 각 개체는 개인인 동시에 그보다 더 큰 종족 전체의 일부이기도 합니다. 어떤 의미에서는 불사(不死)의 종족이라고 할 수도 있겠지요. 그들 모두가 서로의 기억과 경험을 공유하고, 한 개체가 죽음을 맞는다고 해서 모든 것이 무(無)로 돌아가는 일은 없으니까요. 그러나 거의 변화하지 않는 나모르의 바다에서는 딱히 특이한 경험이라고 할 만한 것이 존재하지 않습니다. 그래서 그들은 기나긴 생애 대부분을 추상적인 사고를 하고 철학을 탐구하는 데 씁니다. 저나 여러분은 결코 완전히 이해할 수 없는 기이한 녹색의 꿈을 꾸면서 말입니다. 무언(無言)의 음악가들이라고도 할 수 있겠죠. 그들은 꿈으로 이루어진 위대한 교향악을 함께 자아냈고, 그들이 부르는 노래는 끊이지 않고 영원히 계속됩니다.

인류가 나모르에 오기 전까지만 해도 그들에게는 몇백만 년 동안이나 진정한 적이라고 할 만한 것이 없었습니다. 그러나 언제나 그랬던 것은 아닙니다. 태곳적에 물로 이루어진 이 세계가 탄생했을 때, 그 대양은 여러분 못지않게 그들을 맛있는 음식으로 간주하던 생물들로 우글거렸습니다. 그런 시절에도 이 종족은 유전학을 이해했고, 진화의 개념을 이해하고 있었습니다. 그런 연유로, 그들은 상호 연결된 광대한 집단정신을 구사해서 그 어떤 유전공학자보다 더 능숙하게 생명의 본질 자체를 조작할 수 있었던 겁니다. 그래서 그들은 스스로를 지키는 수호자들을 진화시켰습니다. 여러분이 뻘고둥이라고 부르는 생물들을 지켜야 한다는 생물학적인 지상 명령에 따라 행동하는, 강대한 포식 동물들을 말입니다. 여러분이 군함해파리라고 부르는 바로 그 생물입니다. 그 시절부터 군함해파리들은 해저를 수호했고, 꿈꾸는 종족은 다시 사념의 교향악을 자아내는 일에 전념할 수 있었습니다.

그러다가 아쿠아리우스와 올드포세이돈에서 인류가 와서, 이곳을 새로운 고향으로 삼았던 겁니다. 여러분이 해산물을 양식하고, 잡고, 뻘고둥의 맛을 발견하는 동안 이 태고의 종족은 몇십 년 동안이나 그 사실을 제대로 알아차리지도 못했습니다. 수호장 여러분, 그런 그들이 여러분에게 얼마나 큰 충격을 받았을지 상상해 보십시오. 여러분이 그들 중 한 명을 펄펄 끓는 물에 집어넣었을 때, 그 개체가 느낀 감각을 모든 개체가 공유했던 겁니다. 이 꿈꾸는 종족 입장에서는, 그들이 거의 관심을 가지지 않았던 행성의 육지 위에서 뭔가 끔찍한 신종 포식 동물이 진화했다고 판단하는 수밖에 없었을 겁니다. 장님에, 귀머거리에, 움직이지도 못하는, 식량처럼 보이는 지적 종족이라는 개념을 여러분이 전혀 상상하지 못했던 것과 마찬가지로, 그들은 텔레파시 능력을 결여한 지적 종족이 존재할 수 있다는 사실을 상상조차 하지 못했습니다. 그들 관점에서 보면, 움직이고 물리적으로 주위 환경을 조작하며 다른 생물의 살을 먹는 존재는 동물 이상도 이하도 아니었던 겁니다.

나머지는 이미 아시거나 추측하실 수 있을 겁니다. 이 꿈꾸는 원주민들은 거대한 노래 속에서 무아지경에 빠져 있었기 때문에, 그들이 보인 반응 또한 매우 완만했습니다. 처음에는 행성의 생태계가 알아서 여러분을 견제하리라는 믿음 탓에 그냥 무시했습니다. 그러나 그런 일은 일어나지 않았기 때문에 그들 입장에서는 여러분에게 천적이라고 할 만한 종이 존재하지 않는 것처럼 보였을 겁니다. 여러분이 번식하고 확산을 계속하면서 몇천, 몇만 개나 되는 마음이 침묵해 버렸습니다. 마침내 그들은 거의 잊히다시피 한 아스라한 태곳적 방식으로 돌아갔고, 스스로를 지키기 위한 행동에 착수했습니다. 수호자들의 번식 속도를 촉진시켜서, 그들이 있는 군락지 위의 바닷속을 수호자들로 잔뜩 채웠던 겁니다. 그러나 다른 포식자들에 대해서는 십분 위력을 발휘했던 이 수호자들도 여러분의 적수는 되지 못했습니다. 마침내 그들은 새로운 수단에 호소하는 수밖에 없었습니다. 그들의 집단정신은 위대한 교향악을 중지하고 감각을 확장시켰고, 사태를 감지하고 이해한 다음 마침내 새로운 수호자들을 만들어 내기 시작했던 겁니다. 인류라는 이 새로운 강적에 맞서 싸우고 자기들을 지켜 줄 수 있을 만큼 강력한 수호자들을 말입니다. 그 뒤에 어떤 일이 일어났는지는 모두 알고 계실 겁니다. 제가 케피라 케이에게 강요당해서 그들의 평화적인 점유 전략을 위협하는 새로운 괴물들을 만들어 내자, 꿈꾸는 종족은 초반에는 놀라 움찔했습니다. 하지만 잇따른 투쟁을 통해 능력을 갈고닦은 덕에 예전보다 더 빠르게 반응할 수 있었고, 놀랄 정도로 짧은 시간 안에 또 새로운 수호자들을 몽상함으로써 제가 풀어놓은 괴물들과 맞서 싸우게 했습니다. 이 인상적인 탑 위에서 제가 여러분에게 진상을 설명하고 있는 지금 이 순간에도, 수없이 많은 무시무시한 신종 생물들이 해저에서 꿈틀거리고 있고, 속속 등장해서 여러분의 안면을 방해할 겁니다. 여러분이 평화 공존을 선택하지 않는다면 말입니다. 그 선택은 전적으로 여러분에게 달렸습니다. 저는 미천한 일개 유전공학자에 불과하니까요. 그런 중요한 결정에 관해 여러분에게 감 놔라 배 놔라 할 생각은 추호도 없습니다. 그렇지만 진심으로 제안하고 싶습니다. 제발 화평을 맺으십시오. 그래서 일부러 이렇게 바다에서 대사 한 명을 뜯어 왔던 겁니다— 그러면서 제가 개인적으로 엄청난 고생을 했다는 점은 짚고 넘어가야겠군요. 꿈꾸는 종족도 지금 엄청난 혼란의 와중에 있습니다. 자기들 사이에 닥스라는 존재가 들어오는 것을 느끼고, 그를 통해 저와 접촉하면서 그들이 알던 세계가 느닷없이 몇백만 배로 확장되었기 때문입니다. 그들은 오늘에야 바다 바깥에는 별들이 존재한다는 것을 알았을 뿐만 아니라, 그들이 이 우주에서 혼자가 아니라는 사실을 처음으로 알았습니다. 어차피 그들은 육지에는 관심이 없고 생선을 먹지도 않기 때문에 서로 타협하는 것은 어렵지 않다고 생각합니다. 닥스와 저도 여기 이렇게 와 있고 말입니다. 그러니까 협상을 시작하면 어떨까요?"

그러나 해빌런드 터프가 마침내 말을 끝맺은 다음에도 일동 사이에는 오랫동안 침묵이 흘렀다. 수호장들은 모두가 창백해지고 마비된 듯한 얼굴을 하고 있었다. 그들은 차례로 터프의 무표정한 얼굴에서 눈을 떼고 탁자 위에 놓인 진흙투성이의 고동을 응시했다.

마침내 케피라 케이의 말문이 열렸다. "그치들은 도대체 뭘 원하는데?" 불안한 목소리였다.

"그들의 주된 요구는." 해빌런드 터프가 말했다. "자기들을 먹는 걸 중지하라는 겁니다. 저로서는 지극히 상식적인 제안으로 생각됩니다만.

자, 뭐라고 대답하시겠습니까?"

●○

"2백만 스탠더드 가지고서는 모자랍니다." 몇 시간 후 방주 호의 통신실로 돌아온 해빌런드 터프가 말했다. 노느라고 정신이 없는 다른 새끼 고양이들의 활력과는 인연이 없는 닥스는 나른하게 그의 무릎 위에 웅크리고 있었다. 방 어딘가에서 불신이와 미움이가 술래잡기를 하며 놀고 있었다.

통신 화면에 비친 케피라 케이는 의심하는 듯이 오만상을 찌푸렸다. "그게 무슨 소리야? 그 액수로 계약했잖아, 터프. 혹시 무슨 속임수를 쓸 생각이라면……."

"속임수?" 터프는 한숨을 쉬었다. "방금 나한테 하는 소릴 들었어, 닥스? 적반하장도 유분수지, 그 고생을 하면서 이런 큰일을 해 준 사람한테 저런 얼토당토않은 악담을 하다니. 얼토당토라. 그러고 보니 이건 좀 묘한 표현인데, 도대체 어디서 온 걸까?" 터프는 다시 화면을 돌아보았다. "수호자 케이, 계약한 금액이 얼마인지는 저도 완벽하게 숙지하고 있습니다. 2백만 스탠더드를 받고 나모르의 문제를 해결해 드렸지요. 저는 상황을 분석하고 숙고를 거듭한 끝에 진상을 밝혀냈고, 선생 측이 그토록 절실하게 필요로 하던 통역을 제공해 드렸습니다. 제가 떠난 뒤에도 꿈꾸는 종족과 더 심도 있는 의사소통을 할 수 있도록 각 수호장과 유대를 맺을 스물다섯 마리의 텔레파시 고양이들까지 남기고 오지 않았습니까. 선생 측의 문제 해결에 필수적인 고로 그 고양이들 또한 원래 요금에 포함되어 있었습니다. 게다가 저는 본질적으로는 비즈니스맨이라기보다는 자선가인 데다가 지극히 센티멘털하기까지 한 고로, 선생이 좋다는 우리 멍청이를 양도하기까지 했습니다. 멍청이가 도대체 어떤 이유에서 선생에게 호감을 가지게 된 건지는 도무지 상상도 되지 않지만 말입니다. 하여튼, 그 역시 무료입니다."

"그럼 왜 3백만 스탠더드나 되는 추가 요금을 청구한 거지?" 케피라 케이가 힐문했다.

"무자비한 수단을 써서 당신이 강요한 작업의 대가입니다." 터프는 대꾸했다. "명세서 내용을 알려 드릴까요?"

"응, 알려 줘."

"좋습니다. 상어, 바라쿠다, 대왕오징어, 범고래, 회색크라켄, 청색크라켄, 흡혈그물, 물해파리가 각각 2만 스탠더드. 요새어가 5만 스탠더드. 울고 속삭이는 비행초가 8만⋯⋯." 이런 식으로 모든 항목을 열거하는 데는 한참이 걸렸다.

마침내 낭독이 끝나자 케피라 케이는 엄한 표정으로 굳게 입을 다물었다.

"그 명세서는 수호자 평의회에 제출하지. 하지만 이 자리에서 당장 말하겠는데, 너의 그 요구는 부당하고 터무니없이 비싼 데다가, 어차피 우리 행성의 무역수지 가지고서 그런 막대한 액수의 현금을 염출하는 건 어림도 없는 일이야, 터프. 설령 우리 행성의 주회 궤도에서 백 년을 기다린다고 해도 넌 5백만 스탠더드를 받지 못할걸."

해빌런드 터프는 졌다는 듯이 두 손을 들어 올렸다. "아, 그럼 다른 사람의 호의를 믿는 저의 이 성격 탓에 또 손해를 봐야 한다, 이겁니까? 그럼 청구 대금은 못 받는 겁니까?"

"원래 계약한 대로 2백만 스탠더드는 받게 될 거야." 수호자가 말했다.

"모질고 비도덕적인 결정이긴 하지만, 쓴 약을 먹는다 생각하고 인생의 교훈으로 받아들이는 수밖에 없겠군요. 잘 알았습니다. 그러십시오." 터프는 닥스를 쓰다듬었다. "역사에서 아무것도 배우지 못하는 자들은 그것을 되풀이한다는 경구가 있습니다만, 이런 비참한 꼴을 당한 것도 알고 보면 다 자업자득일지도 모르겠습니다. 불과 몇 달 전에 바로 이런 상황을 다룬 역사 드라마를 시청한 적이 있으니 말입니다. 이 방주 호와 똑같은 종자선이 조그만 행성을 괴롭히는 귀찮은 해충을 제거해 줬는데, 배은망덕한 행성 정부가 약속한 대금을 지불하지 않는다는 줄거리였지요. 제가 좀 더 현명했더라면, 그걸 본 삼아서 선금을 요구했을 겁니다." 그는 한숨을 쉬었다. "하지만 저는 현명하지 못했고, 고통스러워도 그 결과를 감수해야 합니다." 터프는 또 닥스를 쓰다듬다가 문득 손을 멈췄다.

"혹시 선생의 수호자 평의회도 그 드라마 테이프를 볼 생각이 없으신지? 순수하게 오락적인 목적을 위해 말입니다. 홀로그램 드라마인 데다가 각색이나 연기도 뛰어났습니다. 게다가 이런 우주선의 운용과 능력에 관해서 실로 흥미로운 통찰력까지 제공해 주기까지 합니다. 지극히 교육적이라고 할까요. 드라마 제목은 〈하멜른[3]의 종자선〉입니다."

---

3 독일 북서부의 도시. 중세의 민간전승인 하멜른의《피리 부는 사내》로 잘 알려져 있다.

●○

그들이 청구 금액을 전액 지불한 것은 두말할 나위도 없다.

할리우드의 매혹

○

서문

7학년[1]이었을 때 내가 가장 즐겨 보던 TV 프로그램은 〈환상특급(The Twilight Zone)〉이었다. 설마 장래에 내가 그 각본을 쓰게 되리라고는 꿈에도 상상 못 했지만 말이다.

아, 방금 언급한 〈환상특급〉 시리즈는 하나가 아니라는 점부터 확실히 해 둘 필요가 있겠다. 나는 내가 생각하는 것보다 훨씬 더 겉늙어 보이는지도 모르겠다. 내가 사람들 앞에서 〈환상특급〉 제작에 참가했다는 얘기를 꺼내면 종종 다음과 같은 반응이 돌아오기 때문이다. "아, 저도 소싯적에는 그 시리즈를 정말 좋아했죠. 로드 스털링과 함께 일해 보니 어땠습니까?" (보시다시피 이런 얼빠진 소리를 하는 작자들은 백이면 백 프로듀서인 로드 설링(Rod Serling)의 성에 제멋대로 't' 자를 집어넣는다.)

나도 5, 60년대에 방영된 오리지널 〈환상특급〉을 정말 좋아했지만,

---

1 중학교 1학년에 해당.

아쉽게도 로드 스털링이란 사람과는 일해 본 적이 없다. 하물며 로드 설링과는 만난 적도 없다. 그러나 필 디게어, 짐 크로커, 앨런 브레너트, 로크니 S. 오배넌, 마이클 캐서트뿐만 아니라, 다수의 훌륭한 배우 및 감독과 함께 일해 본 경험은 있다. 1985년에서 1987년 사이의 짧은 기간에 방영되었던 〈환상특급〉 리바이벌 시리즈의 제작진으로서 말이다. 편의상 이 시리즈를 TZ-2라고 부르기로 하자. (〈환상특급〉은 그 후에도 두 번더 리메이크되었기 때문에 TZ-3과 TZ-4도 존재하지만, 나를 위시한 관계자들은 모르는 사람들 앞에서는 가급적 그것들을 입에 담지 않는다.)

나를 〈환상특급〉 제작진에 떠밀어 넣은 원흉은 나의 네 번째 장편소설인 《아마겟돈 래그(Armageddon Rag)》다. 1983년에 포세이돈 프레스에서 출간된 《아마겟돈 래그》는 대박을 터뜨리고 나를 베스트셀러 작가의 반열에 올려 줄 것이 확실시되던 회심작이었다. 나는 내가 이런 걸작을 썼다는 사실이 정말 뿌듯했고, 내 출판 에이전트와 편집자도 이 책을 높이 사고 있었다. 출판사인 포세이돈은 깜짝 놀랄 정도의 거금을 선인세로 지급해 주었고, 나는 지체 없이 그 돈으로 더 큰 집을 사서 이사를 갔다.

《아마겟돈 래그》는 여기저기서 호평을 받았다. 세계환상문학의 대상후보에도 올랐지만, 존 M. 포드의 걸작 《기다리는 드래곤(The Dragon Waiting)》에게 졌다. 그리고 그대로 사망했다. 《래그》는 초대형 베스트셀러의 모든 특질을 갖추고 있었다. 딱 한 가지, 아무도 이 책을 사 주지 않았다는 점을 제외하면 말이다. 전작인 《피버드림》(1982)의 성공을 확대 재생산하기는커녕 거의 망작 수준이었다. 처음 나온 하드커버는 거의 팔리지 않았고 나중에 출간된 페이퍼백의 판매고 또한 참담할 정도로 낮았다. 내게는 엄청난 재앙이었지만, 그 결과를 온몸으로 실감한 것은 내 에이전트인 커비 맥콜리가 제5 장편인《온통 검고 희고 빨간(Black and White and Red All Over)》의 미완성고를 출판사에 팔려고 시도했을 때였다. 포세이돈도, 그 밖의 어느 출판사도 이 책의 출간에 관심을 보이지 않았던 것이다.

그러나《아마겟돈 래그》는 내 등 뒤에서 문을 쾅 닫는 동시에 다른 문을 열어 주었다. 안 팔려서 망하기는 했지만 이 책에 열광한 팬이 아예 없지는 않았기 때문이다. 인기 TV 드라마인 〈사이먼 & 사이먼〉(1981~1989)의 기획자이자 프로듀서였던 필 디게어도 그중 한 명이었다. 필 디게어는 록 뮤직, 특히 그레이트풀 데드(The Grateful Dead)의 광적인 팬이었다. 필은 공통의 에이전트였던 마빈 모스에게 건네받은 《아마겟돈 래그》를 읽자마자 영화로 만들면 딱 좋겠다는 느낌을 받고 이 책의 영화화 옵션을 사 주었다.[2] 자기가 직접 각본가와 감독 역할을 맡아서 그레이트풀 데드가 출연하는 대대적인 콘서트 장면을 찍을 작정이었다고 한다.

그 전에도 다른 작품의 영화 옵션을 판 적은 있었다. 보통 그럴 경우 원작자인 나는 계약서에 서명하고 수표를 받으면 그걸로 끝이었다. 그러나 필 디게어는 달랐다. 그는 계약서의 잉크가 채 마르기도 전에, 나를 항공편으로 L.A.로 초빙해서 호텔에 며칠 묵게 했던 것이다. 내 책에 관해 얘기하고 어떻게 하면 가장 멋지게 각색할 수 있을지를 의논하기 위

---

2 영화화 옵션 계약은 일정 시기까지 원작의 사용권을 구입할 수 있는 독점적 권리를 행사할 수 있는 계약이며, 보통 정식 판권 구매 계약에 앞서 이루어진다.

해서 말이다. 그 후 필은 《아마겟돈 래그》의 영화 각본을 몇 편 썼지만, 결국 자금을 대 줄 제작사를 찾는 일에는 실패했다. 그러나 이 과정에서 필과 나는 서로에 관해 상당히 잘 알게 되었다……. 1985년에 그가 CBS 에서 〈환상특급〉을 리메이크하려는 결정을 내렸을 때, 내게 전화를 걸어 그 각본을 한 편 쓸 생각이 없느냐고 물어볼 정도로는 말이다.

의외일지도 모르지만 나는 그 제안을 덥석 물지는 않았다. 내가 어릴 때부터 텔레비전에 푹 빠져 자란 세대인 것은 맞지만 TV 각본을 써 본 적은 한 번도 없었고, 쓰고 싶다고 생각한 적도 없었고, 영화나 드라마 각본 쓰는 법에 관해서는 전혀 몰랐으며, 심지어는 그것들을 구경한 적조차 없었다. 게다가 할리우드에서 일하는 작가들에 관해 들려오는 풍문은 죄다 공포소설 뺨치는 것들뿐이었다. 당시 나는 할런 엘리슨이 쓴 《유리 젖꼭지(Glass Teat)》(1970)[3]뿐만 아니라 그 속편인 《또 다른 유리 젖꼭지(The Other Glass Teat)》까지도 이미 읽어 본 상태였다. 그래서 할리우드가 얼마나 정신 나간 곳인지는 잘 알고 있었다.

반면 나는 필을 좋아했을뿐더러 존경하고 있었고, 그가 끌어모은 제작진에는 내가 존경하는 작가인 앨런 브레너트도 끼어 있었다. 필은 할런 엘리슨도 작가 겸 자문위원으로 초빙해 놓은 상태였다. 따라서 이 새로운 〈환상특급〉 시리즈는 뭔가 다를지도 모르겠다는 생각이 들었다. 솔직히 말하자면 그때는 나도 돈이 필요했다. 당시 나는 주택 융자 상환금을 대기 위해 《터프 항해기》에 집어넣을 해빌런드 터프 단편들을 미친

---

3 독설가로 유명한 거물 SF 작가 엘리슨이 할리우드에서 일한 경험을 바탕으로 '바보상자'인 TV 가 사회에 끼치는 영향에 관해 논한 에세이집이다.

듯이 쓰고 있었다. 그러나 새로운 장편인 《온통 검고 희고 빨간》을 내 주겠다는 출판사는 여전히 없었고, 장편소설 작가로서는 거의 망한 것이나 다름없는 상태였다. 내가 아직도 마음을 못 정하고 있었을 때 필은 나와 내 반려인 패리스에게 그레이트풀 데드 콘서트의 백스테이지 패스⁴를 얼마든지 내어 줄 수 있다며 계약을 권했다. 그런 유혹을 어떻게 거절하란 말인가.

필은 리메이크판 〈환상특급〉의 설정집과 샘플 각본들 한 뭉치를 내게 우송했고, 나는 그것들을 읽어 본 다음 이 시리즈의 원작으로 쓸 만하다고 판단한 중단편들의 스크랩이나 제록스 복사본 한 뭉치를 그에게 보냈다. 드라마 각본을 써 본 적은 한 번도 없었기 때문에, 처음부터 오리지널 각본을 쓰는 것보다는 다른 작가의 작품을 각색하는 편이 더 쉬울 것이라고 생각했기 때문이다. 이럴 경우는 줄거리와 캐릭터와 대사를 처음부터 새로 고안할 필요 없이, 각본이라는 낯선 양식의 글을 쓰는 법을 익힐 수가 있다는 장점이 있었다. 원작을 각색하는 경우는 내 손으로 직접 오리지널 각본을 쓰는 것에 비해 보수가 낮았지만, 돈보다는 일단 모든 사람들의 웃음거리가 되는 것을 피하고 싶은 마음이 더 컸다.

필 디게어는 내가 보낸 중단편들 일부를 마음에 들어 했고, 결국 그중 여섯 편이 TZ-2의 에피소드 원작으로 채택되었다. 그중 몇 편은 내가, 나머지는 다른 작가들이 각색했다. 그러나 나의 각본가 데뷔를 위해 선택된 작품은 〈내클스(Nackles)〉라는 단편이었다. 커트 클라크라는 작가가 쓴 크리스마스 호러 우화(寓話)인데, 나는 테리 카가 편찬한 그리 잘 알려지지 않은 앤솔러지에서 이 단편을 읽은 적이 있었다.

〈내클스〉는 자기도 모르게 이마를 탁 치며 "나는 **왜** 이런 걸 쓸 생각을 못 했지?" 하고 외치게 만드는 종류의 이야기다. 모든 신에게는 응당거기 대항하는 악마가 있는 법이며, 내클스는 안티[反] 산타클로스였다. 산타는 크리스마스이브에 썰매를 타고 전 세계를 돌아다니며 굴뚝 안으로 미끄러져 들어가서 착한 어린이들에게 선물을 주고 간다. 내클스는눈이 먼 흰 염소들이 끄는 객차를 타고 땅 밑의 칠흑 같은 터널을 돌아다니며 화덕의 쇠창살 밖으로 기어 나와 등에 멘 거대한 검은 자루에 못된어린이들을 쑤셔 넣고 사라진다.

나는 필의 선택에 크게 기뻐했다. 〈내클스〉는 원작에 충실하게 각색하기만 하면 〈환상특급〉의 완벽한 에피소드가 될 수 있다고 느꼈기 때문이다. 또 나는 자기 작품이 무려 TV 드라마의 원작으로 팔렸다는 사실을 안 커트 클라크라는 작가가 느낄 흥분을 상상하며 약간의 만족감을 맛보았다. 내가 머리에 떠올린 커트 클라크의 모습은 노스다코타 주의 노웨어라든지 조지아 주의 갓퍼세이컨[5] 같은 이름의 한촌(寒村)에 있는 커뮤니티 칼리지에서 영작문을 가르치며 입에 풀칠하고 있는 무명작가였다.

그러나 알고 보니 '커트 클라크'는 엄청 재미있는 도트문더 시리즈를위시한 수백 편의 미스터리와 범죄소설을 쓰고, 그 반이 영화화되기까지 한 베스트셀러 작가 도널드 E. 웨스트레이크의 필명 중 하나라는 사실이 밝혀졌다. 일단 판권을 획득하고 계약에 서명한 후, 나는 〈환상특

---

5 Nowhere는 '아무 곳도 아닌', Godforskaen은 '따분한'이라는 뜻이다.

급〉의 상층부가 웨스트레이크의 단편의 충실한 각색을 원하지 않는다는 사실을 알게 되었다. 그들은 안티 산타라는 아이디어를 마음에 들어 했지만, 나머지 설정은 별로라고 생각했던 것이다. 나는 자기 아이들에게 겁을 주려고 내클스 이야기를 지어내는 전직 풋볼 스타라든지, 그의 아내와 아이들, 이야기의 화자인 처남 등의 캐릭터는 모두 걸어 내라는 지시를 받았다. 따라서 각본을 쓰기 전에 나는 이 〈내클스〉 에피소드를 위해 완전히 새로운 이야기를 고안해서 트리트먼트[6] 형식으로 제출해야 했다.

(누가 각색 쪽이 더 편하다고 했는가.)

나는 〈내클스〉의 영상화를 위한 대여섯 가지 안을 내놓았다. 처음 한두 개는 정식으로 트리트먼트를 써서 제출했고, 나머지 것들은 자문위원인 할런에게 전화를 걸어 열심히 설명했다. 할런은 그 어느 것도 마음에 들어 하지 않았다. 이런 일을 한 달 내내 계속하다가 나는 막다른 벽에 부딪쳤다. 아무리 머리를 쥐어짜도 〈내클스〉를 각색할 아이디어는 더 이상 나오지 않았고, 원작을 영상화하는 가장 좋은 방법은 원작자인 웨스트레이크의 서술 방식을 그대로 따르는 것이라는 확신만 깊어졌다. 할런도 나 못지않게 좌절감을 느끼고 있었다. 나는 필 디게어가 참다못해 각본화 작업을 아예 중단시킬지도 모른다는 인상을 받았다.

그 시점에서 할런이 새로운 아이디어를 내놓았다. 마음에 드는 각본이 안 나와서 그가 골머리를 썩이던 각본이 또 하나 있었다. 〈과거와 미래의 왕(The Once and Future King)〉이라는 제목의 오리지널 각본이

---

6 treatment. 각본의 전 단계이며, 등장인물들의 대사는 빠져 있지만 시놉시스보다는 상세하다.

었는데, 엘비스 프레슬리의 모창 가수가 과거로 돌아가서 진짜 엘비스와 마주친다는 내용이었다. 브라이스 매리태노라는 이름의 프리랜서가 각본 초안을 몇 편 제출했지만, 디게어를 위시한 제작진은 여전히 그것을 더 다듬을 필요가 있다고 느끼고 있었다.《아마겟돈 래그》를 읽어 본 사람은 알겠지만 나는 로큰롤에 관해서는 초보자가 아니다. 그래서 할런은 아예 서로 각본을 바꿔서 작업하자고 제안했다. 할런 본인이 직접 〈내클스〉를 각색할 테니 나는 매리태노의 각본을 맡으면 어떻겠느냐는 얘기였다. 필도 나쁘지 않을 것 같다고 했기 때문에 나와 할런은 서로의 일을 뒤바꿨다……. 그 결과, 관계자들의 운명도 완전히 뒤바뀌었다.

그렇게 해서 나온 〈내클스〉의 운명은 내클스 본인 못지않게 섬뜩했다. 할런 엘리슨의 접근 방식은 나보다 평이 좋아서 결국 그의 각본이 정식 채택되었고, 진행 허가도 떨어졌다. 주연으로 에드 애스너가 발탁되었고, 할런 본인이 감독을 맡았다. 그러나 할런은 웨스트레이크의 원작을 새롭게 비틀었고, 그 비튼 부분이 방송사 검열 담당자들의 심기를 상하게 했다. 결국 〈내클스〉는 제작 전 단계에서 방송사의 자체 검열팀에 의해 급제동이 걸렸다. 이 사건의 참담한 전말에 흥미를 느낀다면 1998년에 호튼 미플린에서 출간된 할런의 단편집《전락(Slippage)》에 나란히 실려 있는 웨스트레이크의 원작 단편과 할런의 텔레비전 각본을 읽어 볼 것을 권한다[7]. 필과 할런은 방송사의 우려를 불식하기 위해 적극적으로 해명에 나섰지만, CBS의 자체 검열은 가차 없었다. 결국 〈내클

---

7 이것은 마틴의 착각이며, 이 두 작품은 호튼 미플린 출판사가 아니라 같은 해에 마크 V. 지싱(Mark V. Ziesing)에서 출간된 한정판에만 실려 있다.

스〉는 파기되었고, 할런은 아예 〈환상특급〉 제작진을 떠났다.

이런 일이 일어나는 동안, 나는 이 폭풍의 중심부에서 몇천 마일이나 떨어진 뉴멕시코 주 샌타페이의 우리 집에서 〈과거와 미래의 왕〉을 읽는 일에 집중하고 있었다. 내클스는 엘비스에게 떠밀렸다고나 할까. 나는 〈과거와 미래의 왕〉의 트리트먼트를 새로 썼고, 좋다는 승인이 떨어지자마자 각본 쓰기에 본격적으로 착수했다. 드라마 각본을 쓰는 것은 난생 처음이었기 때문에 생각보다 훨씬 더 많은 시간이 걸렸다. 나는 조마조마한 마음으로 각본 초고를 〈환상특급〉 제작팀에게 우송했다. 필이 내가 쓴 각본을 마음에 들어 하지 않는다면, 이 조촐한 각본은 내가 쓴 처음이자 마지막 각본이 될 공산이 커 보였다.

필은 그것을 마음에 들어 했다. 물론 내 초고를 가지고 당장 제작에 들어갈 정도로 마음에 들어 했던 것은 아니었지만 말이다. (할리우드에서는 어떤 각본을 아무리 좋아하더라도 그 정도로까지 좋아하는 경우는 없다는 사실을 나는 곧 알게 되었다.) 그러나 〈내클스〉가 망하고 할런이 떠나 버린 탓에 일손이 달리는 상황에서, 내게 정식으로 〈환상특급〉 제작진이 되지 않겠느냐는 제안을 할 정도로는 마음에 들어 했던 것이다. 정신을 차리고 보니 어느새 나는 인간의 크고 깊은 공포와 그 지식의 최고봉 사이 어딘가에 위치하는 그림자와 실체, 물질과 개념의 땅에 와 있었다. 캘리포니아 주의 스튜디오시티에 말이다.

나는 이 시리즈의 시즌 1이 끝나 갈 무렵 말단인 전속 작가 자격으로 제작진에 합류했다. (직함에 '작가'라는 단어가 들어가면 말단이 맞다.) 6주 동안의 단기 계약이었지만 그조차도 너무 낙관적이 아닌가 하는 생각이 들었다. TZ-2의 시청률은 방영 초기에는 좋았지만 그 뒤로는 점차 떨어지기만 했고, CBS가 시즌 2의 제작을 승인할지의 여부에 대해서는 아무도 확신 못 하고 있었기 때문이다. 내가 처음 맡은 일은 〈과거와 미래의 왕〉의 각본을 거듭해서 개고하는 것이었다. 그 후에는 다른 각본들을 손질하다가, 로저 젤라즈니가 쓴 〈캐멀롯의 마지막 수호자〉와 필리스 에이젠스틴의 〈분실물 보관소(Lost and Found)〉의 각색에 들어갔다. 6주 동안 디게어, 크로커, 브레너트, 오배넌 등의 면면과 각본에 관해 상의하며 아이디어를 교환하고, 피치미팅⁸에 참석하고, 해당 작품의 촬영이 진행되는 광경을 관찰하면서, 나는 샌타페이에서 6년 걸려 배울 수 있는 것보다 훨씬 더 많은 것들을 터득했다. 내가 단독으로 쓴 각본이 처음으로 영상화된 것은 이 시즌의 최종 에피소드였던 〈캐멀롯의 마지막 수호자〉가 마침내 제작에 들어갔을 때의 일이었지만 말이다.

배역 선정, 예산 편성, 프리 프로덕션, 감독과의 협업. 이 모든 것들이 난생 처음 해 보는 일이었다. 내가 쓴 각본은 너무 긴 데다가, 제작비가 너무 많이 들었다. 이것은 영화와 텔레비전 업계에서 나의 트레이드마크가 되다시피 했다. 내가 쓴 각본들은 **한결같이** 너무 길고, 너무 비싸게 먹혔기 때문이다. 〈캐멀롯의 마지막 수호자〉를 각색하면서 나는 원작자이자 친한 친구인 로저 젤라즈니에게 영상화 과정에서 부득이 설정을 변경할 수밖에 없는 부분들을 빠짐없이 알리려고 노력했다. TV에서 방영된 버전을 보고 로저가 대경실색하는 일이 없도록 말이다. 제작을 진행하던 중에 라인 프로듀서⁹였던 하비 프랜드가 걱정스러운 표정을 하

---

8 pitch meeting. 각본가가 제작 책임자들에게 각본을 설명하는 회의.
9 line producer. 제작 현장에서 예산과 진행 등을 총괄하는 프로듀서.

고 내게 다가오더니 대뜸 이렇게 말했다. "말들을 데려올 수는 있어. 아니면 스톤헨지를 세울 수도 있지. 하지만 말하고 스톤헨지 양쪽을 모두 쓸 수는 없어." 이것은 쉽지 않은 선택이었기 때문에 나는 로저에게 어떻게 하면 좋을지 직접 물어보았다. 그러자마자 로저는 "스톤헨지"라고 대답했다. 그래서 〈캐멀롯의 마지막 수호자〉의 세트에는 스톤헨지가 나온다.

담당자들은 내 사무실 뒤쪽에 위치한 방음 스튜디오 내부에 목재와 회반죽과 채색한 캔버스 천으로 만들어진 스톤헨지를 세웠다. 만약 그 스튜디오로 말들을 데려왔더라면 스톤헨지는 말들이 말굽을 따각거리며 지나갈 때마다 사시나무처럼 떨렸을 것이 뻔하다. 그러나 말들이 없으니 모형 거석(巨石)들은 멀쩡하게 그 자리에 서 있었다. 그러나 오호통재라, 스턴트의 경우에는 그렇게 순조롭지가 않았다. 이 에피소드의 감독은 클라이맥스의 칼싸움 장면에서 주인공인 랜슬롯 경의 얼굴을 보여 주고 싶어 했다. 그래서 우리는 배우인 리처드 카일리가 쓴 투구의 얼굴 가리개를 떼어 냈고…… 액션 장면에서 그를 대신할 스턴트맨의 얼굴 가리개도 떼어 냈다. 클라이맥스 장면의 촬영은 순조롭게 진행되었다. 칼싸움을 하던 누군가가, 한쪽으로 몸을 돌릴 장면에서 깜박하고 반대 방향으로 몸을 돌렸을 때까지는 말이다. 그 결과, 스턴트맨의 코가 잘리는 사고가 일어났다. "몽땅 잘린 건 아냐." 하비 프랜드가 내게 이렇게 말했던 것을 기억한다. "그냥 코끝이 살짝 잘려 나간 정도야."

〈캐멀롯의 마지막 수호자〉는 1986년 4월 11일에 TZ-2의 최종 방영분 중 일부로 방영되었다. 작업이 모두 끝난 뒤에 나는 시즌 2가 있을지 없을지 모르는 상태로 샌타페이의 우리 집으로 돌아왔다. 텔레비전 업계에서의 짧은 경험이 이것으로 끝났다고 해도 나는 놀라지 않았을 것이다.

그러나 5월에 발표된 CBS의 가을 편성표를 보니 결국 〈환상특급〉 시즌 2의 제작이 결정되었다는 사실이 판명되었다. 나는 전속 작가에서 스토리 에디터[10]로 승진했고, 다시 스튜디오시티로 돌아갔다. 결과적으로 너무 일찍 끝나 버렸던 시즌 2의 제작을 위해 새로 참가한 작가들과 프로듀서들 중에서 특히 기억에 남는 인물은 마이클 캐서트다. 그는 지난 시즌의 나처럼 말단 전속 작가로 부임했고, 바로 옆 사무실에서 일했다. 키가 작고 신랄하며 재미있는 친구였고, 할리우드의 내부 사정에도 정통했다. 마이클은 내게 어떻게 하면 더 나은 사무실을 얻을 수 있는지를 가르쳐 주었고 ("일찌감치 도착해서 눌러앉으면 돼") 나와 의기투합해서 필 디게어가 기르는 앵무새에게 "실로 멍청한 아이디어로군"이라고 말하는 법을 가르치려고 시도하기도 했다. 성공한다면 따분한 제작 회의에 생동감을 불어넣어 줄 것이 틀림없었기 때문이다.

TZ-2의 시즌 2는 내 입장에서는 매우 순조롭게 시작되었다. 시즌 1에서 내가 각본을 손질했던 〈분실물 보관소〉와 〈과거와 미래의 왕〉이 그대로 제작에 들어갔고, 후자는 시즌 2의 첫 작품으로 발탁되기까지 했다. 스토리 에디터 노릇을 하는 동안 나는 예전보다 더 많은 업무를 통괄하며 더 많은 각본을 손보았고, 피치미팅에서도 더 중요한 역할을 맡았다. 새로운 각본도 두 편 썼다. 〈캘리밴의 장난감〉은 테라 매츠의 단편을 각색한 것이었고, 이 책에 수록된 〈인적 드문 길〉은 〈환상특급〉을 위

---

10 story editor. 각본 편집을 총괄하는 프로듀서.

해 내가 쓴 첫 번째(이자 마지막) 오리지널 각본이다. 〈인적 드문 길〉의 뼈대를 이루는 아이디어는 그보다 몇 년 전에 베트남전쟁에 관한 앤솔러지에 실을 단편을 위한 것이었는데, 결국은 작품화하지는 못했던 것이었다.

〈환상특급〉처럼 여러 작가의 다양한 이야기들을 모아 놓은 앤솔러지 시리즈에서는 단편이 왕이었다. 따라서 두둑한 주급을 받아 가는 주역 배우라든지, 꾸준히 등장시켜야 하는 조역이라든지, 계속 이어 가야 할 전체 줄거리 따위는 애당초 존재하지 않았다. 그 결과, 통상적인 TV 드라마에는 결코 손을 대려고 하지 않을 저명한 영화배우나 영화감독도 이따금 참여해 주곤 했다. 〈인적 드문 길〉을 쓰면서 나는 큰 행운과 마주쳤다. 내가 쓴 각본이 웨스 크레이븐[11]에게 보내어졌던 것이다. 그는 그것을 마음에 들어 했고, 감독직을 수락했다.

미국의 텔레비전 프로그램은 보통 한 시간짜리(대부분 드라마다)나 반 시간짜리(시트콤은 모두 그렇다)라고 불리지만, 물론 실제 길이는 그에 훨씬 못 미친다. 중간 광고에 상당한 시간을 할애해야 하기 때문이다. 1980년대 중반의 '한 시간짜리' TV 드라마의 실제 길이는 대략 46분이었고, '반 시간짜리' 시트콤의 경우는 23분이었다.

물론 각본에 맞춰 촬영할 경우 정확하게 이 시간에 들어맞는 길이의 영상물이 나오는 경우는 극히 드물다. 대부분의 원본은 그보다 몇 초에서 몇 분은 더 길게 나오기 마련이다. 하지만 이것은 전혀 문제가 안 된다. 해당 프로그램의 에디터들이 편집실로 들어가서 감독과 프로듀서

---

11 Wes Craven(1939~2015). 미국 공포 영화의 거장.

의 협조하에 46분이나 23분 길이의 필름으로 편집하면 그만이기 때문이다.

로드 설링의 오리지널 〈환상특급〉은 대부분 반 시간짜리였다. 대다수의 팬들이 기억하는 것도 그 길이의 에피소드들이다. 딱 한 시즌 동안만은 '한 시간짜리'로 확장되기도 했지만, 나머지 시즌의 방영분들과는 길이가 달라서 공중파에서는 거의 재방영되지 않는다. 그러나 한 시간짜리든 반 시간짜리든 간에, 설링의 〈환상특급〉은 한 방영분에 단 하나의 에피소드만을 포함하고 있었다.

내가 관여한 TZ-2의 경우는 한 시간짜리였지만, 오리지널 〈환상특급〉이 아니라 설링이 제작한 다른 시리즈인 〈나이트 갤러리(Night Gallery)〉의 포맷을 답습하고 있었다. 한 시간짜리 드라마가 다양한 길이를 가진 두세 개의 서로 무관한 에피소드로 이루어져 있는 방식이다. 따라서 실제 길이가 46분인 한 시간짜리 방영분을 23분 길이의 반 시간짜리 에피소드 두 개로 분할하는 방식처럼 깔끔하지는 않았다. 어떤 주에는 30분 길이의 에피소드와 16분 길이의 에피소드를 방영했고, 다음 주에는 21분 길이와 25분 길이의 에피소드들을 방영했고, 그다음 주에는 18분과 15분과 13분 길이의 에피소드들을 함께 방영하는 식이었다. 모두 합쳐서 46분 길이가 되도록 편집만 한다면 개개의 에피소드가 아무리 길어진들 상관없었다.

〈인적 드문 길〉은 너무 길었다. (그리고 너무 비싸게 먹혔다.) 그러나 각본은 매우 인상적이었고, 촬영 또한 웨스 크레이븐이라는 명감독의 지휘하에 이루어졌다. 웨스가 제출한 디렉터스 컷은 과거에 방영된 대다수의 에피소드보다 길었지만, 짧은 영화라고 해도 무방할 정도로 인상적인 걸작이었다. 설령 편집된 최종 버전이 너무 길어진다 해도, 다른 에피소드 쪽을 잘라 내서 46분에 맞출 자신이 있었다.

마침내 완성된 최종 버전은 36분 길이의 〈인적 드문 길〉에, 10분 길이의…… 어, 솔직히 말하자면 내가 그 러닝메이트로 어떤 에피소드를 선택했는지 기억이 나지 않는다. 나는 이 방영분을 편집하고, 색 보정을 마치고 배경 음악을 덧붙였다. 영화 효과도 추가하고, 오프닝과 클로징 내레이션도 넣었다. 이 모든 일을 끝낸 나는 사무실에서 마이크 캐서트를 위시한 친구들에게 축하를 받았다. 웨스 크레이븐과 주연인 클리프 디영이 에미상 후보에 오를지도 모른다는 얘기까지 들었다. 최종 편집본은 방송사로 보내어졌고, 이제는 방영될 날만 기다리면 됐다.

그러자마자 CBS는 〈환상특급〉의 종영을 결정했다.

딱히 충격 받을 일은 아니었을지도 모르겠다. 시즌 1이 끝나 갈 무렵의 시청률은 낮았고, 시즌 2에 돌입한 뒤로도 한층 더 낮아지기만 했기 때문이다. 그럼에도 불구하고 방송사 상층부는 〈환상특급〉이라는 드라마 자체를 완전히 없애지는 않았다. 폐지는 아니었고, 그 대신 프로그램을 '재편성'해서 시청률을 높이겠다는 얘기가 돌았다.

촬영장인 MTM 스튜디오에서는 암운이 감돌았다. 우리는 각자의 사무실에 죽치고 앉아서 상층부의 최종 통고가 떨어지기만을 기다리고 있었다. 얼마 기다리지도 않아 연락이 왔다. 방영을 재개하되, 새로운 시간대에 끼워 넣을 **반 시간짜리** 드라마를 제작하라고 말이다. 오리지널 〈환상특급〉이 가장 큰 성공을 거둔 것은 반 시간짜리 포맷으로 방영되었을 때니까, 우리도 그러지 못하라는 법은 없다는 것이 CBS의 논리였다. 덧붙여서 한 방영분에 두세 개의 에피소드를 끼워 넣는 방식도 이제는 중지하고, 지금부터는 한 번에 23분 길이의 이야기 하나만 방영하는 방식으로 전환하라고 했다. 이미 완성된 에피소드들은 재편집해서 이 새로운 반 시간 포맷에 맞춰야 했다.

〈인적 드문 길〉은 1986년 12월 18일에 방영되었지만, 내가 그토록 자랑스러워하던 그 에피소드가 아니라 무참할 정도로 단축된 버전이었다. 원래 길이의 3분의 1 이상인 13분을 잘라 냈기 때문에 흐름은 엉망이 되고 인물 묘사도 대부분 사라져 버리고 없었다.

만약 케이블 등에서 〈인적 드문 길〉의 재방송을 본 사람이 있다면, 그것은 위에서 묘사된 엉터리 버전이다. 36분 길이의 오리지널 컷은 단한 번도 방영되지 않았고, 여태껏 남아 있는 테이프는 단 두 개밖에 없다. 감독인 웨스 크레이븐이 하나 갖고 있다고 들었고, 나머지 하나는 내가 가지고 있다. 마음 같아서는 그것을 공개하고 싶지만 사정상 그럴수가 없다. 따라서 내게 가능한 것이라고는 그 각본을 이 책에 싣는 일뿐이었다.

굳이 첨언하자면, 나도 방송사의 결정에 진심으로 토를 달지는 못하겠다. 〈환상특급〉은 죽어 가고 있었으므로 CBS는 뭔가 새로운 안을 내놓아야 했기 때문이다. 반 시간짜리 포맷으로의 전환은 한번 해 볼 만한 가치가 있는 일이었다. 지금 와서 생각해 보면 이 시리즈는 아예 처음부터 반 시간짜리로 시작했더라면 좋았을 거라는 생각이 든다. 따라서 포맷을 바꾼다는 결정을 왈가왈부할 수가 없는 것이다. 단지 CBS 상층부가 〈인적 드문 길〉이 방영될 수 있도록 딱 1주만 더 기다려 주지 않았다는 사실이 야속할 따름이다.

애석하게도 포맷을 바꾼 뒤에도 시청률은 딱히 올라가지 않았던 탓에

CBS는 시즌 2의 중간께에서 마침내 종영을 결정했다. 그로부터 조금 후, 〈환상특급〉의 시즌 3이 재 속에서 불사조처럼 부활했다. 돈 안 쓴 티가 팍팍 나는 반 시간짜리 에피소드 30편이었는데, CBS는 이것을 우리가 만든 시즌 1과 2의 에피소드들과 묶어서 재방영 패키지로 판매했다. TZ-3은 우리가 제작할 예정이었던 각본들을 물려받아 그중 몇 편을 실제로 찍었지만 (앨런 브레너트가 SF 작가 톰 고드윈의 단편을 근사하게 각색한 〈차가운 방정식(The Cold Equations)〉이 특히 기억에 남는다) 그것들을 제외하면 TZ-3은 그 전임자와는 전혀 관계가 없다. 나하고도.

리바이벌된 〈환상특급〉은 지극히 독창적인 드라마였고, 특히 나 같은 사람에게는 완벽한 시리즈였다고 생각한다. TZ-2 종영이 결정되자 나는 할리우드와의 인연은 이제 끝났다고 느꼈다. 그러나 할리우드는 그렇게 생각하지 않았던 듯하다. TZ-2의 시체가 채 싸늘해지기도 전에, 정신을 차리고 보니 어느새 나는 〈맥스 헤드룸〉[12]의 한 에피소드를 위한 트리트먼트를 쓰고 있었다. 그로부터 몇 달 후 내가 쓴 TZ의 각본 하나가 새로운 어번[都市] 판타지 시리즈의 기획자이자 총괄 프로듀서였던 론 코슬로의 주의를 끌었다. 〈미녀와 야수〉라는 제목의 이 시리즈는 1987년 가을에 첫 방영을 앞두고 있었다. 나는 또 다른 드라마의 제작진에 합류하고 싶은지 아닌지 확신이 없었지만, 내 에이전트가 보내 준 〈미녀와 야수〉 파일럿 버전의 테이프를 보고 그 각본과 연기와 촬영의 높은 질에 엄청난 충격을 받았다.

---

12 Max Headroom. 영국 채널4 방송사의 음악 프로그램 캐릭터인 맥스 헤드룸을 주인공으로 삼아 ABC가 1987년에서 1988년까지 방영한 SF 드라마.

결국 1987년 6월에 나는 〈미녀와 야수〉의 제작진에 합류했고, 3년 동안 이 시리즈의 제작에 참여하며 상급 스토리 컨설턴트에서 수퍼바이징 프로듀서[13]로까지 승진했다. 내가 참여했던 〈환상특급〉과는 전혀 다른 드라마였지만, 나는 다시 한 번 다수의 훌륭한 배우와 작가와 감독과 함께 일하는 행운을 얻었다. 〈미녀와 야수〉는 에미상 드라마 시리즈 부문의 작품상 후보로 두 번 오르기까지 했다. 나는 13편의 에피소드의 각본을 쓰고 제작했고, 크레디트에서는 빠졌지만 다른 작가들의 각본 몇십 편을 고쳐 썼으며, 배역 선정에서 예산 편성 및 후반 작업에 이르는 온갖 업무에 관여했고, 이 모든 과정에서 엄청나게 많은 것을 배웠다. 〈미녀와 야수〉도 너무 일찍 종영되어 버렸지만, 그 무렵 나는 나 자신의 드라마를 직접 기획 제작하는 일을 몽상할 수 있을 만큼의 경험과 실적을 쌓고 있었다.

여기서 미래인 1991년의 여름으로 테이프를 빨리 돌리기로 하자. 나는 샌타페이의 자택에 머물고 있었다. (10년 동안이나 할리우드에서 일했으면서 나는 결코 로스앤젤레스로 이사를 가지 않았고, 맡고 있던 프로젝트가 끝나는 즉시 비행기를 타고 반려인 패리스가 기다리고 있는 뉴멕시코로 돌아오곤 했다.) 〈미녀와 야수〉가 종영된 후 나는 메디컬 드라마의 파일럿 각본과 저예산 SF 영화의 각본을 하나 썼다. (탈고한 뒤에는 그리 저예산이 아니었지만 말이다.) 양쪽 모두 별다른 호응을 얻지 못했고, 딱히 새로운 일을 제안받은 것도 아닌 상태였기 때문에 나는 신작 장편을 쓰기 시작

---

13 Supervising Producer. 수석 프로듀서 휘하에서 작가들을 감독하며 각본 제작을 관할하는 상급 프로듀서이며, 맡는 역할은 스토리 에디터와 거의 동일하다.

했다. 《아발론(Avalon)》이란 제목의 이 책은 SF였고, 옛날부터 쓰던 미래 역사 시리즈의 일부였다. 글쓰기는 순조롭게 진행되었다. 어느 날, 어떤 사내가 참수당하는 것을 구경하러 간 어린 소년이 등장하는 장(章)에 도달할 때까지는 말이다. 나는 이 장면이 《아발론》의 일부가 아님을 직감했다. 그러나 반드시 쓸 필요가 있다는 사실도 직감했기 때문에 결국 《아발론》의 집필은 잠시 미뤄 두고 훗날 궁극적으로 《왕좌의 게임》이 될 책의 집필에 착수했다.

그러나 이 판타지 대작을 백 쪽쯤 썼을 무렵, 나의 사랑스럽고 활력에 넘치는 할리우드 에이전트인 조디 르바인이 전화를 걸어오더니 NBC와 ABC와 폭스 텔레비전과 접촉해서 내가 쓴 각본들을 위한 피치미팅의 스케줄을 잡았다고 보고했다. (내 아이디어를 듣고 싶어 하지 않던 공중파 방송사는 〈환상특급〉과 〈미녀와 야수〉 양쪽을 제작했던 CBS가 유일했다. 거참 이상한 일이라고 해야 하나.) 나는 내 에이전트인 조디에게 늑대인간이 등장하는 나의 호러 중편 〈스킨 트레이드〉가 근사한 드라마 원작이 될 수 있으니 방송사를 대상으로 하는 피치미팅을 열게 해 달라고 부탁해 놓은 상태였다. 그 부탁이 실현된 것을 안 나는 《왕좌의 게임》 원고를 《아발론》이 들어 있던 서랍에 집어넣은 다음 비행기를 잡아타고 L.A.로 직행했다. 미모의 여성 사립탐정과 천식 및 심기증(心氣症)에 시달리는 늑대인간 콤비가 활약하는 작품을 드라마로 만들자고 방송사를 설득할 작정으로 말이다.

방송사를 설득해야 하는 경우는 언제나 하나 이상의 대안을 준비해 놓는 편이 낫다는 사실을 알고 있었기 때문에, 나는 비행기 안에서 다른 아이디어는 없을지 머리를 굴려 보았다. 내가 탄 비행기가 애리조나

주 피닉스 상공 어딘가에 도달했을 무렵, 〈라렌 도르의 외로운 노래〉의 첫 번째 구절이 뇌리에 떠올랐다. **여기, 세계들 사이를 오가는 여자가 있다……**.

비행기에서 내릴 무렵 이 구절은 내가 〈도어즈(Doors)〉라고 이름 붙인 평행 세계물의 설정으로 변해 있었다. (훗날 이 제목은 짐 모리슨의 록 밴드명이나 그것을 다룬 올리버 스톤의 영화 제목과 혼동되는 것을 피하기 위해 〈도어웨이즈(Doorways)〉로 변경되었다.) 그리고 ABC와 NBC와 폭스가 관심을 보인 것은 〈스킨 트레이드〉가 아니라 〈도어즈〉였다. 나는 이 세 방송사 중에서는 폭스가 미끼를 물 가능성이 가장 높다고 판단했지만, 실제로 가장 빨리 반응을 보인 것은 ABC였다. 며칠 후에는 파일럿 드라마를 찍으라는 허가가 떨어졌다.

향후 2년 동안 〈도어웨이즈〉는 내 인생을 좌지우지했다. 나는 컬럼비아 픽처즈 텔레비전사에서 파일럿을 제작하기로 했다. 〈환상특급〉 제작 시의 동료 짐 크로커도 거기 합류해서 책임 프로듀서를 맡았다. 1991년의 남은 기간 동안 나는 파일럿의 각본을 쓰고 다듬는 일에 매진했다. 각본을 쓰는 단계가 되기 전에 우선 트리트먼트와 시놉시스 몇 편씩을 썼는데, 내가 가장 골머리를 썩었던 부분은 주인공인 톰과 캣이 파일럿 필름에서 방문하게 될 평행 세계에 관한 것이었다. 짐 크로커를 위시한 컬럼비아와 ABC의 책임 프로듀서들과 오랫동안 의논을 거듭한 끝에, 나는 '겨울 세계'를 선택했다. 핵전쟁으로 문명이 사라진 후 핵(核)겨울 한복판에 놓인 지구라는 설정이었다. 파일럿 각본 초고를 써 놓고 보니 아니나 다를까 너무 긴 데다가 너무 비싸게 먹혔지만, 크로커는 만족한 기색이었다. 컬럼비아도 마찬가지였다.

ABC도 내 각본을 마음에 들어 했다……. 그러니까, 각본 전반부까지는 말이다. 유감스럽게도 ABC 상층부는 겨울 세계는 너무 암울하다면서 톰과 캣이 첫 번째 문을 통과한 후의 줄거리를 바꾸기를 원했다. 만약 시리즈화가 성사된다면 한 에피소드에서 이 세계를 다뤄도 물론 무방하지만, 파일럿의 경우는 그보다는 덜 우울한 시나리오가 필요하다는 것이 그들의 의견이었다.

바꿔 말해서 힘들게 쓴 각본의 후반부를 몽땅 들어내고 새로 써야 한다는 얘기였지만, 나는 이를 악물고 밤잠과 주말을 희생해 가면서 마침내 새 각본을 완성시켰다. 나는 톰과 캣을 겨울 세계로 보내는 대신 해상에 유출된 석유를 제거할 목적으로 생체공학을 구사해서 만들어진 바이러스가 지구 상의 모든 석유를 먹어 버린 타임라인으로 보냈다. 이 사건이 몇 년 뒤의 지구에 뭐랄까, 상당히 심각한 **사태**를 유발했다는 점은 말할 나위도 없다……. 그러나 인류 문명은 어느 수준까지는 회복했고, 그 결과 나타난 세계는 겨울 세계에 비하면 훨씬 덜 암울했다.

1992년 1월에 ABC는 90분 길이의 파일럿 드라마를 제작하라는 지시를 내렸다. 예산 부족이 확실시되는 상황에서 (내 각본이 너무 긴 데다가, 너무 비싸게 먹혔던 탓이다) 컬럼비아 측에서는 유럽의 방송사에 배급할 두 시간짜리 버전도 제작한다는 결정을 내렸다. 아카데미 단편 영화상의 수상자인 피터 워너가 감독으로 발탁되었고, 프리 프로덕션 단계가 시작되었다. 그러나 우리는 배역 선정에서 난항을 거듭했고, 그 탓에 현장 촬영이 지연되는 일까지 발생했다. (이것은 궁극적으로는 그보다 더 심각한 결과로 이어진다.) 그러나 우리는 마침내 주요 배우들의 섭외에 성공했다. 조지 뉴튼은 주인공인 톰 그 자체였고, 테인 역할을 맡은 롭 크네퍼는 더할 나위 없이 멋졌다. 두 세계 모두에서 존재하는 FBI 요원인 트레이거를 연기한 커트우드 스미스의 연기는 너무나도 뛰어나서 시리즈화가 성사되었더라면 틀림없이 여러 번 등장했을 것이다. 여주인공인 캣을 찾기 위해 우리는 대서양을 넘어 파리까지 갔고, 마침내 안느 르게르넥이라는 브르타뉴 출신의 아름답고 재능 있는 연극배우를 발굴했다. 만약 〈도어웨이즈〉가 시리즈화에 성공했다면 안느는 틀림없이 대스타 자리에 올랐을 것임을 나는 여전히 확신한다. 예나 지금이나 미국 텔레비전에서 그녀 같은 타입의 여배우는 찾아볼 수 없기 때문이다. 게스트 출연자의 경우에도 제이크 역의 호이트 액스턴이나 시시 역의 티샤 퍼트맨 같은 훌륭한 배우들을 섭외할 수 있어서 행운이었다. 마침내 촬영이 시작되었다.

그해 여름 ABC를 위해 러프 컷[14]으로 시사회를 열자 매우 열렬한 반응과 함께 여섯 편의 예비 각본을 써 달라는 주문을 받았다. 그래서 우리는 1993년의 시즌 중반 대체 시리즈[15]로서 촬영에 들어갈 준비를 모두 마쳤다. 여섯 편의 각본 중 하나는 내가 직접 썼고, 나머지 다섯 편은 재능 있는 다른 작가들을 고용해서 썼다. 나는 1992년의 남은 기간과 1993년의 처음 몇 달 내내 각본들을 다듬고, 에피소드 단가를 계산하면서 시리즈화에 대비했다.

그러나 그 소망은 결국 이루어지지 않았다. ABC가 시리즈화를 각하

---

14 rough cut. 필름의 첫 편집본.
15 mid-season replacement. 9월에서 3월까지의 가을 시즌에 편성된 드라마가 낮은 시청률 탓에 조기 종영되거나 중단되는 경우 그것을 대체하기 위한 시리즈를 의미하며, 보통 여름 시즌이 시작되기 전인 1월에서 5월 사이에 시작된다.

(却下)했기 때문이다. 그 이유가 도대체 무엇인지는 추측에 의존하는 수밖에 없지만, 나도 몇 가지 가설을 가지고 있다. 부분적으로는 워낙 타이밍이 안 좋았던 탓도 있었다. 주인공인 톰과 캣의 배역이 너무 늦게 결정된 탓에, 우리는 1992년 가을 시즌의 드라마 예산 틀에 포함되지 못했다. 1993년 가을 시즌이라면 별문제가 없을 듯했지만, 하필 방송사에서 최종 컨펌이 떨어지기 전에 대대적인 인사이동이 있었고, 그 결과 파일럿의 제작을 감독했던 두 프로듀서가 ABC를 떠나는 사태가 벌어졌다. 파일럿의 설정에서 겨울 세계를 빼 달라는 주문에 응했던 것도 따지고 보면 실수였을지도 모르겠다. 원래 설정대로 밀고 나갔더라면 파일럿 후반부는 관객들에게 석유가 사라진 세계 따위는 비교할 수도 없을 정도로 강렬한 시각적 충격을 줄 수 있었을 테니까 말이다. 파일럿이 훨씬 더 심각한 곤경에 처한 그런 세계를 그렸더라면 시사회 참석자들이나 포커스 그룹들도 시리즈 자체의 극적인 잠재력에 대해 전혀 다른 반응을 보였을 수도 있었다.

또는 뭔가 전혀 다른 이유가 있었는지도 모른다. 확실한 이유를 아는 사람은 아무도 없다. ABC가 중단 결정을 내리자 제작사인 컬럼비아 측에서는 NBC와 CBS와 폭스를 대상으로 파일럿 시사회를 열었지만, 한 방송사가 다른 방송사를 위해 제작된 프로젝트를 선택하는 경우는 극히 드물다. 하인라인의 근사한 표현을 빌리자면, 오줌이 들어간 스프를 먹더라도 자기 오줌이 들어간 쪽을 더 맛나게 느끼는 법이니까 말이다.

결국 〈도어웨이즈〉는 죽었다. 나는 잠시 애도하다가, 다시 걷기 시작했다.

그러나 당사자가 그런 일을 잊는 경우는 결코 없다. 10여 년이 지난 지금도 그것이 정말로 드라마화되면 어땠을지를 생각하면 슬픔이 몰려온다. 그런 연유로, 이 걸작선에 〈도어웨이즈〉의 각본을 실을 수 있어서 나는 정말 기쁘다. 그 어떤 작가도 자기 자식이 묘비도 없는 무덤에 묻히는 것을 보고 싶어 하지는 않는 법이므로.

걸작선에는 어떤 버전을 실을지 오랫동안 고민했다. 나중에 나온 원고들 쪽이 더 세련되었지만, 결국은 겨울 세계를 배경으로 한 초고를 싣기로 했다. 〈도어웨이즈〉 파일럿판의 두 시간짜리 유럽 버전은 미국을 제외한 전 세계에서 비디오테이프로 발매되었고, 또 1992년에 플로리다 주 올란도에서 개최된 제50회 세계 SF 대회인 매지컨(MagiCon)에서 열린 시사회에서도 다수의 관객들이 90분 버전의 러프 컷을 관람했다. 그러나 겨울 세계 쪽을 방문한 사람은 지금까지 아무도 없었다. 평행세계를 다룬 이야기를 해당 각본의 평행 버전으로 발표하는 것만큼 적절한 방식이 또 어디 있겠는가?

〈도어웨이즈〉는 내 작가 인생을 통틀어 가장 크나큰 '만약(what-if)'으로 줄곧 남아 있을 것이다. 나는 〈블랙 클러스터(Black Cluster)〉, 〈생존자들(The Survivors)〉, 〈스타포트(Starport)〉 같은 다른 파일럿들의 각본도 썼지만, 각본 단계를 넘어 영상화하는 단계까지, 그것도 공중파의 황금 시간대에 정식으로 편입되기 직전까지 갔던 작품은 〈도어웨이즈〉가 유일하다. 만약 실제로 그런 일이 일어났다면, 어떻게 되었을지 알게 뭔가? 달랑 두 에피소드만 방영하고 종영되었을지도 모르고, 큰 인기를 끌며 10년 동안 계속되었을지도 모른다. 그럼 지금 나는 여전히 드라마의 각본을 쓰며 프로듀스하고 있을지도 모른다. 방영을 시작한 후단 두 달 만에 해고되었을지도 모르지만 말이다. 유일하게 확실한 부분이 하나 있다면, 그랬을 경우 나는 지금보다 훨씬, 훨씬 더 부자가 되었을 것이라는 점이다.

반면에 실제로 그랬더라면 나는 《왕좌의 게임》을 결국 끝마치지 못했을 터이고, 〈얼음과 불의 노래〉 시리즈를 이어 가지도 않았을 것이다. 결국은 지금이야말로 최선의 결말일지도 모르겠다.

환상특급
: 인적 드문 길

The Twilight Zone
: "The Road Less Traveled"

페이드인

실내—거실—밤

30대 후반의 잘생긴 부부인 제프 맥도웰과 데니스는 소파에 몸을 바싹 맞대고 앉아 TV를 보고 있다. 데니스는 졸리긴 하지만 편안한 기색이고, 제프는 TV 화면에 몰입해 있다. 화면이 발하는 빛이 그들의 얼굴에 반사된다. 주위의 가구는 딱히 비싸거나 엄청나게 세련되었다기보다는 잡다한 느낌이지만, 편해 보인다. 거실에는 벽난로가 있고, 그 양쪽에 있는 책장에는 잡지와 낡은 페이퍼백이 잔뜩 꽂혀 있다.

(O.S.) 오리지널 〈괴물(The Thing)〉[1]의 대사가 들린다. "그놈이 우리 마

---

1 괴물 외계인의 습격을 다룬 존 W. 캠벨 Jr.의 호러 SF 중편 〈거기 누구냐?(Who Goes There?)〉를 바탕으로 1951년에 개봉된 〈The Thing From Another World〉를 의미한다. 존 카펜터의 〈괴물(The Thing)〉(1982)도 같은 원작을 영화화한 것이다.

음을 읽을 수 있다면 어떻게 해?" "그런다면 내 마음을 읽고 엄청 화를 내겠지." 제프가 미소 짓는다. 부부 뒤에서 그들의 다섯 살배기 딸인 메건이 거실로 들어온다.

메건   아빠, 나 무서워.

메건이 소파로 다가오자 데니스는 몸을 일으켜 고쳐 앉는다. 메건은 제프의 무릎 위로 기어 올라간다.

제프   우리 공주님, 그건 우주 당근일 뿐이야.
                채소 따위가 뭐가 무서워.
                (한 박자 사이를 두고, 미소 지으며)
                근데 여기서 뭐 하고 있니?
                지금은 쿨쿨 자고 있을 때 아니니?

메건   어떤 아저씨가 내 방에 와 있어요.

데니스와 제프는 눈을 마주친다.

데니스   우리 메건이 나쁜 꿈을 꿨나 보구나.

메건   (고집스럽게)
                아녜요! 엄마, **정말로** 봤다니까요.

제프	(데니스에게)
	이번엔 내 차례인 것 같군.

제프는 딸을 안아 올리고 2층으로 통하는 층계로 간다.

제프	(쾌활한 어조로 안심하라는 듯이)
	자, 도대체 어떤 놈이 우리 공주님을 무섭게 했는지 알아 봐야겠군.
	(딸을 안고 데니스 곁을 지나가며)
	만약 그 자식이 사람 마음을 읽을 줄 안다면, 지금 내 맘을 읽으면 막 화를 낼걸.

장면 전환

실내—메건의 침실

제프가 문을 열자 다섯 살배기 특유의 어질러진 침실이 보인다. 인형과 장난감이 널려 있고, 작은 침대가 보인다. 옆구리를 아래로 하고 바닥에 떨어져 있는 거대한 봉제 인형이 방구석을 점령하고 있다. 방 안에서 유일하게 빛을 내고 있는 것은 만화영화 등장인물 모양을 한 조그만 야간용 조명등 하나다. 메건이 손을 들어 가리킨다.

메건	그 아저씨는 저기 있었어, 아빠. 저기서 날 보고 있었어.

제프의 시선

그가 그쪽으로 눈길을 주자, 창문 아래쪽에 정말로 성인 남자처럼 보이는 물체가 의자에 앉아 그들을 바라보고 있다.

다시 침실 내부

제프가 천장의 조명등 스위치를 올리자 의자에 앉아 있던 남자는 갑자기 옷 무더기로 변한다.

제프   자, 메건, 저걸 보라고. 아무것도 아니었잖아.

메건   어떤 아저씨였어요, 아빠. 정말로 무서웠다고요.

제프는 품에 안은 딸의 머리카락을 헝클어뜨린다.

제프   메건, 넌 그냥 나쁜 꿈을 꿨을 뿐이야. 이렇게 다 큰 공주
             님이 기껏 그런 꿈을 무서워하는 건 아니겠지?

제프는 딸을 침대로 데려가서 눕히고 이불을 덮어 준다. 메건은 이 모든 일에 관해 자신 없는 기색이고, 혼자 침실에 남고 싶지 않은 눈치가 역력하다.

제프   이건 절대 비밀인데 아무한테도 얘기 안 할 거지?

메건은 엄숙하게 고개를 끄덕인다.

제프   (비밀스럽게)
             실은 아빠도 어렸을 적에 무서운 꿈을 잔뜩 꿨단다. 괴물
             도 잔뜩 나왔고.

메건   (눈을 크게 뜨고)
             괴물요?

제프   저기 벽장 안에도 있고, 침대 밑에도 있고, 어디에나 있었
             지. 내가 무섭다고 하니까 우리 아빠가 비밀을 하나 가르
             쳐 줬는데, 그 뒤로는 전혀 무섭지 않았어.
             (그녀의 귀에 대고 속삭인다)
             괴물들은 이불 밑에 숨은 아이를 건드리지 못한단다!

메건   정말요?

제프   (엄숙하고, 단호하게)
             그게 규칙이거든. 괴물들조차도 규칙을 따라야 하는 법
             이지.

메건은 이불을 끌어올리고 킥킥 웃으며 그것을 뒤집어쓴다.

제프	바로 그거야, 우리 공주님.
	(이불을 들어 올리고 간지럼을 태운다)
	하지만 이불을 써도 아빠한테서 숨을 수는 없는 법이지.

두 사람은 잠시 엎치락뒤치락하며 장난을 친다. 이윽고 제프는 딸의 뺨에 입을 맞추고 이불을 덮어 준다.

제프	자, 이제 쿨쿨 자는 거야. 알았지?

메건은 고개를 끄덕이고 이불을 뒤집어쓴다. 제프는 미소 짓고 침실 문으로 걸어갔다가, 불을 끄기 전에 잠깐 멈춰 서서 뒤를 돌아본다.

제프의 시점
방 안에는 침대 위에서 이불을 뒤집어쓴 메건의 조그만 몸의 윤곽과 여기저기 널린 장난감들이 보인다. 제프는 불을 끈다.

급속 장면 전환
실내—베트남의 오두막—밤
모든 것이 아까와 같지만, 모든 것이 아까와는 기괴하게 달라 보인다. 방의 벽과 지붕은 풀을 엮은 것이고, 방바닥은 흙땅이다. 오두막 안의 물건 배치는 메건의 방의 왜곡된 반영이다. 가로등 대신 오두막 근처에서 너울거리는 불길이 창문을 통해 방 안을 밝히고 있다. 메건의 방에서 봉제 동물 인형이 놓여 있던 구석에는 인형 대신 시체가 쓰러져 있다. 메건의 방에 있던 장난감과 블록을 위시한 모든 물체들이 위치하고 있던 지점에 다른 물체들, 이를테면 냄비 따위의 취사도구, 남루한 헝겊 인형, 총따위가 놓여 있다. 침대는 짚더미고 담요는 너덜너덜하지만, 그 아래에는 여전히 어린애의 몸이 누워 있는 것이 보인다. 그러나 담요 위로 검은 얼룩이 천천히 번지고 있다. 충격에 못 이겨 제프가 헐떡이는 소리가 들린다. 이 베트남 장면은 거의 식역하(識閾下) 삽입 장면에 가까울 정도로 짧은 시간만 지속되어야 한다. 곧 제프가 불을 다시 켜자,

급속 장면 전환

메건의 방

아까와 똑같다. 모든 것이 정상이다.

제프 클로즈업

갈피를 잡지 못하고 혼란에 빠진 제프는 잠깐 눈앞의 광경을 응시하다가 고개를 세차게 흔든다.

다시 메건의 방

제프가 다시 불을 끈다. 이번에는 아무 일도 일어나지 않는다. 그는 살짝 문을 닫는다. 카메라는 아래층으로 내려가는 제프를 따라간다.

거실

코끝에 커다란 안경을 얹고 법률 서류 등을 훑어보던 데니스는 거실로 들어온 제프의 얼굴을 흘끗 올려다보곤 어딘가 심상치 않음을 직감하고

서류를 내려놓는다.

데니스   왜 그래? 마치 죽었다 살아난 것 같은 얼굴이잖아.

제프   (여전히 동요한 표정으로)
          아무것도 아냐⋯⋯. 단지⋯⋯ 아, 말도 안 돼. 그 딸에 그
          아빠라고 해야 하나.
          (억지웃음)
          메건이 말한 '아저씨'라는 건 의자 위에 잔뜩 널린 옷가지
          였어.

데니스   아빠 상상력을 물려받은 거 아닐까?

제프   누가 그걸 가져갔는지 궁금했었는데 그랬던 거로군.

데니스   하지만 메건은 이제 괜찮지?

제프가 소파에 털썩 앉아 리모컨을 집어 들고 다시 TV를 켜자, 때맞춰
"하늘을 계속 경계해"라는 영화 대사가 흘러나온다.

제프   응.

장면 전환

메건의 방

메건은 야간용 조명등의 부드러운 빛을 받으며 이불을 덮고 웅크리고 있다. 나직하고 규칙적인 숨소리가 들린다. 카메라가 천천히 그녀를 향해 다가가면서 딱딱한 원목 마루 위로 휠체어가 움직이는 희미한 소리가 들린다.

메건 클로즈업

그녀의 몸 위로 남자의 그림자가 떨어진다. 메건은 움직이지 않고, 남자의 손이 카메라 시야 안으로 들어와서, 그녀가 덮은 이불자락을 잡고 불길할 정도로 느릿느릿 잡아당길 때조차도 꼼짝도 하지 않는다.

페이드아웃

다시 페이드인

실내—교실—다음 날

대학 강의실. 20여 명의 학생들이 분필 토막을 공깃돌처럼 던졌다 받으며 칠판 앞을 천천히 왔다 갔다 하는 제프의 강의에 귀를 기울이거나 노트에 필기하고 있다. 칠판에는 **뉴욕 저널—허스트, 뉴욕 월드—퓰리처**[2] 라고 쓰여 있다.

제프   ……삽화가인 레밍턴이 여기선 전쟁 따윈 찾아볼 수가 없

---

2 각각 거대 신문과 그 오너의 이름이다.

다고 불평하니까, 허스트는 그에게 이런 전보를 보냈다
고 하지. "전쟁은 내가 알아서 마련할 테니 자넨 그림이나
제공해"라고 말이야. 자, 출처가 확실하지 않은 이 일화는
아마 사실이 아니겠지만, 황색 신문들이 대중의 전쟁열
(熱)을 자극하는 데 큰 역할을 수행했다는 점에 대해서는
의심의 여지가 없어.

운동부의 일원처럼 보이는 흑발의 학생 하나가 뚱한 표정으로 제프가
말을 잇기 전에 끼어든다.

운동부 학생　　적어도 우리 편이긴 했죠.

제프는 말을 멈추더니 이 학생을 쳐다보고, 자기 책상 가장자리에 앉는
다.

제프　　　　멀러, 그 일에 관해서 뭔가 말하고 싶은 의견이라도 있나?

운동부 학생　　(칠판을 가리키며)
　　　　　　저 작자들 말인데, 적어도 우리 군인들 편이지 않았습니
　　　　　　까. 진짜 황색 언론인들은 우리가 베트남에서 했던 모든
　　　　　　일을 헐뜯었던 작자들입니다.

제프　　　　(가볍게 비꼬듯이)

모든 전쟁이 허스트가 적극 추진했던 그 요란한 전쟁[3]처럼 인기가 있었던 건 아니니까 말이야.

운동부 학생 아, 그렇죠. 적어도 거기선 이겼으니까요. 베트남에서도 이길 수 있었는데.

제프 멀러, 나라면 그렇게까지 극언하지는 않겠네. 〈람보〉 영화 볼 시간에 교과서를 더 읽는 걸 추천하고 싶군.

다른 학생들은 일제히 웃음을 터뜨리지만 운동부 선수는 화가 난 기색이다. 제프가 강의를 재개하기 전에 강의 시간이 끝났음을 알리는 벨 소리가 울려 퍼진다. 학생들은 자리에서 일어서거나 교과서 따위를 집어든다.

제프 다음 주까지 모두 에머리[4] 책 12장을 예습하는 걸 잊지 말도록.

학생들이 줄 서서 나가는 동안 제프는 분필을 내려놓고 수업 자료를 서류 가방에 집어넣기 시작한다. 운동부 학생은 제프 혼자 남을 때까지 강의실에서 안 나가고 머물러 있다가 교탁으로 불쑥 다가간다. 제프는 서

---

3 1898년에 쿠바와 필리핀에서 발발한 미국-스페인 전쟁을 의미한다.
4 Edwin Emery(1914~1993). 미네소타 대학의 저명한 언론학 교수이자 언론사(言論史)의 명저인 《언론과 미국》(1984)의 저자.

류 가방을 닫고 자기보다 덩치가 큰 운동부 학생을 올려다본다.

운동부 학생   그렇다면 맥도웰 교수님, 교수님은 베트남전쟁 때 어디
             있었습니까?

두 남자는 한동안 서로의 눈을 똑바로 바라본다. 먼저 시선을 떼고 고개
를 돌리는 사람은 제프다. 제프는 상대를 외면한 채로 대답한다.

제프   (퉁명스럽게)
             난 그때 학교에 있었어. 자네가 왈가왈부할 문제는 아니
             지만 말이야.

운동부 학생이 바라보는 동안 제프는 평소 때보다 조금 빨라 보이는 걸
음으로 상대 곁을 휙 지나 강의실 밖으로 나간다.

장면 전환

실외—어린이집 주차장—낮

데니스와 메건이 어린이집에서 나와서 주차장에 세워 둔 그녀의 볼보로
간다. 직장에서 퇴근해서 귀가 중인 데니스는 세련된 여성용 슈트 차림
에 서류 가방을 들고 있다. 그녀가 잠긴 차 문을 여는 순간 휠체어가 구
르는 **소리가 들린다.**

카메라가 제대 군인의 어깨 너머로 데니스를 보여 준다

어떤 남자의 한쪽 어깨와 뒤통수가 전경(前景)에 보인다. 데니스는 주차
장에서 차를 뒤로 빼서 카메라를 향해 돌린다.

카메라가 볼보를 보여 준다

차가 지나갈 때, 휠체어에 탄 두 다리가 없는 남자(제대 군인)가 고개를
돌리며 시선으로 차를 쫓는 광경이 언뜻 보인다. 장발에 턱수염을 기르
고, 두 바지 자락은 허벅지 중간께에서 접혀 있다. 아무 기장도 달려 있
지 않은, 원래 모양을 알아보기 힘든 국방색 재킷을 입고 있다. 얼굴 윤
곽은 뚜렷하지 않다.

메건 클로즈업

창밖을 보던 메건은 제대 군인을 목격하고, 차가 길모퉁이를 돌 때까지
시선으로 그의 모습을 쫓는다.

느리게 장면 전환
실외—맥도웰 부부의 집—저녁

데니스는 집의 전용 차도로 들어가서 제프의 수수한 닷산 뒤에 볼보를
주차한다. 그들의 집은 교외의 규격형 2층집이고, 쾌적하고 깔끔해 보인
다. 괜찮은 주택가에 위치하고 있지만 너무 크거나 비싸 보이지는 않는,
중산층의 편안한 주택 느낌이다.

장면 전환

실내—주방

데니스와 메건이 주방으로 들어가자 샐러드를 버무리고 있는 제프와 마주친다. 주방 카운터 위에 놓인 작은 TV에서는 뉴스가 방영 중이고, 제프는 건성으로 그것을 보고 있다. 뉴스 캐스터는 엘살바도르에 관한 기사문을 읽는 중이다. 제프 곁에는 마개를 딴 와인과 반쯤 마신 와인 잔이 놓여 있다. 제프는 주방으로 들어오는 아내와 딸을 돌아본다.

제프   로스트비프, 통감자 구운 거, 버무린 샐러드하고 와인이야.
       (메건 뺨에 뽀뽀하며)
       너는 와인은 안 되고, 우유.
       (데니스에게)
       어때, 이 메뉴?

데니스   잃었던 낙원을 되찾은 기분이랄까.
       (메건에게)
       가서 손하고 얼굴 씻고 오렴.

메건은 층계를 뛰어 올라간다.

데니스   그래서, 뭐가 문젠데?

제프   뭐가 문제냐고? 왜 문제가 있다고 생각하는 건데?

데니스는 겸연쩍게 웃어 보이며 와인 병을 집어 올리더니 생각에 잠긴 표정으로 병을 흔들어 와인을 찰랑거리게 한다.

데니스   단서들은 얼마든지 있어, 셜록. 지난번에 와인을 권했을 때는 학교 주차장에서 당신 차가 다른 차에게 받혔을 때 였잖아. 이번엔 무슨 일이야?

제프는 마치 아내의 말을 부인하려는 듯한 기색을 보이다가 결국 입을 다물고 어깨를 으쓱해 보인다. 아내는 그를 너무나도 잘 아는 탓에 숨기고 싶어도 그럴 수 없다는 듯이.

제프   오늘 오전 강의에서 어떤 학생이 나더러 베트남전쟁 때 어디 있었냐고 묻더군.
(한 박자 뒤에, 얼굴을 찌푸리며)
난 그때 학교에 다니고 있었다고 대답했어.

데니스   학교 다니고 있었잖아. 나도 뚜렷하게 기억하고 있어. 나 도 함께 다녔던 거, 기억 안 나?

제프   하지만 난 문제의 학교가 캐나다에 있었다는 사실까진 말 하지 않았어.

데니스   그건 그치가 왈가왈부할 일이 아니잖아.

제프   나도 바로 그렇게 말했어. 하지만……
        (한 박자 뒤에, 주저하듯이)
        나도 잘 모르겠어. 죄책감이라고 해야 하나. 마치 내가 뭔
        가 큰 잘못을 저지른 것처럼 말이야. 당신이 들어도 멍청
        하지. 안 그래?

제프는 오븐을 열고 긴 포크로 로스트비프 덩어리를 쿡쿡 찔러 본다.

제프   흐음, 음매 하고 울지 않는 걸 보니 다 구워진 것 같군.

장면 전환

실내─주방

데니스가 그릇에 샐러드를 담는 동안 제프는 큰 접시에 올려놓은 로스
트비프를 가지고 온다. 메건은 아직 모습을 드러내지 않았다. 데니스는
층계 쪽으로 가서 딸을 부른다.

데니스   메건! 빨리 내려오렴. 저녁 다 차려놓았어.

한 박자 뒤에 위층에서 **방문이 닫히는 소리**가 들리더니 메건이 층계를
내려온다. 데니스가 딸의 손을 쥐더니 이마를 찌푸린다.

데니스   메건, 너 손 안 씻었잖아.

메건   엄마, 그 아저씨가 2층에 있어요. 나한테 말을 걸었어요.

데니스   (어르듯이)
          이제 그만해. 자, 저녁 먹기 전에 엄마하고 손 씻으러 가
          자.

층계를 올라 2층 욕실로 들어가는 두 사람의 뒷모습의 트래킹 샷. 데니
스는 무릎을 꿇고 타월을 집어 들고 메건의 얼굴에서 지저분한 부분을
닦아 내기 시작한다.

데니스   메건, 상상 놀이를 하는 건 좋지만, 뭔가 해야 할 일을 안
          했을 때 그걸 다른 사람 탓으로 돌리면 안 돼요.

메건   상상 놀이가 아니었어, 엄마.

데니스   자, 이제 다 깨끗해졌어.

데니스는 타월을 내려놓고 거울에 비친 메건의 얼굴을 보고 미소 짓는
다. 데니스가 시선을 들어 올리는 광경의 타이트 샷. 거울에 비친 열려
있는 욕실 문을 통해, 바깥 복도에서 휠체어에 앉아 있는 제대 군인의 모
습이 보인다. 데니스는 화들짝 놀라며 뒤를 휙 돌아본다.

장면 전환

주방

제프는 통감자 구이를 맨손으로 집었다가 뜨거워서 움찔하고, 접시 위에 던져 놓는다. 다음 순간 데니스가 화면 밖에서 비명을 올린다. 제프는 총알처럼 층계를 향해 달려간다.

카메라가 제프를 보여 준다

층계 위에서 제프는 내려오던 데니스와 거의 충돌할 뻔한다.

제프   무슨 일이야, 여보?

데니스   (미친 듯이)
             그 사람 어디 갔어? 방금 당신 옆을 지나갔어?

제프   (혼란스러운 표정으로)
             뭐라고? 내 옆을 지나가? 누가?

데니스   휠체어에 탄 남자 말이야.
             (제프의 혼란스러운 표정을 보고 조급한 듯이)
             그 남자가 거울에 비친 걸 봤어⋯⋯. 그러니까, 그 남자는
             복도에 있었지만, 거울에 비친 걸 봤다는 뜻이야. 그러고
             나서⋯⋯ 당신 곁을 지나갔던 게 틀림없어!

제프   (당혹스러운 표정으로)

휠체어에 탄 남자였다고?

제프는 진정시키려는 듯이 데니스의 양어깨를 붙잡는다.

제프   (계속해서)

휠체어에 탄 남자가 지나가는 걸 못 봤을 리가 없잖아, 달링. 설령 지나갔다고 해도 그걸 타고 이 층계를 어떻게 내려갈 수 있었을 것 같아?

데니스는 아연실색한 표정으로 좁다란 층계를 바라보고, 제프의 말이 옳다는 것을 깨닫는다. 그러나 제대 군인의 모습을 본 것도 사실이었기 때문에 망연자실한 상태에 빠진다.

데니스   거기 있는 걸 내 눈으로 똑똑히 봤다니까. 그런데도 여기로 내려오지 않았다면—

(혹시 그가 여전히 2층에 있을지도 모른다는 사실을 두려워하며, 휙 돌아본다)

메건이 층계 위쪽에 모습을 나타낸다. 침착하고, 전혀 두려워하는 기색이 없다.

메건   엄마, 그 아저씨 이제 가고 없어요.

데니스는 딸을 꼭 껴안는다.

메건   무서워하지 않아도 돼, 엄마. 좋은 아저씨야.

카메라가 제프를 보여 준다

아내와 딸이 포옹하는 광경을 바라보는 제프.

제프   방금 누가 이 집에서 나갔을 가능성은 **아예** 없어.

                도대체 무슨 일이 일어나고 있는 거지?

                (층계를 오르려고 한다)

                그게 뭐든 간에, 찾아내고야 말겠어.

제프의 시점

위층으로 올라가서 융단이 깔린 복도로 들어간 그는 방문을 하나씩 휙 열어 보고 안을 들여다보지만 아무것도 나타나지 않는다. 욕실, 침대 시트 따위가 든 벽장, 메건의 방, 부부의 방과 거기 딸린 욕실까지 샅샅이 살펴보지만 아무것도 없다.

카메라가 제프를 보여 준다

화가 나고 넌더리 난 표정으로 자기 침실 안에 우뚝 서 있는 제프. 다시 복도로 나가려고 몇 걸음 걷다가…… 욕실 앞에서 우뚝 멈춰 선다. 한쪽 무릎을 꿇고 팔을 뻗는다.

융단 위 클로즈업

제프는 털이 긴 융단 위에 뚜렷하게 나 있는 휠체어 바퀴자국을 손가락으로 훑는다.

제프 　　　도대체 이건 뭐…….

급속 장면 전환
진흙땅 클로즈업

바로 전 장면과 동일한 샷이지만, 방금 융단 위를 훑던 제프의 손가락은 융단이 아닌 진흙땅 위를 훑는다. 바퀴자국은 발자국이 되어 있고, 제프의 옷소매는 육군 군복의 그것이다.

야외—정글의 오솔길—낮—제프의 시선

제프는 발자국에서 시선을 떼고 고개를 든다. 이곳은 베트남의 밀림에 난 오솔길이다. 좁은 길 주위에는 온갖 식물이 무성하게 자라 있다. 흑인 병사 하나가 조금 떨어진 곳에 서 있다. 19세 이상으로는 안 보이는 어린 병사고, 더러운 군복 차림에 부상당한 머리에는 피로 물든 급조한 붕대를 감고 있다. 손에는 M16 소총을 쥐고 있다.

동료병사 　　　어이, 전우, 왜 그래?

제프는 비틀거리며 일어선다. 이곳은 베트남이고, 그는 얼룩무늬 군복을 입고 한쪽 어깨에 M16 소총을 걸고 있다. 하지만 도저히 이런 상황을 믿을 수 없다는 듯한 표정이다. 그는 아연실색한 표정으로 자기 자신을, 주위의 나무들을, 소총을, 기타 모든 것들을 응시한다.

동료병사   (넌더리가 나고, 두려운 듯한 표정으로)
           어이, 우주인, 지금 맛이 가 버리면 안 돼. 난 네가 필요하다고.

제프는 고개를 세차게 흔들며 뒷걸음질 친다.

제프   아냐. 이럴 리가 없어. 이건 말도 안 돼…….

그러다가 나무에 등을 쾅 부딪치고 비틀거린다. 망연자실한 표정이다. 동료 병사가 다가오자 제프는 움츠러들며 몸을 뺀다.

제프   나한테 다가오지 마!

동료병사   (당혹한 표정으로)
           도대체 뭐가 문제야? 나야. 나라고!

병사는 제프의 양쪽 어깨를 움켜잡고, 몸을 빼려고 하는 제프를 마구 흔든다.

동료병사   작작해 둬, 인마. 나라고! 어이, 우주인, 나라고.

제프 클로즈업

병사가 제프를 마구 흔든다.

동료병사(화면 밖에서)　　　나라고. 나라고. 나라고. 나라고. 나라
　　　　　　　　　　　　　고…….

제프가 절규하는 소리가 멀어지며

급속 장면 전환

실내—집의 2층 복도

데니스가 히스테리 상태에 빠진 제프의 양쪽 어깨를 잡고 마구 흔들며,
외치고 있다.

데니스　　　……나야, 제프. 나라고! 나!

제프는 갑자기 자신이 원래 있던 곳으로 되돌아왔다는 사실을 깨닫고,
아내의 손을 뿌리치고 헐떡이며 뒷걸음질 친다.

제프　　　난…… 난…… 어디…… 하느님 맙소사. 대체 나한테 무
　　　　　슨 일이 일어난 거지?

데니스　　　당신이 고함을 지르는 소리를 들었어. 여기로 올라오니까
　　　　　바닥에 주저앉아 있었어. 마치 나를 죽도록 무서워하는
　　　　　듯한 표정을 하고.

제프	그건 당신 때문이 아냐!
	(한 박자 뒤에, 혼란스러운 표정으로)
	그러니까…… 그건…… 데니스, 난…… 여기 있다가, 다음 순간에는 갑자기 여기가 아니라…… 난 베트남에 가 있었어!
	(한 박자 뒤에, 데니스의 걱정스러운 표정을 보고)
	알아. 말이 안 된다는 걸. 모든 게 말이 안 되지.

데니스	(주저하며)
	혹시…… 그러니까…… 혹시 당신…… 옛날 경험한 걸 퍼뜩 떠올렸던 거 아닐까?

제프	어떻게 하면 가 본 적도 없는 장소를 퍼뜩 떠올릴 수가 있단 말이지?

데니스	제프, 나 두려워.

제프는 그녀를 껴안는다.

제프	두려운 건 당신 혼자가 아냐.

화면이 녹아들며

실내—침실—그날 저녁 늦게

다시 데운 음식으로 저녁 식사를 마치고, 메건을 침대로 데려가서 재웠지만, 제프는 여전히 동요하고 있다. 잠옷 차림의 데니스는 침대 머리맡의 책장에 댄 베개에 등을 기댄 채로 침대 위에 앉아 있다. 아직 잠옷으로 갈아입지 않은 제프는 그녀에게 등을 돌리고 창가에 서서 밖을 바라보고 있다.

제프   (무감동한 말투로)
          난 여길 떠나야 해.

데니스   여길 **떠나겠다고?** 제프, 당신 미쳤어?

제프   (몸을 돌려 아내를 보며)
          미쳤느냐고? 미친 게 뭔지 당신이 알기나 해? 휠체어를
          탄 어떤 남자가 우리 방 융단에 바큇자국을 남겨 놓고 감
          쪽같이 사라졌어. 미쳤다는 건 바로 그런 일을 두고 하는
          말이야. 메건의 방에 있던 내가 다음 순간엔 베트남의 어
          떤 오두막에 가 있는 거, 그것도 미친 일이지. 하지만 실제
          로 일어났잖아. 이 모든 일이 실제로 일어났던 거야.
          (한 박자 뒤에, 간곡한 어조로)
          데니스, 아직도 모르겠어? 다 나 때문에 일어나고 있는 일
          들이야. 도대체 뭐가 뭔지는 모르겠지만, 내가 그 이유인

것만은 확실하다고.

데니스   당신은 아무 일도 안 했잖아 —

제프   (상대의 말을 가로막으며)
          정말? 난 알 것 같기도 한데. 맞아. 데니스, 난 징병 통지서
          를 받았잖아. 하지만 난 캐나다로 가는 쪽을 택했어. 그런
          데 지금⋯⋯.
          (한 박자 뒤에, 혼란스러워하는 어조로)
          ⋯⋯지금이 되어서 그게 나를 쫓아온 거야. 아마 베트남
          전쟁에 가는 건 내 **운명**이었는지도 몰라. 거기 갔어야 했
          던 거야. 아마 이 다리가 없는 유령은 나 대신에 거기로 간
          남자거나, 내가 거기로 가지 않았기 때문에 죽은 인물일
          지도 몰라.

제프는 다시 몸을 돌려 창밖을 바라본다.

데니스   그건 당신이 하는 소리가 아니라 당신의 죄책감이 하는
          소리야. 그리고 도대체 당신이 뭐에 대해서 죄책감을 느
          껴야 하는데? 당신은 그 작고 추악한 비공식 전쟁에는 가
          담하지 않겠다고 선언했을 뿐이잖아. 빌어먹을, 당신은
          그 전쟁을 끝내는 걸 돕기까지 했어. 잘 알면서.

| 제프 | 내가 아는 거라곤 내가 여기서 떠나야 한다는 사실뿐이야. 내가 여길 나간다면 당신이나 메건은 안전해질 가능성도 있어. |

데니스는 침대에서 빠져나와 창가로 걸어가서 제프를 뒤에서 껴안는다. 제프는 고개를 돌리려고 하지 않는다.

| 데니스 | 제프, **제발**. 지금 일어나고 있는 일이 뭐든 간에, 우리 둘이 함께 대처해야 해. |

제프 클로즈업

여전히 걱정스럽지만 누그러지는 표정. 본심을 말하자면, 그도 떠나고 싶지는 않은 기색이다.

| 제프 | 아마 당신 말이 옳을지도. |

제프는 그녀에게 입을 맞추려고 몸을 돌리기 시작한다.

급속 장면 전환

실내—사창가의 방—밤

완전히 몸을 돌린 제프는 어느새 사이공의 어떤 사창가의 방 안에 서 있는 자신을 발견한다. 젊은 베트남 창녀가 그의 몸에 팔을 두르고 서서 그가 입 맞춰 주기를 기다리고 있다. 창밖에서 실내로 흘러들어 오는 빛은 붉고 야하다. 제프는 비명을 지르고 거칠게 창녀를 밀쳐 낸다. 창녀는 비틀거리다가 쓰러진다.

제프   안 돼. 또 이런 건 **안 돼!**

그는 뒷걸음질 치다가 여자가 일어서는 것을 보고 미친 듯이 방을 뛰쳐나간다.

장면 전환
실외—맥도웰 부부의 집—밤
제프의 닷산에 시동이 걸리며 집의 차도에서 후진하더니 굉음과 함께 도로 위를 달려간다. 데니스가 욕실 가운 자락을 펄럭이며 집에서 뛰쳐나오며 가지 말라고 외친다.

데니스   제프! 제프! **기다려!**

자동차가 끼익하는 소리를 내며 길모퉁이를 돌자, 데니스는 그곳에 우뚝 서서 몸을 떨다가 절망한 듯이 털썩 주저앉는다.

느리게 장면 전환
실내—데니스의 사무실—다음 날
사람들이 바쁘게 돌아다니는 법률사무소. 데니스는 이 사무소에 소속된 변호사고, 유리로 둘러싸인 전용 사무 공간을 가지고 있다. 그녀는 그 안에 앉아 법률 서류를 검토하고 있지만, 표정에는 침울하고 슬프고 걱정스러운 기색이 역력하다. 인터폰이 **시끄럽게 울리자** 데니스는 수화기를 들어 올린다.

데니스   수전, 무슨 일이야?

수전(화면 밖에서)   제프 전화인데 5번으로 받으세요.

데니스   고마워.
             (황급히 전화기 버튼을 누른다)
             제프? 어디 가 있었어? 내가 얼마나 걱정을 하고 있었는
             데.

제프의 목소리가 수화기 속에서 **들린다**. 쉬고 거친 목소리. 스트레스를 받고, 불안한 말투다.

제프(화면 밖에서)   데니스? 당신이야?

데니스   물론 나지 누구야. 지금 어디 있어? 괜찮아? 목소리가 좀
             이상한데.

제프(화면 밖에서)   이상하다고?
             (한 박자 뒤에)

나…… 난 괜찮아. 데니, 당신은 어때?

데니스   데니? 고등학교 졸업한 뒤에는 나를 데니라고 부른 적이
            없었는데. 제프, 뭐가 문제야?

제프   데니, 난 단지…… 당신을 만나 봐야 해. 잠깐만이라도. 집
            에 있을게, 데니. 당신을 봐야겠어.

데니스   지금 당장 갈게.

데니스는 상대방이 딸깍 전화를 끊는 소리를 듣는다. 그녀는 자리에서
일어나 서둘러 서류 가방에 서류들을 쑤셔 넣고 바깥 응접실로 통하는
문으로 나가서 접수계인 수전의 책상 곁에 잠깐 멈춰 선다.

데니스   수전, 오늘 오후에는 집에 좀 가 봐야겠어. 프레드에게 내
            일을 대신 맡아 달라고 해 줘.

수전   알았어요. 무슨 문제가 있는 게 아니면 좋겠네요.

데니스는 어두운 표정으로 고개를 끄덕이고 방에서 나간다.

장면 전환

실내—데니스의 차 안

운전대를 잡고 집으로 차를 달리는 그녀의 얼굴에는 걱정스러운 표정이 떠올라 있다.

장면 전환

법률사무소

비서실. 접수계인 수전이 전화기를 내려놓는 순간 제프가 비서실 문을 열고 들어온다. 면도를 하지 않아 거뭇거뭇하고 초췌한 얼굴에, 어젯밤 입었던 것과 똑같은 옷을 입고 있다. 수전은 그런 그를 보고 놀란 기색이 역력하다.

제프	(피곤하고, 겸연쩍은 표정으로)
	여어, 수전, 데니스 안에 있어?

수전	5분쯤 전에 집으로 갔는데요. 제프, 당신이 건 전화를 받
	자마자요.

제프	전화를 받자마자…… **내가?** 난 전화 건 적 없는데.

수전	안 걸다니 그게 무슨 소리예요. 10분 전에 걸려온 전화를
	내가 직접 연결해 줬는데. 지금 와서 내가 제프, 당신 목소
	리를 잘못 알아들었을 리도 없고.

제프   (아연실색한 표정으로 수전을 바라보던 제프의 얼굴에
            점점 불안함과 공포가 깃들기 시작한다)
            하느님 맙소사!

제프는 몸을 돌려 사무실에서 뛰쳐나간다.

장면 전환
실외—맥도웰 부부의 집—낮
데니스의 차가 멈춘다. 데니스는 주방에 면한 뒷문으로 걸어간다.

실내—주방
데니스가 안으로 들어가면서,

데니스   (큰 목소리로)
            제프? 나 왔어.

아무 대답도 들리지 않는다. 데니스는 얼굴을 찌푸린다. 주방을 지나 거
실로 걸어 들어가는 그녀의 트래킹 샷.

데니스   제프? 거기 있어?

잠시 침묵이 흐르다가, 위층에서 제프의 목소리가 들려오지만…… 이

목소리는 그의 평소 목소리와는 어딘가 조금 다르다. 어딘가 조금 더 거칠고, 쓰디쓴 느낌을 주는 쉰 목소리에 가깝다. 게다가 조금 약하고 희미한 것이, 마치 말하는 것을 힘들어하는 듯한 느낌을 준다.

제대 군인　　데니? 난…… 난 여기 있어, 데니.

데니스는 위층으로 올라가서 복도를 나아간다.

데니스　　제프?

제대 군인　　여기야. 안에 있어.

목소리는 침실에서 들려온다. 데니스는 침실로 들어간다. 커튼을 완전히 친 탓에 방 안은 매우 어둡다.

데니스　　여보?

침묵. 방 안을 가로질러 간 데니스가 커튼을 잡아당긴다. 그러자 침실 안은 햇빛으로 가득 찬다. 문이 **쾅** 닫히자 데니스는 그쪽으로 몸을 휙 돌린다.

데니스의 시점—그녀의 눈에 비친 광경
두 다리가 없는 군복 차림의 제대 군인이 휠체어에 앉아 침실의 유일한 문을 가로막고 있다. 이 샷은 몇 초 동안 **지속**되기 때문에 시청자는 처음으로 제대 군인의 정체가 제프 맥도웰임을 알게 된다. 이 제프 맥도웰은 비쩍 마른 데다가 뺨이 홀쭉하게 파였고, 듬성듬성한 수염도 완연한 병색을 감추는 데는 아무 역할도 하지 못하고 있다. 단과대학이나 종합대학이 아니라 베트남과 재향군인 병원에서 교육받은 이 제프의 말투는 처음 제프보다 더 거칠고 조잡하다. 그는 움푹 파인 눈으로 마치 잔치 음식을 보는 굶주린 남자처럼 데니스를 바라본다.

다시 원래 장면으로
데니스는 한순간 두려움으로 얼어붙었다가, 곧 상대를 알아본다.

데니스   (두려움에 사로잡힌 질린 표정으로 속삭이듯이)
               제프?

제대 군인은 떨리는 듯한, 자신 없는 미소를 떠올린다. 그도 거의 데니스 못지않게 이 상황이 두려운 기색이다.

제대 군인   다들 나를 우주인이라고 부르지. 그 별명은 베트남에서 얻
               었어. 다들 내가 그런 영화를 좋아하는 걸 알고 있었거든.
               (한 박자 뒤에)
               아주 좋아 보여, 데니. 옛날 알고 지냈던 것보다 더…… 우
               리가 함께 지냈던 시절보다 더 말이야.

데니스는 고개를 세차게 흔들며 뒷걸음질 친다.

데니스   이건 현실이 아냐……. 제프…… 아, 내가 무슨 말을 하는 거지. 당신은 제프가 아냐. 제프일 리가 없어.

제대 군인이 휠체어를 굴려 그녀에게 다가간다.

장면 전환
실외—고속도로—낮
제프의 자동차는 고속도로를 지나는 차들 사이를 위태롭게 누비며 쏜살같이 집을 향해 달려가고 있다. 나들목으로 빠져나온 그의 차는 주택가 도로 위를 질주한다.

실내—제프의 차
운전대를 쥔 제프는 음울하고 무엇에 썰 듯한 표정으로 운전에 전념하고 있다. 어딘가 두려운 기색이다.

장면 전환
침실
제대 군인은 뒷걸음질 치는 데니스를 향해 휠체어를 굴리며 다가간다.

제대 군인   내 인식표를 보여 줄까? 난 여기 사는 친구 못지않게 제프 맥도웰이야. 확인해 보고 싶어? 질문이 있으면 해 보라고.

모두 대답해 줄 테니. 당신하고 나는 고등학교에서 교내 신문을 만들면서 알게 되었지. 당신 부모 이름은 피트와 바바라야. 우리가 갈 데까지 갔던 건 당신 집 소파 위에서였지. 그날 당신 부모님은 결혼기념일 디너를 먹으러 나갔고, 난 당신 집의 컬러 TV로 〈우주 전쟁〉을 보려고 갔던 거야. 당신의 허벅지 안쪽에는 점이 있는데, 그 위치는——

데니스   (상대의 말에 끼어든다)
          하느님 맙소사……. 제프가 맞잖아. 도대체…… 도대체…….

제대 군인   (절단된 두 다리를 내려다보며)
          무슨 일이 일어났느냐고? 방금 그런 질문을 한 거야? 베트남이 끼어들었던 거야, 데니. 베트남전쟁이 일어났고, 난 징병 추첨에 당첨되었고, 지뢰를 밟았던 거지.

데니스   당신은 베트남에 가지 않았어. 캐나다로 갔잖아. 그것도 **나하고** 함께. 우린 거기서 결혼했어. 당신은 사면령[5]이 내릴 때까지 캐나다 대학에서 강사로 일했고.

---

5 1974년 포드 대통령에 의해 베트남전쟁 당시의 국내외 병역 기피자와 탈영 군인에 대한 조건부 사면령이 내려졌다.

제대 군인   (쓰디쓴 웃음소리)

난 여전히 사면받기를 기다리고 있는걸.

데니스   어떻게…… 어떻게 여기로 오게 됐어? 어디서 온 거야? 그리고 왜? 우리한테서 뭘 원하는 거야?

제대 군인   난 단지…….

그가 말을 끝마치기 전에 집 밖에서 자동차 브레이크가 끼익하는 소리가 들려온다.

장면 전환

실외—맥도웰 부부의 집—낮

제프의 닷산이 끼익 소리를 내며 집의 차도로 올라와서 주차된 데니스의 볼보 뒤에 멈춰 선다. 제프는 차 문을 열고 나와 집 안으로 뛰어 들어간다.

실내—거실

제프는 주방으로 통하는 뒷문을 박차고 들어온다.

제프   (미친 듯이 소리친다)

데니스! 어디야? **데니스!**

제프는 주방 안을 둘러보다가 벽난로의 쇠 부지깽이를 홱 집어 올린다.

장면 전환

침실

데니스는 그곳에서 제프의 고함 소리를 듣는다.

데니스   (외친다)
             제프! 여기야. 나 여기 있어.

제대 군인   데니, 제발 부탁해. 내겐 더 이상—

데니스   (더 큰 소리로 외친다)
             제프!

제프가 층계를 마구 뛰어 올라오는 발소리가 들리더니, 다음 순간 침실 문이 홱 열리며 쇠 부지깽이를 들어 올린 제프가 뛰어 들어온다. 제대 군인은 휠체어를 홱 돌려 뒤로 물러난다.

제프   내 아내한테 다가가지 마! 조금이라도 건드린다면—

제프는 다음 순간 소스라치게 놀라며 말을 멈추고, 상대를 빤히 바라본다.

제프	(나직하게) 넌…… 나잖아.
제대 군인	(나직하게, 피곤한 목소리로) 빙고.
제프	이런 일은 불가능해. 혹시 이건—
제대 군인	(제프의 말에 끼어든다) 꿈일지도 모른다고? 하지만 누가 꾸는 꿈이지? 네가 나를 꿈꾸고 있는 걸까, 아니면 내가 너를 꿈꾸고 있는 걸까? (한 박자 뒤에) 어느 쪽이든 난 상관하지 않아. 내가 보기엔 우리 두 사람 모두 현실이야. 1971년의 그날 우리는 두 갈래 길과 마주쳤고, 넌 그중 한쪽 길로, 나는 다른 쪽 길로 갔던 거지. 그것들을 따라가다가…… 다른 장소에 도달했던 거야.

제프는 천천히 쇠 부지깽이를 아래로 내린다. 창백하고, 두려움으로 가득 찬 표정을 하고 있다.

제프	그렇다면…… 내 머리에 언뜻언뜻 떠오르던 그 장면들은…… 그것들은…….

제대 군인	(가열하게 웃으며)
	내가 경험한 것들이야, 형제. 내가 여기 왔을 때 부록으로 함께 딸려 왔다고나 할까. 그리고 너하고 나, 우린 동일 인물이잖아? 난 네 존재가 내게…… 스며드는 걸 느낄 수 있었어. 그 뒤로는 나도 어쩔 수 없었어. 서로에게 너무 접근했던 거지.

데니스	제프…….

두 제프 모두 고개를 돌려 데니스를 바라본다.

데니스	(힘겹게 말을 잇는다)
	그러니까…… 당신이 갔던 길에서…… 그 우주인이라고 불리던 사람한테는…… 어떤 일이…….

제대 군인	나한테 어떤 일이 일어났느냐고? 데니, 당신하고 나한테?

데니스는 고개를 끄덕인다.

제대 군인	당신은 내가 징병되어서 베트남에 가 있던 동안 모터사이클을 타고 다니다가 사고를 당해 죽었어. 당신을 태우고 그걸 몰고 있던 작자는 헬멧 따위에는 관심이 없었거든.

데니스는 당장이라도 토할 것 같은 표정으로 고개를 돌린다. 제대 군인은 무엇인가를 회상하는 표정으로 허공을 바라본다. 그가 다시 입을 열었을 때 흘러나온 목소리는 죽은 사람의 것처럼 공허하고, 고통으로 가득 차 있다.

제대 군인 베트남에 가 있었을 때도 줄곧 난 내가 고향으로 돌아올 걸 확신하고 있었어. 돌아와서, 다시 당신을 찾아내면 다시 원래대로 돌아갈 거라고 말이야……. 그러던 중에 당신 어머니한테서 그 편지를 받았던 거야.
(한 박자 사이를 두고, 지독하게 힘겨운 말투로)
그때 난 맛이 갔지. 정말로 맛이 간 상태였고, 그 사실을 자각했어야 옳았지만, 워낙 머릿속이 엉망이었던 탓에 제대로 주의를 기울이지 않았던 거야. 주의를 기울여야 마땅했는데도 말이야. 난 그걸 밟자마자 깨달았어. 밟으면 그건 소리를 내지. 작게 찰칵하는 소리를 말이야.
(두 사람을 쳐다보며)
그런 종류의 지뢰는…… 밟았을 때는 폭발하지 않아. 폭발하는 건 거기서 발을 떼서 무게가 사라졌을 때지. 함께 있던 전우들은 그냥 나를 빤히 쳐다보았을 뿐이었어. 난 당장 그 자리를 떠나라고 말했고, 그치들은 한 사람씩 뒤로 물러났어. 그러면서도 내게서 시선을 떼지 못하고, 자기들을 향해 소리를 치고 있는 죽은 남자를 계속 바라보더군. 하지만 전우들이 모두 위험권 밖으로 벗어난 뒤에도 나는 움직일 수가 없었어. 그때도 그치들은 나를 계속 쳐다보고 있더군. 모두가 말이야. 마침내 난 더 이상 견디지 못하고 앞을 향해 펄쩍 뛰었어.

(쓰디쓴 웃음소리)

우리는 멀리뛰기에는 별로 소질이 없었지. 안 그래, 제피?

제프 클로즈업

한순간, 완벽한 침묵이 주위를 지배한다.

제프   넌 동료들을 구했어. 동료들의 목숨을 구했던 거야.

다시 원래 장면으로

제대 군인   응. 나중에 훈장을 주더군.

제프   넌 동료들을 구했어.

(고개를 돌려 상대를 외면한다)

그리고 난 그러지 않았어. 바로 그거였군. 안 그래? 난 거기 가지도 않았어.

제프가 쇠 부지깽이를 **힘껏** 내던지자 쇠 부지깽이는 벽에 맞고 튕겨 나온다. 제프는 화난 표정으로 상대를 홱 돌아본다.

| 제프 | 알았어. 내 잘못이야. 내가 잘못한 거야. 난…… 다른 길을 택해 갔으니까. 하지만 내가 무슨…… 벌을 받아야 하든 간에, 그건 모두 내 몫이야. 데니스하고 메건은 그것하고 는 전혀 상관이 없어. 네가 무엇을 할 생각이든 간에 이 두 사람은 건드리지 마. |

카메라가 데니스를 보여 준다

데니스는 겁에 질리고 두려움으로 가득 찬 표정으로 제프의 말에 귀를 기울이고 있다.

| 데니스 | 안 돼!
(제대 군인을 쳐다보며)
난 이이와 함께 캐나다로 갔어. 함께 그런 결정을 내렸던 거야. 난 이이의 일부고, 이이에게 일어나는 모든 일의 일 부야. |

카메라가 제대 군인을 보여 준다

몇 초 후 제대 군인은 상냥한 미소를 떠올린다.

| 제대 군인 | 나도 알아. 그래서 나도 당신을 사랑했던 거야, 데니.
(제프에게)
아직도 이해 못 하는 거로군. 내가 두 사람한테 해코지를 할 거라고 정말로 생각하다니? |

(껄껄 웃는다)

다들 제대 군인들은 미쳤다고 수군대지만 말이야.

다시 원래 장면으로

제프   그럼…… **왜? 왜 여기 온 거야?**

제대 군인   좋은 질문이로군.

(음울한 미소)

난 죽어 가고 있어.

데니스   하느님…….

제대 군인   의사들은 절대 얘기해 주려고 하지 않지만, 난 그게 오는 걸 느낄 수 있어. 그 사실 자체는 아무렇지도 않지만 말이야. 어차피 오래전에 난 모든 걸 잃었으니까……. 내 두 다리, 내 여자, 내 미래를. 제프조차도. 우주인조차도. 그 친구는 아무것도 얻지 못했어. 정말로 끔찍한 추억 몇 개를 제외하면 말이야.

(한 박자 사이를 두고)

난 재향군인 병원에서…… 모든 게 끝나기를 기다리고 있었는데…… 자꾸 데니 생각이 떠오르는 거야. 무슨 뜻인지 알겠어? 내가 다른 길을 택했더라면 어떤 결과가 나왔을지 궁금해지더라고. 그러다가 그냥 여기를…… **몽상했다는** 생각이 들어.

(웃는다)

난 유령 얘기를 언제나 좋아했지만, 설마 내가 유령이 될 줄은 몰랐어.

제대 군인은 휠체어를 돌려 제프를 마주 본다.

제대 군인   (말을 잇는다)

그냥…… 두 사람을 보고 싶었을 뿐이야.

(한 박자 뒤에, 미소 지으며)

넌 잘했어, 맥도웰.

제프는 강한 가책에 시달리는 표정으로 고개를 절레절레 젓는다. 그는 멀쩡하고 완전하지만, 그는 휠체어에 앉아 있는 남자이기도 하기 때문이다. 제프의 얼굴은 자기 자신에 대한 회의로 일그러져 있다.

제프   아니, 잘한 사람은 내가 아니라 너야. 난 그 자리에 없었고—

불구가 된 자기 모습을 차마 바라보지 못하고, 제프는 고개를 돌린다.

제대 군인   (나직하게)

그 자리에 없었던 건 나도 마찬가지야. 데니스를 위해서도. 메건을 위해서도.

제대 군인은 휠체어를 굴려 경대 쪽으로 가서 사진틀에 끼워진 메건의 사진을 집어 올리고 바라본다.

제대 군인　　(말을 잇는다)
　　　　　　이 어린 딸을 품에 안고 단 한 순간이라도 뭔가를 잘못했다고 느낀다면, 넌 이 지상에 출현한 가장 멍청한 인간이라는 얘기밖에는 안 돼. 내 말을 믿으라고, 제프. 네가 잃은 건 아무것도 없어.

카메라가 제프를 보여 준다
방금 제대 군인이 한 말, 누가 들어도 진심임이 뚜렷한 그의 말에 반응한 제프가 몸을 돌린다. 제프는 감정이 북받쳐 오른 나머지 말을 잇지 못한다. 데니스는 그런 그에게 말없이 다가간다. 두 사람은 포옹한다.

제대 군인　　이제…… 슬슬 갈 때가 된 것 같아.

데니스는 그런 그를 돌아본다.

데니스　　안 가도 돼. 그러니까, 여기 그냥 머물러도 된다는 뜻이야.

제대 군인	(슬픈 듯이)
	아니. 그럴 수 없어. 하지만 적어도 몇 가지 좋은 추억은 갖고 돌아가게 됐잖아. 안 그래?

제프는 이 말을 듣고 움찔한다. 마치 어떤 생각이 떠오른 듯한 표정이다.

제프	내 머리에 떠올랐던 그 광경들 말인데—
	(한 박자 뒤에)
	너하고 나는 동일 인물이잖아. 그러니까 쌍방향으로 작용할 거야.
	(한 박자 사이를 두고, 결연한 어조로)
	나도 추억들을 갖고 있어. 그러니까 우리 둘이 손을 잡든지, 아니면—

제프는 앞으로 걸어 나가지만, 제대 군인은 휠체어를 굴려 뒤로 물러난다.

제대 군인	안 돼! 넌 지금 네가 한 말의 뜻을 몰라.

제프	(나직하게, 동정적으로)
	난 데니스하고 내가 결혼한 날 얘기를 하고 있는 거야. 신혼여행. 메건이 태어났을 때의 일.

제대 군인   (쓰디쓴 어조로)

그건 한 방향으로만 작용하지 않아, 제프. 그 대신 네가 뭘 받게 될지 상상해 보라고. 넌 전우들이 주위에서 죽어 가는 광경을 기억하게 될 거야. 재향군인 병원에서 몇 년 동안이나 휠체어에 앉아 지내던 기억도.

(한 박자 뒤에)

넌 동료들이 네게서 뒷걸음질 치는 광경을 기억하게 될 거야. 다들 너한테서 시선을 떼지 못하고 말이야. 잠도 제대로 못 자게 될 거고, 어떨 때는 비명을 지르면서 깨어나게 되겠지.

제프는 주저하며 데니스를 쳐다본다. 데니스는 고개를 끄덕인다. 제프는 그녀의 뺨에 입을 맞추고, 제대 군인을 향해 다가간다.

제프   난 악몽 몇 개쯤은 두렵지 않아.

(쓴웃음)

수틀리면 언제든 이불 밑에 숨으면 되잖아. 안 그래?

제프는 손을 내민다. 제대 군인은 그런 제프를 올려다보다가, 아주 느린 동작으로 양팔을 뻗어 양손으로 제프의 손을 잡는다. 제프는 마치 날카로운 고통을 느낀 것처럼 움찔한다. 제대 군인은 눈을 감는다. 그의 뺨 위로 눈물이 흘러내린다.

데니스 클로즈업

그 광경을 바라보는 그녀의 모습.

카메라가 데니스에서 다음 장면으로 옮겨간다

두 명의 제프 맥도웰은 기묘한 청록색 빛을 발하고 있는 것처럼 보인다. 각자 주위로 섬뜩한 잔광(殘光)이 번득이고 있다. 서 있는 제프는 한순간 군복을 입고 있는 것처럼 보이고, 다음 순간에는 길고 듬성듬성한 수염을 기르고 있는 것처럼 보인다. 제대 군인은 1960년풍의 턱시도를 입은 것처럼 보이고, 다음 순간에는 민간인 복장을 하고 있다. 제대 군인의 텅 빈 바지 자락들이 **부풀기** 시작하더니, **두 다리가** 빛을 발하며 출현한다. 유령처럼 희미하게 빛나기는 하지만, 다리인 것만은 틀림없다. 제대 군인은 눈을 뜨고 경탄한 듯이 자신의 다리를 바라보다가, 휠체어에서 **일어난다.**

제대 군인   아마 우리 두 사람 모두가 영웅인 건지도 모르겠군. 안 그래?

완전히 일어선 제대 군인은 제프를 **껴안는다.** 기묘한 빛이 여전히 그들 주위를 감싸고 있다. 다음 순간 두 남자의 몸이 서로에게 **녹아들며,** 한 몸으로 **융합되는** 것처럼 보인다. 그들을 에워싸고 있던 빛이 너무나도 강해진 탓에 데니스는 두 눈을 가리며 물러난다.

빛이 사라지자 휠체어와 제대 군인의 모습은 사라져 있고, 원래의 제프 맥도웰만 남아 있다. 데니스는 그를 향해 달려가고, 두 사람은 으스러지게 서로를 껴안는다. 그 샷이 지속되며 내레이터의 목소리가 들려온다.

네레이터   우리는 스스로 선택을 내린 다음, 가지 않았던 다른 길이 어땠을까 궁금해하곤 합니다. 그런 사람 중 하나였던 제프 맥도웰은 마침내 그 해답을 얻었고, 응분의 대가를 치렀습니다. 지금까지, 〈환상특급〉의 지도 제작자들이 보내 드리는 용기와 인생의 지도에 관한 이야기였습니다.

끝

도어웨이즈

Doorways

페이드인

실외—고속도로—밤— 공중 샷

빠르게 고속도로를 왕래하는 차들. 느닷없이 천둥처럼 시끄럽고 음속(音速) 폭음만큼이나 날카로운 **딱** 하는 소리가 울려 퍼진다.

급속 장면 전환

주인공 캣의 타이트 샷

젊은 여자가 고속도로 차도 한복판에서 질주하는 차들에 에워싸여 꼼짝달싹도 못 하고 서 있다. 그녀의 이름은 캣이며, 나이는 스무 살이다. 소년처럼 호리호리하지만 탄탄하고 강인한 몸매를 가지고 있다. 머리카락은 아무렇게나 깎은 듯이 삐죽빼죽한 단발이다. 캣은 어딘가 빠르고 사나우며 완전히 길들여지지는 않은 듯한, 야생적인 분위기를 풍긴다. 입고 있는 낡은 가죽 바지는 여기저기가 갈라지고 닳아 있다. 몸에 딱 맞는 은회색 속셔츠 위에 단추를 푼, 몇 사이즈는 더 커 보이는 헐렁한 검정색 군용 셔츠를 걸치고 있다. 맨발이다. 길을 잃고, 혼란에 빠진 표정을 하고 있다……

인터컷—캣의 시점
헤드라이트들이 모든 방향에서 그녀를 향해 몰려오는 것처럼 보인다. 차들이 그녀를 아슬아슬하게 비켜 간다.

다시 캣의 타이트 샷
캣은 갓길로 몸을 피하려고 하다가 달려오는 차들의 속도를 잘못 판단한다. 차 한 대가 **귀청이 찢어질 듯한** 경적을 울리며 그녀 옆을 아슬아슬하게 스쳐 간다. 캣은 뒤로 휙 물러선다.

두 번째 차가 **휙** 방향을 틀며 그녀를 피하려고 한다. 브레이크가 **끼이익** 하는 소리를 낸다. 여기저기서 **경적들이** 울린다. 캣은 몸을 휙 돌리며 빠져나갈 곳을 찾는다. 다른 방향으로 한 걸음 나아갔다가 차 두 대가 **쾅 부딪치자** 뒤로 펄쩍 물러난다. 충돌로 인해 금속 차체가 **우그러지는 소리**가 울려 퍼진다. 더 많은 **경적들이** 울린다. 멀리서 경찰 순찰차의 **사이렌 소리들도** 들려온다.

캣 클로즈업
캣은 시끄러운 소음을 견디다 못해 양손으로 귀를 틀어막고, 방어적으로 몸을 웅크리면서 주위의 혼돈을 차단하려는 듯이 눈을 감는다……

갑자기 **눈부신 빛**이 그녀의 전신을 감싸고, 대형 트럭의 **압축 공기식 경적**의 굵고 무시무시한 굉음이 울려 퍼진다. 캣은 퍼뜩 눈을 뜬다.

리버스 앵글
거대한 세미트레일러[1]가 그녀를 향해 돌진해 온다.

다시 캣의 클로즈업
캣은 트럭의 헤드라이트 빛에 놀라 얼어붙은 사슴처럼 그 자리에서 꼼짝도 하지 못한다. 다음 순간 두려움은 반항심으로 대체된다. 셔츠 안에서 그녀는 **무기**를 하나 꺼낸다. 날씬하고 묘한 형상을 가진 이 무기는 우리가 아는 총과는 전혀 닮지 않았다. 캣은 재빨리 그것을 들어 올리고 양손으로 겨냥한 다음 **발사한다.** 압축 공기가 빠져나오는 **푸슉** 하는 나직한 발사음과 함께 단침(短針)이 발사된다.

카메라가 세미트레일러 쪽을 보여 준다
트럭은 눈부신 헤드라이트 빛을 뿜고 미친 듯이 경적을 울리며 시속 60마일의 속도로 돌진해 오지만, 다음 순간 **폭발한다.** 견인차의 운전석이 산산조각 나며 유리와 금속 파편을 사방에 흩뿌린다. 거대한 트럭은 완전히 통제력을 잃고 갑자기 한쪽으로 나뒹굴며 **박살난다.** 트럭의 연료통에 불이 붙으며 두 번째 **폭발**이 일어나고, 불기둥이 솟구친다.

---

1 견인차로 독립된 짐칸을 끄는 식의 대형 트럭.

그 순간

캣이 몸을 돌려 갓길로 도망치려고 한 찰나, 폭발한 트럭의 잔해가 그녀를 향해 날아온다. 캣은 몸을 홱 낮추지만 한 박자 늦는다. 잔해가 그녀의 이마를 스쳐 간다. 이 충격으로 인해 그녀는 큰대자로 널브러진다.

카메라가 사고 현장으로 다가간다

캣은 한쪽 눈 위의 긁힌 상처에서 피를 흘리며 의식을 잃고 도로 위에 쓰러져 있다. 무기는 옆에 떨어져 있고, 셔츠의 한쪽 소매가 말려 올라가서 오른쪽 팔뚝에 찬 화려하게 장식된 팔찌가 보인다. 은빛 금속에 검은 플라스틱처럼 보이는 세 개의 얇은 선이 나란히 박힌 H. R. 기거풍(風)의 기괴한 팔찌고, 그녀의 팔을 똬리를 튼 뱀처럼 휘감고 있다.

마지막 장면
페이드아웃
티저 파트 끝

제1막

페이드인
실외―병원 건물―밤
고속도로를 질주하는 구급차들의 사이렌 소리가 밤의 어둠 속에서 길게 울려 퍼지고, 그 뒤를 두 대의 **경찰 순찰차**가 경고등을 번쩍이며 바싹 따라가고 있다.

장면 전환

실내─병원 응급실─밤

여덟 살 **소년**이 진찰대 위에 앉아 있고, 그 주위를 그의 어머니와 젊은
의사(**톰**)와 체격이 건장한 여성 간호사(**매지**)가 둘러싸고 있다.

톰 그런 식으로 하면 안 돼. 엉망이 됐잖아. 자, 손이 떨리거
나 하면 안 돼. 섬세한 조작이라서 조그만 실수도 치명적
인 결과를 가져올 수 있어. 자, 보라고.

리버스 앵글

톰은 손바닥을 아래로 하고 손을 올린다. 구겨진 옷차림을 한, 검은 머리
카락을 가진 27세의 이 의사는 유능한 느낌을 준다. 녹색 수술복의 명찰
에는 **LAKE**라고 쓰여 있다. 들어 올린 두 손가락 사이에 25센트 동전을
끼우고 있다. 톰은 동전으로 하여금 손 위를 '걷게' 만들고, 공중으로 던
져 올렸다가 다시 잡더니 빈손을 펴 보인다. 그는 소년의 귀 뒤에서 동전
을 꺼내 보인다.

톰 봐, 내가 얘기한 대로지? 마술은 이렇게 쉽단다. 진단하는
건 그보다 훨씬 어렵지만 말이야.

톰은 기쁜 표정으로 웃음을 터뜨린 어린 환자를 향해 씩 웃어 보인다. 간

호사와 어머니도 흐뭇한 표정으로 미소 짓는다. 멀리서 시끄러운 사이렌 소리가 들려온다. 톰도 그 소리를 듣는다.

톰   (소년에게)
        자, 다음 마술인데, 너를 사라지게 해 줄게.
        (어머니에게)
        걱정 안 하셔도 됩니다.

실내—병원—밤

두 명의 구급대원이 바퀴 달린 이동식 들것을 밀고 응급실로 통하는 복도를 달려간다. 두 명의 경찰관(**챔버스**와 **산체스**)이 그 뒤를 바싹 따르고 있다.

들것의 트래킹 샷

톰이 이동식 들것 옆으로 따라온다.

톰   어떤 상태입니까?

구급대원   두부 외상에, 안면 찰과상에, 내상도 좀 입은 것 같습니다.
              바이탈은 진짜 세게 나오는데, 아직도 반응하지 않는군요.

캣의 상처는 피로 불그스름한 거즈 붕대로 덮여 있다.

산체스   고속도로에서 숨바꼭질을 하다가 괴상한 총 같은 걸로 세미트레일러를 완전히 날려 버렸다고 들었네.

실내―응급실―연속해서

들것을 밀어 양쪽으로 여닫는 문을 밀고 응급실로 들어가는 일행.

톰   치료 시작하겠어. 매지, 엑스레이 쪽에 연락해 줘. 환자 하나를 올려 보낼 건데, 완전한 두개골 사진 한 세트가 필요하다고 말이야.

간호사는 구급대원들에게 서명을 한 서류를 건넨다. 그들이 응급실에서 **나가자** 톰은 캣을 진찰하기 시작한다. 그녀의 목 주위를 살살 만져 보면서 다친 곳이 없는지 확인한다. 거즈 붕대를 들어 올리고 머리의 상처를 확인한다. 맥을 재 보려고 캣의 셔츠 소매를 걷어 올리자 팔뚝에 찬 기묘한 팔찌가 드러난다. 톰은 그것에 손을 댄다.

캣의 타이트 샷

캣은 눈을 번쩍 뜨자마자 **번개처럼 움직이며** 톰의 사타구니를 **꽉** 움켜잡는다. 톰은 고통과 충격으로 **헐떡인다.**

다시 캣의 타이트 샷

톰이 쓰러지자 캣은 그녀 이름인 캣(고양이)을 방불케 하는 민첩한 동작으로 들것 위에서 내려와서 일어선다. 경찰관인 챔버스가 그녀에게 달려든다. 캣은 주먹으로 그를 갈기려고 하지만 챔버스는 먼저 그녀의 한쪽 팔을, 그다음에는 다른 쪽 팔을 움켜잡는다. 그는 몸부림치는 그녀의 양쪽 손목을 꽉 잡고 놓아주지 않는다.

챔버스　　　어이, 현행범으로 체포한다. 당신은 묵비권을 행사할 수 있고, 당신이 한—

캣은 혼신의 힘을 다해 앞으로 나아가 챔버스와 얼굴을 맞대고, 그의 코를 **깨문다.** 챔버스는 **절규하며** 얼굴을 감싸 쥔다. 손가락 사이로 **피가** 배어 나온다. 캣은 후다닥 도망친다.

산체스가 캣의 퇴로를 막는다. 톰은 무릎을 꿇고 비틀거리며 헐떡이고 있다.

캣은 뒤로 물러서며 경찰관의 코 일부를 바닥에 **뱉어 낸다.** 입가에 피가 묻어 있다.

캣은 옆에 있던 금속제 링거 스탠드를 움켜잡더니 육척봉(六尺捧)처럼 몸 앞에서 꼬나들고 방어 자세를 취한다.

산체스가 권총을 뽑는다.

톰　　　　　안 돼!

(조금 헐떡이며)

총까지…… 뽑지는 마십쇼. 여긴…… 병원이잖습니까.

산체스 이 여잔 사이코야.

톰은 비틀거리며 일어선다.

톰 겁에 질려 있어. 얼굴을 좀 보라고.

챔버스 내 코…….

톰 어딘가에 떨어져 있을 거야. 다시 붙여 줄 수 있어. 매지,
이 친구의 코를 찾아봐.
(캣에게)
두려워하지 마. 아무도 당신을 해치지 않아. 약속할게.

캣은 불안한 표정으로 톰을 바라보고 있다. 아무 말도 하지 않는다. 톰이
슬금슬금 다가간다. 캣은 위협하듯이 스탠드를 짧게 휘둘러 보인다.

산체스 의사 선생, 나라면 더 이상 다가가지 않겠어.

매지 조심해요, 톰. 아무래도 영어를 모르는 것 같아요.

톰은 캣에게 온 정신을 집중하고 있다.

톰　　　　얼굴 상처가 상당히 깊어 보이는데.

캣은 자기 얼굴에 손을 댄다. 손가락을 떼어 보니 피가 묻어 있다.

톰　　　　내가 봐줄까? 그러니까 그걸 내려놓으면 어때? 난 당신을
　　　　　　해치지 않아.

톰과 캣의 타이트 샷

긴장된 순간. 톰은 이제 캣 곁에 가 있다. 톰은 손을 들어 그녀의 얼굴에
갖다 댄다. 아주 천천히. 캣은 당장이라도 달려들어 공격할 것처럼 긴장
한 상태다. 톰은 그녀의 얼굴을 한쪽으로 돌려 열상(裂傷)을 입은 부분을
점검해 본다.

톰　　　　겉보기만큼 심각하지는 않아. 하지만 엑스레이를 찍는 편
　　　　　　이 낫겠군. 나하고 함께 가 주겠어?

톰은 그녀에게 손을 내민다. 캣은 잠시 주저하다가, 금속 스탠드를 휙 내
던진다. 스탠드가 바닥에 떨어지며 딸그락거린다.

산체스　　　아주 좋아. 의사 선생, 이제 데리고 갈게.

톰은 산체스에게 맞서 우뚝 선다. 간호사는 무릎을 꿇고 엉금엉금 응급실 안을 기어 다니며 잘려 나간 코 조각을 찾고 있다.

톰   난 이 환자를 입원시켜서 밤새 관찰해야겠습니다.

산체스 이 여잔 체포됐어. 감방에서 관찰하면 되잖아.

톰   의사의 충고를 무시하고 구금한 책임을 질 수 있습니까?
         (상대가 주저하는 것을 보고)
         잘 생각하셨습니다.

매지는 화면에는 들어오지 않은 무엇인가를 의기양양하게 들어 보인다.

매지   찾았어요!

화면이 오버랩되며
실내―병실―그날 저녁 늦게
침대가 두 개 놓인 독실에 가까운 병실

캣의 클로즈업
캣은 환자용 가운을 입고 창가에 서서 매료된 듯이 창밖의 도시 불빛을 바라보고 있다. 눈 위의 열상은 기워지고 거즈 붕대로 덮여 있다.

캣은 옷소매를 밀어올리고 팔뚝 주위를 감싼 팔찌를 노출시킨다. 손바닥을 아래로 하고 그 팔을 들어 올린 다음 창문과 그 너머의 도시를 향해 내민다.

캣의 팔의 타이트 샷

그와 동시에 주먹을 쥐는 그녀의 손. 뱀처럼 똬리를 튼 금속 팔찌에 알따란, 붓으로 그은 듯한 세 개의 새까만 **선들**이 박혀 있는 것이 보인다. 물결치듯이 평행하게 이어지는 선들은 어딘가 최면적인 느낌을 준다.

그리고 이 선들이 **빛을 발하기** 시작한다. 처음에는 희미하고 **파르스름한** 빛을 낼 뿐이다. 캣은 천천히, 주의 깊게, 팔을 오른쪽에서 왼쪽으로 움직이고, 다시 오른쪽으로 움직인다. 그녀의 팔이 동쪽을 향하자 파르스름한 **빛이 강해지고**, 서쪽을 가리키자 **희미해진다.**

캣의 클로즈업

엄숙하게, 온 정신을 집중한 표정. 팔을 다시 좌우로 움직이자 팔찌의 빛이 **밝아졌다가 희미해진다.**

캣은 팔을 뒤집어 손을 편다.

캣의 손의 타이트 샷

그러자 손바닥에서 마치 살아 있는 듯한 **홀로그램**이 튀어나온다. 천천히 회전하는 조그만 **지구**의 입체 영상이다. 그녀는 이 미니 지구를 손바닥에 쥐고 있다. 소용돌이치는 기묘한 **상징들**이 마치 주식 전광판에 표시되는 숫자들처럼 그녀의 얼굴을 가로지른다.

그녀 뒤에서 문이 **열리는 소리가 난다.**

다시 캣의 타이트 샷
캣은 뒤로 **휙 돌아선다.** 손바닥 위의 지구 영상이 단번에 **꺼진다.**

리버스 앵글—톰
제복 차림의 경찰관이 그를 위해 문을 열어 준다. 톰은 차곡차곡 접은 캣의 옷을 들고 있다. 톰은 방 안에 있는 캣의 신경이 얼마나 곤두서 있는지를 깨닫는다.

톰   나 때문에 놀랐어? 미안해. 어떻게 하고 있는지 보려고 왔을 뿐이야.

그는 손을 뒤로 돌려 문을 닫는다. 캣은 긴장을 푸는 기색이다.

톰   네 옷을 가지고 왔어. 세탁해서 말이야.

톰은 침대 위에 옷 무더기를 내려놓는다.

톰   청바지도 새로 한 벌 가지고 왔어. 당신이 원래 입고 있던 바지는 뭐랄까, 더 이상 입고 다닐 수 있는 상태가 아니라서 말이야.

카메라가 캣을 보여 준다

캣은 방을 가로질러 침대로 가서 옷가지를 획 잡아채고, 자기 가슴에 대고 꼭 껴안는다.

카메라가 캣 너머로 톰을 향한다

캣이 자기 옷에 대해 보인 격렬한 애정을 보고 조금 놀란 기색이다.

톰   어떤 기분인지 알 것 같아. 내 여자 친구도 툭하면 내가 제일 좋아하는 셔츠를 갖다 버리거든.

캣은 병원 가운을 잡아당겨 발치에 떨어뜨린다. 안에는 아무것도 입지 않은 벌거숭이다. 카메라는 자기 옷을 입는 캣의 맨 등을 보여 준다.

캣은 남의 눈을 의식하거나 창피해하는 기색을 전혀 보이지 않고 옷을 입는다. 톰은 도리어 당혹스러워하며 등을 돌린다.

캣은 은빛 속셔츠를 입고, 청바지에 코를 대고 **쿵쿵 냄새를 맡아 본** 다음 발을 집어넣는다. 그동안에도 톰은 계속 주절거리고 있다.

톰   네 이름을 아직 듣지 못했군. 난 닥터 레이크야. 토머스.

(무반응)

이 병원에서 넌 그냥 제인 도우[2]야. 서류에는 이름이 있어야 하니까 말이야. 그래서 말인데, 제인, 병원 사무국에서 혹시 건강보험 든 거 없느냐고 묻던데.

캣은

이제 옷을 모두 입었다. 그녀는 방을 가로질러 문까지 가서 열어 보려고 하지만 문은 잠겨 있다.

톰 그 문은 잠겨 있어. 저 밖의 경찰이 당신을 내보내고 싶어 하지 않거든.

캣은 병실 문을 주먹으로 **세게** 갈긴다.

톰 이봐, 여기 음식이 좀 그렇다는 건 나도 잘 알지만, 여기보다 훨씬 더 안 좋은 곳에서 밤을 보낼 수도 있었다고.

캣은 창가로 가서 아래를 내려다본다. 창문 유리를 양손으로 밀어 보며 열어 보려고 한다.

톰 아, 그럴 생각일랑 아예 하지 마. 여긴 4층인 데다가, 현대

---

2 Jane Doe. 여성의 이름을 모를 때 쓰이는 가명.

식 병원이라서 창문은 아예 열리지 않아.

캣은 창문을 열기를 포기하고 화난 기색으로 몸을 돌린다.

톰의 클로즈업
톰의 눈에 점점 미심쩍어하는 빛이 떠오르기 시작한다.

다시 캣
캣은 방구석으로 되돌아가서 방바닥에 털썩 앉는다. 뚱하고, 화난 표정
이다. 톰은 생각에 잠긴 표정으로 그런 그녀를 바라본다.

톰　　　　내가 뭐라고 하는지 알아들었군. 아까 창문 얘기를 했을
　　　　　때 말이야.

캣은 톰을 쳐다본다. 무표정하게. 톰은 그런 그녀에게 다가가며 자기도
모르게 미소를 떠올린다.

톰　　　　이런 사기꾼 아가씨 같으니라고. 내가 하는 얘기를 다 듣
　　　　　고 있었군.

캣은 고개를 돌려 외면한다.

톰　　　　나한테 털어놓으면 모든 일이 훨씬 쉬워질 텐데.

캣은 톰을 무시한다.

톰   이봐. 무슨 얘기든 좋으니까 얘기를 좀 해 보라고. 이름이
든 계급이든 전화번호든 난 상관없어. 별자리가 뭐야? 좋
아하는 색깔은? 피자에 안초비 얹은 거 좋아해?
(무반응)
좋아. 더 이상 시간 낭비를 할 수는 없지.

톰은 찌푸린 얼굴로 방문을 **두드린다.**

카메라가 문을 보여 준다
경찰관이 바깥에서 문을 연다.

경찰관   다 끝났습니까, 레이크 선생님?

톰   그런 것 같군요.

톰이 방에서 나가려고 할 때…….

캣   (나직하게)
캣.

톰   말을 하잖아…….

(경찰관에게)

아무래도 몇 분 더 시간을 주셔야겠습니다.

경찰관은 문을 닫아 두 사람만 있게 해 준다.

톰   방금 뭐라고 말하지 않았어?

캣   (한 박자 사이를 두고 나서)
           캣.

톰   캣? 캐서린을 줄인 말인가?

캣   캣. 이름.
           (수줍은 미소)
           토오 마스.

캣의 발음에는 약간의 **악센트**가 섞여 있다. 정확히 어떤 악센트라고 꼬
집어 말할 수는 없고, 어떤 나라나 어떤 지방의 사투리와도 전혀 관련이
없지만, 그녀의 목소리에는 이곳 출신이 아닌 이방인임을 암시하는 음
악적인 억양이 섞여 있다.

톰   빙고. 토오 마스. 토오 마스 레이크가 맞아.
           (한 박자 뒤에)

그럼 주소는? 가족은 있어? 남자 친구는? 누구든 연락할
수 있는 사람은 없나?
(무응답)
넌 어디서 왔어?

방바닥에 앉아 있던 캣이 일어선다.

캣   지구.

톰   이제 좀 말이 통하는군. 지구의 어디?

캣   천사들(Angels).

톰   앤젤스…… L.A. 얘기야? 로스앤젤레스? 여기?

캣   여기 아냐. 거기. 앤젤스.

톰   오케이. 그럼 거기서 여기로는 어떻게 왔는데?

캣   문.

이번에는 톰이 멍한 얼굴을 할 차례다.

톰   고속도로에서? 차 문 얘긴가?

캣   사이에 있는 문.
(조급한 기색으로)
이제 떠나. 토오 마스. 지금 가. 나가.

그녀는 일어서서 문으로 성큼성큼 걸어가더니 문고리를 잡아당긴다. 문은 잠겨 있다. 그녀는 도와 달라는 듯이 톰을 쳐다본다.

톰   지금 그 문은 나한테만 열려. 미안해.

톰은 단호하지만 상냥한 동작으로 그녀를 문에서 떼어 놓고 문을 두드린다. 복도에 있던 경찰관이 문을 열어 준다.

톰   내 여자 친구는 변호사니까 그쪽에 상담해 볼게. 지금 내가 해 줄 수 있는 건 그게 전부야.

캣   변호사 몰라.

톰   정말이지 다른 나라에서 온 게 맞는 모양이군.

톰은 방에서 **나간다**. 문이 닫히자 캣은 좌절하고, 궁지에 몰린 듯한 표정으로 침대에 몸을 던진다.

화면이 오버랩되며

실외—해변의 아파트 건물—새벽이 가까워 올 무렵

톰의 자가용 차인 조그만 마쓰다 미아타가 해변에 세워진 낡아 빠진 목조 아파트 건물 앞에 멈춰 선다.

실내—톰의 침실—새벽

커다란 놋쇠 침대 위에서 한 여자가 구겨진 시트를 덮고 자고 있다. 배경은 의학서와 법학서와 페이퍼백 따위가 잔뜩 꽂힌 책장들로 점령되어 있다. 침대 머리맡의 벽에 붙은, **해리 후디니** 공연을 선전하는 골동품 포스터가 시선을 잡아끈다.

침대에서 자고 있는 여자는 길고 빨간 머리를 가진 20대 후반의 미녀다. 그녀의 이름은 **로라**다.

톰은 자고 있는 로라 곁의 침대 가장자리에 앉아 있다. 톰은 그녀의 어깨에 슬쩍 손을 갖다 댄다. 로라는 귀찮은 듯이 웅얼거리며 반대편으로 돌아눕는다. 톰이 아까보다 조금 더 세게 그녀의 어깨를 흔들자 로라는 눈을 뜬다.

로라   (졸린 얼굴로)

톰? 당신이야? 몇 시야? 방금 집에 왔어?

(시계를 흘끗 본다)

맙소사. 너무 이르잖아. 나 더 잘 거니까 방해하지 마. 저기 가 있어.

로라는 다시 돌아눕고 시트를 뒤집어쓴다. 톰은 또 슬쩍 시트를 끌어내린다.

톰   일어나. 커피 끓여 놨어. 후딱 샤워하고 사기꾼 복장을 갖추라고. 당신 도움이 필요해.

톰은 자리를 뜬다. 로라는 한숨을 쉬고 침대 위에서 상체를 일으켜 앉는다. 툴툴거리는 표정이지만 완전히 깨어 있다.

실내─톰의 주방─새벽

로라는 주방의 식탁에 앉는다. 테리 직물로 된 가운을 입고 있다. 잠에서 깬 직후라서 머리는 여전히 헝클어져 있다. 로라는 양손으로 김이 모락모락 나는 커피 머그잔을 들고 귀를 기울이고 있다. 톰은 침착함을 잃고 화난 표정으로 주방 안을 왔다 갔다 하고 있다.

톰   정말이지 그 여자는 어딘가 이상한 데가 있어.

로라   당신한테 상당히 강한 인상을 준 것만은 확실해 보여. 남자 사타구니를 무릎으로 찍는 사람들하고는 보통 어울리려고 하지 않잖아.

톰	무릎이 아니었어. 하여튼 로라, 그 여자를 도와줄 수 있어?

로라	일단 뭐가 가능한지 알아볼게. 그런데 그 여자, 정말로 그 경찰 아저씨 코를 베어 물었어?

톰	(무뚝뚝하게) 그냥 코끝이 살짝 잘려 나간 정도야.

로라는 못 말리겠다는 듯한 미소를 떠올린다.

로라	그나마 다행이네. 코가 몽땅 잘려 나가기라도 했다면 법원에서도 가만히 있지 않았을 거야.

로라는 커피를 모두 들이켜고 일어선다. 톰은 그녀를 끌어당긴다. 입을 맞추려는 기색이다.

톰	정말이지 고마워.

로라의 몸에 팔을 두르는 톰의 타이트 샷

로라	(장난스럽게) 그래서 말인데, 그 여자 예뻐? 내가 질투해야 할 정도로?

톰   뭐야, 이거. 반대신문이라도 하려는 거야?

로라   증인은 질문에 대답해 주십시오.

톰   맹세컨대 저는 결백합니다.

두 사람의 입술이 동시에 움직인다.

로라   좋아. 만에 하나 무죄가 아니었다면…….

로라는 몸을 튼다. 키스하는 대신 그녀는 입을 다물어 이로 딱 하는 소리를 내며 톰의 코끝을 살짝 문다. 톰은 팔을 푼다. 다음 순간 두 사람은 웃음을 터뜨리고, 입을 맞춘다.

장면 전환

실외―고속도로―새벽

새까맣게 타 버린 세미트레일러의 잔해가 여전히 한쪽 차도의 일부를 막은 채로 갓길 대부분을 점령하고 있다. 크레인 차와 짐칸이 노출된 트럭이 세미트레일러의 잔해를 치우고 있다. 이른 새벽이라서 도로 위를 지나는 차들의 수는 그리 많지 않다.

작업원   작년엔 그래도 총질밖에는 안 했어. 근데 요즘은 미사일
                을 쏘아 대는가 봐.

작업반장   이제부터는 일반 도로로만 다녀야겠군.

갑자기 천둥소리만큼이나 시끄럽고 음속 폭음만큼이나 날카로운 **딱** 하는 소리가 울려 퍼진다.

작업반장   염병할, 도대체…….

크레인의 동작이 멎는다. 경고등과 엔진도 완전히 꺼진다. 짐칸이 노출된 커다란 트럭의 엔진도 동시에 죽는다. 배경의 모든 빛들 —집의 전등, 자동차, 가로등—도 꺼진다.

카메라가 고속도로를 보여 준다 —작업반장의 시점

그의 시야에는 두세 대의 차밖에는 보이지 않는다. 이것들 모두가 멈추거나 멈추는 중이다. 헤드라이트가 꺼지고, 엔진이 멎으면서 움직임이 느려지다가 멎는다. 운전자들이 차에서 나오기 시작한다.

다시 처음 장면으로

작업원이 커다란 비상용 회중전등을 손바닥에 대고 탁탁 치며 스위치를 켰다가 껐다가 하고 있다.

작업원   영문을 모르겠군. 새 전지를 넣었는데.

그러나 작업반장은 그의 말에 귀를 기울이지 않고 있다. 느리고 불길한 발걸음 소리가 들린다.

작업반장의 시점

사람 여섯 명이 고속도로에 산개한다. 한순간 전까지만 해도 없었던 사람들이 갑자기 나타난 것이다. 세 명은 남자, 세 명은 여자. 여자들은 남자들 못지않게 탄탄하고 강인한 몸에 가혹한 분위기를 풍기고 있다. 그들 모두 검정색 긴 장화를 신고, 금속처럼 번들거리는 은빛 테두리 장식이 있는 검정색 제복을 입고 있다. 여섯 명 모두가 짧게 친 머리를 하고 있다.

그들 뒤에서 기묘한 탈것이 나타난다. 가마를 연상케 하는, 검은 금속으로 이루어진 네모난 물체인데, 캐딜락만 한 크기에 좌우에는 마치 카누의 아웃리거나 눈썰매의 틀 비슷한 현외(舷外) 장치가 길게 돌출해 있다. 물체는 지면에서 1미터 위의 공중에 떠 있고, 아무런 소리도 내지 않고 전진해 온다. 이질적이고 공격적인 느낌을 주는 이 물체는 거의 살아 있는 듯한 느낌을 준다. 이 탈것 내부에 타고 있는 인물은 단 한 명인데, 그 주위를 소용돌이치는 듯한 짙은 잿빛 역장(力場)이 에워싸고 있다. 빛을 흡수하는 이 어둠의 역장은 짙은 안개에 묻혀 흘끗흘끗 보일 뿐인 그림자들처럼 그 내부에 있는 모든 물체를 모호하고 알아볼 수 없게 만드는 성질을 가지고 있다. 외부인이 확인할 수 있는 것이라고는 이 탈것 내부에 있는 인물의 몸이 구부정하고 거대하다는 사실뿐이다. 인간이라고 하기에는 너무 거대하다.

리버스 앵글

작업반장과 작업원들은 눈앞에 출현한 이 망령과도 같은 광경을 멍하게 바라보고 있다. 그중 눈치가 빠른 몇몇은 두려워하는 표정을 짓고 있다.

리버스 앵글—테인의 타이트 샷

갑자기 출현한 여섯 인물의 지휘관은 이 테인이라는 사내다. 그의 옷깃에는 계급을 의미하는 엽견(獵犬)의 머리통 모양을 한 은빛 핀이 달려 있다. 30대로 보이고, 극한까지 단련된 몸에 얼음장처럼 차가운 눈을 하고 있다. 사냥꾼의 눈, 전사의 눈이다.

그의 눈이 한순간 작업반장의 눈과 마주친다.

사냥꾼들이 〈가마〉에 오르더니 마치 마차 밖에 매달리는 종복들처럼 현외 장치 위에 한 명씩 자리를 잡는다.

테인이 마지막으로 올라탄다. 〈가마〉가 어둠 속으로 사라진다.

도로 공사 작업원들은

망연자실하게 서 있다.

작업원 　　도대체 지금 무슨 일이 일어난 거야?

작업반장 　　굳이 알고 싶지가 않군.

불들이 일제히 다시 켜진다. 헤드라이트, 가로등, 회중전등 따위의 불이 모두 들어온다.

페이드아웃
제1막 끝

제2막

페이드인
실내—병원 복도—오후
톰은 휘파람을 불며 복도를 성큼성큼 나아가다가, 곧 무엇인가 이상하다는 사실을 깨닫는다. 캣의 병실 앞에 있던 경찰관의 모습이 보이지 않는다. 그는 휘파람을 멈추고 다가가서 병실 문을 연다.

병실 안—톰의 시점
캣이 있던 병실은 텅 비어 있다. 먼지 하나 떨어져 있지 않은 상태고, 침대 시트도 새것으로 교환되어 있다. 몇 시간 동안이나 아무도 없었던 듯한 느낌이다.

다시 병원 복도
환자들과 간호사들이 왕래하고 있다. 음식이 담긴 식판을 든 영양사와 잡역부도 지나간다.

톰	피트, 저 병실에 있던 젊은 여자는 어디로 갔어? 어딘가 다른 데로 옮긴 거야?
잡역부	내가 출근했을 때는 비어 있던데.
영양사	선생님, 그 환자 날이 밝기 전에 퇴원했는데요.
톰	누가 퇴원시켰는데? 난 퇴원 지시를 내린 적이 없어. 혹시 경찰이 도착한 걸 본 사람은 없어?

영양사와 잡역부는 어깨를 으쓱해 보인다. 아무도 캣이 어디 갔는지 모르고, 신경을 쓰는 투도 아니다. 단지 보행기에 몸을 지탱하고 힘겹게 복도를 걸어오던 노파 하나가 반응을 보인다.

노파	잡아가는 걸 봤어. 양복 차림의 사내들이. 오전 세 시쯤에. 고함을 지르고 발버둥을 치는 소리가 하도 시끄러워서 잠에서 깼지.
톰	빌어먹을!

톰은 화난 듯이 성큼성큼 걸어간다.

장면 전환

실내—응급실 간호사실—잠시 후

톰의 타이트 샷

톰은 여전히 잔뜩 화난 표정으로 전화 수화기를 잡고 있다. 법률사무소의 사무실 책상 뒤에 앉아 있는 로라의 인터컷.

톰   체포되지 않았다니, 그게 무슨 소리야?

로라   구속영장이 발부되지 않았다는 뜻이야. 서류 자체가 전혀 없어. 당신의 그 조그만 고양이 친구는 아예 기소되지도 않았어. 사건 자체가 기록에 남아 있지 않은 거지. 경찰서에 문의해 봐도 산체스하고 챔버스는 묘하게 연락이 닿지 않고.

톰   아예 그런 일은 일어나지도 않았다고 모른 체할 수는 없는 일이잖아. 증인이 백 명도 넘을 텐데.

로라   혹시 그런 증인의 이름 하나라도 기록해 놓았어?

손의 클로즈업

톰이 로라의 말에 대답하기 전에 그 손이 화면으로 들어와 수화기 놓는 자리의 버튼을 눌러 전화를 끊는다.

카메라가 톰을 보여 준다

톰은 여전히 꺼져 버린 수화기를 들고 몸을 돌려 짙은 잿빛 양복 차림의 우람한 사내 **트레이거**를 마주 본다. 나이는 50줄에 한 치의 흐트러짐도 없는 복장을 하고, 말끔하게 머리를 빗었다. 트레이거는 얼음과 무쇠로 만들어진 듯한 인상을 주는 사내다.

트레이거 토머스 존 레이크 선생?

톰은 트레이거를 노려본다. 트레이거는 배지를 흘끗 보여 준다.

트레이거 FBI 정보부서의 특별 수사관 트레이거라고 하네. 함께 가
     주겠나?

톰은 그제야 상황을 파악한다. 수상쩍어하고, 화난 표정이다.

톰   왜요?
     (한 박자 뒤에)
     이 병원에서 어젯밤 내 환자를 데리고 간 장본인이로군.
     그것도 불법으로. 도대체 자길 뭐라고 생각하는 거지? 캣
     한테 무슨 짓을 한 거야?

트레이거 그게 그녀 이름인가? 안전하게 잘 있네. 선생을 만나고 싶
     어 하더군.

톰   내 변호사한테 연락하기 전에는 어디에도 갈 생각이 없어.

트레이거는 인내하는 것도 여기까지라는 듯이, 넌더리가 난 기색이다.

트레이거   좋아. 딱 한 번만 걸어도 좋네. 자네가 구속됐다고 전하게.

톰   누구 마음대로!

트레이거   우리가 어디까지 마음대로 할 수 있는지를 알면 소스라치
게 놀랄걸.
(한 박자 사이를 두고)
하지만 순순히 이쪽의 협력 요청에 응해 준다면…….

톰   (다시 생각하는 표정으로)
내 일을 대신해 줄 사람을 부르겠어.

장면 전환

실외―병원―밤

트레이거는 톰을 병원에서 데리고 나온다. 차창에 짙게 선팅이 된 검정
색의 긴 리무진이 길모퉁이에서 대기하고 있다. 두 사람은 그 차에 올라
탄다.

실내―리무진―연속해서

트레이거는 톰의 뒤를 따라 리무진에 들어간 다음 차 문을 닫는다. 더 이상 아무 대화도 없이 차가 출발한다. 두 번째 사내가 맞은편 좌석에 앉아 그들을 마주보고 있다. 30살쯤 되어 보이고, 연한 갈색 머리를 한 근육질의 사내다.

트레이거　　　특별 수사관 캐머런일세.

특별 수사관 캐머런은 파란 양복 차림이고, 코를 덮은 하얗고 커다란 거즈 붕대 탓에 얼굴이 잘 보이지 않을 지경이다. 불만스러운 표정이다.

톰　　　　　캣을 만난 모양이로군.

캐머런은 화가 치민 표정으로 톰을 노려본다. 톰은 고개를 돌리고 헛기침을 하며 자꾸 미소가 떠오르려는 것을 막기 위해 입가를 가린다.

화면이 오버랩되며

실외―사막의 육군 기지―밤

로스앤젤레스에 인접한 캘리포니아 북동부의 사막. 군복을 입은 위병이 손을 흔들어 철책에 난 출입문으로 리무진을 통과시킨다. 출입문 한쪽의 표시판에는 〈관계자 외 출입 금지〉라고 쓰여 있고, 반대편 표시판에는 〈고압전기 주의〉라고 쓰여 있다. 철책 너머로 육군 기지 특유의 퀸셋식 막사들과 흉한 콘크리트 건물들이 보인다. 주둔하고 있던 부대가 철수한 탓에 기지에 인적은 없다.

실내—사막의 육군 기지—밤—트래킹 샷

트레이거와 캐머런은 톰을 창문이 없는 긴 복도로 데리고 들어간다. 복도를 지나던 중 벽이 완전히 날아가 버린 부분과 마주친다. 검게 그을린 삐죽빼죽한 구멍을 통해 새까맣게 타고 천장이 내려앉은 내부의 긴 방이 보인다.

톰   불이라도 난 건가?

트레이거   우리 실내 사격장일세. 잘난 부하 중 하나가 자네 여자 친구의 총을 시험 삼아 쏴 본 결과라네.

톰   그 여잔 내 여자 친구가 아닙니다.

트레이거   그건 아무래도 좋아. 자, 여기야. 자네에게 보여 주고 싶은 것들이 있네.

트레이거가 문을 열어 준다. 톰은 방 안으로 들어간다.

실내—트레이거의 사무실—밤—벽의 붙박이 금고의 타이트 샷

카드 슬롯과 숫자 키보드가 딸린 전자식 첨단 금고다. 트레이거의 손이 플라스틱제 보안 카드를 슬롯에 집어넣자 숫자 키보드에 불이 들어온다. 트레이거가 일련의 숫자를 누르자 금고 문이 옆으로 열린다. 트레이거는 금고의 내용물을 꺼내기 시작한다.

카메라가 책상 위를 향하자

트레이거는 캣의 무기와 팔찌와 세 개의 검은 원통을 책상 위에 올려놓는다. 백여 개의 검정색 플라스틱제 단침이 책상 위에 널려 있다.

카메라 업

트레이거와 톰이 있는 사무실로 정부의 과학자인 **마츠모토**가 들어온다. 실험실용 가운을 입은 40대 아시아인이다.

톰   그걸로 세미트레일러를 날려 보냈단 말입니까?

트레이거   그래. 자, 손에 들고 보라고.

톰은 무기를 집어 들고 총구 안을 들여다본다.

톰   소싯적에 이렇게 생긴 물총을 갖고 있었는데.

트레이거   그것과 크게 다르지 않아. BB건이거든.

마츠모토   더 정확하게 말하자면 공기총이지. 상당히 정교한 물건이라서 우리가 이걸 복제할 수 있을지는 의문이군. 압축 공기를 고속으로 뿜어내서…….

마츠모토는 핀셋으로 가느다란 검은 단침 하나를 집어 올린다.

마츠모토　　　……이걸 발사하는 거지.

톰　　　　　바늘을?

마츠모토　　　바주카포의 포탄에 상당하는 폭발력을 가진 바늘이야.

트레이거　　　이 BB건의 위력은 만만치 않아.

마츠모토가 원통을 하나 집어 올린다. 검은색이고, 어른의 손가락만 하다.

마츠모토　　　경찰이 그 여자 호주머니에서 탄창 세 개를 찾아냈어. 탄
　　　　　　　창 하나에는 144발의 단침이 들어 있고…….

마츠모토는 원통형 탄창의 뚜껑을 잡아 뺀다. 원통 안에는 붉게 맥동하
는 동력 전지가 박혀 있다.

마츠모토　　　(연속해서)
　　　　　　　……자체 동력 전지를 내장하고 있네. 따라서 탄창을 교
　　　　　　　환할 때마다 전력도 재공급하는 식이지. 디트로이트가 이

렇게 발달된 전지 기술을 보유하고 있었다면, 지금쯤 우리 모두가 전기 차를 운전하고 있을걸.

톰은 여전히 무기를 손에 쥐고 무게를 가늠해 보고 있다.

톰   손잡이가 너무 불편하군요. 방아쇠에 손가락이 안 닿잖습니까.

트레이거   그 여자는 이걸 쏠 때 양손을 써야 했어.

톰   기본 설계에 결함이······.

마츠모토   우리보다 훨씬 더 큰 손을 가진 누군가를 위해 설계된 총이 아니라면 그렇겠지.

톰   이걸 제대로 쏘려면 손가락이 오징어 다리처럼 길어야 할 겁니다.

톰은 무기를 내려놓고 팔찌를 집어 올린다.

톰   구급대원들이 그 여자를 데리고 왔을 때 이걸 끼고 있는 걸 봤는데.

트레이거   그 여자에겐 아주 중요한 물건인 듯하더군.

톰   이게 뭔데요?

마츠모토   금속 부분은 초전도 합금이네. 일찍이 본 적도 없는 물건이야. 내부는 마이크로 회로로 꽉 차 있더군. 매우 기이한 마이크로 회로고, 일부는 거의 유기물로 되어 있는 것처럼 보인다네.

톰   하여튼 간에, 뭘 하는 물건입니까?

마츠모토   추측해 보자면…… 모종의 극히 희귀한 아원자(亞原子) 입자들을 탐지하는 것 같아.

톰은 멍한 표정으로 트레이거를 본다. 영문을 모르겠다는 기색이다.

톰   도대체 뭐가 뭔지 하나도 모르겠습니다.

트레이거   우리도 마찬가질세. 그래서 자네를 여기로 데려온 거야. 선생, 우리는 해답을 필요로 하고 있어. 그리고 그 여자가 대화에 응한 건 자네 한 사람뿐이야.

주저하는 듯한 표정으로, 말없이 고개를 끄덕이는 톰의 샷에서,

장면 전환

실내—복도—밤

제복 차림의 여성 간수가 잠긴 문 밖에 앉아 있다. 문 옆의 벽에는 내부 감시용 일방통행식 창문이 있다. 창문 너머로 침대 위에 잿빛 수인복을 입고 웅크린 자세로 무기력하게 누워 있는 캣의 모습이 보인다. 여성 간수는 조그만 부채를 부치고 있다. 빨갛고 검은 주름이 아코디언처럼 교대로 이어지는 접이식 부채다.

트레이거 손님 상태는 어때?

여성 간수 조용합니다. 그냥 저렇게 누워서 먼 데를 바라보고만 있습니다. 날씨가 이렇게 더우니 당연하죠.

트레이거 이 친구를 들여보내 줘.

트레이거는 톰에게 팔찌를 건넨다.

트레이거 자네들이 나누는 대화는 감시되고, 기록될 거야.

여성 간수가 문의 자물쇠를 연다. 톰은 안으로 들어간다.

실내—캣의 독방—연속해서

캣은 천천히 고개를 든다.

캣   토오 마스.

캣은 완전히 몸을 일으킨다. 팔찌를 본 그녀의 눈이 커진다. 그녀는 방을
가로질러 톰에게 와서 팔찌를 향해 팔을 뻗는다.

캣   내 거! 줘. 토오 마스.

톰   일단 얘기부터 해야 해.

캣은 그런 톰의 말에는 아랑곳하지 않고 팔찌를 향해 손을 뻗친다. 톰은
그녀의 손이 닿지 않도록 팔찌를 들어 올린다.

캣   지금 줘. 지금 필요해. 금방 와. 금방 쫓아와.

톰   누가 쫓아온다는 거야?

캣   다크로드(Darklord)들! 인간사냥개들! 줘!

톰   이게 뭔지 가르쳐 주면 돌려줄게.

캣은 톰을 향해 쥐어짜듯이 내뱉는다.

캣   지언(Geon). 이제 줘!

톰은 그녀를 향해 팔찌를 던져 준다. 캣은 그것을 공중에서 낚아채서 다시 팔에 낀다. 그러자 아까보다는 침착해진다.

톰   캣, 그건 어떤 물건이야? 어디 쓰는 거지?

캣   문들을 찾아. **사이**에 있는 문들. 나가는 문들.

캣은 톰을 마주 본 상태로 뒷걸음질 치더니 주먹을 꽉 쥔 한쪽 팔을 뻗친다. 그러면서 방 안을 스캔하듯이 제자리에서 천천히 원을 그리듯 움직인다.

톰   어떤 식의 문들을 얘기하는 거야? 캣, 지금 뭐 하고 있지?

캣은 톰의 말을 무시하고 집중한다. 팔찌 모양의 장치는 이렇게 닫힌 장소에서는 스캔을 할 수가 없다. 팔찌는 불이 꺼진 상태로 남아 있다.

캣   쓸모없어. 쓸모없어. **쓸모없어.**

톰   캣, 그거 어디서 난 거야? 그리고 그 총, 그 공기총 말인데…….
(캣의 영문을 모르겠다는 표정을 보고)
그 무기 말이야, 그때…….

톰은 답답했던 나머지 양손으로 총을 들어 올리고 쏘는 시늉을 한다. 입으로 소리까지 내면서 말이다.

톰   알잖아…… . 푸슉…… **꽝!**

톰은 양손을 벌려 뭔가가 폭발하는 광경을 묘사해 보인다. 캣은 킥킥 웃는다.

캣   푸슉 **꽝?**

톰   그래. 푸슉 꽝. 그 푸슉 꽝 하는 물건 어디서 난 거야?

캣은 마치 저능아를 보는 듯한 표정으로 톰을 쳐다본다.

캣   손대포야, 토오 마스. 훔쳤어. 손대포 사람 거 아냐.
             (한 박자 뒤에)
             필요해서 빼앗아.

톰   왜 그 손대포가 필요했던 거야?

캣   쏴, 죽여.
             (톰의 얼굴 표정을 보고)
             도망쳐야 했어. 토오 마스.

캣은 점점 더 동요한 기색을 보인다. 독방 여기저기를 둘러보며, 필사적으로 빠져나갈 구멍을 찾아보려는 기색을 보인다.

캣   불이 꺼졌어! 다크로드들 곧 와.

톰   다크……로드들이라. 무슨 갱단 같은 거야?

캣   다크로드들 지배해. 다크로드들 소유해.

톰   그럼 그…… 인간사냥개들은?

캣   (속삭이듯이)
          테인…….

톰은 캣의 얼굴 표정을 보고 그녀가 두려워하고 있다는 사실을 알아차린다. 방금 나눈 얘기가 그녀를 동요하게 한 것이다. 캣은 독방 문을 잡아당겨 보지만 물론 잠겨 있다. 캣은 좌절한 표정으로 휙 돌아선다.

톰   어이, 너무 고민하지 마. 당신이 말하는 작자들이 누군지는 모르겠지만, 여기까지 당신을 잡으러 오진 못해. 당신은 안전하다고.

톰의 이런 말은 캣을 안심시키기는커녕 그녀를 광란 상태에 빠트린다.

캣은 의자를 움켜잡고 독방 안쪽에서는 거울처럼 보이는 창문을 혼신의 힘을 다해 가격한다. 의자는 창에 맞고 튕겨 나오지만, 캣은 의자로 거울 유리를 거듭 가격한다. 거울에 거미줄 같은 금이 가기 시작한다.

캣   (절규하며)
               안전 아냐! 안전 아냐! 안전 아냐!

거울이 산산조각 나고, 그 사이로 바깥 복도가 보인다. 캣이 부서진 창문을 통해 뛰쳐나가려고 할 때 톰은 그녀의 몸을 움켜잡고 나가지 못하게 막는다.

톰   캣, 멈춰. 그러면…….

톰이 캣을 꼭 껴안고 안심시키려고 한 순간 독방 문이 열리며 캐머런과 간수가 뛰어 들어온다.

화면이 오버랩되며
실외—협곡—밤
로스앤젤레스 교외의 나무가 무성하게 자란 협곡. 테인은 절벽 가장자리에 서서 도시의 불빛을 내려다보고 있다. 가면처럼 무표정한 얼굴이다. 여자 하나가 다가와서 그의 곁에 선다. 그녀의 이름은 다이애나다. 테인은 그녀가 왔다는 사실을 깨닫는다.

테인   다이애나, 사람이 너무나도 많아. 저 불빛은 영원히 이어지는 것처럼 보이는군.

다이애나   마스터는 이것은 진정한 세계의 그림자에 불과하다고 말했습니다.

테인   아마 이 세계의 마스터들은 우리 세계에 관해 똑같은 얘기를 할지도 모르겠군.

테인은 동쪽을 향해 천천히 고개를 돌린다. 마치 아무도 듣지 못하는 어떤 소리에 귀를 기울이는 것처럼.

다이애나   무엇입니까? 감지했습니까? 그 여자가 지세동조기(地勢同調器)를 쓰고 있습니까?

테인은 입을 열지만, 다이애나를 향해 그런 것이 아니다.

테인   네가 들려, 캣. 지금 와서도 이렇게 나를 부르는군.

테인은 갑자기 다이애나에게 몸을 휙 돌리고 싹싹한 어조로 말한다.

테인   동쪽, 북동쪽, 3백 헥스 떨어진 곳이야.

장면 전환

실내—트레이거의 사무실—밤

트레이거는 책상 뒤에 앉아 있다. 톰은 그 앞에서 왔다 갔다 하고 있다. 캐머런은 손가락에 끼운 고무줄로 딱딱 장난을 치며 손님용 의자에 앉아 있다.

캐머런   펜타톨[3]을 쓰죠.

톰   안 돼. 그 여잔 내 환자야. 약물을 쓰는 걸 용납할 수는 없어.

트레이거   선생의 방식으로 해 볼 기회를 이미 주지 않았나.

톰은 트레이거의 책상에 손을 짚고 상체를 내민다.

톰   한 번만 더 기회를 주십쇼. 제가 최면을 걸어 보겠습니다.

트레이거는 손끝을 맞대고 잠시 생각하더니 고개를 끄덕인다.

---

3   자백제.

장면 전환

실내—트레이거의 사무실—조금 시간이 흐른 후

조명은 어둡게 조정되어 있다. 캣은 손님용 의자에 앉아 있다. 톰은 그녀 곁에 서 있다. 트레이거는 책상 뒤에서 이 광경을 주시하고 있다. 캐머런 은 서 있다.

톰   ……더 깊이 들어가는 거야. 이제 내 목소리밖에는 안 들려. 다른 소리는 안 들리고, 다른 사람의 목소리도 안 들려. 단지 내 목소리가 들릴 뿐이야. 넌 긴장이 풀리는 걸 느껴. 긴장이 완전히 풀렸어. 모든 두려움도 사라지고 없어.

캣은 깊은 트랜스 상태에 빠져 있다.

톰   당신 이름을 말해 봐. 이름 전체를.

캣   캣.

톰은 의아한 듯이 얼굴을 찌푸린다. 트레이거와 캐머런은 의미심장한 눈빛을 교환한다.

톰   좋아, 캣. 당신이 살던 장소에 관해서 얘기해 줘.

캣	껌껌해. 불 꺼졌어.

톰	그곳은 뭐라고 불리는데?

캣	앤절스.

톰	거기가 어디지?

캣	뒤쪽. 다른 쪽에.

톰	다른 쪽이라면…… 문 너머?

캣은 그렇다는 듯이 고개를 끄덕인다. 톰은 부드럽게 말을 계속한다.

톰	이제 다른 질문을 해 볼 텐데, 당신은 두려워하지 않을 거야. 모든 두려움은 사라졌어. (한 박자 뒤에) 캣, 다크로드가 누구야?

캣	소유자들. 지배자들.

톰	그들은 뭘 소유하는데?

캣　　　　　지구들(Earths).

그들 뒤에서 캐머런은 한심하다는 듯이 눈을 굴려 보인다. 트레이거의 얼굴은 여전히 가면처럼 무표정하다. 캣이 '지구들'이라는 복수형을 썼다는 사실을 깨달은 사람은 톰뿐이다.

톰　　　　　지구들…… 하나 이상의 지구를 소유한다는 뜻이야?

캣　　　　　다는 아냐. 그중 일부. 많이.

톰　　　　　그리고 당신이 태어난 세계는…….

캣　　　　　다크로드들이 왔어. 오래전에. 불이 꺼졌어. 엄마가 말했어. 차도, 총도, 비행기도 안 움직인다고. 재, 재뿐이야. 모든 게 쓰러졌어.

톰　　　　　모든 게 쓰러졌다…….

캣　　　　　도시, 군인 아저씨들. 모두 쓰러졌어. 불이 꺼졌어. 오래전에.

톰　　　　　얼마나 오래전에? 몇 년 전의 얘기야?

캣	캣 태어나기 전에.

톰	캣, 그 다크로드들은 어디서 온 거야? (무응답) 다른 나라에서? (대답 없음) 다른 행성? 우주선을 타고 왔어? 어디서?

캣	문들.

침묵이 흐른다. 트레이거가 상체를 내민다.

트레이거	그 무기에 관해 물어보게.

톰	캣, 그 손대포 말인데…… 당신은 그걸 당신을 소유한 자 에게서 빼앗았다고 했지?

캣	(사납게) 내가 아니라 테인을 소유하는 자야.

톰	테인. 테인은…… 인간사냥개야?

캣	(읊조리듯이)

저 여자를 살려 주십시오. 이렇게 말했어. 제게 주십시오. 이렇게 말했어. 지금까지 충실하게 섬겨 오지 않았습니까. 이렇게 말했어. 작은 동물 같은 저 여자가 갖고 싶습니다. 이렇게 말했어.

톰   당신은 테인에게 주어졌고……

캣   (사납게 부인하는 어조로)
그자 거 아냐. 그자 거였던 적 없어. 그런 시늉만. 관찰하고. 귀를 기울이고. 배웠어.

톰   배웠다…….

캣   기다렸어. 오랫동안 기다렸어. 그런 다음 빼앗고, 도망치고, 죽였어.

톰   캣, 누굴 죽였어?

캣   다크로드. 마스터.

톰   그럼 넌 그자들의 비밀을 알아내고, 무기를 훔친 다음에 문을 통해 도망쳐 왔다, 이런 얘기야?

캣은 천천히 고개를 **끄덕인다**. 캐머런은 트레이거를 쳐다본다.

캐머런   도대체 이 친군 지금 무슨 소릴 하고 있는 겁니까?

트레이거는 대꾸하지 않고, 듣는 일에만 온 정신을 집중하고 있다.

톰   캣, 마지막 질문을 할게.
             (한 박자 뒤에)
             다크로드들은 손가락이 몇 개야?

캣은 대꾸하지 않는다. 톰은 그녀의 얼굴 앞에 손가락을 펼친 자기 손을 들어 보인다.

톰   만약 이게 다크로드의 손이라면, 몇 개의 손가락이 보여?

캣의 타이트 샷—톰의 손가락 사이로 그녀의 얼굴이 보인다
주저하는 듯한 긴 침묵. 마침내 캣은 자기 손을 들어 올리더니 톰의 손가락에 하나씩 손을 대 보고 수를 센다. **천천히.**

캣   하나. 둘. 셋. 넷.
             (한 박자 사이를 두고)
             다섯.

'다섯'이라고 하면서 만진 손가락은 엄지가 아니다. 또 잠깐 침묵이 흐른다. 캣은 여전히 톰의 손을 응시하고 있다. 뭔가 다른 것을 바라보며, 기억하려는 표정이다. 그녀의 생각이 끝난 것처럼 보이는 순간, 그녀의 손가락은 톰의 엄지손가락을 지나쳐 존재하지 않는 '손가락'을 센다.

캣   여섯.

캣이 할 말을 했다는 듯이 입을 다물자 톰은 손가락을 구부리고 주먹을 쥔다. 긴장에 찬 침묵이 흐르는 순간.

페이드아웃
제2막 끝

제3막

페이드인
실내—트레이거의 사무실—동이 트기 직전
트레이거는 앞으로 몸을 내밀어 인터폰의 버튼을 누른다.

트레이거   그릭스, 간수를 불러 주고, 마츠모토에겐 펜타톨 주사 준
            비를 하라고 이르게.
            (톰에게)

최면을 풀게.

트레이거는 사무실 문을 향해 간다. 톰은 후다닥 그 뒤를 쫓는다.

톰　　　　그럴 수는 없습니다.

트레이거는 방에서 **나가고**, 그 뒤를 톰이 따라 나간다. 캐머런은 캣과 함께 방에 남아 있다.

장면 전환

실내—복도—연속해서

톰은 트레이거의 어깨를 움켜잡고 자기 쪽으로 홱 돌린다.

톰　　　　도대체 그녀에게서 뭘 원하는 겁니까?

트레이거　　이해할 수 있는 이야기를 듣기를 원하네.

마츠모토가 복도에서 그들과 합류한다. 의료 도구가 든 케이스를 들고 있다. 톰은 여전히 트레이거에게서 시선을 떼지 않는다.

톰　　　　진실을 눈앞에 똑똑히 들이댔는데도 그걸 보기를 거부하고 있군요. 트레이거, 아까 손가락이 몇 개라고 하는지 들었습니까?

톰은 손가락을 펼친 두 손을 들어 보인다.

트레이거   손가락이 뭐 어쨌다는 거지?

톰   처음 숫자 세는 법을 배웠을 때 난 손가락으로 셌습니다. 트레이거, 그건 당신도 마찬가지고요. 보편적인 방식입니다. 우리에겐 열 개의 손가락이 있기 때문에, 10 단위로 수를 세죠. 백은 10 곱하기 10입니다. 천은 10 곱하기 10 곱하기 10이고요.

트레이거   무슨 얘길 하고 싶은 건가?

톰   당신이 캣에게서 압수한 총 애기를 하고 있는 겁니다. 마츠모토는 탄창에 144발이 들어 있다고 했죠. 묘한 숫자라고는 생각 안 합니까?

배경에서 여성 간수가 바쁘게 **부채질**을 하며 복도를 걸어오는 소리가 들린다.

트레이거   그럴 수도 있겠군.

톰   12 곱하기 12는 144입니다.

트레이거는 여전히 이해 못 한 기색이지만, 마츠모토는 퍼뜩 알아차린 표정을 짓는다.

마츠모토　12진법이라는 얘기군. 당연히 알아차렸어야 했어.

톰　손가락이 **열두 개** 있는 종족은 12 단위로 수를 셀 거라는 얘깁니다, 트레이거. 이 이상 또 무슨 증거가 필요하단 말입니까? 제발 사실을 직시하란 말입니다. 저기 있는 여자는 20세기 미국인이 아닙니다.

트레이거　그러니까, 저 여자가 다른 행성에서 왔단 얘기야?

마츠모토　그럴 가능성은 없습니다. DNA 샘플을 조사해 봤는데, 유전자 구조는 완벽하게 인간의 것이라는 결과가 나왔으니까요.

톰　어디서 왔는지 자기 입으로 말하지 않았습니까. 지구라고. 하지만 우리 지구는 아니라고.

마츠모토　평행 세계?

톰　바로 그겁니다.

여성 간수는 사내들이 있는 곳까지 와서 멈춰 선다. 여전히 부채질을 하고 있다.

트레이거 평행 뭐?

마츠모토 우리의 우주와 이웃한 우주를 의미하는 겁니다. 몇몇 수학자들이 그런 가설을 세웠죠. 알기 쉽게 표현하자면, 흐음…… 다른 차원이 존재한다는 가설입니다. 그들이 증명한 바에 의하면 무한한 수의 다른 타임라인[時間線]이 우리의 타임라인과 병존(竝存)하고 있을 가능성이 있습니다.

트레이거 타임라인이라니, 도대체 그게 뭔가?

톰 지난번 월드시리즈 결과를 기억합니까?

트레이거 브레이브스가 7회전에서 졌잖아. 캐머런은 월급의 4분의 1을 몽땅 날렸고.

톰 그 부채 좀 빌립시다.
(여성 간수의 부채를 낚아챈다)
만약 브레이브스가 그때 우승한 세계가 존재한다면? 자, 우리는 역사를 일직선으로 계속되는 걸로 간주합니다. 과거에서 현재로 이어지는.

톰은 부채를 들어 보인다. 한 줄로 접혀 있다.

톰　　　하지만 결과가 하나 이상이라고 한다면…… 아마 두 결과
　　　　　모두 일어나는 건지도 모릅니다. 그리고 그런 교차점에서
　　　　　새로운 세계가 만들어지는 거죠.

톰은 부채를 한 단만 펼쳐 보인다. 접혔을 때는 한 줄이었던 부채에서 빨
간 줄과 검은 줄이 하나씩 옆으로 튀어나와 있다.

톰　　　이렇게 해서 브레이브스가 월드시리즈에서 우승한 세계
　　　　　와 트윈즈가 우승한 세계가 생겨나는 겁니다.
　　　　　(부채를 더 펼쳐 보이며)
　　　　　그리고 파이리츠와 블루제이스가 월드시리즈에서 격돌
　　　　　한 세계도 있습니다.

톰　　　(계속 부채를 펼치며)
　　　　　다저스가 우승한 세계도 있습니다. 다저스의 연고지가 아
　　　　　직도 브루클린인 세계도 있고 말입니다. 야구가 아예 발
　　　　　명되지도 않고 10월이면 모두 크리켓 월드시리즈에 돈을
　　　　　거는 세계도 있습니다.
　　　　　(부채가 완전히 펼쳐진다)
　　　　　무수히 많은 가능성을 내포한, 무수히 많은 대체(代替)
　　　　　세계들. 단 하나의 우주를 의미하는 유니버스가 아니라,

복수의 멀티버스(multiverse)가 존재한다는 뜻입니다.

트레이거는 부채를 쳐다보다가 마츠모토에게 시선을 돌린다.

트레이거   그리고 그런 다른 세계들이 정말로 **존재**한다는 뜻인가?

마츠모토   수학적으로는 그렇게 증명된 것 같더군요. 하지만 우주들
사이를 이동하는 건 절대 불가능합니다.
(어깨를 으쓱한다)
하여튼, 이 모든 건 어디까지나 가설에 불과합니다.

트레이거는 오만상을 찌푸리고 톰에게서 부채를 낚아채서 다시 접는다.

트레이거   가설이라.
(한 박자 사이를 두고)
레이크 선생, 사실 하나를 얘기해 주지. 애당초 이번 일에
당신을 끌어들인 것 자체가 실수였어. 이제 집에 가도 좋
네. 차편을 준비하라고 할게.
(여자 간수에게)
저 여자를 독방으로 데려가.

톰   트레이거, 기다려 주십⋯⋯.

톰은 트레이거의 팔을 붙들고 잠깐 멈춰 세운다.

톰   적어도 몇 분만 더 만나게 해 주십시오. 작별 인사를 하고
             싶습니다.

익스트림 클로즈업—톰의 다른 손

한 손은 트레이거의 팔을 붙들고 있지만, 다른 손은 트레이거의 바지 주
머니에 손을 넣어 그의 지갑을 슬쩍 **빼낸다.**

다시 원래 장면으로

트레이거는 이 사실을 전혀 눈치채지 못하고 좋다는 듯이 **고개를 끄덕
인다.**

트레이거   딱 5분만이야. 더 이상은 안 돼.

트레이거는 마츠모토와 함께 자리를 뜬다. 톰은 슬쩍한 트레이거의 지
갑을 교묘하게 숨긴다.

장면 전환

실내—트레이거의 사무실—연속해서

톰은 트레이거의 사무실로 다시 들어간다. 캣은 여전히 트랜스 상태에
빠져 있다. 캐머런은 다시 손가락에 끼운 고무줄을 딱딱거리고 있다.

톰   트레이거가 오라는데.

캐머런   (주저하듯이)
                그럼 누가 이 여자를 감시해?

톰   뭘 감시해? 자는걸?

캐머런은 할 수 없다는 듯이 어깨를 **으쓱해** 보이고 사무실에서 나간다.
톰은 등 뒤로 손을 돌려 사무실 문을 **잠그고** 캣 곁에 앉는다.

톰   하나부터 다섯까지 셀게. 다섯까지 세면 당신은 상쾌하고
            편하고 두려움이 없는 상태로 깨어날 거야. 하지만 아주,
            아주 조용하게 깨어날 거야. 하나. 둘. 셋. 넷. 다섯.

톰이 손가락을 튕겨 **딱** 하는 소리를 내자 캣은 눈을 뜬다. 톰은 그녀의
입술에 손가락을 갖다 댄다.

톰   말하면 안 돼. 그냥 고개를 *끄*덕여.
            (캣이 고개를 *끄*덕인다)
            문이 하나 또 있다고 했지? 밖으로 나갈 수 있는 문이. 당
            신이 가고 싶어 하는 곳은 바로 거기야.

캣   (나직하게)

갈 때야. 토오 마스. 지금 여길 떠나.

잠시 후 톰은 주저하고, 그녀의 얼굴을 훑어본다. 톰은 엄청나게 주저하면서도 마침내 어떤 결심을 한 표정을 짓는다.

톰   아마 난 나중에 크게 후회하겠지만…… 문을 망보고 있어, 캣. 만약 누가 들어오면, 깨물어 버려.

캣은 열성적으로 고개를 끄덕이고 벌떡 일어선다. 톰은 벽에 박힌 금고로 다가간다. 그는 트레이거의 지갑에서 보안 카드를 꺼내서 슬롯에 끼워 넣고 버튼 몇 개를 누른다.

장면 전환

실내―복도―잠시 후

문밖에서 기다리는 여자 간수에게 캐머런과 트레이거가 성큼성큼 다가온다. 캐머런이 사무실 문을 열려고 하지만 잠겨 있다.

캐머런   문 열어. 도대체 이게 무슨 짓이지?

트레이거는 손짓으로 캐머런을 비키게 한다.

트레이거   의사 선생, 이건 실로 어리석은 행동이야.

그는 열쇠 뭉치를 꺼내서 문의 자물쇠를 열고, 캐머런을 바로 뒤에 대동하고 사무실로 들어간다.

트레이거의 시점

그리고 톰과…… 그가 쥔 손대포에 맞닥뜨린다. 캣은 팔뚝에 팔찌를 끼고 있다. 트레이거는 침착한 표정을 무너뜨리지 않는다.

트레이거   레이크 선생, 설마 그걸 쓸 생각은 아니겠지. 그 물건을 여기서 쏜다면 모두 몰살당할 거야. 자네의 여자 친구도 포함해서 말이야.

톰   캣은 내 여자 친구가 아닙니다. 차가 필요하군요.

트레이거   지금 중죄를 도대체 몇 개 저지르고 있는지 얘기해 줄까?

톰   얘기 안 해 줘도 됩니다. 처음에 타고 온 리무진이 좋겠군요.

트레이거   캐머런, 건물 앞으로 리무진을 가져다 놓게.

장면 전환

실내 현관—새벽—카메라가 현관문 밖을 보여 준다

트레이거는 톰과 캣과 함께 현관에 서 있다. 다른 위병들은 모두 바닥에 엎드려 있다. 캐머런이 리무진을 운전해서 현관에 세운다.

톰 그냥 공회전 상태로 놓아두라고. 좋아. 천천히 차에서 나와서 뒤로 물러나. 그래. 조금 더 뒤로 가 주겠나. 캣, 뒷좌석에 누가 숨어 있지는 않는지 확인해 봐.

캣은 리무진 안으로 재빨리 들어가서 내부를 확인한다.

캣 숨은 거 없어. 토오 마스.

톰 트레이거, 처음부터 이럴 생각은 없었습니다. 어쩌다 보니 이렇게 된 겁니다. 너무 안 좋게 받아들이지는 마십쇼.

트레이거는 아무 대꾸 없이 톰을 바라볼 뿐이다. 톰은 재빨리 리무진으로 달려간다.

실내─리무진─연속해서
톰은 리무진 운전석으로 뛰어들어 차 문을 쾅 닫는다. 캣은 조수석에 앉아 불안한 듯이 꿈지럭거리고 있다. 톰은 엔진 회전수를 올리며 그녀의 무릎 위에 손대포를 툭 던져 주고, 클러치를 넣은 다음 차를 출발시킨다.

리무진이 영내를 질주하기 시작한다. 톰은 왼손으로 운전대를 잡은 채로 오른손으로 호주머니를 뒤져 세 개의 검은 원통형 용기를 꺼낸다. 그는 그것들도 캣에게 던져 준다.

톰   자, 갖고 왔어. 그 푸슉 꽝에 장전해 보라고.

캣은 톰을 보며 **씩 웃고** 원통형 용기 하나를 무기에 **찰각** 끼워 넣는다.

캣   손대포야. 토오 마스. 손대포.

이윽고 높은 전기 철책과 위병소가 전방에 나타난다. 톰은 가속페달을 꽉 밟는다.

톰   꽉 잡고 있어. 이 덩치 큰 괴물이 얼마나 빨리 달릴 수 있
           는지 지금까지 줄곧 궁금했는데 알아볼 기회가 왔군.

실외―사막의 육군 기지―연속해서
철책 앞에 서 있던 위병들이 황급히 옆으로 몸을 피한 순간 리무진은 사
방에 **불똥**을 튀기며 철책을 **돌파한다**. 위병들은 총을 들어 올려 빠르게
달려가는 리무진을 향해 **쏘지만** 아무 소용도 없다⋯⋯.

실내―리무진―연속해서
톰은 한쪽으로 핸들을 홱 튼다. 리무진은 꽁무니를 좌우로 흔들다가 방
향을 바꿔 도로 위를 질주하기 시작한다. 톰은 곁에 앉은 캣을 흘끗 곁눈
질한다.

톰　　　혹시 당신이 보이시[4] 같은 시골에서 법망을 피해 도망쳐

온 거라면 난 정말로 얼간이가 된 기분을 맛보겠지.

(캣을 향해 미소 짓는다)

이 리무진은 곧 버려야 해. 미시시피 서쪽의 모든 경찰관

들이 이걸 찾으려고 할 테니까 말이야. 하여튼, 어디로 가

야 해?

캣은 대답하는 대신 팔찌 낀 손을 들어 올리고 주먹을 쥔다. 안에 박힌

검은 선들이 또다시 **새파랗게 빛나기** 시작한다. 빛은 그녀가 앞을 똑바

로 가리킬 때 가장 밝다. 동쪽을.

캣　　　저쪽이야. 토오 마스.

캣과 그녀의 팔찌를 본 톰은 감명을 받은 기색이다.

톰　　　결국 보이시 같은 데서 도망쳐 온 건 아니었군.

화면이 오버랩되며

실외—고속도로 아래의 지하로—몇 시간 후의 오전

캣은 톰을 도와서 고속도로 아래를 가로지르는, 잡초가 무성한 지하로

안에 리무진을 밀어 넣는다. 안쪽으로 깊이 밀어 넣은 덕에 리무진은 완

4　아이다호 주의 주도(主都).

전히 숨겨졌다.

톰   이거면 될 거야. 어차피 시간이 흐르면 찾아내겠지만, 그
                            땐 이미 우리는 줄행랑치고 없을 테니까 말이야.

캣   (앵무새처럼)
                            줄행랑치고.

그녀는 한쪽 손을 들어 올리고 손바닥을 펼친다. 그러자 손바닥 위에 **지
구의 홀로그램**이 출현한다. 톰은 당연히 깜짝 놀란 기색을 보인다.

톰   후디니보다 마술 실력이 뛰어난 것 같아.

홀로그램의 타이트 샷—톰의 시점
갈색과 녹색과 파란색을 띤 유령처럼 투명한 지구가 천천히 돌고 있다.
우리가 뉴멕시코 주라고 부르는 지방 위에서 흰빛이 깜박이는 것이 보
인다.

캣   저기야, 토오 마스. 줄행랑.

원래 화면으로
톰은 디스플레이를 관찰하고, 이해하려고 해 본다.

톰	뉴멕시코. 적어도 8백 마일 떨어진 곳이군. 하루면 갈 수 있어.

이질적인 **상징들**이 홀로그램 지구의 표면을 기어가듯이 움직인다. 톰은 이해 못 하지만, 캣은 그것을 이해한 표정이다.

캣	안 좋아. 너무 늦어. 문이 열려. 문이 닫혀. 빨리빨리. 더 먼저 가야 해. (해를 흘끗 올려다보며) 새 빛이 오기 전에. 다음……. (적절한 단어를 찾는 표정이다) ……새벽 전에.
톰	내일 새벽이 되기 전에? 그때까지 못 가면 어떻게 되는데?
캣	문 없어.

장면 전환

실외—고속도로—낮

톰은 히치하이킹을 시도하는 중이다. 차들은 그런 그를 무시하고 쌩쌩 지나친다.

화면이 오버랩되며

실외―고속도로―시간이 흐른 후

톰은 캣에게 엄지손가락을 들어 보이는 법을 가르치고 있다.

화면이 오버랩되며

실외―고속도로―더 시간이 흐른 후

자동차 한 대가 캣을 태워 주기 위해 멈춘다. 캣이 재빨리 조수석에 들어와 앉자 **운전자**는 씩 웃지만…… 어딘가에서 나타난 톰이 뒷좌석에 앉자 그의 미소는 사라진다.

화면이 오버랩되며

실외―픽업트럭―일몰

몇 시간 동안 여러 대의 차를 얻어 타고 온 캣과 톰은 울퉁불퉁한 흙길을 나아가는 고물 픽업트럭의 노출된 짐칸에 쌓여 있는 **건초** 더미 위에 앉아 있다. 해가 지고 있다. 캣은 팔찌를 써서 나아가는 방향을 확인한다. 빛은 처음보다 **훨씬 더 밝다.**

톰   더 밝아졌네.

캣   더 가까워.

톰은 수심에 찬 표정으로 스캔 중인 캣을 바라본다.

톰   캣······ 그 문이 당신을 어디로 데려갈지 알아?

캣   어딘가.

캣은 톰 곁에 앉는다. 팔찌가 다시 어두워진다.

톰   더 안 좋은 어딘가일 수도 있겠지. 다시 돌아올 수는 있어?

캣   돌아오지 않아.

톰   문들은 한 방향으로만 열리는 거로군. 그렇지?
             (캣이 고개를 끄덕이자)
             그럼 반대편에 뭐가 있는지도 모르고 문을 지나갈 생각이
             야?

캣   지나가.

톰   캣, 그 장소는 당신 마음에 들지 않을지도 몰라.

캣   언제나 다른 문 있어, 토오 마스.

톰   그런다고 영원히 도망칠 수는 없는 노릇이잖아. 이유가
             뭐야?

캣은 곤혹스러운 듯이 얼굴을 **찡그린다.** 왜 그런 뻔한 질문을 하는지 이해 못 하겠다는 표정이다. 캣은 해가 지고 있다는 사실을 깨닫는다. 석양이 저녁 하늘을 빨간색과 주황색으로 화려하게 물들이고 있다. 그녀는 손가락으로 가리킨다.

캣   저기.

톰은 그녀가 가리키는 쪽을 보고, 이해한 듯한 표정을 짓는다.

화면이 오버랩되며

실외—도로변의 작은 식당—밤

대형 트럭이 에어브레이크를 쉭쉭거리며 어두운 산길에서 속도를 늦춘다. 길가의 식당 앞에서 운전석에 있던 톰과 캣이 아래로 뛰어내린다. 트럭은 가던 길을 간다.

실내—도로변의 작은 식당—연속해서

톰은 캣을 부스 석에 앉히고 반대편 자리에 들어가 앉는다. 늦은 시각이다. 식당 안에는 거의 손님이 없다. 카운터 뒤의 벽에 붙은 종이에는 특별 메뉴인 멕시코 음식 이름들이 쓰여 있다.

웨이트리스   뭘 가져다줄까?

톰   치즈버거 두 개 주세요.

캣　　　　치즈버거 두 개.

웨이트리스　　그럼 치즈버거 네 개를 달라는 거야?

배경에서 청바지와 데님 셔츠 차림의 **카우보이**가 식당으로 들어오더니 창가의 부스 석에 들어가 앉는다.

톰　　　　(단호하게)
　　　　　　합쳐서 두 개요. 그리고 커피도 두 잔 주십쇼.

캣　　　　커피 뭔지 몰라.

톰　　　　아니, 커피 한 잔에 우유 한 잔이 낫겠군요. 여기 공중전화
　　　　　　있나요?

웨이트리스　　저기 남자 화장실 옆에 있어.

웨이트리스는 주문을 전달하러 간다. 톰은 자리에서 일어선다.

톰　　　　금방 돌아올게. 음식만 먹어야지 다른 거 물어뜯으면 안 돼.

캣은 고개를 **끄덕인다**. 짜내는 식의 토마토케첩 용기에 매료된 기색이다. 캣은 **킁킁거리며** 냄새를 맡아 보고 손등에 케첩을 조금 짜낸 다음 맛

을 보고, 묻는 듯한 표정으로 톰을 쳐다본다.

캣   뭔지 몰라…….

톰   케첩이야. 공화당원들의 채소 같은 거지[5]. 원한다면 실컷
먹어도 돼.

톰은 케첩 용기를 든 캣을 내버려 두고 공중전화가 있는 곳으로 간다.

카메라가 공중전화를 보여 준다
전화벨 소리가 울리고, 로라의 목소리가 들린다.

로라   여보세요?

톰   로라? 톰이야. 도저히 믿기 힘들겠지만, 난—

로라   아무 말도 하지 마. 경찰이 와 있어. 당신에 관해 꼬치꼬치
캐묻더군.

톰   빌어먹을. 트레이거야?

---

5 Republican vegetable. 레이건 정권 초기의 학교 급식 예산 삭감을 둘러싼 법안 협상에서, 여
당인 공화당이 케첩을 위시한 조미료도 채소로 분류하는 식의 편법을 쓰려다가 실패한 사실을 민
주당 지지자들이 비꼰 표현이다.

로라	아냐. 경찰인데 상당히 신경이 곤두서 있어. 톰, 도대체 무슨 일이야?

톰	캣 일이야. 그럼 그치들한테 이렇게 전해 줘. 난 앞으로……. (손목시계를 본다) ……네 시간 후에 자수할 거라고 말이야. 캣을 문까지 데려다주자마자 그러겠어. 그런 다음엔 그치들이 나한테 뭘 하든 난 상관 안 해.

로라	난 상관하는데.

톰	그렇게까지 나쁜 상황은 아냐. 진짜로 괜찮은 변호사를 하나 알고 있거든. (한 박자 뒤에) 이 통화를 추적당하기 전에 끊는 편이 낫겠군. 당신 목소리가 듣고 싶었을 뿐이야. 괜찮지?

로라	당신이 집에 돌아오면 괜찮아질 거야.

톰	나도. 사랑해.

톰은 전화를 **끊는다**. 그는 슬프고 피곤한 표정을 언뜻 보이며 부스 석으

로 되돌아간다.

장면 전환

실내—도로변의 작은 식당—시간이 흐른 후

카메라가 계산대를 보여 준다

웨이트리스는 톰에게 거스름돈을 주고 있다.

톰   고마워요. 어, 그런데 여기가 어딘가요? 지명이 뭐죠?

웨이트리스   티 오어 씨(T-or-C).
          (톰의 멍한 표정을 보더니)
          뉴멕시코 주, 트루스 오어 컨시퀀시스[6].

톰은 거스름돈을 호주머니에 집어넣고 **씩 웃는다.**

톰   아, 그랬군요.

톰은 캣을 이끌고 식당 밖으로 **나간다.**

---

6 Truth or Consequencies. 뉴멕시코 주 남부의 한적한 휴양 도시. 1950년에 같은 이름의 라디오 퀴즈 프로그램의 도시 이름 바꾸기 이벤트에 당첨되어서 도시명을 바꿨다.

카메라가 카우보이를 보여 준다

커피 잔을 만지작거리며 카우보이는 창문 너머로 톰과 캣을 바라보더니, **손바닥만 한 무전기**를 꺼낸다. 양손으로 그것을 감싸고 속삭이듯이 말한다.

카우보이   추적 대상들이 방금 식당에서 나갔다. 길을 따라 도보로 남쪽으로 이동 중.

카우보이의 기민한 눈초리의 샷에서,

장면 전환

실외—2차선 도로—밤

밤은 따뜻하고 바람도 불지 않는다. 오전 세 시 가까운 심야다. 캣과 톰은 T-or-C 교외를 지나는 도로의 갓길을 천천히 걷고 있다. 야심한 시각이라 지나가는 차는 전혀 없다. 캣은 팔을 올리고 **스캔**을 시작한다. 팔찌의 **파르스름한 빛**은 이제 매우 **밝아진** 상태다.

톰   상당히 가까운 곳까지 왔나 보군.

캣이 팔을 들어 올려 천천히 **좌우로 움직이자**…… 팔찌의 빛이 **단속적으로 섬광**을 발하기 시작한다. 팔찌에 박힌 세 줄의 얄따란 선이 하나 둘 셋, 하나 둘 셋, 하나 둘 셋 하는 식으로 **명멸**하고, 명멸 속도도 점점 더 빨라진다.

캣   저기.

톰   저기?

리버스 앵글—톰의 시점

캣은 오래된 **주유소**를 가리키고 있다. 주유 펌프가 달랑 두 개밖에 없는 구멍가게에 가까운 주유소고, 족히 20년 전에 이미 문을 닫은 것처럼 보인다. 창문에는 모두 판자를 못 박아 놓았고, 주유 펌프 자체도 이미 철거되고 없다.

캣은 텅 빈 도로 위를 뛰어간다. 톰은 천천히 그 뒤를 따라간다. 캣이 한 번 더 팔을 움직이자 빠르고 소리 없이 **깜박이는 섬광**이 한 장소를 가리킨다. 톰은 어리벙벙한 표정이다.

캣   문.

톰   아. 당연하다면 당연하군.

리버스 앵글—문의 샷

남자 화장실의 문이고, **판자로 막혀 있다.**

톰   이 경우는 후디니의 마술 따윈 필요 없겠지.

톰은 문의 판자를 **억지로 뜯어내서** 옆에 던져 놓는다. 신중하게 문을 연 다음 안을 들여다본다.

톰   이런 소식을 전하게 되어서 유감이지만, 남자 화장실이
      야.

캣   너무 일러.

톰   그럼 기다리자고.

캣   (톰의 말을 되풀이한다)
      그럼 기다리자고.
      (수줍게)
      토오 마스…… 여기 떠나? 함께 가?

톰   미안해, 캣. 내가 가는 건 여기까지야. 저 문 너머에 뭐가
      있든 간에, 나를 위한 건 아냐. 난 이 세계에서 살아가야
      할 삶이 있어. 직업. 친구들. 가족.
      (상냥하게)
      내가 사랑하는 여자도.
      (한 박자 사이를 두고)
      무슨 뜻인지 이해하지?

캣은 고개를 들어 톰을 보고, 싹싹하게 고개를 **끄덕인다**.

캣   이해해.

캣은 지면에 책상다리를 하고 앉는다. 그 얼굴에서는 어떤 표정도 읽을 수 없다. 잠시 후 톰도 그녀 곁에 앉는다. 캣은 그런 그를 쳐다본다. 톰은 어색한 표정으로 아무 말도 하지 않는다. 캣은 바싹 그에게 다가가서 몸을 웅크리더니 눈을 감는다. 이윽고 톰은 그녀에게 팔을 두른다. 캣은 몸을 약간 움직이며 한층 더 바싹 몸을 기댄다.

매치 디졸브
실외—주유소—동이 트기 직전
톰과 캣은 함께 잠들어 있다.

갑자기 **눈부신 빛**이 그들의 얼굴을 직격한다. 캣은 즉시 깨어난다. 톰은 그보다 더 힘겹게 눈을 뜨고, 한 손으로 얼굴을 가린다.

리버스 앵글—톰의 시점
톰은 두 쌍의 헤드라이트를 마주하고 있다. 빛 앞에서 움직이는 검은 그림자들의 윤곽이 보인다. 모두 총을 쥐고 있다. 잠시 후 귀에 익은 목소리가 들린다.

트레이거   자넨 체포됐어.

다시 원래 화면으로

캣은 순순히 잡힐 생각이 없는 듯해 보인다. 그녀가 자기 무기로 손을 뻗치자 톰은 그녀가 그것을 들어 올리기 전에 그녀의 팔을 움켜잡는다.

톰   캣, 그러면 안 돼.

캣은 톰에게 저항하지 않는다. 톰은 그녀의 손에서 손대포를 빼앗는다.

톰   자, 여기 있어. 우린 무장하고 있지 않으니까 쏘지 마.

캐머런   현명한 선택이로군, 의사 선생.

캐머런은 톰에게서 무기를 회수해서 자기 벨트에 꽂아 넣는다. 캐머런 뒤에는 트레이거와 부하인 **그릭스와 몬드래건**이 서 있다.

톰   우릴 어떻게 찾아냈어?

트레이거   어이, 의사 선생, 우린 자네들을 한 번도 놓치지 않았다네.
            저 여자가 어디로 가는지 보려고 속는 척했을 뿐이야.

그릭스와 몬드래건은 몸부림치는 캣의 팔을 잡고 수갑을 채운다. 캐머런은 저항하지 않는 톰에게도 수갑을 채운다.

톰   트레이거, 부탁이니 이러지 말아 줘.

캣과 톰은 대기하고 있는 차들을 향해 억지로 끌려간다.

톰   단 몇 분만 기다려 주면 돼. 문은 곧 열릴 거야. 그런다고
              잃을 게 뭐가 있어? 제발 부탁이니—

수사관들이 톰을 억지로 차에 태우려던 순간 두 차의 헤드라이트가 느
닷없이 **꺼진다.**

캣의 타이트 샷
무슨 일이 일어나고 있는지를 가장 먼저 깨닫는 사람은 캣이다. 그녀는
미친 듯이 발버둥 치며 수사관들의 손에서 벗어나려고 한다.

다시 원래 화면으로
트레이거의 표정을 보니 자기 자신의 판단에 대해 처음으로 심각하게
의문을 품은 듯하다.

트레이거   빌어먹을, 여자 하나도 제대로 제압 못 하나.

톰은 트레이거의 어깨 너머로 처음으로 그들을 본다.

톰   트레이거, 누가 온 것 같아.

리버스 앵글

검은 옷 일색의 복장을 한 인간사냥개들이 일출 직전의 어둠 속을 유령처럼 소리 없이 걸어온다. 테인과 다이애나와 아이스다.

다음 순간 〈가마〉가 달을 가로막듯이 공중에 출현한다. 다른 세 명의 인간사냥개들은 그 위에 탄 채로 자기들의 마스터를 엄호하고 있다. 〈가마〉가 떨어뜨리는 **그림자**가 위를 올려다보는 수사관들의 얼굴 위를 훑고 지나간다. 다음 순간 다크로드의 이질적으로 일그러진 목소리가 아래를 향해 울려 퍼진다.

다크로드   그 여자를 내놓으라.

몬드래건   내가 지금 저걸 보고 있는 게 맞아?

트레이거   캣, 저자들은 누구지?

톰   트레이거, 당신 눈으로 똑똑히 보라고. 누군지 알잖아.

트레이거는 알고 있지만, 여전히 그 사실을 인정하지 못하고 있다.

트레이거   이 여자는 연방 정부의 죄수야. 당신들이 무슨 용건이지?

다이애나와 아이스가 연방 수사관들에게 다가온다.

캐머런	거기서 멈춰.

그러나 인간사냥개들은 계속 다가온다. 게다가 아무 무기도 없이. 그릭스는 양손으로 권총을 들어 올린다.

트레이거	그릭스, 경고사격을 해!

그릭스는 방아쇠를 당긴다. 그러나 권총은 **딸깍**하는 소리를 냈을 뿐이다. 다음 순간 다이애나가 그릭스에게 달려들어 양손으로 그의 머리통을 움켜잡고, **비튼다**. 그릭스의 목에서 **뚝 하고** 부러지는 소리가 난다. 그러자 모든 일이 한꺼번에 벌어진다.

몬드래건은

권총 방아쇠를 당기지만 역시 **딸깍**하는 소리가 났을 뿐이다. 아이스가 양손으로 주먹을 쥐자 6인치 길이의 **강철 칼날들이** 손등의 관절에서 튀어나온다. 아이스는 그것으로 몬드래건의 배를 **강타한다**.

에너지 줄기가

〈가마〉에서 딱딱거리며 발사되고, 첫 번째 자동차를 훑고, 두 번째 자동차를 훑는다. 차들이 **폭발하며 타오른다**.

테인은

자동차들의 잔해 사이를 지나 캣을 향해 성큼성큼 일직선으로 다가온다. 캣은 뒷걸음질 치며 뒤를 본다. 그녀가 움직인다.

캐머런은

다이애나와 격투를 벌이려고 한다. 다이애나는 캐머런의 가라테 정권을 막고 그의 팔을 잡아당겨 균형을 잃게 한 다음 그의 몸을 들어 올려 한쪽 무릎 위에다가 그대로 내려친다. 캐머런의 등골이 마른 가지처럼 뚝 부러진다.

트레이거는

톰의 수갑을 풀어 주고, 그에게 수갑 열쇠를 넘긴다.

트레이거   저 여자를 데리고 도망쳐.

톰은 캣을 향해 달려간다. 트레이거가 몸을 돌리자…….

〈가마〉에서 발사된 에너지 줄기가

우뚝 서 있던 트레이거를 **불태워** 버린다.

카메라가 남자 화장실을 보여 준다

파르스름한 **빛**이 남자 화장실 문의 아래쪽 틈에서 새어 나온다. 캣은 그 문을 향해 몸을 날린다. 그러나 뒤로 수갑을 찬 탓에 열지 못한다. 톰은 그런 그녀에게 달려간다. 열쇠를 가지고.

톰 뒤로 돌아. 가만히 있어.

(열쇠로 수갑을 풀어 준다)

이제 당장…….

너무 늦었다. 테인이 이미 곁에 와 있다. 테인은 경멸하는 듯한 표정으로 톰을 움켜잡고 마치 어린애처럼 들어 올려 옆으로 **내팽개친다.** 캣은 손가락으로 테인의 눈을 뽑으려고 한다. 테인은 캣의 손목을 움켜잡고 꼼짝도 못 하게 한다. 캣은 반항적인 표정으로 테인을 쏘아본다.

테인 나를 봐. 자비를 내려 주었는데, 수치로 되돌려 받은 나를 말이다.

톰이 뒤에서 테인의 **뒤통수를 후려갈긴다.**

톰 그 여잘 놓아줘, 이 개—

테인은 몸을 휙 돌려 톰을 살벌하게 공격하기 시작한다. 연달아 얻어맞은 톰은 비틀거리며 주차장에서 뒷걸음질 친다.

카메라가 화장실 문을 보여 준다(SFX)

캣은 남자 화장실 문을 **연다.** 문 너머에는 포털이, 잇달아 섬광을 발하며 소용돌이치는 혼돈이 있다. **청회색의** 눈부신 섬광이다. 계속 바라보고 있으면 눈이 아플 정도로 강렬하다.

그 빛 안에서 여러 이미지들이 육안으로는 쫓아갈 수 없을 정도로 빠르게, 거의 최면적으로 번득이며 스쳐 간다. 한순간 통로가 열린다. 캣은 원한다면 그것을 지날 수 있다. 그러나 그녀는 주저한다…….

다시 톰의 샷

테인은 맨손으로 톰을 때려죽이고 있다. 톰은 캐머런의 시체 곁에서 무릎을 푹 꿇는다. 테인이 톰의 머리카락을 움켜잡고 들어 올려 최후의 일격을 가하려고 한 순간…… 캣이 공중을 가르고 날아와서 테인의 등에 내려앉았더니 난타하기 시작한다.

빠른 컷—문

문에서 쏟아져 나오던 빛은 스러지며 **암청색으로** 변해 있다. 포털이 닫히는 것처럼 보인다.

다시 원래 장면으로

테인은 캣을 등에서 억지로 떼어 내서 살벌한 백핸드로 그녀의 얼굴을 강타한다. 캣이 쓰러진다.

톰의 타이트 샷

지면에 나뒹군 톰은 몽롱한 얼굴로 입가의 피를 닦는다. 다음 순간 그는 꼼짝도 않는 캐머런의 시체를 발견한다. 그는 이 수사관의 시체까지 기어가서 그의 웃옷을 뒤지다가 손대포를 끄집어낸다.

카메라가 손대포를 훑는다

톰은 그것으로 테인을 겨냥하지만, 캣과 너무 접근해 있다. 결국 톰은 공중의 〈가마〉를 향해 손대포를 **들어 올리고, 발사한다.**

〈가마〉가

엄청난 **폭발**을 일으키며 뒤흔들린다. 어둠의 역장 덕에 중앙의 탑승자는 무사하지만, 곁에 있던 인간사냥개들은 불길에 휩싸인 채로 절규하며 **추락한다.** 다음 순간 거대한 〈가마〉 본체가 **지면을 향해 추락한다.**

빠른 컷

지상의 인간사냥개들은 아연실색한 표정으로 그 광경을 응시한다.

아이스와 다이애나는 〈가마〉 바로 밑에 있었고, 대경실색한 표정으로 추락하는 〈가마〉를 올려다본다. 다이애나가 몸을 낮추더니 옆으로 **구른다.** 그러나 아이스의 반응은 충분히 **빠르지** 못했다. 〈가마〉에 깔리면서 그는 **절규한다.**

테인은 자기 마스터를 돕기 위해 추락 지점으로 다가간다.

톰은

비틀거리며 캣에게 다가가며 손대포를 옆에 내려놓는다. 캣은 의식을 잃고 땅 위에 쓰러져 있다. 그녀 너머의 문은 **진한 자줏빛으로** 희미하게 빛나고 있다. 거의 닫히기 직전이다. 톰은 캣을 양팔로 들어 올린 다음

힘차게 **달려간다.**

테인은

그 광경을 목격하고 뒤를 쫓아온다. 그러나 이미 늦었다. 톰은 **껑충 뛰어**
문을 통과한다. 테인은 톰을 따라 몸을 날리지만…… 자신이 주유소의
남자 화장실에 서 있다는 사실을 깨닫는다. 혼자서.

급속 장면 전환
실외—눈보라—낮

톰은 캣을 꺼안은 채로 무릎까지 푹푹 빠지는 **눈밭에** 출현한다. 주위에
서는 **세찬 눈보라가** 몰아치고 있다.

페이드아웃
제3막 끝

제4막

실외—눈보라—낮

톰은 캣을 꺼안은 채로 **포효하듯이** 몰아치는 세찬 눈보라에 묻혀 있다.
낮이지만 하늘은 **어둡고,** 해는 아예 보이지 않는다. 강풍이 톰의 엉망진
창이 된 멍투성이 얼굴을 향해 눈을 뿌린다. 배경에 산들이 보인다. 톰은
부르르 몸을 떤다. 이런 추위를 견딜 만한 복장은 아니다.

톰의 시점

톰이 천천히 몸을 돌린다. 주위의 세계는 얼음과 눈과 바위로 이루어진 새하얗고 삭막한 곳이고, 몸을 숨길 만한 곳은 어디에도 보이지 않는다.

다시 원래 장면으로

톰의 눈썹에는 이미 하얗게 성에가 껴 있다. 그는 아무 방향이나 골라 걷기 시작한다. 캣을 안은 채로.

화면이 오버랩되며
일련의 샷—톰의 다리의 타이트 샷

톰은 무릎까지 파묻히는 눈밭을 헤치고 나아가며 얼음으로 미끈거리는 사면을 오르고, 바위를 넘어간다. 이따금 비틀거리고, 맹렬한 눈보라 속에서 악전고투하며 한 걸음 한 걸음 나아간다.

화면이 오버랩되며
실내—동굴—낮

동굴이라기보다는 얕은 구멍에 가깝고, 위쪽에서 돌출한 큰 바위에 반쯤 가려져 있다. 동굴 입구 근처에는 고목이 하나 서 있다. 그래도 눈보라를 피할 수 있을 정도는 된다. 톰은 힘겹게 캣을 안고 동굴 안으로 들어가서 강풍이 몰아치지 않는 딱딱한 흙땅 위에 그녀를 내려놓는다.

톰은 하얗게 언 눈에 온통 뒤덮인 채로 몸을 떨고 있다. 그는 동굴 입구에 떨어져 있는 고목 가지를 몇 개 끌어모아 모닥불을 피울 준비를 한다.

화면이 오버랩되며

실내―동굴―몇 시간 후

동굴 입구 근처에서 모닥불이 딱딱 소리를 내며 일렁이고 있다. 동굴 밖에서도 마침내 눈이 멎었다. 톰은 녹인 눈을 적신 손수건으로 캣의 얼굴에 묻은 피를 닦아 준다.

캣의 얼굴―톰의 시점

캣이 눈을 뜨고 톰을 올려다본다.

톰	굿모닝. 머리 느낌은 어때?

캣	아파.

톰	응. 내 얼굴도 다져진 듯한 느낌이야. 당신 친구 테인 말인데, 주먹맛이 장난 아니더군.

캣	내 친구 아냐.

캣은 비틀거리며 일어서려고 한다.

다시 원래 화면으로

톰은 캣을 부축해서 일어나게 해 준다. 그녀는 동굴 입구로 가서 밖을 내다본다. 입구 너머에는 눈과 얼음으로 이루어진 새하얀 황야가 펼쳐져 있다. 캣은 몸을 **부르르 떨며** 자기 몸을 끌어안는다.

톰   정말 황량하지 않아? 문은 양방향으로는 열리지 않는다
         는 얘기 말인데, 확실해?

캣   확실해.

톰   아무래도 그런 대답이 돌아올까 봐 두려워하고 있었어.
         (한 박자 뒤에, 지친 듯이)
         우린 그냥 빨리 죽는 대신 느리게 죽는 편을 택한 건지도
         모르겠군.

캣   눈이 나아. 더 살 수 있어.

톰   기껏 며칠 더? 아니면 몇 시간인가?

캣   그래도.

그녀는 고개를 갸우뚱하며 이상하다는 듯이 톰을 쳐다본다.

캣   왜?

톰   문이 닫히고 있었잖아.

캣   그래도. 왜?

톰   그냥 그러는 수밖에 없을 때가 있어.

캣은 톰의 대답에 관해 곰곰이 생각하는 눈치다. 이윽고 그녀는 톰에게 다가가서 그를 으스러져라 **껴안는다**.

캣의 눈에 맺힌 **눈물**이 보이지만, 톰은 미처 보지 못한다.

캣의 클로즈업
두 팔로 톰을 꽉 껴안고 있다.

다시 원래 장면으로
캣은 마침내 포옹을 풀고 뒤로 물러선다. 톰은 어색한 표정을 감추지 못한다. 캣이 왜 그를 껴안았는지 갈피를 못 잡아서일까. 혹은 로라 생각을 하고 있는 건지도.

캣   그냥 그러는 수밖에 없을 때가 있어.

이 말을 들은 톰의 얼굴에 **미소**가 떠오른다.

톰   지금 우리에게 필요한 건 계획을 세우는 일이야. 땔감은
               오래 못 갈 거고, 우린 스키를 탈 수 있는 옷차림도 아니고.

| 캣 | 스키 뭔지 몰라. |

| 톰 | 비싼 돈을 내고 두 발에 판때기를 붙이고 산허리를 미끄러져 내려오는 일이랄까. |

톰은 동굴 입구로 가서 외부 세계를 관찰한다. 먹구름이 짙게 깔린 하늘. 세차게 불어오며 포효하는 바람. 깊게 쌓인 눈과 머리 위로 튀어나온 얼음덩어리들.

톰	저 하늘 말인데 맘에 안 드는군. 시간이—
	(손목시계를 흘끗 본다)
	10시 27분인데 저렇게 껌껌하다니. 9월에 눈보라라니 말도 안 돼.

카메라가 톰을 보여 준다

톰은 눈과 추위를 피해 뒷걸음질 친다. 그는 작대기 하나를 집어 들고 모닥불을 쿡쿡 찌른다.

| 톰 | 혹시 지질학적인 변동이 일어난 건지도 모르겠군. 지금 우린 그린란드라든지…… 남극에 와 있는 건지도. |

| 하사(화면 밖에서) | 와이오밍은 어때. |

리버스 앵글

톰은 목소리가 들려온 쪽을 홱 돌아본다. 입구 바로 안쪽에 **다섯 명의 무장한 병사들**이 서 있다. 비쩍 마르고, 남루한 군복을 걸친 남루한 병사들이다. 얼굴을 덮은 수염에는 얼음 조각이 매달려 있고, 눈에는 굶주림과 공포의 빛이 깃들어 있다. 군화도 눈에 덮여서 하얗다. 그들은 **소총으로** 톰과 캣을 겨냥하고 있다.

하사는 거칠고 투박한 목소리를 한 키가 큰 흑인 여성이다. 그녀는 모닥불에 양손을 쬔다.

하사   좋군. 따뜻해. 게다가 몇 마일이나 떨어진 곳에서도 보이지.

카메라가 캣을 보여 준다

캣은 뒤로 물러서다가 근처의 지면에 떨어져 있는 손대포를 곁눈질하고, 그것을 낚아채려는 듯이 몸을 긴장시킨다.

원래 화면으로

하사는 캣이 무엇을 할 작정인지를 정확하게 파악하고 있다.

하사   어이, 너, 저기 저 총을 집을 생각이라면 곧 진짜 시체가 되어 버릴걸.

캣은 **얼어붙는다.**

병사   하사님, 이 녀석들을 어떻게 할까요?

하사   야영지로 끌고 가서 대위님한테 보여 드려야 해.
              (톰에게)
              뭐든 식량이 있으면 집어 들고 설상 장비를 챙겨.

톰   그런 건 전혀 없는데요.

하사   (믿기 힘들다는 표정으로)
              그렇다면 너희 둘은 한참을 덜덜 떨면서 걸어야 해.

톰의 낭패한 얼굴에서,

장면 전환

실외—베이스캠프—같은 날 오후—구축(構築) 샷

산 중턱을 파낸 소규모의 군사 야영지. 천막과 조잡한 오두막이 산재해 있고, 야영지 한복판에 요리용인 듯한 모닥불이 피워져 있다. 헐어 빠진 **노란색 스쿨버스와 지프차와 장갑 병력 수송차** 등이 야영지 주위를 마치 눈막이처럼 빙 두르고 있다. 이것들 모두 상태가 폐차 수준이다. 이 차량들보다 더 눈을 잡아끄는 것은 훨씬 더 상태가 좋은 두 대의 차량이다. 하나는 거대한 **호버탱크**(압축 공기의 쿠션을 타고 움직이기 때문에 무한 궤도가 없다)와 그보다 한층 더 큰 부양식(浮揚式) 수송용 **호버트럭**이다. 후자는 바퀴가 없는 대형 트럭처럼 보인다.

카메라가 톰과 캣을 보여 준다

병사들은 압송되어 오는 포로들을 신기하다는 듯이 바라본다. 캣과 톰을 사로잡은 분대를 포함해서 군인들의 수는 도합 스무 명이다. 여자들도 몇 명 보이지만, 남자들의 수는 그 세 배에 달한다.

그들이 입은 '군복'은 낡고 기운 자국투성이며 통일되어 있지 않다. 마치 두세 개의 각각 다른 군대의 군복을 입고 있는 것처럼 보인다. 몇 명은 두건이 딸린 두꺼운 파카를 입고 있다. 한 명은 좀먹은 모피 코트 차림이고, 다른 사람들은 옷을 몇 겹씩 껴입고 있다.

카메라가 지프를 보여 주며

그 곁을 톰과 캣이 지나간다. 지프에는 **기관총**이 거치되어 있다. 기관총은 모피 테두리가 달린 파카를 입고 검은 수염이 텁수룩한 **월시** 일병이 분해 소제하고 있는 탓에 반쯤 분해된 상태다. 월시는 캣을 보자마자 지프에서 뛰어내려 그녀를 구경하러 온다.

월시	허, 이런 일도 있네. 눈보라를 뚫고 순찰을 나가는 것도 결국 전혀 쓸모가 없는 건 아니었다는 얘기로군.

그는 캣의 앞길을 막아서고 그녀의 턱을 잡고 얼굴을 들어 올리게 한다.

캣은 무표정하게 월시를 응시한다.

월시   이름이 뭐야, 예쁜 아가씨?

하사   월시, 그만해 두고 자기 하던 일이나 끝마쳐. 분해 소제는 한 시간 전에 끝냈어야 했잖아.

월시   난 이 아가씨를 소제해 주고 싶은데.

톰   건드리지 않는 편이 신상에 이로울걸. 깨물리고 싶지 않으면.

하사   이 작자 말을 들어. 식사 시까지 기관총을 모두 결합해 놔.

월시는 반항적인 표정으로 하사를 마주 본다.

월시   왜? 그런다고 뭐가 바뀌기라도 해? 도대체 무엇을 쏘려고? 눈사람을?

하사   방금 한 말은 명령이야.

다른 병사들이 이들 사이의 대결을 구경하려고 몰려든다. 구경꾼들 중에는 **임신**해서 배가 잔뜩 부른 **휘트모어**라는 여성이 있다. 병사 몇 명은 월시의 말에 찬동하는 태도를 보인다.

월시   명령 따윈 엿이나 먹으라고 해.

월시 친구   그거야, 월시.

월시   매일 이렇게 순찰을 돌고 훈련을 하고 총을 분해 소제하면서 도대체 뭘 증명하려는 거지?

대위(화면 밖에서)   우리가 살아남을 수 있다는 걸 증명하려는 거야, 월시.

리버스 앵글—오두막 쪽

지휘관용 오두막에서 키가 크고 우람하며 가혹해 보이는 **대위**가 걸어나온다. 두꺼운 파카 차림이고, 파카의 두건이 얼굴을 반쯤 가리고 있다.

대위   우리 주위의 이 눈이, 이 추위가 바로 우리의 적이야. 그리고 절망이야말로 우리의 가장 큰 적이지. 자넨 사는 일에 지쳤나, 월시?

톰의 클로즈업

톰은 묘한 표정으로 대위를 뚫어지게 바라보고 있다. 마치 대위를 거의 알아본 듯한 표정이다.

원래 화면으로

월시는 대위 앞에서 주눅이 들고 조금 두렵기까지 한 기색을 보인다.

월시   아닙니다, 대위님.

대위   죽는 건 쉬워. 그냥 눈밭으로 나가 눕기만 하면 되니까 말
              이야. 사는 건 그보다 더 어렵지. 살기 위해서는 용기와 노
              동과 규율이 필요하니까. 자넨 살고 싶나?

월시   예, 대위님.

대위   그럼 하던 일을 계속해.

월시는 **경례를 붙이고** 지프 쪽으로 돌아간다. 대위는 하사를 향해 몸을
돌린다.

대위   하사, 이자들은 누구인가?

하사   남쪽 산등성이에서 발견했습니다, 대위님.

대위   안으로 데려오게.

장면 전환

실내—대위의 오두막—연속해서

가구들은 조잡하고 낡았다. 장작을 땔 때는 난로 덕에 오두막 안은 춥지 않다.

하사와 부하 병사 하나가 톰과 캣을 오두막 안으로 데리고 들어간다. 대위가 두건을 뒤로 넘기자 처음으로 그의 얼굴이 보인다. 어깨까지 내려오는 헝클어진 장발이지만 철회색 머리 색깔은 똑같다. 백발이 드문드문 섞인 검은 수염이 얼굴을 뒤덮고 있지만 그 아래의 얼굴은 동일하다. 톰은 상대방이 누구인지를 깨닫는다. 캣도 마찬가지다.

톰   (망연자실하게)
          트레이거.

대위의 클로즈업

대위는 한순간 허를 찔린 듯한 표정으로 얼굴을 찌푸린다.

대위   그 이름을 어디서 들었지?

톰   당신을…… 알고 있었어.

대위   전쟁 전에?
          (생각에 잠긴 표정으로)

아냐. 그러기엔 너무 어리군.

(한 박자 사이를 두고)

이름은 평시에나 쓰는 거고, 지금은 그냥 대위야.

(하사에게)

무장하고 있었나?

하사   동굴 안에서 이런 것들을 찾아냈습니다.

하사는 캣의 무기와 두 개의 예비 탄창을 대위 앞에 내려놓는다. 대위는
주의 깊게 그것들을 확인해 본다.

캣   내 거야! 줘!

병사가 앞으로 튀어나오려는 캣을 제지한다.

대위   묘하군. 최근 적들은 이런 것들을 가지고 다니나?

톰   우린 적이 아닙니다.

대위   그건 두고 보면 알겠지.

톰   아까 하사가 여긴 와이오밍이라고 하던데요.

이 말을 들은 대위는 흥미롭다는 듯이 한참 동안 톰을 응시한다.

대위   이곳은 마운틴 자유주(自由州)야. 아니, 그 잔해라고 불러
                야 하나.

톰   마운틴······ 대위님, 도대체 무슨 일이 일어난 겁니까?

캣은 이미 아는 듯하다. 당연하다는 표정.

캣   전쟁.

대위   29년이나 계속됐지.

톰   (큰 충격을 받은 기색으로)
                29년······.

대위   방금 그렇게 말하지 않았나.
                (한 박자 뒤에, 퉁명스럽게)
                이젠 내가 질문할 차례야. 몇 가지 대답해 줘야겠어. 여기
                온 목적이 뭔가? 어디서 왔지?

톰   로스앤젤레스에서 왔습니다.

대위   내가 멍청이로 보이나? 로스앤젤레스 따위는 존재하지
          않아.
          (하사에게)
          이자들이 갖고 있던 물자는 찾아냈나?

하사   지금 입고 있는 옷밖에는 없었습니다. 식량은 아예 처음
          부터 없었습니다.

대위   그럼 무슨 차를 타고 온 건가?

캣   걸었어.

대위가 톰을 쳐다보자, 톰은 어깨를 으쓱한다.

톰   아…… 인정하고 싶진 않지만, 걸어온 게 맞습니다.

대위   (일어서며)
          넌 머리가 돈 게 아니라면 거짓말을 하고 있는 거야. 그런
          작자에게 먹일 식량 같은 건 없어. 하사, 당장 이 사내를
          데리고 나가서—

대위는 오두막으로 뛰어 들어온 **여성 병사**를 보고 말을 멈춘다. 여성 병
사는 두려움에 찬 표정으로 숨 가쁘게 말한다.

여성 병사　대위님, 바바라가…… 벌써 산기가 있어서…… 뭔가 잘못
　　　　　　된 것 같아요.

톰　　　　내가 보게 해 줘.
　　　　　　(아무도 움직이지 않자)
　　　　　　난 의사야. 도와줄 수 있어…….

대위는 한순간 마음을 정하지 못하고 톰을 본다. 밖에서 **비명 소리**가 울
려 퍼지자 대위는 그제야 마음을 정한 듯 **고개를 끄덕인다**. 톰은 여성 병
사와 함께 오두막 밖으로 뛰쳐나간다.

장면 전환
실내—여성용 오두막—잠시 후
양초 몇 개와 연기가 피어오르는 횃불만이 유일한 조명이다. 이 오두막
에서 다섯 명의 여성 병사들이 살고 있다. 간이침대 위에서 휘트모어는
몸을 떨고 헐떡이며 산고에 괴로워하고 있다.

하사와 다른 여성 병사들이 그런 그녀를 돕기 위해 주위에 모여 있다. 이
오두막에 와 있는 남자는 톰 한 사람뿐이다. 그는 휘트모어의 다리 사이
에서 양 무릎을 꿇고 있다. 캣은 문간에서 자기 이름에 걸맞게 흥미로운
것을 발견한 고양이 같은 표정으로 이 광경을 바라보고 있다.

휘트모어　　아파……. 아아, 제발…… 너무 아파…….

톰   아래로 힘을 줘. 그거야. 계속해. 소리를 지르고 싶으면 마음껏 지르고.

휘트모어는 소리를 지른다. 톰은 개의치 않고 온 정신을 쏟고 있다.

톰   바바라, 잘 들어. 이건 태아가 거꾸로 나오는 골반위 분만이야. 그러니까 손을 넣어서 아기 방향을 돌려 줄 필요가 있어. 아플 거야. 자, 준비됐지?

땀에 젖은 얼굴을 한 휘트모어는 입술을 깨물고 고개를 끄덕인다.

톰   자, 손을 넣는다.

캣의 클로즈업

캣은 눈을 크게 뜨고 이 광경을 빤히 바라보고 있다. 다음 순간 휘트모어는 **찢어지는 듯한 절규를** 발한다. 캣의 얼굴이 하얘진다. 그녀는 휙 몸을 돌려 오두막에서 뛰쳐나간다.

실외—여성용 오두막—연속해서

무작정 뛰쳐나간 캣은 다른 몇몇 남자들과 함께 오두막 밖에서 기다리고 있던 대위와 정통으로 부딪칠 뻔한다. 대위는 그녀의 두 팔을 붙잡고 멈춰 세운다.

대위   무슨 일이지?

캣은 세차게 도리질을 한다. 그녀에게 물어 봤자 소용이 없는 질문이다. 캣은 대위의 팔을 뿌리치고 달려간다.

화면이 오버랩되며
실외—여성용 오두막—나중에
대위와 다른 남자들은 여전히 밖에서 기다리고 있다. 오두막 안은 조용해졌다. 마침내 여성 하사가 밖으로 나온다.

하사   여자 아기입니다.

대위는 고개를 끄덕인다. 그의 얼굴에서 딱히 표정이라고 할 만한 것은 읽을 수 없다.

대위   휘트모어는?

하사   의사 말로는 회복할 거랍니다. 휘트모어가 대위님을 보고
          싶다는데요.

대위는 오두막 안으로 들어간다.

실내―여성용 오두막―연속해서

산모는 가슴에 조그만 신생아를 품고 있다. 녹초가 되고 힘이 없지만 기쁜 표정이다. 톰은 젖은 손을 닦고 있다.

휘트모어   우리 아기를 봐요, 존. 정말 예쁘지 않아요? 안고 싶어요?

대위는 어색한 표정이다. 뭐라고 해야 할지 모르는 표정이다. 휘트모어는 한층 더 꼭 아기를 끌어안는다.

휘트모어   우리 아기는 걱정 안 해도 되죠?

대위   걱정 안 해도 돼. 우린 날씨가 풀리는 즉시 남쪽으로 갈 거야. 멕시코 남쪽은 아직도 따뜻하니까 말이야. 바다에는 생선이 잔뜩 있고, 아직도 지면에서 먹을 것이 자라 있는 푸르른 계곡들도 남아 있어.

인터컷

이들의 말에 귀를 기울이던 톰의 얼굴 표정. 대위는 젖을 빠는 아기의 머리에 살짝 손을 갖다 댄다.

대위   휘트모어, 약속할게. 이 아이는 푸른 하늘 아래에서 자라게 될 거야. 꿀을 맛보고, 말을 타고, 햇빛을 받으면서 놀 수 있을 거야. 약속할게.

휘트모어의 클로즈업

그녀의 눈에 눈물이 맺힌다. 이것은 기쁨의 눈물일까, 슬픔의 눈물일까? 아마 그 양쪽일지도 모른다. 그녀는 입술을 깨물고, 고개를 끄덕인다.

휘트모어   아기한테는 이브라는 이름을 붙이고 싶어요. 새로운 세계
          에서 살 거니까요. 첫 아이이기도 하고.

대위   좋은 이름이야.

휘트모어는 **미소 짓는다.**

원래 화면으로

대위는 일어서서 톰을 쳐다본다.

대위   선생, 밖에서 말을 좀 나누고 싶은데.

톰은 그를 따라나선다.

실외—여성용 오두막—연속해서

오두막 밖에서 대위는 몸을 돌려 톰을 마주 본다. 근처에 서 있던 여성 하사가 이들의 대화에 귀를 기울인다.

대위   정말로 의사였군.

| 톰 | 이제 거짓말쟁이나 광인이라고는 안 하는군요? |

오두막 뒤쪽에 숨어 있던 캣은 톰의 목소리를 듣고 슬금슬금 화면 안으로 들어온다. 그녀도 이 대화에 귀를 기울인다.

대위	그 모두인지도 모르겠군. 상관없어.
	(몰래 귀를 기울이는 캣을 보고)
	숨어 있지 말고 이리로 나와.

캣은 멋쩍은 표정으로 모습을 드러낸다.

| 톰 | 캣, 괜찮아? 왜 뛰쳐나갔어? |

| 캣 | 너무 아파서. 죽을 것 같아서. |

| 톰 | 애를 낳는다고 죽을 필요는 없어, 캣. |

| 캣 | 안 죽어? |

| 톰 | 안 죽어. |

| 대위 | 그건 많은 부분 자네 덕이었던 것 같군. 우리에겐 의사가 필요해. 여자는 언제나 필요하고. 그러니까 자네 두 명 모 |

두 입대해 줘야겠어. 하사, 신병들에게 복무규정에 관해 설명해 주게.

대위는 자리를 뜬다. 하사가 뒤이어 말한다.

하사　　　세 가지 규율이 있어. 첫째, 명령에는 절대복종한다. 둘째, 복무 기간은 이쪽에서 정한다. 셋째, 탈영에 대한 벌칙은…… 죽음이다.

카메라가 마지막으로 톰의 얼굴을 비추며,

페이드아웃
제4막 끝

제5막

페이드인
실외―호버트럭―낮
트럭 짐칸 안에는 통조림이 든 상자와 땔감 더미와 누렇게 변색한 신문지 더미와 헌옷 꾸러미 따위가 잔뜩 들어 있다. 턱이 튀어나오고 수염이 텁수룩한 보급계 부사관이 트럭 뒷문에서 옷 꾸러미를 툭 던져 준다.

보급관　　　자, 여기 있어. 셔츠를 여섯 겹, 아니 여덟 겹 껴입으면 외투 따윈 필요 없지. 안 그래?

캣은 옷에 난 구멍에 손가락을 넣어 보고, 구멍 주위의 얼룩에 코를 대고 **킁킁 냄새를 맡는다.**

보급관　　　그건 행운의 구멍이야. 생각해 보라고, 또 다른 총알이 같은 장소를 뚫을 확률이 얼마나 된다고 생각해?

캣은 셔츠를 겹쳐 입기 시작한다. 조그만 핏자국 따위에는 전혀 신경을 쓰는 투가 아니다.

톰　　　따뜻한 양말도 필요한데.

보급관　　　그런 건 잡화점에나 가서 알아보라고.

보급관이 두 자루의 소총을 건넨다.

보급관　　　그건 너희들의 소총이야. 분실하면 안 돼. 만약 적이 나타나면 그걸로 쥐어 패면 돼.

캣은 열성적인 태도로 소총을 받아 들고 기관부를 점검한다.

톰　　　　　아니, 그럼 실탄이 없다는 얘기야?

보급관은 오래간만에 배꼽이 빠질 듯한 농담을 들었다는 듯이 **폭소를 터뜨린다.**

톰　　　　　실탄이 없는 총이 도대체 무슨 소용이 있지?

곁에 있던 여성 하사가 톰을 바라보며 곤혹스러운 표정으로 쓴웃음을 짓는다.

하사　　　　너희들을 생포했으니 충분히 소용이 있었잖아.

카메라가 톰의 얼굴을 비추며,

화면이 오버랩되며
실내―식당 텐트―저녁
새로운 '군복' 덕에 다른 부대원들 못지않게 너절해 보이는 톰과 캣은 **조리장(調理長)**에게서 통조림 콩과 정체를 알 수 없는 고기가 담긴 금속 접시를 건네받은 다음 식당 벤치의 빈자리로 가서 앉는다.

캣은 손가락으로 고깃덩어리를 집어 들더니 입으로 직접 찢어 먹는다. 무척 배가 고팠던 듯하다.

캣   (한입 가득 고기를 우물거리며)

               맛있어. 뜨거워. 먹어. 토오 마스.

입에 고기 조각을 베어 문 채로 씩 웃어 보이는 캣의 입술 주위에 **기름**이 묻어 있다. 그녀는 옷소매로 입가를 닦는다. 톰은 **포크**를 들어 보인다.

톰   포크를 어떻게 쓰는지 가르쳐 줘야겠군.

톰은 나이프를 집어 올려 고깃덩어리를 자르려고 한다. 딱딱해서 칼날이 잘 들어가지 않는다. 이번에는 캣이 씩 웃을 차례다.

캣   이빨 써. 포크보다 나아.

캣의 웃음기는 보급관이 벤치 옆자리로 와서 앉자 사라진다. 그녀는 애써 이 사내를 무시하려고 한다.

보급관   형씨 여자 친구는 배가 고픈 것 같군.

톰   내 여자 친구가 아냐.

보급관   그럼 손해 보는 건 형씨로군. 이렇게 미인인데 밤에 아늑하게 해 줄 사람이 없다니 의외인데.

               (캣을 향해)

오늘 밤 나한테 오라고. 따뜻하고 포근하게 해 줄게. 양말을 찾아 줄 수 있을지도 몰라.

보급관은 캣에게 한층 더 바싹 다가앉는다.

캣의 다리의 타이트 샷

탁자 아래에서 보급관은 캣의 무릎 위에 손을 올려놓더니, 천천히 위로 움직이며 허벅지를 더듬기 시작한다.

카메라가 캣을 보여 준다

캣은 홀끗 옆을 본다. 보급관이 받은 경고는 이것이 전부이다. 보급관의 한 손은 탁자 위에, 다른 손은 탁자 밑에 있다.

보급관   예전엔 여자한테 장미를 선물하곤 했지. 장미가 아직 있었을 무렵에는 말이야. 하지만 장미든 양말이든 다 똑같지 않아? 양쪽 모두 냄새를 풍기잖아.

보급관은 자기가 한 농담에 **웃음을 터뜨린다**. 캣은 **포크**를 집어 올려 보급관의 손을 가차 없이 찍는다. 보급관은 느닷없는 격통에 못 이겨 **새된 비명**을 올리고, 피를 흘리는 손을 움켜잡고 벌떡 일어선다.

보급관   내 손…….

캣은 두 눈을 반짝이며 톰을 향해 씩 웃는다.

캣   포크 쓸 줄 알아. 봐.

보급관   이 못돼 처먹은 년이…….

톰   (일어서며)
              이 여자한테 손대지 마.

여성 하사가 톰의 어깨에 손을 대며 흥분을 가라앉히려고 한다.

하사   싸우지 마, 레이크. 팀스, 호버트럭으로 돌아가.

보급관   난 그냥 잘 대해 주려고 했을 뿐이야.

다른 병사들은 별로 보급관을 동정하는 눈치가 아니다.

여성 병사   한 번만 더 잘 대해 주다가는 사타구니를 찍히겠구먼.

보급관은 주위의 병사들을 **쏘아보더니** 씩씩대며 식당 텐트에서 **나간다**.
톰은 다시 벤치에 앉는다.

하사   예전엔 괜찮은 사내였는데.

(어깨를 으쓱하며)

일단 여길 떠나서 남쪽으로 갈 수 있게 되면 상황도 나아질 거야.

하사의 배후에서 월시가 조롱하듯이 **웃는다.**

월시 그래? 언제 출발하는데? 내일? 아니면 내일모레가 될까?

(한 박자 뒤에)

현실을 직시하라고. 우린 남쪽으로 절대 못 가. 여기 온 지 벌써 1년하고도 반이 지났어. 그리고 모두 여기서 죽게 될 거야.

여성 병사 대위님 말로는 일단 날씨가 풀리면…….

월시 풀릴 리가 없잖아. 탄약도, 연료도 다 떨어졌고, 늦든 빠르든 식량도 떨어질 거야. 그럼 다 끝장이라고.

월시는 식당 텐트에서 **나간다.** 그와 같은 의견인 것이 명백한 두 명의 동료도 그 뒤를 따른다. 음울한 침묵이 흐른다.

톰 당신들 차…… 탱크나, 호버크라프트는…….

하사 (지친 어조로)

대형 호버트럭은 18개월 전에 멈춰 섰어. 마지막 트럭이었지. 몇천 마일을 가야 하지만, 수송 수단이 없는 거야.

캣   걸어.

하사   설령 얼어 죽지 않고 눈보라를 뚫고 걸어갈 수 있다고 하더라도, 필요한 식량을 모두 지고 갈 방법이 없어.

더 이상 대화에 참가할 기력은 아무에게도 없는 듯하다. 식당 텐트 안에 모인 사람들의 얼굴에는 체념과 절망의 빛밖에는 없다. 여성 하사가 일어선다.

하사   레이크, 오늘 보초는 네가 서야 해.

톰   그러다가 도망치기라도 하면 어쩌라고?

하사   (쓰디쓴 웃음)
도대체 어디로 도망칠 건데?

화면이 오버랩되며
실외—베이스캠프—밤

헌옷을 잔뜩 껴입고 어깨에 소총을 멘 톰이 순찰을 돌고 있다. 밤공기가 차가운 탓에 톰의 입에서 **하얀 입김**이 흘러나온다. 춥고, 고독하고, 비참한 기색이다.

모든 것이 얼어붙은 듯한 밤이다. 강풍이 야영지로 몰아쳐 온다. 장갑이
없는 톰은 겨드랑이에 손을 끼워 넣고 얼린 손을 녹여 보려고 한다. 아무
소용도 없다. 그는 바지 호주머니를 뒤져 지갑을 꺼낸다.

톰의 손의 타이트 샷
지갑을 펼치자 로라의 **사진**이 끼워져 있다.

원래 화면으로
톰은 오랫동안 로라의 사진을 바라본다. 정말로 멀리까지 왔고, 돌아갈
방법은 아예 없을지도 모른다. 이 모든 일이 일어난 뒤 처음으로 톰은 그
런 생각을 하고 있다. 고뇌가 깃든 표정이다.

다음 순간 소리가 **들린다.** 누군가가 움직이는 듯한 소리다.

톰   거기 누구야?

대답은 없다. 톰은 서둘러 사진이 끼워진 지갑을 챙겨 넣고 소총을 어깨
에서 *끄른다.*

톰의 트래킹 샷
톰이 소리가 들렸던 곳을 향해 가자 또 그 소리가 들린다. 얼어붙은 눈에

에워싸인 차량들 쪽에서, 소리 죽인 발소리가 들린다. 톰은 노란 스쿨버스 옆을 따라가다가 멈춰 선다. **나직하게 쿵 하는 소리**와 함께 **신음 소리**가 들린다.

톰은 용기를 쥐어짜서 대형 호버트럭 쪽으로 **달려간다.** 트럭 옆의 눈밭에 기절한 채로 쓰러져 있는 보급관의 모습이 눈에 들어온다. 의식을 잃은 사내의 모습을 본 톰이 아연실색한 표정으로 멈칫한 순간 캣이 호버트럭의 운전석에서 고개를 내민다.

캣   조용히 해, 토오 마스. 너무 소리가 커. 너무 시끄러워.

톰   (놀란 표정으로)
           캣, 도대체 무슨—

캣은 운전석 문을 열고 톰을 다짜고짜 끌어 올린다.

캣   말하지 마. 안에 들어와.

실내—호버트럭의 운전석—연속해서
운전석 내부는 세미트레일러의 그것과 흡사하다. 캣은 대시보드 아래로 들어가서 **성냥**을 켠다. 뭔가를 점검하고 있다.

톰   (속삭이듯이)

여기서 뭘 하고 있는 거야?

캣   보고 있어. 확인.

캣은 성냥불을 불어 끄고, 다시 톰 곁에 앉는다.

캣   지금 떠나.

캣은 겹겹이 껴입은 셔츠의 소매를 하나씩 걷고, 손을 펼친다.

홀로그램이 출현한다. 조그만 지구가 그녀의 손바닥 위에서 천천히 회전하고, 지표면 위를 이질적인 기호들이 천천히 가로지른다. 몬태나 주에 해당하는 지점이 반짝이고 있다.

톰   또 다른 문이 있어? 어디로 통하는 문인데?

캣   밖으로.

톰   (조바심을 내며)
         밖이라니, 어디? 그 문이 어디로 통하는지 어떻게 알아?

캣   문 지나. 그럼 알아.

톰   캣, 우리가 왔던 세계로 돌아가는 문은 없어? 난 집에 돌
아갈 수 있을까?

캣   몰라. 아마 돌아갈 수 있을지도. 아마 이 문일지도.

톰은 홀로그램 표면의 반짝이는 지점을 관찰한다.

톰   거긴 몬태나 주 어딘가야. 이 문은 언제 열리는데?

캣이 팔을 내리자 홀로그램이 **꺼진다.**

캣   이틀 뒤. 지금 가.

톰   (실망한 어조로)
너무 멀어, 캣. 적어도 백 마일은 가야 하잖아. 걸어서 하
루에 10마일이라도 갈 수 있다면 다행일걸.

캣   안 걸어. 이거 타.

캣은 호버트럭의 조종간에 손을 댄다.

톰   안 움직인다고 했잖아. 못 들었어?

캣	고치고 있어.

톰	누가? 네가?

캣	방법 알아. 테인이 가르쳐 줬어. 동력 전지.

톰은 당장은 이해하지 못한다. 잠시 후 그는 퍼뜩 깨닫는다.

톰	동력 전지— 맙소사, 맞아! (히죽 웃는다) 캣, 정말이지 키스해 주고 싶은 기분이야.

캣	키스 몰라. 지금 가. 키스 나중에.

톰	(뭔가를 퍼뜩 깨달은 표정으로, 주저하며) 잠깐 기다려. 식량이……. (한 박자 뒤에) 식량은 모두 이 트럭에 실려 있잖아. 우리가 이걸 다 가지고 가면 여기 남은 사람들은 죽어.

캣	어차피 다 죽어. 빠르거나 늦거나. 상관없어.

톰	동굴 안에 있었을 땐 그렇게 얘기 안 했잖아? 그때 넌 산

다는 건 가치 있는 거라고 했어. 며칠을 더 살든, 몇 시간
을 더 살든 간에.

캣의 얼굴 표정이 굳으며 고집스럽게 변한다. 자기가 한 말을 톰에게 되
돌려 받은 것이 마음에 들지 않는 것이다.

캣   그때 달라. 우리 얘기. 지금은 남 얘기.

톰은 아연실색한 얼굴로 캣을 바라본다. 그녀의 생존 본능이 얼마나 강
한지를 그가 정말로 실감한 것은 아마 이번이 처음일 것이다.

톰   캣, 저들도 우리하고 같은 사람이야. 저 야영지에는 태어
난 지 여섯 시간도 안 되는 아기가 있어. 내가 직접 받은
아기가 말이야. 난 그 아기를 죽게 내버려 둘 생각이 없어.

캣은 이해하지 못하겠다는 표정이다.

캣   지금 떠나! 빨리!

톰   그럼 가.

캣   너도 가.

톰   캣, 난 안 가겠어.

캣은 잔뜩 골이 난 표정이다. 꽉 다문 입가에서는 살기조차 느껴진다.

캣   가!

톰   (나직하지만, 단호하게)
           싫어.

그들은 서로를 노려본다. 이윽고 캣은 시선을 떨군다.

캣   (졌다는 듯이)
           나도 안 가.

장면 전환
실외―대위의 오두막―밤
톰은 캣을 대동하고 대위의 오두막으로 들어간다. 창문들이 모두 컴컴
한 것을 보니 대위는 자고 있는 듯하다.

실내―대위의 오두막―연속해서
오두막 내부는 칠흑같이 어둡다. 톰과 캣이 창문 앞을 가로질렀을 때 흘
끗 보였을 뿐이다. 캣은 신경이 곤두서 있다.

캣   너무 어두워.

톰   대위님? 거기…….

그들 뒤에서 갑자기 성냥불이 **화르륵 타오른다.** 대위는 자고 있지 않았고, 책상 뒤에서 일어서는 중이다. 한 손에 군용 리볼버 권총을 쥐고 있다. 그는 다른 손에 쥔 성냥불을 양초에 붙인다. 오두막 내부가 너울거리는 촛불 빛으로 밝아진다.

대위   꼼짝 마. 이 총이 장전되어 있다는 건 내가 보장하지.

톰   자고 있다고 생각했습니다.

대위   그건 잘못 생각한 거야.

대위는 의자에 등을 기대고 앉는다. 손에 쥔 권총으로는 여전히 톰과 캣을 겨냥하고 있다. 캣의 손대포는 대위 앞의 책상 위에 놓여 있다.

대위   너희들이었군. 이상하군. 월시와 그 동조자들일 거라고 생각했는데.

톰   왜 월시가 여기 올 거라고……?

대위	당연하지 않나. 나를 죽이기 위해서야. 가장 확실하게 진급하는 방법이지.

톰	우린 당신을 죽이러 온 게 아닙니다. 말을 좀 나누고 싶었습니다.

대위	그래. 자네는 죽이는 것보다는 말하는 쪽에 훨씬 더 재능이 있는 종류의 인간처럼 보여. 하지만 거기 있는 자네의 여자 친구는…….

캣	내 여자 친구 아냐.

톰은 평소에 자기에 하던 말이 캣의 입에서 나오자 당혹한 기색이다.

톰	맞는 말이야, 캣. 대명사 쓰는 법이 틀렸지만 그 얘긴 나중에.
	(대위에게)
	대위님, 오늘 했던 말은 사실입니까? 따뜻한 남쪽 지방 얘기…….

대위	자기 눈으로 봤다는 사내를 아는 사내를 만난 적이 있지.
	(어깨를 으쓱하며)
	사람이 살아가기 위해서는 희망이 필요한 법이야.

톰　　　　뭐 하나 보여 드려도 되겠습니까?

대위는 **고개를 끄덕인다.** 톰은 책상으로 걸어가서 원통형의 예비 탄창 하나를 집어 들더니 *끄*트머리의 캡을 떼어 낸다.

카메라가 톰의 손을 보여 준다
톰은 탄창을 들어 올려 대위에게 보여 주고 있다. 탄창 안쪽에서 동력 전지가 빨갛게 맥동하고 있다. 대위는 당혹스러움과 호기심이 뒤섞인 표정으로 상체를 내민다.

대위　　　　이게 뭐지?

톰　　　　희망입니다…….

대위는 톰의 얼굴을 쳐다보다가, 권총을 내려놓는다.

대위　　　　말해 보게.

장면 전환
실외—산속—밤
고요한 눈밭 위로 검은 밤하늘이 보인다. 움직이는 것은 바람밖에는 없다. 그곳에서 느닷없이 천둥처럼 시*끄*럽고 음속 폭음만큼이나 날카로운 **딱** 하는 소리가 울려 퍼진다.

아무것도 없던 공중에 갑자기 다크로드의 〈가마〉가 **출현한다**. 살아남은 세 명의 인간사냥개들—테인, 다이애나 그리고 두 번째 여성 부하인 **자엘**—이 울퉁불퉁해진 이 탈것에 매달려 있다. 〈가마〉는 한눈에 보아도 심하게 파손된 상태다.

테인은 표범처럼 민첩하게 눈밭 위로 뛰어내린다. 사냥이 다시 시작되었다.

페이드아웃
제5막 끝

제6막

페이드인
실외—베이스캠프—아침
야영지 전체에서 열에 들뜬 듯한 활동이 이어지고 있다. 병사들은 눈에 파묻힌 버스를 파내고, 호버트럭에 짐을 고정하고, 지프차와 병력 수송 장갑차의 부품을 떼어 내서 버스와 호버트럭을 수리하고 있다. 대위의 무기력했던 소부대에 마치 새로운 활력이 깃든 듯한 느낌이다.

캣의 타이트 샷
호버트럭의 열린 엔진 덮개 아래에 거꾸로 상체를 들이민 캣의 얼굴과 옷은 기름투성이다. 양손으로 여러 개의 케이블을 쥐고 있는 그녀의 얼굴은 수술 중인 의사처럼 무엇인가에 집중하고 있다. 캣이 말없이 손을 내밀자 조수인 여성 병사가 그녀의 손바닥 위에 동력 전지를 올려놓는다. 캣은 그것을 납땜하여 엔진에 부착한다.

원래 장면으로

천을 찢어 내서 만든 붕대를 머리와 한쪽 손에 감은 보급관이 호버트럭의 운전석 창문에서 고개를 내민다. 흥분한 표정이다.

보급관	동력이 돌아왔어! 하느님 맙소사. 동력계 눈금이 최대치를 반이나 넘어 있군.

캣은 덮개 밖으로 기어 나와서 걸레로 손을 닦고 고개를 끄덕인다.

하사	팬을 작동시켜 봐. (큰 소리로) 다들 비켜! 지금부터 이걸 띄울 거니까…… .

병사들이 트럭 앞에서 **황급히 몸을 피한다.** 보급관은 심호흡을 한 번 하고 가슴에 십자를 그은 다음 시동 스위치를 돌린다. 호버트럭의 전기 터빈이 움직이기 시작하며 **높다랗게 윙윙거리는 소리가** 들리더니…… 곧 호버트럭 아래쪽의 거대한 부양팬들이 **굉음**을 발하며 회전하기 시작한다.

롱 샷―호버트럭

호버트럭이 한순간 앞뒤로 **요동치며** 사방에 눈가루를 **흩뿌리자** 구경꾼들이 뿔뿔이 흩어진다. 그런 다음, 호버트럭이 느리고 장중하게 지면 위로 떠오르기 시작한다.

병사들이 여기저기서 **환호한다.**

카메라가 캣을 보여 준다

갑자기 캣은 사람들에게 둘러싸인다. 모두들 잘했다는 듯이 그녀의 등을 탁탁 치거나 손을 잡고 열성적으로 흔든다. 캣은 처음에는 영문을 모르겠다는 표정이지만, 곧 상황을 파악하고 천천히 미소 짓는다.

하사   하나는 고쳤어. 자, 이제 저 탱크를 손보자고.

장면 전환

실외―스쿨버스―몇 시간 후

소총과 더플 백을 든 병사들이 줄을 지어 스쿨버스에 타고 있다. 한 무리의 병사들은 쇠줄로 호버트럭에 스쿨버스를 연결하고 있다. 캣과 톰은 대위가 하사와 말을 나누고 오기를 기다리고 있다.

대위   옛날 주간(州間) 고속도로를 따라서 갈 수 있는 데까지
              가 봐. 하지만 덴버에는 다가가지 말도록. 아직 너무 뜨거
              워서 안전하지 않으니까 말이야.

하사	예, 대위님.

대위	아무리 늦더라도 일요일까지는 자네들을 따라잡겠네. 만약 1주 이내에도 내가 합류 지점에 오지 않는다면 나 없이 그냥 출발하게. 무슨 얘긴지 이해했나?

하사	대위님, 그래도 기다리는 편이······.

대위	이해했나? (하사가 고개를 끄덕이자) 계속 전진해야 해. 무슨 일이 있더라도 말이야. 호버트럭의 터빈은 언제 멎어도 이상하지 않은 상태야. 그러니까 남쪽으로 갈 수 있을 때까지 가게.

휘트모어는 스쿨버스에 올라타려는 참이다. 그녀의 품에는 옷으로 겹겹이 만 아기가 안겨 있다. 그녀는 작별 인사를 하기 위해 멈춰 선다.

휘트모어	선생님······ 고맙습니다······. 정말로.

톰	아기를 잘 돌보십쇼. 알겠죠?

휘트모어는 톰의 뺨에 가볍게 **입을 맞춘다**. 그것을 바라보던 캣의 미간에 주름이 잡힌다.

휘트모어   너도, 캣. 고마웠어.

(대위에게)

당신…… 당신도 지금 함께 가면 좋을 텐데.

대위   그리 오래 걸리지 않을 거야. 하사가 잘 인솔해 줄 거야.

휘트모어는 고개를 끄덕인다. 어색하고, 수줍은 듯한 표정이다. 그녀가
몸을 돌려 버스에 타려고 하자…… 대위가 입을 연다.

대위   바바라…….

(그녀가 멈춰 선다)

아기를…… 안아 봐도 될까?

휘트모어는 대위에게 아기를 건넨다. 대위는 조심스레 아기를 받아 들
고 품에 안는다.

휘트모어   눈이 당신과 똑같아.

대위는 휘트모어에게 아기를 돌려주고 휘트모어와 **입을 맞춘다**. 상냥하
고 애정 어린 입맞춤은 한참 계속된다. 캣은 호기심을 감추려고 하지도
않고 그 장면을 빤히 바라보고 있다.

톰   저게 키스야, 캣. 서로 키스하고 있는 거지.

휘트모어가 울고 있다. 대위조차도 눈가가 촉촉해졌다. 그들은 억지로
포옹을 푼다.

대위　　　　내 사랑, 따뜻한 곳으로 우리 아기를 데려가 줘.

휘트모어는 감정이 북받친 탓에 아무 말도 못 하고 단지 **고개를 끄덕였
을 뿐이다.** 그런 그녀의 뺨 위로 눈물이 흘러내린다.

캣　　　　키스 아파.

톰　　　　(미소 지으며)

　　　　　　아, 꼭 그런 것만은 아냐.

장면 전환

카메라가 견인용 쇠줄을 보여 준다

터빈들이 높다랗게 **윙윙거리고,** 부양팬들이 **굉음을 발한다.** 호버트럭이
눈밭 위로 떠오른다. 느슨했던 견인줄들이 팽팽해지면서 덜그럭거리고,
철컥거리는 소리를 낸다.

호버트럭은

공기의 쿠션을 타고 눈 덮인 지면에서 30센티미터쯤 뜬 채로 앞으로 움
직이며, 남쪽을 향한 긴 여정을 시작한다. 견인줄들이 모두 팽팽해진다.
한순간 스쿨버스는 꼼짝도 않는다.

버스 타이어들은

얼음이 낀 상태로 눈밭에 박혀 있다.

호버트럭에서는

버스를 힘겹게 끄는 터빈의 윙윙거리는 소리가 높아지고, 회전 속도가 올라가지만, 아무 일도 일어나지 않는다. 그러나 마침내,

버스의 타이어들에 낀 얼음에

금이 가고, 거대한 버스 타이어들이 구르기 시작한다.

톰과 캣은

호버트럭과 버스가 아주 천천히 움직이기 시작하는 광경을 바라본다. 버스의 창문 하나가 열리더니 월시가 고개를 내민다.

월시   어이, 캣…….
          (그녀가 쏘아보자)
          예쁜 아가씨, 너 땜에 난 거짓말쟁이가 됐어. 빚을 졌군.

월시는 창문을 통해 평소에 입고 다니던, 모피 깃이 달린 두껍고 무거운 파카를 캣에게 던진다. 캣은 깜짝 놀란 얼굴로 그것을 받는다.

월시   걸치고 다니라고. 난 따뜻한 곳으로 가니까 이젠 필요 없어.

버스가 야영지를 떠나간다. 캣은 버스를 응시한다.

톰　　　　자, 가자. 대위님이 기다리고 있어.

리버스 앵글―톰의 어깨 너머로

전투로 인해 여기저기가 흠집 나고 우그러진 탱크가 대기하고 있는 것이 보인다. 탱크의 터빈도 천천히 회전 속도를 올리고 있다. 톰과 캣은 탱크를 향해 걸어간다. 캣은 걸어가면서 파카에 팔을 집어넣고 입는다.

매치 디졸브
실외―베이스캠프―몇 시간 후

텅 빈 오두막들과 버려진 차량들이 눈에 덮인 채로 여기저기에 흩어져 있다. 호버트럭과 스쿨버스와 탱크 모두 사라져 있다. 다이애나는 둔덕 위를 성큼성큼 걸어 〈가마〉에 탄 채로 야영지를 내려다보고 있는 다크로드에게 다가간다. 그녀는 고개를 숙여 절하고 보고하기 시작한다. 동료인 자엘과 뚱한 표정을 한 테인은 그녀의 말에 귀를 기울인다.

다이애나　　군대의 야영지입니다, 각하. 저기 있던 자들이 최근 떠나간 흔적이 있습니다. 거기서 이걸 찾아냈습니다.

다이애나의 손의 클로즈업

그녀의 펼친 손 위에는 두 개의 검은 원통이 놓여 있다.

테인	손대포의 탄창이로군.
다이애나	동력 전지를 뜯어낸 탓에 아무 쓸모도 없습니다.
테인	하지만 이걸로 그녀가 여기 있었다는 게 확실해졌군.

원래 장면으로

어둠에 휩싸인 잿빛 역장 내부에서 이질적인 존재가 화난 듯이 몸을 뒤척인다.

다크로드	그리고 또 도망쳤다!
다이애나	한 무리는 북쪽으로 갔고, 다른 무리는 남쪽으로 갔습니다.
테인	다음 문은 북쪽에 있습니다. 캣은 그걸 향해 도망칠 겁니다.
다크로드	그렇다면 남쪽으로 간 무리는 아무 가치도 없다. 다이애나, 북쪽을 향해 출발하라.

다이애나는 깊이 고개를 숙여 **절하며** 순종할 뜻을 표한다. 테인이 입을 연다.

테인	각하, 타고 계신 기계가 손상을 입은 탓에 느리게밖에는

움직일 수 없습니다. 그녀 쪽이 먼저 문에 도달할지도 모릅니다.

다크로드 안 그러기를 빌라. 명예를 잃고, 두 번이나 실패한 테인이여. 그녀를 잡지 못한다면 네가 그 자리를 대신할 것이므로.

테인 저를 미리 보내 주십시오, 각하. 그녀는 산을 우회하려고 하겠지만, 저는 그보다 직선적인 경로로 가서 문을 미리 확보할 수 있습니다.

다크로드 그렇게 하라. 상처를 입히면 안 된다. 그녀는 너의 그 공허한 인간의 자존심이 아니라 나의 즐거움을 위해서 봉사해야 하므로.

테인 명하신 대로 받들겠습니다.

테인은 〈가마〉의 양 측면에 아웃리거처럼 튀어나온 썰매를 닮은 부품 중 하나 위에 모터사이클에 올라타듯이 걸터앉는다. 그가 조종 장치를 건드리자 썰매 앞부분이 앞으로 밀려 나오더니 〈가마〉 본체에서 떨어져 나온다.

다크로드 미리 경고해 둔다, 엽견이여. 세 번째 실패는 없다. 나의 자비에도 한도라는 것이 있으므로.

테인은 깊숙이 **고개를 숙여 절한다.** 눈밭 위에 뜬 동력 썰매가 빠르고 소리 없이 나아가기 시작한다.

장면 전환

실외—산중—낮

공기쿠션에 실려 부유하는 탱크는 눈과 얼음으로 이루어진 황야를 가로질러 북쪽 산을 향하고 있다.

실내—탱크 안—낮

탱크 내부는 좁고 춥다. 탱크의 상태가 안 좋다는 것은 누가 봐도 역력해 보인다. 배경에 화재로 인해 검게 그을린 회로판과, 긴급 수리를 한 흔적이 보인다. 부양팬들이 시끄럽게 윙윙거리고 있다.

대위가 탱크를 조종하고 있다. 톰은 포수 자리에 앉아 있다. 캣은 그의 발치에서 웅크리고 있다.

톰   아까부터 생각해 봤는데, 전쟁이 29년 계속되었다고 하셨죠. 그렇다면 전쟁이 시작된 건—

대위   1962년 10월이야. 하지만 내 전쟁이라고는 할 수 없었지.

톰   (퍼뜩 무엇인가를 깨달은 얼굴로)
             쿠바 미사일 위기……. 소련은 결국 뒤로 물러서지 않았다, 이겁니까?

대위는 지친 듯이 고개를 끄덕인다.

톰   전황이 얼마나 안 좋았던 겁니까?

대위   우린 도시 몇 개를 잃었지. 보스턴, 덴버, 워싱턴을. 하지
만 마지막에는 이겼어. 새 대통령이—내가 기억하기로는
맥나마라였는데—우리가 승리했다고 선언했으니까 말이
야. 사람들은 거리로 뛰쳐나와서 춤을 추며 환호했고, 여
기저기에 국기가 내걸렸고, 승전 퍼레이드가 벌어졌고,
두 번째 베이비붐이 왔지……. 하느님, 그때는 얼마나 어
리석었는지.

톰   그 뒤에…… 핵전쟁의 여파가 온 거로군요.

대위   독성 비가 내리고, 곡식 농사를 망쳤어. 도시민들은 굶주
림 탓에 도시 밖으로 몰려나왔지만, 갈 곳이 없었어. 미국
전체의 불이 꺼졌던 거지.

캣   다크로드들이…….

톰   여기선 아냐, 캣. 자기들 손으로 이렇게 만들어 놓은 거야.

그냥 보통 인간들이 말이야…….

대위   제일 끔찍했던 건 식량 전쟁이었어. 일단 그런 일이 시작
된 뒤로는 멈출 방법이 없었지. 해를 거듭할수록 겨울은
점점 길고 추워졌어.

대위는 끔찍한 기억을 털어 내려는 듯이 세차게 머리를 흔든다.

다음 순간, 갑자기 **경보**가 울리더니 탱크가 **요동친다**. 계기반이 연기를
뿜기 시작한다. 캣은 시끄러운 경보를 듣다못해 양손으로 귀를 틀어막
는다.

대위는 소화기를 움켜잡고 계기반의 패널을 뜯어낸 다음 소화액을 분사
한다. 부양팬들이 **쇠가 긁히는 듯한 소리를** 내다가 침묵하고, 탱크는 지
면으로 쾅 추락한다. 짙은 연기가 가득 찬다.

대위   레이크, 해치를 열고 나가! 모두 질식하기 전에.

실외—탱크—연속해서
짙은 **연기를 뿜어 대는** 열린 해치에서 톰이 기어 나온다. 그는 캣의 손을
잡고 위로 끌어올린다. 대위는 천으로 얼굴을 가린 채로 심하게 **기침하
면서** 그 뒤를 따라 올라온다.

톰	무슨 일이 일어난 겁니까?
캣	불났어. 토오 마스.
톰	그건 나도 봤어.
대위	일종의 과부하가 걸린 탓인 것 같군. 이 탱크는 이미 오래 전에 폐차되어야 했을 골동품이야.
톰	수리할 수 있을까요?

대위는 주위를 둘러본다. 눈이 닿는 한 사방으로 눈과 얼음에 뒤덮인 산이 펼쳐져 있을 뿐이다.

| 대위 | 그것 말고 달리 뾰족한 대안이라도 있나? |

장면 전환

실외—산중의 다른 지점—동시에

테인은 동력 썰매를 몰고 작은 언덕들 사이를 질주하고 있다. 집념에 사로잡힌 가혹한 표정이다. 그는 남은 거리를 빠르게 주파하는 중이다. 그 앞에 우뚝 솟은 산들이 보인다.

화면이 오버랩되며

실외—탱크—저녁

대위는 몇 시간째 탱크의 수리에 몰두하고 있다. 캣은 포탑 위에 앉아서 주위를 경계 중이다. 대위가 모습을 드러내자 캣은 그가 뭐라고 하는지 들으려고 지면으로 뛰어내린다.

톰   상태가 어떻습니까?

대위의 표정은 음울하다.

대위   임시방편으로 타 버린 회로판을 교체할 수는 있어. 하지만 진짜 문제는 이거야.

대위는 톰에게 무엇인가를 **툭 던진다**. 톰은 공중에서 그것을 낚아챈다.

톰의 손의 타이트 샷

그가 쥐고 있는 것은 동력 전지다. 완전히 소진된 듯이 검게 변해 있다.

다시 원래 장면으로

캣이 다가온다. 톰은 뚱한 표정으로 그녀에게 동력 전지를 건넨다.

대위   고장 난 회로판이 과부하를 일으켰던 거야. 고치려면 다른 동력 전지가 필요해.

톰	다른 동력 전지 따위는 없습니다. 두 개 있던 예비 탄창을 다 써 버렸으니까요.

톰은 황량한 주위 풍경을 힘없이 바라본다.

톰	빌어먹을 놈의 에너자이저 토끼는 왜 꼭 필요할 때만 없는 거지?

대위	뭐라고?

톰	별거 아닙니다. 이제 어떻게 할까요?

톰과 대위는 무력한 표정으로 서로를 바라본다.

대위	이제는 죽는 수밖에.

톰은 대위의 목소리에 깃든 느닷없는 절망감에 깜짝 놀란다. 만약 이 사내조차도 포기한다면, 상황은 정말로 절망적이라는 얘기가 된다. 대위는 지친 어조로 말을 잇는다.

대위	정말이지 묘한 최후를 맞게 되는군. 난 언제나 전투 중에 죽을 거라고 생각하고 있었어. 군인답게 전사할 거라고. (한 박자 뒤에)

우리 아버지는 군인이었고, 할아버지도 군인이었지. 그런 그들에게 전쟁이란 명예와 용기였고, 자기 나라를 적으로부터 지키는 행위였어. 그러다가 정말로 전쟁이 일어났지만, 지킬 나라도 없었고, 내가 죽인 적들은 1년 전에는 내가 지키던 사람들이었어.

(한 박자 뒤에)

이 전쟁에서는 정상적인 게 하나도 없었어. 죽는 일조차도.

톰은 뭐라고 해야 할지 몰라 말문이 막혔지만, 캣은 입을 연다.

캣　　　　지금 안 죽어.

그녀는 손대포를 뽑아 탄창을 끄집어내서, 이 마지막 탄창을 대위에게 내민다. 대위는 이것이 무엇을 의미하는지를 깨닫고 엄숙한 얼굴로 탄창을 받아 든다.

대위　　　이걸 빼 버리면 그 무기는 아무 쓸모가 없을 텐데.

톰　　　　캣, 그래도 좋아?

캣　　　　좋아.

대위　　　그럼 몸을 지킬 무기가 없어질 텐데. 만약 적들이…… 자

네들이 말한 그 다크로드들과 마주친다면…… 싸울 방법
이 없잖나.

캣   방법 많아. 발로 차고, 물고, 돌 던져.

대위는 권총집에서 리볼버 권총을 뽑아 캣의 손에 쥐어 준다.

대위   자, 이걸 받아. 총알은 네 발밖에 없지만, 없는 것보다는
            나을 거야. 받으라고.

캣은 권총을 받아 들고 점검한다.

캣   없는 것보다 나을 거야. 돌보다 나을 거야.
            (권총을 챙겨 넣는다)
            이제 고쳐. 이제 가.

대위는 탱크 쪽으로 돌아가서 수리를 재개한다.

화면이 오버랩되며
실외—절벽 면—밤—카메라가 아래를 향한다
바위와 얼음으로 이루어진 깎아지른 절벽 면을 향해 삭풍이 몰아치며
포효한다. 지면은 까마득히 아래에 보이고, 절벽 꼭대기는 공중에 높게
솟아 있다. 화면 안으로 **손 하나**가 보이더니 불안정한 돌출부를 움켜잡

는다. 다음 순간 몸을 위로 끌어당기며 테인이 출현한다. 맨손으로 바위를 붙잡고 올라오느라고 손가락은 **피투성이**고, 얼굴에는 **성에**까지 맺혀 있지만, 그는 개의치 않고 계속 절벽을 오른다.

테인이 보이지 않는 지점까지 **올라가자,**

화면이 오버랩되며
실외—산길—다음 날
탱크가 가파른 비탈을 천천히 올라가다가, 얼음으로 뒤덮인 높은 바위 절벽들 사이의 좁은 길 어귀에서 **정지한다.** 잠시 후 상부 해치가 열리더니 캣이 먼저 기어 나온다. 톰과 대위가 그 뒤를 따른다.

캣은 탱크 윗부분에 서서 소매를 걷고 팔찌를 노출시키더니 주위를 스**캔한다.** 팔찌가 발하는 **푸르스름한 빛**은 팔이 전방으로 이어지는 산길 너머의 산 위쪽을 가리켰을 때 가장 밝아진다.

캣   저기. 저쪽.

대위   산길이 너무 좁군.

대위는 산길 너머에 우뚝 솟아 있는 산을 흘끗 본다.

대위   저 산에 쌓인 눈의 모양새가 마음에 들지 않는군. 저기로 탱크를 몰고 간다면 산의 절반이 통째로 무너져 내릴 거야.

톰	캣, 문은 얼마나 가까워?

캣	가까워. 2헥스. 3헥스.

톰	그럼 남은 거리는 걸어서 갈 수 있을 겁니다.

대위	그럼 여기까지로군. 이젠 나도 부하들에게 돌아가야겠어.

톰	우리와 함께 가는 수도 있습니다만.

대위	이 세계가 내 고향이야. 게다가…….
	(씩 웃으며)
	난 여전히 자네들이 제정신이 아니라고 생각하네.

톰도 **씩 웃는다**. 두 사내는 **악수를 나눈다**. 그런 다음 톰과 캣은 눈밭으로 뛰어내린다. 앞으로 나아가며 그들은 눈 위에 **깊은 발자국**을 남긴다. 톰이 미끄러지며 쓰러지자 캣이 일으켜 세워 준다. 대위는 그들이 비탈길을 올라가는 것을 바라보다가 해치를 닫고 탱크 안으로 들어간다.

매치 디졸브

같은 장소—한 시간 후—카메라가 다이애나를 비춘다

다이애나는 캣과 톰이 눈 위에 남긴 깊은 발자국 곁에서 한쪽 무릎을 꿇고 있다. 곧 그녀는 일어선다.

공중에 뜬 〈가마〉가

그녀 뒤를 바싹 따르고 있다. 어둠의 역장 안에 있는 생물이 기다렸다는 듯이 상체를 내민다.

다이애나   타고 온 것을 여기 남기고 걸어서 올라갔습니다. 그런 지 한 시간도 채 되지 않았습니다.

다크로드   그렇다면 이제 잡은 거나 마찬가지다.

다이애나   잡으면 그녀를 어떻게 하실 생각입니까, 각하?

다크로드   너희들에게 고통은 외마디 비명처럼 짧고 날카로운 것에 불과하고, 너희들은 그 선율을 들을 수 없다. 하지만 인간 사냥개여, 그 선율로 교향악을 작곡할 수 있다.

다이애나는 더 이상 듣고 싶지 않은 눈치다. 그녀는 몸을 날려 〈가마〉에 올라탄다. 그들은 좁은 산길을 향해 전진하기 시작한다.

장면 전환

실외—광산 입구—낮

톰은 격하게 헐떡거리고 있다. 캣조차도 힘든 등반 탓에 얼굴이 붉게 상기해 있지만, **광산 입구**에 있는 검은 구멍이 눈에 들어오자 그곳을 향해 냅다 **달려간다**. 그녀는 옷소매를 걸어 올리고 팔찌를 드러낸 다음 주먹을 쥔다. 그러자 금속에 박힌 검은 줄들이 **섬광을 발하며** 하나 둘 셋, 하나 둘 셋 하는 식으로 빠르게 명멸하기 시작한다.

톰   (격한 숨을 몰아쉬며)
                빙고. 찾아냈군.

그러자 테인이 동굴 입구의 어둠 속에서 밖으로 걸어 나온다.

테인   그런 것 같군.

캣은 **화들짝 놀라며** 뒷걸음질 치고, 대위가 준 낡은 구식 리볼버 권총을 뽑아 양손으로 쥐더니 단 한 순간도 주저하지 않고 **발사한다**.

탄환이 테인의 어깨를 맞힌다. 그는 비틀거리다가, 미소 지으며 허리를 편다.

테인   어린애한테 새 장난감을 준 꼴이군.

어깨의 상처에서 **피가** 솟구치지만, 테인은 거의 고통을 느끼지 않는 기색이다. 그것을 본 톰은 전율한다.

테인   나를 죽이지 못하는 건 나를 강하게 만들어 주는 법이라지.

캣은 테인을 향해 **소리 없는 포효를 발하고** 다시 총을 쏜다. 두 번째 탄환은 완전히 빗나간다. 그것이 바위에 맞고 **튕겨 나가는** 소리가 들린다.

테인   두려워? 응당 두려워야 해. 조그만 사냥감을 잡으러 그녀
          가 오고 있으니까 말이야. 이미 가까이 와 있어. 그녀가 너
          한테 무슨 일을 할지 알아?

캣은 다시 **발포한다.** 탄환은 테인의 배 한복판을 정통으로 맞힌다. 테인은 **끙 하는 소리를 내며** 허리를 꺾고 양손으로 상처를 움켜잡지만— 그랬던 것은 단지 한순간에 불과하다. 테인은 천천히 허리를 펴고 두 손을 옆으로 내린다.

테인   이번에는 거의 아팠다고 해도 좋을 정도야.

캣이 쥔 권총의 탄창에는 이제 한 발밖에는 남지 않았다. 캣이 그것을 쏘려고 할 때 톰이 그녀의 손목을 잡는다.

톰   **캣, 그만해.**

테인 캣. 그렇지. 그림자 세계에서 온 자여, 그게 내가 줬던 이름이야. 직접 이 계집한테서 들었나?

(분노한 기색이 점점 강해지며)

말하는 법도, 읽는 법도 내가 가르쳤고, 기계를 쓰는 법도 가르쳤지. 내가 생명을 줬던 거야. 음식도. 명예도. 내 반려로서 말이야.

톰 (퍼뜩 깨달은 듯한 표정으로)

이 여자를 **사랑했던** 거로군⋯⋯.

(한 박자 뒤에)

테인, 그렇다면 보내 줘. 같은 인간끼리 어떻게 이런 짓을 할 수 있나?

테인 인간이 아냐. 인간사냥개야.

테인 뒤의 동굴 입구가 갑자기 **눈부신 파란빛으로 가득 찬다.** 문이 열린 것이다.

캣 문이⋯⋯.

테인 문은 저기 있으니 나만 지나치면 돼.

테인이 양손에 늘어뜨린 손으로 주먹을 쥐자 손등의 관절에서 길이 6인

치의 **강철 칼날들**이 튀어나온다. 그 순간,

장면 전환

실외—산길—동시에

다크로드가 위를 향해 〈가마〉를 몰고 올라간다.

다크로드   빨리! 더 빨리 움직이라! 문이 열리고 있다. 도망치게 놓
             아두면 안 돼. **더 빨리!**

반 마일 전방에서 **호버탱크가** 천천히 모습을 드러낸다.

다크로드   저건 뭐지? 병기 체계로군. 멈추라.

탱크의 포탑이 천천히 회전하기 시작한다.

실내—탱크 안

대위는 음울한 미소를 띠고 조종 장치를 조작하고 있다.

대위   우리 세계에 온 걸 환영한다, 이 개자식들아.

대위가 발사 버튼을 누른다.

실외—탱크

포탑의 주포가 시뻘건 불을 뿜는다. 쇠망치로 때리는 듯한 굉음이 울려 퍼진다.

〈가마〉가

황급히 방향을 튼 순간 바로 밑에서 탱크가 쏜 포탄이 **폭발한다.** 그 충격으로 〈가마〉에 남아 있던 인간사냥개 두 명 모두 아래로 **추락한다.** 어둠의 역장이 대부분의 충격을 흡수하지만, 〈가마〉에 탄 다크로드는 분노에 못 이겨 **절규하고,** 이질적이고 알아들을 수 없는 단어들을 잇달아 내뱉는다.

〈가마〉가 반격한다. **번갯불 같은 광선이** 좁은 산길을 가로질러 탱크를 직격한다. 또 한 줄기의 광선이 탱크를 직격하고, 또 직격한다. 광선이 **지지직거리며** 공중을 가르자 좁은 산길에서 **천둥소리 같은** 굉음이 잇달아 울려 퍼진다.

실내—탱크 안—대위의 타이트 샷

탱크가 피격되자 그는 옆으로 튕겨 나간다. 실내등들이 꺼진다. 탱크는 동력을 상실하고 지면에 **추락해서** 마구 흔들린다.

대위	또 쏘라고. 또 쏴. 자, 한 번만 더 쏴.
	(탱크가 또 피격된다)
	됐어!

탱크 안의 격벽에서 연기가 쏟아져 나오지만, 대위는 **씩 웃는다**. 위쪽에서 우르릉거리는 듯한, 낮고 불길한 소리가 들려왔기 때문이다.

카메라가 〈가마〉의 어둠의 역장 너머를 비춘다

〈가마〉 위에 탑승한 다크로드도 그 소리를 듣는다. 역장 내부에서 거구의 뒤틀린 몸이 두려움을 못 이겨 꿈틀거리고, 양팔로 앞을 막는 시늉을한다.

다크로드   안 돼에에에에에.

전 세계가 이질적인 존재의 입에서 **터져 나오는** 새된 절규로 산산조각나고,

굉음과 함께 **쏟아져 내린 엄청난 양의 눈**이 탱크와 〈가마〉를 위시한 산길 위의 모든 것을 완전히 묻어 버린다.

장면 전환
실외―광산 입구―테인

눈사태의 굉음에 테인은 퍼뜩 놀라며 **휙 고개를 돌린다**. 그의 주의가 산만해진 순간, 캣은 톰의 팔을 뿌리치고 권총을 들어 올려 마지막 한 발을 **쏜다**.

탄환이 테인의 머리를 스쳐 지나가며 그의 관자놀이가 피로 물든다. 테

인은 팽이처럼 돌며 쓰러진다. 캣은 빈총을 내던지고 후다닥 테인 곁을 지나 문을 향해 달려간다.

문이 발하는 **파란빛**이 스러져 가며 점점 어두워지고 있다. 테인은 이미 피에 젖은 관자놀이에 손을 대고 몸을 뒤틀며 일어서는 중이다. 톰은 얼어붙은 듯이 그 자리에 서 있다.

캣 (톰에게)

빨리 **와!**

두 번 외칠 필요는 없다. 톰은 테인의 몸을 뛰어넘어 후다닥 달려간다. 캣은 톰의 손을 움켜잡는다. 그들이 문을 향해 함께 **도약하자,**

급속 장면 전환

실외—무성한 숲—낮

톰과 캣은 낙엽 더미 위에 **떨어진다.** 머리 위의 하늘은 짙은 푸른빛이다. 그들이 와 있는 곳은 가을 숲이고, 주위의 나뭇잎들은 오색 단풍으로 화려하게 물들어 있다. 먼 산의 높은 비탈 위에 우뚝 솟은 **성**과, 그 옆에서 햇살을 반사하며 흘러내리는 폭포수가 보인다. 톰은 성을 빤히 바라본다.

톰의 머리에서 3센티미터도 채 떨어져 있지 않은 나무줄기에 어딘가에서 날아온 **화살**이 푹 박힌다. 톰은 화들짝 놀라며 몸을 빼고, 캣을 쳐다본다.

톰　　　　또 시작인 건가.

캣　　　　빙고.

캣의 **씩 웃는 얼굴**과 함께,

페이드아웃

　　　　　　　　　끝

와일드카드 셔플

서문

소년을 베이온 밖으로 보낼 수는 있어도, 그 소년 안의 베이온을 지울 수는 없는 법이다. 소싯적에 내가 '퍼니북(재밌는 책)'이라고 부르던 코믹스의 경우도 마찬가지다. 인정하는 수밖에 없다. 내 몸을 칼로 베었을 때 흘러나오는 피는 여전히 4색으로 인쇄되어 있다는 사실을.

현역 그린 랜턴의 이름을 댈 수는 없어도 나는 여전히 초대(初代) 그린 랜턴이었던 할 조던의 충성 서약을 읊을 수 있고, 그것이 앨런 스코트[1]가 마법 반지를 다시 충전했을 때 했던 선서와 어떻게 다른지도 자세히 설명할 수 있다. 〈미지의 도전자들〉 이름을 줄줄 늘어놓고, 〈어벤저스〉와 〈엑스맨〉과 〈아메리카 저스티스 리그〉의 원년 멤버들 이름을 모두 말할 수도 있다. (후자의 마스코트인 스내퍼 카까지 넣어야 할까?) 마블코믹스가 1971년에 취직 원서를 냈다가 떨어진 나를 실제로 고용한 대체 우주가

---

1 1940년에 코믹스로 처음 등장한 〈그린 랜턴〉의 원형 캐릭터.

어딘가에 존재한다는 점에는 의심의 여지가 없다. 그리고 지금 그 세계의 나는 우두커니 집에 앉아 내가 창조한 캐릭터들과 이야기를 원작으로 하는 블록버스터 영화들이 몇억 달러씩 돈을 쓸어 담고 있지만 원작자인 나는 한 푼도 못 받는다는 사실에 땅을 치고 있을 게 뻔하다.

이 세계의 나는 다행히도 그런 운명에 처하지는 않았다. 이 세계에서 나는 퍼니북들을 그리는 대신 단편과 중편과 장편소설을 썼고, 나중에는 영화 각본과 TV 각본도 썼다. 그러나 슈퍼히어로물에 대한 사랑은 내가 프로 작가로서 확고하게 자리를 잡은 뒤에도 결코 사라지지 않았다. 아직 발표하지 않은 괜찮은 '텍스트 스토리'가 하나 더 남아 있다는 생각도 여전히 하고 있었다. 따져 보면 하나 이상이었을지도 모르지만, 적어도 하나는 있다고 자신하고 있었다. 진짜 세계에서 슈퍼히어로가 될 운명에 처한 인물이 처할 운명에 관한 사실적이고 냉철한 이야기 말이다.

아이디어의 씨앗 자체는 몇십 년 전부터 존재했지만 내 창작 노트 안에서는 기껏해야 몇 줄을 넘긴 적이 없었다. 나처럼 코믹스를 피와 살로 삼고 자란 아이가 운 좋게 (아니, '운 나쁘게'라고 해야 할까?) 진짜 초능력을 얻는다는 줄거리다. 그럴 경우 그는 어떤 행동에 나설 것인가? 그냥 무시할까? 아니면 그걸 이용하려고 들까? 스판덱스 의상을 걸치고 범죄와의 전쟁에 나선다든지? 그의 인생은 어떻게 변할까? 보통 사람을 훌쩍 뛰어넘는 힘과 능력을 실제로 가진 사람에 대해 현실 세상은 어떤 반응을 보일 것인가?

(나는 바로 그 점에 착안해서 이 이야기에 〈보통 사람을 훌쩍 뛰어넘는 힘과 능력을 가진〉이라는 가제를 붙였다. 물론 옛날 TV에서 하던 〈슈퍼맨〉에서 인

용한 것이고, 나중이 되어서야 DC코믹스에서 이 모토를 상표등록 해 놓았다는 사실을 알게 되었다. 결과적으로 이 제목을 쓰지 않아서 다행이다.)

정확히 이 힘과 능력이 무엇인지는 끝끝내 결정하지 못했지만 말이다. 아마 그래서 그 이야기를 쓰지 않았는지도 모르겠다. 오랫동안 파이로키네시스[2]를 염두에 두고 있었지만, 1980년에 스티븐 킹이 《파이어 스타터》를 출간하고 나서는 그 생각을 접었다. 킹의 이 장편소설의 어린 여주인공은 마음의 힘으로 불을 일으킬 수 있을 뿐만 아니라 그녀의 아버지 또한 일종의 마인드 컨트롤이라고 할 수 있는 초능력을 가지고 있었던 것이다. 같은 주제라도 나는 전혀 다른 식으로 접근했겠지만, 아무래도 킹에게 기선을 제압당했다는 느낌을 불식할 수가 없었다.

그렇지만 1980년대에 나의 인생은 좀 더 중요한 전기를 맞이하고 있었다. 1979년 말에는 클라크 칼리지의 강사 일을 그만두고 전업 작가가 되기 위해 아이오와에서 뉴멕시코 주로 이주했던 것이다. 이주 도중에 첫 번째 결혼 생활이 종언을 맞이한 탓에 '매혹의 땅[3]'에 도착했을 때는 홀몸이었다. 그 이래 나는 줄곧 주도(州都)인 샌타페이에 살고 있다. 텔레비전과 영화 일을 하느라고 로스앤젤레스에서 몇 년이나 지내기는 했지만 정말로 그곳으로 이사한 적은 없다. 그러는 대신 나는 오크우드의 넓은 거주 단지에 있는 가구가 딸린 아파트나 가정집 뒤뜰에 있는 게스트하우스에서 세를 살았고, 내가 맡은 일이 끝나는 즉시 다시 뉴멕시코 주로 돌아오곤 했다. 내가 모자걸이에 모자를 걸고 세금을 내는 곳은 샌

---

2   Pyrokinesis. 정신력으로 불을 일으키는 초능력. 염화력(炎火力).
3   Land of Enchantment. 뉴멕시코 주의 별칭.

타페이이기 때문이다. 내 책도 재밌는 책들은 다 그곳에 있고, 몸에 맞지 않아서 10년째 못 입고 있는 줄무늬가 있는 노란색 겹여밈식 캐주얼 재킷도 그곳에 걸려 있다.

그리고 내가 없는 동안 집을 지키고 있는 패리스가 있는 곳이기도 하다. 우리는 1975년의 SF 대회에서 만났다. 별생각 없이 첫 번째 결혼을 하기 몇 달 전의 일이다. 그녀가 〈리아에게 바치는 노래〉를 읽고 울었다는 얘기를 듣자마자 나는 그녀가 좋아졌다. (흐음, 그림의 떡이라는 표현이 걸맞은 미인이기도 했고, 처음 만났을 때는 두 사람 모두 나체이긴 했지만, 그런 일은 댁들이 알 바가 아니므로 신경 꺼 주기 바란다.) 패리스와는 그 대회가 끝난 뒤에도 가끔 편지를 교환하며 접촉을 유지했다. 내가 대학에서 가톨릭 여학생들을 가르치고, 그녀는 링글링 브라더스⁴에서 빙수를 팔고 코끼리 똥을 치우며 보냈던 세월 동안에도 줄곧. 1981년에 우리는 또 다른 SF 대회에서 만났고, 그 직후 패리스는 샌타페이로 와서 잠시 우리 집에 머물렀다. 그리고 이 '잠시'는 독자 여러분이 이 책을 읽고 있을 무렵에는 22년 지속되었을 것이다. 이따금, 내가 70년대에 곧잘 그랬듯이 왜 짝사랑을 다룬 슬픈 이야기를 더 이상 쓰지 않느냐는 질문을 독자에게서 받곤 하는데, 원흉은 패리스다. 그런 얘기는 오직 비탄에 잠긴 상태에서만 쓸 수 있기 때문이다.

이혼하자마자 샌타페이로 처음 갔을 때 그 도시에서 아는 사람이라고는 로저 젤라즈니뿐이었고, 그나마 조금 안면이 있는 정도였다. 로저는 그런 나를 받아들이고 따뜻하게 보살펴 주었다. 매달 첫 번째 금요일이

---

4 Ringling Brothers. 미국의 유명 서커스단.

되면 로저와 나는 차를 몰고 앨버커키[5]로 가서 노티 힐러먼, 놈 졸링거, 프레드 세이버헤이겐을 위시한 뉴멕시코 거주 작가들과 점심 모임을 갖곤 했다. 그 과정에서 나는 앨버커키 SF 협회에도 들러서 현지 팬들과 더 많은 작가들과 작가 지망생들을 만났다. 얼마 지나지 않아 나는 그중 몇몇과 게임을 하기 시작했다.

나는 7학년에서 대학 시절에 이르기까지 체스 시합에 온 힘을 쏟으면서도 〈리스크 & 디플로매시〉를 위시한 각종 보드게임을 즐기기는 했지만, 뉴멕시코로 이주할 때까지 〈던전 & 드래곤〉이나 다른 롤플레잉 게임은 한 번도 해 본 적이 없었다. 그러나 패리스는 해 본 적이 있었고, 나를 설득해서 참가하게 했다. 우리가 처음 접한 게이머들 대다수는 열렬한 RPG 애호자들이었고, 그중 반수는 작가였다. 패리스와 내가 그 그룹에 합류했을 때 그들은 H. P. 러브크래프트의 작품 세계에 기반을 둔 캐이오시엄 사의 〈크툴후의 부름〉을 하고 있었기 때문에 나는 금세 적응했다. 나를 제외한 파티 구성원들은 모두 크툴후 컬트로부터 세계를 구하려고 굳게 마음먹은 용감무쌍한 모험가들이었기 때문에 나는 옐로[黃色]란 단어의 의미 양쪽에 부합되는 저널리스트 역할을 맡았다[6]. 내 동료들이 절규하며 죽어 가거나 미쳐 버릴 때, 혼자 도망쳐서 〈헤럴드 트리뷴〉지에 기사를 송고하는 역할이다. 우리의 게임 세션은 쇼고스[7]들이 출몰하는 정신 나간 즉흥극을 방불케 했다.

그해가 다 가기도 전에 나는 RPG에 너무나도 깊게 빠져 버린 나머지

---

5 샌타페이 남쪽에 있는 뉴멕시코 주 최대의 도시.
6 yellow에는 '겁쟁이'라는 의미도 있다.
7 러브크래프트의 〈광기의 산맥에서〉 등에 등장하는 초고대의 노예 생물.

직접 나 자신의 〈크틀후의 부름〉 캠페인을 주관하고 있었다. 플레이어로 참가해서 노는 것보다 게임마스터 역할을 맡는 쪽이 취향에 맞았다고나 할까.

이런 일들을 하다가, 1983년 9월에 빅 밀랜에게서 생일 선물로 새로운 RPG를 받았다. 〈슈퍼월드〉라는 이름의 이 게임은 나의 내부에 숨어 있던 좌절한 코믹스 창작자의 꿈을 다시 일깨우는 효과가 있었고, 이내 〈크틀후의 부름〉을 제치고 우리 그룹의 가장 인기 있는 게임으로 등극했다. 우리는 이 게임에 중독된 나머지 한 주에 두세 번씩 모여서 1년 이상 이 게임을 계속했다. 그리고 나만큼 깊이 중독된 사람은 없었다. 게임마스터 노릇을 하면서 나는 만타 레이 같은 옛 캐릭터를 재활용하는 한편 새로운 캐릭터들을 계속 만들어 냈다. 주로 슈퍼 악당들이었지만…… 무쇠 장갑을 두른 채로 공중에 부양하고, 스스로를 '강대한 터틀(거북이)'이라고 부르는 히어로도 한 명 있었다. 반수가 작가였던 이 그룹의 플레이어들도 지극히 인상적인 자신만의 캐릭터들을 만들어 냈다. 요우먼, 크립트키커, 페리그린, 엘리펀트걸, 모듈러맨, 캡틴 트립스, 스트레이트 애로, 블랙새도, 토퍼, 할렘해머는 우리의 〈슈퍼월드〉 게임 세션 중에 등장한 기이하고 경이로운 등장인물들의 극히 일부에 불과하다.

〈슈퍼월드〉가 어떻게 〈와일드카드〉를 낳았는지에 관해 나는 이미 여러 번 얘기한 적이 있고, 최근 아이북스(iBooks) 출판사에서 복간한 초기작들의 후기에서 특히 자세하게 써 놓았다. 따라서 여기서 같은 말을 되풀이하지는 않겠다. 굳이 시시콜콜한 세부까지 알고 싶다면 쉽게 입수할 수 있는 아이북스판을 찾아 읽으면 그만이니까 말이다. 우리들 중 상당수가 스스로 창조한 캐릭터와 사랑에 빠졌고, 게임이라는 매체를 뛰어넘는 가능성을 보기 시작했다고 지적하는 것으로 족하다.

1980년대는 로버트 애스프린과 린 애비가 편찬한 〈도적 세계(Thieves' World)〉 시리즈의 엄청난 성공에 힘입어 공유 세계(shared world)형 앤솔러지가 맹위를 떨치던 시절이었다. 공유 세계라는 포맷 자체가 우리가 창조한 〈슈퍼월드〉의 캐릭터들이 활약하기에는 안성맞춤이었기 때문에 나는 동료 게이머들에게 이 발상을 적극 홍보했고, 그 계획을 실행에 옮기기 위해 로저 젤라즈니, 하워드 월드롭, 루이스 샤이너, 스티븐 리를 위시해서 기타 반 다스에 이르는 작가들을 전국에서 끌어모았으며, 〈와일드카드〉라는 제목의 3권짜리 앤솔러지 시리즈에 관한 정식 제안서를 작성했다[8]. 쇼나 매카시는 밴텀북스에 편집자로 취임한 첫날에 그것을 사 주었다.

공유 세계를 배경으로 하는 작품들은 적든 많든 합작(合作)이 되기 마련이다. 나는 〈도적 세계〉와 그 모방작들을 되돌아보면서, 가장 뛰어난 공유 세계 작품이란 가장 많은 것을 공유하는, 즉 줄거리와 캐릭터들이 긴밀하게 얽혀서 진행되는 이야기라는 사실을 깨달았다. 그런고로, 우리는 처음부터 〈와일드카드〉가 단지 공통된 배경을 가진 느슨하게 연결되는 이야기들의 집합 이상의 것이 되어야 한다고 결의했다. 합작이라는 개념을 완전히 새로운 수준까지 끌어올리고 싶었던 것이다. 그런 의지를 보여 주기 위해 우리는 이 시리즈를 앤솔러지가 아니라 '모자이크 소설'이라고 부르기로 했다.

---

8 1946년 9월 15일에 맨해튼 상공에서 폭발한 외계인의 DNA 개변 바이러스 폭탄으로 인해 뉴욕 주민의 9할이 사망하고, 나머지 1할은 초능력을 가진 극소수의 에이스(Aces)와 기괴하게 변모한 육체를 가진 조커(Jokers)가 되어 세계의 역사가 바뀐다는 것이 이 시리즈의 주요 설정이다.

대부분의 경우 우리는 그 목적을 달성했다고 생각한다……. 그러나 새로운 시도가 흔히 그렇듯이 그 과정이 언제나 순탄했던 것은 아니었고, 직접 시행착오를 겪으면서 터득해야 했던 교훈들도 있었다. 이 시리즈를 편찬하면서 종종 나는 아홉 개나 되는 무대에서 동시에 공연을 진행하는 서커스의 단장이 된 듯한 느낌을 받곤 했다. 불어 터진 스파게티 채찍을 휘둘러 질서를 유지하는 기분이었다고나 할까. 즐거운 날도 있었고, 좌절감에 시달리던 날도 있었다. 그러나 따분했던 적은 단 한 번도 없다. 모든 작업이 순조롭게 진행되는 경우 나는 종종 참여 작가들을 교향악단에 비유하며 그 지휘자를 자처하곤 했다. 그러나 더 적절한 비유를 들라면 가장 먼저 머리에 떠오르는 것은 고양이들의 무리다. 고양이 떼를 어르고 달래서 한 방향으로 몰아가는 일이 얼마나 쉬운지는 다들 익히 알고 있지 않은가.

그런 연유로, 편찬자들이 어르고 달래야 했던 그 어떤 고양이들 못지않게 엉뚱하고 재기 넘치는 〈와일드카드 컨소시엄〉의 모든 멤버들에게 경배를 올린다. 로저 젤라즈니, 하워드 월드롭, 월터 존 윌리엄스, 스티븐 리, 게일 거스트너 밀러, 루이스 샤이너, 존 J. 밀러, 빅터 밀랜, 월튼 (버드) 사이먼즈, 아서 바이런 커버, 윌리엄 F. 우, 로라 J. 믹슨, 마이클 캐서트, 세이지 워커, 에드워드 브라이언트, 리앤 C. 하퍼, 케빈 앤드류 머피, 스티브 페린, 패리스, 로이스 와이드먼, 팻 캐디건, 크리스 클레어먼트, 밥 웨인 그리고 대니얼 에이브러햄. 그리고 나의 피로를 모르는 부(副)편찬자인 멜린다 M. 스노드그래스에게 최대의 경의를. 그녀의 외교적인 중재 수완이 없었더라면 나는 상술한 작가들 중 적어도 네 명을 갈가리 찢어 죽였을 게 뻔하니까 말이다.

〈와일드카드〉는 초장부터 큰 성공을 거뒀다. 앤솔러지 부문에서만 그랬다는 게 아니다. 이 시리즈의 첫 번째 책인 《와일드카드》는 《피버 드림》을 제외하면 그때까지 내가 낸 그 어떤 장편소설보다 많이 팔렸고, 그 뒤로 나온 책들도 거의 그에 못지않게 성공적이었다. 독자들의 평 또한 대부분 격찬에 가까웠다. 첫째 권에 실린 월터 존 윌리엄스의 중편은 프로들이 뽑는 네뷸러상의 최종 후보까지 올라갔다. 그런 영예의 대상이 된 공유 세계 작품은 극소수다. 시리즈 자체도 1988년도의 휴고상 후보에 올랐지만, 투표가 진행된 뉴올리언스 SF 대회에서 앨런 무어의 걸작 그래픽노블 《워치맨》에게 아쉽게 패했다.

밴텀 출판사는 처음 세 권이 완성되자 기꺼이 다음 세 권의 출간을 제안했다. 우리의 선수금 액수는 점점 올라갔다. 우리 시리즈는 세계 SF 대회의 공개 토론회에서도 인기를 끌었고, 두 지방 SF 대회는 아예 〈와일드카드〉를 주제로 삼아 모든 작가들을 주빈으로 초청하기까지 했다. 마블코믹스는 산하의 에픽 임프린트를 통해 〈와일드카드〉 미니시리즈를 출간했고, 스티브 잭슨 게임즈에서는 롤플레잉 게임을 내놓음으로써 화룡점정을 찍어 주었다. 할리우드에서도 연락이 왔다. 디즈니 스튜디오가 원작 소설의 영화화 판권을 획득했다. 1990년대 초 멜린다 스노드그래스와 나는 〈와일드카드〉의 각본 초고를 몇 개 완성했다.

이 시리즈는 내가 할리우드에서 〈환상 특급(The Twilight Zone)〉 일을 맡는 것과 거의 동시에 시작되었으며, 그 뒤로 〈미녀와 야수〉 TV 시리즈의 세 시즌을 맡고 영화나 텔레비전 프로그램의 파일럿판 제작에 참여하는 동안에도 계속되었다. 표지에 내 이름이 찍힌 〈와일드카드〉 책들이 꾸준히 나와 줌으로써 SF계와 판타지계에서 내가 살아남는 데 큰 도움을 주었다는 점에는 의심의 여지가 없다. 할리우드 일을 하던 시절에도 내가 누구이며 내 집이 어디인지를 확인하기 위해 종종 샌타페이로 귀향해야 했던 것처럼, 나는 〈와일드카드〉 이외의 장편이나 중단편 들도 종종 발표해야 했다. 만약 안 그랬더라면…… 흐음, 유감스럽지만 독자들의 기억은 그리 오래가지 않는 법이다. 게다가 최근 들어서는 기억이 지속되는 시간 자체가 한층 더 짧아졌다는 느낌을 받는다.

할리우드 특유의 긴 노동시간과 높은 스트레스 수준을 감안할 때 TV 프로듀서가 부업에 종사한다는 것은 논외이지만, 나는 〈와일드카드〉 덕에 부업까지 떠맡은 상태였다. 나는 시리즈 전체의 편찬자였을 뿐만 아니라 시간 날 때마다 그 안에 넣을 작품들을 썼기 때문이다.

제1권에 내가 기고한 주된 작품인 〈셸게임〉의 아이디어는 훨씬 옛날로 거슬러 올라간다. 이 작품의 뼈대는 내가 〈슈퍼월드〉라는 게임을 알기 훨씬 전에 자근자근 씹고 있었던 것이다. 거두절미하고, 〈셸게임〉은 〈보통 사람을 훌쩍 뛰어넘는 힘과 능력을 가진〉을 우리의 이 새로운 공유 우주에 맞도록 다시 손질한 작품이다. (그 어느 것도 내버리지 말라.) 《파이어스타터》가 출간되기 전만 해도 파이로키네시스를 주인공 히어로의 초능력으로 쓸 작정이었지만, 텔레키네시스도 그에 못지않게 이야기와 잘 어울린다. 주인공인 '강대한 터틀'은 〈슈퍼월드〉 게임을 했을 때 만들었던 그리 중요하지 않은 등장인물 중 한 사람이었지만, 〈와일드카드〉에서는 상당히 유력한 히어로로 성장하게 된다. 노파심에서 말해 두는데, 소설과 게임은 매우 상이한 요구 사항을 가지고 있기 때문에 한쪽 매체에서 아주 잘 기능하는 것이 다른 쪽 매체에서 그만큼 잘 기능한다는 보장은 없다. 따라서 소설에 등장하기 위해 터틀은 상당한 변화를 겪었다.

그러나 〈셸게임〉은 터틀 혼자만의 이야기가 아니다. 멜린다 스노드그래스가 창조한 닥터 타키온이라는 공연자가 있기 때문이다. 다른 사람이 만들어 낸 캐릭터와 함께 일하는 것은 공유 세계를 배경으로 하는 작품을 쓰는 작가가 맞부딪치는 시험대 중 하나다. 아주 재미있는 일인 동시에 가장 큰 골칫거리라고나 할까. 양쪽 모두에 해당하는 경우도 종종 있다. 〈셸게임〉에 앞서 실린 〈실추(失墜)의 의식〉에서, 멜린다는 닥터 타키온이 HUAC[9]로부터 에이스 환자들의 신원을 보호하기 위해 자기가 사랑하던 여자의 정신을 본의 아니게 파괴해 버린 전말에 관해 이야기했다. 이 경험은 닥터 타키온 본인도 파괴해 버렸고, 그 사건 이래 그는 죄책감과 자기 비난과 알코올중독으로 점철된 10년을 보낸다. 〈셸게임〉을 통해 그런 절망적인 상황에서 그를 끄집어내서 회복으로 가는 길로 되돌려 놓는 것은 내 몫이었다……. 그러는 동시에 독자들에게 나 자신의 캐릭터들도 소개하면서 말이다.

이 대목까지 읽은 독자라면, 주인공인 토머스 터드베리가 지금까지 내가 창조한 캐릭터들 중 가장 자전적인 인물이라는 사실을 곧 알게 될 것이다. 그렇다고는 해도, 이 두 사람 사이에 중요한 차이점들이 존재한다는 것도 지적할 필요가 있다. 톰의 어린 시절의 많은 부분은 나 자신의 경험에서 차용해 온 것이지만, 몇몇 중요한 부분은 다르기 때문이다. 실생활에서 나는 폐차장의 조이 디앤젤리스 같은 친구를 가진 적이 없다. 그랬으면 정말 좋겠다고 생각한 적은 많지만 말이다. (특히 각본 버전에

---

9 미 하원 '비미(非美) 활동 위원회'의 약칭. 냉전 시절에는 좌파 지식인 탄압의 도구로 쓰였다.

서 멜린다와 내가 여자로 바꿔 놓은 조이 같은 친구가 있으면 정말 좋겠다.) 내 게는 두 명의 멋진 여동생들이 있지만 톰은 형제가 없다는 점도 다르다. 아, 그리고 실로 유감이지만 나는 톰과는 달리 끝내주는 텔레키네시스 능력 따위는 발달시키지 못했다.

〈와일드카드〉의 모든 캐릭터들이 〈슈퍼월드〉 게임에서 시작된 것은 아니며, 그중 다수는 완전히 새롭게 창조된 인물들이다. 예를 들자면 하 워드 월드롭의 제트보이, 루이스 샤이너의 뚜쟁이 히어로인 포추나토, 스티브 리의 불길한 퍼펫맨, 로저 젤라즈니의 슬리퍼와 하굣길에 와일 드카드를 뽑아 버린 탓에 산수를 끝끝내 터득하지 못했던 크로이드 크 렌슨 등의 인물이 여기 해당한다. 터틀에 덧붙여 내가 창조한 주요 캐릭 터인 제이 애크로이드(포펀제이) 또한 마찬가지다. 제이는 시리즈 2권인 《에이스 하이》에서 처음으로 언급되었지만 3권인 《조커 와일드》에 실 제로 무대에 등장해서, 내가 쓴 작품들에서 하이럼 워체스터와 함께 등 장한다. 시리즈가 계속되면서 제이 애크로이드는 점점 더 전면에 나서 기 시작했고, 몇몇 작품에서 주인공으로 활약한다. 밴텀과의 계약이 끝 나 갈 무렵 제이는 거의 터틀 못지않은 인기 캐릭터가 되어 있었다.

내 화살 통에 든 화살은 톰과 제이뿐만이 아니다. 이따금 나는 무수히 많은 덜 중요한 캐릭터들 중 한 사람의 관점에서 이야기를 자아내는 경 우가 있다. 《에이스 하이》에서 내가 넣은 막간(interstitial) 소설들의 초 점은 '바다코끼리 주비'인데, 그는 하와이언 셔츠와 납작한 중절모를 착 용한 외계인이다. 《조커 와일드》에서는 엠파이어스테이트 빌딩 꼭대기 에서 레스토랑을 운영하는 점잖고 뚱뚱한 에이스인 하이럼 워체스터를 등장시켰다. 《딜러스 초이스》에서는 버드 시먼즈가 창조한 캐릭터인 신체강탈자 젤다를 써서 록스[10]에서 악당들이 무엇을 획책하고 있는지를 독자들에게 보여 주었다.

〈재이비어 데스몬드의 수기〉 역시 내가 창조한 부차적인 캐릭터가 등장하는 중편이다. 데스몬드, 약칭 데스는 〈셸게임〉에서 펜하우스 클럽의 지배인으로 처음 등장한 조커 활동가다. 그 이래 데스는 출세해서 '조커 타운'의 실질적인 시장이 되었기 때문에 시리즈 4권인 《에이스 어브로드》의 뼈대를 이루는 범세계적 진상 조사단의 조커 측 대표로 딱 어울린다는 생각이 들었기 때문이다. 거북이처럼 등딱지 안에서 아예 떠나려고 하지 않는 터틀을 보낼 수는 없었고, 제이 애크로이드가 초빙될 가능성은 별로 없었다. 하이럼 워체스터라면 물론 적격자였고, 그를 주인공으로 삼을 수도 있었다……. 하지만 3권에서 하이럼을 이미 주인공으로 썼고, 조커의 관점에서 본 이야기를 쓰고 싶기도 했다.

각 작품 사이에 들어가는 막간 내러티브는 〈와일드카드〉 시리즈가 부여한 가장 힘든 과제 중 하나였다. 모자이크 소설에서 전체는 부분의 합보다 더 커야 했기 때문이다. 개개의 작품을 벽돌이라고 한다면, 막간 소설들은 그것들을 차곡차곡 쌓아서 벽을 세울 때 쓰는 회반죽에 해당한다. 막간 소설을 쓰는 역할을 맡은 작가는 일단 그 책의 다른 작품들이 모두 탈고될 때까지 기다려야 하고, 초고들을 모두 훑어보고 혹시 구멍난 곳이 없는지를 확인한 다음, 그것들을 하나로 잇는 동시에…… 막간 소설 자체가 하나의 좋은 이야기가 될 수 있도록 해야 한다. 막간 소설이 단지 이야기들 사이의 간극을 메우는 역할밖에 못 한다면 책 전체가 무

---

10 The Rox. 뉴욕 만에 있는 엘리스 섬을 가리킨다.

너져 버리는 것은 시간문제다.

〈와일드카드〉 시리즈가 나이를 먹으면서 다른 작가들도 자진해서 막 간 소설을 쓰기 시작했다. 버드 사이먼즈가 먼저 시도했고, 스티브 리도 한 번 이상 내게 설득당했다. 그러나 시리즈 초반의 책들의 경우 이 임무 는 보통 편찬자였던 나의 몫이었다. 〈제이비어 데스몬드의 수기〉는 내 가 가장 좋아하는 막간 소설이며, 내가 〈와일드카드〉 시리즈를 위해 쓴 이야기 중 최고 걸작 중 하나임을 자부하는 작품이다. 이것이 다른 중단 편들 사이를 누비거나 관통하는 대신 하나의 독립된 중편으로 출간되는 것도 이번이 처음이다.

영원히 계속되는 것은 없으며, 오랫동안 호평을 받으며 계속되어 온 〈와일드카드〉 시리즈도 조금씩 활력을 잃어 가기 시작했다. 책들의 분 위기는 점점 더 어두워지기 시작했고 (원래부터 상당히 어둡기는 했지만) 신간들의 판매 실적도 완만하기는 했지만 꾸준히 하향 곡선을 그리기 시작했다. 가장 뛰어난 작가들 중 일부는 자기 일을 하느라고 시리즈를 떠나갔고, 인기 있는 캐릭터들은 죽거나 은퇴했다. 그래도 신간이 나오 면 대다수의 페이퍼백을 크게 능가하는 판매고를 올리기는 했지만, 내 리막길에 들어섰다는 점에는 의심의 여지가 없었다. 시리즈의 계약을 갱신할 시점이 오자 밴텀은 다음 나올 세 권에 대해 지난번 여섯 권과 동 일한 계약 조건을 제시했다.

어리석게도 우리는 이 제안을 거절하고 계약금 액수를 크게 올려 주 겠다고 한 작은 출판사와 계약하는 쪽을 택했다. 이것은 큰 실수였다. 우 리는 단기적으로는 더 많은 돈을 벌었지만, 새로 계약한 출판사는 출판 사로서의 밴텀의 능력과 시리즈에 대한 애착을 결여하고 있었기 때문이다. 더 이상 신작이 나올 일이 없게 된 밴텀은 처음 열두 권을 곧 절판시켰다. 그 결과 초기작들의 인세도 더 이상 들어오지 않게 되었을 뿐만 아니라 새로운 독자들이 시리즈 1권을 읽고 쉽게 입문할 수 있는 기회가 줄어들었다. 우리는 옛날 책들의 호수(號數)를 폐지하고 새 출판사에서 낸 시리즈 통권 13권 《카드 샤크》에 '새로운 시리즈의 1권'이라는 부제를 붙여 이런 상황을 회피해 보려고 했지만, 예전 책들을 읽어 본 적이 없는 독자들이 이 책을 읽어 보고 혼란을 겪는 것을 피할 수는 없었다. 판매량은 곤두박질쳤고, 1995년에 통권 15권을 출간한 후 우리는 더 이상 이 시리즈를 내 주겠다는 출판사를 찾지 못한다는 사태에 직면했다.

그렇게 해서 시리즈는 종언을 맞았다.

아니, 그럴까? "기이한 억겁이 흐르면 죽음조차도 죽음을 맞을 수 있다"는 H. P. 러브크래프트의 명언도 있지 않은가. 〈와일드카드〉 시리즈는 2001년에 아이북스라는 신생 출판사를 맞이했다. 7년간 중단되었던 이 시리즈는 새로운 이야기들을 담은 통권 16권 《듀스 다운》으로 화려하게 부활했다. 현재 우리는 제17권의 출간을 추진 중이고, 새로운 독자 세대를 위해 옛날 책들도 속속 복간 중이다. 게임이나 코믹스나 영화화를 위한 판권 얘기도 다시 들려오기 시작했다.

이 시리즈가 앞으로도 이렇게 계속될까? 18권, 19권, 20권까지 낼 수 있을까? 낸들 어찌 알겠는가[11].

하지만 나라면 비관하지는 않을 것이다. 내가 잘 아는 어떤 거북이는 이미 그 어떤 고양이보다도 더 많은 목숨을 가지고 있으므로.

---

11 2017년 현재 대형 SF 출판사인 토(Tor)로 자리를 옮겨 23권까지 나왔다.

셸게임

Shell Games

토머스 터드베리가 지난 9월 대학 기숙사에 들어오자마자 한 일은 케네디 대통령의 친필 서명 사진과 제트보이를 1944년도 '올해의 인물'로 선정한 〈타임〉지의 너덜너덜해진 표지를 벽에 붙여 놓는 일이었다.

11월이 될 무렵 케네디 대통령 사진은 룸메이트인 로드니의 다트에 맞아 벌집처럼 구멍이 나 있었다. 로드는 기숙사 방에서 자기 침대가 있는 쪽을 남부연합의 깃발과 십여 개의 〈플레이보이〉지 포스터로 뒤덮어 놓았다. 로드는 유대인과 깜둥이와 조커와 케네디를 싫어했다. 톰도 별로 좋아하지 않았고, 가을 학기 내내 그를 상대로 못된 장난을 치며 즐거운 시간을 보냈다. 톰의 침대 전체에 면도 크림을 뿌린다거나, 침대 시트를 몰래 반으로 접어 놓고, 안경을 숨겨 놓고, 그의 책상 서랍에 개똥을 잔뜩 채워 놓는 식으로 말이다.

케네디가 댈러스에서 암살당했던 날, 톰은 눈물이 쏟아지려는 것을 가까스로 참으며 자기 기숙사 방으로 돌아왔다. 로드가 선물을 하나 남겨 둔 것이 보였다. 빨간 펜으로 케네디 사진에 낙서를 해 놓았던 것이다. 대통령의 정수리 전체가 피를 뚝뚝 흘리고, 두 눈 위에는 빨갛게 조그만 x 자가 그려져 있다. 혀도 옆으로 빼어 물고 있었다.

토머스 터드베리는 꼼짝도 않고 한참 동안 그 사진을 응시했다. 울지는 않았다. 여기서 울 생각은 추호도 없었다. 그는 슈트 케이스에 짐을 챙기기 시작했다.

1학년용 주차장은 캠퍼스를 반쯤 가로질러 간 곳에 있었다. 톰의 54년형 머큐리는 트렁크 열쇠가 부서져 있었기 때문에 짐은 뒷좌석에 던져 놓았다. 11월의 차가운 공기 속에서 그는 차의 엔진이 따뜻해질 때까지 한참을 기다렸다. 그렇게 운전석에 앉아 있는 모습은 남의 눈에는 참으로 우스꽝스럽게 보였을 것이다. 머리를 짧게 깎고 뿔테 안경을 낀 키가 작고 뚱뚱한 청년이 당장이라도 토할 것 같은 기색으로 운전대 위에서 고개를 푹 숙이고 있었으니까 말이다.

주차장에서 빠져나가던 중에 로드니의 올즈모빌 커틀러스 신차가 눈에 띄었다.

톰은 기어를 중립에 놓고 엔진을 공회전시키며 잠시 생각에 잠겼다. 주위를 둘러보니 아무도 없다. 모두들 기숙사 안에서 텔레비전 뉴스를 보고 있는 탓이다. 톰은 불안한 표정으로 입술을 핥다가 다시 올즈모빌을 보았다. 운전대를 잡은 손등의 뼈가 하얗게 변했다. 그는 전방을 노려보다가 미간에 주름을 잡았고, 꽉 쥐었다.

가장 먼저 압력에 굴복한 올즈모빌의 문이 천천히 안쪽으로 우그러들었다. 전조등이 팍 하는 소리를 내며 하나씩 깨졌다. 차를 에워싼 크롬 장식이 쨍 하며 바닥에 떨어졌고, 뒤 창문이 느닷없이 박살나며 사방으로 유리 파편을 튕겼다. 펜더가 구부러지다가 항의하듯이 끼이익 하는 소리를 내며 떨어져 나갔다. 뒷바퀴 양쪽이 동시에 터지고, 측면 패널들이 움푹 들어갔고, 엔진 후드가 그 뒤를 이었다. 앞 유리가 흔적도 남기지 않고 산산조각 났다. 크랭크 케이스가 납작해졌고, 연료탱크의 격벽이 우그러졌다. 윤활유와 휘발유와 변속기 오일이 차체 아래에 웅덩이처럼 고였다. 그 무렵 톰 터드베리는 한층 더 자신감을 느꼈고, 덕택에 일도 수월해졌다. 그는 눈에 보이지 않는 강력한 손이 올즈모빌을 움켜잡은 광경을 상상했고, 그것을 한층 더 세게 쥐었다. 유리 깨지는 소리와 금속이 날카롭게 우그러지는 소리가 주차장을 가득 채웠지만 들은 사람은 아무도 없었다. 그는 올즈모빌이 공 모양의 금속 덩어리가 될 때까지 체계적으로 우그러뜨렸다.

그 일을 마치자 그는 차의 기어를 넣었고, 대학과 로드니와 어린 시절을 영원히 뒤로하고 떠났다.

● ○

어딘가에서 거인이 울고 있었다.

타키온은 잠에서 깼다. 혼란스러웠고, 속이 메슥거렸다. 숙취 탓에 엄청나게 큰 흐느낌 소리가 들릴 때마다 머리가 욱신거린다. 어두운 방 안 광경이 묘하게 낯설었다. 밤에 또 암살자들이 침입한 것일까? 우리 일족이 공격을 받고 있는 것일까? 아버지를 먼저 찾아내야 한다. 그는 현기증을 느끼며 억지로 일어섰다. 머리가 핑핑 돈다. 몸을 지탱하기 위해 벽에 손을 짚어야 했다.

방이 너무 좁다. 그가 살던 곳이 아니다. 모든 게 이상하다. 게다가 이 냄새는…… 그러자 기억이 돌아왔다. 차라리 암살자들이라면 좋았을 텐데.

또 고향 행성인 타키스의 꿈을 꾸고 있었다. 머리가 아팠고, 목은 바싹 말라 타는 듯하다. 어둠 속을 더듬어 전등을 켜는 쇠사슬을 찾아냈다. 휙 잡아당기자 전등이 마구 흔들리며 그림자들을 춤추게 만들었다. 울렁거리는 배 속을 다스리려고 눈을 꼭 감았다. 입안에서 고약한 맛이 났다. 머리카락은 떡이 지고 더러웠고, 입은 옷은 잔뜩 구겨져 있었다. 가장 끔찍했던 것은 술병이 비어 있다는 사실이었다. 타키온은 절망한 듯이 주위를 둘러보았다. 바우어리[1]라는 거리에 자리 잡은 룸스(Rooms)라는 이름의 하숙집 2층에 있는 쪽방이다. 혼란스럽게도 동네 전체도 바우어리라고 불린다는 사실을 에인절페이스한테 들은 기억이 있다. 그러나 그것도 옛날얘기고, 이제 이 근방에는 다른 이름이 붙어 있다. 그는 창가로 가서 블라인드를 올렸다. 노란 가로등 빛이 방 안을 가득 채웠다. 도로 건너편에서 거인이 달을 향해 손을 뻗치고 있었다. 엉엉 울고 있는 것은 그것을 잡을 수 없기 때문이다.

거인의 이름이 타이니[2]인 것은 아마 인간 특유의 농담이리라. 똑바로 일어설 수만 있다면 타이니의 키는 4미터를 넘을 것이다. 주름이 없고 순진해 보이는 얼굴 위에 부드러운 검은 머리가 새집처럼 얹혀 있다. 타이니의 두 다리는 날씬하고 완벽하게 균형이 잡혀 있었다. 잔인한 농담은 바로 그 부분이었다. 날씬하고 완벽하게 균형 잡힌 다리를 가지고서

---

1 The Bowery. 맨해튼 남부의 싸구려 술집과 하숙집 등으로 유명한 거리.
2 영어로 '조그맣다'라는 뜻.

4미터나 되는 사내의 체중을 떠받치는 것은 불가능하기 때문이다. 타이니는 목제 휠체어에 앉아 있었다. 타이니는 견인식 트레일러트럭에서 떼어 낸 닳아 빠진 타이어 네 개를 단 이 거대한 기계식 휠체어를 타고 조커타운의 거리를 돌아다니곤 했다. 거인은 창가에 서 있는 타크[3]를 보고 알아들을 수 없는 소리를 질렀다. 마치 누군지 알아보기라도 한 것처럼. 타키온은 몸을 떨며 창가에서 돌아섰다. 조커타운의 흔한 밤 풍경이었다. 술이 필요했다.

방은 곰팡이와 토사물 냄새를 풍겼고, 지독하게 추웠다. 룸스는 옛날 그가 출입하던 호텔들에 비해 난방이 잘되어 있지 않았다. 갑자기 워싱턴 시내에 있는 메이플라워 호텔이 생각났다. 그와 블라이스가 거기서…… 아니, 그런 생각은 안 하는 편이 낫다. 도대체 지금 몇 시지? 충분히 느지막하다. 해는 이미 졌고, 조커타운이 되살아나는 것은 밤이므로.

바닥에 떨어져 있던 외투를 집어 들고 걸쳤다. 땟국이 흐르기는 하지만 여전히 멋지고 화려한 외투였다. 아름답기 그지없는 장밋빛 원단에 가두리 장식이 된 금색 견장이 달려 있었고, 아래까지 길게 이어지는 단추들은 고리 모양의 금색 수술들로 채우게 되어 있다. 굿윌스토어[4]의 점원은 이것을 뮤지션용 외투라고 했다. 다 꺼져 가는 매트리스 가장자리에 앉아 부츠를 신는다.

화장실은 복도 끝에 있었다. 변기 가장자리에 오줌이 튀기며 김이 피어오른다. 손이 너무 떨려서 오줌 줄기를 제대로 겨냥할 수도 없다. 그는

---

3 '타키'와 마찬가지로 타키온의 단축형이다.
4 사회적 기업 Goodwill의 중고 물품 판매점.

녹으로 불그스름해진 차가운 물을 얼굴에 끼얹었고 더러운 타월로 손을 닦았다.

밖으로 나온 타크는 '룸스'라고 쓰인 삐걱거리는 간판 아래에서 잠시 멈춰 서서 타이니를 바라보았다. 부끄럽고 쓰디쓴 기분이었다. 게다가 너무 정신이 말짱하다. 그가 타이니에게 해 줄 수 있는 일은 전무하지만, 적어도 자기 자신의 말짱한 정신은 손봐 줄 수 있다. 그는 흐느끼는 거인에게 등을 돌리고 외투 호주머니에 깊숙이 양손을 찔러 넣은 다음 바우어리의 거리를 성큼성큼 걸어갔다.

골목으로 들어가자 조커들과 부랑자들이 갈색 종이 봉지에 든 술을 권커니 잣거니 하며 멍한 눈으로 지나가는 사람들을 바라보고 있었다. 술집과 전당포와 가면 가게에는 모두 손님이 들끓었다. '페이머스 바우어리 와일드카드 다임 박물관(여전히 10센트(dime)라는 표현을 쓰지만 현재 입장료는 25센트(quarter)로 올랐다)'은 폐점 준비를 하고 있었다. 2년 전에 특히 강렬한 죄책감에 휩싸였던 날, 그도 한 번 들어가 본 적이 있었다. 반 다스의 특히 기괴한 조커들에 덧붙여서 유리병에 든 포르말린 용액 안에 둥둥 떠 있는 '괴물 조커 아기들'의 표본을 스무 개 전시해 놓고, '와일드카드 데이'에 관한 선정적이고 짧은 뉴스 영화를 틀어 주는 곳이었다. 밀랍으로 만든 입체 모형도 있었다. 제트보이에 포에이스(Four Aces)에 조커타운 난봉꾼에…… 타키온 자신의.

관광버스 한 대가 지나갔다. 창문에 바싹 갖다 댄 관광객들의 분홍색 얼굴. 동네 피자 가게의 네온사인 밑에서 검은 가죽 재킷에 고무로 된 가면을 쓴 청년 네 명이 대놓고 적대적인 눈으로 타키온을 훑어보았다. 불안해진 타키온은 상대의 시선을 피하며 가장 가까운 곳에 있던 청년의 마음속으로 슬쩍 들어가 보았다. 저 거들먹거리는 팬지[5] 새끼 좀 봐 보나 마나 물들인 머리겠지 악대에서 좆같은 드럼을 치기라도 하는 건가 하지만 기다려 쌍 오늘 밤에는 더 나은 놈을 찾는 편이 나아 맞아 패면 질퍽거리면서 으깨지는 놈을 말이야. 타크는 혐오감을 느끼며 접촉을 끊고 서둘러 가던 길을 나아갔다. 신기할 것도 없지만 새로 유행하기 시작한 스포츠다. 바우어리로 와서, 가면을 사서 얼굴을 가리고 조커 새끼를 하나 골라 두들겨 패는 것이다. 경찰은 그런 일 따위에는 신경을 쓰지 않는 듯했다.

조커들만 출연하는 쇼로 유명한 카오스 클럽은 평소 때처럼 고객으로 붐비고 있었다. 타키온이 그쪽으로 다가갔을 때 긴 잿빛 리무진이 클럽 앞 길모퉁이에서 멈춰 섰다. 풍성한 흰 털가죽으로 뒤덮인 몸 위에 검은 턱시도를 차려입은 도어맨이 꼬리로 차문을 열고 디너 재킷을 입은 뚱뚱한 사내가 내리는 것을 도와주었다. 함께 온 여자 동행은 풍만한 10대였다. 끈이 없는 이브닝 가운과 진주 목걸이로 치장하고, 부풀린 금발을 높게 쌓아 올렸다.

한 블록 더 간 곳의 건물 현관 계단 위에서는 뱀여인이 손님을 끌고 있었다. 무지갯빛의 뱀 비늘이 번득인다. "무서워할 것 없어, 빨강 머리 아저씨." 그녀가 말했다. "속살은 다 똑같이 부드럽다고." 그는 고개를 가로저었다.

펀하우스(Funhouse)는 도로에 면한 거대한 전망 창들을 가진 기다란 건물 안에 자리 잡고 있었다. 그러나 전망 창은 이제 모두 안쪽에서만 밖을 내다볼 수 있는 편면(片面) 유리로 바뀌어 있었다. 도어맨인 랜들은

---

5 남성 동성애자를 가리키는 비속어.

연미복을 입고 도미노 가면을 쓴 채로 현관문 앞에 서서 떨고 있었다. 랜들은 완벽하게 멀쩡한 인간처럼 보였다― 호주머니에서 결코 오른손을 빼려고 하지 않는다는 점을 알아차릴 때까지는 말이다. "여어, 타키." 그는 큰 소리로 말했다. "루비에 관해서 어떻게 생각해?"

"글쎄. 어떤 여잔지 몰라." 타키온은 대꾸했다.

랜들은 얼굴을 찌푸렸다. "여자가 아니라 남자야. 오즈월드를 쏴 죽였어."

"오즈월드?" 타크는 당혹한 표정으로 되물었다. "무슨 오즈월드?"

"리 오즈월드. 케네디를 저격한 작자 말이야. 오늘 오후 TV에서 잡혀가던 중에 총에 맞아 죽는 게 나왔어.[6]"

"케네디가 죽었어?" 케네디는 타키온이 미국으로 되돌아올 수 있도록 해 준 은인이었다. 타키온은 케네디 일족을 경애했다. 거의 타키스인을 방불케 하는 사람들이었다. 그러나 암살은 지도자의 삶의 일부다. "동생이 그 원수를 갚아 줄 거야." 이렇게 말하고는 지구에서는 그런 식으로 일이 진행되지 않는다는 사실을 깨달았다. 게다가 그 루비라는 사내가 이미 케네디의 원수를 갚아 준 것일지도 모른다. 아까 자다가 암살자 꿈을 꾼 것을 생각하니 묘한 기분이다.

"루비는 지금 감옥에 있어." 랜들이 말하고 있었다. "나라면 그 자식한테 잘했다고 훈장을 달아 줬을 거야." 잠시 말을 멈추더니, "한번 케네디하고 악수한 적이 있어"라고 덧붙인다. "닉슨 상대로 선거전을 펼치고 있었을 때 카오스 클럽에서 연설을 하기 위해 온 적이 있었어. 그 뒤에

---

6 오즈월드는 케네디 암살 이틀 뒤인 1963년 11월 24일 감옥으로 호송되던 중에 댈러스의 나이트클럽 경영자인 잭 루비에 의해 사살되어 수상쩍은 죽음을 맞았고, 그 광경은 TV에서 그대로 생중계되었다.

떠나면서 거기 있던 사람들과 일일이 악수를 하더라고." 도어맨은 오른 손을 호주머니에서 꺼냈다. 딱딱한 키틴질의 감각으로 뒤덮인, 곤충을 방불케 하는 손이었고, 손바닥 한복판에는 퉁퉁 붓고 시력을 결여한 눈들이 달려 있었다. "이런데도 멈칫하는 기색조차도 보이지 않더군." 랜들이 말했다. "씩 웃더니 잊지 말고 투표해 줬으면 좋겠다고 말했어."

타키온은 랜들과 안면을 튼 지 벌써 1년이 되었지만 지금처럼 그의 손을 본 적은 한 번도 없었다. 그도 케네디가 한 것처럼 이 뒤틀린 집게 발을 따뜻하게 마주 잡고 흔들고 싶었다. 그래서 외투 호주머니에 쑤셔 넣은 손을 슬쩍 빼려고 해 보았지만 목까지 쓴물이 차오르는 통에 도저히 그럴 수가 없었다. 겨우 고개를 돌려 상대를 외면하고, "훌륭한 사내였지"라고 말하는 것이 고작이었다.

랜들은 다시 손을 호주머니에 숨기고 무뚝뚝하지는 않은 어조로 말했다. "들어가도 돼, 타키. 에인절페이스는 어떤 남자를 만나러 나갔지만, 데스한테 닥터 자리를 남겨 두라고 미리 귀띔하고 갔어."

타키온은 고개를 끄덕이고 랜들이 열어 준 문 안으로 들어갔다. 클럽 입구에서 휴대품 보관 카운터에 있던 젊은 여자에게 외투와 신발을 맡겼다. 날씬하고 아담한 몸집을 한 조커였는데, 깃털로 덮인 올빼미 가면을 쓰고 있는 탓에 와일드카드 바이러스가 그녀의 얼굴에 어떤 짓을 했는지는 알 도리가 없었다. 안쪽 문을 밀고 들어간 타키온은 양말을 신은 발로 거울로 된 바닥 위를 걸을 때의 미끄러지는 듯한 익숙한 감촉을 맛보았다. 바닥을 내려다보자 또 한 명의 타키온이 발 사이로 그를 올려다보고 있었다. 비치볼만큼이나 추악하게 부풀어 오른 타키온의 얼굴.

거울 천장에 매달린 크리스털 샹들리에의 수없이 많은 바늘 끝같이

미세한 광점들이 거울로 된 바닥과 벽과 벽감(壁龕)과 은도금이 된 술잔과 머그잔에 반사되며 반짝거린다. 웨이터들이 든 쟁반조차도 눈부시게 반짝거렸다. 거울 일부는 실제 모습을 정확하게 반사했지만, 다른 거울들은 펀하우스 특유의 왜곡된 상(像)을 보여 주고 있었다. 펀하우스 안에서 어깨 너머를 돌아볼 때 무엇을 보게 될지는 예상 불가능하다. 조커 타운에서 조커와 정상인 손님들이 같은 비율로 몰려드는 클럽은 오직 이곳뿐이었다. 펀하우스에 온 정상인들은 일그러지고 기형적인 자신의 모습을 보고 킥킥거리며 조커 놀이를 할 수 있다. 그리고 조커는 운이 아주 좋다면 흘끗 스쳐 간 거울 안에서 자신의 원래 모습을 볼지도 모른다.

"부스 석이 준비됐습니다, 닥터 타키온." 지배인인 데스몬드가 말했다. 데스는 혈색이 좋은 거구의 사내였다. 주름이 진 분홍색의 굵은 코끼리 코로 와인 리스트를 감싸고 있다. 그는 그것을 들어 올리더니 코끝 머리에 대롱대롱 달린 손가락 중 하나로 따라오라는 시늉을 했다. "오늘 밤에도 평소 드시는 코냑을 드시겠습니까?"

"응." 타크는 대꾸했다. 팁을 줄 돈이 있으면 좋았을 텐데.

그날 밤 그는 언제나 그래 왔듯이 블라이스에게 첫 번째 술잔을 바쳤다. 그러나 두 번째 술잔은 존 피제랄드 케네디를 위한 것이었다.

나머지는 자기 자신을 위해서 마셨다.

●○

후크로드가 끝나는 곳, 문을 닫은 정제 공장과 수출입품 창고 사이를 지나서, 빨간색 유개 화차들이 쓸쓸하게 방치된 철도 측선을 넘고, 고속도로의 입체교차로 밑을 통과한 다음, 잡초가 무성하고 쓰레기가 널린 공터와 거대한 대두유(大豆油) 탱크를 지난 곳에 톰의 은신처가 있었다. 도착했을 무렵에는 거의 해가 져 있었고, 그가 탄 머큐리의 엔진도 불길하게 퉁퉁거리고 있었다. 그러나 조이가 알아서 고쳐 줄 테니까 상관없다.

폐품 적치장은 뉴욕 만의 기름지고 오염된 바다에 면해 있었다. 꼭대기에 세 줄의 날카로운 철조망을 친 3미터 높이의 철망 울타리 뒤에서 폐차장 개의 무리가 그의 차 곁을 따라오며 환영하듯이 요란하게 짖어 댔다. 그러나 이 개들을 잘 모르는 사람이라면 공포로 움츠러들었을 것이다. 박살나고 일그러지고 녹이 슨 자동차의 산과, 한없이 널린 고철의 들판과, 폐품과 쓰레기로 이루어진 언덕과 계곡이 석양빛을 받고 묘한 구릿빛으로 물들어 있었다. 마침내 톰은 넓은 대문 앞에 도달했다. 대문 한쪽의 금속 푯말에는 관계자 외 출입 금지라는 경고가 쓰여 있었다. 다른 쪽에는 맹견 주의라는 푯말이 달려 있다. 대문은 쇠사슬로 고정되고 잠겨 있었다.

톰은 차를 멈추고 경적을 울렸다.

철망 너머로 조이가 우리 집이라고 부르는 방 네 개짜리 판잣집이 보였다. 파형 함석지붕 꼭대기에 노란 조명등이 달린 거대한 간판이 설치되어 있었다. 간판에는 디앤젤리스 고철 및 자동차 부품점이라고 쓰여 있었다. 20년 동안 햇볕과 비에 노출된 탓에 페인트는 빛이 바래고 군데군데 부풀어 있었다. 나무 간판 자체에도 금이 가 있었고, 조명등 하나도 전구가 나간 상태였다. 판잣집 옆에는 노란색의 고물 덤프트럭과 견인차와 조이의 자랑거리이자 기쁨의 원천인 1959년형의 새빨간 캐딜락 쿠페가 주차되어 있었다. 캐딜락에는 상어 지느러미를 연상시키는 테일 핀 장식이 달려 있었고, 마력을 올린 괴물 같은 특제 엔진의 상부가 엔진 뚜껑에 낸 네모난 구멍 위로 튀어나와 있었다.

톰은 율동적으로 경적을 울렸다. 어릴 적에 TV로 즐겨 보던 〈마이티 마우스〉의 주제가인 지이이이금 구하러 왔노라아아아아의 박자에 맞춘 그들만의 비밀 신호였다.

양손에 맥주병을 든 조이가 현관 밖으로 나오자 사각형의 노란빛이 폐차장 위에 길게 떨어졌다.

그와 조이는 전혀 닮은 곳이 없었다. 집안 내력도 달랐고, 서로 전혀 다른 세계에 살고 있었다. 그러나 그들은 초등학교 3학년 때 학교에서 펫쇼[7]가 열렸을 때부터 줄곧 절친한 친구 사이였다. 톰이 거북이는 날 수 없다는 사실을 깨닫고, 자신이 누구인지 또 무슨 일을 할 수 있는지를 깨달았던 바로 그날부터.

톰은 스티비 브루더와 조시 존스에게 운동장에서 붙잡혔다. 그들은 톰의 거북이들을 가지고 캐치볼을 했다. 톰은 새빨갛게 상기한 얼굴로 엉엉 울면서 그들 사이를 황급히 왕복했지만 아무 소용도 없었다. 그런 장난에 싫증이 나자 그들은 벽에 그려진 펀치볼[8]용 사각형 과녁에 톰의 거북이들을 내던졌다. 스티비의 저먼셰퍼드가 거북이 한 마리를 먹었다. 톰이 개를 움켜잡으려고 하자 스티비는 주먹을 휘둘렀고, 안경알과 입술이 깨진 톰을 운동장 바닥에 남겨 두고 자리를 떴다.

---

7 학생들이 각자 키우는 애완동물을 직접 가져와서 학우들 앞에서 설명하는 수업.
8 소프트볼 경기의 일종.

폐차장 조이가 아니었다면 그보다 더 지독한 꼴을 당할 수도 있었다. 더부룩한 검은 머리를 한 이 깡마른 소년은 같은 학년 아이들보다 두 살 위였지만 이미 두 번이나 낙제했고 글도 제대로 읽지 못했다. 집이 고물상이라서 조이에게서는 고약한 냄새가 난다고 모두들 수군거리곤 했다. 조이는 스티비 브루더만큼 몸집이 크지는 않았지만 그날, 그리고 다른 어떤 날에도 그런 것에는 전혀 개의치 않았다. 조이는 대뜸 스티비의 셔츠 등 부분을 움켜잡았고, 여기저기로 마구 끌고 다니다가 불알을 걷어 찼다. 그런 다음 개도 걷어찼다. 가능하다면 조시 존스도 걷어찼겠지만 조시는 이미 도망치고 있었다. 그러자 죽은 거북이 한 마리가 지면 위로 떠오르더니 운동장을 가로질러 조시의 살지고 불그스름한 목덜미를 직격했다.

조이도 그것을 보았다. "어떻게 한 거야?" 그는 깜짝 놀란 얼굴로 물었다. 그 순간까지는 당사자인 톰조차도 거북이가 날 수 있었던 것은 바로 자신 때문이라는 사실을 모르고 있었다.

이것은 그들만의 비밀이 되었고, 그들 사이의 기묘한 우정을 굳건하게 하는 아교 역할을 했다. 토미는 조이가 숙제를 하는 것을 도와주고 시험 준비를 도왔다. 조이는 놀이터와 학교 운동장에서 곧잘 벌어지는 폭력 사태로부터 톰을 지켜 주는 수호자가 되었다. 톰은 조이에게 만화책의 대사를 읽어 주었지만, 조이의 읽기 실력이 곧 일취월장한 덕에 더 이상 읽어 줄 필요가 없어졌다. 반백의 희끗희끗한 머리와 튀어나온 배와 상냥한 마음의 소유자인 조이의 아버지 돔은 그런 아들을 무척이나 자랑스러워했다. 그는 모국어인 이탈리아어조차도 읽지 못했기 때문이다. 두 소년의 우정은 중학교 시절과 고등학교 시절을 거쳐 조이가 학교를 중퇴할 때까지 굳건히 계속되었다. 여자애들한테 흥미가 생긴 뒤에도 지속되었고, 돔 디앤젤리스가 죽고 톰이 가족과 함께 퍼스앰보이[9]로 이사 간다는 엄중한 사태도 견뎌 냈다. 톰의 정체를 아는 사람은 여전히 조이 디앤젤리스 단 한 사람뿐이었다.

조이는 목에 매단 병따개로 새 라인골드 맥주 뚜껑을 땄다. 흰 민소매 속셔츠 아래에서 아버지와 똑같은 똥배가 생겨나고 있다. "TV 수리 같은 좆같은 일을 하기엔 네 머리가 아까워." 조이가 말했다.

"그것도 어엿한 직업이라고. 지난여름에 해 봤으니 이젠 풀타임을 뛸 수 있어. 내 직업이 뭔지는 중요하지 않아. 중요한 건 나의…… 그 재능을 어떻게 쓰는가야."

"재능이라고?" 조이가 조롱했다.

"야, 이 멍청한 이태리 놈아, 무슨 뜻인지 알잖아." 톰은 안락의자 옆에 놓인 주황색 상자 위에 빈 맥주병을 내려놓고 말했다. 조이의 가구들 대부분은 호화로운 것과는 거리가 멀었다. 모두 고물 더미를 뒤져 찾아낸 것이기 때문이다. "제트보이가 죽는 순간에 뭐라고 했는지를 곰곰이 생각해 봤어. 그의 말이 무슨 뜻인지 알아보려고 하다가, 아직 마치지 못한 일들이 있다는 뜻이라는 걸 깨달았던 거야. 염병할, 난 마치기는커녕 시작한 일조차도 없어. 옛날부터 내가 우리나라를 위해 뭘 할 수 있을지[10] 알고 싶어 하던 거 기억나? 염병할, 그 질문에 대한 대답이 뭔지는 너도 알고 나도 알아."

---

9 Perth Amboy. 뉴저지 주 동부의 항구도시.
10 "국가가 나를 위해 무엇을 해 줄지를 묻지 말고, 내가 국가를 위해 무엇을 할 수 있을지를 물으라"라는 케네디의 유명한 연설 구절에 대한 언급이다.

조이는 의자 등받이에 등을 기대고 라인골드를 홀짝이며 고개를 설레설레 저었다. 그의 배후의 벽은 톰이 10년 전에 아이들을 위해 만들어 준 책장으로 뒤덮여 있었다. 아래쪽 선반은 남성 잡지로 가득 차 있었다. 나머지는 모두 코믹스였다. 두 사람의 코믹스 말이다. 〈슈퍼맨〉, 〈배트맨〉, 〈액션 코믹스〉, 〈디텍티브〉 그리고 조이가 독후감 숙제를 받아 올 때마다 요긴하게 썼던 〈그림으로 보는 고전〉에, 호러, 범죄물, 공중전을 다룬 코믹스에, 그들의 보물인 〈제트보이 코믹스〉 시리즈의 거의 완전한 세트가 있었다.

조이는 톰의 시선이 향한 곳을 알아차렸다. "그런 생각일랑 아예 하지도 하지도 마, 터즈[11]. 넌 좆같은 제트보이가 아니라고."

"아니지. 난 제트보이를 능가하거든. 난—"

"얼간이지."

"에이스야." 톰은 진지한 어조로 말했다. "포에이스 같은."

"포에이스라니, 두왑[12] 그룹 이름이던가?"

톰은 얼굴을 붉혔다. "이 멍청한 이태리 놈, 포에이스는 가수가 아니라—"

조이는 손을 홱 흔들어 친구의 말을 막았다. "그 작자들이 뭔지는 나도 잘 알아, 터즈. 그러니까 제발 내 말을 잘 들어. 그치들은 너와 마찬가지로 아무것도 모르는 얼간이들이었어. 결국엔 다들 감방에 가거나 총에 맞아 뒈지거나 하지 않았어? 이름이 뭐냐, 하여튼 그 치사한 배신자

---

11 터드베리의 애칭.
12 doo-wop. 독특한 합창 스타일을 가진 흑인 음악의 한 장르.

새끼를 빼놓고 말이야." 그는 손가락으로 딱 하는 소리를 냈다. "맞아, 나중에 〈타잔〉에 출연한 그 작자 말이야."

"잭 브라운." 톰은 말했다. 그는 예전에 포에이스에 관한 기말 리포트를 쓴 적이 있었다. "틀림없이 초야에 묻혀 있는 다른 에이스들도 있을 거야. 나처럼 숨어 있는 거지. 하지만 난 더 이상 숨지 않아."

"그래서, 〈베이온 타임즈〉로 가서 모든 걸 까발리겠다, 이건가? 이 바보 천치야. 아예 가서 난 빨갱이라고 털어놓지그래. 그럼 넌 조커타운으로 추방될 거고, 그치들은 네 아버지 집에 돌팔매질을 해서 창문이란 창문을 모조리 깨 놓을걸. 아니, 넌 워낙 멍청하니 아예 징집당할지도 모르겠군."

"아니." 톰은 대꾸했다. "이미 다 계획을 짜 놓았어. 포에이스는 공개적으로 활동한 탓에 너무 쉽게 표적이 되어 버렸지만, 난 내가 누군지 또 어디 살고 있는지를 절대로 밝힐 생각이 없어." 그는 손에 든 맥주병으로 책장 쪽을 가리켜 보였다. "내 이름은 비밀로 할 거야. 코믹스의 영웅들처럼."

조이는 너털웃음을 터뜨렸다. "병신 새끼, 나름대로 좆나게 머리를 굴렸군. 그럼 몸에 딱 맞는 내복이라도 입고 설칠 작정이야?"

"빌어먹을." 톰은 말했다. 점점 화가 치민다. "입 닥쳐." 그러나 조이는 의자를 삐걱거리며 계속 웃을 뿐이었다. "자식이 입만 살아 가지고." 톰은 이렇게 내뱉고 일어섰다. "그 뒤룩뒤룩한 엉덩이를 들고 나와. 내가 멍청한지 아닌지를 보여 주지. 그렇게 자신이 있으면 밖으로 나와서 내가 하는 걸 보라고."

조이 디앤젤리스는 일어섰다. "그런 좋은 구경거리를 놓칠 수야 없지."

  집 밖으로 나간 톰은 조바심을 내며 조이가 오기를 기다렸다. 양쪽 발에 교대로 체중을 실으면서 차가운 11월의 밤공기 속으로 하얀 입김을 피워 올린다. 조이는 집 옆쪽으로 돌아가서 벽 가에 있는 커다란 금속 상자의 스위치를 넣었다. 높은 지주 위에 고정되어 있는 폐차장의 조명등들이 켜지며 눈부신 빛을 쏟아 냈다. 주위로 모여든 개들은 킁킁거리며 냄새를 맡았고, 그들이 걷기 시작하자 따라왔다. 조이의 검은 가죽점퍼의 호주머니에서 맥주병이 삐죽 고개를 내밀고 있다.

  그들이 있는 곳은 폐품과 고철과 부서진 차 들이 발 디딜 틈도 없이 쌓여 있는 폐차장에 불과했지만, 오늘 밤에는 토미가 열 살이었을 무렵 못지않게 마술적인 느낌을 발산하고 있었다. 뉴욕 만의 검푸른 해면을 내려다보는 고지 위에 고색창연한 흰색 패커드 한 대가 어슴푸레한 요새처럼 우뚝 서 있었다. 조이와 톰이 어렸을 때도 지금과 똑같았다. 패커드는 그들의 피난처이자 견고한 성채였고, 기병대 전초와 우주정거장과 성을 한곳에 합쳐 놓은 듯한 장소였다. 그것은 달빛을 받고 희게 번득였고, 그 너머에서 해변으로 철썩거리며 몰려오는 바다는 온갖 가능성으로 가득 차 있는 것처럼 보인다. 폐차장에 짙게 드리워진 어둠과 그림자는 폐품과 금속 더미 들을 신비로운 검은 언덕으로 바꿔 놓았다. 그것들 사이를 누비는 것은 미로와도 같은 잿빛 통로들이다. 톰은 친구를 이끌고 그 미로로 들어갔다. 성 지키기 놀이를 하며 고철로 된 검으로 조이와 칼싸움을 벌였던 커다란 폐품 더미 옆을 지나, 박살난 장난감과 색유리 더미와 재활용 병뿐만 아니라 코믹스로 가득한 마분지 상자까지 발굴한 적이 있었던 보물의 산을 통과한다.

두 사람은 줄을 지어 겹겹이 쌓여 있는 폐차들 사이로 걸어갔다. 포드, 셰비[13], 허드슨, 디소토, 접이식 엔진 후드가 박살난 코르벳, 죽은 폴크스바겐 비틀 무리, 과거에 직접 운반했던 승객들과 마찬가지로 완전히 죽어 있는 기품 있는 영구차가 눈에 들어온다. 톰은 이것들을 하나도 빠뜨리지 않고 주의 깊게 관찰하다가 마침내 걸음을 멈췄다. "저거야." 그는 내장(內裝)을 모두 뜯어낸 낡은 스튜드베이커 호크의 잔해를 가리키며 말했다. 엔진도 없고 타이어도 모두 떼어 낸 폐차였고, 깨진 앞 유리에는 거미줄처럼 자잘한 금이 나 있었다. 어둡지만 펜더와 측면 패널까지 녹으로 온통 부식되어 있다는 것을 알 수 있었다. "저거 별 쓸모 없지?"

조이는 맥주 마개를 땄다. "다 네 거니까 마음대로 해."

톰은 깊게 숨을 들이켜고 그 차를 마주 보았다. 늘어뜨린 양손을 꼭 쥐고, 정신을 집중하고 차를 응시했다. 차가 조금 흔들리더니 프런트 그릴이 2인치쯤 불안정하게 떠올랐다.

"우와." 조이는 조롱하듯이 말하며 주먹으로 톰의 어깨를 툭 쳤다. 그러자 스튜드베이커는 쾅 소리를 내며 지면에 떨어졌다. 범퍼가 떨어져 나갔다. "염병할, 놀라 자빠지겠구먼." 조이가 말했다.

"빌어먹을, 조용히 해. 방해하지 말라고." 톰이 말했다. "난 할 수 있어. 지금부터 그걸 보여 줄 테니까 제발 그 좆같은 입을 잠깐만이라도 다물고 있으라고. 연습했다니까. 지금 내가 뭘 할 수 있는지 넌 상상도 못 할걸."

"그래그래, 한마디도 안 할게." 조이는 씩 웃으며 약속했고, 맥주를 크

---

13 쉐보레의 애칭.

게 한 모금 들이켰다.

톰은 스튜드베이커를 향해 다시 몸을 돌렸다. 모든 것을 머릿속에서 지우고, 조이나 개들이나 폐차장을 망각하려고 노력했다. 스튜드베이커가 그의 세계를 가득 채웠다. 공처럼 딴딴하게 뭉쳐 있는 위장을 향해 긴장을 풀라고 말하고, 몇 번 심호흡을 하며 주먹 쥔 손을 폈다. 자, 지금이야, 지금이라고. 편하게 해. 동요하지 말고 그냥 하면 돼. 이것보다 훨씬 더한 일도 해 봤잖아, 이건 쉬워. 쉬운 일이라고.

차가 천천히 떠오르기 시작했다. 녹슨 쇳가루를 비처럼 뿌리며 공중으로 올라간다. 톰은 차를 빙빙 돌리기 시작했다. 빠르게, 좀 더 빠르게. 이윽고 그는 승리감에 찬 미소를 지으며 15미터나 떨어진 곳으로 스튜드베이커를 내던졌다. 그것은 세비 폐차를 쌓아 놓은 더미에 격돌했다. 쇳덩이들이 산사태가 일어난 것처럼 한꺼번에 무너져 내린다.

조이는 라인골드 맥주를 모두 들이켰다. "나쁘지 않군. 몇 년 전에는 내 몸을 울타리 위로 들어 올리는 일에도 힘겨워했으니."

"내 힘은 계속 강해지고 있어." 톰은 대꾸했다.

조이 디앤젤리스는 고개를 끄덕이고 빈 맥주병을 옆으로 내던졌다. "좋아, 그럼 나를 상대하더라도 아무 문제가 없겠지?" 그는 양손으로 톰을 홱 밀쳤다.

톰은 비틀비틀 물러나며 얼굴을 찌푸렸다. "어이, 조이, 그만둬."

"그만두게 해 봐." 조이는 이렇게 대꾸하고 더 세게 친구를 밀쳤다. 톰은 거의 넘어질 뻔했다.

"빌어먹을, 그만하라고. 그런 장난은 재미없어, 조이."

"재미없다고?" 조이는 씩 웃었다. "난 졸라 웃긴데. 하지만, 어이, 너

나를 막을 수는 있는 거 맞지? 네 그 빌어먹을 능력을 써서 말이야." 그는 톰의 얼굴과 닿을 정도로 접근해서 가볍게 뺨을 때렸다. "날 막아 봐, 에이스." 이렇게 말하고 더 세게 뺨을 때렸다. "어이, 제트보이, 날 막아 보라고." 세 번째는 한층 더 셌다. "자, 슈퍼히어로, 도대체 뭘 기다리고 있는 거야?" 네 번째로 뺨을 맞았을 때는 날카로운 아픔을 느꼈고, 다섯 번째로 맞았을 때는 머리통이 반쯤 돌아갔다. 조이는 더 이상 미소 짓고 있지 않았다. 톰은 친구의 입에서 풍기는 맥주 냄새를 맡았다.

톰은 조이의 손을 움켜잡으려고 했지만 힘과 속도에서 상대가 되지 못했다. 조이는 톰의 손을 슬쩍 피하고 또다시 따귀를 올려붙였다. "권투 하고 싶어, 에이스? 아주 묵사발로 만들어 줄게, 이 얼간이 새끼야." 그가 또 뺨을 때렸을 때는 머리통이 날아가는 줄 알았다. 솟구친 눈물로 눈이 따끔거렸다. "나를 막아 보라고, 이 병신아." 조이는 고함을 질렀다. 그는 주먹을 쥐고 톰의 배를 힘껏 갈겼다. 톰은 몸을 푹 꺾었다. 숨을 쉴 수가 없다.

톰은 집중력을 되찾으려고 악전고투했다. 상대를 붙잡고 밀쳐 내려고 했지만 또다시 초등학교 운동장으로 돌아간 것이나 마찬가지였다. 사방에서 퍼붓는 주먹세례를 막기 위해 양손을 들어 올리는 것이 고작이었지만 아무 소용도 없었다. 조이가 훨씬 더 강했기 때문이다. 그는 계속 고함을 지르며 톰을 두들겨 팼다. 톰은 아무 생각도 할 수 없었다. 집중 따위는 불가능했다. 두들겨 맞는 것만으로도 벅찼다. 그는 비틀거리며 계속 뒤로 물러났지만 조이는 끈질기게 따라붙었고, 주먹 쥔 손을 뒤로 빼는가 싶더니 톰의 입가에 강렬한 어퍼컷을 먹였다. 잇몸에 찌르는 듯한 통증을 느꼈다. 어느새 톰은 입안 가득 피 맛을 느끼며 지면에 큰 대자로 뻗어 있었다.

조이는 우뚝 서서 톰을 내려다보고 있었다. "염병할, 입술을 찢어 놓을 생각은 없었어." 그는 허리를 굽히고 톰의 손을 잡아 거칠게 일으켜 세웠다.

톰은 손등으로 입가를 훔쳤다. 셔츠 앞섶에도 피가 묻어 있었다. "이게 뭐야. 엉망진창이 됐잖아." 그는 넌더리를 내며 조이를 쏘아보았다. "그건 공평하지 못했어. 빌어먹을, 그렇게 두들겨 맞으면 난 아무것도 할 수 없다고."

"헛. 네가 정신을 집중하고 사팔눈을 뜨는 동안은 악당 놈들이 너를 그냥 얌전하게 놓아두어야 한다, 이거야?" 조이는 톰의 등을 탁 쳤다. "그러다가는 강냉이가 몽땅 날아가 버릴걸. 그것도 운이 좋을 경우의 얘기야. 그냥 널 쏴 죽일 공산이 더 크니까 말이야. 터즈, 넌 제트보이가 아냐." 그는 몸을 부르르 떨었다. "들어가자. 뭐가 이리 좆나 추운지."

● ○

따뜻한 어둠 속에서 눈을 떴지만 지난밤 폭음한 일에 관해서는 거의 기억이 나지 않았다. 그러나 타키온은 바로 그런 상태를 선호했다. 힘겹게 상체를 일으켜 앉았다. 그가 누워 있는 침대의 시트는 매끄럽고 관능적인 새틴이었다. 토사물의 악취 사이에서도 여전히 꽃향기 같은 희미한 향수 냄새를 맡을 수 있었다.

그는 비틀거리면서도 이불을 밀쳐 내고 커다란 4주식 침대 밖으로 발을 내렸다. 맨 발바닥에 닿는 방바닥에는 카펫이 깔려 있었다. 그는 벌거숭이였다. 노출된 피부에 와 닿는 방 안 공기는 불편할 정도로 따뜻했다. 손을 뻗어 전등 스위치를 찾아냈다. 전등 불빛이 너무 눈부셔서 자기도 모르게 짧은 흐느낌이 새어 나왔다. 분홍색과 흰색 벽지로 장식되고 빅토리아풍의 가구가 어수선하게 배치된 방이었다. 두꺼운 방음벽까지 갖추고 있다. 존 F. 케네디를 그린 유화가 벽난로 위에서 미소 짓고 있었다. 한쪽 구석에는 1미터 높이의 성모 석고상이 놓여 있었다.

에인절페이스는 차갑게 식은 벽난로 앞에 놓인 분홍색 윙체어에 앉아 있었다. 졸린 눈을 깜박이며 그를 바라보고, 손등으로 입을 가리며 하품을 한다.

구토감과 수치심이 몰려왔다. "또 당신 침대를 차지해 버렸군."

"괜찮아." 에인절페이스가 대답했다. 두 발을 조그만 발판 위에 얹고 있다. 언제나 특별히 패드를 덧댄 신발을 신고 다님에도 불구하고, 발바닥은 흉측할 정도로 검게 멍들고 퉁퉁 부어 있었다. 그 점만 제외하면 실로 사랑스러운 모습이었다. 풀어헤친 긴 흑발은 허리까지 내려오고, 장밋빛으로 물든 피부는 따스한 생명력을 발하고 있는 것처럼 보였다. 두 눈은 검고 촉촉했다. 그러나 가장 인상적인 것, 타키온이 언제나 경탄을 금하지 못하는 부분은 바로 그 눈에 깃든 따스함이었다. 그리고 그는 자신이 그런 애정을 받을 가치가 없는 인물임을 통절하게 자각했다. 그가 그녀에게 저지른 죄, 인류 모두에게 저지른 죄를 에인절페이스라고 불리는 이 여인은 어떤 이유에서인지 용서했을 뿐만 아니라, 그런 그를 보듬어 주기까지 했던 것이다.

타키온은 관자놀이에 손을 갖다 댔다. 전기톱으로 뒤통수가 잘려 나가는 듯한 기분이다. "머리가." 그는 신음했다. "비싼 술을 파니까 적어도 수지(樹脂)나 독성 물질을 제거하고 내놓을 수도 있잖아. 내 고향 타키스에서는—"

"알아." 에인절페이스가 말했다. "타키스에서는 술에서 숙취 성분을 아예 없앴다고 했지. 이미 그 얘긴 해 줬잖아."

타키온은 지친 표정으로 미소 지었다. 허벅지가 노출된 짧은 새틴 튜닉만 입고 있는 그녀는 믿기 힘들 정도로 청아해 보였다. 짙은 와인레드색이 그녀의 흰 피부와 잘 어울린다. 그러나 그녀가 의자에서 일어났을 때 옆얼굴이 흘끗 보였다. 잤을 때 의자에 기댄 뺨 부분이 이미 멍들어 있었다. 뺨에 자줏빛 꽃이 핀 듯한 광경이다. "에인절……."

"아무렇지도 않아." 그녀는 옆머리를 앞으로 잡아당겨 얼굴의 멍을 감췄다. "옷이 너무 더러워서 맬한테 세탁해 오라고 했어. 그러니까 잠시 더 내 포로 노릇을 하고 있어야 해."

"얼마나 오래 자고 있었지?" 타키온은 물었다.

"하루 종일. 걱정 마. 술을 너무 많이 퍼마시고 다섯 달 동안이나 곯아떨어졌던 손님도 있었어." 그녀는 경대 앞에 앉아 전화 수화기를 들고 아침 식사를 주문했다. 그녀는 토스트와 홍차, 타키온을 위해서는 달걀과 베이컨과 브랜디를 넣은 진한 커피. 아스피린을 곁들여서.

"됐어." 그는 사양하려고 했다. "그렇게 많이 먹으면 토해 버릴 게 뻔해."

"먹어야 해. 아무리 우주에서 왔다고 해도 코냑만 먹고 어떻게 살아."

"그래도……."

"술을 마시고 싶으면, 우선 먹어." 그녀는 무뚝뚝하게 말했다. "그런 조건이었잖아. 기억 안 나?"

조건. 그렇다. 그는 기억했다. 월세와 음식을 제공받을 뿐만 아니라 바에서 공짜 술을 마셔도 된다는 조건이었다. 그 사건의 기억을 씻어 내기 위해 마실 수 있을 때까지. 그 대신 그가 할 일이라고는 음식을 먹고 그녀에게 이야기를 해 주는 것이었다. 그녀는 그의 이야기를 듣는 것을 정말 좋아했다. 그는 그녀에게 일족의 일화를 얘기해 주었고, 행성 타키스의 관습에 관해 강의했고, 역사와 전설과 로망스로 그녀의 머릿속을 가득 채워 주었다. 조커타운의 외잡함으로부터는 까마득하게 단절된, 무도회와 권모술수와 이국의 미(美)에 관한 이야기를 자아냈던 것이다.

이따금 가게 문을 닫은 뒤에는 그녀를 위해 춤을 출 때도 있었다. 나이트클럽의 거울 바닥 위에서 타키스의 복잡하고 오래된 파반을 추는 그를 그녀는 구경하며 격려했다. 두 사람 모두 와인을 너무 많이 마셨던 어느 날 밤에는 그를 설득해서 '혼례의 패턴'을 추게 한 적도 있었다. 타키스 인이 혼례의 밤에 단 한 번 추는 관능적인 춤이다. 그녀가 그와 함께 춤을 춘 것은 그때가 유일했다. 그녀는 처음에는 주저하듯이, 나중에는 점점 더 빨리 그의 스텝을 따라 움직이면서 몸을 흔들고, 빙빙 돌며 격렬하게 춤을 췄다. 맨 발바닥의 피부가 벗겨지고 갈라져서 거울 타일 위에 피에 물든 발자국들이 점점이 남을 때까지. 혼례의 패턴을 추는 커플은 마지막에는 무너지듯이 몸을 맞대고 환희에 찬 긴 포옹으로 끝을 맺는 법이었지만 그것은 타키스에서의 일이었다. 이곳에서 그 순간이 왔을 때, 그녀는 패턴을 깨고 그에게서 몸을 뺐고, 그는 머나먼 곳에 고향을 두고 왔다는 사실을 다시 한 번 실감해야 했던 것이다.

2년 전에 조커타운의 골목에서 벌거벗은 채로 정신을 잃고 쓰러져 있던 타키온을 발견한 것은 데스몬드였다. 옳아떨어진 그의 옷을 누군가가 훔쳐 갔고, 본인은 섬망 상태에 빠져 고열에 시달리고 있었다. 데스는 사람들을 불러 그를 펜하우스로 데리고 갔다. 정신을 차리자 클럽의 내실에 있는 간이침대 위에서 맥주 통과 와인 선반에 에워싸인 채로 누워 있었다. "자기가 뭘 마시고 있었는지 알아?" 에인절페이스는 사람들이 사무실로 그를 데려가자 대뜸 물었다. 타키온은 몰랐다. 기억하는 것이라고는 너무나도 술이 간절해서 오장육부가 찢어지는 고통을 느꼈고, 골목에 있던 늙은 흑인이 친절하게도 자기가 마시던 것을 나눠 주었다는 사실뿐이었다. "그건 스터노[14]라고 하는 거야." 에인절페이스가 가르쳐 주었다. 그녀는 데스에게 명해서 가게에서 가장 좋은 브랜디를 가져오게 했다. "술을 마시고 죽는 건 자유지만, 그래도 좀 고상한 방식으로 그러는 편이 낫지 않을까." 브랜디는 가늘고 따뜻하게 그의 가슴속으로 흘러내렸고, 손의 떨림을 멎게 했다. 브랜디 잔을 모두 비운 다음 타키온은 그녀에게 감사의 말을 쏟아 냈다. 그러나 그가 손을 내밀자 그녀는 몸을 사렸다. 그는 이유를 물었다. "보여 줄게." 그녀는 손을 내밀며 말했다. "살짝." 그의 입술이 그녀의 살갗을 아주 살짝 스쳤다. 손등이 아니라 손목 안쪽에 입술을 댄 것은 그녀의 맥박을, 그녀의 몸 안에 흐르는 생기를 느끼고 싶었기 때문이다. 그녀는 너무나도 사랑스러웠고, 친절했고, 그런 그녀를 그는 간절히 원했다.

　다음 순간 그의 입술이 닿은 부분의 살갗이 자줏빛으로, 급기야는 검은색으로 바뀌는 것을 보고 그는 참담한 낭패감에 사로잡혔다. 이 여자도

14　Sterno. 깡통에 든 휴대용 고체 연료. 고의적으로 독성을 가미한 변성 에탄올을 쓰지만 부랑자 등이 술 대용으로 마시는 경우가 있다.

내 희생자 중 하나였어. 그는 생각했다.

그럼에도 불구하고 그들은 친구가 되었다. 물론 꿈속을 제외하면 연인은 되지 못했다. 그녀 몸의 모세혈관은 아주 작은 압력만으로도 파열되고, 그녀의 극단적으로 과민한 신경계는 가장 가벼운 접촉을 하는 것만으로도 극심한 고통을 불러일으키기 때문이다. 부드럽게 쓰다듬기만 해도 그녀의 살갗은 검푸르게 멍들고, 성교를 하려고 했다가는 아마 사망할 것이다. 그러나 친구는 될 수 있었다. 그가 줄 수 없는 것을 그녀는 결코 요구하지 않았기 때문에, 그가 그녀를 실망시킬 우려는 애당초 없었다.

루스라는 이름의 곱사등이 흑인 여인이 아침 식사를 가지고 왔다. 머리카락 대신 푸르스름한 깃털이 달려 있다. "오늘 아침에 어떤 사내가 가지고 왔어요." 그녀는 음식을 차린 다음 이렇게 말하고 에인절페이스에게 갈색 포장지에 쌓인 두껍고 네모난 꾸러미를 건넸다. 에인절페이스는 별말 없이 그것을 받아 들었다. 타키온은 브랜디를 섞은 커피를 마신 다음 접시에 듬뿍 담긴 베이컨과 계란을 낭패한 표정으로 응시했다.

"그렇게 난감한 표정을 지을 필요는 없잖아." 에인절페이스가 말했다.

"네트워크의 우주선이 타키스를 방문했을 때, 우리 증조모님인 아무라스가 리바르의 특사한테 뭐라고 대꾸했는지는 아직 얘기 안 했지?" 그는 운을 뗐다.

"안 했어. 얘기해 봐. 난 당신 증조모님이 좋아."

"난 아냐. 난 생각만 해도 무섭거든." 타키온은 이렇게 대꾸하고, 이야기하기 시작했다.

톰은 동이 트기 한참 전에 일어났다. 조이는 안쪽 방에서 코를 골고 자고 있었다. 낡아 빠진 커피머신에 커피 주전자를 올려놓고 토머스 사의 잉글리시 머핀을 토스터에 집어넣었다. 커피가 고이는 동안 소파 침대를 다시 소파 모양으로 접어 놓았다. 구워진 머핀에 버터와 딸기잼을 바른 다음 뭔가 읽을 것이 없는지 주위를 둘러보았다. 만화책들이 눈에 들어왔다.

이것들을 구출해 낸 날의 일을 머리에 떠올렸다. 아버지에게 물려받은 〈제트보이〉 시리즈를 포함한 코믹스 대부분은 본디 그의 것이었다. 그는 코믹스를 정말로 사랑했다. 그러던 1954년의 어느 날, 학교에서 집으로 돌아와 보니 모조리 사라져 있었다. 책장 하나와 두 개의 주황색 나무 상자에 들어 있던 재밌는 책들이 통째로 사라졌던 것이다. 어머니 말에 따르면 PTA[15]에서 나온 여자들이 코믹스가 아이들에게 얼마나 악영향을 끼치는지를 설명했다고 한다. 그들은 위샘 박사가 쓴 책을 보여 주면서 코믹스는 어린아이들을 비행 청소년이나 호모로 만드는 데다가 에이스나 조커를 영웅시하기까지 한다는 사실을 지적했다. 그래서 어머니는 그들이 톰의 컬렉션을 몽땅 수거해 가도록 내버려 두었던 것이다. 톰은 고함을 지르며 분통을 터뜨렸지만, 아무 소용도 없었다.

PTA는 모든 학생들의 만화책을 수거해 갔고, 토요일에 운동장에서 태워 버릴 예정이었다. 전국에서 같은 일이 일어나고 있었다. 코믹스, 적

---

15 학부형회.

어도 공포와 범죄와 기괴한 힘을 가진 사람들에 관한 코믹스를 금지하는 법을 제정하자는 얘기까지 있었다.

위샘 박사와 PTA의 생각은 결국 옳았다. 금요일 밤에 만화책 탓에 토미 터드베리와 조이 디앤젤리스는 범죄자가 되었기 때문이다.

당시 톰은 아홉 살이었다. 조이는 열한 살이었지만, 일곱 살이었을 때부터 아버지의 트럭을 몰고 다녔다. 한밤중에 조이는 트럭을 슬쩍 몰고 나와서 몰래 집을 빠져나온 톰과 합류했다. 학교에 도착하자 조이는 쇠지렛대로 교실 창문을 억지로 열었다. 톰은 조이의 어깨를 디디고 어두운 교실 안을 들여다보았다. 정신력으로 그의 컬렉션이 든 상자들을 움켜잡고 공중으로 들어 올린 다음 트럭의 짐칸까지 이동시켰다. 그런 다음 덤으로 네댓 개의 다른 상자들까지 끄집어냈다. PTA는 끝끝내 알아차리지 못했다. 태울 만화책은 잔뜩 있었기 때문이다. 돔 디앤젤리스는 이 많은 만화책들이 도대체 어디서 왔는지 의아해했을지도 모르지만, 결코 그 사실을 입 밖에 내지 않았다. 그러는 대신 그것들을 꽂아 넣을 책장을 만들어 주었다. 그는 자기 아들이 글을 읽을 수 있다는 사실을 정말로 자랑스러워하고 있었다. 그날부터 이 만화책들은 톰과 조이 두 사람의 컬렉션이 되었다.

톰은 커피와 머핀을 주황색 나무 상자 위에 올려놓고 책장으로 가서 〈제트보이 코믹스〉 몇 권을 꺼내 왔다. 머핀을 먹으면서 《공룡섬의 제트보이》, 《제트보이 대 제4제국》 그리고 그가 가장 좋아하는 최종편이자 진정한 걸작인 《제트보이 대 외계인》을 읽었다. 최종편의 표지를 펼치니 〈브로드웨이 상공 30분〉이라는 제목이 쓰여 있었다. 식은 커피를 마시며 두 번이나 읽었고, 최고의 명장면 몇 군데를 음미했다. 마지막

장에는 외계인의 그림이 실려 있었다. 흐느끼는 타키온의 모습이. 실제로 이런 일이 일어났는지 안 일어났는지는 모르겠다. 그는 만화책을 덮고 잉글리시 머핀을 마저 먹었다. 그러고는 오랫동안 곰곰이 생각에 잠겼다.

제트보이는 영웅이었다. 그렇다면 톰은? 아무것도 아니다. 약골에 겁쟁이에 불과하다. 그가 지닌 와일드카드의 초능력 따위는 누구에게도 도움이 되지 않았다. 아무 쓸모도 없다. 그와 마찬가지로.

그는 의기소침한 기분으로 외투를 걸치고 밖으로 나갔다. 새벽의 폐차장은 황량하고 추악했다. 바람까지 차가웠다. 동쪽으로 몇백 미터쯤 간 곳에 있는 뉴욕 만의 녹색 해면에는 파도가 일고 있었다. 톰은 폐차로 이루어진 작은 언덕 위에 있는 낡은 패커드로 기어 올라갔다. 삐걱거리는 문을 억지로 열고 들어간다. 좌석은 여기저기 찢어지고 부취(腐臭)를 풍겼지만, 여기 있으면 적어도 바람은 피할 수 있다. 톰은 구부린 무릎을 대시보드에 갖다 댄 자세로 등을 젖히며 떠오르는 해를 바라보았다. 한참을 그렇게 꼼짝도 않고 앉아 있었다. 폐차장에 널린 휠 캡과 폐타이어들이 공중으로 떠오르더니 굉음을 울리며 바다 쪽으로 날아가서 뉴욕 만의 거친 녹색 해면에 첨벙첨벙 떨어진다. 섬 위에 자리 잡은 자유의 여신상이 보였고, 북동쪽에 있는 맨해튼 섬을 덮은 마천루들의 희미한 윤곽을 볼 수 있었다.

거의 일곱 시 반이었다. 팔다리가 뻐근했다. 몇 개나 되는 휠 캡을 날려 보냈는지는 기억도 나지 않는다. 톰 터드베리가 기묘한 표정을 떠올리며 고쳐 앉은 것은 바로 그때의 일이었다. 공중에서 오르락내리락하던 아이스박스가 쾅 소리를 내며 지면에 떨어졌다. 손가락으로 머리카락을 훑은 그는 다시 아이스박스를 들어 올렸고, 50미터쯤 공중을 이동시켜 조이가 자고 있는 판잣집의 파형 지붕 위에 정통으로 떨어뜨렸다. 타이어와 뒤틀린 자전거와 휠 캡 여섯 개와 조그맣고 빨간 손수레가 그 뒤를 이었다.

판잣집의 현관문이 쾅 소리를 내며 열렸고, 조이가 뛰쳐나왔다. 이 추운 날씨에도 사각 팬티와 민소매 속셔츠 바람이었지만, 정말로 화난 표정을 하고 있었다. 톰은 친구의 맨발을 홱 잡아당겼다. 조이는 세차게 엉덩방아를 찧고 욕설을 내뱉었다.

톰은 조이의 몸을 움켜잡고 거꾸로 들어 올렸다. "터드베리, 이 새끼, 너 어디 있어?" 조이가 고함을 질렀다. "멍청한 자식, 그만두지 못하겠어? 당장 내려."

톰은 머릿속으로 두 개의 거대한 손을 상상하고 조이를 한 손에서 다른 손으로 던졌다. "내려가기만 하면 묵사발로 만들어 놓겠어. 남은 생 동안 빨대로 음식을 빨아 먹게 만들 거야." 조이가 위협했다.

손잡이는 몇십 년이나 쓰이지 않은 탓에 뻑뻑했지만, 톰은 마침내 패커드의 창문을 내리는 데 성공했다. 그는 고개를 내밀고 말했다. "어이, 얘들아, 어이, 어이, 어이." 그는 껄껄거리며 새된 소리로 말했다.

조이는 높이 4미터의 공중에 대롱대롱 매달린 채로 주먹을 쥐어 보였다. "네 소중한 물건을 뽑아 놓겠어, 좆같은 새끼." 그는 외쳤다. 톰은 조이의 사각팬티를 홱 벗겨 내서 전신주에 걸어 놓았다. "너 죽었어, 터드베리." 조이가 말했다.

톰은 깊게 숨을 들이쉬고 조이를 아주 살짝 지면에 내려 주었다. 자, 이제 결정적인 순간이 왔다. 조이는 온갖 욕을 내뱉으며 그를 향해 달려

왔다. 톰은 눈을 감고 양손을 운전대에 올려놓은 다음 들어 올렸다. 패커드가 꿈틀거렸다. 이마에 땀이 방울방울 맺혔다. 그는 바깥 세계를 차단하고 정신을 집중해서 10에서 뒤로 천천히 수를 세었다.

마침내 눈을 떴다. 조이의 주먹에 코를 직격당할 것을 반쯤 예상하고 있었지만, 패커드의 엔진 뚜껑 위에 내려앉은 갈매기밖에는 보이지 않았다. 금이 간 앞 유리 안을 들여다보려는 듯이 고개를 갸우뚱하고 있다. 공중에 떠 있다. 그는 날고 있었다.

톰은 창밖으로 고개를 내밀었다. 조이는 6미터 아래의 지면에 서서, 양손을 허리에 갖다 대고 넌더리 난다는 표정으로 그를 쏘아보고 있었다. "자, 봐." 톰은 미소 지으며 아래를 향해 소리쳤다. "어젯밤 너 나한테 뭐라고 했더라?"

"개자식, 어디 하루 종일 그렇게 떠 있을 수 있는지 두고 보자." 조이가 말했다. 별 소용 없는 주먹을 쥐고 마구 흔들자 긴 앞머리가 눈을 가렸다. "아, 염병할. 그걸로 뭘 증명하겠다는 거야? 내가 총을 쥐고 있었다면 넌 지금쯤 죽은 목숨일 텐데."

"네가 총을 쥐고 있었다면 이렇게 창문에서 머리를 내밀지는 않았을 거야." 톰은 대꾸했다. "사실 창문은 아예 없는 편이 낫겠군." 그는 잠시 생각에 잠겼지만, 이렇게 공중에 뜬 채로 생각하기가 쉽지 않았다. 패커드는 무거웠기 때문이다. "내려가겠어, 조이. 어, 이제 좀 진정됐어?"

조이는 히죽 웃었다. "어서 내려와서 직접 알아보라고, 터즈."

"그럼 옆으로 비켜 서 있어. 이 빌어먹을 물건에 깔리기라도 하면 어쩌려고 그래."

조이는 소름이 돋은 하반신을 드러낸 채로 휘적휘적 옆으로 이동했다. 톰은 바람 없는 날에 낙엽이 떨어지듯이 살짝 패커드를 착륙시켰다. 문을 반쯤 열었을 때 조이가 손을 뻗어 그의 어깨를 움켜잡고 일으켜 세웠고, 차 측면에 밀어붙인 다음 주먹을 들어 올렸다. "이 자식을 그냥―" 그는 이렇게 운을 뗐다가 고개를 설레설레 저으며 콧방귀를 뀌었고, 톰의 어깨를 툭 쳤다. "빌어먹을 빤쓰나 내놔, 에이스."

집 안으로 되돌아간 톰은 남은 커피를 다시 데웠다. "네가 만들어 줘야 해." 그는 스크램블드에그와 햄을 만들고 잉글리시 머핀을 두 개 더 구우면서 말했다. 테키[16]를 쓰면 언제나 식욕이 왕성해진다. "넌 자동차 정비나 용접이나 그런 것들에는 빠삭하잖아. 배선은 내가 맡을게."

"배선?" 조이는 커피 김으로 손을 덥히며 말했다. "그런 좆같은 게 왜 필요한 건데?"

"탐조등이나 TV 카메라를 달아야 하거든. 총알이 들어올 수 있는 창문이 아예 없는 게 나아. 난 카메라를 싸게 구할 수 있는 데를 알고, 또 여기 폐차장에 오래된 TV가 잔뜩 있잖아. 내가 알아서 다 설치해 놓을게." 그는 자리에 앉아 스크램블드에그를 게걸스럽게 먹었다. "확성기도 몇 개 있어야겠군. 방송 장비를 갖추는 거야. 발전기도 필요하겠고. 혹시 냉장고가 들어갈 자리는 있을지 몰라?"

"저 패커드는 괴물처럼 크잖아." 조이가 말했다. "좌석들을 떼어 내면 냉장고 따위 세 개는 들어가겠다."

"패커드는 안 돼. 그보다 더 가벼운 차가 필요해. 창문은 폐차에서 차체 패널 같은 걸 뜯어내서 가리면 되겠고."

---

16 teke. 텔레키네시스의 약칭.

조이는 눈을 가린 머리카락을 걷어 냈다. "좆같은 차체 패널 따윈 잊어버려. 진짜 장갑판이 있다고. 전쟁 때 쓰던 거야. 46년에서 47년 사이에 해군기지에서 군함들을 잔뜩 폐선시켰는데, 우리 아버지가 그 고철을 쓰겠다고 응찰했거든. 그렇게 해서 무려 20톤이나 되는 빌어먹을 강철을 가져왔다고. 진짜 돈 낭비였어— 도대체 누가 전함 장갑판 따위를 사려고 하겠어? 지금도 저기 뒤뜰에 고스란히 쌓인 채로 녹슬어 가고 있는 물건이 바로 그거야. 좆같은 16인치 함포로 쏘아야 관통될까 말까 하는 물건이지. 그러니까 터즈, 그걸 두르면 넌— 염병할, 그러니까, 안전할 거야."

그러자마자 톰은 퍼뜩 깨달았다. "안전할 거야." 그는 큰 소리로 말했다. "등딱지(shell) 안에 꼭꼭 숨은 거북이처럼!"

●○

이제 크리스마스까지 열흘밖에 안 남았다. 타크는 통유리에 면한 아늑한 부스 석에 앉아 12월의 추위를 녹여 줄 아이리시커피[17]를 홀짝이며 편면 유리를 통해 바우어리를 바라보고 있었다. 펀하우스의 개점 시각까지는 아직 한 시간 남았지만, 에인절페이스의 친구들을 위해 뒷문은 언제나 개방되어 있었다. 무대 위에서는 코스모스와 카오스를 자칭하는 두 명의 조커 저글러들이 볼링공을 주고받으며 연습하고 있었다. 코스모스는 가부좌를 틀고 1미터 높이의 공중에 떠 있었다. 눈이 없는 그의

---

17 뜨거운 커피에 아이리시위스키와 설탕을 넣고 생크림을 얹은 칵테일.

얼굴은 평화로웠다. 완전한 장님이었지만 결코 헛동작을 하거나 볼링공을 떨어뜨리는 일이 없었다. 팔 여섯 개가 달린 파트너 카오스는 미친 사람처럼 무대 위를 뛰어다니고 있었다. 킥킥 웃고 시답잖은 농담을 늘어놓으며 두 팔로 불이 붙은 몽둥이들을 등 뒤에서 공중으로 던져 대는 동시에, 남은 네 팔로는 코스모스와 볼링공을 주고받고 있다. 타크는 그런 그들을 흘끗 바라보았을 뿐이다. 제 아무리 재능이 있다 해도 기형화한 인간들을 바라보면 가슴이 아팠기 때문이다.

바운서[18]인 맬이 부스 석으로 슬쩍 들어오더니 말했다. "그거 얼마나 마셨어?" 맬은 오만상을 찌푸리고 아이리시커피를 쏘아보며 말했다. 그의 아랫입술에 달린 촉수들이 지렁이처럼 늘어났다가 수축하는 일을 반복했다. 거대하고 검푸른 기형적인 아래턱에 적대적인 경멸의 표정을 떠올리고 있다.

"그건 자네가 관여할 바가 아닌 것 같은데."

"정말이지 넌 아무 쓸모도 없는 작자로군. 안 그래?"

"쓸모가 있다고 주장한 적은 한 번도 없었어."

맬은 끙 하는 소리를 냈다. "넌 똥 덩어리만큼이나 무가치해. 도대체 에인절은 뭐가 필요해서 너처럼 계집애 같은 외계인 나부랭이가 우리 가게를 돌아다니면서 맘대로 술을 처먹게 놓아두는지 모르겠군……."

"그럴 필요는 물론 없지. 나도 사양했지만 소용없더라고."

"도대체 남의 말에는 귀를 안 기울이니." 맬은 동의하고 주먹을 쥐었다. 아주 큰 주먹이었다. 와일드카드에 감염되기 전 그는 헤비급 세계 랭

---

18 술집이나 클럽의 사복 경비원.

킹 8위의 권투 선수였다. 그날이 온 뒤로는 3위까지 올라갔지만…… 프로 스포츠계의 와일드카드 금지령이 발동되면서 그의 꿈은 한순간에 물거품이 되고 말았다. 원래는 에이스들의 참가를 막음으로써 일반인들의 정상적인 경기를 유지하기 위한 고육책이었다고 하지만, 조커들은 초능력이 없으므로 괜찮다는 예외 조항 따위는 딸려 있지 않았다. 그런 맬도 이제는 나이를 먹어서 머리카락도 많이 빠지고 철회색으로 셌지만, 헤비급 챔피언이었던 플로이드 패터슨의 허리를 무릎 위에서 뚝 부러뜨리거나 소니 리스턴과 눈싸움을 해도 이길 수 있을 정도로 험상궂었다. "저걸 좀 보라고." 그는 창밖을 쏘아보며 역겹다는 뜻이 끙 하는 소리를 냈다. 타이니가 휠체어를 몰고 밖으로 나와 있었다. "저 자식은 도대체 저기서 뭘 하고 있는 거지? 이 근처엔 이제 얼씬도 하지 말라고 경고해 뒀는데." 맬은 현관문 쪽으로 갔다.

"그냥 놓아두면 안 돼?" 타키온이 그의 등에 대고 말했다. "무슨 해가 있는 것도 아니잖아."

"해가 없다고?" 맬은 벌컥 화를 냈다. "저 녀석이 저렇게 울면서 지랄을 하니까 빌어먹을 관광객들이 놀라 다 달아나잖아. 그럼 네가 공짜로 처먹는 술값은 누가 대 줄 거라고 생각해?"

그러자 현관문이 열리더니 접은 외투를 팔에 걸친 데스몬드가 들어와서 긴 코를 반쯤 들어 올렸다. "그냥 놓아둬, 맬." 클럽 지배인은 지친 어조로 말했다. "자, 가서 자네 볼일 보라고." 맬은 불만스럽게 중얼거리며 자리를 떴다.

데스몬드는 타키온의 부스 석으로 와서 앉았다. "안녕하신가, 닥터."

타키온은 고개를 끄덕이고 커피를 모두 들이켰다. 잔 바닥에 고여 있던 위스키가 식도를 타고 흘러내리며 몸이 뜨뜻해진다. 어느새 그는 거울 처리가 된 탁자에 반사된 자기 얼굴을 응시하고 있었다. 황폐해지고 수척해진 야비한 얼굴, 벌겋게 충혈된 푸석푸석한 눈, 제멋대로 자라 헝클어지고 개기름이 낀 붉은 머리카락. 오랜 폭음으로 인해 일그러진 이목구비. 이건 그가 아니었다. 그일 리가 없다. 그는 말쑥하게 잘생긴, 기품이 있는 사내였다. 그런데 이 얼굴은—

데스몬드의 긴 코가 뱀처럼 스르르 늘어나더니 끝부분에 달린 손가락들이 타키온의 손목을 거칠게 움켜잡고 홱 당겼다. "지금까지 내가 한 얘기를 전혀 안 듣고 있었군?" 데스는 분노 탓에 다급해진 목소리로 낮게 말했다. 타크는 지금까지 데스몬드가 그에게 말을 걸고 있었다는 사실을 흐릿하게나마 자각했다. 그는 중얼중얼 사죄의 말을 늘어놓기 시작했다.

"그건 됐어." 데스는 손목을 놓아주며 말했다. "잘 들어, 닥터. 난 당신 도움을 요청하고 있었어. 난 조커일지도 모르지만 무지하지는 않아. 난 당신에 관해 읽은 적이 있어. 그래서 당신한테는 모종의…… 능력이 있다는 걸 알아."

"아냐." 타크는 상대의 말을 가로막았다. "자네가 생각하는 그런 게 아냐."

"당신의 능력에 관해서는 상당히 자세히 기록되어 있어." 데스가 말했다.

"난 그런……." 타크는 더듬거리다가 양손을 펼쳐 보였다. "그건 옛날 일이야. 난 그걸 잃었— 그러니까, 더 이상 쓰지를 못해." 그는 거울에 비친 그 자신의 술에 찌든 얼굴을 내려다보았다. 할 수만 있다면 데스의 눈을 똑바로 바라보고 설득하고 싶었지만, 조커의 기형적인 얼굴을 도저히 직시할 수가 없었다.

"쓸 생각이 없다는 얘기로군." 데스는 자리에서 일어났다. "가게를 열기 전에 온다면 안 취했을 때 얘기를 나눌 수 있을 거라고 생각했는데. 내 생각이 틀렸군. 방금 한 얘긴 모두 잊어버려."

"가능하다면 나도 자네를 돕고 싶지만—" 타크는 운을 뗐다.

"나를 도와 달라는 얘기가 아니었어." 데스는 날카롭게 내뱉었다.

상대가 떠나자 타키온은 은빛 크롬으로 장식된 긴 카운터 쪽으로 가서 코냑 한 병을 통째로 마시기 시작했다. 첫 번째 잔을 들이켜자 기분이 나아졌고, 두 번째 잔을 마시니 손의 떨림이 멎었다. 세 번째 잔을 마시면서 그는 흐느껴 울기 시작했다. 맬이 다가오더니 혐오스럽다는 듯이 그를 내려다보았다. "너처럼 지독한 울보는 본 적이 없어." 그는 더러운 손수건을 타키온에게 거칠게 쥐어 주고 가게 문을 열러 갔다.

●○

네 시간 반을 연속해서 공중에 떠 있었을 때 오른발 앞에 설치해 놓은 경찰용 주파수 수신기가 직직거리며 화재 소식을 전했다. 엄밀하게 말하자면 **공중**이라기보다는 단지 지면에서 2미터 올라간 곳에서 부유하고 있었을 뿐이지만 말이다. 하지만 그것만으로도 충분했다. 톰은 2미터든 20미터든 별 차이는 없다는 사실을 알아냈기 때문이다. 네 시간 반 동안이나 공중에 떠 있었는데도 전혀 피곤하지 않았고, 오히려 고양감을 느끼기까지 했던 것이다.

지금 그는 조이가 짜부라진 트라이엄프 TR-3에서 떼어 내서 폴크스바겐 한복판에 박아 넣은 낮은 회전축 위에 거치해 준 버킷 시트에 단단히 안전벨트를 매고 앉아 있었다. 유일한 조명은 사방을 줄줄이 에워싼 각양각색의 텔레비전 화면들에서 나오는 푸르스름한 빛뿐이었다. 차내는 카메라, 카메라 회전용 모터, 발전기, 환기장치, 음향 설비, 제어반, 예비 진공관들이 든 상자, 조그만 냉장고 따위로 가득 차 있었다. 좌석을 돌릴 공간조차도 거의 없을 지경이었다. 그러나 톰의 취향은 어느 쪽인가 하면 밀실 공포증보다는 밀실 애호증에 가까웠기 때문에 문제없었다. 오히려 여기 있으면 기분이 좋을 정도다. 내부를 완전히 들어낸 폴크스바겐 비틀의 외각 전체에 조이는 두꺼운 전함의 장갑을 이중으로 덧대 놓았다. 웬만한 탱크는 명함도 못 내밀 정도로 안전했다. 조이가 2차 세계대전 중에 아버지인 톰이 독일군 장교에게서 노획한 루거 권총으로 몇 발 쏘아 보았더니 콩알처럼 튕겨 내는 수준이었다. 어쩌다가 맞는 총알에 외부 카메라나 조명등이 깨질 가능성은 있지만, 장갑판을 두른 이런 셀 내부에 머무는 한 톰이 위험에 빠질 가능성은 전무했다. 안전한 게 아니라 숫제 무적이라고 해도 무방할 정도였다. 이렇게 든든한 상태라면 무슨 일이든 해낼 수 있을 것 같은 기분이었다.

완성된 장갑 비틀의 중량은 패커드조차 능가했지만 아무 문제도 없었다. 네 시간 반 동안이나 단 한 번도 지면을 스치지 않고 소리 없이, 거의 힘들이지 않고 폐차장 안을 돌아다녔지만 톰은 힘든 기색조차도 없었기 때문이다.

수신기에서 화재 보고가 들려오자 그는 흥분이 등골을 타고 오르는 것을 의식했다. 바로 이거야! 그는 생각했다. 조이가 올 때까지 기다리는 편이 낫겠지만, 지금 조이는 저녁에 먹을 (페퍼로니, 양파, 엑스트라 치즈) 피자를 사러 폼페이 피자에 가고 없었다. 여기서 시간 낭비를 할 수는 없다. 절호의 기회가 아닌가.

톰이 장갑 셀을 공중으로 1미터, 2미터, 3미터 부상시키자 차체 아랫부분에 둥글게 박혀 있는 탐조등들이 일그러진 금속과 고물의 산 위에 뚜렷한 그림자를 만들어 냈다. 그는 불안한 눈으로 화면들을 훑으며 지면이 점점 멀어지는 것을 바라보았다. 고물 실베니아 TV에서 차용한 브라운관의 영상이 천천히 위아래로 요동치기 시작했다. 톰은 조절 손잡이를 돌려 영상을 안정시켰다. 손바닥이 땀으로 축축했다. 5미터 높이까지 올라간 후 그는 해변에 닿을 때까지 장갑 셀을 천천히 전진시켰다. 눈앞에는 어둠이 펼쳐져 있었다. 너무 껌껌한 탓에 뉴욕은 보이지 않았지만, 계속 가면 도달할 수 있으리라는 사실을 그는 알고 있었다. 조그만 흑백 화면들에 비치는 뉴욕 만은 평소보다 더 어두워 보였다. 먹처럼 새까만 파도가 일렁이는, 끊임없이 계속되는 듯한 해면이 시야를 메운다. 도시의 불빛이 보일 때까지 이런 식으로 더듬듯이 나아가는 수밖에 없었다. 만약 바다 위에서 통제력을 잃고 추락한다면 예상했던 것보다 훨씬 빨리 제트보이와 JFK의 전철을 밟는 수밖에 없다. 설령 익사하기 전에 재빨리 해치를 열고 밖으로 탈출한다고 해도, 그는 헤엄을 치지 못하니 아무 소용도 없다.

하지만 난 추락할 생각은 추호도 없어. 그러다가 퍼뜩 깨달았다. 도대체 뭐가 무서워서 이렇게 주저하는 거지? 설마 또 추락할 리가 없잖아? 믿음을 가지자.

톰은 굳게 입을 다물고 정신을 집중해서 전진하는 일에만 전념했다.

셸은 매끄럽게 해면 위를 나아가기 시작했다. 아래쪽의 짜디짠 파도가 높게 일렁인다. 지금까지 수면을 밀어내 본 적은 한 번도 없었는데, 지면 위로 떠오르는 것과는 느낌이 달랐다. 패닉에 사로잡힌 순간 장갑 셸이 흔들리며 1미터나 아래로 뚝 떨어졌지만, 가까스로 자제력을 되찾고 고도를 조정했다. 힘겹게 침착함을 되찾고 장갑 셸을 위로 힘껏 밀어 올리며 상승했다. 높게. 그는 생각했다. 높게 가야 해. 제트보이처럼, 블랙이글처럼, 좆같은 에이스답게 하늘을 날아가는 거야. 톰이 자신감을 되찾으면서 장갑 셸도 점점 더 빨라지며 뉴욕 만 상공을 미끄러지듯이 가로지르기 시작했다. 이토록 엄청난 힘의 감각을 느낀 것은 난생 처음이었다. 너무나도 기분이 좋고, 너무나도 옳게 느껴진다.

나침반도 제대로 작동했다. 10분도 채 지나지 않아 배터리 지구와 월스트리트의 불빛이 전방에 나타났다. 톰은 한층 더 고도를 올려 허드슨 강변을 따라 업타운 쪽으로 날아갔다. 제트보이의 영묘(靈廟)가 다가오다가 지나갔다. 십여 번은 족히 저 영묘 앞에 우뚝 서서, 건물 앞쪽에 세워진 거대한 금속상의 얼굴을 올려다본 적이 있다. 오늘 밤 밤하늘을 올려다보고 톰을 목격한다면 저 조각상은 무슨 생각을 할까.

뉴욕 시내 약도가 있었지만 오늘 밤에는 쓸 일이 없었다. 불길은 거의 1마일 떨어진 곳에서도 뚜렷하게 보였기 때문이다. 화재 현장의 상공을 한 번 통과했을 때는 장갑 셸 안에서조차도 공중을 향해 날름거리는 열파를 느낄 수 있을 정도였다. 그는 신중하게 하강하기 시작했다. 환풍기가 윙윙거리며 돌아갔고, 카메라들은 그의 지시에 따라 회전했다. 하계(下界)는 혼돈과 불협화음의 지배를 받고 있었다. 사이렌 소리, 고함 소리, 군중의 웅성거림, 바쁘게 움직이는 소방수들, 경찰의 저지선과 구급차, 불지옥을 향해 물을 쏘아 대는 거대한 사다리 소방차들. 처음에는 보도 위로 10미터 올라간 곳에 떠 있는 그의 존재를 눈치 챈 사람은 아무도 없었고— 탐조등으로 건물 벽을 이리저리 훑기 위해 좀 더 아래로 내려오고 나서야 사람들의 시선을 끌기 시작했다. 고개를 들고 위를 가리키는 모습이 보인다. 흥분한 나머지 머리가 핑핑 돌았다.

그러나 그런 감정을 곱씹을 여유는 거의 없었다. 다음 순간, 한 여자의 모습이 화면을 통해 시야 가장자리에 들어왔기 때문이다. 5층 창가에 갑자기 나타나서 허리를 구부리고 심하게 기침을 하기 시작한 여자의 옷에는 이미 불이 붙어 있었다. 그가 미처 손을 쓰기도 전에 불길이 여자를 날름 훑었다. 그녀는 비명을 지르고 뛰어내렸다.

그는 그녀를 공중에서 받았다. 아무 생각도 망설임도 없었고, 그럴 능력이 있는지 고민하지도 않았다. 단지 행동했을 뿐이었다. 그녀의 몸을 공중에서 받아 내서, 지면 위에 살짝 내려놓았던 것이다. 소방수들이 여자를 에워싸고 옷에 붙은 불을 껐고, 대기 중이던 구급차로 황급히 옮기는 것이 보였다. 그리고 이제, 톰은 모두가 그를 올려다보고 있다는 사실을 깨달았다. 둥근 불빛을 발하면서 밤하늘 높이 떠 있는 검고 묘한 모양의 물체를 말이다. 경찰 무선망이 직직거렸다. 그는 경찰이 비행접시가 나타났다고 보고하는 것을 듣고 씩 웃었다.

확성기를 든 경관이 경찰차 위로 올라가서 뭐라고 외치기 시작했지만 활활 타오르는 불길의 굉음 탓에 잘 들리지 않았다. 수신기를 끄고 귀를 기울여 보니 착륙해서 누군지, 또는 무엇인지 정체를 밝히라는 요구였다.

그 부분은 쉽다. 톰은 마이크를 켰다. **"여기 터틀이 왔노라."** 그는 말했다. 폭스바겐에는 타이어가 없었다. 그 자리에 부착된 것은 그들이 찾아닐 수 있었던 가장 큰 크기의 괴물 같은 스피커였다. 시판되는 것 중에서는 가장 큰 앰프로 작동하는 물건이다. 사상 최초로 터틀의 목소리가 지상에 울려 퍼졌다. 엄청나게 큰 "여기 터틀이 왔노라"라는 대답이 거리와 골목에 울려 퍼지며 반향했다. 마치 일그러진 천둥소리처럼 들렸지만, 왠지 그럴듯하지가 않았다. 톰은 음량을 한층 더 높이고 약간 더 굵은 목소리로 **"여기 강대한 터틀이 왔노라"**라고 당당하게 선언했다.

그런 다음 서쪽으로 한 블록 이동해서 검게 넘실거리는 오염된 허드슨 강으로 갔고, 10미터 너비의 눈에 보이지 않는 거대한 두 손을 머릿속에 떠올렸다. 그것들을 강에 담그고 강물을 듬뿍 떠올린 다음 들어 올렸다. 강물을 가늘게 흘리며 왔던 곳으로 되돌아간다. 불길에 처음 퍼 온 강물을 쏟아붓자 구경꾼들 사이에서 간간이 환호성이 일었다.

●○

"메리 크리스마스." 괘종시계가 자정을 알리고 크리스마스이브를 맞아 엄청나게 몰려든 손님들이 환호하며 고함을 지르고 탁자를 치기 시작하자, 타크는 술 취한 목소리로 말했다. 무대 위에서 험프리 보가트가 귀에 선 목소리로 재미도 없는 농담을 했다. 클럽 안의 모든 조명이 잠시 어두워졌다. 다시 불이 켜지자 보가트가 있던 자리에는 둥근 얼굴에 빨간 코를 가진 통통한 사내가 서 있었다. "저건 누구야?" 타크는 왼쪽 자리에 앉아 있던 젊은 여자에게 물었다.

"W. C. 필즈예요." 그녀는 이렇게 속삭이고 그의 귓구멍에 혀를 집어넣었다. 오른쪽에 앉아 있던 그녀의 쌍둥이 동생은 어느새 탁자 아래의 그의 바지에 손을 집어넣고 그보다 한층 더 흥미로운 일을 하는 중이었다. 이 쌍둥이 자매는 에인절페이스가 그에게 준 크리스마스 선물이었다. "내 대역이라고 생각하면 돼." 그녀는 이렇게 말했지만, 물론 비교가 되지 않았다. 물론 둘 다 괜찮았다. 가슴이 풍만하고 쾌활한 데다가 수치심을 완전히 결여하고 있었다. 좀 단순하긴 했지만 말이다. 타키스의 섹스 장난감을 연상케 한다. 오른쪽에 앉아 있는 쪽은 와일드카드를 뽑았지만 침대에서도 고양이 마스크를 벗지 않기 때문에 어디가 이상한지는 알 수 없었다. 딱히 기형화한 부분이 눈에 띄지 않았기 때문에 발기한 그를 에워싼 달콤한 쾌락을 맛보는 데는 아무 지장도 없었다.

이 W. C. 필즈라는 사내가 누군지는 모르겠지만, 크리스마스와 어린아이들에 관한 신랄한 의견을 내놓자 관객들은 야유하며 그를 무대에서 쫓아냈다. 다음에 나온 마술사는 경탄할 만큼 많은 얼굴을 보여 주었지만 농담에는 전혀 재능이 없었다. 타크는 개의치 않았다. 기분 전환 거리는 얼마든지 있었기 때문이다.

"신문 보시죠, 박사님?" 신문팔이가 탁자 위로 〈헤럴드 트리뷴〉지를 내밀었다. 손에는 두꺼운 손가락이 세 개 달려 있었고, 피부는 검푸르고 기름져 보였다. "크리스마스 뉴스가 몽땅 실려 있답니다." 그는 옆구리에 어설프게 낀 신문 뭉치를 추스르며 말했다. 씩 웃는 모양으로 벌어진 넓은 입의 양쪽 가장자리에서는 두 개의 만곡한 작은 엄니가 튀어나왔다. 납작한 중절모를 얹은 툭 튀어나온 거대한 머리통은 뻣뻣한 여러 개의 붉은 털 뭉치로 뒤덮여 있었다. 바다코끼리 주비라는 별명으로 불리는 사내였다.

"됐어, 주비." 타크는 취객 특유의 점잔 뺀 목소리로 말했다. "하필 오늘 밤에 인간의 어리석음에 매몰되고 싶지는 않거든."

"아, 이것 좀 봐요." 오른쪽 쌍둥이가 말했다. "터틀이야!"

타키온은 잠시 황망해하며 주위를 둘러보았다. 도대체 펜하우스 안으로 그 거대한 장갑 셸이 어떻게 들어왔단 말인가. 그제야 여자가 신문 기사 얘기를 하고 있다는 사실에 생각이 미쳤다.

"애를 위해서 한 부 사는 게 나을걸요, 태키." 왼쪽에 앉은 쌍둥이가 킥킥거리며 말했다. "안 사 주면 삐칠 테니까."

타키온은 한숨을 쉬었다. "살게. 하지만 부디 나 들으라고 농담 따위를 하진 말게나, 주비."

"실은 조커하고 폴란드인하고 아일랜드인이 무인도에 난파한 얘기를 새로 입수했는데, 사 주신다니 입 닥치겠습니다." 주비는 흐늘흐늘한 미소를 띠며 말했다.

타키온은 동전을 찾으려고 바지 호주머니를 뒤졌지만, 잡히는 것이라고는 여자의 조그만 손밖에는 없었다. 주비가 윙크했다. "데스한테서 받겠습니다." 타키온이 받아 든 신문을 탁자 위에 펼치자 클럽 안이 무대에 등장한 코스모스와 카오스를 향한 박수갈채로 들끓었다.

그리 선명하지 않은 터틀의 사진이 2단 기사와 함께 실려 있었다. 하늘을 나는 피클을 닮았군, 하고 타키온은 생각했다. 조그만 혹으로 뒤덮인 울퉁불퉁한 오이를 닮았다. 터틀이 할렘에서 아홉 살짜리 소년을 치어 죽인 뺑소니 운전자를 잡았다는 내용이었다. 가까스로 경찰이 도착했을 때 뺑소니차는 지상에서 5미터 넘는 공중에서 엔진이 켜진 채로 미친 듯이 바퀴를 돌리고 있었다고 한다. 옆에 실린 관련 기사는, 공군 대변인이 터틀의 장갑 셸이 시험적인 로봇식 비행 전차라는 소문을 공식 부인했다는 소식을 전하고 있었다.

"이젠 이런 기사보다 좀 더 중요한 것들을 보도해야 하는 거 아닌가." 타키온이 말했다. 터틀에 관한 요란한 소식은 이번 주에만 벌써 세 번째였다. 독자 의견란에도 사설에도 오로지 터틀, 터틀, 터틀 얘기뿐이었다. 텔레비전에서조차도 터틀에 관한 추측성 프로그램이 난무하고 있었다. 그는 누구인가? 그의 정체는 무엇일까? 어떻게 그런 능력을 발휘하는 것일까?

한 기자가 타키온의 의견을 물어본 적이 있었다. "텔레키네시스야." 타키온은 대꾸했다. "하나도 신기할 것이 없어. 거의 흔한 능력이라고 해도 좋을 정도야." 테키는 1946년에 와일드카드 바이러스에 노출된 희생자들 사이에서 가장 빈번하게 발현한 초능력이었다. 종이 집게나 연필 따위를 움직일 수 있는 환자를 족히 십여 명은 진찰해 보았다. 자기 몸을 10분 연속해서 공중 부양시킬 수 있는 여자도 있었다. 얼 샌더슨의 비행 능력조차도 근본을 따지자면 텔레키네시스에 기인한 것이다. 타키온이 말하지 않은 부분은 터틀 수준의 엄청난 테키는 아예 선례가 없다는 점이었다. 물론 신문에 실제로 실린 기사 내용의 반은 부정확했지만 말이다.

"그치는 틀림없이 조커일 거야." 은회색 고양이 가면을 쓴 오른쪽 쌍둥이가 속삭였다. 그의 어깨에 몸을 기대고 터틀에 관한 기사를 읽고 있다.

"조커라고?" 타크는 반문했다.

"등딱지 안에 숨어 있잖아요. 정말 끔찍한 외모가 아닌 이상 그런 일을 할 필요가 어디 있어요?" 그녀의 손은 더 이상 그의 바지 안을 더듬고 있지 않았다. "그 신문, 가져도 돼요?"

타크는 그녀 쪽으로 신문을 밀었다. "사람들은 터틀에게 환호하고 있어." 날카로운 어조였다. "포에이스들에게 환호했던 것처럼."

"포에이스라면 흑인 음악 그룹 아녜요?" 그녀는 머리기사로 주의를 돌리며 말했다.

"쟤는 기사 스크랩이 취미라서." 다른 쪽 쌍둥이가 말했다. "조커들은 모두 터틀이 자기들 같다고 생각하는 거 같아. 바보 같지 않아요? 보나마나 공군에서 만든 비행접시 같은 기계일 게 뻔한데."

"기계가 아냐." 고양이 가면이 말했다. "여기 그렇게 쓰여 있잖아." 그녀는 빨갛게 칠한 긴 손톱으로 관련 기사를 가리켰다.

"애는 신경 쓰지 마요." 왼쪽의 쌍둥이는 이렇게 말하고 타키온에게 바싹 붙었고, 그의 목을 깨작이며 한 손을 탁자 아래로 넣었다. "어, 왜 이래요? 다 죽었잖아."

"미안해." 타키온은 음울한 어조로 말했다. 코스모스와 카오스는 무대 위에서 도끼와 마체테[19]와 나이프를 던지고 받고 있었다. 폭포수처럼 쏟아져 내리는 반짝이는 날들이 주위의 거울에 무한하게 반사된다. 타키온은 고급 코냑을 앞에 놓고 좌우에 순종적이고 사랑스러운 젊은 여자들을 끼고 있었지만, 갑자기 그 자신도 뚜렷이 지목할 수 없는 이유로 인해 오늘 밤은 별로 좋은 밤은 아닐지도 모른다는 생각이 떠올랐다. 그는 거의 잔 가장자리까지 코냑을 가득 채우고 머리가 핑핑 돌 것 같은 알코올 증기를 가슴 깊이 들이마셨다. "메리 크리스마스." 그는 이렇게 중

---

19 길고 폭이 넓은 벌채용 칼

얼거렸지만, 딱히 누구를 향해 그런 것은 아니었다.

●○

맬의 화난 목소리를 듣고 의식이 돌아왔다. 타크는 거울로 된 탁자 윗면에서 힘겹게 고개를 들고 거울에 반사된 푸석푸석하고 붉은 얼굴을 향해 눈을 끔벅였다. 저글러들과 쌍둥이들과 관객들은 이미 돌아간 지 오래였다. 흘린 술에 얼굴을 박고 곯아떨어진 탓에 뺨이 끈적끈적했다. 쌍둥이들은 그를 격려하고 애무했으며 한 사람은 탁자 아래로 고개를 박기까지 했지만 아무 소용도 없었다. 그러자 에인절페이스가 탁자 곁으로 와서 그들을 내보냈던 것을 기억한다. "이제 자, 태키." 그녀가 이렇게 말하자 맬이 와서 타키온을 침대로 떠메고 가야 할지 물었다. "오늘은 아냐. 무슨 날인지 알잖아. 그냥 여기서 술이 깰 때까지 자게 놓아둬." 언제 잠들었는지는 기억이 나지 않았다.

머리가 폭발할 것 같은 느낌이었고, 맬의 고함 소리는 그런 사태를 개선하는 데 하등 도움이 되지 않았다. "네가 무슨 언질을 받고 왔든 난 좆만큼도 상관 안 해, 이 쓰레기 새끼. 절대로 못 만나." 바운서가 외쳤다. 그보다 나직한 목소리가 어떤 대답을 했다. "그 좆같은 돈은 받게 될 거야. 하지만 너희들이 받는 건 그게 다야." 맬이 내뱉었다.

타크는 눈을 들었다. 거울에 반사된 어두운 모습들이 보였다. 희미한 새벽빛을 배경으로 서 있는 묘하게 일그러진 그림자들. 수백 개의 반사상(反射像)들의 반사상들. 아름답고, 소름 끼치고, 셀 수 없이 많은, 그의 아이들, 그의 후계자들, 그의 죄가 빚어낸 존재들, 조커들로 이루어진 살아 있는 바다. 나직한 목소리가 또 뭐라고 말했다. "아, 내 조커 좆이나 빨아." 맬이 말했다. 지금은 뒤틀린 작대기에 호박 같은 머리통이 달려 있는 것처럼 보인다. 타크는 미소 지었다. 맬은 누군가를 거칠게 밀치고 뒤춤에 꽂아 놓은 총으로 손을 뻗쳤다.

반사상들과 반사상들의 반사상들. 비쩍 마른 그림자와 부풀어 오른 그림자. 둥근 얼굴을 한 자들과 칼날처럼 얇은 자들. 흑과 백. 이것들이 한꺼번에 동시에 움직이며 클럽 안을 소음으로 가득 채웠다. 맬의 목쉰 고함 소리, 날카로운 총성. 타크는 본능적으로 숨을 곳을 찾아 아래로 뛰어들었고, 미끄러지면서 탁자 가장자리에 이마를 세게 부딪쳤다. 너무나도 고통스러운 나머지 눈물이 나려는 것을 억지로 참고 마룻바닥 위에서 몸을 둥글게 말고, 전 세계가 분해되며 날카로운 불협화음으로 수렴되는 동안 거울에 반사된 발들을 응시했다. 사방의 유리가 박살나며 굴러떨어지는 소리. 산산조각 나서 은빛 칼날로 변한 거울의 파편들이 공기를 가른다. 코스모스와 카오스조차도 저 많은 것들을 모두 포착할 수는 없을 것이다. 검은 파편들이 반사상들을 침식하고, 일그러진 그림자 모양을 한 모든 것들을 베어 물고, 금이 간 거울 위에 피가 튀긴다.

시작되었을 때만큼이나 느닷없이 끝났다. 나직한 목소리가 뭐라고 말하자 발소리와 함께 밟힌 유리가 으스러지는 소리가 들렸다. 잠시 후 뒤쪽에서 뚜렷하지 않은 비명 소리가 들렸다. 술에 취한 타크는 공포에 질려 탁자 밑에 숨어 있었다. 손가락이 아프다. 내려다보니 거울 조각에 베여 피가 나고 있었다. 머리를 쥐어짜도 거울이 깨지면 재수가 없다는 인간의 멍청한 미신 생각이 떠올랐을 뿐이었다. 그는 이 끔찍한 악몽이 사라져 주기를 기원하며 두 팔로 머리를 감쌌다. 다시 잠에서 깨자 경찰관이 그의 팔을 잡고 거칠게 흔들고 있었다.

●○

형사 하나가 맬은 죽었다면서 피가 고여 생긴 웅덩이와 엄청난 양의 깨진 유리 위에 쓰러져 있는 맬의 검시 사진을 보여 주었다. 루스도 죽었고, 청소부 한 명도 죽었다. 후자는 단 한 번도 다른 사람을 해친 적이 없는 머리가 둔한 외눈 인간이었다. 형사들은 신문의 기사도 보여 주었다. 「산타클로스 학살」이라는 제목이었다. 세 명의 조커가 아침에 크리스마스트리 아래에 갔다가 죽음과 마주쳤다는 식이다.

미스 파세티도 사라졌다고 다른 형사가 말했다. 그 부분에 관해서 혹시 아는 거라도? 그녀도 사건과 연관이 있다고 생각하는가? 그녀는 주모자인가, 아니면 희생자인가? 그녀에 관해서 뭔가 할 얘기는 없는가? 타키온이 그런 사람은 전혀 모른다고 대답하자 형사들은 앤젤라 파세티, 즉 그가 에인절페이스로 알고 있는 인물에 관한 질문을 하고 있다고 설명했다. 그녀는 사라졌고 맬은 총에 맞아 죽었지만, 타크를 가장 두려움에 떨게 했던 것은 다음 술을 어디서 얻어야 할지 모른다는 사실이었다.

경찰은 그를 나흘 동안 구류하고 질문 공세를 퍼부으며 지치지도 않고 같은 얘기를 되풀이했다. 타키온은 급기야 그들에게 고함을 지르고, 간원하고, 자기 권리를 주장하고, 변호사를 만나게 해 달라고 하고, 술을 달라고 조르는 상황에 이르렀다. 그들이 접견을 허락한 변호사는 단 한 명이었다. 변호사가 불기소 상태에서 타키온을 계속 잡아 둘 수는 없다는 점을 지적하자, 경찰은 그를 중요 참고인으로 지목하고 부랑죄에 공무집행방해죄를 뒤집어씌운 다음 다시 질문을 계속했다.

사흘째가 되자 손이 떨리며 대낮에도 환각을 보기 시작했다. 그나마 친절했던 형사는 협력하면 술 한 병을 주겠다고 약속했다. 그러나 무슨 대답을 해도 그 형사를 완전히 만족시키지는 못했기 때문에 결국 술은 얻지 못했다. 성질이 더러운 쪽의 형사는 진실을 털어놓지 않는다면 영원히 감방에 가둬 놓겠다고 그를 위협했다. 그때 난 악몽을 꾸고 있다고 생각했습니다. 타크는 흐느끼며 대답했다. 난 술에 취해서 곯아떨어져 있었습니다. 아니, 직접 보지는 못했고 단지 반사된 모습, 그것도 일그러지고 수없이 많은 것들을 보았을 뿐입니다. 얼마나 여럿 있었는지는 모릅니다. 무슨 일이었는지도 모릅니다. 아니, 그녀에게 적 따윈 없었습니다. 에인절페이스는 모든 사람의 사랑을 한 몸에 받고 있었습니다. 아니, 그녀가 맬을 죽였을 리가 없습니다. 그건 말도 안 됩니다. 맬은 그녀를 사랑했습니다. 그 사내들 중 한 명은 나직한 목소리를 내고 있었습니다. 아니, 어느 쪽이 그랬는지는 모릅니다. 아뇨, 그들이 뭐라고 했는지는 기억이 나지 않습니다. 아뇨, 그들이 조커인지 아니었는지도 모릅니다. 조커처럼 보였지만 거울은 사람 모습을 왜곡시키지 않습니까. 다는 아니라도 그중 일부를. 무슨 얘긴지 모르겠습니까? 아뇨, 용의자들을 세워 놓고 찾아보라고 해도 나는 못 찾습니다. 정말로 뚜렷하게 본 게 아니니까요. 나는 탁자 밑에 숨어 있어야 했단 말입니다. 암살자가 왔다, 우리 아버지는 언제나 그렇게 말하곤 했죠. 그럴 경우 내가 무슨 일을 할 수 있단 말입니까.

그가 아는 것을 모조리 털어놓았다는 사실을 알아차리자 경찰 측은 기소를 철회하고 그를 석방했다. 조커타운의 차가운 밤거리로.

●○

그는 홀로 몸을 떨며 바우어리를 걸어갔다. 바다코끼리는 헤스터 가
모퉁이의 신문 가판대에서 소리 높여 석간을 팔고 있었다. "자, 읽어 보
십쇼.「터틀, 조커타운을 공포에 빠트리다」." 타키온은 멈춰 서서 멍한
눈으로 머리기사 제목을 읽었다.「경찰, 터틀을 찾는 중」.〈포스트〉지에
는 이렇게 나와 있었다.〈월드-텔레그램〉지의 기사 제목은「터틀, 폭행
죄로 기소」였다. 그렇다면 터틀에 대한 대중의 환호가 벌써 멎었단 말인
가? 그는 기사 본문을 슬쩍 훑어보았다. 터틀은 지난 이틀 밤 동안 조커
타운을 돌아다니며 사람들을 30미터 높이의 공중까지 들어 올리고 힐
문했고, 대답이 마음에 들지 않으면 그대로 땅에 떨어뜨리겠다고 위협
했다는 내용이었다. 경찰이 어젯밤에 체포하려고 하자 터틀은 순찰차
두 대를 채텀 스퀘어에 있는 술집인 프리커즈의 지붕 위에 올려놓았다
고 한다.「터틀을 제지하라」라고〈월드-텔레그램〉의 사설은 주장하고
있었다.

"괜찮으세요, 닥?" 바다코끼리가 물었다.

"안 괜찮아." 타키온은 이렇게 대꾸하고 신문을 내려놓았다. 어차피
신문을 살 돈도 없다.

펀하우스의 현관은 경찰이 설치한 장애물로 가로막혀 있었다. 문도
통자물쇠로 잠겨 있었고, '당분간 휴업'이라는 팻말이 붙어 있었다. 술
생각이 간절했지만 그가 입은 밴드 리더의 외투 호주머니는 텅 비어 있

었다. 데스와 랜들이 머리에 떠올랐지만, 그제야 그들이 어디 살고 있는지, 그들의 성이 뭔지 전혀 모른다는 사실을 깨달았을 뿐이었다.

터벅터벅 숙소로 걸어 돌아온 타키온은 피곤에 지친 몸을 끌고 계단을 올라갔다. 어두운 방으로 들어가자마자 방이 엄청나게 춥다는 사실을 퍼뜩 알아차렸다. 열린 창문에서 불어오는 살을 에는 듯한 바람이 오줌과 곰팡이와 술의 익숙한 악취를 몰아내고 있다. 나갈 때 열어 놓고 갔던 것일까? 당혹감을 느끼며 한 걸음 들어가자마자 문 뒤에서 누군가가 나와서 그를 움켜잡았다.

너무나도 빨리 일어났던 탓에 반응할 시간 여유조차 없었다. 강철 같은 팔이 그의 기도를 압박하며 솟구치려는 비명을 억눌렀다. 침입자의 손이 그의 오른팔을 뒤로 세게 꺾었다. 숨이 컥 막혔고, 팔은 당장이라도 부러질 것 같았다. 다음 순간에는 등을 홱 떠밀려 열린 창문을 향해 비틀비틀 움직이고 있었다. 그를 부여잡은 손의 힘이 워낙 세서 힘없이 몸부림치는 것이 고작이었다. 창턱에 배를 정통으로 부딪치면서 마지막 남아 있던 숨이 빠져나갔다. 다음 순간 그는 침입자의 강철 같은 포옹에 사로잡힌 채로 2층에서 거꾸로 곤두박질치고 있었다. 그들은 아래의 보도로 함께 추락했다.

그들은 시멘트 보도에서 2미터도 안 떨어진 공중에 경련하듯이 정지했다. 워낙 느닷없이 그랬던 탓에 등 뒤의 사내도 끙 하는 소리를 냈을 정도였다.

타키온은 지면에 격돌하기 직전 눈을 감고 있었다. 몸이 다시 위로 부양하는 것을 느끼고 그는 눈을 떴다. 가로등이 발하는 노란 후광 위에서 훨씬 더 밝은 빛들이 둥글게 반짝이고 있었다. 겨울 밤하늘의 별빛을 가로막은 시꺼먼 물체가 발하는 빛이었다.

목을 부여잡은 팔의 힘이 조금 약해진 덕에 그는 가까스로 신음 소리를 낼 수 있었다. "넌." 몸이 장갑 셸 주위를 돌아 그 위에 슬쩍 내려앉자 타키온은 쉰 소리로 말했다. 얼음처럼 차가운 차체에서 발산되는 냉기가 타키온의 바지를 그대로 뚫고 들어왔다. 터틀이 밤하늘로 수직 상승하기 시작하자 타키온을 붙들고 있던 사내가 손을 놓았다. 타키온은 부르르 떨며 차가운 밤공기를 들이마셨고, 몸을 굴려 지퍼를 올린 가죽점퍼와 검은 덩거리 셔츠[20]를 입고 고무로 된 녹색 개구리 가면을 쓴 사내를 마주 보았다. "누구······?" 타키온은 헐떡였다.

"'강대한 터틀'의 못돼 처먹은 조수로 알아 둬." 개구리 가면을 쓴 사내가 말했다. 묘하게 쾌활한 어조로.

"타키온 박사님이시죠?" 조커타운의 거리 높은 곳까지 상승한 장갑 셸의 확성기가 우렁찬 소리를 발했다. **"무척 뵙고 싶었습니다. 소싯적에 박사님 얘기를 읽었을 때부터 줄곧."**

"음량을 줄여 줘." 타키온은 힘없이 속삭였다.

"아, 물론입니다. 이 정도면 될까요?" 음량이 뚝 떨어졌다. "여긴 워낙 시끄러운 데다가 이런 장갑판을 두르고 있는 탓에 제 목소리가 얼마나 큰지 자각 못 하는 경우가 종종 있어서요. 놀라게 했다면 죄송합니다만, 만나자마자 거절당할 위험을 무릅쓸 여유가 없었습니다. 함께 와 주셔야 했으니까요."

타키온은 동요한 탓에 그 자리에 못 박힌 채로 몸을 떨었다. "뭘 원하

---

20 거친 무명천으로 만든 작업용 셔츠

지?" 그는 지친 목소리로 말했다.

"박사님의 도움이 필요합니다." 터틀은 선언했다. 그들은 여전히 상승 중이었다. 맨해튼의 불빛이 그들 주위를 에워쌌고, 북쪽 방향에 엠파이어스테이트 빌딩과 크라이슬러 빌딩의 뾰족한 첨탑이 솟아 있는 것이 보였다. 그들은 이 두 건물보다 더 높이 올라와 있었다. 차갑고 세찬 바람이 불고 있다. 타키온은 행여나 떨어질세라 장갑 셸에 바싹 달라붙었다.

"날 내버려 둬. 내겐 자네들을 도울 힘이 없어. 그 누구도 도와줄 능력이 안 돼."

"염병할, 이 자식 울고 있잖아." 개구리 가면을 쓴 사내가 말했다.

"이해 못 하시는군요." 터틀이 말했다. 장갑 셸은 소리 없이 안정적으로 서쪽을 향해 움직이기 시작했다. 이렇게 하늘을 나는 것은 경이롭고 섬뜩한 느낌이었다. "꼭 도와주셔야 합니다. 혼자서 해 보려고 했지만 전혀 진척이 없어서. 하지만 박사님 능력을 쓴다면 틀림없이 성공할 겁니다."

타키온은 자기 연민에 푹 빠졌다. 너무 춥고, 너무 피곤하고, 너무 끔찍해서 제대로 대답할 수 있는 상태가 아니었다. "술이 필요해."

"이런 씨팔." 개구리 가면이 말했다. "덤보[21] 말이 맞았어. 이 자식은 얼어 죽을 술고래에 불과해."

"이해를 못 해서 그래." 터틀이 말했다. "일단 상황을 설명하면 알아줄

---

21 디즈니 애니메이션에 등장하는 코끼리 주인공. 여기서는 코끼리 코를 가진 데스몬드를 가리킨다.

거야. 닥터 타키온, 당신 친구인 에인절페이스 얘길 하고 있는 겁니다."

너무나도 술이 마시고 싶어서 속이 아릴 지경이었다. "나한테 잘해 줬지." 그녀 침대의 새틴 시트에 배어 있던 달콤한 향수 냄새를 떠올리며 그는 말했다. 유리 바닥에 남겨진 피의 족적. "하지만 난 아무 일도 할 수 없어. 아는 건 경찰한테 모두 말했다고."

"겁쟁이 새끼." 개구리 가면이 말했다.

"어렸을 때 〈제트보이 코믹스〉에서 박사님 얘길 읽었죠." 터틀이 말했다. "〈브로드웨이 상공 30분〉. 기억납니까? 당신은 아인슈타인만큼이나 머리가 좋은 거 아니었습니까? 난 내 힘만으로 당신 친구인 에인절페이스를 구출할 수 있을지도 모르지만, 그러기 위해서는 우선 박사님의 힘이 필요하단 말입니다."

"그건 더 이상 하지 않아. 할 수가 없다고. 내가 알던, 사랑하던 여자가 하나 있었는데, 딱 한순간만 그녀의 마음을 조종한 적이 있어. 그럴 만한 정당한 이유가 있어서였지. 적어도 그때는 정당하다고 생각했어. 하지만 그 행동은 그녀를…… 파괴해 버렸어. 다시는 그러지 못해."

"흑흑." 개구리 가면이 경멸을 담아 말했다. "그냥 내던져 버리자, 터틀. 이 자식은 오줌 한 통의 가치도 없어." 그는 가죽점퍼 호주머니에서 무엇인가를 꺼냈다. 타키온은 그것이 병맥주임을 깨닫고 깜짝 놀랐다.

"제발." 사내가 목에 건 병따개로 맥주 뚜껑을 따자 타키온은 말했다. "한 모금만 마시게 해 줘." 그는 맥주 맛을 싫어했지만 뭔가를 마실 필요가 있었다. 술이라면 뭐든 좋다. 이미 며칠째 한 방울도 못 마셨다. "제발 한 모금만."

"좆 까." 개구리 가면이 말했다.

"타키온." 터틀이 말했다. "힘을 쓰면 빼앗을 수 있잖습니까."

"아니, 그건 불가능해." 타키온이 말하자 사내는 녹색 고무 입술에 맥주병을 갖다 댔다. "불가능해." 타키온은 되풀이했다. 사내는 계속 맥주를 마셨다. "못 한다고." 맥주가 꿀럭거리며 목젖을 넘어가는 소리까지 들렸다. "제발, 조금만 줘."

사내는 맥주병을 아래로 내리고 생각에 잠긴 듯이 흔들었다. "한 모금 밖에 안 남았군." 그는 말했다.

"제발." 타키온은 떨리는 손을 내밀었다.

"싫어." 개구리 가면은 대꾸하고 병을 천천히 기울이기 시작했다. "그렇게까지 목이 마르다면 내 마음을 조종하면 되는 거 아닌가? 이 좆같은 맥주병을 너한테 억지로 건네게 하면 되잖아." 그는 맥주병을 조금 더 기울였다. "해 보라고. 할 수 있으면."

타키온은 병에 남아 있던 액체가 장갑판 위로 떨어지더니 허공으로 흘러내리는 광경을 속절없이 바라보았다.

"염병할." 개구리 가면이 말했다. "정말로 맛이 갔군그래." 그는 호주머니에서 다른 맥주병을 꺼내 건넸다. 타키온은 양손으로 그것을 받아 들었다. 맥주는 차갑고 신맛이 났지만, 그 어떤 미주(美酒)도 이만큼 달콤했던 적이 없었다. 그는 단 한 번 길게 들이켜는 것만으로 병을 비웠다.

"뭔가 쌈박한 아이디어가 더 없어?" 개구리 가면이 터틀에게 물었다.

전방에는 허드슨 강의 검은 수면이 펼쳐져 있었다. 서쪽 멀리 뉴저지의 불빛이 보인다. 그들은 하강하고 있었다. 허드슨 강을 내려다보는 고지대 위에 강철과 유리와 대리석으로 만들어진 넓고 웅대한 건축물이 보였다. 타키온은 갑자기 그것이 무엇인지를 깨달았다. 한 번도 직접 발을 들여놓은 적은 없지만, 제트보이의 영묘임이 확실하다. "어디로 가는 거지?" 타키온은 물었다.

"어떤 사내를 만나서 구출 작전에 관해 의논해야 합니다." 터틀이 대꾸했다.

제트보이의 영묘는 한 블록을 모두 점령하고 있었다. 그가 조종하던 비행기의 잔해가 우박처럼 쏟아진 바로 그 장소다. 희미한 인광에 물든 채로 따뜻하고 어두운 장갑 셸 내부에 앉아 있는 톰의 TV 화면도 그곳을 보여 주고 있었다. 모터가 웅웅거리며 카메라들이 회전한다. 위를 향해 말려 올라간 영묘 양쪽의 날개는 마치 건물 전체가 하늘로 날아오르려고 하는 듯한 인상을 준다. 좁고 길쭉한 창문들을 통해 천장에 매달린 JB-1의 실물대 복제품을 흘끗 볼 수 있었다. 새빨갛게 도색된 제트기의 동체가 숨겨진 조명을 받고 환하게 번득인다. 영묘의 현관문 위에는 죽은 영웅의 마지막 말이 조각되어 있었다. 검은 이탈리아산 대리석에 글자를 하나씩 음각하고 그 자리에 스테인리스강을 채워 넣었다. 장갑 셸의 백열한 탐조등이 반짝이는 명문(銘文)을 훑는다.

내가 왜 죽어,
아직 〈졸슨 이야기〉[22]도 못 봤는데

톰은 강철 셸을 건물 앞으로 하강시켜서 계단을 올라가면 나오는 대

---

22 〈The Jolson Story(1946)〉. 가수이자 배우인 알 존슨의 반생을 그린 미국의 뮤지컬 영화.

리석 광장 위에 정지한 상태로 부유했다. 바로 옆에서는 6미터 높이의 강철제 제트보이 동상이 주먹을 들어 올린 자세로 웨스트사이드 고속도로와 그 너머의 허드슨 강을 부감하고 있다. 이 조각상의 재료가 된 금속은 추락한 비행기들에서 나온 것임을 톰은 알고 있었다. 조각상의 얼굴도 아버지의 얼굴보다 더 익숙할 정도다.

그들이 만나러 온 사내가 조각상 밑동의 그늘진 곳에서 나왔다. 땅딸막한 그림자. 두꺼운 외투의 호주머니에 깊숙이 손을 찔러 넣고 있다. 톰은 탐조등으로 그를 비췄고, 더 잘 보려고 카메라를 회전시켰다. 조커는 옷을 잘 차려입은 통통한 사내였다. 외투에는 모피 깃이 달려 있고 머리에 페도라를 푹 눌러쓰고 있다. 코가 있을 얼굴 한복판에는 코끼리 코가 달려 있었다. 코끝에 달린 조막만 한 손에 따뜻해 보이는 조그만 가죽 장갑을 끼고 있다.

닥터 타키온은 장갑 셀 꼭대기에서 아래로 내려오려다가 발을 헛디디고 대리석 바닥에 엉덩방아를 찧었다. 톰은 조이의 웃음소리를 들었다. 조이는 아래로 뛰어내린 다음 타키온을 일으켜 주었다.

조커는 외계인을 흘끗 내려다보았다. "여기 오라고 설득하는 데는 성공했나 보군. 이렇게 놀라울 수가."

"졸라 설득력이 있었거든." 조이가 말했다.

"데스." 타키온은 곤혹스러운 목소리로 말했다. "여기서 뭘 하고 있는 거야? 여기 이 사람들하고 아는 사이야?"

코끼리 얼굴을 한 조커의 코가 꿈틀거렸다. "응. 이틀 전부터는 아는 사이였다고 해야겠지. 이 친구들 쪽에서 만나러 왔어. 늦은 시각이었지만 '강대한 터틀' 본인이 전화를 걸어왔는데 호기심을 안 느낄 수야 없지. 저 친구는 도와주겠다는 제안을 했고, 나도 그걸 수락했어. 자네가 어디 사는지까지 알려 줬지."

타키온은 헝클어지고 더러운 머리카락을 손으로 빗었다. "맬 일은 안 됐어. 에인절페이스는 어떻게 됐는지 알아? 내게 얼마나 중요한 사람인지 자네도 잘 알잖나."

"몇 달러 몇 센트의 가치를 갖고 있는지까지 정확히 알고 있지."

타키온은 아연실색하며 입을 벌렸다. 상처 입은 표정이었다. 톰은 연민의 정을 느꼈다. "자네한테 가려고 했지만 어디 사는지 몰랐어." 타키온은 말했다.

조이는 웃음을 터뜨렸다. "전화번호부에도 나와 있어, 이 얼간아. 재이비어 데스몬드라는 이름이 흔한 줄 아나." 그는 장갑 셸을 올려다보았다. "여기 이 조커 친구도 못 찾아내는 판에 무슨 재주로 에인절페이스를 찾아낸다는 거야?"

데스몬드는 고개를 끄덕였다. "날카로운 지적이로군. 이래 봤자 아무 소용도 없어. 저 친구를 보라고!" 그는 긴 코로 타키온을 가리켰다. "저런 작자가 무슨 쓸모가 있단 말인가? 이건 시간 낭비야."

"당신 제안대로 해 봤잖아." 톰이 대꾸했다. "그런 식으로는 전혀 진전이 없어. 아무도 입을 열지 않았으니까 말이야. 하지만 타키온은 우리가 필요로 하는 정보를 손에 넣을 수 있어."

"도무지 무슨 얘긴지 모르겠군." 타키온이 끼어들었다.

조이는 넌더리 난다는 듯이 콧방귀를 뀌었고, 어딘가에서 또 꺼내 온 맥주 뚜껑을 땄다.

"무슨 일이 일어나고 있는 거지?" 타키온이 물었다.

"당신이 코냑하고 싸구려 계집 이외의 것에 조금이라도 주의를 기울였다면 이미 알고 있었을 거야." 데스는 얼음장 같은 목소리로 대꾸했다.

"우리한테 한 얘기를 해 주라고." 톰이 명령했다. 일단 상황을 파악하면 타키온은 반드시 도우려고 할 것이다. 당연히.

데스는 깊은 한숨을 쉬었다. "에인절페이스는 헤로인 중독이었어. 통증이 극심했다는 거 알잖아. 당신도 가끔은 눈치채지 않았어, 닥터? 매일을 견딜 수 있게 해 준 건 오직 그 마약을 썼기 때문이야. 그게 없었더라면 통증 때문에 미쳐 버렸을 거야. 게다가 보통 마약중독자와는 달랐어. 보통 사람이라면 즉사했을 엄청난 양의 순수한 헤로인을 복용할 필요가 있었거든. 그래도 통증 완화에는 최소한의 효과밖에 끼치지 못하는 걸 봤잖아. 조커 특유의 기이한 신진대사라고나 할까. 닥터 타키온, 헤로인이 얼마나 비싼지는 알아? 아, 됐어. 모르는 모양이로군. 에인절페이스는 펀하우스를 운영하면서 꽤 많은 돈을 벌었지만 그것만으로는 결코 충분하지 않았어. 마약을 공급한 쪽에서는 외상을 줬고, 그 액수가 지불 능력을 훌쩍 넘겼을 때 요구했어……. 일종의 약속어음을. 크리스마스 선물이라고나 할까. 에인절페이스에겐 선택의 여지가 없었지. 안 줬으면 공급이 끊겼을 테니까. 말도 안 되는 낙관론자였기 때문에 그만한 돈을 염출할 수 있을 거라고 생각했지. 하지만 결국 실패했어. 크리스마스 날 아침에 공급자 쪽에서 징수를 하러 왔어. 놈들이 에인절페이스를 데려가려는 걸 맬은 좌시할 생각이 없었지. 상대방은 물러서지 않았고."

타키온은 눈부신 탐조등 빛을 받으며 눈을 가늘게 뜨고 있었다. 그의 모습이 또 상하로 흔들리기 시작했다. "왜 그녀는 나한테 그 얘길 안 한 거지?"

"부담을 주고 싶지 않았던 것 같아, 닥터. 술을 처먹고 자기 연민에 빠지는 당신 취미에 재를 뿌릴 수도 있으니까 말이야."

"경찰한테는 얘기했어?"

"경찰? 아, 했어. 뉴욕 시경한테. 조커가 폭행당하거나 살해당했을 때는 묘하게 관심을 보이지 않다가도, 관광객이 돈을 털리면 눈에 불을 켜고 수사에 나서는 작자들이지. 겁도 없이 조커타운 밖에서 살려고 하는 조커를 주기적으로 체포하고, 괴롭히고, 폭행하는 작자들이기도 하고. 조커 여성을 강간하는 건 범죄라기보다는 악취미에 가깝다고 발언한 경찰 간부와 의논해 보는 안도 있겠군." 데스는 콧방귀를 뀌었다. "닥터 타키온, 에인절페이스가 어디서 마약을 샀다고 생각해? 설마 길거리의 밀매인이 그녀가 필요로 하는 양의 순수한 헤로인을 입수할 수 있었다고 생각하는 건 아니겠지? 그녀에게 마약을 공급한 건 바로 경찰이었어. 더 정확하게 말하자면, 조커타운을 담당하는 마약 단속반의 주임. 아, 시경 전체가 그런 일에 관여했을 가능성이 적다는 건 나도 인정해. 강력반 쪽은 정상적인 수사를 진행하고 있을지도 모르고. 우리가 배니스터를 살인범으로 지목한다면 경찰이 뭐라고 할 거라고 생각해? 같은 경찰 동료를 체포한다? 내가 하는 증언을 믿고? 아니면 다른 어떤 조커의 증언을 믿고?"

"그 약속어음대로 하면 되잖아." 타키온은 불쑥 말했다. "돈을 주든 펀하우스를 주든, 아니면 그 작자가 원하는 걸 주라고."

"그 약속어음 말인데." 데스몬드는 지친 어조로 말했다. "저당 잡힌 건 펀하우스가 아냐."

"그게 뭐든 간에, 그냥 주라고!"

"그자가 원하는 것, 에인절페이스가 줄 수 있었던 유일한 건 바로 그녀 자신이었어. 그녀의 아름다움과 그녀의 고통 말이야. 귀를 기울이는 법을 안다면 당신도 이미 거리에 쫙 퍼진 소문을 들었을 거야. 시내 어딘가에서 아주 특별한 신년 파티가 있을 예정이야. 초청받은 사람만 참석해서, 유일무이한 스릴을 맛볼 수 있는 아주 비싼 파티지. 배니스터가 먼저 그녀를 취할 거야. 오래전부터 그러고 싶어 했거든. 하지만 다른 손님들한테도 차례가 돌아올 거라는군. 조커타운식의 환대라고나 할까."

타키온은 말을 잇지 못하고 입을 빼금거렸다. "경찰이?" 그는 가까스로 말했다. 데스몬드가 톰과 조이에게 같은 얘기를 털어놓았을 때 톰이 받았던 것 못지않게 충격을 받은 기색이었다.

"놈들이 우리를 좋아하기라도 한다고 생각했어, 닥터? 놈들에게 우린 기형의 **병든** 존재라고. 조커타운은 지옥, 막다른 골목이고, 조커타운 경찰은 이 시에서도 가장 잔인하고 가장 부패한 데다가 가장 무능한 작자들로 이루어져 있어. 펀하우스에서 누군가 고의로 그런 사건을 일으킨 것 같지는 않지만 이미 엎질러진 물이고, 에인절페이스는 너무 많은 걸 알고 있어. 조커 년은 어차피 살려 둘 수가 없으니까 그 전에 맛이라도 봐야겠다는 거지."

톰 터드베리는 마이크 쪽으로 몸을 기울였다. "나라면 구출할 수 있어. 그 새끼들은 '강대한 터틀' 앞에서는 상대도 안 될 테니까 말이야. 하지만 내 힘으로는 그녀를 찾을 수가 없어."

데스가 말했다. "에인절페이스에겐 친구가 많아. 하지만 다른 사람의 마음을 읽거나 하고 싶지 않은 일을 억지로 시킬 수 있는 능력을 가진 인물은 당신 말고는 없어."

"난 그럴 능력이 없어." 타키온이 항의했다. 그들을 피하기 위해 슬금슬금 안으로 쪼그라드는 듯한 느낌이었다. 한순간 톰은 이 조그만 사내가 도망치려 한다고 생각했다. "자네들은 이해 못 해."

"뭐 이런 계집애 같은 놈이 다 있어." 조이가 커다란 목소리로 말했다.

화면을 통해 타키온이 무너지는 광경을 본 톰 터드베리의 인내심이 마침내 다했다. "시도했다가 실패한다면 어쩔 수 없지. 하지만 시도조차도 안 한다면 역시 실패밖에는 없어. 그게 무슨 차이가 있어? 제트보이도 실패했지만 적어도 시도는 했어. 제트보이는 에이스도 아니고, 빌어먹을 타키스 인도 아니었고, 단지 제트기를 탄 보통 사람에 불과했지만, 적어도 최선을 다했어."

"나도 돕고 싶어. 하지만…… 단지 그럴 수가 없는 걸 어떻게 해."

데스는 혐오감을 못 이겨 큰 소리로 콧방귀를 뀌었다. 조이는 어깨를 으쓱했다.

강철 셀 안에서 톰은 망연자실한 표정으로 앉아 있었다. 타키온은 도울 생각이 없었다. 설마 이런 상황이 오리라고는 생각하지 않았는데. 조이가 경고했고, 데스몬드도 경고했지만, 타키온에게 부탁하자고 고집을 부린 사람은 톰이었다. 이 사람은 그 고명한 닥터 타키온이 아니던가. 당연히 도와줄 거라고 확신했다. 무슨 개인적인 문제로 고통 받고 있는 것인지도 모르지만, 일단 상황이 얼마나 엄중한지를 설명하고, 그들이 얼마나 절실하게 그를 필요로 하고 있는지를 알린다면— 무조건 도와줄 거라고 생각했다. 하지만 본인은 지금 그들의 간절한 청을 거절하고 있었다. 그들의 마지막 희망이었던 존재가.

톰은 음량 조절 스위치를 최대한으로 올렸다. **"이 개 같은 새끼."** 그의 외침이 광장 전체에 울려 퍼졌다. 타키온은 움찔하며 물러났다. **"아무 짝에도 쓸모없는 좆같은 조그만 겁쟁이 외계인 새끼!"** 타키온은 비틀거리며, 뒷걸음질 치며 계단을 내려가기 시작했지만 터틀은 공중에 뜬 채로 상대를 따라가며 확성기를 통해 절규했다. **"모두 거짓말이었다는 거지? 코믹스에 나온 얘기도, 신문에 실린 얘기도 모두 멍청한 거짓말이었어. 난 지금까지 줄곧 얻어맞고 좆같은 겁쟁이 새끼라는 욕을 먹으면서 살아왔지만 진짜 겁쟁이 새끼는 바로 너였던 거야, 이 개자식. 이 더러운 울보 새끼. 아예 시도조차도 해 볼 생각이 없다, 이거지. 누가 어떻게 되든 상관없고, 네 친구인 에인절페이스가 어떻게 되든, 케네디나 제트보이가 어떻게 되든 상관 안 한다, 그런 좆같은 초능력이 있든 없든, 손가락 끝 까딱할 생각이 없다, 이거로군. 이 쓰레기 새끼. 넌 리 오즈월드나 잭 브라운보다 더 나쁜 새끼야."** 타키온은 양손으로 귀를 막고 비틀거리며 계단을 내려갔다. 뭔가 알아들을 수 없는 소리로 외치고 있었지만 톰은 아예 듣고 있지 않았다. 분노가 극에 달한 탓에 폭주 상태였다. 그의 힘이 채찍처럼 엄습하자 외계인의 얼굴이 옆으로 홱 돌아가며 빨간 자국이 생겨났다. **"이 좆같은 새끼!"** 톰이 절규했다. **"껍데기 안에 숨어 있는 놈은 바로 너야."** 눈에 보이지 않는 주먹이 타키온을 맹타했다. 그는 빙그르 돌다가 3분의 1 남은 계단을 굴러떨어졌고, 허우적거리며 일어서려고 했지만 다시 얻어맞고 쓰러져서 보도 위로 거꾸로 나가떨어졌다. **"더러운 새끼!"** 터틀이 포효했다. **"그래, 당장 꺼져, 이 쌍놈의 새끼야. 안 그러면 강물에 던져 버릴 테니까! 빨리 도망쳐, 이 겁쟁이 새끼. 이 강대한 터틀 님이 정말로 분통을 터뜨리기 전에! 달려, 빌어먹을! 껍데기 안에 숨어 있는 놈은 바로 너**

야! 껍데기 안에 숨어 있는 놈은 바로 너라고!"

　그는 도망쳤다. 가로등에서 가로등으로 무작정 달려가다가 마침내 어둠 속으로 녹아들었다. 톰 터드베리는 상대가 장갑 셀의 텔레비전 화면들에서 사라지는 광경을 바라보며 구토감과 패배감이 몰려오는 것을 자각했다. 머리가 욱신거린다. 맥주나 아스피린이 필요하다. 혹은 그 양쪽이. 경찰차의 사이렌 소리가 들리자 그는 조이와 데스몬드를 집어 들어 장갑 셀 꼭대기에 올려놓고 탐조등을 모두 껐고, 밤하늘을 향해 일직선으로 상승했다. 높이, 더 높이, 어둠과 추위와 정적이 지배하는 공간으로.

● ○

　그날 밤 타키온은 저주받은 자의 잠에 취해서 열병에 걸린 사내처럼 몸부림치며 비명을 올렸고, 흐느꼈고, 악몽에서 깨어났다가 다시 악몽에 빠져드는 일을 반복했다. 꿈속에서 그는 고향 행성인 타키스로 돌아가서, 그가 증오하는 사촌 형제 잽이 새로운 섹스 장난감을 자랑하는 것을 보았다. 잽이 꺼내 온 것은 블라이스였고, 그는 타키온 앞에서 그녀를 강간했다. 타키온은 아무 일도 하지 못하고 무력하게 그것을 바라보고 있어야 했다. 그녀는 그의 몸 아래에서 몸부림치다가 입과 귀와 질에서 피를 내뿜었다. 그녀가 조커로 변신하기 시작했다. 변신을 거듭하면서 한층 더 소름 끼치는 기형으로 변해 간다. 그러나 잽은 이에도 아랑곳 않고, 절규하며 버둥거리면서 변신을 계속하는 그녀를 강간했다. 그러나 나중에 피에 물든 시체 위에서 몸을 일으킨 사내의 얼굴은 사촌의 얼굴이 아니라 황폐해지고 수척해진 타키온 자신의 야비한 얼굴이었다. 벌겋게 충혈된 푸석푸석한 눈, 제멋대로 자라 헝클어지고 개기름이 낀 붉은 머리카락, 오랜 폭음 또는 펀하우스의 거울로 인해 일그러진 이목구비.

창밖에서 타이니가 흐느끼는 끔찍한 소리를 듣고 깬 것은 정오 무렵의 일이었다. 도저히 참기 힘들었다. 모든 것이 참기 힘들었다. 비틀거리며 창가로 가서 창문을 열어젖히고 거인을 향해 조용히 하라고, 멈추라고, 혼자 있게 해 달라고, 제발 마음의 평안을 달라고 절규했다. 그러나 타이니는 계속 울부짖었고, 고통이 너무나도 심했고, 죄책감이 너무 심했고, 수치심이 너무 심했고, 왜 나를 그냥 놓아두지 않는 거야, 더 이상 견딜 수가 없어, 안 돼, 입 닥쳐, 입 닥쳐, 제발 입 닥쳐. 그러다가 갑자기 타크는 절규하고 마음을 뻗어서 타이니의 머릿속을 뚫고 들어가 입을 닥치게 했다.

우레와도 같은 침묵.

●○

가장 가까운 공중전화 부스는 한 블록 떨어진 과자 가게에 있었다. 전화번호부는 기물 파손자들에 의해 갈가리 찢겨 있었다. 안내 서비스에 걸어 보니 재이비어 데스몬드는 조금만 걸어가면 되는 곳에 있는 크리스티 가에 산다는 사실을 알아냈다. 데스몬드의 아파트는 1층에 가면을 파는 가게가 있는, 엘리베이터가 없는 4층짜리 건물이었다. 4층까지 올라갔을 때 타키온은 헐떡이고 있었다.

다섯 번 두드린 뒤에야 문이 열렸다. "당신이었군." 데스가 말했다.

"터틀 말인데." 타크가 말했다. 목이 바싹 말랐다. "어젯밤 뭐든 알아낸 거라도?"

"없어." 데스몬드는 대꾸했다. 코가 꿈틀거린다. "전혀 진전이 없었어. 놈들도 이젠 익숙해져서 터틀이 정말로 자기를 떨어뜨리지 않을 거라는 걸 알아. 할 테면 해 보라는 식이지. 이젠 실제로 누군가를 죽여 보이지 않는다면, 더 이상 할 수 있는 일이 없어."

"누구한테 물어봐야 하는지 알려 줘." 타크가 말했다.

"자네가?"

타크는 조커의 눈을 똑바로 바라보지 못하고 그냥 고개를 끄덕였다.

"외투를 입고 올게." 데스는 이렇게 대꾸하고 잠시 후 추위에 대비해 두꺼운 옷을 입고 나왔다. 모피 모자와 닳아 빠진 베이지색 레인코트를 들고 있었다. "머리를 이 모자 안에 쑤셔 넣고, 그 정신 나간 외투는 여기 두고 가. 누가 알아보면 안 되잖아." 타크는 그 말에 따랐다. 밖으로 나가는 길에 데스는 가면 가게에 들러 마지막 분장 도구를 손에 넣었다.

"닭?" 데스가 가면을 건네자 타크는 되물었다. 샛노란 깃털에, 길게 튀어나온 주황색 부리와 축 늘어진 빨간 볏이 달려 있다.

"보자마자 자네한테 딱 맞을 거라고 생각했지. 그걸로 얼굴을 가리라고."

채텀 스퀘어로 가 보니 프리커즈의 지붕에 올라탄 순찰차들을 내리기 위한 대형 기중기 차량이 들어오고 있었다. 클럽은 열려 있었다. 문지기는 체모가 전혀 없고 날카로운 송곳니가 튀어나온 7척 장신의 조커였다. 그들이 입구의 차양 아래에서 흐느적거리고 있는 여섯 개의 유방을 가진 댄서의 네온 색 허벅지 아래를 지나가려고 하자 문지기는 데스의 팔을 움켜잡았다. "조커는 못 들어가." 그는 퉁명스럽게 말했다. "꺼져,

코쟁이."

이자의 내부로 마음을 뻗쳐야 해, 타키온은 생각했다. 블라이스와의 그 일이 있기 전에는 본능적으로 할 수 있었던 일이었다. 그러나 지금은 주저하는 마음이 앞섰다. 그리고 주저한 시점에서 이미 패한 것이나 마찬가지였다.

데스는 뒷주머니에 손을 넣어 지갑을 꺼내더니 50달러짜리 지폐를 꺼냈다. "자넨 저 기중기가 경찰차들을 아래로 내리는 걸 보고 있었어. 그래서 내가 지나가는 걸 못 봤지."

"아, 그래." 문지기가 말했다. 날카로운 발톱이 달린 손이 지폐를 슬쩍 숨겼다. "정말이지 볼만한 물건이지, 저 기중기는."

"때때로 돈은 가장 강력한 힘으로 작용하기 마련이지." 데스는 동굴처럼 어둑어둑하고 넓은 건물 안으로 들어가며 말했다. 몇 안 되는 낮 손님들이 무료로 제공되는 점심을 먹으며 철조망을 친 긴 주로(走路)에서 빙빙 돌며 걸어 나오는 스트리퍼를 구경하고 있었다. 스트리퍼는 온몸이 비단결처럼 부드러운 잿빛 털로 뒤덮여 있었고, 털을 민 곳은 젖가슴이 유일했다. 데스몬드는 반대편 벽 가의 부스 석들을 훑어보더니 타크의 팔뚝을 잡고 피코트 차림의 사내가 큰 맥주잔을 쥐고 앉아 있는 어둑어둑한 구석 자리로 데려갔다. "조커 주제에 여기 들어올 수 있었어?" 그들이 다가가자 사내는 뚱한 목소리로 말했다. 얼굴이 얽은 음침한 인상의 사내였다.

타크는 그의 마음속으로 들어갔다. 씨팔 이건 또 뭐야 이 코끼리 새끼는 펀하우스에서 왔잖아 다른 놈은 누구지 하여튼 빌어먹을 조커 새끼들이 간덩이가 부어 가지고.

"배니스터는 에인절페이스를 어디 가뒀지?" 데스가 물었다.

"에인절페이스라면 펜하우스에 있는 그년 말이로군? 배니스터가 누군지 난 몰라. 지금 장난쳐? 당장 꺼져, 이 조커 새끼. 너하고 놀아 줄 틈은 없어." 사내의 사념 속에서 이미지들이 굴러 나왔다. 타크는 거울이 박살나고 은빛 칼날이 공중을 가르고 맬이 상대를 거칠게 밀치며 자기 총으로 손을 뻗다가 총에 맞은 순간 부르르 떨며 빙글 도는 것을 보았고, 배니스터가 나직한 목소리로 루스를 죽이라고 부하들에게 명하는 것을 들었고, 그녀가 갇힌 허드슨 강가의 창고 건물을 보았고, 움켜잡힌 탓에 검푸른 멍투성이가 된 그녀의 팔을 보았고, 눈앞의 사내가 가진 두려움, 조커에 대한 두려움을 느꼈고, 발각될 것을 두려워하는 것을 느꼈고, 사내의 배니스터에 대한 두려움, 그들에 대한 두려움을 느꼈다. 타크는 손을 뻗어 데스몬드의 팔을 움켜잡았다.

데스는 몸을 돌리려고 했다. "어이, 거기 멈춰." 얼굴이 얽은 사내가 말했다. 그는 부스 석에서 나오며 경찰 배지를 흘끗 보였다. "비밀 마약 조사관이야. 그리고 너, 그런 맛이 간 질문을 하는 걸 보니 보나 마나 약을 하고 있었던 게 틀림없군." 데스는 사내에게 몸을 수색당하는 동안 꼼짝도 않고 서 있었다. "엇, 이건 또 뭘까." 사내는 데스몬드의 호주머니에서 흰 가루가 든 봉지를 꺼내며 말했다. "이게 뭔지 알아? 괴물 새끼, 널 체포한다."

"그건 내 것이 아닌데." 데스몬드는 침착한 어조로 말했다.

"헛소리 작작 해." 사내가 말했다. 그리고 그의 마음속에서는 이런 생각이 잇달아 떠오르고 있었다. 정당한 공권력 행사에 저항하다가 일어난 사소한 사고였어 내가 뭘 할 수 있었겠어 응? 조커 놈들이야 지랄을 하겠지만 좆같은 조커 말에 누가 귀를 기울이겠나 하지만 다른 놈은 어떻게 할까? 이러면서 그는 타키온을 흘끗 보았다. 맙소사 저 닭 대가리 새끼 몸 떠는 것 좀 봐 정말로 약을 하고 있는지도 몰라 그럼 딱이겠군.

타키온은 몸을 떨면서 결정적 순간이 왔음을 자각했다.

그럴 수 있을지 자신이 없었다. 타이니를 상대로 무턱대고 본능적으로 무작정 능력을 썼을 때와는 달리 지금은 완전히 술이 깨어 있었고, 지금 자기가 무엇을 하려는지도 알고 있었다. 예전에는 자기 손을 움직이는 것만큼이나 쉬웠는데. 하지만 지금 문제의 손들은 덜덜 떨리고 있었고, 피가 묻어 있지 않은가. 피는 그의 마음에도 묻어 있었다…… 그와 접촉한 블라이스의 마음이 펀하우스의 거울들처럼 산산조각 났을 때의 느낌이 떠올랐다. 영원에 가까운 끔찍한 순간이 흐르는 동안, 아무 일도 일어나지 않았다. 매캐한 두려움이 목까지 차올랐고, 낯익은 패배감이 입을 가득 채웠다.

그러자 얼굴이 얽은 사내는 멍청한 웃음을 떠올리더니 등을 젖혔고, 탁자 위에 머리통을 떨구고 어린애처럼 쿨쿨 자기 시작했다.

데스는 놀란 기색도 없이 말했다. "당신이야?"

타키온은 고개를 끄덕였다.

"몸을 떨고 있군. 괜찮아, 닥터?"

"괜찮은 것 같아." 타키온은 대꾸했다. 경찰관은 시끄럽게 코를 골기 시작했다. "괜찮다는 생각이 들어. 몇십 년 만에." 그는 조커의 얼굴을 바라보고, 기형적인 코 뒤에 존재하는 사내를 처음으로 보았다. "에인절이 어디 있는지 알아냈어." 두 사람은 출구 쪽을 향해 갔다. 우리 안에 있던 수염이 나고 거대한 젖가슴을 가진 양성인이 유혹적으로 허리를 움직인다. "빨리 가야 해."

"한 시간이면 스무 명은 모을 수 있어."

"안 돼." 타키온은 말했다. "에인절이 갇혀 있는 장소는 조커타운이 아냐."

데스는 문에 손을 댄 채로 멈춰 섰다. "그랬었군. 조커타운 밖으로 나가면 조커나 가면을 쓴 사내들은 상당히 눈에 띌 거다. 이거로군?"

"바로 그거야." 타크는 대꾸했지만, 다른 두려움, 조커들이 겁도 없이 경찰에 반항할 경우 받을 보복에 대한 두려움에 관해서는 굳이 입 밖에 내지 않았다. 설령 배니스터와 그 졸개들만큼이나 부패했다고는 해도 경찰은 경찰 아닌가. 어차피 잃을 것이 없는 타크는 기꺼이 그런 위험을 무릅쓸 작정이었지만, 조커들에게까지 해가 가게 할 수는 없다. "터틀한테 연락할 수 있어?" 그는 물었다.

"직접 데려가 줄게. 언제 갈까?"

"지금 당장." 한두 시간 뒤면 곯아떨어진 저 경찰관은 잠에서 깨어날 것이고, 그러자마자 두목인 배니스터에게 갈 것이다. 그리고 뭐라고 보고할까? 데스와 닭 가면을 쓴 사내가 민감한 질문을 하고 돌아다니는 걸 보고 체포하려고 했는데, 갑자기 참을 수 없는 졸음이 쏟아졌다? 그걸 인정할 용기가 있을까? 인정한다면, 배니스터는 그걸 어떻게 해석할까? 에인절페이스를 다른 곳으로 옮기려고 할까? 아니면 그 자리에서 죽이려고 할까? 그런 위험을 방관할 수는 없다.

프리커즈의 어둑어둑한 실내에서 나오자 기중기가 두 번째 경찰차를 보도 위에 내려놓은 참이었다. 찬바람이 불어왔지만, 닭 깃으로 된 가면 뒤에서 닥터 타키온은 땀을 흘리기 시작했다.

●○

톰 터드베리는 누군가가 그의 장갑 셸을 마구 두들기는 희미한 소리를 듣고 잠에서 깼다.

낡아 빠진 담요를 밀쳐 내고 상체를 일으켜 앉으려다가 천장에 머리를 쾅 부딪쳤다. "어, 염병할." 그는 어둠 속에서 욕설을 내뱉고 머리 위를 더듬다가 앞쪽 천장의 실내등을 찾아내서 켰다. 장갑판을 두드리는 쿵쿵쿵 하는 소리가 계속 울리며 차내에 반향한다. 톰은 한순간 패닉에 빠졌다. 경찰이로군. 나를 찾아내서 여기서 끌어낸 다음 기소할 작정인 거야. 머리가 욱신거린다. 차내는 춥고 답답했다. 난방과 환기팬과 카메라들을 차례로 켰다. 텔레비전 화면들이 되살아났다.

맑고 차가운 12월의 외부 풍경. 눈부신 햇살이 때 묻은 벽돌 하나하나를 눈이 아플 정도로 뚜렷하게 부각시키고 있다. 조이는 열차 편으로 베이온으로 돌아갔지만 톰은 그대로 남았다. 시간이 없었기 때문에 달리 선택의 여지가 없었다. 데스가 안전한 은신처를 제공해 주었다. 조커타운 깊숙한 곳에 자리 잡은 폐허 같은 5층짜리 공동주택들로 빙 둘러싸인 안뜰이었다. 그곳에 깔린 자갈길은 시궁창 냄새를 짙게 풍겼지만 거리로부터 완전히 차단되어 있었다. 새벽이 오기 직전에 여기 착륙했을 때 건물의 어두운 창문들 몇 개에 불이 들어오며 커튼 뒤에서 조심스럽게 밖을 내다보는 시선들을 느꼈다. 경계하는 듯한, 두려움에 가득 찬, 완전히 인간적이라고 할 수 없는 얼굴들이 언뜻 보이더니 금세 사라졌다. 마치 안뜰에 출현한 물체는 자기들이 상관할 바가 아니라는 듯이.

톰은 하품을 하며 좌석 위로 기어 올라가서 카메라들을 회전시켜 소음의 원천을 찾아냈다. 데스가 팔짱을 끼고 지하실로 통하는 문 앞에 서 있었다. 닥터 타키온은 빗자루를 가지고 셸을 마구 두들기고 있다.

톰은 깜짝 놀라 마이크 스위치를 켰다. **"당신이었어?"**

타키온은 움찔했다. "제발 그 소리 좀."

톰은 음량을 낮췄다. "미안해. 얼굴을 보고 놀라서 그랬어. 설마 다시 보리라고는 생각 못 했거든. 그러니까, 어젯밤 그 일이 있은 뒤로는 말이야. 몸 어디가 상하거나 하진 않았지? 일부러 그러려고 한 게 아니라, 단지 난—"

"이해하네. 하지만 지금은 비난이나 사과를 주고받을 때가 아냐."

브라운관에 찍힌 데스의 모습이 계속 위아래로 흔들리기 시작했다. 빌어먹을 상하 조정 장치 같으니라고. "어디 가둬 놓았는지 알아냈네." 뒤집혀진 조커가 말했다. "그러니까, 여기 있는 닥터 타키온이 소문대로 사람 마음을 읽을 수 있는 게 사실이라면 말이야."

"어디야?" 톰은 말했다. 데스가 계속 뒤집히고, 뒤집히고, 뒤집힌다.

"허드슨 강변의 창고야." 타키온이 대꾸했다. "잔교 어귀에 있어. 정확한 주소는 모르지만 사념 속에 있는 걸 뚜렷하게 봤어. 보면 알아볼 수 있을 거야."

"잘했어!" 톰은 환호했다. 상하 조정 시도를 포기한 그가 화면을 주먹으로 갈기자마자 영상이 안정되었다. "그럼 가서 무찔러야지. 자, 가자고." 그러자 타키온의 얼굴에 떠오른 표정을 보고 톰은 아연실색했다. "설마 함께 가지 않겠다는 건 아니겠지?"

타키온은 마른침을 삼켰다. "갈 거야." 이렇게 말하며 손에 들고 있던 가면을 쓴다.

천만다행이로군. 톰은 생각했다. 한순간 혼자 가야 하나, 하는 생각을 했던 것이다. "다들 올라타."

외계인은 깊은 체념의 한숨을 쉬더니 장갑 셸 꼭대기로 기어 올라왔다. 부츠 창이 장갑판을 긁는 소리. 톰은 팔걸이를 꽉 잡고 위를 향해 정신을 집중했다. 장갑 셸은 비눗방울처럼 가볍게 떠올랐다. 고양감이 몰려온다. 난 바로 이런 일을 하기 위해서 태어났어. 톰은 생각했다. 제트 보이도 틀림없이 이렇게 느꼈을걸.

조이는 장갑 셸에 괴물처럼 거대한 경적을 설치해 놓았다. 톰은 은신처의 옥상 위로 상승하면서 엄청난 음량으로 지이이이금 내가아아아 구하러 왔노라아아아아 하는 마이티 마우스의 구호에 맞춰 경적을 울림으로써 비둘기 떼와 몇몇 부랑자와 타키온을 화들짝 놀라게 만들었다.

"이보다는 좀 다소곳하게 행동하는 쪽이 현명할 듯하네만." 타키온이 에둘러 말했다.

톰은 웃음을 터뜨렸다. "……미치겠구먼. 난 지금 외우주에서 온, 핑키 리[23] 같은 요란한 옷을 입기 좋아하는 외계인을 등에 태우고 날아가고 있잖아. 근데 나더러 다소곳하게 행동하라니." 그는 또 웃음을 터뜨렸다. 조커타운의 거리가 아래에 펼쳐지기 시작했다.

● ○

그들은 강가에 면한 미로 같은 골목을 통해 최종적인 접근을 시도했

---

23 Pinky Lee(1907~1993). 미국의 코미디언. TV 진행자.

다. 그들이 멈춘 곳은 갱단 멤버들이나 젊은 연인들의 이름을 휘갈겨 쓴 낙서로 뒤덮인 벽돌 벽으로 가로막힌 막다른 골목이었다. 벽을 넘자 창고 뒤쪽의 적하 구역이 나왔다. 짧은 가죽 재킷을 입은 사내가 하역장 끄트머리에 앉아 있었다. 터틀이 부유하며 들어오자 사내는 벌떡 일어섰다. 본인은 단지 벌떡 일어설 작정이었겠지만 실제로는 3미터쯤 더 높이 떠올랐다. 사내는 입을 열어 비명을 지르려고 했지만 타크 쪽이 더 빨랐다. 사내는 공중에서 얌전히 곯아떨어졌다. 터틀은 근처 지붕 위에 사내를 숨겨 놓았다.

부둣가에 면한 네 개의 널찍한 적하 구역은 각각 쇠사슬과 자물쇠로 단단히 잠겨 있었다. 파형 강판으로 된 문들을 폭넓게 가로지르는 갈색 줄무늬들은 녹이 슨 자국이다. 무단 침입자는 처벌받음이라는 경고문이 옆에 난 좁은 문에 찍혀 있었다.

타크는 장갑 셀 아래로 뛰어내려 발끝으로 가볍게 착지했다. "내가 먼저 가겠어." 그는 터틀에게 말했다. "1분 기다렸다가 뒤를 따라오게."

"1분." 스피커에서 흘러나온 목소리가 말했다. "알았어."

타크는 부츠를 벗고 문을 빼꼼 연 다음 보라색 양말을 신은 발을 움직여 창고 안으로 슬쩍 들어갔다. 옛날 타키스에서 배운 적이 있는 은밀 행동법을 최대한 머리에 떠올려 보며 흐르는 듯이 우아한 동작으로 움직인다. 창고 안에는 절단기를 거친 후 가느다란 철사로 단단히 비끄러맨 거대한 폐지 뭉치들이 5미터에서 10미터 높이까지 잔뜩 쌓여 있었다. 타키온은 폐지 뭉치들 사이의 구불구불한 통로를 살금살금 지나 사람 목소리가 들리는 곳을 향해 갔다. 거대한 노란색 지게차가 앞길을 가로막고 있었다. 그는 바닥에 납작하게 엎드린 다음 지게차 밑으로 기어들어 갔고, 거대한 타이어 뒤에서 주위를 살그머니 둘러보았다.

세어 보니 모두 다섯 명이었다. 두 사람은 접이식 의자에 앉아서 표지를 뜯어낸 페이퍼백[24] 더미를 탁자 삼아 카드놀이를 하고 있었다. 보기 흉할 정도로 살이 찐 사내 하나는 반대편 벽에 설치된 거대한 서류 절단기를 조정하고 있었다. 나머지 두 명은 흰 가루가 든 봉지들이 가지런히 놓인 긴 탁자를 앞에 두고 서 있었다. 그중 플란넬 셔츠 차림의 키가 큰 사내는 조그만 저울로 무엇인가를 재어 보고 있었다. 비싼 레인코트 차림에 머리가 벗겨진 호리호리한 사내는 곁에서 그 작업을 감독하고 있는 듯했다. 한 손에 담배를 들고, 매끄럽고 나직한 목소리로 뭐라고 말하고 있다. 정확히 뭐라고 말하는지는 알아듣기 힘들었다. 에인절페이스의 모습은 어디에도 보이지 않았다.

그는 배니스터의 시궁창 같은 마음속으로 들어가서 그녀를 보았다. 절단기와 포장기 사이에 있었다. 여기서는 지게차 본체에 가려 보이지 않는 곳이지만, 그녀는 그곳에 있었다. 콘크리트 바닥에 던져 놓은 더러운 매트리스 위에 누워 있다. 발목에 채운 수갑에 쓸린 부분의 피부가 벗겨지고 퉁퉁 부어 있다.

●○

"하마가 58, 하마가 59, 하마가 60." 톰은 수를 세었다.

적하 구역은 충분히 넓었다. 염력으로 꽉 쥐자 자물쇠가 산산조각 나

---

24 반품된 페이퍼백을 폐지 처리할 경우, 표지는 따로 뜯어서 출판사로 반송한다.

며 녹과 뒤틀린 금속으로 변했다. 쇠사슬이 철컥거리며 바닥에 떨어지고, 문이 덜그럭거리며 위로 올라가면서 녹슨 홈이 항의하듯이 끼이익하는 소리를 냈다. 톰은 장갑 셀을 전진시키며 모든 탐조등을 켰다. 창고 안으로 들어가니 산더미처럼 쌓인 폐지 더미들이 그의 진로를 가로막고 있었다. 그것들 사이를 누비고 지나갈 만한 공간이 없었기 때문에 그는 그것들을 힘으로 밀어냈다. 그러나 폐지 더미들이 무너지기 시작한 순간 그 위로 날아갈 수 있었다는 사실을 퍼뜩 깨달았다. 그는 천장으로 상승했다.

● ○

"뭐야, 씨발." 적하용 문이 끼익거리며 열리자 카드놀이를 하던 사내 하나가 말했다.

다음 순간 사내들은 일제히 움직이기 시작했다. 카드놀이를 하던 두 사내는 벌떡 일어섰고, 한 명이 총을 꺼내 들었다. 플란넬 셔츠 차림의 사내는 저울에서 고개를 들었다. 뚱뚱한 사내는 서류 절단기에서 몸을 돌리고 뭐라고 외쳤지만, 무슨 소리를 했는지는 알아들을 수가 없었다. 반대편 벽에 쌓인 폐지 뭉치들이 우르르 굴러떨어지며 다른 뭉치들까지 쓰러뜨렸다. 창고 전체에서 연쇄 작용이 일어나기 시작했다.

배니스터는 단 한순간도 주저하지 않고 에인절페이스 쪽으로 갔다. 타크는 배니스터의 마음을 포착하고, 리볼버 권총을 뽑아 들며 발을 디디려던 그의 동작을 멈추게 했다.

그때 지게차 뒤에 쌓여 있던 십여 개의 폐지 뭉치가 한꺼번에 쏟아져 내렸다. 지게차가 아주 조금 움직이며 거대한 검정색 타이어로 타키온의 왼손을 뭉갰다. 그는 충격과 고통에 못 이겨 비명을 올렸고, 배니스터를 놓쳤다.

●○

아래쪽에서 두 사내가 톰을 향해 총을 쏘고 있다. 처음 총소리를 들었을 때는 너무 놀라 극히 짧은 순간 집중력을 잃은 탓에 장갑 셸이 1미터 넘게 아래로 뚝 떨어졌다. 가까스로 다시 떠오르자마자 총알이 여러 발 날아왔지만 장갑판에 가로막혀 아무 해도 끼치지 못하고 창고 여기저기로 팅팅거리며 튕겨 나갔다. 톰은 미소 지었다. "강대한 터틀님 등장!" 그는 마구 굴러떨어지는 폐지 뭉치들 사이에 둥둥 뜬 채로 음량을 최대로 올려 선언했다. "너희들 이제 좆 됐거든? 당장 항복해, 이 악당 새끼들아."

가장 가까이에 있던 악당은 항복하지 않고 다시 발포했다. 톰의 TV 화면 하나가 검게 변했다. "이런 썅." 톰은 마이크를 끄는 것을 잊고 무심코 말했고, 사이코키네시스로 대뜸 사내의 팔을 움켜잡고 총을 먼 곳으로 던져 버렸다. 저렇게 비명을 지르는 걸 보니 아무래도 어깨가 빠진 것 같아. 염병할. 앞으로는 조심해야지. 다른 사내는 굴러떨어진 폐지 뭉치를 뛰어넘어 도망치기 시작했다. 톰은 공중으로 껑충 뛰어오른 사내를 잡아 천장으로 그대로 밀어올린 후 서까래에 걸어 놓았다. 화면에서 화면으로 빠르게 훑어보았지만, 한 화면은 검게 변했고 그 옆의 화면까지 또 상하로 요동치기 시작했기 때문에 그쪽 상황은 아예 확인할 도리가 없었다. 고칠 시간 여유도 없었다. 플란넬 셔츠를 입은 어떤 사내가 슈트 케이스에 봉지를 담고 있는 광경이 화면에 찍혔다. 시야 가장자리에서 톰은 뚱뚱한 사내가 지게차에 올라타는 것을 보았다⋯⋯.

●○

타이어에 손이 깔린 타키온은 지독한 고통에 못 이겨 몸부림치면서도 억지로 비명을 참았다. 배니스터— 배니스터가 에인절페이스를 해치기 전에 막아야 한다. 그는 이를 북북 갈며 의지력으로 고통을 쫓으려고 시도했다. 고통을 공처럼 둥글게 뭉쳐 옛날 배운 대로 밖으로 내보내는 것이다. 그러나 쉽지 않았다. 하도 오래전에 받은 훈련이라서 제대로 집중할 수가 없었기 때문이다. 그는 왼손의 박살난 뼈들을 느꼈다. 시야는 눈물로 흐릿해져 있었다. 다음 순간 모터 도는 소리가 들리더니 지게차가 갑자기 앞으로 튀어 나갔다. 타이어가 그대로 그의 팔을 밟고 머리통을 향해 다가온다. 거대하고 검은 바퀴가 죽음의 검은 벽처럼 그를 향해 굴러오다가⋯⋯ 정수리에서 3센티미터도 떨어져 있지 않은 곳을 통과해서 공중으로 떠올랐다.

●○

창고 안을 휙 날아간 지게차는 강대한 터틀이 한 번 슬쩍 밀치는 것만으로도 반대편 벽으로 날아가서 처박혔다. 뚱뚱한 사내는 공중에서 아래로 뛰어내렸고, 표지가 뜯겨 나간 페이퍼백 더미 위로 추락했다. 톰은 그제야 지게차가 있던 자리에 쓰러져 있는 타키온의 모습을 보았다. 묘하게 구부러진 손을 부여잡고 있었고, 얼굴에 쓴 닭 가면은 더러워지고 짓이겨진 상태였다. 톰이 빤히 바라보는 동안 타키온은 비틀거리며 일어섰다. 뭔가 외치고 있다. 타키온은 제대로 몸을 가누지도 못하면서 허우적거리며 달려가기 시작했다. 도대체 저 작자는 뭘 보고 저리 급하게 달려가는 것일까?

톰은 인상을 찌푸리고 손등으로 고장 난 TV 화면을 후려갈겼다. 그러자 수직 흔들림이 갑자기 멎었다. 한순간 또렷한 이미지가 화면에 잡혔다. 레인코트 차림의 사내가 매트리스에 누워 있는 여자 앞에 서 있었다. 정말로 예쁜 여자였다. 사내가 리볼버 권총을 여자의 이마에 갖다 대자 여자의 얼굴에 묘한 미소가 떠올랐다. 거의 체념하고 받아들이는 듯한 느낌이었다.

●○

타키온은 비틀거리며 절단기 주위를 돌았다. 발목은 고무처럼 흐늘거리고, 어디를 보아도 흐릿한 빨간색뿐이며, 발을 디딜 때마다 박살난 손뼈들이 살을 찌른다. 찾았다. 배니스터가 권총 총구를 그녀의 이마에 슬쩍 갖다 대고 있다. 총구에 닿은 피부는 총알이 박히기도 전에 이미 거무스름해지고 있었다. 눈물과 공포와 아지랑이 같은 고통 속에서 그는 배니스터의 마음으로 손을 뻗쳤고, 움켜잡았다……. 배니스터가 방아쇠를 당긴 바로 그 순간에. 손아귀의 권총이 반동으로 젖혀진 순간 그는 두 쌍의 귀로 총성을 들었다.

"안 돼에에에에에에에에!" 그는 절규했다. 눈을 감고 무릎을 푹 꿇는다. 배니스터로 하여금 권총을 내던지게 했지만, 지금 와서 무슨 소용이 있단 말인가. 아무 소용도 없다. 너무 늦었다. 이번에도 너무 늦게 왔다. **실패했어.** 또. 에인절페이스, 블라이스, 여동생, 그 밖에 그가 사랑한 모든 사람들은 이제 없다. 그는 몸을 푹 꺾고 바닥에 쓰러졌다. 산산조각 난 거울 조각들의 이미지가 그의 마음을 가득 채웠다. 어둠이 깔리기 전에 그가 마지막으로 느낀 것은 피와 고통 속에서 미친 듯이 난무하는 혼례의 춤의 패턴이었다.

● ○

병실의 톡 쏘는 소독약 냄새 속에서 눈을 떴다. 뒤통수에 닿는, 풀을 먹여 빳빳한 베갯잇의 느낌. 눈을 떴다. "데스." 그는 힘없이 말하고 상체를 일으켜 앉으려고 했지만 왠지 몸이 말을 듣지 않았다. 주위의 세계는 흐릿하고 초점이 맞아 있지 않았다.

"양팔이 견인 장치에 묶여 있어, 닥터." 데스가 말했다. "오른쪽 팔은 두 군데가 골절이고, 왼손은 그보다 더 상태가 안 좋거든."

"미안해." 타키온은 말했다. 울고 싶었지만 눈물이 말라붙어 버렸다. "정말로 미안해. 노력은 했지만 난…… 정말 미안해……. 내가—"

"태키." 나직하고 허스키한 목소리가 말했다.

그녀였다. 환자용 가운 차림. 검은 머리카락이 쓴웃음을 에워싸고 있다. 앞머리를 내리고 있었지만 소름 끼치게 거무죽죽한 이마의 멍을 완전히 감추지는 못했고, 눈가의 피부는 시뻘겋게 까져 있었다. 한순간 그는 자기가 죽었거나, 미쳤거나, 꿈을 꾸고 있는 것이라고 생각했다. "괜찮아, 태키. 난 괜찮아. 여기 이렇게 있잖아."

그는 멍하게 그녀를 올려다보았다. "당신은 죽었어." 그는 힘없이 말했다. "내가 너무 늦었어. 총소리를 듣자마자 그자의 마음을 움켜잡았지만 이미 때가 늦어 있었어. 손에 쥔 권총이 반동으로 꿈틀거리는 걸 느꼈다고."

"누가 휙 잡아당기는 걸 못 느꼈어?" 그녀가 물었다.

"잡아당겨?"

"기껏해야 10센티미터 정도였지만 말이야. 총을 쏜 바로 그 순간에. 아슬아슬했지. 화약이 터지면서 심한 화상을 입긴 했지만 총알은 내 머리에서 30센티미터 떨어진 매트리스에 박혔어."

"터틀이 그랬군." 타키온은 쉰 목소리로 말했다.

그녀는 고개를 끄덕였다. "배니스터가 방아쇠를 당기는 순간 총구를 옆으로 밀쳐 냈던 거야. 그리고 당신은 그 개자식이 또 쏘기 전에 리볼버를 내던지게 했고."

"놈들은 일망타진됐어." 데스가 말했다. "두어 명이 혼란을 틈타 도망치긴 했지만, 터틀은 배니스터를 포함해서 세 놈을 경찰에 넘겼다네. 20파운드의 순수한 헤로인이 든 슈트 케이스는 덤이었지. 알고 보니 그 창고는 마피아 소유더군."

"마피아?" 타키온이 말했다.

"갱단일세, 닥터 타키온." 데스가 설명했다. "범죄 조직."

"창고에서 잡힌 작자 중 하나는 자기가 살려고 이미 공범자들에게 불리한 증언을 했어." 에인절페이스가 말했다. "법정에서 모조리 털어놓을 거야— 뇌물, 마약 거래, 펀하우스에서 살인을 저지른 것까지 포함해서."

"덕택에 조커타운 경찰도 좀 나아질지 몰라." 데스가 덧붙였다.

타키온에게 몰려온 감정은 단순한 안도감을 초월한 것이었다. 이들에게 감사하며 이들을 위해 목 놓아 울고 싶었지만, 눈물도, 말도 나오지 않았다. 힘은 없었지만 행복했다. "나도 이번엔 실패하지 않았군." 가까스로 이렇게 말했다.

"실패 안 했어." 에인절페이스는 이렇게 말하고 데스를 쳐다보았다. "조금 밖에서 기다려 줄래요?" 병실에 두 사람만 남자 그녀는 침대 가장자리에 앉았다. "당신한테 보여 줄 게 하나 있어. 오래전에 진작 보여 줬으면 좋았을 텐데." 그녀는 그의 눈앞에 그것을 들어 보였다. 금제 로켓 펜던트였다. "열어 봐."

한손으로 로켓 뚜껑을 여는 것은 쉽지 않았지만 어떻겐가 성공했다. 로켓 안에는 침대에 누워 있는 노파를 찍은 작고 동그란 사진이 들어 있었다. 해골처럼 바싹 오그라든 팔다리는 작대기에 얼룩덜룩한 누더기를 걸쳐 놓은 듯했고, 노파의 얼굴은 끔찍하게 일그러져 있었다. "이 여자는 어디가 잘못된 거야?" 타키온은 어떤 대답이 돌아올지 두려워하며 물었다. 또 한 명의 조커로군. 그는 생각했다. 그가 저지른 죄에 의해 생겨난 또 하나의 희생자다.

에인절페이스는 일그러진 노파의 사진을 내려다보고 한숨을 쉬더니 딱 소리를 내며 로켓 뚜껑을 닫았다. "네 살이었을 때 리틀 이털리[25]의 거

---

25 Little Italy. 맨해튼 남부의 이탈리아 이민자 밀집 지역.

리에 나와 놀던 중에 말굽에 얼굴을 밟히고 마차 바퀴에 치여서 등골이 으스러졌어. 그 사건이 일어난 건, 아, 1886년이었지. 전신이 마비됐지만 그 소녀는 살았어. 그걸 살아 있다고 할 수 있다면 얘기지만. 그 어린 소녀는 남은 60년을 침대에서 꼼짝도 못 하고 누운 채로 지내야 했어. 줄곧 먹여 주고, 씻겨 주고, 책을 읽어 준 수녀님들을 제외하면 다른 사람과의 교류는 전혀 없었지. 가끔 죽고 싶다는 생각밖에는 안 들 때도 있었어. 아름다운 여자로 살아가면서 사랑을 받고, 선망의 대상이 되고, 춤을 추고, 느낄 수 있는 삶을 몽상할 때도 있었지. 아, 정말로 느끼고 싶었어." 그녀는 미소 지었다. "태키, 오래전에 난 당신한테 감사했어야 했는데. 하지만 그 사진을 남한테 보여 주는 건 쉽지 않았어. 하지만 난 당신에게 감사하고 있는 데다가 이젠 두 배나 더 많은 빚을 졌어. 펀하우스에서 당신 술값은 영원히 공짜야."

타키온은 그녀를 바라보았다. "술은 됐어. 끊을 거야. 이젠 과거 일이야." 이 말이 사실임을 알고 있었다. 상상을 초월하는 끔찍한 고통을 견디며 살아가는 이런 여성 앞에서, 도대체 무슨 구실을 대고 자기 인생과 재능을 그런 식으로 허비할 수 있단 말인가?

"에인절페이스." 그는 느닷없이 말했다. "난 당신을 위해 헤로인보다 더 나은 걸 만들어 줄 수 있어. 난 생화학자였거든……. 아니, 지금도 생화학자야. 내 고향인 타키스에서는 다양한 약물을 쓰는데, 통각 신경을 차단하는 진통제 같은 걸 합성할 수 있을 거야. 내가 몇 가지 테스트를 하게 해 준다면, 당신의 신진대사에 특화된 걸 만들어 낼 수 있을지도 몰라. 물론 실험실이 있어야 하지만 말이야. 초기 설비비는 비싸게 먹히겠지만, 약물 자체를 합성하는 데는 거의 돈이 들지 않아."

"돈이 들어올 데가 있어." 그녀가 말했다. "펀하우스를 데스한테 팔 예정이거든. 하지만 당신이 얘기한 그런 일은 불법이잖아."

"법 따위는 개나 주라고 해." 타키온은 큰 소리로 말했다. "당신만 입을 다물고 있으면 나도 발설하지 않을 거야."

그는 처음에는 떠듬떠듬, 나중에는 폭포수처럼 말을 쏟아 냈다. 장래 계획, 꿈, 희망, 그가 코냑과 스터노에 빠져 상실한 모든 것들에 관해서. 에인절페이스는 깜짝 놀란 얼굴로 그를 보더니 미소 지었다. 병원에서 투여해 준 진통제의 효력이 마침내 스러지기 시작하고 다시 팔이 욱신거리기 시작하자, 닥터 타키온은 옛날 받은 훈련을 기억해 내고 고통을 몸 밖으로 몰아냈다. 왠지 지금까지 그를 괴롭혀 오던 죄책감과 비탄의 일부도 고통과 함께 빠져나간 듯했다. 생기에 찬 예전의 자기 자신을 되찾은 듯한 느낌이었다.

●○

신문 머리기사에는 「**터틀, 타키온, 헤로인 조직을 일망타진**」이라고 나와 있었다. 톰이 오려 낸 기사를 스크랩북에 풀로 붙이고 있을 때 조이가 맥주를 들고 돌아왔다.

"기자 녀석들이 '강대한'이라는 형용사를 빼먹었군."

조이는 톰의 팔꿈치 옆에 맥주병을 내려놓으며 촌평했다.

"적어도 내 이름이 먼저 나왔잖아."

톰은 손가락에 묻은 끈적거리는 흰 풀을 닦아 내고 스크랩북을 옆으로 밀어 놓았다. 그 아래에 있는 것은 톰이 서투른 솜씨로 그린 새로운 장갑 셸의 설계 도면이었다.

"자, 그놈의 LP 플레이어는 도대체 어디 설치하면 좋을까?"

재이비어 데스몬드의 수기
From the Journal of Xavier Desmond

1986년 11월 30일 / 조커타운

내 이름은 재이비어 데스몬드다. 그리고 나는 조커다.

조커는 태어난 고향에서조차 이방인 취급을 받는다. 그리고 조커인 나는 곧 몇십 곳에 달하는 여러 이국(異國)을 방문할 예정이다. 향후 5개월 동안 나는 초원과 산악 지대, 리오와 카이로, 카이버 고개와 지브롤터 해협, 오스트레일리아의 오지와 샹젤리제를 망라한 온갖 장소를 볼 것이다. 종종 '조커타운의 시장'이라고 불리던 사내에게는 모두가 너무나도 먼 곳들이다. 물론 조커타운에 공식적인 시장 따위는 존재하지 않는다. 조커타운은 도시가 아니라 동네, 그것도 빈민가에 불과하기 때문이다. 그러나 조커타운은 단순한 장소 이상의 곳이다. 일종의 상태 내지는 마음가짐이라고나 할까. 그런 의미에서 내게 그런 호칭은 과한 것이 아닐지도 모른다.

발단부터 나는 조커였다. 40년 전 제트보이가 맨해튼 상공에서 죽으며 전 세계를 향해 와일드카드를 해방했을 때, 나는 사랑스러운 아내와 두 살배기 딸과 밝은 미래를 가진 스물아홉 살의 투자은행 간부였다. 그러나 한 달 뒤에 병원에서 퇴원했을 때는 코가 있던 얼굴 한복판에 분홍색의 코끼리 코 같은 코가 달려 있는 괴물이 되어 있었다. 코끝에는 완벽하게 기능하는 일곱 개의 조그만 손가락들이 달려 있으며, 세월이 흐르면서 나는 이 '제3의 손'을 매우 능숙하게 다룰 수 있게 되었다. 이런 상태에서 갑자기 정상인으로 되돌아가기라도 한다면 팔다리 중 하나를 절단당한 것 못지않은 트라우마를 겪으리라는 것이 내 생각이다. 이 코가 있으면 나는 어떤 얄궂은 의미에서는 인간 이상의 존재인 동시에……한없이 인간 이하의 존재이기도 하다.

사랑스러운 나의 아내는 내가 병원에서 퇴원한 지 2주도 채 지나지 않아 나를 버리고 떠났다. 체이스맨해튼 은행이 더 이상 출근할 필요가 없다며 일방적인 해고 통보를 보내온 것도 그 무렵이었다. 아홉 달 후 리버사이드의 고급 아파트에서 '위생상의 이유'로 쫓겨난 나는 조커타운으로 거처를 옮겼다. 마지막으로 딸을 본 것은 1948년이었다. 딸은 1964년에 결혼했고, 1969년에 이혼했다가, 1972년에 재혼했다. 결혼식들 날짜를 보니 6월에 결혼하는 것을 좋아하는 듯하다. 두 번 모두 나는 초대받지 못했다. 내가 고용한 사립탐정의 보고에 의하면 딸과 사위는 지금 오레곤 주 세일럼에 살고 있으며, 내게는 두 명의 손주가 있다고 한다. 각각의 결혼에 의해 생긴 손자와 손녀다. 그들이 자기들의 할아버지가 조커타운의 시장인지를 알고 있을지는 지극히 의문이다.

나는 바이러스 희생자들의 인권을 지키기 위해 설립된 가장 오래되고 규모가 큰 조직인 조커 반명예훼손 연맹(Jokers' Anti-Defamation League), 약칭 JADL의 창립자이자 명예 회장이다. JADL은 이따금 실패하기도 했지만 대의를 위해 많은 것을 쟁취했다. 나는 어느 정도 성공을 거둔 중견 사업가이기도 하며, 뉴욕 시에서 가장 유명하고 우아한 나이트클럽의 하나인 펀하우스를 소유하고 있다. 손님들은 조커든 내트[1]든 에이스든 간에 펀하우스에 모여들어 20년 넘게 조커들의 카바레 공연을 즐겨 왔다. 지난 5년 동안 펀하우스의 매상은 지속적으로 하락했지만 나와 나의 회계사를 제외하면 아무도 그 사실을 모른다. 내가 이 클럽을 계속 열어 두는 이유는 그곳이 펀하우스이기 때문이며, 그런 곳이 문을 닫는다면 조커타운은 지금보다 훨씬 쓸쓸한 장소가 될 것이기 때문이다.

다음 달이면 나는 일흔 살이 된다.

주치의 말로는 일흔한 살의 생일은 맞지 못할 것이라고 한다. 암은 진단 전에 이미 전이된 상태였다. 조커들조차도 생(生)에는 끈질기게 집착하기 마련이며, 나도 반년째 화학요법과 방사선 치료를 받아 왔다. 그러나 암은 전혀 호전될 기색을 보이지 않는다.

주치의는 지금 여행을 간다면 여명(餘命)이 몇 달은 더 줄어들 것이라고 경고했다. 처방받은 항암제는 꼬박꼬박 먹을 작정이지만, 전 세계를 돌아다녀야 하기 때문에 방사선 치료는 포기하는 수밖에 없다. 그 부분은 이미 받아들였다.

와일드카드 이전, 우리가 아직 젊고 서로를 사랑하던 시절, 아내인 메리와 나는 곧잘 세계 여행을 떠날 계획을 세우곤 했다. 설마 인생의 황혼기에 접어든 지금 홀몸으로 그런 여행을 떠나게 될지는 꿈에서조차도

---

1 nat. 와일드카드 바이러스에 감염되지 않은 정상인을 가리키는 자연인(natural)의 약칭.

상상하지 못했다. 그것도 정부의 비용으로, '에이스 인적자원 및 노력에 관한 상원 위원회' 약칭 SCARE에 의해 조직되고 지원받으며, 국제연합과 세계보건기구의 공식 후원을 받는 진상 조사단의 대표 자격으로 말이다. 우리는 남극대륙을 제외한 모든 대륙으로 날아가서 39개국을 (개중에는 몇 시간 동안만 머무는 곳도 있지만) 시찰할 예정이다. 우리의 공식 임무는 전 세계의 문화에서 와일드카드의 희생자들이 어떤 대우를 받는지를 조사하는 일이다.

대표단은 스물한 명으로 이루어져 있지만 그중에서 조커 대표는 다섯 명밖에 되지 않는다. 내가 그중 한 명으로 뽑혔다는 사실은 개인적으로도 큰 영예인 동시에, 지역사회의 지도자로서 내가 일궈 낸 업적과 지위에 대한 인정으로 받아들여야 할지도 모르겠다. 내 친구인 닥터 타키온이 뒤에서 영향력을 행사해 준 덕으로 알고 있다.

그러나 닥터 타키온이 내게 끼친 영향은 비단 그것뿐만이 아니다.

1986년 12월 1일 / 뉴욕 시

여행의 시작은 그리 상서롭지 못했다. 탑승한 뒤에도 이륙 허가가 떨어질 때까지 로버트 톰린[2] 국제공항의 활주로 위에서 한 시간 동안이나 대기해야 했기 때문이다. 이쪽이 아니라 행선지인 아바나 측의 사정 탓이라는 설명을 들었다. 기다리는 수밖에 없다.

---

2 Robert Tomlin. 〈와일드카드〉 시리즈에 등장하는 조종사 영웅 제트보이의 본명.

우리가 탄 여객기는 보잉 747기를 개조한 특별기이고, 보도 매체에서는 이것에 '스택드 덱[3]'이라는 애칭을 붙였다. 기체 중앙부는 우리 시찰단의 필요에 맞춰 통째로 개조되었다. 좌석들을 모두 들어낸 자리에는 작은 의학 실험실과 종이 매체들을 위한 인쇄실과 전자 매체들을 위한 조그만 텔레비전 스튜디오를 설치했다. 보도 매체 관계자들의 자리는 꼬리 부분에 따로 마련되었는데 이미 완전히 자기들의 영역으로 만든 듯했고, 내가 20분 전에 들렀을 때는 구석에서 이미 포커 게임이 진행되고 있었다. 비즈니스 클래스는 보좌관과 조수와 비서와 홍보관과 안전 요원 들로 꽉 차 있었다. 일등석은 공식적으로는 대표단 전용이다.

대표들의 수는 스물한 명에 불과하기 때문에 거의 휑한 느낌을 받을 지경이다. 이곳에서조차도 게토 의식은 끈질기게 지속되는 듯하다— 조커는 조커들끼리 앉고, 내트는 내트들끼리, 에이스는 에이스들끼리 모여 앉는 것을 보면.

하트먼은 세 그룹 중 어느 것과 있어도 편안함을 느끼는 유일한 인물이다. 기자회견장에서 만났을 때 그는 내게 따뜻한 인사를 건넸고, 탑승한 뒤에도 나와 하워드 곁에 몇 분 동안 앉아서 이번 여행에 대해 그가 품고 있는 기대에 관해 열심히 이야기했다. 이 상원 의원에 대해서는 호감을 느끼지 않는 편이 더 힘들다. 조커타운은 오래전, 그가 뉴욕 시장이었던 시절부터 줄곧 그에게 몰표를 줬다. 하등 이상한 일이 아니다—조커의 인권을 지키기 위해 그토록 열심히, 그토록 오랫동안 일해 온 정치

---

3 Stacked Deck. 사기도박을 하려고 미리 순서를 맞춰 놓은 카드 묶음을 의미한다.

인은 하트먼이 유일하기 때문이다. 하트먼을 보면 희망이 솟는다. 그는 조커와 내트 사이에서 신뢰와 상호 존경이 실제로 가능하다는 사실을 보여 주는 산증인이기 때문이다. 하트먼은 품위 있고 고결한 인물이다. 근년 들어서 오랜 증오와 편견에 기름을 붓고 다니는 레오 바넷 같은 광신자들이 부쩍 늘어난 것을 감안할 때, 우리 조커들은 권력 중심부에 있는 우군이 한 명이라도 아쉬운 상황이다.

닥터 타키온과 하트먼 상원 의원이 대표단의 공동 단장을 맡았다. 타키온은 마치 고전 누아르 영화에 등장하는 해외 특파원 같은 복장으로 공항에 나타났다. 벨트와 여러 개의 단추와 견장까지 달린 트렌치코트에, 멋을 부려 비스듬한 각도로 뒤집어쓴 스냅브림[4]. 그러나 문제의 중절모에는 30센티나 되는 빨간 깃털이 달려 있다. 도대체 어디서 크러시드 벨벳제의 연푸른 트렌치코트를 손에 넣었는지는 상상도 되지 않는다. 해외 특파원이 등장하는 그런 고전 영화들이 모두 흑백인 것이 아쉬울 따름이다.

타키온은 자신도 하트먼처럼 조커들에 대해 아무 편견을 가지고 있지 않다고 생각하고 싶어 하지만 엄밀하게 말해서 그것은 사실이 아니다. 물론 조커타운에 있는 진료소에서 쉬지 않고 봉사하는 그의 이타심과 깊은 배려심을 의심할 생각은 추호도 없고, 많은 조커들이 그를 일종의 성인 내지는 영웅으로 받드는 것 또한 사실이다⋯⋯. 하지만 나만큼 오랫동안 닥터와 알고 지낸 사람의 경우에는 그보다 더 깊은 진실을 보게 되기 마련이다. 차마 입 밖에 내서 말할 수 없는 마음의 어떤 부분에

---

4 펠트제 중절모.

서, 그는 조커들에 대한 그의 봉사 활동을 일종의 속죄 행위로 여기고 있다는 사실을 말이다. 본인도 최대한 그 사실을 숨기려고 노력하지만, 이렇게 오랜 세월이 흐른 뒤에도 그의 눈빛에 깃든 혐오감은 안 보려야 안 볼 수가 없다. 닥터 타키온과 나는 몇십 년이나 알고 지내 온 '친구' 사이고, 그가 진심으로 나를 좋아한다는 사실도 안다……. 하지만 하트먼과는 달리, 그가 단 한순간이나마 나를 동등한 존재로 보고 있다는 느낌을 받은 적은 단 한 번도 없었다. 상원 의원은 나를 인간으로, 그것도 중요한 인간으로 간주해 주고, 자신에게 표를 몰아다 줄 수 있는 정치 지도자의 한 사람으로 대해 준다. 그러나 닥터 타키온에게 나는 언제나 조커였고, 조커로 남을 것이다.

이것은 그의 비극일까, 아니면 나의 비극일까?

타키온은 내 암에 관해서는 전혀 모른다. 우리의 우정이 내 몸 못지않게 병들었다는 증거일까? 아마 그럴지도 모르겠다. 그가 내 주치의 노릇을 그만둔 지 이미 오랜 세월이 흘렀다. 현재 나의 주치의는 조커다. 내 회계사도, 변호사도, 브로커도, 내 은행가조차도 조커다― 체이스맨해튼이 나를 해고한 이래 세계는 변화했고, 조커타운의 시장인 나도 개인적인 기회균등 조치를 실행에 옮길 의무가 있었기에.

●○

방금 이륙 허가가 떨어졌다. 좌석 사이를 돌아다니며 담소하던 사람들도 이제는 모두 안전벨트를 매고 있다. 나는 어디로 가든 조커타운을 뒤에 끌고 다니는 듯하다― 2미터 70센티미터의 키와 엄청나게 긴 팔에 맞도록 특별 제작된 하워드 뮬러의 전용 좌석은 내 좌석 바로 옆에 설치되어 있다. 트롤이라는 별명으로 더 잘 알려진 하워드는 타키온의 진료소에서 보안 책임자로 일한다. 그러나 나는 트롤이 에이스들과 함께 앉아 있는 타키온 곁에는 앉으려고 하지 않았다는 사실을 깨닫고 있었다. 다른 세 명의 조커 대표인 파더 스퀴드와 크리설리스와 시인인 도리언 와일드 또한 내가 있는 일등석의 중앙부에 함께 앉아 있다. 창가에서 가장 멀리 떨어진 이곳에 우리를 앉게 만든 것은 우연일까, 편견일까, 아니면 수치심일까? 조커로 살아가다 보면 아무래도 그런 일에는 조금 편집증적으로 반응하기 마련이다. 국내와 UN에서 파견된 정치가들은 우리 오른쪽에 모여 있고, 에이스들은 우리들 앞쪽과 (모름지기 에이스라면 앞장서는 것이 당연하지 않겠는가) 왼쪽 좌석들을 차지하고 있다.

방금 스튜어디스가 접이식 탁자를 원상태로 해 달라고 부탁했기 때문에 여기서 잠시 쓰기를 멈춰야 한다.

하늘을 날고 있다. 뉴욕 시와 로버트 톰린 국제공항을 멀리 떠나 쿠바를 향해 가는 중이다. 들리는 소문에 의하면 이 첫 번째 행선지는 편하고 쾌적한 장소가 될 것이라고 한다. 아바나는 라스베이거스나 마이애미 해변 못지않게 미국화되었기 때문이다. 그보다는 훨씬 더 퇴폐적이고 악덕으로 물들어 있기는 하지만 말이다. 옛 친구들을 만날 가능성조차 있었다— 아바나의 카지노에서 활약하는 일류 조커 연예인들 일부는 펀하우스와 카오스 클럽에서 처음 데뷔했다. 그러나 나는 도박 테이블에 접근하지 않고 자중할 작정이다. 조커의 도박 운은 안 좋기로 악명이 높으므로.

●○

　좌석 벨트 경고등이 들어오자마자 에이스들 몇 명은 일등석 위층의 라운지로 올라갔다. 나선계단을 통해 여기까지 그들의 웃음소리가 간간이 들려온다. 페리그린, 비행복 차림이 아닐 때는 여대생으로밖에는 보이지 않는 젊고 예쁜 미스트랄, 다변가에 넘쳐흐르는 활력을 가진 하이럼 위체스터, 아메리칸 발레시어터 출신의 발레리나이자 판타지라는 에이스 명(名)을 가진 아스타 렌저. 이들은 이미 긴밀한 도당을 짠 듯하다. 그 어떤 일도 잘못될 리가 없는 '유쾌한 친구들'이라고나 할까. 황금처럼 반짝이는 이들 사이에 타키온도 빠지지 않고 끼어 있다. 에이스들에게 매혹된 것인지, 아니면 그냥 여자들이 좋아서 저러는 것인지 궁금하다. 나의 절친한 친구인 앤젤라—예의 사건 이래 20여 년이나 지난 지금도 여전히 타키온을 깊이 사랑하는—조차도 닥터는 여자에 관한 한 머리가 아니라 주로 자신의 성기로 생각한다는 사실을 시인했다.

　그러나 에이스들 사이에서도 괴짜는 있기 마련이다. 할렘 출신의 흑인 장사인 존스는 (트롤과 하이럼과 페리그린과 마찬가지로 그도 특별 제작된 좌석을 필요로 한다— 그의 경우는 엄청난 체중을 지탱하기 위한 것이다) 맥주를 홀짝이며 〈스포츠 일러스트레이티드〉지를 읽고 있었다. 라드하 오라일리는 그냥 혼자서 창밖을 내다보고 있었다. 매우 차분하고 조용한 느낌을 준다. 법무부에 소속된 에이스인 빌리 레이와 조앤 제퍼슨은 우리의 보안 책임자이고 대표단의 일원이 아니기 때문에 일등석 뒤쪽의 비즈니스 칸에 앉아 있었다.

　그리고 잭 브라운이 있다. 그의 주위에서 소용돌이치는 긴장을 거의 뚜렷하게 감지할 수 있을 정도다. 대다수의 대표들은 정중하게 그를 대하지만 정말로 친숙하게 대하는 사람은 단 한 명도 없었다. 하이럼 워체스터를 위시한 몇몇 사람들은 노골적으로 그를 피하기까지 했다. 닥터 타키온의 경우에 이르러서는 브라운은 아예 존재하지 않는 것이나 마찬가지였다. 이번 여행에 브라운을 참가시키자는 안을 낸 사람은 누구일까? 타키온이 아니라는 점은 명백하고, 하트먼에게도 그것은 정치적으로 너무 위험한 선택이라는 생각이 든다. SCARE에 소속된 보수파들을 달래기 위한 제스처였을까? 혹은 내가 아직 고려하지 못한 복잡한 속사정이 있는 것일까?

브라운은 이따금 라운지로 통하는 나선계단을 흘끗 올려다보곤 한다. 마치 위층의 유쾌한 친구들 사이에 끼고 싶어 안달하는 것처럼. 그러나 그는 자기 좌석에서 꼼짝도 하지 않았다. 특별히 맞춘 사파리 재킷을 차려입은 이 말쑥한 금발 청년이 정말로 1950년대의 악명 높은 '유다[5]' 에이스였다는 사실을 믿는 것은 쉽지 않았다. 브라운은 나와 동갑이거나 비슷한 연배지만 실제로는 스무 살도 채 안 되어 보인다……. 불과 몇 년 전에 젊고 예쁜 미스트랄을 파트너 삼아 고등학교 졸업 파티에 참가하고, 자정이 되기 전에 집에 안전히 데려다 주었을 듯한 느낌이랄까.

월간지 〈에이스〉의 기자인 디거 다운스라는 사내가 일찌감치 일등석으로 올라와서 브라운에게 인터뷰를 하자고 조르는 것을 목격했다. 다운스는 끈질겼지만 브라운의 거절이 워낙 완고했던 탓에 결국 포기했고, 〈에이스〉 최신호를 일등석에 배포한 다음 어슬렁어슬렁 라운지로

---

5 '배신자'라는 뜻이다.

올라갔다. 보나 마나 다른 에이스를 귀찮게 할 작정이리라. 나는 〈에이스〉지의 정기 구독자는 아니지만 일단 한 부 받아 들었고, 다운스에게 회사를 설득해서 〈조커〉라고 불리는 자매지를 창간하면 어떻겠느냐는 제안을 했다. 그리 감명을 받은 기색은 아니었다.

이번 호의 표지화는 주황색과 붉은색으로 불타오르는 석양을 배경으로 떠 있는 터틀의 장갑 셸을 찍은 상당히 인상적인 사진이었다. 「터틀의 생사는?」이라는 부제가 딸려 있다. 지난 9월의 와일드카드 데이에 네이팜 공격을 받고 허드슨 강에 추락한 이후 터틀은 모습을 보이지 않는다. 강바닥에서 일그러지고 불타오른 장갑 셸의 잔해가 발견되었지만, 시체는 단 한 구도 나오지 않았다. 다음 날 동이 트기 직전 터틀이 옛날에 쓰던 장갑 셸을 몰고 조커타운 상공을 날아가는 것을 보았다는 목격자가 몇백 명이나 나왔지만, 그는 그 이후 다시는 모습을 보이지 않았다. 목격담 자체를 집단히스테리와 희망적 관측의 산물로 치부하는 의견도 있었다.

터틀 본인에 관해서 나는 딱히 의견이라 할 것을 갖고 있지 않지만, 그가 정말로 죽었다고는 생각하고 싶지 않다. 많은 조커들이 터틀은 조커의 일원이라고 굳게 믿고 있다. 그의 장갑 셸은 조커 특유의 끔찍한 기형을 감추기 위한 것이라는 식으로 말이다. 이 의견이 사실이든 아니든 간에 터틀이 정말로 오랫동안 조커타운의 좋은 친구였다는 점에는 변함이 없다.

그러나 이번 여행에는 아무도 언급하려고 하지 않는 측면이 하나 있다. 다운스가 쓴 기사를 읽지 않았으면 나도 잊을 뻔했다. 그런고로, 언급하기 힘든 사실을 언급하는 역할은 바로 내 몫인지도 모른다. 사실을 말하자면, 위층 라운지에서 들려오는 왁자지껄한 웃음소리에는 미세하기는 하지만 신경질적인 느낌이 섞여 있었다. 몇 년 동안이나 계획 단계에만 머물러 있던 이 시찰 여행이 단 두 달 만에 그토록 빠르게 조직된 데도 다 이유가 있었다. 다들 뉴욕 시를 잠시 떠나 있고 싶었기 때문이다— 조커들뿐만 아니라 에이스들까지 말이다. 특히 에이스들이, 라고 주장하는 사람들도 있을지 모른다.

지난 9월의 와일드카드 데이는 재앙이나 마찬가지였다. 뉴욕 시뿐만 아니라 전 세계의 와일드카드 희생자들에게도 말이다. 축제일 당시 일어난 폭력 행위의 수준은 가히 충격적이었고, 그 자초지종은 전국의 보도 매체들에 의해 앞다투어 보도되었다. 하울러의 살인 사건은 아직도 미해결 상태다. 제트보이의 영묘 앞에 운집한 인파 한복판에서 어린 에이스인 공룡키드가 사지가 갈가리 찢겨 죽는 사건도 있었고, 에이스하이 레스토랑은 공격을 받았고, 터틀은 (적어도 그가 탄 장갑 셸은) 박살이 났고, 클로이스터스 미술관에서는 수십 명이 갈가리 찢기는 방법으로 학살당했으며, 여명에 벌어진 공중전의 화염은 이스트사이드 전체를 밝게 물들였을 정도였다……. 며칠은커녕 몇 주가 지난 뒤에도 시 당국은 정확한 사망자 수를 내놓지 못하고 있었다.

어떤 노인의 시체는 견고한 벽돌담에 글자 그대로 박힌 채로 발견되었다. 벽돌을 깨고 꺼내려고 하자 어디서 노인의 몸이 끝나고 어디서 담이 시작되는지를 알 수 없다는 사실이 판명되었다. 부검을 해 보자 내부는 더 끔찍했다. 노인의 내장은 그것에 박힌 벽돌과 아예 융합되어 있었던 것이다.

〈워싱턴 포스트〉지의 사진사가 담 안에 갇혀 죽은 그 노인의 사진을 찍었는데, 얼굴을 보면 실로 상냥하고 친절해 보이는 인상을 준다. 경찰의 후속 발표에 의하면 그 노인은 초능력을 가진 에이스였을뿐더러 악명 높은 범죄자였으며, 와일드카드 데이에 희생된 에이스인 공룡키드와 하울러의 살해, 터틀 살인미수 사건, 에이스하이 습격 사건, 이스트리버 상공의 공중전, 클로이스터스 미술관에서 행해진 소름 끼치는 유혈 의식(儀式) 그리고 그 밖의 온갖 경범죄의 배후에 있는 주모자라고 했다. 몇몇 에이스는 경찰의 견해를 공개적으로 지지했지만, 대중은 여전히 수긍하지 못하는 듯하다. 여론조사에 의하면 〈내셔널 인포머〉지가 주장하는 음모론 쪽을 믿는 사람들이 더 많았기 때문이다. 바꿔 말해서, 이 살인 사건들은 대중에게 알려지거나 알려지지 않은 강력한 에이스들에 의해 개별적으로 행해진 개인적인 복수의 결과이며, 사건이 일어난 뒤에 문제의 에이스들은 경찰과 서로 입을 맞춰 자기들의 흉악한 범죄를 은폐하고, 편리하게도 죽어 있던—어떤 에이스에 의해 살해당한 것이 명백해 보이는—불구의 노인에게 모든 것을 뒤집어씌웠다는 식이다.

이미 이 사건의 진상을 다뤘다고 주장하는 책이 몇 권이나 출간될 예정이다. 출판 산업의 영원한 기회주의에는 한도라는 것이 아예 없는 듯하다. 여론의 향방에 민감한 카치[6]는 이미 재조사를 명했고, 이 사건에서의 경찰 역할을 조사하라고 내사팀에게 지시했다.

조커들은 가엾은 혐오의 대상일 뿐이다. 에이스들은 강대한 초능력을 가지고 있지만, 몇십 년 만에 처음으로 대중은 그런 에이스들을 불신하고 그 능력을 두려워하기 시작했다. 레오 바넷 같은 선동가들이 최근 들

---

6 Edward Irving Koch(1924~2013). 1978년부터 1989년까지 뉴욕 시장을 역임했다.

어 대중의 마음에 그토록 큰 영향을 끼치게 된 것도 하등 이상한 일이 아니다.

그런 연유로, 나는 우리의 시찰 여행에 숨은 의도가 있음을 확신한다. 세간에서 말하듯이 '좋은 잉크'로 핏자국을 씻어 내고, 대중의 신뢰를 되찾는 동시에 와일드카드 데이로부터 모든 사람들의 눈을 돌리려는 목적이.

에이스들에 대해 내가 복잡한 감정을 품고 있다는 사실은 시인하는 수밖에 없을 듯하다. 이들 중 일부가 자신의 능력을 남용했다는 사실을 부인할 수는 없는 노릇이다. 그럼에도 불구하고 조커의 한 사람으로서 나는 우리 시찰단의 시도가 성공하기를 절실하게 원한다. 실패할 경우 직면하게 될 결과를 너무나도 두려워하고 있기에.

1986년 12월 8일 / 멕시코시티

오늘 저녁에도 또 국빈 만찬이 예정되어 있지만 몸이 안 좋다는 구실로 사양했다. 내 입장에서는 호텔 방에서 편히 지내며 몇 시간 동안 이일기를 쓰는 편이 훨씬 더 바람직하다. 게다가 몸이 안 좋다는 말은 전혀 거짓이 아니다— 빡빡한 일정과 여행의 심적 압력이 아무래도 악영향을 끼치기 시작한 듯하다. 최근에는 먹은 음식을 완전히 소화시키지 못하고 토하기까지 하지만, 그런 상태를 남에게 내색하지 않으려고 최선을 다했다. 타키온이 눈치챈다면 당장 정밀 검사를 해 보자고 나설 것이 뻔하기 때문이다. 진상이 밝혀진다면 귀가 조치를 당할 가능성도 있다.

그런 일은 받아들일 수 없다. 과거에 메리와 함께 몽상했던 먼 이국을 모두 보고 싶은 욕구도 강하지만, 우리 시찰단의 임무가 단순한 관광 여행 따위보다 훨씬 더 중요하다는 사실 또한 명백해졌기 때문이다. 쿠바는 마이애미 해변이 아니다. 적어도 아바나 밖을 둘러볼 생각을 한 사람들에게는. 지금 이 순간에도 카바레의 무대에서 재롱을 떠는 조커들보다 훨씬 더 많은 수의 조커들이 사탕수수밭에서 격렬한 노동에 시달리며 죽어 가고 있는 것이다. 과거에도 언급했듯이 아이티와 도미니카공화국의 상황에 이르러서는 아바나와는 비교도 안 될 정도로 끔찍했다.

조사단이 조금이라도 제구실을 하려면 조커의 존재가, 조커의 강력한 목소리가 절실하게 필요하다. 따라서 건강상의 이유로 조사단 대표의 자격을 잃는 일은 결코 용납될 수 없다. 이미 조커 한 명이 줄었다─도리언 와일드는 멕시코로 가는 대신에 뉴욕으로 곧장 돌아가는 쪽을 택했기 때문이다. 내가 그 사건에 대해 복잡한 감정을 느낀다는 점은 인정해야겠다. '조커타운의 계관시인'이라는 와일드의 호칭은 조커타운의 시장이라는 내 별명만큼이나 미심쩍은 것이었다. 퓰리처상 수상자라는 점은 부인할 수 없지만 말이다. 상대의 반응을 끌어낼 목적으로, 와일드는 오른손에서 꿈틀거리는 축축하고 미끌미끌한 촉수들을 사람들 얼굴을 향해 흔들어 보이며 자신의 기형을 일부러 과시하는 버릇이 있었다. 그런 행동을 통해 왜곡된 쾌감을 느끼는 듯하다. 그의 이런 공격적이고 무신경한 태도는, 많은 조커들로 하여금 가면을 쓰게 만들거나, 드물게는 몸의 기형화된 부분을 실제로 절단하려고 시도하는 비참한 경우와 동일한 종류의 자기혐오에서 비롯된 것이 아닌가 하는 생각이 든다. 게다가 그가 즐겨 입는 에드워드 시대풍의 복장은 타키온 못지않은 악취미로 비쳤고, 목욕을 하는 대신 향수를 뿌리는 것을 선호하는 은밀한 버룻이 있는 탓에 후각을 가진 사람이라면 그와 함께 있는 것은 고역이었다. 유감스럽게도 내 후각은 매우 예민하다.

퓰리처상을 수상함으로써 공적으로 인정을 받지 않았더라면 그가 이번 여행의 대표로 초대되었을지는 의문이다. 아무래도 그런 식의 세속적인 명성을 획득한 조커가 극소수라는 점이 작용한 듯하다. 그가 쓴 시도 내게는 그다지 큰 감명을 주지 못했다. 대부분이 섬세한 척 고상을 떨며 끝없이 계속되는 시구의 향연에 불과하다.

이렇게 말하기는 했지만, 뒤발리에 부자[7] 앞에서 그가 보인 즉흥 연기에 대해서만은 다소나마 감탄했다는 점을 기록해 둔다. 그 뒤에 대표단의 정치가들로부터 큰 질책을 받은 것이 아닌가 하는 생각도 든다. 아이티를 떠나면서 하트먼은 이 '신성한 와일드'와 오랫동안 사적인 대화를 나눴고, 그 뒤로 도리언은 상당히 의기소침한 기색을 보였기 때문이다.

와일드가 내놓은 각양각색의 의견에는 거의 찬성하지 않음에도 불구하고, 그에게는 그런 의견을 말할 권리가 있다는 것이 나의 생각이다. 나중에 보고 싶어질지도 모르겠다. 왜 떠났는지도 알고 싶었다. 나는 본인에게 직접 그렇게 질문했고, 다른 조커들을 위해서라도 떠나지 말아 달라고 간청했다. 그러나 돌아온 대답은 내 코의 다양한 성적 이용법에 관한 짧고 추잡한 낭독 시였다. 묘한 친구다.

와일드가 떠난 지금은 조커의 시점을 실제로 대변해 줄 사람은 파더 스쿼드와 나밖에 없다는 느낌을 받는다. 하워드 M., 세간에서는 트롤이

---

7 프랑수아 뒤발리에(1907~1971)와 아들인 장 클로드 뒤발리에(1951~2014)는 1950년대 후반부터 80년대 중반까지 대를 이어 아이티를 철권통치 했다.

라는 별명으로 알려진 인물은 키가 무려 2미터 70센티미터를 넘는 위압적인 사내다. 엄청나게 힘이 센 데다가 녹색이 도는 그의 피부는 짐승의 뿔만큼이나 견고하고 딱딱하다. 그가 지극히 선량하고 유능한 동시에 지적인 사내임을 나도 잘 알지만…… 그는 성향상으로 지도자보다는 추종자의 위치에 만족하는 것처럼 보이며, 숫기가 없고 과묵한 탓에 자기 의견을 뚜렷하게 말하지 못하는 경향이 있었다. 엄청나게 큰 몸짓 탓에 사람들과 어울리는 것 자체가 불가능하지만, 일단 본인부터가 진심으로 교류를 피하고 싶어 하는 것이 아닌가 하는 생각이 들 때도 가끔 있다.

크리설리스에 관해 말하자면, 그녀는 그 어떤 타입에도 속해 있지 않으며, 자기 자신만의 유일무이한 카리스마를 두르고 있다. 그녀가 지역 사회에서 존경받는 지도자이며, 가장 눈에 띄는 (앞의 표현은 말장난과는 무관하다) 강력한 조커 중 한 명이라는 사실은 부인할 도리가 없다. 그러나 예나 지금이나 나는 크리설리스를 그리 좋아하지 않는다. 이것은 아마 나 자신의 편견과 이기적인 이유에서 비롯되었는지도 모른다. 크리스털 팰리스 클럽의 부상은 펀하우스의 몰락과 직결되어 있기 때문이다. 그러나 그보다 더 뿌리 깊은 문제들도 존재한다. 크리설리스는 조커 타운에서 무시할 수 없는 영향력을 행사하지만, 자기 자신을 제외한 타인을 위해 그것을 쓴 적이 한 번도 없었다. 그녀는 철저하게 비정치적이었고, JADL뿐만 아니라 조커 평등권을 획득하기 위한 모든 선동적 활동으로부터 신중하게 거리를 두어 왔다. 열정과 헌신이 필요한 시점이 와도 냉정하고 무관심한 태도를 취했고, 궐련용 파이프와 술과 영국 상류 계급의 악센트 뒤에 숨어 있었던 것이다.

크리설리스는 오로지 크리설리스를 위해서만 발언하고, 트롤은 거의 말을 하지 않기 때문에 조커들을 대변할 사람은 결국 파더 스퀴드와 나밖에는 없었다. 물론 기꺼이 그럴 작정이지만, 이제는 너무 힘들다…….

●○

오후에 일찍 잠이 들었다가 동료 대표들이 환영 만찬장에서 돌아오는 소리를 듣고 잠에서 깼다. 상당히 성공적인 만찬이었다고 한다. 다행이다. 우리에게도 어느 정도는 승리가 필요하다. 하워드에 의하면 하트먼은 훌륭한 연설을 했고, 만찬이 진행되는 내내 들라 마드리드 우루타도 대통령을 매료한 것처럼 보였다고 한다. 뉴스 매체에 의하면 페리그린은 같은 방에 있던 모든 남자들을 매료했다. 다른 여자들이 혹시 질투하지는 않았을까? 미스트랄은 상당한 미인이고, 판타지는 춤을 출 때 주위 사람들의 넋을 빼앗고, 라드하 오라일리는 아일랜드와 인도의 피가 섞인 진정하게 이국적인 이목구비로 사람들의 시선을 사로잡는다. 그러나 페리그린에게는 이들 모두를 압도하는 매력이 있다. 그런 그녀를 다들 어떻게 받아들였을까?

남성 에이스들은 무조건 찬성하는 쪽이다. 스텍드 덱의 기내는 좁기 때문에 가십은 좌석에서 좌석으로 순식간에 전달된다. 그렇게 전해진 가십에 의하면 닥터 타키온과 잭 브라운이 이미 그녀에게 추파를 보냈지만 두 사람 모두 제대로 차였다고 한다. 페리그린과 가장 가까운 사람은 실은 기내 뒤쪽에서 기자들과 함께 앉아 있는 그녀의 내트 촬영기사다. 이번 시찰 여행의 다큐멘터리를 제작할 작정이라고 했다. 하이럼도 페리그린과 친해서 마치 애인을 대하듯이 끊임없이 장난을 치며 노닥

거리지만, 실은 이들 사이의 관계는 플라토닉한 것에 가깝다. 위체스터가 전심전력을 다해 사랑하는 것은 단 하나, 오직 음식뿐이기 때문이다. 미식에 대한 그의 집념은 상상을 초월했다. 우리가 어느 도시를 방문하든 간에 그는 현지 최고의 레스토랑들이 어디 있는지를 낱낱이 알고 있는 것처럼 보인다. 호텔 방에 혼자 있는 시간에 현지의 요리사들이 몰래 그를 찾아오는 일도 흔했다. 자신만의 특별 요리를 들고 와서, 단 한순간이라도 좋으니 맛을 보고, 아무리 사소해도 좋으니 칭찬해 달라고 간청하기 위해서 말이다. 하이럼은 거절하기는커녕 이런 일들을 적극적으로 즐겼다.

아이티에서 만난 어떤 요리사가 너무나도 마음에 든 탓에 하이럼은 그 자리에서 그를 채용했고, 비자와 취업 허가증이 빨리 나올 수 있도록 이민 귀화국에 전화를 몇 통 넣어 달라고 하트먼에게 부탁하기까지 했다. 나는 문제의 요리사가 포토프랭스 공항에서 무쇠로 만든 조리도구가 잔뜩 든 거대한 트렁크와 악전고투하는 것을 언뜻 보았는데, 하이럼은 일부러 에이스로서의 초능력을 발휘해서 자신의 새로운 피고용인이 (이 요리사는 영어를 전혀 못 했지만 향신료야말로 보편적인 언어라는 것이 하이럼의 지론이었다) 트렁크를 어깨에 떠멜 수 있을 정도로 짐의 무게를 가볍게 해 주기까지 했다. 오늘 저녁의 만찬에서 위체스터는 요리장의 치킨 몰레 요리의 레시피를 얻겠다며 친히 주방까지 찾아갔지만, 이왕 간 김에 주최 측에게 대접할 일종의 '불타는 디저트'를 만들었다고 들었다.

그 누구보다도 에이스인 것을 즐기는 하이럼 위체스터 같은 인물에 대해 나는 반발심을 느껴야 마땅하지만, 인생을 그토록 즐기고 주위 사람들을 그토록 기쁘게 해 주는 하이럼 같은 사내를 싫어하는 것은 쉽지 않다. 게다가 조커타운에서 그가 이런저런 익명의 자선 행위에 나섰다는 사실을 알고 있다. 본인은 최대한 그 사실을 숨기려고 했지만 말이다. 하이럼은 나 같은 조커 앞에서는 타키온 못지않게 불편해하지만, 그의 마음만은 그 몸집 못지않게 넓다.

내일 시찰단은 또 소그룹으로 나뉘어 활동할 예정이다. 하트먼 상원 의원과 라이언스 상원 의원, 라비노비츠 하원 의원 그리고 국제보건기구의 에릭슨은 멕시코의 여당인 PRI의 지도자들과 만날 예정이다. 타키온과 시찰단의 의료진은 항암제인 레이어트릴을 이용한 요법으로 와일드카드 바이러스에 대해 놀랄 만한 성공을 거뒀다고 주장하는 진료소를 방문한다. 에이스들은 멕시코의 에이스 세 명과 오찬 모임을 가질 예정이다. 트롤도 거기 초대된 것이 기쁘다. 초인적인 힘과 거의 불사신에 가까운 신체 저항력을 가진 그는 적어도 어떤 지역에서는 에이스 대접을 받는다고 들었다. 물론 작은 승리에 불과하지만, 승리라는 점에는 변함이 없다.

나머지 일행은 유카탄 반도 동부의 킨타나로 주로 가서 마야 유적을 구경하고, 몇몇 반(反)조커 잔학 행위가 일어난 것으로 알려진 곳들을 방문할 예정이다. 멕시코의 시골 지역은 아무래도 멕시코시티만큼 개화된 것 같지는 않다. 다른 사람들은 내일 치첸이차에서 우리와 합류한다. 멕시코에서의 마지막 날은 모두 관광에 할애되었다.

그런 다음에는 과테말라로 향할 예정이다, 아마. 멕시코의 일간지들은 과테말라에서 발발한 무장봉기에 관한 기사로 가득 차 있었다. 현지의 인디언들이 중앙정부에 반행해서 반란을 일으켰다는 소식이 들려오자 시찰단의 수행 기자들 몇몇은 이것이 시찰단보다 더 큰 뉴스임을 직감하고 이미 현지에 가 있었다. 현지 상황이 너무 불안정하다면 과테말라 시찰은 중지하고 다음 행선지로 가는 수밖에 없을지도 모른다.

1986년 12월 15일 / 페루, 리마로 가는 기내에서

한동안 일기를 쓰는 것을 게을리했다. 어제도, 이틀 전에도 아무 기록도 남기지 않았다. 녹초가 되고 상당히 의기소침한 상태였기 때문에 그랬다고 변명하는 수밖에 없을 듯하다.

과테말라가 나의 생기를 앗아 간 듯한 느낌이다. 물론 우리는 엄격한 정치적 중립을 유지하고 있지만, 텔레비전에서 무장봉기에 관한 뉴스 보도를 보고 마야 혁명가들과 관련된 몇몇 수사(修辭)를 접했다. 나는 일말의 희망을 품고 있었다. 실제로 인디언 지도자들과 만나 보았을 때는 잠시나마 고양감을 느끼기까지 했다. 그들은 내가 동석했다는 사실을 일종의 영예이자 길조로 받아들였고, 하트먼이나 타키온을 대할 때 그들이 보인 것과 (혹은 안 보인 것과) 똑같은 정중한 태도로 나를 대해 줬기 때문이다. 그들이 그들 자신의 조커들을 대하는 태도 또한 나를 고무했다.

흐음, 나는 노인, 그것도 조커 노인이다. 그런고로, 지푸라기라도 잡고 싶은 심정이 될 때가 종종 있다. 이 마야 혁명가들은 새로운 국가, 아메리카 원주민에 의한 국가의 수립을 선포했다. 모든 조커들이 환영받고 존중받는 국가를 말이다. 그러나 조커 이외의 외부인들의 경우에는 해당되지 않는다. 물론 과테말라의 밀림에서 살고 싶은 생각은 별로 없다— 이곳에 조커 자치령이 세워진다 해도 조커타운은 하등 영향을 받지 않을 것이므로. 큰 규모의 이주가 이루어질 가능성도 물론 없다. 그럼에도 불구하고, 전 세계에서 우리 조커들이 환영받고 평온하게 살아갈 수 있는 장소의 수는 너무나도 적었다……. 멀리 가면 갈수록, 더 많은 것을 보면 볼수록 조커타운이야말로 우리의 진정한 고향이며 최상의 안식처라는 결론을 내릴 수밖에 없었던 것이다. 그런 결론이 얼마나 나를 슬프게 하고 두렵게 하는지는 말로써는 표현할 길이 없다.

우리는 왜 그렇게 줄을 긋고, 그렇게 세세한 구분을 하고, 꼬리표와 장벽을 동원해서 우리들 자신을 다른 사람들로부터 갈라놓으려고 하는 것일까? 에이스와 내트와 조커, 자본주의자와 공산주의자, 가톨릭과 프로테스탄트, 아랍인과 유대인, 인디언과 라티노, 이런 식의 구분은 끝없이 계속된다. 게다가 진정한 인간은 오로지 우리 쪽에만 존재하며, 타자(他者)—그것이 누구든 간에—는 얼마든지 억압하고 강간하고 죽여도 된다는 규칙을 도대체 누가 만들었단 말인가?

스텍드 덱의 승객 일부는 과테말라인들이 마야 인디언들을 상대로 의도적인 인종 말살 정책을 펴고 있다고 비난하며, 이 인디언의 신국가를 선(善)으로 간주했다. 그러나 내게는 그런 확신이 없었다.

●○

마야인들은 조커들을 신에게 선택받은, 특별한 은총을 받은 존재로 간주한다. 물론 그러는 편이 각양각색의 불구와 기형을 이유로 매도당하는 것보다 훨씬 낫다. 의심의 여지가 없다.

그렇지만…….

우리의 방문 예정지에서는 이슬람 국가들이 기다리고 있다……. 이슬람 국가들은 전 세계의 3분의 1을 차지한다는 얘기를 누군가에게 들었다. 어떤 무슬림들은 다른 무슬림들보다 더 관용적이지만, 실질적으로 그들 모두가 기형적인 육체를 알라가 노한 징조로 받아들인다고 한다. 이란의 시아파와 시리아의 누르파 같은 진정한 광신자들의 소름 끼치는 태도는 히틀러의 인종 말살 정책을 연상케 한다. 아야톨라[8]가 이란 국왕인 샤(Shah)를 축출했을 때 얼마나 많은 조커들이 학살당했는지 아는가? 이란인들 일부는 샤가 조커들과 여성들을 상대로 펼친 관용 정책이 그가 저지른 가장 큰 죄였다고 믿고 있다.

그렇다면 개명천지인 우리 USA의 사정은 그보다 훨씬 나을까? 조커들은 자기들이 저지른 죄의 대가를 받고 있다고 설교하는 레오 바넷 같은 근본주의자들이 엄연히 존재하는데도? 아, 물론 차이는 있다. 그 부분을 잊으면 안 된다. 바넷은 죄는 미워해도 죄인은 미워하지 말라고 가르치고, 지은 죄를 회개하고 충심으로 예수를 사랑하면 틀림없이 치유될 것이라고 설파하니까 말이다.

아니, 내가 정말로 두려워하는 것은 베넷과 아야톨라와 마야 신관들이 결국은 같은 믿음을 설파하고 있을 가능성이다— 우리의 육체는 어떤 식으로든 우리의 영혼을 반영하며, 어떤 신적인 존재가 자신의 만족감(마야의 가르침) 또는 진노(누르 알-알라, 아야톨라, 화염교)를 표현하기 위해 직접 개입해서 우리를 이런 모양으로 뒤틀어 놓았다는 믿음 말

이다. 가장 우려되는 것은 이들 모두가 조커가 다르다고 주장한다는 점이다.

나 자신의 믿음은 한심할 정도로 단순하다— 나는 조커와 에이스와 내트는 평범한 인간 남녀에 불과하며 바로 그런 식으로 대우받아야 한다고 믿는다. 어두운 영혼의 밤이 찾아오면, 아직도 이런 믿음을 가진 사람은 온 세상에 나 혼자뿐은 아닌가 하는 의구심을 느낄 때가 많지만.

●○

과테말라와 마야인들에 관해 여전히 고민하고 있다. 전에 미처 언급하지 않고 지나간 쟁점 하나가 있다— 마야인들의 영광에 찬 이상주의적 혁명이 두 명의 에이스와 내트 한 명에 의해 지도받고 있다는 사실은 무시하고 싶어도 무시할 수가 없다. 조커들은 신의 입맞춤을 받았다고 주장하는 그곳에서조차도 에이스들이 앞장서고, 조커들은 그 뒤를 따를 뿐이다.

며칠 전—파나마운하를 방문했을 때로 기억한다—디거 다운스에게 미국에서 조커 대통령이 나올 가능성이 조금이라도 있다고 보느냐는 질문을 받았다. 나는 조커 하원 의원만으로도 만족할 거라고 대답해 두었다. (자기 선거구에 조커타운을 포함하는 내이선 라비노비츠 하원 의원은 나의 이런 발언을 들었는데, 이것을 자기 자신에 대한 일종의 비판으로 받아들인 것 같아 걱정이다.) 그러자 디거는 에이스라면 대통령에 선출될 것 같느냐고 거듭 물어 왔다. 아까보다는 좀 더 흥미로운 질문임을 인정하지 않을 수가 없었다. 다운스는 언제나 반쯤 조는 듯한 모습을 하고 있지만, 겉모습보다 훨씬 더 예리한 두뇌를 가지고 있다. 물론 스텍드 덱에 동승한 AP 통신의 허먼이라든지 〈워싱턴 포스트〉지의 모겐스턴 급은 아니지만 말이다.

지난번 와일드카드 데이가 오기 전이었다면 불가능하지는 않았을 것이라고 대답했다. 아슬아슬하기는 하겠지만 말이다. 몇몇 에이스, 이를테면 터틀이나 (뉴욕의 최신 일간지들에 의하면 아직도 행방이 묘연한 상태다) 페리그린이나 사이클론을 위시한 소수의 에이스들은 최고의 유명인사들이고, 대중으로부터 무시할 수 없는 큰 사랑을 받고 있었다. 그런 애정이 어느 정도까지 공적인 영역에 영향을 끼치고, 대통령 선거의 살벌한 타협과 협상을 견딜 수 있을지를 묻는다면 대답하기가 쉽지 않다. 영웅주의에도 유통기한이 있기 때문이다.

목소리가 들릴 정도로 가까이에 서 있던 잭 브라운은 디거의 질문과 나의 대답을 모두 들은 듯했다. 내가 결론을 내리기도 전에—나는 모든 균형은 지난 9월에 극적으로 변화했고, 와일드카드 데이에 목숨을 잃은 사람들이 에이스를 대통령 후보로 뽑을 가능성은 희박하다고 말하려던 참이었다—브라운이 대화에 끼어들었다. "갈가리 찢어놓을걸." 그는 단언했다.

혹시 많은 사람의 사랑을 받는 인물이라면? 디거는 알고 싶어 했다.

"포에이스도 예전에는 많은 사랑을 받았어." 브라운이 대꾸했다.

브라운은 이 여행 초기의 완전한 고립에서는 벗어난 상태였다. 타키온은 여전히 그의 존재를 완전히 무시하고 하이럼은 가까스로 예의를 지키는 정도였지만, 다른 에이스들은 브라운이 누군지 신경을 쓰지 않거나 아예 모르는 듯했다. 파나마에서 브라운은 판타지와 자주 동행하며 여기저기로 그녀를 안내했고, 라이언스 상원 의원의 홍보 담당 비서인 매력적인 젊은 금발 여인과 그렇고 그런 사이라는 소문도 있었다. 남자 에이스들 중에서는 브라운이 가장 전통적인 미남형에 가깝다는 사실에는 이론의 여지가 없다. 모디카이 존스의 우울한 남성적 존재감도 무시할 수 없지만 말이다. 다운스도 이 두 에이스에게서 깊은 인상을 받은 듯했고, 〈에이스〉지 다음 호에는 골든보이와 할렘해머의 비교 기사가 실릴 예정이라고 내게 알리기까지 했다.

1986년 12월 29일 / 부에노스아이레스

돈 크라이 포 잭, 아르헨티나…….

에비타를 몰락시킨 존재가 또다시 부에노스아이레스로 귀환했다. 브로드웨이에서 예의 뮤지컬이 처음 공개되었을 때, 주연인 루폰[9]이 부르는 포에이스에 관한 노래를 들었다면 그 일원이었던 잭 브라운의 흉중에 어떤 생각이 교차했을지 궁금했던 적이 있다. 이제 그 의문은 한층 더 통렬한 울림을 가지게 되었다. 브라운은 이곳에서 그가 받은 대우에 대해 지극히 침착하고, 거의 금욕적으로까지 느껴지는 태도를 견지했지만, 마음속으로는 어떤 기분일까?

페론은 죽었다. 에비타는 한층 더 확실하게 죽었고 이사벨[10]은 단지 옛

---

9 Patti Lupone(1949~). 미국의 여배우, 가수.
10 Isabel Martínez de Perón(1931~). 후안 페론의 세 번째 부인이자 아르헨티나의 42대 대통령.

추억에 불과하지만, 페론주의자들은 여전히 아르헨티나 정계의 큰 부분을 차지하고 있었다. 그리고 그들은 잊지 않았다. 어디를 가도 브라운을 조롱하고 고향으로 돌아가라는 표어투성이었다. 그는 궁극적인 그링고(gringo)였고(남미인 아르헨티나에서도 실제로 이 표현을 쓰는지 궁금하다), 초대받지도 않았으면서 아르헨티나로 와서 정치 성향이 마음에 안 든다는 이유로 주권 정부를 마음대로 무너뜨린, 추악하지만 엄청난 능력을 가진 미국인이었다. 미국은 라틴아메리카가 존재한 이래 줄곧 그런 일을 저질러 왔으므로, 똑같은 적개심으로 들끓고 있는 다른 나라들이 있다는 점을 나는 의심하지 않는다. 그러나 미국 정부와 CIA의 악명 높은 '비밀 에이스'들은 얼굴 없는 추상적인 개념에 가깝기 때문에 딱히 콕 집어 비난하기는 힘들었다. 그러나 골든보이는 피와 살을 가진 인간이었고, 현실에서도 매우 눈에 띄는 존재였던 데다가 바로 이곳에 와 있었다.

체류 중인 호텔 내부의 누군가가 객실 정보를 외부에 흘린 탓에 도착 당일에 발코니로 나간 잭은 똥과 썩은 과일 세례를 받았다. 그 사건 이래 공식 행사에 참석할 때를 제외하면 그는 줄곧 방 안에 틀어박혀 시간을 보냈지만, 공식적인 자리에서조차도 안전하지는 않았다. 어젯밤의 공식 환영연에서 우리가 연단에 줄을 지어 서 있었을 때, 노동조합 고위직의 아내인 카사 로사다라는 여인—가무잡잡하고 조그만 얼굴에 윤기가 흐르는 풍성한 흑발을 가진 젊고 아름다운 여자였다—이 싱긋 미소 지으며 그의 앞으로 오더니 그의 눈을 똑바로 바라보다가 느닷없이 얼굴에 침을 뱉었던 것이다.

이 일은 꽤 큰 소동을 일으켰고, 하트먼과 라이언스는 정부 측에 모종의 공식 항의서를 보냈다고 들었다. 그런 와중에도 브라운은 놀랄 정도의 자제력을 발휘했고, 거의 정중해 보이는 태도를 유지했다. 디거는 그 환영연이 있은 후 지독히도 끈질기게 브라운을 따라다녔고, 〈에이스〉지에 그 사건의 논평 기사를 전송하겠다면서 당사자인 브라운의 의견을 물었다. 브라운은 마지못해 이렇게 말했다. "난 과거에 그리 자랑스럽지 않은 행위를 한 적이 있어. 하지만 후안 페론을 축출한 건 거기 포함 안 돼."

"맞아, 맞아." 디거가 맞장구치는 소리가 들렸다. "하지만 그 여자가 자네 얼굴에 대고 침을 뱉었을 때는 어떤 기분이었어?"

잭은 넌더리 난다는 듯한 표정을 지었을 뿐이었다. "난 여자는 안 때려." 그는 이렇게 내뱉고 자기 자리로 돌아가서 앉았다.

브라운이 가 버리자 디거 다운스는 내게 왔다. "난 여자는 안 때려." 그는 방금 골든보이가 한 말을 조소하듯이 읊었고, 이렇게 덧붙였다. "나약하기는……."

잭 브라운이 무슨 말을 하고 무슨 행동에 나서든 간에 그를 둘러싼 세계는 그에게 비겁자와 배신자의 낙인을 찍을 작정인 듯했다. 그러나 진상은 그보다 훨씬 더 복잡했다는 것이 내 생각이다. 워낙 젊어 보이는 탓에 사람들은 종종 골든보이의 실제 나이를 실감하지 못한다. 그러나 그는 대공황기와 제2차 세계대전에 청소년기를 보냈고, MTV가 아니라 NBC 블루 네트워크의 라디오 방송을 들으며 자랐다. 그런 그의 가치관 일부가 묘하게 고색창연한 인상을 주는 것도 따지고 보면 하등 이상할 것이 없다.

여러 의미에서 이 '유다' 에이스는 거의 순진해 보인다. 너무나도 복잡해져 버린 세계에서 길을 잃은 느낌이랄까. 아르헨티나에서 받은 대접에 대해서 그는 겉보기보다는 훨씬 크게 동요하고 있다는 것이 나의 판단이다. 브라운은 제2차 세계대전 직후 잠시 불타올랐다가 한국전쟁과 HUAC 청문회와 냉전의 소용돌이에 휘말려 영영 스러져 버린 꿈을 대표하는 최후의 인물이다. 아치볼드 홈즈와 그의 포에이스는 자신들의 초능력으로 세상을 바꿀 수 있다고 생각했던 것이다. 그런 생각에 대해, 그들은 그들이 태어나 자란 나라 못지않게 아무 의구심도 느끼지 않았다. 능력은 쓰기 위해 존재하는 것이며, 자기들의 힘으로 선인과 악당을 구분하는 것은 식은 죽 먹기라고 자신하고 있었다. 그들 자신의 민주적인 이상과 그들 의도의 빛나는 순수함으로 모든 것을 정당화했다고나 할까. 몇 안 되었던 이런 초기의 에이스들에게 정말로 황금시대였을 것이다. 그리고 그 중심에 있던 사내의 이름이 골든보이였던 것은 실로 적절하다고 할 수 있겠다.

역사학도라면 숙지하고 있겠지만 황금시대는 암흑시대로 이행하기 마련이다. 그리고 우리는 그 사실을 재발견하는 중이었다.

브라운과 그의 동료들은 그 누구도 한 적이 없었던 일을 할 수 있었다— 하늘을 날고, 탱크를 들어 올리고, 다른 사람의 마음과 기억을 흡수할 수 있었던 것이다. 그래서 자신들만의 힘으로 전 세계를 변혁할 수 있다는 환상에 쉽게 빠졌다. 그리고 그들이 믿고 있던 환상이 깨지자 나락을 향한 길고 긴 추락이 시작되었다. 그 사건 이래 그들만큼이나 거창한 꿈에 몸을 바치려고 한 에이스는 단 한 명도 출현하지 않았다.

구금과 절망과 광기와 불명예와 죽음과 직면했을 때조차 포에이스는 자랑할 만한 과거의 승리에 매달릴 수 있었다. 그리고 아르헨티나는 아마 그런 승리 중에서도 가장 빛나는 승리였는지도 모른다. 잭 브라운에게는 실로 쓰디쓴 귀환이었을 것이다.

　마치 이것만으로는 모자라다는 듯이 브라질을 떠나기 직전 밀린 우편물들이 도착했다. 우편낭에는 디거가 약속했던 특집 기사가 실린 〈에이스〉지의 최신호 십여 부도 들어 있었다. 표지는 찌푸린 얼굴로 서로를 노려보는 잭 브라운과 모디카이 존스의 옆얼굴 사진이었다. (물론 조작된 사진이다. 톰린 공항에 집합하기 전에 이 두 사람이 얼굴을 맞대고 만났을 리가 없다) 사진 밑의 제목은 「세상에서 가장 강한 사내」였다.

　기사 자체는 이 두 사내와 이들의 공적인 경력에 관해 장황하게 논하고 있었다. 군데군데 삽입된 그들의 괴력에 관한 수많은 일화가 재미를 더했다. 기사의 많은 부분은 둘 중에 누가 정말로 세상에서 가장 강한 사내인지에 대한 추론에 할애되어 있었다.

　당사자들 모두 이 기사에 곤혹해하는 기색이 역력했다. 브라운 쪽이 더 심했던 것 같다. 두 사람 모두 언급 자체를 회피했고, 가까운 시일 내에 이 잡지가 제기한 의문을 해결해 줄 가능성도 별로 커 보이지 않았다. 디거 다운스의 기사가 나온 이래 보도 관계자들의 기내 구획에서는 상당한 논쟁과 함께 돈을 건 내기까지 벌어졌다고 들었다. (디거도 이번만은 동료 저널리스트들에게 감명을 주는 데 성공한 듯하다.) 그러나 돈을 걸었어도 승패를 확인하려면 한참을 기다려야 하지 않을까? 나는 잡지를 읽자마자 겉만 그럴싸하며 불쾌한 기사라는 인상을 받았다고 다운스에게 직접 알렸다. 그는 깜짝 놀란 기색이었다. "이해 못 하겠군. 뭐가 문젠데?"

　내 입장에서 볼 때 문제는 단순하다고 나는 설명했다. 와일드카드 바이러스가 살포된 이래 초인적인 괴력을 발현시킨 인물은 브라운과 존스뿐만이 아니었다. 사실, 타키온의 발생 빈도 분석도에 의하면 괴력은 텔레키네시스와 텔레파시 다음으로 흔하게 발현되는 능력이 아니던가. 내가 아는 한 괴력은 기존 근육의 수축력을 최대화하는 과정에서 얻어지는 능력으로 알고 있다. 내가 지적하고 싶은 것은, 다수의 유명한 조커들도 증강된 힘을 발현시켰다는 점이다. 생각나는 대로 나열해 보아도 크리스털 팰리스의 난쟁이 경비원인 엘모가 있고, 어니즈 바 & 그릴의 운영자인 어니를 비롯해서 오디티, 퀘이스먼 등 괴력의 소유자는 얼마든지 있었다. 그중 가장 현저한 괴력의 소유자는 아마 하워드 뮬러일 것이다. 트롤의 괴력은 골든보이나 할렘해머의 그것에는 미치지 못할지도 모르지만, 적어도 거기 근접한다는 점에는 의심의 여지가 없지 않은가. 그런데도 디거의 특집 기사는 이런 조커들의 이름을 단 한 번도 언급하지 않았다. 기사 여기저기에서 초인적인 괴력을 가진 것으로 알려진 십여 명의 다른 에이스들의 이름은 언급해 놓고서 말이다. 도대체 그 이유가 뭔가? 나는 알고 싶다.

유감스럽게도 나의 이런 문제 제기는 디거에게 별다른 감명을 주지 못한 듯했다. 내 생각을 모두 쏟아 놓자 그는 못 말리겠다는 듯이 눈알을 굴리며 "정말이지 당신들은 너무 예민해서 탈이야"라고 말했기 때문이다. 자기 말이 너무 심했다고 생각했던지, 그는 이번 기사가 큰 반향을 일으킨다면 속편 격으로 세상에서 가장 힘센 조커에 관한 기사를 쓸지도 모르겠다고 덧붙였다. 내가 이런 식의 '양보'에 대해 벌컥 화를 내자 디거는 왜 그러는지 영문을 모르겠다는 반응을 보였다. 애당초 우리가 왜 이렇게 예민한지 모르겠다는 위인이니.

하워드는 이 모든 논쟁에 대해 엄청나게 재미있다는 반응을 보였다.

이따금 이 친구에 관해서도 의아해질 때가 있다…….

사실 이 잡지 기사에 대해 내가 느낀 불쾌감은 우리의 보안 책임자인 빌리 레이가 느낀 것에 비하면 아무것도 아니었다. 그는 기사에서 지나가는 말로 진정한 '메이저리그' 급은 아니라고 묵살당한 에이스 중 한 명이었던 것이다. 그는 기내 전체에 쩌렁쩌렁 울리는 목소리로 자기처럼 '마이너리그'인 인물하고라면 잠깐 나가서 두 명이서만 따로 얘기를 나누는 것도 괜찮지 않느냐고 말했다. 디거는 이 제안을 사양했다. 그의 얼굴에 떠오른 미소로 미루어 보건대 〈에이스〉지에 카니펙스[11]에 대해 우호적인 기사가 실릴 날은 요원해 보인다.

이런 일이 있은 이래 레이는 귀를 기울여 주는 사람만 있으면 문제의 기사에 관한 불평을 늘어놓는 버릇이 생겼다. 힘이 모든 것은 아니라는 것이 그의 논점의 주지였다. 그는 브라운이나 존스만큼 힘이 세지 않을지도 모르지만, 실제로 일대일 상황이 온다면 이들을 이길 만큼 강하며, 그것을 증명하기 위해 얼마든지 돈을 걸 용의가 있다고 주장했다.

개인적으로는 이 찻잔 속의 폭풍 같은 사건에 대해 모종의 심술궂은 만족감을 느꼈다는 점을 고백해야겠다. 이 사건의 아이러니는 이들이 기본적으로 대수롭지 않은 약한 능력을 가지고 이러쿵저러쿵 논쟁을 벌이고 있다는 점이었다. 1970년대에 뉴저지 주의 베이온에 위치한 해군 보급창에서 전함 뉴저지의 개장(改裝)이 이루어졌을 때 터틀이 모종의 시연(試演)을 행했던 것을 기억한다. 그때 터틀은 텔레키네시스를 써서 거대한 전함을 해면에서 1미터 위의 공중으로 들어 올렸던 것이다. 그것

---

11 Carnifex. 빌리 레이의 에이스 명.

도 무려 30초 동안이나 말이다. 브라운과 존스는 탱크를 들어 올리고 자동차를 내던질 수 있었지만, 그들의 괴력은 그날 터틀이 보여 준 힘의 발치에도 미치지 못한다.

진상은 단순하다. 인간 근육의 수축력을 증강하는 데는 한도가 있다. 물리적인 한계 탓이다. 닥터 타키온은 인간의 마음이 이룰 수 있는 위업에도 한도가 존재할 수 있다고 말한 적이 있지만, 아직 그런 상황은 오지 않았다.

조커들의 믿음대로 터틀이 정말로 조커라면, 나 또한 그런 아이러니에서 특별한 만족감을 느낄 것이다.

근본적으로는 나도 속 좁은 일개 필부이기에.

1987년 1월 16일 / 아디스아바바, 에티오피아

천형(天刑)의 땅에서 힘든 하루를 보냈다. 대표단 일부는 현지 적십자 요원들의 안내로 기아 구호 현장을 견학하러 갔다. 물론 여기 도착하기 오래전부터 뉴스를 통해 에티오피아의 극심한 가뭄과 기아 사태에 관해 알고 있었지만, 텔레비전 화면을 통해 보는 것과 현장에 직접 가 보는 것은 천양지차다.

오늘 같은 날에는 나 자신의 실수와 단점 들을 민감하게 자각하게 된다. 암에 걸린 이래 나는 상당히 살이 빠졌지만 (아무것도 모르는 친구 몇몇으로부터 예전보다 훨씬 더 날씬해져서 보기 좋다는 소리까지 들었다) 기아에 시달리는 현지 주민들 사이를 돌아다니면 아직도 조금 남아 있는 군살을 의식하지 않을 수 없었다. 우리를 아디스아바바로 태우고 돌아갈 비행기를 기다리고 있는 동안에도 그들은 우리 눈앞에서 굶어 죽어 가고 있었다. 호텔로 돌아가면 또 다른 환영연, 또 다른 에티오피아의 진수성찬이 우리를 기다리고 있다. 나는 압도적인 가책을, 절망감을 느꼈다.

다들 그런 기분이었던 듯하다. 엄청나게 비만한 미식가 에이스인 하이럼 워체스터가 어떻게 느꼈는지는 상상도 할 수 없다. 그의 명예를 위해 말해 두자면, 희생자들 사이를 돌아다니면서 그는 당장이라도 토할 듯한 기색이었고 한때는 몸이 너무 심하게 떨리는 탓에 그늘에 앉아 잠시 쉬어야 했을 정도였다. 식은땀을 줄줄 흘리는 것이 보기에도 안쓰러웠다. 그러나 잠시 후 그는 일어섰고, 창백하고 음울한 표정으로 자신의 중력 조절 능력을 발현시켜서 우리가 가져온 구호품을 부리는 것을 도왔다.

구호 활동을 위해서 실로 많은 사람들이 힘을 합쳐 일했지만 실질적으로는 아무 효과도 끼치지 못한 것처럼 느꼈다. 난민 구호 캠프에서 유일한 현실이란 부풀어 오른 거대한 배를 가진 해골처럼 말라비틀어진 사람들과, 아이들의 죽은 눈과, 말라서 금이 가고 타들어 간 풍경 위로 용서 없이 쏟아지는 뜨거운 햇살뿐이었다.

그날 내가 한 경험의 일부는 오랫동안 내 마음속에 남아 있을 것이다— 적어도 내게 남겨진 시간 동안에는. 파더 스퀴드는 목에 콥트교의 십자가를 건 죽어 가는 여자를 위해 종부성사를 행했다. 페리그린과 그녀의 촬영기사는 그녀가 제작 중인 다큐멘터리 영화를 위해 그런 광경 대부분을 찍었지만, 잠시 후 그녀는 견디지 못하고 비행기로 먼저 돌아갔다. 그러자마자 격렬한 구토의 발작에 사로잡혀 아침에 먹은 것을 모조리 게워 냈다고 들었다.

그리고 열일곱 또는 열여덟 살 이상으로는 도저히 보이지 않는 젊은 어머니와도 마주쳤다. 갈비뼈를 일일이 셀 수 있을 정도로 여윈 몸에, 믿기 힘들 정도로 나이 든 눈을 가지고 있었다. 그녀는 젖이 말라 버린 쪼그라든 젖가슴에 아기를 안고 있었다. 아기는 이미 오래전에 죽어서 부취를 풍기고 있었지만 어머니는 절대로 내놓으려고 하지 않았다. 닥터 타키온은 그런 그녀의 마음을 지배하에 놓고 그녀의 품에서 아기의 시체를 살짝 떼어 낸 뒤 다른 곳으로 가지고 갔다. 그는 그것을 구호 요원에게 넘긴 다음 땅바닥에 주저앉아 온몸을 들썩이며 흐느끼기 시작했다.

미스트랄도 눈물로 그날을 끝맺었다. 구호 캠프로 가는 도중에 이미 푸르고 흰 비행복으로 갈아입은 상태였다. 미스트랄은 젊고 강대한 에이스였기 때문에 자신이 도움을 줄 수 있다는 사실을 전혀 의심하지 않았다. 그녀가 바람을 소환하자 커다란 어깨 망토가 팔목을 조였고 발목을 감싼 천은 낙하산처럼 부풀어 올랐다. 그녀는 하늘로 날아올랐다. 기괴한 조커들이 주위를 돌아다녀도 별다른 흥미를 보이지 않았던 난민들조차도 미스트랄이 비상했을 때는 여럿—모두는 아니었지만—이 고개를 들었고, 뜨겁고 새파란 하늘로 날아 올라가는 그녀의 궤적을 눈으로 쫓았다. 그러나 그들이 또다시 절망에 찬 무기력 상태로 되돌아가는 데는 얼마 걸리지 않았다. 미스트랄은 그녀 자신의 능력으로 구름을 모아와서 비를 뿌림으로써 이 땅을 치유할 수 있다고 몽상했던 것 같다. 실로 아름답고, 실로 허영에 찬 꿈이었다고나 할까……

그녀는 거의 두 시간 가까이를 그렇게 날았다. 너무 높게, 멀리 간 탓에 시야에서 사라질 때조차 있었다. 그러나 아무리 강력한 에이스의 능력을 가지고 있다고 해도, 그녀가 일으킬 수 있었던 것은 약한 모래바람에 불과했다. 마침내 포기했을 때는 녹초가 된 상태였다. 젊고 예쁜 얼굴은 모래와 먼지로 범벅이 되어 있었고, 눈은 새빨갛게 부어 있었다.

우리가 떠나기 직전에 절망적인 현 상황을 강조하는 듯한 끔찍한 사건이 일어났다. 여드름 자국이 있는 키 큰 소년이 동료 난민을 공격했던 것이다. 소년은 광란 상태에 빠져 곁에 있던 여자의 눈을 후벼 냈고, 멍하게 바라보고 있는 사람들 앞에서 실제로 먹어 버렸다. 얄궂게도 우리가 처음 도착했을 때 만난 소년이었다. 1년 동안 크리스천 학교를 다닌 적이 있었기 때문에 그는 영어를 몇 마디 할 줄 알았고, 우리가 만난 난민들 대다수보다 힘이 있고 건강해 보였다. 미스트랄이 날아올랐을 때는 껑충껑충 뛰며 그녀를 향해 뚜렷하고 강한 목소리로 "제트보이!"라고 외치기까지 했다. 파더 스퀴드와 하트먼 상원 의원은 소년에게 말을 걸어 보려고 했지만 그가 아는 영어라고는 "초콜릿", "텔레비전", "지저스 크라이스트"를 포함한 몇몇 단어로 한정되어 있었다. 그래도 소년은 대다수의 난민들보다는 생기가 있었다— 파더 스퀴드를 보았을 때 그는 눈을 둥그렇게 떴고, 손을 뻗어 파더의 얼굴에 난 촉수를 만지며 놀라워했고, 상원 의원이 어깨를 두들기며 도와주러 왔다고 말했을 때는 실제로 미소 짓기까지 했다. 그 말을 한마디라도 이해하는 것 같지는 않았지만 말이다. 그런 그가 여윈 뺨을 피로 적신 채로 마구 고함을 지르며 구호 요원들에게 끌려가는 광경에 우리 모두 충격을 받고 할 말을 잊었다.

처음부터 끝까지 끔찍한 날이었다. 저녁에 아디스아바바로 돌아온 우리를 태운 차가 부두를 지나쳤을 때, 부둣가 여기저기에 선편으로 도착한 구호물자가 2층 높이까지 잔뜩 쌓여 있는 것을 목격했다. 하트먼

은 차가운 분노를 발산하고 있었다. 이 범죄적으로 무능한 정부로 하여
금 행동에 나서게 하고 굶주려 죽어 가는 국민들을 먹이도록 강제할 수
있는 사람이 있다면, 그건 바로 하트먼일 터이다. 내가 신을 믿었다면
그런 그를 위해 기도할 용의도 있다……. 하지만 우리가 지금까지 여행
하며 목격한 추악한 현실을 용인하는 신이란 도대체 어떤 신이란 말인
가…….

●○

아프리카는 지구상의 그 어떤 곳 못지않게 아름다운 장소다. 지난달
부터 우리가 목격한 모든 아름다움에 관해서도 써야 마땅한지도 모르겠
다. 빅토리아 폭포, 킬리만자로의 눈, 높은 수풀 사이를 마치 얼룩진 바
람처럼 질주하는 무수히 많은 얼룩말들. 나는 이름조차도 알 수 없는 찬
란한 고대 왕국의 폐허를 누비며 걸었고, 피그미족의 유물을 직접 손에
쥐어 보았고, 나를 처음으로 본 오지 주민의 얼굴에 공포가 아닌 호기심
의 빛이 떠오르는 것을 목격했다. 야생동물 보호구에서 밤을 보냈을 때
는 아침 일찍 일어났는데, 창을 통해 일출을 바라보던 중에 두 마리의 거
대한 아프리카코끼리가 건물 바로 앞까지 와 있다는 사실을 깨달았다.
두 코끼리는 그들 사이에 서 있는 라드하의 벗은 몸을 코로 어루만지고
있었다. 나는 고개를 돌렸다. 그녀만의 사적인 순간이라고 느꼈기 때문
이다.

그렇다. 아름다움이다. 대지의 아름다움, 그리고 따뜻함과 정으로 가
득 찬 수많은 사람들의 아름다움.

그러나 그런 압도적인 아름다움에도 불구하고 아프리카는 나를 지극히 의기소침하고 슬프게 만들었다. 그 땅을 떠나는 것이 기뻤을 정도로. 에티오피아에 가기 전에 케냐와 남아프리카도 방문했기 때문에 난민 캠프는 내가 그렇게 느낀 이유의 일부에 불과했다. 추수감사절이 되려면 아직 멀었지만 지난 몇 주 동안 우리가 목격한 광경들은 나를 감사하고 싶은 기분에 잠기게 했다. 미국에서는 11월에 벌어지는, 풋볼과 과식으로 점철된 그 축일에 내가 느꼈던 그 어떤 감사의 감정보다 더 깊게. 조커들조차도 감사해야 할 이유를 가지고 있다. 그 부분은 이미 알고 있었지만, 아프리카에서의 경험은 그것을 한층 더 절감하게 하는 효과가 있었다.

남아프리카는 이 지역에서의 여정을 시작하는 장소로서는 음울한 선택이었다. 내 고향인 미국에서도 물론 남아공과 똑같은 증오와 편견이 존재하지만, 적어도 미국인들은 포용과 형제애와 법이 보장하는 평등이라는 외관을 유지할 정도로는 문명적이다. 과거의 나는 이런 것을 단지 궤변으로 치부했겠지만, 그것은 내가 케이프타운과 프리토리아의 현실을 맛보기 전의 일이다. 남아공에서는 이 모든 추악함이 법에 명시된 형태로 만천하에 공개되어 있었고, 그것을 강제하는 무쇠 주먹을 감싸고 있던 벨벳 장갑도 이제는 닳아서 종이처럼 얇아졌다는 느낌이다. 적어도 남아공은 공개적으로 인종차별을 자행하지만, 미국은 위선적인 가면 뒤에 숨어서 그런다는 의견이 있다는 점도 잘 안다. 옳은 말인지도 모른다. 그래도 나는 위선 쪽을 택하고 그 사실에 감사할 것이다.

아프리카에서 얻은 첫 번째 교훈은 아마 조커타운보다 더 나쁜 곳이 세상에 존재한다는 깨달음인지도 모르겠다. 두 번째 교훈은 탄압보다 더 나쁜 것이 존재한다는 사실이다. 그것을 가르쳐 준 곳은 케냐였다.

중앙아프리카 및 동아프리카에 위치한 대다수의 국가처럼 케냐는 와일드카드 바이러스에 의한 최악의 사태를 피해 갈 수 있었다. 포자(胞子)의 일부는 공중 확산으로 전파되었고, 그보다 더 많은 포자는 항구에 도착한 배의 선창에 실린 오염된 화물—살균 과정이 불충분했거나 아예 살균을 하지 않은—을 통해 들어왔다. 많은 나라에서 CARE[12] 물자에 대해 깊은 의심의 눈길을 보낸 데는 충분히 그럴 만한 이유가 있었다. 많은 선장들이 마지막 기항지가 뉴욕 시였다는 사실을 감추는 데 능숙해졌다.

내륙으로 들어갈수록 와일드카드 감염 사례는 거의 전무에 가까워진다. 혹자는 고(故) 이디 아민[13]이 광기에 빠진 일종의 조커-에이스였으며, 트롤이나 할렘해머 못지않은 괴력을 보유했고, 표범이나 사자나 매 같은 짐승으로 변신하는 능력을 가진 일종의 짐승 인간이었다고 주장한다. 아민 본인은 텔레파시를 이용해서 정적을 속아 낼 수 있다고 주장했고, 가까스로 살아남은 몇 안 되는 정적들은 아민이 자신의 능력을 유지하기 위해서는 인육을 먹어야 한다고 믿었던 식인종이라고 주장하기도 했다. 이 모든 것은 낭설이나 프로파간다에 불과하다. 그러나 조커였든, 에이스였든, 아니면 도저히 어쩔 수 없을 정도로 깊은 망상에 사로잡힌 내트 광인이었든 간에, 아민이 죽었다는 것만은 확실하다. 그리고 우리가 와 있는 세계의 일각에서, 와일드카드 바이러스 감염 사례의 기록을 찾을 수 있는 가능성은 전무에 가깝다.

---

12 1945년에 미국에서 설립된 해외 원조 및 구호를 위한 협회(Cooperative for Assistance and Relief Everywhere)의 약칭.
13 Idi Amin Dada (c. 1925~2003). 우간다의 악명 높은 독재자. 1973년에 쿠데타로 정권을 쟁취하고, 우리 세계에서는 1979년에 실각했다.

그러나 케냐와 그 주변국들은 그들 자신의 바이러스 악몽에 시달리고 있다. 와일드카드를 거의 눈에 띄지 않는 전설상의 동물이라 한다면, 에이즈는 글자 그대로 창궐하고 있기 때문이다. 우간다의 현 대통령이 하트먼 상원 의원과 시찰단 대부분을 환대하는 동안, 나를 포함한 몇몇 대표들은 케냐 지방에 산재한 여섯 개의 진료소를 방문하며 녹초가 되었다. 우리는 헬리콥터 편으로 마을들 사이를 이동했지만 우리가 할당받은 것은 단 한 대의 낡아 빠진 헬리콥터에 불과했다. 그나마도 타키온이 강하게 주장하지 않았더라면 성사되지도 않았을 것이다. 정부는 대표단이 대학에서 강연을 하고, 교육계 및 정계 지도자들을 만나고, 야생동물 보호구과 박물관 등을 시찰하는 쪽을 훨씬 더 선호했기 때문이다.

우리 동료들 대다수는 기꺼이 이에 응했다. 와일드카드 바이러스가 산포된 지 40년이 지났고, 이제 우리는 그 존재에 익숙해졌다. 그러나 에이즈는 세계를 엄습한 새로운 공포이며, 이 역병에 대한 우리의 이해 또한 아직 걸음마 단계에 불과하다. 우리 모국에서 에이즈는 동성애자들이나 걸리는 병으로 알려져 있고, 고백하자면 나도 그렇게 생각하고 있었다. 그러나 이곳 아프리카에 와 보면 그런 믿음은 거짓이라는 사실을 알 수 있다. 아프리카 대륙으로만 한정해도, 40년 전에 맨해튼 상공에서 산포된 행성 타키스의 외계 바이러스에 감염된 전 세계 인구보다 더 많은 에이즈 환자들이 존재하는 것이다.

그리고 에이즈는 왠지 훨씬 더 잔인한 천형처럼 느껴진다. 와일드카드에 감염된 인구의 90퍼센트는 대개 끔찍하고 고통스러운 모습으로 사망했지만, 살아남은 10퍼센트의 입장에서 볼 때 90퍼센트와 100퍼센트의 차이가 전혀 의미가 없다고 치부할 수는 없다. 그것은 삶과 죽음,

희망과 절망을 가르는 차이이기 때문이다. 조커로 사느니 차라리 죽는 편이 낫다고 말하는 사람들도 있지만, 나는 그런 사람들 중에 포함되지 않는다. 언제나 행복했다고는 할 수 없는 인생이었지만, 그런 내게도 소중한 추억과 자랑스러운 업적은 엄연히 존재한다. 이렇게 살아올 수 있어서 기쁘고, 죽고 싶은 마음도 없다. 피치 못할 죽음을 받아들이기는 했어도 내가 죽음을 환영한다는 뜻은 결코 아니다. 아직 끝마치지 못한 일도 너무 많다. 로버트 톰린과 마찬가지로 나는 〈졸슨 이야기〉를 미처 보지 못했기 때문이다. 그걸 본 사람은 아무도 없다.

케냐에서는 마을 단위로 죽어 가는 곳들을 보았다. 살아 있고, 미소 짓고, 말을 하고, 먹고 싸고 사랑하고 아이를 낳는 것조차 가능하므로 실제로 살아 있다고 해도 전혀 하자가 없지만— 그럼에도 불구하고 죽어 가고 있었던 것이다. 블랙퀸[14]을 뽑는 사람은 차마 입에 담을 수 없는 변신의 극심한 고통 속에서 죽어 갈지도 모르지만, 그런 고통을 완화해 주는 약은 존재하며 죽음은 신속하게 찾아온다. 그러나 에이즈에 의한 죽음은 그보다 덜 자비롭다.

우리 조커들과 에이즈 환자들 사이에는 많은 공통점이 있다. 조커타운을 출발하기 전 나는 금년 5월 말에 펀하우스에서 JADL을 위한 자선 공연을 열 것을 계획하고 있었다. 우리 클럽이 섭외할 수 있는 최고의 연예인들이 출연하는 중요 행사다. 케냐를 방문한 후 나는 뉴욕 시로 전보를 보내 자선 공연의 수익금의 반을 적절한 에이즈 환자 지원 단체와 나눠 가지라고 지시했다. 우리처럼 사회에서 버림받은 무리는 서로 협력

---

14 와일드카드 바이러스에 의한 감염사의 속칭.

해야 하지 않겠는가. 나 자신의 블랙퀸 카드가 내 눈 앞에서 뒤집혀지는 것을 목격하기 전에, 이들 사이에 몇몇 필수적인 다리를 놓아 줄 수 있을지도 모른다.

1987년 1월 30일 / 예루살렘

개방 도시 예루살렘. 최근에는 그렇게들 부른다고 한다. 국제연합의 위임하에 이스라엘과 요르단과 팔레스티나와 영국이 파견한 판무관들에 의한 합동 통치를 받는 이 도시는 세계 3대 종교의 성지이기도 하다.

애석하게도 이곳은 개방 도시(open city)가 아니라 벌어진 상처(open sore)라는 표현이 더 걸맞은 도시다. 예루살렘은 거의 40년 동안이나 벌어진 상처에서 피를 흘려 왔다. 이 도시가 정말로 성지라면 불경한 장소에 대한 방문 따위는 생각하고 싶지도 않다.

오늘 하트먼 상원 의원과 라이언스 상원 의원을 위시한 정치인들은 판무관들과 오찬을 함께 했지만, 남은 사람들은 이 자유 국제도시를 돌아보며 오후를 보냈다. 방탄 앞 유리와 폭탄의 폭풍을 견뎌 낼 수 있는 특수한 장갑 상판(床板)을 갖춘 특제 리무진을 타고 말이다. 아무래도 예루살렘은 고명한 해외 방문객들을 폭탄으로 환영하기를 즐기는 모양이다. 그 방문객이 누군가는 중요하지 않다. 출신지도, 믿는 종교도, 정치 성향조차도 중요하지 않다— 이 도시에는 워낙 많은 분파가 널려 있기 때문에, 누가 오든 누군가의 증오의 대상이 된다는 것을 보장할 수 있다.

이틀 전에는 베이루트에 가 보았다. 베이루트에서 예루살렘으로 오는 여정은 낮에서 밤으로 오는 것이나 마찬가지였다. 레바논은 아름다운 나라고, 그 수도인 베이루트는 너무나도 사랑스럽고 평온해서 숫제 고즈넉하게 느껴질 지경이었다. 레바논인들이 믿는 다양한 종교들은 그럭저럭 서로와 조화하며 사는 법을 터득한 듯했다. 물론 그것들 사이에도 알력은 존재한다— 중동에서 (따지고 보면, 전 세계에서도) 완벽하게 안전한 곳이란 존재하지 않기 때문이다.

그러나 예루살렘의 경우— 폭력 사태는 30년 동안이나 창궐했고, 해를 거듭할수록 완화되기는커녕 악화 일로를 걸어왔다. 도시 전체가 독일 공군 공습 하의 런던을 방불케 하는 폐허로 뒤덮여 있었고, 주민들은 멀리서 들려오는 기관총 소리에 너무나도 익숙해진 나머지 이제는 아예 신경조차도 쓰지 않는 것처럼 보인다.

우리는 통곡의 벽의 잔해 (1966년에 이스라엘의 테러리스트들이 알-하지즈를 암살한 사건에 대한 보복으로 1967년에 팔레스타인의 테러리스트들에 의해 대부분 파괴되었다) 앞에서 잠깐 멈춰 섰고, 실제로 차 밖으로 나가 보기까지 했다. 하이럼은 주위를 둘러보며 마치 덤빌 테면 덤벼 보라는 듯이 주먹을 꼭 쥐었다. 최근 들어 하이럼의 상태가 좀 이상해졌다. 예민해지고, 툭하면 화를 내고, 감정 기복이 심해졌던 것이다. 그러나 그렇게 말하자면 우리 모두가 아프리카에서 목격한 것들의 영향을 받고 있었다. 아직도 꿋꿋하게 남아 있는 벽의 일부는 꽤 인상적이었다. 나는 그것에 손을 대고 역사를 느껴 보려고 했다. 그러나 내가 느낄 수 있었던 것은 총알 자국들뿐이었다.

그 뒤에 일행 대다수는 호텔로 돌아갔지만, 파더 스퀴드와 나는 일행과 헤어져 시내의 조커 구획에 들렀다. 세계에서 두 번째로 큰 조커 공동

체라고 들었다. 조커타운에 비하면 훨씬 작지만, 두 번째로 크다는 점에는 변함이 없다. 이슬람은 나의 동족에 대해 그리 우호적이지 않으므로 그리 놀랄 만한 일은 아니다. UN 통치령이라는 사실과, 규모도 작고 병력 부족과 빈약한 무장에 시달리면서 사기가 저하될 대로 저하된 국제 평화유지군 부대가 제공하는 미약한 보호에 의지하려고 중동 전체의 조커들이 몰려왔던 것이다.

　예루살렘의 조커 구획은 형언하기 힘들 정도로 지저분하고, 구획 전체를 둘러싼 높은 담장 안에 사는 인간들이 겪는 비참함은 거의 몸으로 느낄 수 있을 정도다. 조커 구획이 예루살렘의 그 어떤 장소보다 더 안전하다고 알려져 있다는 사실은 아이러니라고밖에는 할 수 없다. 높은 담은 정상인들의 눈에 끈질긴 삶을 이어 가는 추악한 존재들의 모습이 들어오지 않게 할 목적으로 불과 몇십 년 전에 세워진 것이지만, 바로 그 덕에 담장 내부의 주민들은 상대적으로 안전할 수 있었다. 일단 구획 안으로 발을 들여놓자 네트의 모습은 전혀 눈에 띄지 않았다. 오직 조커들이 있었을 뿐이다― 모든 인종과 종교를 망라한 조커들이 비교적 평화롭게 공존하고 있었던 것이다. 과거에는 무슬림이나 유대인이나 크리스천이나 광신적인 시오니스트나 누르의 추종자였던 사람들도, 패를 받은 뒤에는 그냥 조커일 뿐이다. 그런 맥락에서 조커는 위대한 균형추로 작용했다. 모든 증오와 편견을 단칼에 자르고, 고통으로 맺어진 새로운 동포애로 전 인류를 결속시켰으니까 말이다. 조커는 조커라서 조커이고[15],

---

15　거투르드 스타인(1874~1946)의 유명한 시구, "장미는 장미라서 장미이다(A Rose is a rose is a rose)"를 뒤튼 표현.

그 밖의 것들은 중요하지 않다.

　에이스들도 그랬으면 좋으련만.

　예루살렘에는 조커들을 위한 그리스도 교단의 교회가 존재하며, 나는
파더 스퀴드를 따라 그곳에 가 보았다. 적어도 외관상으로는 그리스도
교의 교회라기보다는 이슬람교의 모스크를 더 닮았지만, 안으로 들어가
보니 조커타운에서 보는 교회와 그리 큰 차이가 없었다. 훨씬 더 오래되
고, 더 황폐하긴 했지만 말이다. 파더 스퀴드는 촛불을 하나 켜고 기도를
올렸고, 대접받은 시큼한 와인을 홀짝이며 더듬거리는 라틴어로 목사와
얘기를 나눴다. 대화 도중 몇 블록 떨어진 밤거리에서 자동화기의 시끄
러운 연사음이 들려왔다. 전형적인 예루살렘의 밤이었다고나 할까.

●○

　그 누구도 내가 죽은 뒤가 아니면 이 글을 읽을 수 없다. 그 무렵이면
나도 모든 법적인 추궁으로부터 자유로워진다. 나는 오늘 밤 일어난 일
에 관해서 기록할지 말지 오랫동안 숙고를 거듭했고, 결국은 기록하려
고 마음먹었다. 세계는 1976년의 교훈을 기억해야 하고, JADL이 모든
조커를 대변하는 것이 아니라는 사실을 이따금 곱씹을 필요가 있기에.

　파더 스퀴드와 내가 교회를 떠났을 때 어떤 나이 든 조커 여성이 내
손에 쪽지를 쥐어 주었다. 누군가가 나를 알아본 듯했다.

　쪽지 내용을 읽자마자 또다시 건강 상태를 이유로 공식 환영연 참석
을 사양했다. 그러나 이번에는 핑계였다. 나는 내 호텔 방에서 지명수배
된 범죄자와 함께 저녁 식사를 먹었기 때문이다. 굳이 누군지 설명하자

면 악명 높은 국제 조커 테러리스트라고밖에는 할 수 없지만, 예루살렘의 조커 구획 안에서는 영웅으로 떠받드는 인물이기도 했다. 내 수기에서조차 그의 본명을 밝힐 생각은 없다. 그가 이따금 텔아비브에 사는 가족을 본명으로 방문한다는 사실을 알고 있기 때문이다. 이른바 '작전'을 벌일 때 그는 검은 개의 얼굴을 본뜬 가면을 쓰기 때문에 보도 매체와 인터폴과 예루살렘을 순찰하는 잡다한 파벌들에게 그는 '블랙독' 또는 '하운드 오브 헬(지옥의 사냥개)'이라는 별명으로 알려져 있다. 그러나 오늘 밤에는 전혀 다른 가면을 쓰고 있었다. 은빛으로 반짝거리는 나비 모양의 두건이었기 때문에 아무 문제 없이 시내를 가로질러 온 듯했다.

"당신이 명심해야 하는 건, 모든 내트는 멍청하다는 사실이야." 그는 내게 말했다. "같은 가면을 두 번 쓰고 있는 걸 찍히게 놓아두면 그게 내 얼굴이라고 믿기 시작하거든."

내가 하운드라고 부르려고 마음먹은 사내는 뉴욕 시 브루클린에서 태어났지만 부모와 함께 아홉 살 때 이스라엘로 이주해서 이스라엘 시민이 되었다. 조커가 된 것은 스무 살이었을 때였다. "세계의 반을 돌아와서 와일드카드를 뽑은 거지. 그냥 브루클린에 머물 수도 있었는데."

우리는 예루살렘과 중동과 와일드카드를 둘러싼 정치 상황에 관해 토론하며 몇 시간을 보냈다. 하운드는 내가 양심상 조커에 의한 테러리스트 조직임을 시인할 수밖에 없는 '뒤틀린 주먹'이라는 조직의 우두머리다. 그들은 이스라엘과 팔레스타인 양쪽에서 비합법단체로 지정되었는데, 이것은 생각보다 쉬운 일이 아니다. 조직 구성원들의 수가 얼마나 되느냐는 질문에 그는 말꼬리를 흐렸지만, 그의 조직이 받는 재정 지원의 거의 대부분이 뉴욕의 조커타운에서 온다는 사실은 전혀 감추지 않고 당당하게 고백했다. "시장 나리는 우리가 마음에 들지 않을지도 모르지만, 민중은 우리를 지지하고 있지." 하운드는 우리 사절단의 조커 대표 중 한 명이 자신들을 지지한다고 넌지시 말하기까지 했다. 그 인물의 이름이 무엇인지는 끝끝내 밝히지 않았지만 말이다.

하운드는 중동에서 곧 전쟁이 일어나리라는 점을 확신하고 있었다. "이미 한참 전에 일어나고도 남았어. 이스라엘이나 팔레스타인은 방어 가능한 국경을 가져 본 경험이 한 번도 없는 데다가 양쪽 모두 경제적으로 자급자족할 수 있는 국가가 못 돼. 각자 상대방을 온갖 테러리즘 공격의 원흉으로 간주하고 있는데, 양쪽 입장에서는 틀린 말이 아니지. 이스라엘은 네게브 사막하고 요르단 강 서안(西岸) 지구를 손에 넣기를 원하고, 팔레스타인은 지중해에 면한 항구를 간절히 원하고 있는데, 양국 모두 1948년의 국경 분할 때 쫓겨나서 고향으로 돌아가는 것을 갈망하고 있는 난민들로 여전히 발 디딜 틈도 없는 상태야. 예루살렘은 누구나 자기 걸로 만들고 싶어 하지. 실제로 그곳을 장악하고 있는 UN을 제외하면 말이야. 염병할, 누구든 근사한 전쟁이 아쉬운 시점이야. 이스라엘인들은 1948년에 나스르(Nasr)에게 혼쭐이 나기 전만 해도 전쟁에 이기고 있는 것처럼 보였지. 베르나도테[16]가 예루살렘 협정을 성사시킨 공으로 노벨 평화상을 받았다는 건 알지만, 솔직하게 말하자면 그때 휴전하지 말고 끝장을 봤어야 했어. 어떤 종류의 결말이 나왔든 간에 말이야."

내가 그런 전쟁에서 목숨을 잃었을 사람들 생각은 안 하느냐고 반문

---

16 Folke Bernadotte(1895~1948). 스웨덴의 귀족 출신 외교관. 1948년에 국제연합의 분쟁 조정관으로 제1차 중동전쟁의 휴전 협상을 중재하다가 시오니스트에게 암살당했다..

하자 하운드는 어깨를 으쓱했을 뿐이었다. "물론 많이들 죽었겠지. 하지만 그 분쟁이 정말로 진정한 종언을 맞았다면 전쟁의 상처도 언젠가는 치유됐을 가능성이 있어. 그렇게 되는 대신 지금은 조그만 사막을 사이에 두고 열을 받을 대로 받은 두 개의 반쪽 나라가 존재할 뿐이야. 서로의 존재를 공식적으로 인정조차 하지 않고, 단지 서로를 못 잡아먹어서 안달하고 있을 뿐이지. 덕분에 여긴 40년에 걸친 증오와 테러리즘과 공포의 땅이 되어 버렸어. 어차피 전쟁은 일어날 거야. 그것도 머지않은 장래에. 베르나도테가 도대체 어떻게 예루살렘 평화협정을 성사시켰는지는 아직도 이해가 되지 않지만, 그런 노력을 한 대가로 암살당한 건 하등 이상할 게 없어. 그 협정 조건을 이스라엘인들보다 더 증오하는 건 팔레스타인인들밖에는 없을 정도니."

나는 인기가 없긴 해도 예루살렘 평화협정이 40년이나 지속되었음을 지적했다. 그러나 하운드는 나의 주장을 일축했다. "그건 진정한 평화가 아니라 40년 동안 이어진 교착 상태에 불과해. 그게 지속될 수 있었던 건 서로에 대한 공포 때문이지. 이스라엘인들은 군사적으로는 언제나 우위에 서 있었지만 아랍인들에게는 포트사이드 에이스들이 있었어. 이스라엘인들이 그걸 잊었을 것 같아? 바그다드에서 마라케시에 이르는 지역에 아랍인들이 나스르의 기념비를 세우면 이스라엘인들에게 즉각 파괴당할 정도야. 그치들은 절대 그걸 잊지 않았다고. 문제는 이 모든 균형이 깨지기 시작했다는 거야. 내가 입수한 정보에 의하면 이스라엘인들은 특별 지원한 군인들을 상대로 자체적인 와일드카드 실험을 실시하고 있다더군. 그 결과 몇몇 에이스들을 얻었는데, 광신도 그런 광신이 없지. 자발적으로 와일드카드 바이러스를 투여받다니. 반면에 아랍 측에서 권력을 잡은 누르 알-알라는 이스라엘을 '조커들이 낳은 사생아'로 치부하고 이 지상에서 완전히 말살해 버리겠다고 맹세했어. 포트사이드의 에이스들은 누르의 도당에 비하면 고양이 새끼나 마찬가지야. 늙은 코프조차도. 결국 파국이 찾아올 거야. 그것도 가까운 시일 내에."

"그럼 실제로 전쟁이 일어난 다음에는?" 나는 물었다.

하운드는 권총을 몸에 지니고 있었다. 긴 러시아어 이름을 가진 조그만 기관 권총이었다. 그는 그것을 꺼내 우리들 사이의 탁자 위에 놓았다. "전쟁이 일어난 다음에는 질릴 때까지 마음껏 서로를 죽이면 그만이지만, 우리 조커 구획에는 손을 안 대는 게 신상에 이로울 거야. 만일 손을 댄다면 우린 가만히 있지 않을 거니까. 누르 그 자식한텐 이미 몇 번 따끔한 교훈을 줬어. 조커 한 명이 살해당할 때마다 우린 놈들 다섯을 죽였지. 지금쯤은 그 교훈을 받아들였을 것 같지? 하지만 누르 그 자식은 워낙 머리가 둔한 꼴통이라서."

하트먼 상원 의원이 지역 분쟁의 평화적인 해결책으로 이어질 수 있는 안건들을 토의하기 위해 누르 알-알라와의 회합을 추진 중임을 알리자 하운드는 웃음을 터뜨렸다. 우리는 조커와 에이스와 내트, 폭력과 비폭력, 전쟁과 평화, 동포애와 복수와 다른 쪽 뺨을 내놓는 행위와 자기 동포를 보호하는 행위 등에 관해 오랫동안 토의했다. 그러나 끝끝내 아무런 합의에도 이르지 못했다. "왜 나를 만나러 왔나?" 마침내 나는 물었다.

"꼭 만나야 한다고 생각했거든. 당신에게서도 도움을 받을 수 있다고 생각했어. 조커타운에 관한 지식이라든지 내트 사회와의 연줄, 당신이 동원할 수 있는 자금 따위에 관심이 있었지."

"난 도울 생각이 없네." 나는 단언했다. "자네가 택한 길이 어디서 끝나는지를 이미 봤으니까 말이야. 10년 전 톰 밀러가 걸어갔던 바로 그 길이지."

"김리?" 그는 어깨를 으쓱했다. "김리는 완전히 미친놈이었지만 난 아냐. 김리는 온 세상을 뒤집어 놓는 한이 있더라도 상황을 개선할 작정이었지만, 난 그냥 내 동포를 지키기 위해 싸울 뿐이야. 데스, 당신도 포함해서 말이야. 당신의 조커타운이 '뒤틀린 주먹'을 필요로 하는 날이 오지 않기를 비는 편이 나을걸. 하지만 그런 날이 온다면 우리가 가서 지켜 주겠어. 레오 바넷을 다룬 〈타임〉지의 표제 기사를 읽어 봤는데, 누르 같은 꼴통은 전 세계에 한 명만 존재하는 것이 아닐지도 모른다는 생각이 들더군. 그게 현실이 된다면 아마 블랙독은 브루클린으로 되돌아가서 그리운 고향을 재발견할지도 모르지. 안 그래? 여덟 살이 된 이래 한 번도 구경 못 한 다저스 게임을 다시 보고 싶기도 하고."

탁자 위에 놓인 총을 바라보고 있던 나는 심장이 멈추는 듯한 기분을 느끼면서도 전화 수화기를 향해 손을 뻗쳤다. "지금 당장 우리 보안 요원들을 불러서 그런 일이 결코 일어나지 않도록 조치하고, 자네가 더 이상 죄 없는 사람들을 죽이는 걸 저지한다는 수도 있네."

"하지만 당신은 그럴 생각이 없어." 하운드는 대꾸했다. "왜냐하면 우리는 수많은 공통점을 가지고 있거든."

우리들 사이에 공통점 따위는 없다고 나는 말했다.

"우리 두 사람 모두 조커잖아. 그것보다 더 중요한 게 어디 있어?" 그는 이렇게 말하고는 권총을 홀스터에 집어넣고 가면을 고쳐 쓴 다음 침착하게 내 방에서 나갔다.

신이여 나를 도와주소서. 나는 영원히 계속되는 듯한 몇 분 동안 꼼짝도 않고 앉아 있다가, 복도 끝의 엘리베이터 문이 열리는 소리를 들었고— 그제야 수화기에서 손을 뗐다.

1987년 2월 7일 / 아프가니스탄, 카불

오늘은 통증이 심하다. 대다수의 대표들은 이런저런 역사적 유적들을 구경하러 갔지만, 나는 또다시 호텔에 머무는 쪽을 택했다.

우리의 시찰은…… 뭐라고 말해야 할까? 시리아에서 일어난 사건은 전 세계 보도기관들의 톱뉴스를 장식했다. 우리 시찰단에 동행한 기자들의 수도 두 배로 늘어났다. 이들 모두가 사막에서 일어나고 있는 일에 관한 특종을 얻으려고 열심이었다. 내가 그런 중요한 일에서 빠졌다는 사실에 처음으로 감사하고 싶은 마음이 들었다. 상황이 어땠는지는 페리한테 들었다…….

시리아는 나를 포함한 대표단 모두에게 깊은 영향을 끼쳤다. 내가 지금 느끼는 고통 모두가 암 때문만은 아니다. 엄청난 피로감과 함께 내 인생을 돌아보며 내가 조금이라도 좋은 방향으로 기여를 했는지, 아니면 내 일생의 작업 전체가 무의미한 것인지 의구심을 느낄 때가 있다. 나는 우리 동포들을 대변하고, 우리 인류 전체를 하나로 묶어 주는 이성과 품위와 공통된 인간성에 호소하려고 노력해 왔다. 긴 안목에서 보면 조용한 힘과 극기심과 비폭력 쪽이 더 효과가 있음을 확신하고 있었던 것이다. 그러나 시리아의 상황은 나로 하여금 그런 원칙에 의문을 품게 만들었다……. 누르 알-알라 같은 사내를 상대로 도대체 어떻게 이성적인 설득을 시도하고, 타협하고, 의사소통을 하란 말인가? 다름 아닌 나를 인간으로 간주하지 않는 인물의 인간성에 호소하기라도 하란 말인가? 신이 존재한다면 용서를 구하고 싶다. 하지만 나는 그날 그들이 누르를 죽였으면 좋았을 것이라는 감정을 억누를 수가 없었다.

하이럼은 인도에서 다시 합류하자는 약속을 남기고 일시적이나마 대표단을 떠났다. 다마스쿠스에서 로마를 경유해서 미국으로 가는 콩코르드 직행 편을 탔으므로 지금쯤은 뉴욕 시에 돌아가 있을 것이다. 에이스하이 레스토랑에서 그가 직접 처리해야 하는 긴급사태가 일어났기 때문에 잠시 귀국한다는 이유를 댔지만, 실은 시리아 사건으로 인해 본인이 시인하는 것 이상의 충격을 받은 것이 아닌가 하는 생각이 든다. 들려오는 소문에 의하면 하이럼은 사막에서 자제력을 잃고 필요 이상의 중력을 동원해서 사이드 장군을 저지했다고 한다. 빌리 레이는 물론 하이럼의 반응이 너무 뜨뜻미지근했다는 의견을 내놓았지만 말이다. "내가 그 자리에 있었다면 마룻바닥 위의 불그죽죽한 얼룩이 될 때까지 그 자식을 쥐어팼을걸." 그는 내게 이렇게 말했다.

하이럼 워체스터는 사건에 관해 언급하는 것 자체를 거부했고, 그가 잠깐 시찰단을 떠나는 이유는 단지 "포도 잎을 채워 넣은 요리에 질렸기" 때문이라고 주장했다. 그러나 그런 농담을 했을 때도 그의 벗겨진 넓은 이마에 땀이 송골송골 맺히고 손까지 조금 떨리고 있는 것을 나는 눈치챘다. 짧은 휴식을 통해서라도 그가 기력을 되찾았으면 좋겠다. 함께 여행하면 여행할수록 나는 하이럼 워체스터를 존경하게 되었기 때문이다.

그러나 불행 속에서도 한 가지 위안을 찾는다면, 시리아에서의 그 끔찍한 사건도 적어도 한 가지의 긍정적인 효과를 불러왔다는 사실을 들 수 있을 것이다. 그레그 하트먼의 지위는 아슬아슬하게 죽음을 피했다는 사실만으로도 엄청나게 상승한 듯했기 때문이다. 지난 10년 동안 그의 정치 생명은 1976년에 일어난 조커타운 대폭동의 악영향에서 완전히 벗어나지 못했다. 그가 공공장소에서 '뚜껑이 열려 버렸던' 바로 그 사건 말이다. 내가 보기에 그가 보인 반응은 지극히 인간적이었다— 방금 어떤 여자가 폭도들에 의해 갈기갈기 찢기는 광경을 두 눈으로 목격했는데 어떻게 냉정을 유지할 수 있었겠는가. 그러나 대선 후보에게는 보통 사람처럼 흐느끼거나 슬퍼하거나 분노를 발산할 자유가 없다. 1972년에 머스키[17]가 처음으로 그 사실을 입증했고, 1976년에 하트먼이 몸소 증명해 보였듯이 말이다.

시리아는 마침내 그 비극적이고도 우발적인 사건을 잠재우는 효과가 있었다. 그와 회담에 동행한 사람들 모두가 그레그 하트먼의 언행이 조금도 흠잡을 데가 없는 모범적인 것이었다는 데 찬성했으며, 누르의 야만적인 위협 앞에서도 단호하고 냉정하고 용감하게 대응했고, 든든한 기둥처럼 동료들을 떠받쳐 줬다고 증언했다. 미국의 모든 신문이 회담장에서 탈출했을 때 AP통신의 기자가 찍은 사진을 게재했다. 뒤쪽에 착륙한 헬리콥터에 타키온이 탑승하는 것을 하이럼이 돕는 동안, 하트먼 상원의원은 앞쪽에 우뚝 서서 기다리는 구도였다. 흰 셔츠 소매가 피로 흥건해

---

17 Edmund Sixtus Muskie(1914~1996). 미국의 민주당 소속 정치인. 공화당 후보 닉슨 측의 불법적인 음해 공작으로 인해 대선 레이스에서 탈락했다.

진 상황에서도 모래먼지로 뒤덮인 하트먼의 표정은 굳세고 단호했다.

그레그는 여전히 1988년의 대선 후보전에 출마할 생각이 없다고 말하고, 또 민주당의 모든 예비 여론조사에서 게리 하트[18]가 압도적인 표차로 앞서고 있는 것도 사실이다. 그러나 시리아 사건과 이 사진이 하트먼의 인지도와 지위를 엄청나게 끌어올릴 것이라는 사실에는 변함이 없다. 나는 그가 재고해 줄 것을 갈망하고 있었다. 게리 하트에게는 전혀 악감정을 가지고 있지 않지만, 그레그 하트먼은 어딘가 특별한 인물이며, 우리처럼 와일드카드에 감염되었다가 살아남은 사람들에게는 최후이자 최상의 희망일지도 모르기에.

하트먼이 실추한다면 내가 품은 모든 희망도 그와 함께 나락으로 떨어질 것이 뻔하다. 그렇다면 블랙독에게 의지하는 수밖에 없지 않은가.

●○

아프가니스탄에 관해서도 뭔가 써야 할지 모르겠지만 기록할 만한 가치가 있는 일들이 별로 없었고, 카불의 유적을 둘러볼 기력도 없었다. 어디를 가든 소련인들이 눈에 띄었지만 그들은 매우 정중하고 예의 바르게 우리 시찰단을 대했다. 우리의 짧은 체류 기간 중에는 전쟁도 잠시 미뤄 둔 기색이었다. 두 명의 아프간인 조커가 우리에게 제시되었는데, 그들은 (소련인 통역사에 의하면) 아프가니스탄의 조커들이 목가적인 생활

---

18 Gary Hart(1937~). 미국의 정치가, 외교관.

을 보내고 있다고 맹세했다. 나는 그들의 증언은 설득력이 떨어진다고 판단했지만 말이다. 내가 제대로 이해했다면, 이 두 사람은 아프가니스탄 전체를 통틀어 유일하게 존재하는 조커라는 얘기가 되기 때문이다.

스텍드 덱은 바그다드에서 카불까지 직접 날아왔다. 이란을 방문하는 것은 논외였다. 아야톨라는 와일드카드 희생자들에 대한 누르의 의견을 많은 부분 공유하고 있는 데다가 이란을 명목상으로뿐만 아니라 실제로 통치하고 있다. 따라서 UN조차도 착륙 허가를 받아 내지 못했던 것이다. 적어도 아야톨라는 에이스와 조커를 차별하거나 하지는 않는다. 그의 의견에 따르면 우리 모두는 대(大) 사탄국 미국이 낳은 악마의 자식들이기 때문이다. 지미 카터가 극비리에 파견한 여섯 명의 정부 소속 에이스들에 의한 미 대사관 인질 구출 작전이 참담한 실패로 끝났을 때의 일을 아야톨라가 여전히 생생하게 기억하고 있다는 점은 명백했다. 소문에 의하면 빌리 레이, 즉 카니펙스는 그 여섯 에이스 중 하나로 참가했다고 하지만, 빌리는 단호하게 그 사실을 부인했다. "내가 따라갔다면 인질들을 모두 구출하고, 덤으로 그 늙은이의 엉덩이를 힘껏 걷어차 줬을걸"이라는 것이 그의 대답이었다. 법무부에 소속된 그의 동료인 레이디블랙에게 물어보면 애용하는 검은 망토로 좀 더 단단히 몸을 감싸고 알 수 없는 미소를 떠올릴 뿐이다. 미스트랄의 아버지인 사이클론도 그 실패한 비밀 작전의 관련자로 곧잘 언급되곤 하지만, 미스트랄은 그 일에 대해 일언반구도 하지 않는다.

내일 아침에는 카이버 고개 상공을 지나 인도로 들어갈 예정이다. 수많은 사람으로 바글거리는 동시에 미국 다음으로 많은 조커 인구를 자랑하는 인도 아대륙은 이곳과는 완전히 다른 또 하나의 세계다.

1987년 2월 12일 / 캘커타

인도는 우리 시찰단이 지금까지 발을 디딘 그 어떤 장소 못지않게 기이하고 멋진 나라다……. 이곳을 나라라고 부르는 것이 정확하다면 말이다. 실제로는 몇백 개의 독립된 나라를 한군데에 모아 놓은 듯한 인상을 준다. 히말라야 산맥과 무굴 제국의 궁전과 캘커타의 빈민가와 벵골의 밀림을 단지 한 나라라는 이유로 묶어 생각하는 것은 무리다. 인도인들 자신도 자신들만의 다종다양한 세계에 살고 있다. 인도 총독이 여전히 통치하고 있다는 듯이 식민지 놀이를 즐기는 나이 든 영국인들을 위시해서, 호칭만 마하라자나 나와브일 뿐이지 실질적으로는 왕과 차이가 없는 최고위 계층과, 제멋대로 사방으로 뻗어 나가는 이 지저분한 도시의 거리에 우글거리는 거지들까지 모두 인도인인 것이다.

그리고 인도는 정말 넓다.

캘커타에서는 어떤 거리를 가든 간에 조커들의 모습을 볼 수 있다. 그들은 거지나 벌거벗은 아이들이나 시체 못지않게 흔한 존재다. 이 모든 조건을 혼자서 충족하는 경우도 너무 자주 볼 수 있다. 힌두교도와 무슬림과 시크교도가 모여 만든 이 유사(類似) 국가에서 조커의 절대 다수는 힌두교도다. 그러나 이 문제에 대한 이슬람의 태도를 감안하면 이것은 전혀 놀랄 일이 못 된다. 정통 힌두교 교단에서는 조커를 위해 새로운 카스트를 만들었다. 불가촉천민들보다도 한참 낮은 최저의 카스트이긴 하지만, 적어도 목숨을 부지할 수는 있다.

흥미롭게도 인도에서는 조커타운을 하나도 발견하지 못했다. 인도 문화는 인종과 민족에 따라 확연하게 구분되어 있다. 1947년에 캘커타에서 일어난(와일드카드 폭동과 같은 해에 시행된 아대륙 분할에 수반된) 전국 규모의 끔찍한 학살극이 뚜렷하게 증명해 주듯이, 각 집단들의 상호 적 대감은 매우 강하다. 그럼에도 불구하고, 현대 인도에서는 힌두교도와 무슬림과 시크교도가 같은 거리에서 함께 어깨를 맞대고 살아가며, 조 커와 내트와 소수의 가련한 듀스[19]들조차도 소름 끼치는 빈민가에서 함 께 산다. 아쉽게도 그런 경험을 통해 서로를 더 사랑하게 된 것 같지는 않지만 말이다.

또 인도는 상당수의 현지인 에이스를 보유하고 있고, 이들 중에는 엄 청난 능력자도 몇 명 포함되어 있었다. 디거는 이들 모두―적어도 그를 만나 주는 것에 동의한 에이스들 모두―를 인터뷰하려고 신나게 인도 국내를 돌아다니고 있었다.

그런 반면, 이곳에 도착한 이래 라드하 오라일리는 지극히 불행한 기 색이었다. 그녀 자신이 적어도 외가 쪽으로는 인도 왕족의 혈통이라고 들었다. 아버지는 아일랜드인 모험가였다고 한다. 라드하의 일족은 코 끼리 신인 고네쉬[20]와 '검은 어머니'인 칼리 여신을 주로 숭배하는 힌두 교의 일파이며, 그런 그들에게 라드하의 특이한 와일드카드 능력[21]은 그 녀가 고네쉬의 신부가 될 운명이라는 증거 내지는 징후로 받아들여진다 고 했다. 하여튼 라드하는 자신이 납치당해서 강제로 고향에 억류될 급

---

19 deuce. 카드에서 2의 패이며, 거의 쓸모가 없는 극히 사소한 초능력밖에 발현시키지 못한 준 (準) 에이스들을 가리킨다.
20 Gonesh. '가네샤'의 영어식 발음 중 하나.
21 '엘리펀트걸'이라는 이름으로 알려져 있는 에이스 라드하는 암컷 아시아 코끼리로 변신해서 귀를 펄럭이며 하늘을 나는 능력을 가지고 있다.

박한 상황에 처했다고 확신하고 있었고, 뉴델리와 봄베이에서 열린 공식 환영연에 참석했을 때를 제외하면 카니펙스와 레이디블랙을 위시한 시찰단의 보안 요원들과 함께 호텔 방에 틀어박혀 있는 쪽을 택했다. 인도를 다시 떠날 때가 오면 무척 기뻐할 듯하다.

닥터 타키온, 페리그린, 미스트랄, 판타지, 트롤 그리고 할렘해머는 벵골에서 펼쳐진 범 사냥에서 돌아온 참이었다. 주최자는 인도 에이스 중 한 명이었다. 이 마하라자는 와일드카드에 의해 '마이더스의 손'을 방불케 하는 특혜를 부여받았던 것이다. 그가 만들어 내는 황금은 본질적으로 불안정하며 24시간 내에 원래 상태로 되돌아간다고 들었다. 그러나 황금으로 변화하는 과정은 그가 손을 댄 모든 생물을 죽이기에 충분했다. 그래도 그가 사는 궁전은 상당히 호화롭다는 소문이었고, 당사자는 전통적인 신화상의 딜레마를 하인들이 떠 주는 음식을 받아먹는 방법으로 해결했다고 들었다.

사냥에서 돌아온 타키온은 원기가 넘쳤다. 황금색 네루 재킷을 차려입고, 엄지손가락 크기의 거대한 루비 장식이 달린 황금색 터번을 쓴 그는 시리아 사건이 있은 이래 가장 기분이 좋아 보였다. 재킷과 터번이 몇 시간 뒤에는 그냥 보통 천으로 되돌아갈 것이라는 생각도 오늘 이 외계인이 느낀 즐거움을 잠재우지는 못한 듯했다. 화려한 사냥 행렬, 호화롭고 장엄한 궁전, 마하라자의 하렘— 이것들 모두가 고향 행성에서는 일카잠의 왕자였던 타크가 만끽했던 쾌락과 특권의 추억을 떠올리게 한 듯하다. 그는 특히 사냥이 막을 내렸을 때의 광경은 타키스에서조차 볼 수 없었던 것임을 시인했다. 사람을 잡아먹은 범이 잡혀 오자 마하라자는 침착하게 다가가서 금사(金絲)로 된 장갑을 벗었고, 살짝 손을 대는 것만으로도 그 거대한 맹수를 딱딱한 금덩어리로 만들어 버렸던 것이다.

우리 에이스들이 요정의 금과 범 사냥으로 환대받는 동안 나는 그보다 수수한 목적을 위해 하루를 보냈다. 의외였지만 잭 브라운도 동행했다. 브라운은 다른 사람들과 함께 사냥에 초대받았지만 사양했고, 나와 함께 캘커타 시내를 가로질러 얼 샌더슨 기념관을 보러 가는 쪽을 택했던 것이다. 인도인들은 샌더슨이 마하트마 간디를 암살 직전에 구해 낸 바로 그 장소에 기념관을 지어 놓았다.

기념관은 힌두교 신전을 닮았고 건물 내부의 조각상은 럿거스 대학의 풋볼 선수로 활약했던 미국 흑인이라기보다는 인도의 소신(小神) 같은 모습을 하고 있었다. 그렇지만…… 샌더슨이 현지인들에게 일종의 신이 된 것은 사실이다. 숭배자들이 바치고 간 공물들이 조각상의 발치에 널려 있는 것이 보였다. 기념관 안은 사람들로 붐볐기 때문에 입장할 때까지 한참을 기다려야 했다. 마하트마는 인도 전역에서 여전히 큰 존경을 받고 있으며, 그를 엄습한 암살자의 총탄을 몸으로 가로막은 미국인 에이스에게도 그 존경심의 일부가 전이된 듯하다.

기념관 안으로 들어온 뒤에도 브라운은 거의 말이 없었다. 단지 조각상을 올려다보며 다시 살아나라고 기원하는 것처럼 보였을 뿐이다. 나름 감동적인 방문이긴 했지만, 완전히 마음 편했던 것도 아니었다. 붐비는 참배객들 사이에서 고위의 카스트에 속한 힌두교도들은 나의 명백한 기형을 책망하는 듯이 쏘아보았다. 게다가 누군가 브라운에게 몸이 닿을 정도로 가까이 접근하면―좁은 장소에 워낙 많은 사람들이 모여 있는 탓에 그런 일은 자주 일어났다―그의 생물학적 역장(力場)이 빛을 발하며 그의 몸 전체를 어렴풋한 금빛 광채로 에워싸곤 했다. 나는 이런 일들에 신경이 곤두선 나머지 브라운의 묵상을 중지시키고 황급하게 건물을 빠져나왔다. 과잉 반응이었을지도 모르지만, 참배객 중 단 한 사람이라도 잭 브라운을 알아보았다면 엄청난 참극이 발생했을 수도 있었다. 호텔로 돌아가는 동안에도 브라운은 줄곧 침울한 표정으로 침묵하고 있었다.

간디는 나의 영웅이다. 에이스들에 대해 내가 느끼고 있는 온갖 복잡한 감정에도 불구하고, 간발의 차이로 간디의 목숨을 구해 준 에이스 얼 샌더슨에게 내가 감사의 마음을 품고 있다는 점은 시인해야 할 것이다. 비폭력주의의 위대한 예언자가 암살자의 총탄을 맞고 죽다니 상상만 해도 끔찍하다. 그런 사건이 실제로 일어났다면 인도는 두 동강이 나서 형제가 형제를 죽이는 공전절후의 유혈 사태를 맞았을 공산이 크다.

간디가 진나[22]가 죽은 1948년 이후까지 살아남아 인도 아대륙의 통일을 주도하지 않았더라면 파키스탄이라고 불리던 그 기묘한 쌍두(雙頭)의 국가는 실제로 존속할 수 있었을까? 전(全) 인도 국민회의는 그들이 위협했던 대로 모든 소군주들을 대체하고 그들의 영토를 흡수했을까? 분권화되고 끝없는 다양함을 보유한 현대 인도의 모습이야말로 마하트마가 꿈꿨던 이상향에 가깝다. 인도의 역사가 마하트마 없이 어떤 식으로 굴러갔을지는 상상하는 것조차 불가능하다. 적어도 그런 맥락에서 포에이스는 우리 세계에 진정한 족적을 남겼으며, 굳은 의지를 가진 인물의 행동이 실제로 역사의 흐름을 좋은 쪽으로 바꿀 수 있다는 점을 증명해 보인 것인지도 모른다.

숙소로 돌아가는 도중 내성적이 되어 버린 잭 브라운에게 이런 생각

---

22 Muhammad Ali Jinnah(1876~1948). 인도의 무슬림 정치가, 파키스탄 초대 총독이자 국부.

을 모두 털어놓았지만, 별 도움은 되지 못한 듯하다. 그는 내 얘기가 끝날 때까지 참을성 있게 귀를 기울여 주기는 했지만, "간디 목숨을 구한 건 얼이지 내가 아니었어"라고 말하고 다시 입을 다물어 버렸다.

●○

하이럼 워체스터가 본인의 약속대로 런던에서 콩코르드 편을 잡아타고 우리 시찰단에 재합류했다. 화색이 도는 것을 보니 뉴욕 시에 잠깐 머물렀던 것만으로도 큰 도움이 된 듯했다. 그는 왕년의 쾌활함을 되찾은 듯한 기색이었고, 타키온과 모디카이 존스와 판타지를 설득해서 캘커타에서 가장 매운 빈달루를 먹으러 가기까지 했다. 페리그린에게도 이 미식행에 참가하자고 졸랐지만 그녀는 핼쑥해진 얼굴로 극구 사양했다.

내일 아침에는 파더 스퀴드와 트롤과 함께 갠지스 강을 방문할 예정이다. 조커가 이 신성한 강에서 멱을 감으면 기형이 낫는다는 전설이 있다. 우리 안내인은 몇백 건에 달하는 증거 자료가 존재한다고 우겼지만 솔직히 말해서 믿기 힘들었다. 파더 스퀴드도, 프랑스의 성모(聖母) 발현지인 루르드에서도 조커들이 기적적으로 치유된 사례가 있다고 주장했지만 말이다. 결국은 나도 못 이기는 척하고 그 신성한 강에 뛰어들지도 모르겠다. 암으로 죽어 가는 사내에게 회의주의는 사치일지도 모른다.

크리설리스에게도 함께 가자고 권유했지만 사양한다는 대답이 돌아왔다. 최근 그녀는 호텔의 바에서 아마레또[23]를 홀짝이며 하루 종일 솔

---

23 이탈리아산 아몬드 리큐어.

리테어를 하는 것이 편한 듯했다. 그러면서 사라 모겐스턴, 그리고 어디에든 빠지지 않는 디거 다운스와 상당히 친해진 기색이었다. 디거와 잤다는 소문까지 돌 정도였으니.

갠지스 강에서 돌아온 지금은 고백하는 수밖에 없으리라. 내가 신발과 양말을 벗고 바짓단을 걷어 올린 다음 신성한 강물에 발을 담갔다는 사실을. 그리고 시간이 흘렀지만…… 오호통재라, 나는 여전히 조커였다……. 그것도 발이 젖은 조커였다.

여담이지만 신성한 강은 매우 더러웠고, 내가 기적을 찾아 강물을 헤집고 돌아다니는 사이에 누군가가 내 신발을 훔쳐 갔다.

1987년 3월 14일 / 홍콩

기쁘게도 최근 며칠 동안은 몸 상태가 나아진 듯한 기분이다. 아마 오스트레일리아와 뉴질랜드에 잠시 머물렀던 것이 좋은 영향을 끼친 듯하다. 싱가포르와 자카르타를 잇달아 방문한 뒤에는 시드니는 거의 고향처럼 느껴졌고, 오클랜드와 그곳에서 번창하고 있는 장난감처럼 조그맣고 깔끔한 조커타운도 묘하게 마음에 들었다. 스스로를 '추물(uglies)'이라고 부르는 우울한 경향—이것은 '조커'보다 한층 더 비하적인 명칭이다—이 있는 것만 제외하면 나의 키위 동포들은 여느 조커들 못지않게 괜찮은 삶을 영위하고 있었다. 오클랜드의 호텔에서 내가 애독하는 1주 전의 〈조커타운 크라이〉지를 입수할 수 있었을 정도였다. 고향 소식을 읽으니 마음이 푸근해지는 느낌이었다. 설령 너무 많은 머리기사들이 거리에서 벌어지고 있는 갱단들의 전쟁에 관해 논하고 있었다고 해도 말이다.

홍콩에도 시내의 다른 부분 못지않게 상업적인 조커타운이 존재했다. 중국 정부는 본토의 조커들 대다수를 영국의 직할 식민지인 이곳으로 추방했다고 들었다. 홍콩의 주된 조커 상인들은 '홍콩과 뉴욕 시 사이의 상업적 연대 가능성'에 관해 논하기 위한 오찬에 나와 크리설리스를 초대하기까지 했다. 상당히 기대가 된다.

솔직히 몇 시간 동안 동료 대표들과 떨어져 있을 수 있다면 좋을 것이다. 최근 들어 스텍드 덱 기내의 분위기는 아무리 좋게 얘기해도 짜증스러웠기 때문이다. 이것은 주로 디거 다운스와 그의 과도하게 발달한 저널리스트 본능 탓이었다.

크라이스트처치에서 홍콩을 향해 출발하기 직전 묵은 우편물들을 수령했고, 그중에는 〈에이스〉지의 최신호 견본이 포함되어 있었다. 디거는 비행 중에 통로를 왕래하며 평소 하던 대로 이것들을 공짜로 뿌리고 다녔다. 먼저 읽은 뒤에 그랬어야 했다. 요컨대 그와 그의 3류 잡지는 이번 호에서 최저치를 경신했기 때문이다.

이번 호의 커버스토리는 페리그린의 임신 사실을 다루고 있었다. 이 잡지가 페리의 아기를 이번 시찰 여행의 가장 큰 뉴스로 간주하고 있다는 사실은 좀 웃기다. 시리아에서의 끔찍한 사건 보고를 포함해서 디거가 지금까지 쓴 그 어떤 과거의 기사보다 두 배는 더 많은 페이지 수를 할당하고 있었기 때문이다. 단지 과거와 현재의 페리그린이 이런저런 식으로 몸매를 드러낸 다양한 의상을 착용하고 있는 번지르르한 4쪽짜리 화보의 존재를 정당화할 목적에서였는지도 모르지만.

그녀가 임신했다는 소문은 인도에 도착했을 무렵부터 이미 돌았고, 태국 체류 중에 사실임이 확인되었으므로, 디거가 그 사실을 기사화했다는 것 자체를 탓할 수는 없는 일이다. 〈에이스〉지는 원래 그런 뉴스를 주종으로 삼는 잡지이기 때문이다. 디거 자신의 안녕과 스텍드 덱 승객들 사이의 유대감에 악영향을 끼쳤음에도 불구하고, 디거가 페리의 '미묘한 몸 상태'가 사생활 문제라는 그녀의 의견에 동의하지 않는다는 점은 명백했다. 너무 깊이 파고들었다고나 할까.

표지 제목은 「깃털 여왕 페리가 임신한 아기의 아버지는 누구?」였다. 표지를 펼치자 페리그린이 갓난아기를 안고 있는 상상도가 있었다. 갓난아기의 얼굴이 있어야 할 부분이 물음표가 든 검은 윤곽으로 처리되었다는 것이 문제라면 문제였다. 이 기사의 부제는 「타키온의 증언에 의하면 아버지는 에이스가 확실」하다고 주장하고 있었고, 그것에 연결된 커다란 주황색 배너 띠 안에는 「친구들은 괴물 같은 조커 아기를 낙태하라고 간원」했다는 주장이 곁들여져 있었다. 들려온 풍문에 의하면 디거는 싱가포르의 외잡스러운 나이트 라이프를 함께 탐험하던 타키온에게 브랜디를 잔뜩 먹이고, 타키온이 무분별하게도 알짜 정보 몇 가지를 발설하도록 유도했다고 한다. 페리그린이 임신한 태아의 아버지가 누군지는 끝끝내 알아내지 못했지만, 만취 상태에 도달한 타키온은 페리그린이 낙태를 해야 하는 온갖 이유들을 줄줄 늘어놓았다고 한다. 아기가 9퍼센트의 확률로 조커로 태어날지도 모른다는 것이 가장 주된 이유였지만 말이다.

이 기사를 읽고 차가운 분노가 치밀어 오르며 닥터 타키온이 더 이상 내 주치의가 아니라서 천만다행이라고 생각했다는 사실을 고백해야겠다. 타키온이 도대체 어떻게 내 친구이거나 다른 조커의 친구인 척할 수 있느냐는 의문이 떠오르는 것은 바로 이럴 때다. 인 비노 베리타스[24]라는 말이 있듯이, 타키온의 언사로 미루어 볼 때 페리그린 같은 상황에 처한 여성들에게는 낙태야말로 유일한 선택임을 굳게 믿고 있다는 사실에는 오해의 여지가 없다. 타키스 인들은 기형을 혐오하며 출산 직후 기형아로 판명된 아기들을 '도태'시키는 (실로 점잖은 표현이다) 관습을 가지고 있다. (물론 그런 경우는 극히 드물다. 그들은 관대하게도 지구인들과 나눠가지겠다고 결정한 신종 바이러스의 세례를 아직도 안 받았기 때문이다.) 원한다면 과민 반응이라고 해도 좋지만, 타키온은 조커로 사는 것보다는 차라리 죽는 편이 낫고, 갓난아이는 조커로서 살아가느니 아예 태어나지 않는 편이 낫다는 사실을 넌지시 언명한 것이나 마찬가지였다.

잡지를 내려놓았을 때 나는 분노 탓에 안색이 검푸르게 변해 있었다. 타키온과 객관적으로 대화할 수 있는 상태가 아니라는 것을 자각하고 있었기 때문에, 나는 자리에서 일어나 꼬리 쪽의 기자용 구획에 있는 다운스에게 가서 내 의견을 말하는 쪽을 택했다. 최소한 「조커 아기」라는 표현에서 「괴물 같은」이라는 형용사를 빼는 것은 문법상으로도 허용된다는 점을 지적할 작정이었다. 〈에이스〉지의 교열 담당자의 경우, 의무적으로 집어넣어야 한다고 믿고 있다는 사실은 명백했지만 말이다.

그러나 디거는 내가 오는 것을 보자마자 벌떡 일어서서 통로 중간에서 나를 맞이했다. 지금까지 여러 번 대화를 나눈 까닭에 적어도 내가 얼마나 화가 나 있는지를 알아차릴 정도로는 교화가 된 듯했다. 대뜸 변명

---

24 In vino veritas. '와인 속에 진실이 있다'는 뜻의 라틴어 속담. 취중진담.

부터 늘어놓았기 때문이다. "어이, 난 그냥 그 기사 본문을 써서 송고했을 뿐이라고. 제목을 붙이는 건 뉴욕의 편집부고, 그 그림 역시 거기서 알아서 갖다 붙인 거야. 난 거기 대해 이러쿵저러쿵할 권한이 없어. 자, 데스, 다음번에 기사를 보낼 때는 나도 그쪽에 미리 귀띔을—"

디거 다운스가 내게 어떤 약속을 할 작정이었는지는 모르겠다. 말을 잇기도 전에, 조시 맥코이가 뒤에서 다가와서 둥글게 만 〈에이스〉지로 디거의 어깨를 툭 쳤기 때문이다. 디거가 고개를 돌린 순간 맥코이는 이미 주먹을 휘두르고 있었다. 첫 번째 펀치로 디거의 코가 부러지는 끔찍한 소리를 듣고 나는 순간적이나마 정신이 아득해지는 것을 느꼈다. 맥코이는 다시 주먹을 휘둘러 디거의 입술을 찢고 이 몇 개를 흔들어 놓았다. 나는 양팔로 맥코이를 껴안고 그의 목을 코로 친친 감아서 진정시키려고 했지만, 분노가 극에 달해 있었던 맥코이는 엄청난 괴력을 발휘해서 나를 쉽게 밀쳐 냈다. 나 자신이 애당초 힘쓰는 것과는 거리가 멀고, 특히 지금 같은 몸 상태에서는 가련할 정도로 무력했다는 점을 고백하는 수밖에 없다. 황급히 달려온 빌리 레이가 맥코이를 뜯어말리지 않았다면 디거는 훨씬 심각한 부상을 입었을 것이다.

디거는 진통제를 잔뜩 투여받고 착륙할 때까지 기내의 뒤쪽 구획에 머물렀지만, 빌리 레이의 하얀 카니펙스 의상 앞섶에 코피를 뚝뚝 흘림으로써 그의 화를 돋워 놓았다. 자기 외모에 강박적일 정도로 신경을 쓰는 빌리는 며칠 동안이나 "이 좆같은 핏자국이 안 떨어져"라는 불평을 입에 달고 다녔다. 맥코이는 일등석 쪽으로 가서 하이럼과 미스트랄과 미스터 제이위딘과 함께 페리를 위로했다. 페리도 기사를 읽고 격앙한 상태였다. 맥코이가 기내 뒤쪽에서 디거를 두들겨 패는 동안 그녀는 일등석에 있던 닥터 타키온에게 덤벼들었다. 디거의 경우보다는 물리적으로 덜 과격했다고 하지만, 그에 못지않게 극적이었다는 얘기를 하워드에게 들었다. 타키온은 사과에 사과를 거듭했지만, 아무리 입으로 사과해도 페리그린의 분노를 잠재우는 데는 역부족이었다. 그녀가 비행 시에 착용하는 날카로운 발톱이 안전하게 짐으로 꾸려져 있어서 천만다행이었다는 것이 하워드의 의견이었다.

타키온은 레미마르탱 한 병을 들고 일등석 라운지로 올라가서 홀로 남은 비행시간을 보냈다. 마치 페르시아 융단 위에 오줌을 싼 것을 들킨 강아지 같은 처량한 표정이었다. 내가 좀 더 잔인한 사내였다면 위층으로 따라 올라가서 나 자신의 불만을 쏟아 냈을지도 모른다. 그러나 도저히 그럴 마음이 나지 않았다. 묘하게도 닥터 타키온에 대해서는 오랫동안 화를 내고 있을 수가 없다. 설령 그가 저지른 잘못이 아무리 둔감하고 터무니없는 것이라고 해도 말이다.

그런 건 중요하지 않다. 나는 우리 앞에 놓인 여정에 큰 기대감을 품고 있었다. 홍콩에서 우리는 중국 본토의 광둥성과 상하이와 베이징을 위시해서 그에 못지않게 이국적인 행선지를 방문하게 된다. 나는 만리장성 위를 걷고 자금성을 방문할 생각에 가슴이 부풀어 있었다. 제2차 세계대전이 발발한 뒤에 나는 바깥세상을 구경하고 싶다는 이유로 해군에 지원했다. 그중에서도 극동은 특히 매력적으로 비쳤다. 그러나 내가 실제로 배치된 곳은 뉴저지 주 베이온의 사무실이었다. 메리와 나는 우리들의 아기가 조금 더 자라고 재정 상황이 안정되면 나의 못다 한 희망을 충족시키기 위한 세계 여행에 나설 예정이었다.

흐음, 우리가 그런 계획을 세우는 동안 타키스 인들은 다른 계획을 세우고 있었지만 말이다.

　세월이 흐르는 동안 중국은 내가 하지 못했던 모든 일들을 상징하는 존재가 되었다. 내가 방문하고 싶었지만 끝내 그러지 못했던 먼 나라 말이다. 나 자신의 〈좋은 이야기〉라고나 할까. 바로 그곳이 지평선 위에서 나를 기다리고 있다. 내 인생의 종막이 다가왔다는 사실을 정말로 믿게 하기에 충분한 사실이다.

1987년 3월 21일 / 서울로 향하는 기내에서

　도쿄에서 나는 나의 과거에서 솟아 나온 얼굴을 마주 보았다. 그 뒤로는 그 사실이 마음속에서 떠나지를 않는다. 이틀 전 나는 그와 그가 존재한다는 사실 자체가 일으킨 문제들을 무시하고 수기에서도 아예 언급하지 않으려고 결심했다.

　나는 내가 죽은 뒤에 이 수기를 책으로 출간할 계획을 세워 놓았다. 베스트셀러가 될 것을 기대하지는 않지만, 스텍드 덱에 탑승한 유명인들의 수와 우리 시찰단의 여행이 만들어 낸 이런저런 뉴스거리를 감안하면 적어도 미국의 대중들 사이에서 약간의 화젯거리는 되어 주리라는 것이 나의 예상이다. 따라서 나의 책을 읽어 줄 독자들도 꽤 될 것이다. 조촐하게나마 인세가 발생한다면 JADL의 소중한 자금으로 돌릴 수도 있다. 이미 내 전 재산을 그렇게 기부하도록 유언장에 명기해 놓았다.

　다른 사람이 이 글을 읽기 전에 나는 이미 안전하게 죽어서 매장됨으로써 개인적인 고백이 끼칠지도 모르는 악영향에서 완전히 자유로워질 것임을 잘 알고 있지만, 포추나토에 관한 글을 쓸지 말지 무척 고민했다. 원한다면 나의 이런 태도를 비겁함이라고 불러도 좋다. 텔레비전에서는 결코 방송되는 법이 없는 잔인한 농담이 옳다면, 어차피 조커들은 비겁하기로 악명이 높지 않은가. 포추나토 얘기를 아예 하지 않는다고 해도 충분히 정당화할 수 있다. 몇십 년에 걸쳐 내가 그와 한 거래는 모두 사적인 것이며, 이 수기에서 내가 논한 정치나 세계정세 따위와는 거의 관련이 없고, 특히 이번 시찰 여행과는 완전히 무관하기 때문이다.

그러나 이 수기를 쓰면서 나는 기내에서 불가피하게 발생하는 가십을 되풀이하고, 닥터 타키온과 페리그린과 잭 브라운과 디거 다운스를 위시한 모든 동료들의 추문과 무분별한 언행을 보고하는 일에 전혀 주저하지 않았다. 동료들의 약점을 알리는 것은 일반 대중의 흥미에 부합되지만 나 자신의 경우에는 해당되지 않는다고 본심으로 주장하는 것이 가당키나 한가? 아마 그럴 수 있을지도 모른다……. 대중은 언제나 에이스들에게 매료당하고 조커들을 혐오해 왔기 때문이다……. 그러나 그러지는 않겠다. 이 수기는 정직하고 진실한 기록이어야 하므로. 또 40년을 조커로 살아온다는 것이 어떤 것인지를 독자들에게 조금이라도 알리고 싶은 마음도 있다. 그러기 위해서는 포추나토 이야기를 하는 수밖에 없다. 설령 그 과정에서 내가 아무리 깊은 수치심을 느낀다고 한들.

포추나토는 현재 일본에 살고 있다. 도쿄에서 또 미심쩍은 핑계를 대고 갑자기 시찰단을 떠난 하이럼을 도와준 사람은 바로 포추나토였다. 상세한 사항은 워낙 비밀에 에워싸여 있는 탓에 나도 모른다. 캘커타에서 다시 우리와 합류한 하이럼은 거의 예전의 그로 돌아와 있는 느낌이었지만, 그런 상태는 얼마 지나지도 않아 빠르게 악화되었다. 날이 갈수록 몰골이 험해지고, 점점 변덕스럽고 불쾌하고 비밀주의적인 인물로 변해 가고 있었다. 그러나 이 이야기는 하이럼과는 아무 상관도 없고, 그의 고뇌의 원인에 관해서도 나는 전혀 아는 바가 없다. 중요한 것은 포추나토가 그 일에 어떤 식으로든 관여하고 있었고, 그러던 중에 우리가 묵은 호텔로 왔다는 사실이다. 우리는 호텔 복도에서 짧게 얘기를 나눴다. 단지 그랬을 뿐이다……. 일단은. 그러나 과거 몇십 년에 걸쳐 포추나토와 나는 다른 거래를 해 왔다.

●○

독자의 용서를. 쓰기가 쉽지 않다. 나는 노인인 동시에 조커고, 고령과 기형 모두 나를 예민하게 만들었다. 이제 내게 남겨진 것이라고는 개인적인 존엄밖에는 없지만, 지금부터는 그것들조차 팽개치려고 한다.

내가 쓰려는 것은 자기혐오에 관한 글이다.

받아들이기 힘든 진실을 얘기하겠다. 그중에서도 필두에 오르는 것은 많은 내트들이 조커들을 혐오한다는 사실이다. 그들 중 일부는 자기와 다른 것이라면 무조건 증오할 준비가 되어 있는 편협한 위인들이다. 그런 맥락에서 보면 우리 조커들은 사회의 박해를 받는 여느 소수집단과 하등 다르지 않다. 처음부터 증오가 각인된 사람들에 의해, 우리는 다른 핍박받는 집단들이 겪은 것과 똑같은 단도직입적인 악의와 직면했으므로.

그러나 관용적인 성향 쪽이 강한 정상인들도 존재한다. 표면적인 외모 밑에 존재하는 인간을 직시하려고 노력하는 사람들이. 이들은 혐오하는 대신 선의와 아량을 가지고 행동하는 사람들이……. 굳이 예를 들자면, 흐음, 닥터 타키온이나 하이럼 위체스터가 가장 먼저 떠오른다. 과거 몇십 년에 걸쳐 이 두 신사들 모두가 조커들의 복지를 염원한다는 사실을 추상적으로나마 행동으로써 증명했다. 하이럼은 익명으로 막대한 기부를 했고, 타키온은 진료소에서 조커들에게 봉사했다. 그럼에도 불구하고, 이 두 사람 모두 단순한 육체적 기형에 직면할 경우 누르 알-알라나 레오 바넷 못지않은 혐오감을 느낀다는 사실을 나는 확신하고 있다. 아무리 태연자약하고 세련된 태도를 취하려고 해도, 눈빛에 드러난 속마음까지 감추지는 못하는 것이다. 그들의 절친한 친구들 중 일부는 조커지만, 자기 여동생이 조커와 결혼하는 것은 결코 원하지 않는다고나 할까.

이것이 조커라는 존재의 첫 번째 불편한 진실이다.

그런 태도를 규탄하는 것은 지극히 쉽다. 타크나 하이럼 같은 사내들은 '형태지상주의'에 빠진 (이 용어는 유별나게 멍청한 어떤 조커 활동가에 의해 고안되었고, 톰 밀러의 '정의로운 사회를 원하는 조커 협회'를 추종하는 조커들에 의해 널리 채택되었다) 위선자라고 비난하는 식이다. 쉽지만 틀렸다. 타크와 하이럼은 선하지만 인간에 불과하고, 그런 인물들이 정상적인 인간의 감정을 가지고 있다고 폄하하는 것은 옳지 않다.

왜냐하면, 조커들이 내트들에게 아무리 많은 혐오감을 유발한다고 하더라도, 우리 조커들은 한술 더 떠서 서로를 혐오하기 때문이다. 이것이야말로 조커라는 존재에 관한 두 번째의 불편한 진실이다.

자기혐오는 조커타운에 특히 만연한 심리적인 역병이며, 곧잘 치명적인 결과로 이어지곤 한다. 50세 이하 조커들의 사망 원인 1위는 과거에도 현재도 자살이다. 실질적으로 인류에게 알려진 모든 병이 조커의 경우는 훨씬 더 심각한 결과를 가져온다는 사실에도 불구하고 말이다. 조커의 신체 화학적 작용과 물리적 형태 자체가 너무나도 다종다양하고 예측하기 힘든 까닭에, 그 어떤 치료법도 완전히 안전하다고는 할 수 없기 때문이다.

조커타운에서 거울을 파는 가게를 찾으려면 오랜 시간과 노력을 들여야 하지만, 가면 가게라면 모든 길모퉁이에 하나씩 있다.

그래도 증거가 더 필요하다면, 이름의 문제를 떠올려 보라. 조커들은 그것을 단순한 별명으로 치부하지만, 실제로는 그 이상의 것이다. 조커들을 괴롭히는 자기혐오의 심부(深部)를 훤하게 밝히는 조명등이라고나 할까.

이 수기가 책으로 출간된다면 그 제목은 반드시 《재이비어 데스몬드의 수기》여야 한다. 《어느 조커의 수기》라든지 그에 준하는 제목은 절대 사절이다. 나는 인간, 한 명의 독립된 인간이지 그냥 조커가 아니기 때문이다. 그런 의미에서 이름은 매우 중요하다. 이름은 단순한 단어의 조합이 아니라 그것이 가리키는 것들의 형태와 색채를 규정한다. 페미니스트들은 오래전에 이 사실을 깨달았지만, 조커들은 아직도 그것을 제대로 파악하지 못하고 있다.

나는 지금까지 몇십 년을 살아오면서 타인이 나 자신의 이름을 부를 때만 대답하는 습관을 꿋꿋하게 견지해 왔지만, 내 지인 중에는 피시페이스라는 별명으로 스스로를 부르는 조커 치과 의사가 있고, 캣박스라고 자신을 부르는 뛰어난 래그타임 피아니스트가 있고, 논문에 슬라이머라고 기명하는 천재적인 조커 수학자도 있다. 이번 시찰 여행에서조차도 나는 크리설리스, 트롤, 파더 스퀴드라는 이름을 가진 세 동료와 동행하고 있다.

물론 우리가 이런 형태의 억압을 처음으로 경험한 소수집단이라는 뜻은 아니다. 흑인들은 훨씬 옛날부터 그것을 경험해 왔다— 몇 세대에 이르는 흑인들이 '가장 예쁜' 흑인이란 피부색이 가장 엷으며 백인종의 이상형에 가장 가까운 이목구비를 가진 흑인 여성이라는 믿음을 주입받으며 성장했다. 마침내 그중 일부는 이 거짓을 간파하고 검은 것은 아름답다고 선언했지만 말이다.

이따금 선의에 차 있지만 어리석은 조커들이 같은 시도를 한 적이 있었다. 조커타운에서도 좀 음란한 축에 속하는 프리커즈 클럽에서는 매년 밸런타인데이에 '추한 미녀' 선발 대회를 개최한다. 그러나 이런 노력이 아무리 진지하든 아무리 시니컬하든 간에, 착각에서 비롯되었다는 점을 간과하면 안 된다. 우리의 친구 타키스 인들은 전 인류를 상대로 친 장난 속에 사소하지만 교묘한 술책을 끼워 넣음으로써 그런 문제의 근본적인 원인을 제공했다.

문제는 모든 조커가 유일무이하다는 점이다.

조커로 변신하기 전에조차도 나는 결코 잘생긴 사내가 아니었다. 변신 뒤에도 딱히 소름 끼치는 용모의 소유자가 되었다고 하기는 힘들지만 말이다. 나의 '코'는 길이 60센티미터의 코끼리 코를 닮은 물건이고, 그 끄트머리에는 손가락들이 달려 있다. 내 개인적인 경험에 의하면 대다수의 사람들은 며칠 나를 본 뒤에는 내 모습에 익숙해지기 마련이다. 일주일 정도 지나면 아예 차이를 못 느끼는 것처럼 행동한다고 주장할 수도 있다. 이런 생각은 어느 정도까지는 진실의 일면을 반영하고 있을

지도 모르겠다.

　바이러스가 모든 조커들에게 코가 있을 자리에 코끼리의 긴 코를 갖다 붙일 정도로 친절했다면, 당사자들도 훨씬 더 쉽게 그 사실에 적응했을지도 모른다. "코끼리 코 같은 코는 아름답다"라는 식의 캠페인을 벌였다면 정말로 효과를 보았을지도 모른다.

　그러나 내가 아는 한 코끼리 코가 달린 조커는 전 세계에서도 나 한 사람밖에는 없다. 그 대안으로, 내가 살아가는 내트의 문화에 각인된 미학을 애써 무시하고 나야말로 세계 최고의 미남이며 나머지 놈들은 모두 괴상하게 생겼다는 식으로 나 자신을 설득할 수 있었을지도 모르지만, '코흘리개'라는 별명으로 불리는 가련한 생물이 펜트하우스 뒤켠의 쓰레기통 뒤에서 곯아떨어져 있는 것을 또 목격하는 순간 그런 환상은 설자리가 없어진다. 좀 더 극단적인 기형을 가진 조커를 볼 때면 나 자신도—아마 닥터 타키온과 마찬가지일 것이라고 상상한다—위가 뒤집히는 듯한 기분에 휩싸이는 걸 어쩌란 말인가. 이것이 우리가 직면한 끔찍한 현실이다. 솔직하게 인정하자. 타키온보다 내가 느끼는 혐오감 쪽이 더 지독할 공산이 크다는 것을.

　이런 생각들은 우회적으로 포추나토의 문제로 귀결된다. 포추나토는…… 뚜쟁이다. 적어도 과거에는 뚜쟁이였다. 그는 고급 콜걸 조직을 운영했다. 그가 보유한 여자들은 모두 최고급이었다. 아름답고, 관능적이고, 모든 성적 기술에 통달했고, 전반적으로 유쾌한 여자들이었다. 침대 밖에서도 침대 위에서만큼이나 멋졌다고 할까. 포추나토는 이들을 게이샤라고 불렀다.

　과거 20년 동안 나는 그의 단골 고객 중 한 명이었다.

조커타운에서 그의 비즈니스는 성황을 이뤘던 것으로 알고 있다. 크리설리스가 정보를 주는 대가로 곧잘 섹스를 요구했다는 사실을 나는 잘 안다. 그녀의 도움을 받기 위해 찾아온 남자가 마음에 들면, 크리스털 팰리스의 위층으로 끌어들이곤 했던 것이다. 내가 아는 정말로 부유한 조커들 몇몇은 모두 미혼이지만, 그들 대다수가 내트 정부(情婦)를 거느리고 있다는 것도 안다. 뉴욕의 일간지들이 앞다투어 보도한 파이브 패밀리 파와 섀도우 피스트 파 사이의 유혈 항쟁이 왜 벌어졌는지도 안다— 조커타운에서 매춘업은 마약과 도박 못지않게 막대한 돈을 벌어들이는 비즈니스이기 때문이다.

조커가 된 뒤에 가장 먼저 상실하는 것은 성(性)이다. 어떤 조커들은 성 능력을 완전히 상실하고 무성(無性)이나 다름없는 상태가 되어 버린다. 그러나 와일드카드에 감염되었지만 생식기와 성욕이 멀쩡하게 남아 있는 조커들조차도 성적 정체성을 상실하게 된다. 일단 몸 상태가 안정된 다음에는 더 이상 남자나 여자가 아닌 그냥 조커가 되어 버리는 것이다.

정상적인 성욕과 비정상적인 자기혐오…… 그리고 남성성, 여성성, 아름다움, 그 밖의 영영 잃어버린 것들에 대한 동경심. 이것들 모두 조커타운에서는 흔히 찾아볼 수 있는 고질병이고, 나도 그런 것들에 관해 잘 안다. 암 발병과 화학요법의 영향으로 섹스에 대한 내 관심은 완전히 사라졌지만, 나의 기억과 수치심은 고스란히 남아 있다. 포추나토 생각을 떠올릴 때마다 나는 수치심에 사로잡힌다. 창녀를 샀다거나 멍청한 법을 어겨서 그러는 것이 아니다— 그런 법 따위는 내게는 경멸의 대상일 뿐이다. 내가 수치심을 느끼는 이유는, 오랜 세월 노력해 왔음에도 불구하고 내가 조커 여성에 대한 욕구를 도저히 느끼지 못한다는 점이다. 사랑받아 마땅한 조커들도 몇 명 안다. 친절하고, 상냥하고, 배려심이 있는 조커 여성들 말이다. 이들도 나 못지않게 상대의 헌신과 사랑, 그리고 섹스에 대한 욕구를 가지고 있다. 그들 몇 명은 나의 막역한 친구가 되기조차 했다. 그럼에도 불구하고 나는 이들에게 성적인 반응을 보일 수가 없었다. 내 눈에는 전혀 매력적으로 비치지 않았기 때문이다. 그들 눈에 비쳤을 나의 모습만큼이나.

이것이 조커타운에 사는 조커들의 실상이다.

좌석 벨트 경고등이 방금 켜졌고 몸 상태도 별로 좋지 않기 때문에 일단 여기서 끝내기로 하자.

1987년 4월 10일 / 스톡홀름

정말 피곤하다. 주치의가 한 말이 맞았다— 내 건강에 관한 한, 이번 여행에 나선 것은 엄청난 실수였는지도 모른다. 모든 것이 신선하고 새롭고 흥미진진했던 처음 몇 달간은 놀랄 정도로 잘 견뎌 냈다고 생각하지만, 지난달부터 누적된 피로의 영향이 나타나기 시작했고, 매일 소화해야 하는 빡빡한 시찰 일정은 거의 견디기 힘들 지경에 이르렀다. 비행, 만찬, 끝없는 이어지는 영접의 열, 병원과 조커 게토와 연구소에 대한 의례적인 방문. 이것들 모두가 고관들의 얼굴과 공항과 통역과 버스와 호텔 식당의 광경이 뒤섞인 흐릿하고 무의미한 기억이 되어 사라져 버릴 위기에 놓였다.

최근에는 소화가 안 되고 체중도 많이 줄었다. 암, 여독, 고령……. 그 어느 것도 내게 좋은 영향을 끼쳤을 리가 없다. 아마 이것들 모두가 합쳐진 것이리라.

다행히도 여행은 이제 거의 끝나 간다. 우리는 4월 29일에 톰린 국제공항으로 귀환할 예정이며, 그러기 전까지 몇 군데만 더 들르면 된다. 귀향할 날을 손꼽아 기다리는 심정임을 고백해야겠다. 나 혼자만 그렇게 느끼는 것도 아니다. 모두들 지쳐 있었다.

이런 혹독한 대가를 치러야 했음에도 불구하고, 무엇을 준다 한들 이 여행을 포기하지는 않았을 것이다. 나는 피라미드와 만리장성을 내 눈으로 보았고, 리오와 마라케시와 모스크바의 거리를 걸었으며, 곧 로마와 파리와 런던도 그 목록에 추가할 것이다. 나는 꿈이나 악몽에서 튀어나온 듯한 것들을 경험했고, 그 과정에서 많은 것을 배웠다고 생각한다. 그런 소중한 지식을 활용할 수 있을 만큼은 오래 살아 있기를 기원하는 수밖에 없다.

스웨덴은 소비에트연방과 기타 바르샤바조약국들을 방문하고 온 우리에게는 산뜻한 변화로 다가왔다. 사회주의에 관해서는 어떤 쪽으로든 별다른 감흥을 가지고 있지 않지만 우리가 잇달아 방문해야 했던 조커들을 위한 모범 '의료 호스텔'과 그곳에 살고 있는 모범 조커들의 존재에 대해서는 큰 자괴감을 느꼈다. 우리는 사회주의 의학과 사회주의 과학이 와일드카드를 정복하리라는 점에는 의심의 여지가 없고 이미 장족의 발전을 이뤘다는 정부 주장을 거듭 들어야 했다. 설령 그런 주장을 믿는다 해도, 그 대가는 소련이 존재한다고 인정하는 한 줌의 조커들을 위해 일생 동안 제공되는 '치료'뿐이다.

빌리 레이는 러시아인들이 수천 명의 조커들을 우리의 눈이 미치지 않는 거대한 잿빛 '조커 창고'에 몽땅 몰아넣었다고 주장했다. 명목상으로는 병원이지만 실제로는 감옥과 하등 다르지 않으며, 간수의 수는 많아도 의사와 간호사는 손꼽을 정도밖에는 없다고 한다. 소련은 십여 명의 자국 에이스들을 보유하고 있으며, 이들 모두 정부나 군대나 경찰이나 당을 위해 은밀하게 일하고 있다는 것이 레이의 설명이었다. 그의 말이 사실이라면—물론 소비에트연방은 근거 없는 의견이라며 모두 부인했지만—우리 시찰단은 그런 것들에는 접근조차 하지 못했다. 국제연합의 후원을 받는 이번 시찰단에게 '가능한 모든 협력'을 아끼지 않겠다는 소련 정부의 보장과는 달리, 인투어리스트[25]와 KGB는 시찰단의 방문 일정을 한 치의 틈도 없이 주의 깊게 관리했기 때문이다.

닥터 타키온은 사회주의자 친구들과 그리 잘 어울리지 못했다고 말한다면 과도하게 완곡한 표현이라는 비난을 피하기 어려울 것이다. 소련 의학에 대해 타키온이 느끼는 혐오감을 넘어서는 것은 아마 소련 음식에 대한 하이럼의 혐오감 정도일 것이다. 두 사람 모두 소련 보드카는 마음에 들었는지 엄청난 양을 들이켜 댔지만 말이다.

겨울궁전[26]을 방문했을 때 벌어진 재미난 말싸움을 예로 들어 보자. 소련의 주최 측 인사 하나가 변증법적 역사관에 대해 닥터 타키온에게 설명해 주면서 문명이 성숙함에 따라 봉건주의는 자본주의로, 자본주의는 사회주의로의 필연적인 발전을 이룰 것이라고 주장한 적이 있었다. 타키온은 놀랄 정도로 예의 바른 태도로 이 설명을 경청하더니, "친구,

---

25 Intourist. 외국인 여행객을 전담하던 소련의 국영 여행사.
26 상트페테르부르크에 위치한 제정러시아 시대의 황궁이며, 현재는 예르미타시 국립 미술관의 본관이다.

은하계의 이 조그만 일각에 두 개의 우주 문명이 존재한다는 걸 아나. 자네 설명을 믿는다면 내 동포인 타키스 인들의 문명은 봉건주의에 해당하고, '네트워크'의 경우는 자네들은 상상도 못 할 정도로 탐욕스럽고 악랄한 자본주의의 한 형태로 봐야겠군. 하지만 양쪽 모두 사회주의로 성숙할 징후는 전혀 보이지 않는다는 게 문제라면 문제야." 그는 잠깐 말을 멈추더니 이렇게 덧붙였다. "굳이 해당 사항을 찾아보려면 스웜[27]은 공산주의를 신봉한다고 할 수도 있겠지. 도저히 문명화되었다고는 할 수 없지만 말일세."

짧고 재치 있는 반박이라는 점은 인정해야 할 것이다. 당사자인 타키온이 코사크족의 성장(盛裝)을 차려입고 있지만 않았더라도 소련인들에게 좀 더 큰 감명을 줬겠지만 말이다. 도대체 그런 의상은 어디서 구해 입는 걸까?

●○

다른 바르샤바조약국들에 관해서는 별로 할 말이 없다. 유고슬라비아가 가장 따뜻했고, 폴란드가 가장 우중충했고, 체코슬로바키아는 거의 고향 같은 인상을 주었다고 하는 것으로 족하다. 디거 다운스는 〈에이스〉지에 놀랄 정도로 흥미진진한 기사 한 편을 기고했다. 거기서 그는 현대 헝가리와 루마니아의 시골 농부들 다수가 보고한 흡혈귀의 활

---

27 Swarm. 와일드카드 우주에서, 집단의식에 의해 조종되며 변형 능력을 구사하는 외계 생물체의 통칭. 1985년에 지구를 공격해서 수백만 명의 사상자를 발생시켰지만 에이스들의 활약에 의해 격퇴당했다.

동 목격담은 실제로는 와일드카드 바이러스의 발현일지도 모른다는 추측을 펼쳤다. 지금까지 읽어 본 다운스의 기사들 중에서는 가장 수준이 높고 글솜씨도 뛰어났다. 그의 모든 추측이 부다페스트의 제빵사와 단 5분 동안만 나눈 잡담에 근거하고 있다는 점을 감안하면 한층 더 대단하다고 할 수 있을 것이다. 바르샤바에서는 조그만 조커 게토 하나를 찾아냈고, 숨은 '솔리대리티²⁸ 에이스'가 곧 출현해서 불법화된 자유 노조를 승리로 이끌 것이라는 광범위한 믿음과 맞닥뜨렸다. 아쉽게도 그런 인물은 우리가 체류하던 이틀 동안에는 출현하지 않았지만 말이다. 하트먼 상원 의원은 큰 난관을 극복하고 가까스로 레흐 바웬사와의 만남을 성사시켰다. AP통신에서 찍은 그들의 회합 사진은 고향에서도 하트먼의 지위를 강화했을 것이라는 생각이 든다. 하이럼은 헝가리에서 또 우리 곁을―또 뉴욕에서 '비상사태'가 일어났다는 핑계를 대고―잠시 떠났고, 시찰단이 스웨덴에 도착한 직후에 다시 합류했다. 예전보다는 조금 더 나아진 상태로 말이다.

스톡홀름은 수없이 많은 도시들을 방문한 뒤에는 한층 더 포근하게 느껴졌다. 우리가 만난 스웨덴인들은 거의 예외 없이 유창한 영어를 말했고, 우리는 (우리의 빡빡한 일정이 허용하는 한도 안에서는) 아무런 제지도 받지 않고 가고 싶은 곳을 왕래할 수 있었으며, 스웨덴 국왕은 실로 따뜻하게 우리 모두를 맞아 주었다. 이렇게 북쪽으로 올라오면 조커는 상당히 희귀해지지만, 국왕은 흠잡을 데 없이 차분한 태도로 우리 모두

---

28 Solidarity. '연대(連帶)'를 뜻하는 폴란드어 '솔리다르노시치(Solidarność)'의 영어 번역이며, 1980년 레흐 바웬사 등에 의해 설립되어 폴란드의 민주화를 이끈 독립 자유 노동조합의 별칭이다.

에게 인사를 건넸다. 마치 예전부터 줄곧 조커 손님들을 만나 보았다는 듯이.

스웨덴 방문은 실로 쾌적했지만 후대에 기록으로 남길 만한 사건은 단 하나밖에 없었다. 우리가 발굴해 낸 사실이 전 세계의 역사학자들 사이에 파문을 던질지도 모르겠다. 여태껏 알려지지 않았던 이 사실로 인해 중동의 최근 역사 대부분을 깜짝 놀랄 만한 새로운 시각에서 바라봐야 할 필요가 생겼기 때문이다.

시찰단의 대표 몇몇이 노벨상 위원들과 함께 딱히 인상적이지는 않은 오후를 보내고 있었을 때의 일이다. 위원들이 가장 만나고 싶어 했던 사람은 하트먼 상원 의원이었다고 생각한다. 폭력으로 끝나기는 했지만 시리아의 지배자인 누르 알-알라와 직접 만나서 협상을 벌이려고 한 그의 노력은 이곳 스웨덴에서는 정당하게 평가받고 있었다— 국제 평화와 상호 이해를 위한 진지하고 용기 있는 노력이라고 말이다. 내가 보기에 그는 내년도 노벨 평화상의 유력한 후보로도 손색이 없었다.

하여튼 간에, 그레그와 함께 몇몇 동료 대표들도 그 회합에 참석했다. 화기애애하기는 했지만 자극적인 것과는 거리가 멀었다. 노벨상 위원들 중 한 명은 알고 보니 예루살렘 평화협정을 주도한 폴케 베르나도테 백작의 비서였고, 2년 뒤에 슬프게도 백작이 이스라엘인 테러리스트가 난사한 총탄에 의해 암살당했을 때도 함께 있었다고 했다. 그는 베르나도테에 관한 실로 흥미로운 일화 몇 가지—그가 자신의 옛 상사에 대해 큰 존경심을 품고 있다는 점은 명백했다—를 우리에게 얘기해 주었고, 당시의 협상이 얼마나 힘들었는지를 보여 주는 개인적인 기념품들도 보여 주었다. 메모와 일기와 협상 중간안 사이에 사진첩도 하나 있었다.

나는 사진첩을 한 번 훑어본 다음 옆으로 넘겼다. 다른 동료들도 대부분 그렇게 했다. 회합이 진행되는 내내 내 소파 옆자리에 따분한 표정으로 앉아 있던 닥터 타키온은 볼거리가 생겼다는 듯이 사진들을 자세히 훑어보기 시작했다. 물론 사진들 대부분은 베르나도테를 찍은 것이었다. 협상팀과 찍은 기념사진도 있었고, 다비드 벤구리온[29]과 함께 찍은 사진 다음에는 파이살 국왕[30]과 찍은 사진이 붙어 있는 식이었다. 기념품들의 소유주를 위시한 이런저런 보좌관들이 좀 더 편한 자세로 이스라엘 병사들과 악수를 하거나 천막에 가득 찬 베두인족들과 함께 음식을 나눠 먹는 사진들도 있었다. 흔히 볼 수 있는 사진들이다. 그래도 가장 흥미로운 사진은 베르나도테가 나스르, 즉 아랍 측의 포트사이드 에이스들에 둘러싸여 있는 사진이었다. 나스르는 요르단의 정예인 아랍 군단에 합류함으로써 전세를 그토록 극적으로 뒤엎은 주역들이다. 사진 중앙의 베르나도테 곁에 앉아 검정색 일색의 복장을 하고 젊은 동료 에이스들에게 둘러싸여 있는 코프는 마치 죽음의 화신처럼 보인다. 사진에 찍힌 이들 중 아직도 살아 있는 사람이 나이를 먹지 않는 코프를 포함해서 단 세 명밖에 안 된다는 것은 아이러니다. 비공식적인 전쟁에서도 사상자는 나오는 법이다.

그러나 타키온의 주의를 끈 것은 그 사진이 아니었다. 그가 주목한 것은 어딘가의 호텔 방에서 협상팀들과 편하게 있는 베르나도테를 찍은 사진이었다. 그들 앞의 탁자 위에는 서류가 난잡하게 널려 있었고, 사진

---

29 David Ben-Gurion(1886~1973). 이스라엘 건국의 아버지, 초대 수상.
30 Faisal bin Abdulaziz Al Saud(1906~1975). 사우디아라비아 3대 국왕.

모퉁이에는 다른 사진에서는 못 보았던 청년의 모습이 찍혀 있었다. 상당히 강한 눈빛을 가진 호리호리한 흑발 청년이었는데, 얼굴에 띤 미소가 매우 싹싹해 보였다. 커피 잔에 커피를 따르는 중이었다. 전혀 수상할 것이 없는 장면이었지만, 타키온은 한참 동안 그 사진을 들여다보더니 사진 주인을 불러 나직하게 말했다. "옛날 일을 꼬치꼬치 캐어묻는 것 같아서 죄송합니다만, 혹시 여기 이 친구를 기억하시는지 물어도 될까요?" 그는 손가락으로 청년을 가리켰다. "이 친구도 협상팀의 일원이었는지요?"

우리의 스웨덴 친구는 고개를 수그리고 사진을 자세히 훑어보더니 껄껄 웃었다. "아, 이 친구 말이군요." 그는 유창한 영어로 말했다. "이 친구는…… 그러니까, 귀국에서 쓰는 속어로, 이런저런 심부름을 하고 허드렛일을 맡아 하는 젊은이를 뭐라고 부릅니까? 동물의 일종이었다고 기억하는데……."

"고퍼[31]." 내가 제안했다.

"맞습니다, 고퍼였습니다. 실은 저널리즘을 공부하는 학생이었죠. 조슈아라는 이름이었습니다. 조슈아…… 성이 뭐였는지는 생각이 안 나는군요. 내부에서 평화 협상을 관찰해 보고 나중에 기사로 써서 남기고 싶다고 했습니다. 베르나도테는 처음 그 얘기를 들었을 때는 말도 안 되는 생각이라면서 단칼에 거절했습니다. 하지만 그 청년이 워낙 끈질겨서……. 결국 조슈아는 어떻겐가 백작을 만나 직소(直訴)했는데, 어떻게 그랬는지는 몰라도 설득하는 데 성공했던 겁니다. 따라서 조슈아는 우

---

31 gofer. 사환. '땅다람쥐'를 의미하는 gopher와 발음이 같다.

리 협상팀의 공식 멤버는 아니었지만 처음부터 끝까지 우리와 함께 있었습니다. 고퍼로서 그리 유능한 편은 아니었던 걸로 기억합니다. 하지만 워낙 성격이 좋아서 인기 만점이었죠. 협상에 관한 기사를 썼다는 얘기는 끝끝내 듣지 못했습니다만."

"그랬겠죠." 타키온이 말했다. "기사 따위를 쓰지는 않았을 겁니다. 체스 플레이어였지 글을 쓰는 타입은 아니었으니."

스웨덴인의 얼굴이 활짝 밝아졌다. "어, 그랬었죠! 시간만 나면 체스를 두던 게 기억납니다. 상당한 실력이었습니다. 닥터 타키온, 당신도 그 친구를 아십니까? 그 뒤로 어떻게 되었는지 저도 종종 궁금해하곤 했습니다."

"저도 동감입니다." 타키온은 지극히 슬픈 어조로 짤막하게 말했을 뿐이었다. 그는 사진첩을 덮고 대화 화제를 다른 데로 돌렸다.

닥터 타키온과 나는 기억하고 싶지 않을 정도로 오랫동안 알고 지내온 사이다. 그날 저녁 타키온의 말을 듣고 호기심이 발동한 나는 잭 브라운 곁에서 식사를 하며 별 의미가 없는 질문 몇 개를 던져 보았다. 브라운은 별다른 의심 없이 포에이스 시절의 일들을 기꺼이 회고하기 시작했다. 그들이 했고, 하려고 시도했던 일들. 그들이 갔던 장소와 (적어도 공식적으로는) 가지 않았던 장소들에 대해. 내가 주목한 것은 마지막 부분이었다.

나중에 자기 방에서 홀로 술을 마시고 있던 닥터 타키온을 찾아갔다. 그는 나더러 들어오라고 했다. 찌무룩한 기분으로 끔찍한 과거의 추억에 잠겨 있다는 것을 한눈에 알 수 있었다. 내가 아는 그 어떤 사람보다도 그는 과거에 집착하며 살고 있다. 나는 그 사진 속의 청년이 누군지를 물었다.

"그 누구도 아냐." 타키온은 말했다. "그냥 나하고 체스를 두던 어린 친구에 불과해." 왜 지금 와서 이런 거짓말을 해야 하는지 나는 이해할 수 없었다.

"그 친구 이름은 조슈아가 아니었어." 내가 이렇게 말하자 그는 깜짝 놀란 기색이었다. 나의 이 기형적인 몸이 내 마음과 내 기억에까지 영향을 끼쳤다고 믿고 있기라도 한 것일까? "그 친구 이름은 데이비드였고, 그는 거기 있으면 안 되는 인물이었어. 포에이스는 공식적으로는 단 한 번도 중동 정세에 개입한 적이 없어. 잭 브라운에 의하면 1948년 말부터 그 그룹의 구성원들은 모두 헤어져서 자기 갈 길을 갔다더군. 브라운은 영화를 찍고 있었고."

"거지 같은 영화들 말이로군." 타키온은 뚜렷한 악의를 담아 말했다.

"그러는 동안 엔보이[32]는 평화를 만들어 내고 있었던 거야."

"두 달 떠나 있겠다고 했네. 블라이스하고 나한테는 휴가를 간다고 했던 걸로 기억해. 설마 그 녀석이 관련되어 있을 줄은 꿈에도 상상 못 했어."

전 세계의 그 누구도 의심하지 못했던 것 같다. 누군가는 의심했어야 하는 것인지도 모르지만 말이다. 데이비드 하스틴은 내가 아는 한 딱히 종교적인 인물이 아니었다. 하지만 그는 유대인이었고, 포트사이드 에이스들과 아랍 연합군이 신생 이스라엘의 존재 자체를 위협했을 때 자발적인 행동에 나섰던 것이다.

---

32 Envoy. 영어로 '사절(使節)'이라는 뜻이다.

그의 능력은 전쟁이 아닌 평화를 위한 것이었다. 두려움이나 모래폭풍이나 청천벽력 따위가 아니라, 주위 사람들로 하여금 그를 절로 좋아하게 만들고, 기를 쓰고 그의 기분을 맞춰 주며 그의 의견에 동의하려는 마음을 유발하는 특수한 페로몬을 발산하는 능력이었던 것이다. 따라서 엔보이라고 불리는 이 에이스가 그 자리에 있기만 해도 협상의 성공은 보장된 것이나 마찬가지였다. 그러나 그가 누군지, 또 어떤 존재인지를 아는 사람들은 하스틴과 그의 페로몬이 사라진 뒤에는 개탄스럽게도 이미 했던 동의를 뒤집는 경향이 있었다. 하스틴 본인도 그 사실을 곱씹어 보았던 것이 틀림없다. 워낙 많은 것들이 걸린 중대한 협상이므로, 협상 과정에서 그가 수행하는 역할을 비밀로 하고 결과를 관망해 보려고 결심했던 것이다. 예루살렘 평화협정은 바로 그런 행동의 결실이었다.

폴케 베르나도테조차 이 젊은 고퍼의 정체를 알고 있었을지는 의문이다. 하스틴은 지금 어디 있는지, 또 자기 손으로 그토록 신중하고 은밀하게 자아낸 평화에 관해 그가 어떤 생각을 품고 있는지 궁금하다. 마지막에 나는 예루살렘에서 블랙독이 했던 말을 곱씹어 보고 있었다.

지금 와서 예루살렘 평화협정의 근원에 있던 비밀을 전 세계에 까발린다면 현재의 깨지기 쉬운 중동 평화는 어떻게 될까? 이 문제에 관해서 생각하면 할수록 내 일기장을 출판사에 넘기기 전에 해당 페이지를 뜯어내서 처분해야 한다는 생각이 강해진다. 닥터 타키온에게 또 누가 술을 퍼먹이지만 않는다면 이 비밀이 지켜질 가능성도 전혀 없지는 않다.

그 뒤에도 하스틴은 또 그런 일을 하지는 않았을까? HUAC 청문회에 회부되고, 영어의 나날을 보내며 불명예에 시달리다가 요란스러운 입대와 그에 못지않게 요란스러웠던 실종을 거친 후, 엔보이는 바깥세상이 전혀 모르는 새에 또 다른 협상석들에 앉았던 것일까? 우리가 진상을 알게 되는 날은 올까?

그럴 가능성은 거의 없어 보이고, 앞으로도 그런 일은 일어나지 않기를 희망한다. 이번 시찰 여행의 방문지였던 과테말라, 남아프리카, 에티오피아, 시리아, 예루살렘, 인도, 인도네시아, 폴란드 등지에서 목격했던 것들을 감안하면, 오늘날의 세계는 엔보이를 예전보다 한층 더 절실하게 필요로 하고 있기 때문이다.

1987년 4월 27일 / 대서양 상공 어딘가에서

몇 시간 전에 기내의 실내등이 모두 꺼지면서 나의 동료 여행자들 대다수는 오래전에 잠들었지만 나는 몸의 통증 탓에 아직도 깨어 있다. 약을 먹은 덕에 좀 낫기는 하지만 여전히 잠을 이룰 수가 없다. 그럼에도 불구하고, 나는 묘한 고양감으로 들떠 있다……. 거의 평온한 상태라고나 할까. 내 여정은 큰 의미에서도 작은 의미에서도 바야흐로 종언을 맞이하고 있다. 새삼 먼 길을 왔음을 실감하지만, 처음으로 그 사실이 기분 좋게 느껴진다.

기항지는 아직 하나 더 남아 있다. 캐나다에 잠시 들러 몬트리올과 토론토를 번갯불에 콩 볶아 먹는 식으로 방문하고, 오타와에서 정부 주최 환영연에 참가할 예정이다. 그다음은 집이다. 톰린 국제공항에 착륙해서 맨해튼으로, 조커타운으로 돌아가는 것이다. 그리운 펜하우스를 다시 보면 기쁠 것이다.

이번 시찰 여행이 처음의 목적을 완수했다고 선언할 수 있으면 정말 좋겠지만 현실은 물론 그와는 전혀 다르다. 시작은 좋았을지도 모르지만 시리아와 서독과 프랑스에서 경험한 폭력 사태는 일반 대중으로 하여금 지난번 와일드카드 데이의 끔찍한 학살극을 잊게 하려는 우리의 은밀한 소망을 좌절시켰기 때문이다. 많은 사람이 테러리즘은 우리가 사는 세계의 암울하고 추악한 일면이며, 와일드카드가 있든 없든 간에 존재했을 것이라는 사실을 깨달아 주기를 바랄 따름이다. 베를린에서의 유혈극은 조커와 에이스와 내트를 포함한 테러 집단에 의해 자행되었다. 그 사실을 똑똑히 기억하는 동시에 바깥세상에도 뚜렷하게 알리는 것이 중요하다. 김리와 그의 가련한 추종자들, 또는 아직도 독일 경찰의 추적을 받고 있는 두 명의 에이스들에게 그 학살극의 모든 책임을 뒤집어씌운다면, 레오 바넷이나 누르 알-알라 같은 사내들의 농간에 놀아나는 꼴이다. 타키스 인들이 우리 세계에 그런 저주스러운 운명을 내리지 않았더라도, 자포자기한 사악한 광인들의 품귀 사태가 발생하는 일은 결코 없었을 것이므로.

그레그의 용기와 자비심이야말로 그를 죽음의 위기로 몰아넣은 원흉이며, 그런 그를 구원한 것이 그를 인질로 잡은 자들의 상호 증오가 유발한 자기 말살 행위라는 사실은 내가 보기에는 음울한 아이러니 그 자체다.

우리가 살아가는 세계는 기이하기 이를 데 없는 곳이다.

김리를 볼 일이 다시는 없기를 간절히 기원하지만, 기쁜 일이 하나 생겼다. 시리아 사건 이래, 그레그 하트먼이 비상사태 때 보여 준 냉정 침착함에 의문을 제기할 사람은 이제 없었기 때문이다. 설령 그런 사람이 나온다 해도, 베를린에서의 일로 모든 의혹이 완전히 해소되었음을 확신한다. 사라 모겐스턴의 단독 인터뷰 기사가 〈워싱턴 포스트〉지에 실린 이래, 여론조사에서 하트먼의 지지율은 10포인트나 수직 상승했다고 들었다. 이제는 게리 하트와 거의 자웅을 겨룰 수 있는 수준이다. 기내 분위기도 그레그가 틀림없이 출마 선언을 하리라는 쪽으로 기울었다.

더블린의 호텔에서 맛있는 아일랜드식 소다빵을 뜯고 기네스 잔을 기울이면서 내가 같은 취지의 의견을 피력하자 디거도 동의했다. 사실, 그는 하트먼이 민주당의 대선 후보로 선출될 것이라는 예언까지 내놓았다. 내가 그 정도까지는 확신하지 못하겠다는 표정으로, 게리 하트는 여전히 큰 장애물로 작용할 것이라고 대꾸하자, 다운스는 부러진 코 아래에 남의 신경을 긁는 예의 의미심장한 미소를 떠올리고 말했다. "흠, 난 게리가 정말로 어리석은 짓을 저질러서 자멸할 거라는 생각이 들어. 이유는 묻지 말아 줘[33]."

내 건강만 허락한다면 조커타운의 주민들을 총동원해서라도 하트먼의 대선을 최대한 지원할 작정이다. 열렬한 지지자는 나 혼자가 아닌 것으로 안다. 고향인 미국과 해외에서 많은 것들을 목격한 고명한 에이스들과 조커들 사이에서도 지지자들의 수가 점점 더 늘어 갈 공산이 크다. 하이럼 워체스터, 페리그린, 미스트랄, 파더 스퀴드, 잭 브라운…… 정치와 정치가들을 해충 보듯 보는 것으로 악명이 높은 닥터 타키온조차도 지지 쪽으로 돌아설지 모른다.

테러리즘과 유혈을 회피하지는 못했지만, 우리는 이번 시찰 여행을

---

33 실제 역사에서 1987년에 미국 민주당 대선 후보로 나선 게리 하트는 외도 스캔들로 인해 자진 사퇴했다.

통해 소정의 긍정적인 성과를 올렸다고 생각한다. 우리 시찰단의 보고서가 부분적으로나마 당국의 눈을 뜨게 하는 효과를 가져오기를 희구한다. 어디를 가든 우리를 조명했던 보도 매체의 효과도 제3세계의 조커들이 처한 곤경에 대한 대중의 인식을 크게 끌어올리는 효과가 있었다고 자부한다.

좀 더 개인적인 얘기를 하자면, 잭 브라운은 과거에 그가 저지른 오류의 많은 부분을 벌충했고, 30년 전부터 이어진 타키온과의 적대적인 관계를 청산하기까지 했다. 페리는 임신한 이래 점점 빛을 발하는 것처럼 보인다. 그리고 우리는 좀 늦은 감이 있기는 하지만 힘을 합쳐 거대 원숭이 형태 안에 무려 20년이나 되는 세월을 갇혀 지내야 했던 가련한 에이스, 제레마이어 스트라우스[34]를 해방시키는 데 성공했다. 오래전, 앤젤라가 펀하우스를 소유하고 나는 총지배인에 불과했던 시절에 스트라우스를 만나 '프로젝셔니스트'로 다시 연기를 시작하는 조건으로 무대에 올려 주겠다고 약속했던 것을 기억한다. 그는 고마워하는 눈치였지만 즉답을 하지는 않았다. 앞으로 현대에 적응해야 할 그에게는 동정심을 느낀다. 실질적으로 그는 시간 여행자나 마찬가지였기에.

그리고 닥터 타키온……. 흐음, 그의 새로운 펑크 헤어스타일은 추악함 그 자체고, 시리아에서 다친 다리를 여전히 절고 있는 데다가, 지구 전체가 그의 성적 불능을 알게 되었다. 그러나 프랑스에서 젊은 블레이즈가 합류한 이래 그는 전혀 그런 일에 신경을 쓰는 눈치가 아니었다. 공

---

34 영화나 그림 등을 포함해서, 직접 본 적이 있는 어떤 생물로든 변신하는 능력을 가진 에이스. '프로젝셔니스트'라는 별명으로 무대 생활을 했지만, 신경쇠약에 걸려 거대한 유인원으로 변신한 후 그대로 센트럴파크 동물원에 갇혔다.

적인 자리에서는 이 소년에 관해 얼버무리곤 하지만, 물론 모든 사람이 진상을 알고 있다. 그가 파리에서 몇 년이나 살았다는 사실은 국가 기밀과는 거리가 멀지 않은가. 소년의 머리카락 색깔로도 만족하지 못하겠다면 소년의 정신 통제 능력이 어디서 왔는지를 생각해 보는 것만으로도 족하다.

블레이즈는 묘한 아이다. 처음 합류했을 때는 우리 조커들을 보고 조금 외경심을 느끼는 눈치였고, 특히 크리설리스의 투명한 피부에 매료된 기색을 보였다. 그런 반면 그는 제대로 교육을 받지 못한 어린아이 특유의 잔인함을 잔뜩 보유하고 있었다. (모든 조커는 경험상 어린아이들이 얼마나 잔인해질 수 있는지를 잘 알고 있다.) 런던에 머무를 무렵 타키온이 외부에서 걸려 온 전화를 받고 몇 시간 동안 외출해야 했던 적이 있었다. 그가 사라지자 블레이즈는 금세 따분함을 느끼고 모디카이 존스의 마음을 장악한 다음 그로 하여금 탁자 위로 올라가서 영어 학습의 일환으로 배운 '나는야 조그만 찻주전자'를 부르도록 강요했다. 탁자는 해머의 체중을 이기지 못하고 무너져 내렸다. 애당초 닥터 타키온을 그리 좋아하지 않았던 존스가 이 굴욕을 잊어 줄지는 의문이다.

물론 모든 참가자가 이 시찰 여행을 즐겁게 회상하는 것은 아니다. 우리들 중 몇몇에게는 지극히 힘든 경험이었음은 부인하기 힘들다. 사라 모겐스턴은 몇 가지 특종을 따내고 기자 생활을 통틀어 가장 훌륭한 기사 몇 편을 썼지만, 날이 갈수록 예민해지다 못해 신경증적으로 변해 가는 기색이 역력했다. 기내 뒤의 구획에 있는 그녀의 동료들에 관해 언급하자면, 조시 맥코이는 페리그린에 대한 미친 듯한 사랑과 분노 사이를 왕래하고 있었다. 그녀가 임신한 태아의 아버지가 맥코이가 아니라는 사실을 전 세계가 알아 버렸다는 점 또한 결코 긍정적으로 작용했을 리가 없다. 한편 디거의 옆얼굴 윤곽은 다시는 옛날 상태로 돌아가지 못할 것이다.

적어도 디거 다운스의 경우는 평소와 다름없는 무책임함을 발휘하고 있었다. 일전에는 타키온에게 블레이즈에 관한 특종을 제공해 준다면 타크의 성적 불능을 공개하지 않을 수 있다는 식으로 거래를 요구하기까지 했다. 그러나 그의 이런 도박은 별다른 결실을 맺지 못했다. 그리고 디거는 최근 들어 크리설리스와 완전히 딱 붙어 다니다시피 한다. 런던에서 어느 날 밤 이 두 사람이 지극히 묘한 대화를 나누던 것을 기억한다. "그 작자라는 걸 알아." 디거는 이렇게 말하고 있었다. 그러자 크리설리스는 사실을 아는 것과 증명하는 것은 전혀 다른 일임을 지적했다. 디거는 자신에게 그것들은 각각 다른 냄새를 풍기며, 처음 만났을 때부터 이미 알아차렸다고 대꾸했다. 그러자 크리설리스는 그의 대답을 웃어넘기며, 그거야 편리하겠지만 다른 사람이 전혀 탐지할 수 없는 냄새 따위는 증거로서 별 가치가 없고, 설령 가치가 있다 하더라도 그걸 세상에 까발릴 작정이라면 디거 자신의 비밀을 노출시키는 수밖에 없지 않느냐고 반문했다. 내가 바를 떠났을 때도 그들은 여전히 그 얘기를 하고 있었다.

크리설리스조차도 내심 조커타운으로 돌아가는 것을 기뻐할 것이라고 생각한다. 그녀가 잉글랜드와 사랑에 빠졌다는 점은 명백했지만, 원래부터 영국 취미가 있었던 것을 생각하면 하등 이상할 것이 없다. 환영 연회에서 처칠에게 소개받았을 때는 한순간 긴장된 장면이 연출되었지만 말이다. 처칠은 무뚝뚝한 어조로, 굳이 그런 부자연스러운 영국식 악센트를 흉내 내는 목적이 도대체 무엇인지를 물었던 것이다. 투명한 피부 탓에 내부가 완전히 들여다보이는 그녀의 특이한 이목구비에 떠오른 표정을 읽는 것은 매우 어렵지만, 한순간 나는 그녀가 영국 여왕과 현 수상과 십여 명의 영국 에이스들 앞에서 이 노정치가를 죽여 버리기 직전임을 확신했다. 천만다행히도 그녀는 이를 악물고 자신을 향한 윈스턴 경의 망언을 고령 탓으로 치부했지만 말이다. 그러나 처칠은 젊은 시절부터 자기 속마음을 표현하는 데 주저하는 성격이 아니었다는 사실을 나는 안다.

하이럼 워체스터는 이번 여행을 통해 우리들 중 그 누구보다도 큰 고통을 겪었다는 생각이 든다. 그나마 남아 있었던 기력도 독일에 도착했을 때는 완전히 소진되어 버렸고, 그 이래 그는 아예 폐인이 된 것처럼 보인다. 파리를 출발할 때는 자기가 앉은 특별 좌석을 박살내는 사고까지 일으켰다— 아무래도 중력 조절 능력을 잘못 사용한 성싶다. 그 탓에 우리는 수리가 끝날 때까지 세 시간이나 더 기다려야 했다. 하이럼의 신경도 닳을 대로 닳은 것처럼 보였다. 좌석을 수리하던 중에 빌리 레이가 뚱보가 어쩌느니 하는 농담을 너무 끈질기게 했던 것이 탈이었다. 그렇지 않아도 예민해져 있었던 하이럼은 울화통을 터뜨리며 "무능하고 입만 더러운 양아치"라는 표현을 포함한 욕설을 쏟아 냈다. 그러자 카니펙스는 기다렸다는 듯이 예의 못돼 먹은 미소를 떠올리며 "뚱보, 이제 네 엉덩이를 걷어찰 좋은 구실이 생겼군"이라고 말하며 자기 자리에서 일어나기 시작했다. "내가 언제 일어나라고 했어?" 하이럼은 이렇게 대꾸하며 빌리의 체중을 세 배로 늘림으로써 좌석의 쿠션 위로 그대로 쾅 내려앉게 만들었다. 빌리가 일어서려고 애쓰는 동안에도 하이럼은 상대의 체중을 점점 더 늘리고 있었다. 닥터 타키온이 정신 통제력을 이용해서 두 사람을 동시에 잠재우지 않았더라면 이들의 대결이 어떤 식으로 끝 났을지 나도 모르겠다.

세계적인 명성을 자랑하는 에이스들이 속 좁은 어린아이들처럼 티격 태격하는 광경을 볼 때는 한심해해야 할지 웃어넘겨야 할지 나도 잘 모 르겠다. 그러나 하이럼의 경우는 적어도 건강이 안 좋다는 구실이라도 댈 수 있었다. 최근 들어서는 한층 더 피폐한 몰골이 되어서 창백하고 퉁 퉁 부은 얼굴로 땀을 흘리며 헐떡이는 것이 보기에도 걱정스럽다. 그의 쇄골 바로 아래쪽에 거대하고 끔찍한 딱지가 얹혔는데, 그는 다른 사람 이 안 본다고 생각할 때면 그것을 자꾸 뜯는 버릇이 생겼다. 당장이라도 의사의 진단을 받을 것을 종용하고 싶지만, 최근 들어서는 너무나도 괴 팍해진 탓에 내가 충고한다 한들 그쪽에서 받아들일지도 의문이다. 그 러나 시찰 여행 중에 고향인 뉴욕으로 잠깐 돌아갔을 때 그는 언제나 큰 회복세를 보였기 때문에, 귀향한 뒤에 건강과 원기를 되찾을 수 있기를 바랄 따름이다.

●○

마지막으로 나 자신에 관해 이야기할 때가 왔다. 함께 여행한 동료들 의 득실에 관해 논하는 것은 쉽다. 나 자신의 경험을 요약하는 것은 그보 다 훨씬 힘들다. 나는 나이를 먹은 노인이지만, 작년에 톰린 국제공항을 떠났을 때에 비해 좀 더 현명한 인물이 되었기를 희망한다. 내가 죽음에 다섯 달 더 가까워졌다는 점은 부인할 길이 없다.

이 수기가 내 사후에 책으로 출간되든 안 되는 간에, 애크로이드 씨는 그 복사본들을 직접 나의 손주들에게 전달해 주고 그들이 반드시 읽도록 최선을 다하겠다고 약속해 주었다. 따라서 이 마지막 맺음말은 내 손주들을 향한 것인지도 모르겠다……. 내 손주들, 그리고 그들을 닮은 모든 사람들을 향한…….

로버트, 캐시……. 너희들과는 단 한 번도 만난 적이 없고, 일이 그렇게 된 데에는 너희들의 어머니와 할머니의 책임 못지않게 나의 책임도 크다. 왜 그랬는지 궁금하거든 내가 자기혐오에 관해 쓴 글을 떠올리고 이 할아버지도 예외가 아니었다는 것을 이해해 줬으면 좋겠다. 나를 탓하거나, 어머니나 할머니를 너무 탓하지도 말아 다오. 너희 어머니 조애너는 아버지가 변신했을 때의 일을 이해하기에는 너무 어렸으니까 말이다. 메리에 관해 말하자면…… 우리는 과거에 서로 사랑하는 사이였고, 그런 그녀를 미워하면서 무덤에 들어가기는 싫구나. 진실을 말하자면, 서로 입장이 바뀌었다면 나도 똑같은 행동을 했을지도 모르겠다. 우리는 운명이 우리에게 나눠 준 카드 패를 가지고 최선을 다하는 수밖에 없는 인간이니까 말이다.

그래, 너희들의 할아버지는 조커였다. 하지만 너희들이 이 책을 읽고 내가 단지 그런 존재였을 뿐만 아니라— 그 밖의 몇몇 업적을 남겼고, 자기 동포들을 대변하고 그들을 위해 봉사했다는 사실을 알아주었으면 좋겠다. JADL은 대다수의 인간이 남길 수 있는 최상의 유산이고, 피라미드나 타지마할이나 제트보이의 영묘보다 더 웅변적으로 나의 마음을 전해 주는 기념비이기도 하다. 나는 큰 실수를 저지르지 않고 살아왔고, 나를 사랑해 준 몇몇 친구들과 소중한 추억과 결국 끝내지 못한 많은 일들을 뒤에 남겨 두고 떠나려고 한다. 나는 갠지스 강에 발을 담가 보았고, 빅벤이 시종(時鐘)을 치는 소리를 들었고, 중국의 만리장성 위를 걸어 보았다. 내 딸이 태어나는 것을 목격했고, 품에도 안아 보았고, 에이스들과 TV 스타들과 대통령들과 왕들과 함께 만찬석에 앉기도 했다.

여기서 가장 중요한 것은 내가 이 세상을 살아옴으로써 그것을 예전보다 조금이나마 나은 곳으로 바꾸고 떠난다는 사실이다. 사실 그 어떤 인간에게도 그 이상의 것을 요구하는 것은 무리겠지.

가능하다면 너희 자식들에게도 얘기해 주렴.

너희 할아버지의 이름은 재이비어 데스몬드였고, 그는 인간이었다는 사실을.

아마겟돈의 묘약

김상훈(SF평론가)

조지 R. R. 마틴의 작가 경력은 야심작《아마겟돈 래그》(1983)의 출간 전과 출간 후로 나눌 수 있다고 해도 과언이 아니다.《조지 R. R. 마틴 걸작선: 꿈의 노래》(이하《꿈의 노래》) 3권은 이 컬트 장편의 상업적 실패를 메우기 위해 자의 반 타의 반으로 속개된 인기 시리즈를 소개한 제6장 〈터프의 맛〉과 할리우드 TV 업계에 전직한 후에 쓴 각본을 모은 제7장 〈할리우드의 매혹〉 그리고 할리우드 시절에 발표한 소설 중 가장 큰 성과물이라고 할 수 있든 제8장 〈와일드카드 셔플〉로 구성되어 있다.

《아마겟돈 래그》 이전의 마틴에게 일어난 개인사의 가장 큰 변화라고 한다면 SF 대회에서 처음 만나서 1975년에 결혼한 첫 번째 아내 게일 버닉과의 4년에 걸친 결혼 생활의 파국을 들 수 있을 것이다. 아직 대학생이었던 아내를 지원하기 위해 결혼 2년차인 1976년에 시작했던 클라크 칼리지에서의 강사 생활도 2년 만에 자연스레 종언을 맞았다. 마틴은 1978년의 크리스마스 휴가 중에 탈고한 〈십자가와 용의 길〉과 〈아이스 드래곤〉 그리고 〈샌드킹〉의 성공에 힘입어 SF 작가로서는 최전성기를 구가하고 있었지만 정서적으로나 경제적으로는 거의 파산 상태에 가까웠다. 그런 연유로, 그는 클라크 칼리지가 위치한 혹한의 아이오와 주보다 "더 밝고 따뜻한 장소"에서 전업 작가로서 재출발하려고 결심한다. 어린 시절 TV에서 즐겨 보던 서부극 드라마 〈총 있음, 여행 가능함〉의 주요 무대이기도 했던 미국 남서부 뉴멕시코 주의 주도(州都)인 샌타페이를 고른 것은 1년 전에 애리조나 주 피닉스에서 열린 SF 대회에 가던 도중에 들렀던 현지의 아름다운 풍광이 마음 한구석에 남아 있었기 때문이다. 샌타페이는 창작 워크숍이나 SF 이벤트 등을 통해 어느 정도 안면이 있었던 SF 작가 로저 젤라즈니(1937~1995)의 거주지이기도 했다.

1960년대 중후반에 이미 여러 개의 휴고상과 네뷸러상을 수상한 인기 작가 젤라즈니는 상심한 이 후배 작가를 "마치 오랫동안 못 보던 옛 친구"처럼 따스하게 받아들였고, 생활비까지 빌려주며 마틴의 정착을 물심양면으로 도왔다. 거의 한 달에 한 편꼴로 잡지와 앤솔러지에 중단편을 게재했던 1970년 중반에 비하면 작업량은 반 이하로 떨어진 상태였지만, 샌타페이에서 탈고한 첫 장편인 《피버 드림》(1982)은 70년대 미국 SF계의 총아였던 마틴의 귀환을 알리는 신호탄이었다. 《피버 드림》은 "모든 시대를 통틀어 가장 뛰어난 뱀파이어 소설 중 하나"라는 극찬에 가까운 평을 받으며 상업적으로도 상당한 수확을 이뤘고, 이에 고무된 마틴은 시차를 두지 않고 차기 장편의 집필에 착수한다. 그 결과물인 《아마겟돈 래그》(1983)는 로큰롤로 대표되는 1960년대의 팝컬처가

1980년대에 끼친 영향을 환시(幻視)한 초자연적 미스터리다. 노동절 그룹의 가장 큰 특징으로 간주되는 동시대성에 입각한 《아마겟돈 래그》의 깊이 있는 은유는 비평가들의 호평을 받았고, 이런 평가는 이듬해의 발로그상[1] 최우수 장편상 수상으로 이어졌다. 그러나 실험적인 면이 강했던 《아마겟돈 래그》는 상업적으로는 재앙에 가까웠고, 마틴을 작가 경력이 중단될 정도의 위기로 몰아넣는다. 이 사건을 둘러싸고 일어난 일들은 본서에 수록된 제7장의 작가 〈서문〉에 극명하게 기록되어 있다.

마틴은 이런 위기에 대해 가장 작가다운 방법으로 대처했다. 즉, 기존 인기 시리즈의 신작을 열심히 써서 팔았던 것이다. 우주 상인 해빌런드 터프의 활약을 그린 〈터프〉 연작은 〈천 개의 세계〉 시리즈의 일부로 간주되지만, '괴인(怪人)'이라는 표현이 걸맞은 독특한 주인공—본인은 극구 부인하지만 위풍당당한 체구를 가진, 고양이와 맛난 음식과 맥주를 사랑하는 인물이라는 대목에서 마틴을 연상하지 않을 수가 없는—과 특유의 유머러스한 플롯으로 인해 그가 쓴 비(非)판타지 시리즈 중에서는 명실공히 최고의 인기를 자랑한다. (환상성을 극력 배제한 정통 우주 SF라는 점도 일조했으리라.) 마틴이 '잃어버린 해'라고 지칭하는 1983년에 터프를 주인공으로 하는 기존 단편은 단 세 편만이 존재했을 뿐이지만, 1985년에 그는 무려 네 편의 〈터프〉 중단편들을 친정인 〈아날로그〉지에서 발표함으로써 신작이 나오기를 고대하던 독자들을 환호하게 만들었다.

1년 후에 모든 중단편들을 묶은 한 권의 두꺼운 하드커버로 출간된

---

1 Barlog Award. 휴고상과 마찬가지로 주로 매년 출간되는 SF소설을 대상으로 한다.

《터프 항해기》(1986)는 가난한 3류 무역 상인에 불과했던 터프가 '환경공학군단'의 종자선(種子船)을 손에 넣게 된 전말부터 〈천 개의 세계〉를 돌아다니며 온갖 환경 문제를 해결하거나 거꾸로 만들어 내는 과정을 묘사하고 있으며, 순차적으로 배열되고 매끄럽게 가필 수정이 되어 있는 덕분에 한 권의 장편으로 읽는 데도 무리가 없다. 본서에 실린 〈노온의 괴수〉(1976)는 종종 '신(神) 콤플렉스'를 가졌다고 표현되는 터프가 처음으로 등장하는 단편인데, 같은 해에 발표된 〈라렌 도르의 외로운 노래〉나 〈재로 된 탑〉의 저류에 흐르는 멜랑콜릭한 정서와는 전혀 다른 분위기를 가지고 있다는 점이 눈길을 끈다. 〈수호자〉(1981)는 연대기상으로는 〈노온의 괴수〉에 선행하지만 5년 뒤에 쓰인 중편이며, 단순한 '맛보기'를 넘어 그가 쓴 최상의 SF 중 하나로 간주되기에 모자람이 없는 걸작이다.

●○

《터프 항해기》(1986)를 출간한 시점에서 마틴은 할리우드 드라마 〈환상특급(The Twilight Zone)〉의 첫 번째 리바이벌판(TZ-2)의 작가로 일해 보지 않겠느냐는 제안을 받는다. 은행에서 돈을 빌려 '더 큰 집'을 산 탓에 경제적인 압박을 받고 있던 마틴은 고심 끝에 이 제안을 수락했다. 그로부터 10년 가깝게 계속된 그의 '할리우드 시대'는 이런 세속적인 이유에서 시작되었지만, 이 선택은 그의 인생에 깊고도 넓은 영향을 끼쳤다. 마틴은 특유의 친화성과 근면성을 발휘해서 아메리칸 뉴웨이브의 거장이자 할리우드의 거물이기도 했던 SF 작가 할런 엘리슨을 능가하는 활약을 펼쳤고, 그 과정에서 영화계라는, 어떤 의미에서는 출판계를 능가하는 살벌한 경쟁으로 점철된 세계에 완전히 적응했기 때문이다. 그런 맥락에서 마틴이 직접 각본을 쓰고 1986년 12월 18일에 〈환상특급〉 시즌 2의 마지막 에피소드로 방영된 〈인적 드문 길〉은 글자 그대로 그의 인생을 축약한 듯한 작품이다. 로버트 프로스트의 유명한 시에서 영감을 받고 쓴 이 오리지널 각본은 제7장의 작가 〈서문〉에서도 상세하게 설명된 제작상의 트러블 탓에 그 잠재력을 완전히 발휘하지는 못했지만, 베트남전과 대학 강사 시절의 마틴의 경험을 자아 넣은 자전적인 작품으로 지금도 높은 평가를 받고 있다. 판타지에 근접한 〈인적 드문 길〉에 비해 〈환상특급〉의 한 에피소드를 블록버스터의 포맷으로 전환한 듯한 느낌을 주는 〈도어웨이즈〉는 낯익지만 치밀한 SF적 설정과 속도감이 인상적인 작품이며, 마틴이 시사했듯이 그의 인생의 또 다른 전환점이 되어 줬을지도 모르는 시도였다. 일찌감치 이 작품의 드라마화에 성공했더라면 지금보다 "훨씬, 훨씬 더 부자가 되었을 것"이라는 마틴의 확신은 결과적으로 빗나갔지만 말이다. (2015년 한 해에 마틴이 거둬들인 책과 드라마의 로열티는 2천5백만 달러가 넘는다.)

《터프 항해기》가 출간된 지 정확히 10년 후인 1996년에 개시된 〈얼음과 불의 노래〉 시리즈가 대성공을 거둔 이면에 상술한 할리우드에서의 경험이 자리 잡고 있다는 사실에는 의심의 여지가 없지만, 상급 프로듀서로 승진한 뒤에도 마틴의 개인적인 프로젝트는 언제나 '텍스트 스토리'인 각본을 중심으로 돌아갔다는 점은 시사적이다. 이것을 치열한 작가 정신의 발로로 볼지, '모든 달걀을 한 바구니에 담지 말라'는 영어

경구의 체현으로 볼지는 판단하기 나름이겠지만,《꿈의 노래》1권이 증명해 주듯이 마틴의 작품 세계의 원점에는 언제나 초등학교 시절부터 탐독했던 슈퍼히어로 코믹스가 자리 잡고 있었다.

〈와일드카드 셔플〉은 마틴의 그런 성향이 테이블토크 RPG(TRPG) 〈크툴후의 부름〉과 〈슈퍼월드〉를 통해 어떻게 현재의 〈와일드카드〉(1987~) 시리즈로 이어졌는지를 보여 주는 일종의 문학적 쇼케이스라고 할 수 있다. 마틴이 당시 유행하던 공유 세계(shared world) 앤솔러지에 착안한 것은 슈퍼히어로물에 최적화된 형식이라는 이유도 있었지만, 할리우드에서의 프로듀스업과 본업인 작가업을 양립시키기 위한 고육책이기도 했다. 편찬자이자 창시자인 마틴이 총론에 해당하는 공통 설정을 완성시키고 단편 두어 편을 쓰기만 하면 그 뒤에는 우수한 동료 작가들이 각론에 해당하는 개별 작품들을 공급해 줄 것이므로 비교적 적은 시간만 투자해도 책을 낼 수 있다는 장점이 있었기 때문이다. 물론 마틴의 이런 장밋빛 전망은 곧 착각이었음이 밝혀지지만, 시리즈 제1권 《와일드카드》(1987)는 격찬에 가까운 평을 받으며 상업적으로도 승승장구했다.

이 시리즈의 기본 무대는 2차 대전 종전 직후 출현한 슈퍼히어로들에 의해 우리가 아는 역사와는 다른 길을 걸은 지구이며, 그런 맥락에서는 대체 역사 내지 평행 세계를 다룬 SF소설로 볼 수도 있다. 영화를 통해 국내에서도 잘 알려진 DC코믹스의 그래픽노블《워치맨》(1986~1987)과의 공통점을 지적하는 목소리가 많은 것도 바로 그런 이유에서다. 〈와일드카드〉 우주에서 결정적인 역사적 분기점으로 작용한 것은 1946년에 뉴욕 시 맨해튼 상공에서 외계인의 바이러스 폭탄이 폭발한 사건이다. 그 결과 인근 지역에 사는 수많은 사람들이 이 바이러스에 감염되고 그 9할이 사망한다는 참혹한 사태가 야기되는데, 생존자의 9할 이상은 돌연변이를 일으켜서 기괴한 외모를 가진 조커(Joker)가 되고, 나머지 1할 이하에 해당하는 극소수의 행운아들만이 초능력을 가진 에이스(Ace)로 변모한다는 것이 기본 줄거리다.

시리즈 제1작 《와일드카드》(1987) 중반에 실린 마틴의 오리지널 단중편 〈셸게임〉은 터틀(거북이)이라는, 마틴의 애독자들에게는 매우 상징적으로 다가오는 별명을 가진 슈퍼히어로가 처음 등장하는 작품이며, 또 한 명의 주인공인 닥터 타키온과의 대비를 통해 시리즈 전체에 흐르는 조울증적인 분위기를 규정한 문학적 시금석 중 하나로 간주된다. 반면에 시리즈 제4작 《Aces Abroad》(1988)에 실렸던 마틴의 막간 내러티브를 합쳐서 재구성한 중편 〈재이비어 데스몬드의 후기〉는 차분하고 중후한 문체뿐만 아니라 역사의식적인 면에서도 군계일학이라는 표현이 걸맞은 걸작이다. 한때는 조기 종료가 우려되기까지 했던 〈와일드카드〉 시리즈가 근년 들어 마틴의 염원대로 화려하게 부활한 것은 〈어벤저스〉(2012)를 필두로 하는 마블 영화의 상업적인 성공의 영향도 있었겠지만, 마틴이 '모자이크 소설'이라고 명명한 치밀한 창작 전략이 빛을 발한 결과이기도 하다. 〈와일드카드〉 시리즈는 2017년 현재 대형 출판사인 토(Tor)로 판권을 옮겨 23권까지 나왔으며, NBC계의 프로덕션에서 TV 드라마화가 진행 중이다.

조지 R. R. 마틴 저작 목록[1]

장편

1. 스러져 가는 빛(Dying of the Light, 1977)
2. 윈드헤이븐(Windhaven, 1981) - 리사 터틀과 공저
3. 피버 드림(Fevre Dream, 1982) - 국내판(2014)
4. 아마겟돈 래그(The Armageddon Rag, 1983)
5. 망자의 손(Dead Man's Hand, 1990) - 존 J. 밀러와 공저. 〈와일드카드〉 #7
6. 헌터스 런(Hunter's Run, 2008) - 가드너 도즈와, 대니얼 에이브러햄과 공저

작품집

1. 리아에게 바치는 노래(A Song for Lya and Other Stories, 1976)
2. 별과 그림자의 노래(Songs of Stars and Shadows, 1977)
3. 샌드킹(Sandkings, 1981)
4. 죽은 자들이 부르는 노래(Songs the Dead Men Sing, 1983)
5. 나이트플라이어(Nightflyers, 1985)
6. 터프 항해기(Tuf Voyaging, 1986)

---

1 국내 미출간 작품인 경우는 원칙적으로 원제를 병기했으며, 본서에 포함된 중단편들은 볼드체로 표시했다.

7. 아이들의 초상(Portraits of His Children, 1987)
8. 사중주(Quartet, 2001)
9. GRRM: 조지 R. R. 마틴 걸작선(GRRM: A RRetrospective, 2003) – 본서
10. 드림송(Dreamsongs, 2007) – 9를 두 권으로 분책한 판본
11. 스타레이디 / 패스트 프렌드(Starlady / Fast-Friend, 2008)

중단편(연도별)

1967년 • **어둠이 두려운 아이들** – 〈스타 스터디드 코믹스〉 10호(팬진)

1971년 • **영웅** – 〈갤럭시〉 2월호

1972년 • **샌브레타로 나가는 출구** – 〈판타스틱〉 2월호
  • **두 번째 종류의 고독** – 〈아날로그〉 12월호

1973년 • 어둡고, 어두운 터널(Dark, Dark Were the Tunnels) – 〈버텍스〉 12월호
  • 야간 근무(Night Shift) – 〈어메이징〉 1월호
  • 오버라이드(Override) – 〈아날로그〉 9월호
  • 지엽적 사건(A Peripheral Affair)
    – 〈매거진 오브 팬터지 앤드 사이언스 픽션〉 1월호
  • 슬라이드쇼(Slide Show) – 《Omega》 앤솔러지
  • **새벽이 오면 안개는 가라앉고** – 〈아날로그〉 5월호

1974년 • FTA – 〈아날로그〉 5월호
  • 스타라이트를 향해 달려라(Run to Starlight) – 〈어메이징〉 12월호
  • **리아에게 바치는 노래** – 〈아날로그〉 6월호. 〔휴고상 수상〕

1975년 • **일곱 번 말하노니, 살인하지 말라** – 〈아날로그〉 7월호
  • 마지막 슈퍼볼 게임(The Last Super Bowl Game) – 〈갤러리〉 2월호
  • 흡혈귀들의 밤(Night of the Vampyres) – 〈어메이징〉 5월호
  • 도주자들(The Runners) – 〈매거진 오브 팬타지 앤드 사이언스 픽션〉 9월호
  • 윈드헤이븐의 폭풍(The Storms of Windhaven) – 〈아날로그〉 5월호. 〈윈드헤이븐〉 시리즈. 리사 터틀과 공저

1976년 • **노온의 괴수** – 《Andromeda 1》 앤솔러지. 〈터프〉 시리즈
  • 컴퓨터가 돌격! 이라고 외쳤다(The Computer Cried Charge!) – 〈어메이징〉 1월호
  • 패스트 프렌드(Fast-Friend) – 《Faster than Light》 앤솔러지

- ···단 하루의 어제를 위해(···for a single yesterday) - 《Epoch》 앤솔러지
- 구더기의 저택에서(In the House of the Worm)
  - 《Ides of Tomorrow》 앤솔러지
- **라렌 도르의 외로운 노래** - 〈판타스틱〉 5월호
- **미트하우스 맨** - 《Orbit 18》 앤솔러지
- 그레이워터 스테이션(Men of Greywater Station)
  - 〈어메이징〉 3월호. 하워드 월드롭과 공저
- 그 누구도 뉴피츠버그를 떠나지 않는다(Nobody Leaves New Pittsburg)
  - 〈어메이징〉 9월호
- 별 고리의 다채로운 불길 역시(Nor the Many-Colored Fires of a Star Ring)
  - 《Faster than Light》 앤솔러지
- 패트릭 헨리와 목성과 조그만 빨간 벽돌 우주선(Patrick Henry, Jupiter, and the Little Red Brick Spaceship) - 〈어메이징〉 12월호
- 스타레이디(Starlady) - 《Science Fiction Discoveries》 앤솔러지
- **재로 된 탑** - 《Analog Annual》 앤솔러지

1977년
- **비터블룸** - 〈코스모스〉 11월호
- **스톤 시티** - 《New Voices in Science Fiction》 앤솔러지
- 전쟁터에서 보낸 주말 - 《Pastimes》 앤솔러지

1978년
- 그의 이름은 모세(Call Him Moses) - 〈아날로그〉 2월호. 〈터프〉 시리즈

1979년
- **샌드킹** - 〈옴니〉 8월호. 〔휴고상, 네뷸러상 수상〕
- 군함(Warship) - 〈매거진 오브 판타지 앤드 사이언스 픽션〉 4월호. 조지 플로런스-거스리지와 공저
- **십자가와 용의 길** - 〈옴니〉 6월호 〔휴고상 수상〕

1980년
- **아이스 드래곤** - 《Dragons of Light》 앤솔러지
- **나이트플라이어** - 〈아날로그〉 4월호 〔세이운상 수상〕
- 외날개(One-Wing) - 〈아날로그〉 1월호, 2월호. 〈윈드헤이븐〉 시리즈. 리사 터틀과 공저.

1981년
- 추락(The Fall) - 〈어메이징〉 5월호. 〈윈드헤이븐〉 시리즈. 리사 터틀과 공저.
- **수호자** - 〈아날로그〉 10월호. 〈터프〉 시리즈
- 니들맨(The Needle Men) - 〈매거진 오브 판타지 앤드 사이언스 픽션〉 10월호
- **멜로디의 추억** - 〈트와일라이트 존 매거진〉 4월호

1982년
- 마감 시간(Closing Time) - 〈아이작 아시모프스 SF 매거진〉 11월호
- **잃어버린 땅에서** - 《Amazons II》 앤솔러지

- **불완전한 베리에이션** – 〈어메이징〉 1월호

1983년
- **원숭이 다이어트** – 〈매거진 오브 판타지 앤드 사이언스 픽션〉 7월호

1985년
- 떡과 생선(Loaves and Fishes) – 〈아날로그〉 10월호. 〈터프〉 시리즈
- 하늘의 양식(Manna from Heaven) – 〈아날로그〉 12월호. 〈터프〉 시리즈
- 역병의 별(The Plague Star) – 〈아날로그〉 1월호, 2월호. 〈터프〉 시리즈
- **아이들의 초상**
  – 〈아이작 아시모프스 SF 매거진〉 11월호. 〔네뷸러상, SF크로니클상 수상〕
- 두 번째 방문(Second Helpings) – 〈아날로그〉 11월호. 〈터프〉 시리즈
- **포위전** – 〈옴니〉 10월호

1986년
- **유리꽃** – 〈아이작 아시모프스 SF 매거진〉 9월호
- 막간극 1~5(Interlude 1~5) – 《Wild Cards》 앤솔러지. 〈와일드카드〉 시리즈 #1
- **셸게임** – 《Wild Cards》 앤솔러지

1987년
- 주비 1~7(Jube 1~7) – 《Aces High》 앤솔러지. 〈와일드카드〉 시리즈 #2
- **서양배를 닮은 사내** – 〈옴니〉 10월호. 〔브램 스토커상 수상〕
- 겨울의 한기(Winter's Chill) – 《Aces High》 앤솔러지. 〈와일드카드〉 시리즈 #2

1988년
- 모두가 왕의 말(All the King's Horses)
  – 《Down and Dirty》 앤솔러지. 〈와일드카드〉 시리즈 #5
- **재이비어 데스몬드의 후기** – 《Aces Abroad》 앤솔러지. 〈와일드카드〉 시리즈 #4
- **스킨 트레이드** – 《Night Visions 5》 앤솔러지. 〔세계 환상문학상 수상〕

1996년
- 드래곤의 피(Blood of the Dragon)
  – 《아시모프스 사이언스 픽션》 7월호. (《왕좌의 게임》에서 발췌.) 〔휴고상 수상〕

1998년
- 떠돌이 기사 – 《Legends》 앤솔러지. (《세븐킹덤의 기사》〔은행나무, 2014〕에 수록).

2000년
- 드래곤의 길(Path of the Dragon)
  – 〈아시모프스 사이언스 픽션〉 12월호. (《검의 폭풍》에서 발췌)

2001년
- 온통 검고 희고 빨간(Black and White and Red All Over)
  – 중편집 《사중주(Quartet)》에 수록된 미완성 장편의 일부
- 스타포트(Starport) – 중편집 《사중주》. 드라마 대본

2003년
- **죽음의 유산** – 《GRRM》에 수록(1968년작)

- 크라켄의 촉수(Arms of the Kraken) - 〈드래곤〉 #305. 《까마귀의 향연》의 외전
- **요새** - 《GRRM》(1968년작)
- **도어웨이즈** - 《GRRM》. 드라마 대본
- 캐멀롯의 마지막 수호자(The Last Defender of Camelot)
  - 《GRRM》 한정판에 수록된 〈환상특급〉의 대본(로저 젤라즈니 원작)
- **인적 드문 길** - 《GRRM》. 〈환상특급〉 오리지널 대본

2004년
- 그림자 쌍둥이(Shadow Twin) - 6월에 SciFi.com에 연재된 중편이며 장편
  《헌터스 런》(2008)의 뼈대가 되었다. 가드너 도즈와, 대니얼 에이브러햄과 공저.
- 맹약기사 - 《Legends II》 앤솔러지. 《세븐킹덤의 기사》(은행나무, 2014)에 수록)

2005년
- 캘리밴의 장난감(The Toys of Caliban)
  - 〈서브테레이니언 #1〉에 수록된 〈환상특급〉의 대본(테리 매츠 원작)

2008년
- 십자군(Crusader) - 《Inside Straight》 앤솔러지. 《와일드카드》 #18

2009년
- 타른 하우스의 밤(A Night at the Tarn House)
  - 《Songs of the Dying Earth》 앤솔러지

2010년
- 신비기사 - 《Warriors》 앤솔러지. 《세븐킹덤의 기사》(은행나무, 2014)에 수록)

2013년
- 겨울의 바람(The Winds of Winter) - 《드래곤과의 춤》 영문판에 수록.
  (미출간 〈얼음과 불의 노래〉 제6부에서 발췌)

2014년
- 와일드카드: 로우볼(Wild Cards: Lowball) - 〈라이트스피드(Lightspeed)〉
  10월호(해당 앤솔러지에서 발췌)

〈와일드카드〉 시리즈[2]

1. Wild Cards(1987)
2. Aces High(1987)
3. Jokers Wild(1987)
4. Aces Abroad(1988)
5. Down and Dirty(1988)
6. Ace in the Hole(1990)

---

2 조지 R. R. 마틴이 창시한 슈퍼히어로물의 설정에 입각한 SF 앤솔러지 시리즈이며, 편찬자인 마틴을 포함한 여러 작가의 중단편과 장편을 포함하고 있다.

7. Dead Man's Hand(1990)
9. Jokertown Shuffle(1991)
11. Dealer's Choice(1992)
13. Card Sharks(1993)
15. Black Trump(1995)
17. Death Draws Five(2006)
19. Busted Flush(2008)
21. Fort Freak(2011)
23. High Stakes(2016)

8. One-Eyed Jacks(1991)
10. Double Solitaire(1992)
12. Turn of the Cards(1993)
14. Marked Cards(1994)
16. Deuces Down(2002)
18. Inside Straight(2008)
20. Suicide Kings(2009)
22. Lowball(2014)

〈얼음과 불의 노래〉 시리즈

장편
1. 왕좌의 게임(A Game of Thrones, 1996)
   - 국내판 구판(2000), 신판(2005), 개정판(2016)
2. 왕들의 전쟁(A Clash of Kings, 1999)
   - 국내판 구판(2006), 신판(2006), 개정판(2017)
3. 검의 폭풍(A Storm of Swords, 2000) - 국내판(2005)
4. 까마귀의 향연(A Feast for Crows, 2005) - 국내판(2012)
5. 드래곤과의 춤(A Dance with Dragons, 2011) - 국내판(2013)
6. The Winds of Winter - 근간
7. A Dream of Spring - 근간

외전(Tales of Dunk and Egg)
• 세븐킹덤의 기사(A Knight of the Seven Kingdoms, 2015) - 국내판(2014)

자료집
• 얼음과 불의 세계(World of Ice and Fire, 2014)
   - 일라이오 M. 가르시아 Jr., 린다 앤턴슨과 공저

조지 R. R. 마틴 걸작선: 꿈의 노래 3
터프의 맛

1판 1쇄 인쇄 2017년 5월 29일
1판 1쇄 발행 2017년 6월 7일

지은이 · 조지 R. R. 마틴
옮긴이 · 김상훈
펴낸이 · 주연선

총괄이사 · 이진희
편집 · 심하은 백다흠 강건모 이경란 최민유 윤이든 양석한
디자인 · 김서영 이지선 권예진
마케팅 · 장병수 김한밀 최수현 김다은
관리 · 김두만 유효정 신민영

(주)은행나무
121-839 서울특별시 마포구 양화로11길 54
전화 · 02)3143-0651~3 | 팩스 · 02)3143-0654
신고번호 · 제 1997-000168호(1997. 12. 12)
www.ehbook.co.kr
ehbook@ehbook.co.kr

잘못된 책은 바꿔드립니다.

ISBN 978-89-5660-226-4 04840
ISBN 978-89-5660-187-8 (세트)